CHARLIE GALLAGHER

DER SPIELMACHER

THRILLER

Aus dem Englischen
von Marco Mewes

HarperCollins

Die Originalausgabe erschien 2021 unter dem Titel
Lethal Games bei Avon, London.

1. Auflage 2024

Deutsche Erstausgabe

Umschlaggestaltung von Hafen Werbeagentur
Gesetzt aus der Stempel Garamond
von GGP Media GmbH, Pößneck
Druck und Bindung von GGP Media GmbH, Pößneck
Printed in Germany
ISBN 978-3-365-00444-9
www.harpercollins.de

Für Julia James

PROLOG

Shannon drängte sich wieder an die Wand, so fest, dass der hervorstehende Ziegelstein in ihren Rücken drückte. Sie hielt den Hintern oben und die Füße nach vorn gestreckt. Sie scharrte damit im Stroh und schob es in Richtung der schlammbedeckten Stiefel, die sie unter der verwitterten Tür hindurch sehen konnte. Mit angehaltenem Atem betete sie stumm, dass diese Stiefel sich wegdrehen mögen, egal wohin, und dann weitergingen. Ihre Hände zuckten unkontrolliert, als würde jemand anderes sie lenken, und ihre Finger streiften den Draht, der seit ihrer Ankunft um ihre Taille gewickelt war und sie an die Wand fesselte.

Die Tür klapperte. In der Akustik der leeren Scheune klang es fast wie eine Kugel, die zwischen den offenen Stahlpfosten hin- und herschlug. Die Tür erzitterte, nur ein bisschen, aber genug, um zu wissen, dass sie entriegelt wurde. Shannon hielt immer noch den Atem an und starrte so konzentriert auf die Tür, dass sie halb erwartete, sie in Flammen aufgehen zu sehen.

Dann drehten sich die Stiefel weg und verschwanden aus ihrem Sichtfeld. Schlurfend und kratzend entfernten sie sich, ein Geräusch, das verriet, dass sie dem Träger zu groß waren. Er würde nicht reinkommen. Es würde keine weiteren Anweisungen geben, keine weiteren Drohungen oder Versprechungen.

Der letzte Teil hatte begonnen.

Der erste Klang der Glocke bestätigte das. Die Glocke war sogar noch lauter als das Schloss, und ihr Widerhall machte es unmöglich, die Quelle des Geräuschs zu erkennen. Shannon rappelte sich auf die Füße, und es fiel ihr unerwartet schwerer als sonst. Der Draht um ihre Mitte hing plötzlich leicht durch, und sie konnte sich nicht länger dagegenstemmen. Dafür konnte sie einige Schritte gehen, bevor er sie wieder zurückhielt und sich schmerzhaft um ihre Taille spannte. Sie war einen Meter näher an der Tür. Einen Meter Boden, der irgendetwas Nützliches enthalten musste.

Sie ging auf die Knie und begann, wie wild das trockene Stroh zu zerpflücken, das den Boden der Stallbox bedeckte. Sie suchte irgendetwas, das ihr die Arbeit erleichterte. Mit nackten Händen warf sie Brocken getrockneten Tierdungs zur Seite und stieß mit den Fingern wieder so fest hinein, dass ihre Nägel und Fingerkuppen über den Betonboden kratzten. Nichts.

Die Glocke ertönte erneut. Zwei von fünf. *Waren das wirklich schon zehn Sekunden?* Der Draht wurde wieder schlaffer und erlaubte ihr erneut ein paar Schritte. Sie warf sich der Tür entgegen und stolperte in ihrer Hast. Sie wäre nach vorne gestürzt, doch der Draht hielt sie auf, presste die Luft aus ihren Lungen und grub sich diesmal in ihren Magen. Sie begann wieder, den Boden abzusuchen, bog in ihrer Eile die Finger durch, spürte den Schmerz, doch ihr blieb keine Zeit innezuhalten. Ihre Fingerkuppen stießen gegen etwas. Sie zog daran, und es wurde immer länger: ein Gürtel. Leder, mit einer kleinen Schnalle. Nicht, was sie sich gewünscht hätte, aber möglicherweise nützlich. Sie legte ihn um ihre Hüften und versuchte, ihn mit tauben, unsicheren Fingern zu schließen, während sie mit ihren Blicken schon wieder den Boden nach etwas anderem absuchte. Der dritte Klang der Glocke ließ sie aufwimmern, und Verzweiflung übermannte sie. Sie kratzte an den Kanten der Stallbox entlang, dort, wo das Stroh fester und plattgetrampelt war und sich mit mehr Dung zu einer dichten Masse verbunden hatte. Da war noch etwas. Mit den Nägeln kratzte und scharrte sie daran, bis sie es herausziehen konnte. *Ein Hammer!* Dieses Mal wimmerte sie vor Erleichterung. Das war etwas, was sie benutzen konnte. Das ihr eine Chance gab. Er war klein, ein Glashammer für Notfälle, wie man sie in Bussen hängen sah. Egal. Er war immer noch besser als ihre Fäuste. Sie rappelte sich wieder auf die Füße und strauchelte vorwärts, erst einen Schritt, dann zwei. Der dritte war nur ein Halbschritt, dann stoppte sie der Draht wieder so abrupt, dass sie auf einem Fuß balancierend dastand, das andere Knie angehoben und die Arme wild nach vorne zur Tür wedelnd.

Die Glocke erklang zum vierten Mal.

Noch zehn Sekunden.

Die Zeit für ihre Suche war vorbei. Der Draht, der sie festgehalten hatte, fiel schlaff zu Boden. Sie trat einen Schritt zurück, und diesmal wurde ihr bewusst, wie schwer sie atmete, wie tief sie ihre Lungen füllte. Sie musste das unter Kontrolle kriegen. Sie keuchte nicht so sehr vor Anstrengung, sondern vor Angst und Anspannung vor dem, was als Nächstes kam. Mit schmerzenden Fingern löste sie die Drahtschlinge, die auf ihre Füße fiel. Sie stieg darüber hinweg und löste den Blick nicht von der geschlossenen Tür. Sie wusste, was geschehen würde, wenn sie vor der letzten Glocke die Box verließ. Mit dem nackten Fuß tastete sie nach der Wand, benutzte sie als festen Grund, um sich davon abzustoßen und sich den besten Start zu ermöglichen. Sie beugte sich vor, die Hände auf dem Boden und den rechten Fuß angezogen, wie eine Sprinterin im Startblock. Sie hatte noch einen Augenblick, um an ihrem angespannten Körper hinabzuschauen, zu dem Gürtel, der locker an ihrer Hüfte baumelte, und auf den Hammer, der unbequem in ihrer rechten Hand lag, während die Knöchel darum sich in den Boden drückten, aber sie wagte nicht, ihn loszulassen, nicht mal für eine Sekunde. Sie trug ein lockeres rotes Kleid aus einem rauen Stoff, das sichtlich schmutzig war. Auch ihr angezogener Schenkel war mit Tierexkrementen und Dreck überzogen.

Sie hob den Kopf für einen letzten Blick auf den soliden steinernen Balken über der Tür. Sie war überzeugt, dass sich das Muster und die Reihe von Zahlen, die darin eingekratzt waren, auch in ihren Verstand geritzt hatten, und zwar so tief, dass sie sie niemals wieder vergessen könnte. Aber was, wenn sie ihr genau dann nicht einfielen, wenn sie sie brauchte? *Was, wenn sie sie vergaß?* Sie schüttelte den Kopf und versuchte, den Gedanken zu verdrängen. Es waren nicht nur ihre Gedanken, die vor Zweifel und Anspannung kopfstanden, sondern auch ihr Magen, während ihre Brust von der Anstrengung brannte. Sie sank auf ein Knie, ruhte sich einen Augenblick aus. Das letzte Klingen der Glocke brauchte länger, da war sie sicher – die Zeit hätte längst abgelaufen sein sollen. Man spielte mit ihr.

Dann erfüllte der fünfte Glockenlaut den Raum.

Shannon stieß sich ab und sprintete los, die rechte Hand fest um den Hammer geschlungen. Zwei Schritte, dann ein Sprung und zur Seite drehen, und die Tür sprang so kraftvoll auf, dass sie unwillkürlich die Augen schloss und fast das Gleichgewicht verloren hätte. Mit gesenktem Kopf preschte sie aus ihrer Box, gerade als der Lärm einer zweiten auffliegenden Tür erschallte, die ihr gegenüber gegen die Wand krachte. Sie hob den Blick und sah eine andere zu Tode verängstigte junge Frau, die aus ihrer Box herauspreschte. Für einen Augenblick stand die Zeit für beide still. Stumm tauschten sie Blicke, dann wandte sich die andere Frau nach links und hetzte auf den Eingang zu, der grellweiß leuchtete: Tageslicht.

»Scheiße!« Shannon lag jetzt schon hinten. Sie sprintete hinterher. Die andere Frau trat als Erste ins helle Sonnenlicht, das ihr weißes Kleid verschwimmen ließ, während sie davonjagte. Und sie war unglaublich schnell. »Scheiße, scheiße!« Sobald Shannon aus der Scheune kam, veränderte sich der Boden. Er war immer noch aus Beton, aber rissig, und immer noch schmutzig, aber befleckt von etwas, das ihn rutschig machte. Steinchen stachen in ihre Fußsohlen, und als sie diesmal stolperte, gab es nichts, das sie zurückhielt, und sie stürzte auf Knie und Handflächen. Sie hatte keine Zeit für die Schmerzen. Sie sprang wieder auf die Füße, senkte den Blick, suchte nach Stellen, an die sie treten konnte. Die Frau in Weiß war immer noch vor ihr und kam besser voran. Sie war bereits auf einem Pfad, der sich einen steilen Hügel hinaufschlängelte. Und sie rannte immer noch.

Shannon erreichte ebenfalls den Pfad. Er war weniger rau unter ihren Füßen, da Autos zwei Spuren zwischen den Steinen geschaffen hatten. An der Spitze des Hügels veränderte sich der Boden wieder zu glattem Asphalt. Sie sah zwei Landstraßen, die fünfzig Meter vor ihr in einer Kreuzung zusammentrafen. Die Frau in Weiß war schon dort. Aber sie zögerte, war sogar stehen geblieben – lange genug, um zurückzuschauen. Dann schien sie eine Entscheidung zu treffen und sprintete weiter, schnurgeradeaus.

Shannon wurde an der Kreuzung ebenfalls langsamer. Die Entscheidung der anderen Frau warf Zweifel und Verwirrung in ihr auf. Der eingeritzte Plan hatte eine Abbiegung nach links gezeigt. *Oder doch nicht?* Sie blieb stehen, ihre Lungen brannten von dem Aufstieg am Hügel. Ihr Mund war voller Speichel, und sie beugte sich vor, um ihn auszuspucken. Sie ging ein paar Schritte nach links. Sie war ohnehin zu weit hinter der Frau in Weiß, um denselben Weg zu nehmen. Sie musste daran glauben, dass sie richtiglag, dass die andere Frau einen Fehler begangen hatte. Es war ihre einzige Hoffnung.

Shannon rannte weiter. Wenigstens war es hier flacher, die Straße dehnte sich vor ihr aus, zu beiden Seiten von festen Schlammstreifen begrenzt. Als sie den Wald vor sich erreichte, veränderten sich die Geräusche, ihre Schritte hallten vom Blätterdach über ihr wider. Als Nächstes müsste eine Schikane kommen, die sie zwang, langsamer zu laufen, erst scharf rechts, dann links. Die eingeritzte Karte hatte nicht deutlich gemacht, wann die Kurve kommen sollte. Aber sie sollte kommen. Kam keine, dann war sie falsch gelaufen. Und das durfte nicht sein.

Die Rechtskurve kam als brutaler Schnitt in den Wald und durchdrang den Schlammstreifen in einem spitzen Winkel. Sie folgte ihr. Fast sofort kam eine Linkskurve, und sie hoffte, dass sie hier richtig war.

Sie hatte inzwischen schwer zu kämpfen. Ihre Lungen brannten stärker, und ihr Herz klopfte wild. Ihre Beine standen kurz vor einem Krampf, und sie wusste, dass sie langsamer werden musste. Sie entschied sich dafür, schnell zu gehen, mit langen Schritten, um sich ein bisschen zu erholen, so wie man es ihr in der Laufgruppe gezeigt hatte. Sie müsste genügend Zeit haben. Sie stemmte die Hände in die Hüften und zog die Schultern nach hinten, um tief die Luft einzusaugen. Sie spürte den Hammer an ihrem Hüftknochen. Sie warf einen Blick über die Schulter. Eine Frau in einem lockeren weißen Kleid kam auf sie zu. Schnell.

»Ach, verdammt!« Shannon wurde klar, dass sie zu erschöpft war, um zu rennen, und dass sie die Frau stattdessen aufhalten konnte, die Sache hier und jetzt beenden. Sie packte den Hammer fester, doch als sie sich auf ihn konzentrierte, wirkte er kleiner in ihrer Hand – und leichter. Was, wenn die andere Frau ebenfalls etwas gefunden hatte? Etwas Besseres? Wenn sie von der in den Stein geritzten Karte ausging, sollten sie fast am Ziel sein. Sie nahm die Beine in die Hand und lief weiter.

Diese paar Augenblicke der Rast hatten ihr geholfen. Sie war schneller – stärker. Als Nächstes sollte wieder eine Rechtskurve kommen. Sie kam. Dieses Mal sah Shannon sie schon von Weitem. Sie waren aus dem Wald heraus und wieder auf Feldern, und die Böschung neben der Straße wurde langsam immer flacher. Als sie noch einen Blick über die Schulter warf, krabbelte die andere Frau gerade die Anhöhe rechts von ihnen hinauf. *Sie versucht abzukürzen!*

Shannon reagierte, indem sie ebenfalls nach rechts bog, blieb jedoch auf der Straße, aus Angst, die Böschung runterzustürzen, wenn sie versuchte hinaufzuklettern. Die Rechtskurve schien endlos zu sein, doch schließlich wurde die Straße wieder gerade, und Shannon lief, so schnell sie nur konnte. Die andere Frau hatte aufgeholt, aber Shannon war auf der Zielgeraden. Das Feld links von ihr rauschte als unscharfer gelber Schemen vorbei, Rapssamen flogen durch die Luft und sanken auf ihre Nase und in ihren Rachen, während sie vorbeisprintete. Doch ihre ganze Aufmerksamkeit war nach vorn gerichtet, auf das grelle Rot der Telefonzelle in der Ferne. Der Anblick verlieh ihr neue Kraft. *Sie würde es schaffen, und sie würde die Erste sein!*

Die Tür der Zelle ging nach außen auf. Sie war schwer und Shannon kraftlos. Sie war noch immer in Bewegung, weshalb die Tür gegen ihre Schulter und ihr Gesicht stieß. Der Stoß schlug ihr den Hammer aus der Hand, und sie musste ihn erst wieder aufheben, wobei sie nach hinten schaute. Die andere Frau war zehn Meter entfernt und brüllte ihre Verzweiflung hinaus, die Augen aufgerissen, die Hand erhoben. Sie hielt etwas darin.

Shannon schloss die Tür hinter sich. Die Telefonzelle war aus Stahl und an den vier Ecken am stabilsten. Die kleinen Glasscheiben in allen vier Seiten wurden von kreuzförmig verlaufenden, dünneren Stahlstreben gehalten. Ein Großteil der Glasscheiben fehlte, entweder rausgedrückt oder zerschmettert, sodass nur noch Scherben am Boden lagen. Sie drehte sich um und sah, dass die andere Frau die Telefonzelle fast erreicht hatte. Shannon brauchte mehr Zeit.

Einer plötzlichen Eingebung folgend, fummelte sie an dem Gürtel herum, den sie um ihre Hüfte trug. Er löste sich, und sie führte ihn durch eine glasfreie Fensteröffnung und um die untere Ecke der Tür, sodass man sie nicht mehr aufziehen konnte. In ihrer Hast schnitt sie sich an einem herausragenden Stück Glas. Blut floss aus der Wunde, aber sie reagierte nicht. Sie spürte es nicht einmal. Sie musste ihre vor Adrenalin zitternden Hände beruhigen, um den Gürtel dreimal herumzuführen und dann, etwas langsamer, das Ende durch die

Schnalle zu ziehen. Der Türrahmen war zu dick, um den Gürtel dreimal herumzuführen, darum reichte der Metallstift nicht bis zu den Löchern, aber es fehlte nur ein kleines Stück. Sie hatte keine Zeit, es besser zu machen. Sie zog am Gürtel und lehnte sich mit ihrem ganzen Gewicht nach hinten. Das Leder knarzte und der Metallstift kam dem ersten Loch äußerst nahe.

»*Komm* schon!«, flehte Shannon.

Die andere Frau warf sich so heftig gegen die Telefonzelle, dass diese bockte und rote Rostflocken von der Decke herabrieselten. Ein Glasfenster weiter oben zerbarst nach innen, das klirrende Geräusch mischte sich mit dem Kreischen der Frau und dem Poltern, mit dem sie an der Tür rüttelte. Der Gürtel war immer noch nicht fest und begann, sich zu lösen, wenn die Frau an der Tür zog. Shannon sprang auf die Füße und schlug mit dem Hammer gegen eine weitere Glasscheibe fast ganz oben in der Telefonzelle. Die Scherben regneten nach außen und über die Frau vor der Tür, die erneut aufschrie und instinktiv die Hände hob, um sich zu schützen, wobei Shannon sah, dass sie einen ganz ähnlichen Nothammer festhielt. Shannon ging wieder auf die Knie, zog erneut an dem Ledergürtel und wickelte sich den noch freien Teil um ihre Hand, um mehr Halt zu haben. Der Gürtel spannte sich, schnitt in ihre verletzten Finger. Sie nutzte den Schmerz, um sich selbst anzuspornen, um ein letztes Mal mit aller Kraft zu ziehen. Die Bewegung des Metallstifts war quälend langsam, doch er sank in das Loch. Die Frau draußen hatte wieder begonnen, an der Tür zu rütteln, doch das Poltern und Klappern wurde gedämpfter. Der Gürtel sah aus, als würde er halten. Es blieb keine Zeit abzuwarten. Stattdessen drehte sich Shannon von der Tür weg und zu dem Telefon. Hinter ihr stieß die Frau erbarmungswürdige, verzweifelte Schreie aus, die langsam in ein Wehklagen übergingen. Dann hörte sie noch mehr Glas zerspringen, während noch mehr Scherben in ihre Haare fielen und sich zu ihren Füßen sammelten.

Shannon nahm den Hörer ab. Es kam ein Freizeichen – *Gott sei Dank kam ein Freizeichen!* Wieder rüttelte es an der Tür hinter ihr, dann erschien eine Hand in der Telefonzelle und sie spürte ein übles Kneifen hinten im Rücken. Sie wirbelte zu dem Schmerz herum und schlug reflexartig mit dem Hammer in ihrer rechten Hand zu. Shannon spürte den Treffer und die Frau in Weiß sprang zurück und stieß ein schmerzerfülltes Jaulen aus.

Shannon schaute wieder zum Telefon, auf das Tastenfeld vor sich. Eine silberne Münze lag oben auf dem Apparat, so wie man es ihr versprochen hatte. Sie war eisig kalt und das Gefühl drang durch ihre Panik hindurch. Die klagende Frau kam schnell zurück und versuchte, durch die Fensteröffnungen hindurch nach ihr zu schlagen. Noch immer erzitterte die Telefonzelle und zerbarsten Fenster – Shannon spürte immer wieder ein Stechen unter ihren Füßen –, doch sie musste sich konzentrieren, nur für eine Sekunde, um sich an die Zahlenreihe zu erinnern, die direkt unter der Karte in den steinernen Türbalken geritzt worden war. Sie hatte sofort gewusst, dass es eine Telefonnummer war. Sie tippte sie ein … 07652 … sie zögerte. Immer, wenn sie sich selbst abgefragt hatte, hatte sie beim zweiten Teil Fehler gemacht. Die letzten Zahlen wollten einfach nicht hängen bleiben, und in mindestens der Hälfte der Fälle hatte sie falschgelegen. Und sie hatte nur eine Münze.

»Fifty, fifty«, murmelte sie, während es weiter an der Tür rüttelte und ein weiteres Kreischen die Luft zerschnitt. Shannon spürte Schläge auf dem Rücken und den Armen. Sie war gerade weit genug weg, dass sie nicht viel Wucht hatten, doch es lenkte sie ab. Sie tippte die Ziffern ein, von denen sie glaubte, dass es die richtigen waren, und aus dem Hörer erklang ein gleichmäßiges Tuten. Sie hielt ihn an ihr Ohr. Auf dem Mundstück war ein festes Stück Klebeband, das ihre Lippen streifte, während sie wieder und wieder dasselbe Wort vor sich hinmurmelte: *bitte, bitte, bitte!*

Sie drehte sich zu der Frau in Weiß draußen um, die endlich ihre Angriffe aufgegeben hatte. Sie stand reglos und still da, die rechte Hand fest um eine der Querstreben zwischen den Fenstern geschlossen, während sie stark aus den Knöcheln blutete. Die beiden Frauen starrten sich an. Dann begann die Frau draußen, langsam zurückzuweichen, während sie den Kopf schüttelte und ihr mit einem Mal dicke Tränen über die Wangen liefen.

»*Hallo!*« Jemand meldete sich am anderen Ende der Leitung. Die Panik und der Schrecken waren deutlich zu hören, und das Wort klang eher wie ein hektisch ausgestoßener Atemzug als eine Stimme.

Shannon erstarrte einen Moment. Der Satz, den sie sagen sollte, wollte ihr nicht einfallen. »*Hallo?*«, meldete sich die Stimme erneut.

»Ich musste gewinnen«, sagte Shannon. Die Worte brannten den ganzen Weg aus ihrer bebenden Brust hinauf bis zu ihrem rauen Hals. Die Frau draußen reagierte auf den Satz, als hätte man sie rückwärts gestoßen. Sie strauchelte, konnte sich endlich losreißen und einmal um sich selbst drehen und dabei hilflos suchend durch die Landschaft blicken.

»*O Gott, nein! Bitte!*« Die Stimme am anderen Ende der Leitung klang trauernd und verzweifelt, und Shannon wollte sie nicht mehr hören. Sie ließ den Hörer fallen. Er schlug gegen die Wand und schwang am Kabel über der Stelle hin und her, an der sie jetzt zusammensank. Glas stach und schnitt in ihren Hintern und ihren Rücken und rieselte aus den Haaren. Ihre Füße bluteten heftig auf eine Schicht aus Schmutz. Aber es war ihr egal.

Für sie war es vorbei.

KAPITEL 1

Der erste Schlag mit der Linken diente nur als Führung für die harte Rechte, die mit einem satten Geräusch gegen den Sandsack klatschte und ihn nach oben und hinten drückte, bevor er mit einem weiteren satten Geräusch von seinem Seil gestoppt wurde. Es folgte das Quietschen des Mechanismus, das klang wie ein waidwundes Tier auf der Flucht, als der Sack darin zuckte und tanzte, erst nach hinten, bevor er für den nächsten Treffer wieder nach vorne flog. Diesmal traf er noch härter, genug, dass ihm Schweiß von der Augenbraue flog.

»Detective Inspector Joel Norris!« Die Stimme dröhnte durch den Raum und klang streng genug, dass Joel seinen Angriff auf den Punching Ball einstellte, aber nicht genug, um sich zu der Stimme umzudrehen. Es war halb sieben Uhr morgens, und er war in der Sporthalle. Um diese Tageszeit brauchte er nicht auf seinen vollen Dienstgrad zu reagieren. Er war erst in einer Stunde im Dienst. »Falls Sie ein Bild von jemandem an dem Ding befestigen würden, wen würden Sie nehmen?«, fragte die Stimme. Joel kannte sie nicht und schlug noch einmal zu, als wäre es ihm auch egal. Was gelogen war. Er drehte der Stimme immer noch den Rücken zu, als er nach seiner Wasserflasche griff, einen großen Schluck nahm und einen ersten Blick auf den Störenfried warf.

Ein Mann, Anfang fünfzig, die Hände in den Hüften und mit einer Haltung und einem Lächeln, die Selbstvertrauen ausstrahlten. Seine dunklen Haare waren ordentlich und kurz geschnitten, und von den Seiten her breitete sich ein leichtes Grau darin aus, wie Grauschimmel in einer Tanne. Er hatte ebenfalls etwas zu trinken dabei, heiß, in einem Thermosbecher. Der Dampf, der daraus aufstieg, erschien als einzelne Tröpfchen in dem starken Sonnenstrahl, der steil zwischen ihnen beiden nach unten stach. Er trug Hemd und Krawatte und hatte die Ärmel bereits an seinen kräftigen Armen hochgekrempelt. Auf dem rechten Unterarm war eine Tätowierung zu erkennen, blass genug, um als Jugendsünde zu gelten. Und er war sehr groß, vielleicht sogar größer als Joel mit seinen einen Meter fünfundachtzig.

»Ich hab mit meinem Gewerkschaftsvertreter gesprochen«, sagte Joel und legte nun ebenfalls die Hände in die Hüften. »Er meinte, dass jeder Kontakt der Dienstaufsicht offiziell stattfinden müsse. Das hier fühlt sich nicht offiziell an. Sie hätten sich zumindest ankündigen sollen.«

»Ich muss mir wohl wirklich Gedanken über meine Krawatten-Hemd-Kombination machen, wenn Sie glauben, dass ich von der Dienstaufsicht bin. Nach allem, was man so hört, kennen Sie ohnehin die gesamte Abteilung schon persönlich.« Die Antwort des Fremden passte zu dem Selbstvertrauen, das er ausstrahlte.

Joel zuckte mit den Achseln. »Es kommen immer wieder Neue dazu. Was wollen Sie?«

»Ich bin Ihr Boss, Joel.«

»Mein Boss?«

»Detective Chief Inspector Jim Kemp. Ihr neuer DCI.«

Joel nahm noch einen Schluck aus der Flasche und nutzte die Zeit, um den Mann vor ihm besser einzuschätzen. »Vermutlich wäre mir die Dienstaufsicht lieber gewesen. Denen kann ich immerhin sagen, dass sie sich verpissen sollen.«

DCI Kemp antwortete mit einem halben Lächeln und einem Achselzucken. »Vor acht sind Sie nicht im Dienst – technisch gesehen können Sie mir sagen, dass ich mich verpissen soll, wenn Sie das möchten. Ich kann Ihnen aber ein paar Gründe nennen, warum Sie das nicht tun sollten.«

»Einer würde reichen.«

»Ich bin nicht hier, um Ihnen ans Bein zu pinkeln, Joel. Ich habe es schon mit vielen Vorgesetzten zu tun gehabt, einige davon gut, andere weniger gut. Wissen Sie, was ein guter DCI sein sollte?« Er machte eine Geste mit seinem Becher. »Ein Sandsack. Je höher man steigt, desto weniger kraftvoll werden die Schläge, die man sich einfängt. Das heißt, solange man nicht richtig Scheiße baut. Ich hab gestern mit der Dienstaufsicht gesprochen, mit jemandem auf meiner Stufe. Ich hab denen gesagt, dass sie, egal worüber sie mit Ihnen sprechen wollen, erst mit mir sprechen müssen.«

Joel trank noch einen Schluck, um mehr Zeit für die Antwort zu haben. Das war nicht die erste Person, die ihm seit dem Ende seines letzten Falls Hilfe anbot, aber selbst bei den hilfreichen Stimmen hörte Joel unterschwellige Vorwürfe heraus. Unschuldige hatten ihr Leben verloren, und in den zwei Monaten seither waren die, die hinterher ohnehin immer alles besser wussten, zu zwei unterschiedlichen Ergebnissen gekommen: Entweder hatte er die erfolgreiche Verhaftung und Anklage eines äußerst gefährlichen Mannes durchgeführt und mit seinem schnellen und mutigen Handeln Leben gerettet, oder es war eine absolute Vollkatastrophe gewesen, die Menschen ihr Leben gekostet hatte, darunter eine Polizistin und ein junges Mädchen.

Nicht einmal Joel wusste, welche Version er glauben sollte.

Ob nun erfolgreich oder nicht, unstrittig war sein Mangel an Erfahrung. Es war seine erste Mordermittlung gewesen und jetzt, zwei Monate später, wurde immer klarer, dass es auch seine letzte gewesen war.

»Egal, ob sie erst mit Ihnen sprechen oder mich vor meiner Schicht in der Sporthalle aufsuchen, ich werde nicht mit der Dienstaufsicht sprechen. Nicht mehr. Das habe ich ihnen deutlich gesagt.« Joel postierte sich so, dass er Detective Chief Inspector Jim Kemp gerade gegenüberstand, und er machte ihm nur zu gern deutlich, dass er ihn abschätzte.

»Dann werde ich denen dasselbe sagen. Falls Sie direkt angesprochen werden, schreiben Sie sich den Namen auf und sagen Sie mir Bescheid. Ich kümmere mich darum.«

»Und bringen mich um die Gelegenheit, denen zu sagen, wohin sie sich das stecken können? Ich arbeite nicht mehr, um mir meinen Lebensunterhalt zu verdienen – alles, worauf ich mich noch freuen kann, ist die Möglichkeit, ab und zu die Dienstaufsicht anzupöbeln. Nehmen Sie mir das nicht auch noch.«

»Warum geben die Ihnen keine Fälle mehr?« Kemp ließ ein Lächeln aufblitzen, das auf seinen Lippen erstarb. Er schätzte Joel ebenso ab und beobachtete aufmerksam, wie er reagierte.

»Sagen Sie's mir, *Boss*. Im Augenblick parken die mich in einem Büro, das ich in diesen wahnsinnig professionell aussehenden Ermittlungsbereich umgekrempelt habe. Ich habe Leute eingestellt … und wofür? Es sind Fälle reingekommen, die wir hätten bearbeiten können, und Debbie Marsden hat sie mit einem freundlichen Winken an das Dezernat für Schwerverbrechen durchgereicht. Ich will Polizeiarbeit machen – wenn ich das nicht tue, was bin ich dann?« Debbie Marsden: die Frau, die Joel aus seinem vertrauten und geliebten Job als Sergeant in den Rang eines Inspectors gedrängt und ihn zum Leiter einer Taktischen Unterstützungsgruppe gemacht hatte, in der ihm nun mehrere Kriminalermittler unterstanden. Dass sie der Superintendent war, bedeutete, dass zwangsläufig irgendwann noch jemand den Rang zwischen ihnen würde bekleiden müssen, aber niemand hatte ihm gesagt, dass das so schnell passieren würde. Joel drückte seine Frustration als Wut aus, und das in letzter Zeit immer häufiger. In der Folge hatten sich die meisten Leute von ihm distanziert. Aber Jim Kemp rührte sich nicht.

»Ich habe mich gestern sehr ausführlich mit Superintendent Marsden unterhalten. Sie spricht in höchsten Tönen von Ihnen.« Diesmal rang sich Kemp ein länger anhaltendes Lächeln ab. Offensichtlich sagte er die richtigen Worte.

»Was meine aktuelle Situation nur umso bizarrer macht.

Wenn sie mich und mein Team zu würdigen weiß, muss sie uns Arbeit geben.«

»Debbie sagte, dass Sie Schwierigkeiten haben, erfahrene Ermittler zu finden …«

»Ich weiß nicht, ob ich erfahrene Ermittler möchte«, fiel Joel seinem neuen DCI ins Wort. »Alles, was ich zu hören bekomme, ist, welche Fehler ich gemacht habe. Der einzige Fehler, den ich gemacht habe, war der Versuch, jemand zu sein, der ich nicht bin. Zu versuchen, so wie die zu sein. Ich bin nicht wie die.« Damit war Joels Wandel von Frust zu Wut komplett.

»Das sind Sie nicht. Sie wissen, dass Debbie Sie überhaupt deswegen erst auf diesen Posten gesetzt hat?«

»Dann muss sie auch zu ihrer Entscheidung stehen.« Plötzlich war Joel danach, mit dem Training fortzufahren.

»Und genau deshalb bin ich hier. Das Dezernat für Schwerverbrechen mag Sie nicht, aber sie kennen mich nicht. Ich habe ein bisschen Mäuschen gespielt und mir alles durchgelesen, was über Ihren letzten Fall geschrieben wurde. Außerdem habe ich mit Polizisten gesprochen, mit denen Sie früher zusammengearbeitet haben, Menschen, die Sie kennen. Wissen Sie, warum Kollegen wie die vom Schwerverbrechen Sie nicht mögen? Weil Sie anders sind. Weil Sie um sechs Uhr morgens in der Trainingshalle stehen. Weil Sie die Eier haben, eine Tür einzutreten, wenn Sie das vielleicht besser nicht tun sollten, oder dem Beamten in der Materialausgabe zu drohen, der Ihnen nicht geben wollte, was Sie brauchten, und um sich vor den Lauf einer geladenen Schrotflinte zu stellen. Glauben Sie, einer von denen hätte so etwas getan? Keine Chance. Jeder von denen hätte gewartet, bis das bewaffnete Einsatzteam eintrifft, um die Risiken einzugehen.«

»Was das Richtige gewesen wäre, wenn man der Dienstaufsicht glaubt.«

»Das Richtige, um Ihre Karriere zu schützen. Etwas, worin *erfahrene* Detectives Experten geworden sind, etwas, was sie sogar noch besser können, als die bösen Jungs zu schnappen. Wenn Sie genug Zeit in Ihrer Karriere damit zubringen, den Vorschriften zu folgen und makellose Ermittlungen zu leiten, dann vergessen Sie vielleicht das wichtigste Versprechen, das Sie zu Beginn Ihres Berufslebens gegeben haben: *Leib und Leben zu schützen*. Nichts ist wichtiger als das. Sie haben das getan, so gut Sie es konnten. Und natürlich sind Sie noch in weiteren Bereichen anders. Sie sind stämmig gebaut, das heißt, Sie achten auf sich, Sie haben kein Alkoholproblem, von dem ich wüsste, und Sie sehen nicht wie ein Raucher aus ...« Er machte eine Pause und wartete auf eine Reaktion. Joel schüttelte den Kopf, und allmählich breitete sich ein leichtes Lächeln auf seinem Gesicht aus. »Und wie man mir sagte, noch in erster Ehe verheiratet, dazu zwei Töchter, keine davon ein Bastard?« Kemps Lächeln wurde breiter.

»Nicht im technischen Sinne des Wortes.« Joel konnte sein Lächeln nicht länger unterdrücken.

»Und keine Geliebte, keine schlüpfrigen Bürogeschichten oder eine Spielsucht?«

»Nein. Ist das am Ende ein Fehler?«

»Wenn Sie beim Dezernat für Schwerverbrechen akzeptiert werden wollen, dann ja. Absolut. Sie haben wirklich nicht das Geringste mit denen gemeinsam.« Der DCI nahm einen Schluck aus seinem Thermosbecher. Er hielt ihn in der linken Hand, sodass Joel sah, dass er keinen Ehering trug, und sich fragte, wie sehr sein neuer Boss gerade sich selbst beschrieben hatte.

»Die letzten Monate bin ich zu dem Schluss gekommen, dass ich mich nicht ändern werde. Ich habe versucht, so wie die anderen zu sein, und habe mir dauernd Sorgen gemacht, was sie von mir halten – reine Zeitverschwendung. Ist mir scheißegal. Ich weiß, was ich kann, und darauf konzentriere ich mich, den Rest kann Lucy erledigen.«

»Detective Sergeant Lucy Rose«, sagte Kemp, als pflichtete er ihm bei. »Eine weitere vielversprechende Kandidatin.«

»Der einzige Mensch, der mir beigestanden hat, und eine gute Ermittlerin. Ich habe Glück, sie in der Truppe zu haben.« Das meinte er aufrichtig. Ihr Start war holprig gewesen. Lucy hatte sich vom Kinderschutz zu ihm versetzen lassen, doch ihre Beweggründe dafür waren ein bisschen ungewöhnlich. Die ermordete Polizistin, um die es in dem Fall gegangen war, war eine Freundin von ihr gewesen, und sie hatte offen zugegeben, wie unglücklich sie darüber war, dass jemand mit Joels mangelnder Erfahrung die Ermittlungen leitete. In ihrem ersten Gespräch hatte Lucy Rose ausführlich dargelegt, warum sie ihn nicht respektierte. Er konnte es damals nicht wissen, aber das Gespräch war der Beginn einer äußerst effektiven Partnerschaft gewesen, die Joel gerne weiter ausbauen wollte. Doch dafür bräuchten sie einen neuen Fall.

»Was brauchen Sie, Joel? Ich meine, von mir?« Es war deutlich, wie ernst Kemp die Frage meinte.

»Wir müssen nur wieder zurück an die Arbeit. Mehr nicht.«

DCI Jim Kemp ließ ein strahlendes Lächeln aufblitzen, das im Sonnenlicht funkelte. Dann drehte er sich weg und ging in Richtung Tür.

»Ich hab gehofft, dass Sie das sagen!«, rief er und lehnte sich an die Tür. »Wir haben einen klassischen Fall für das Dezernat für Schwerverbrechen. Kam gerade rein. Eine Frau, die mit ihrem Hund spazieren war, hat eine Leiche gefunden. Eine junge Frau, und die Verletzungen klingen wirklich grausig. Ich hab alles aus dem Polizeicomputer ausgedruckt. Liegt auf Ihrem Schreibtisch. Die Einsatzzentrale weiß, dass Sie gleich heute früh reinkommen, und die Leute vom Schwerverbrechen sind die Schwergenervten. Die Nachtschicht ist bereits am Tatort. Ich habe ihnen gesagt, dass meine besten Leute unterwegs sind.« Jetzt war sein Lächeln äußerst verschmitzt.

»Kam gerade erst rein?«, fragte Joel. »Woher wissen Sie dann überhaupt davon?«

»Meine erste Amtshandlung bestand darin, die Einsatzzentrale wissen zu lassen, dass sie mich sofort informieren soll, wenn was Großes reinkommt. Zufällig habe ich diese Sache über Funk mitangehört, als sie gemeldet wurde, darum war ich ihnen einen Schritt voraus. Aber sie haben mich angerufen. Das System hat funktioniert.«

»Sie haben am frühen Morgen vor Ihrem Polizeifunk gesessen?«, fragte Joel. Kemp zuckte mit den Achseln.

»War vor knapp einer Stunde, also kaum früh am Morgen. Und ich schlafe nicht gut. Das brocken einem eine gescheiterte Ehe, Spielsucht und Kinder von zwei verschiedenen Frauen nun mal ein.« Sein Grinsen wurde noch breiter, dann stieß er die Tür auf und verschwand.

Joel schlug noch einmal zu. Noch vor wenigen Minuten waren seine Hiebe mit Frustration und Abscheu geladen gewesen, doch jetzt ruckte der Sack unter Schlägen, die von Hoffnung und Vorfreude erfüllt waren. Ein neuer Fall und ein neuer Boss. Und beide hatten das Potenzial, äußerst interessant zu werden.

TAG 1

KAPITEL 2

»Ah, Detective Sergeant Rose. Wir sprachen gerade von Ihnen.« Seine Kollegin kam ins Büro des Dezernats für Schwerverbrechen im Polizeipräsidium von Kent, und er schob ihr eine Tasse Kaffee hinüber. Sie waren im Hauptteil eines Gebäudekomplexes untergebracht, nur wenige Gehminuten von der Polizeischule in Kent und der Sporthalle entfernt, in der vermutlich immer noch der Sandsack hin- und herschwang. »Und ich habe Ihnen Kaffee gekocht.« Er zeigte zur Uhr. »Zehn vor sieben. Wie ein Uhrwerk. So vorhersehbar.«

»Für manche ist es ›vorhersehbar‹ und für andere ›zuverlässig‹«, murmelte Lucy Rose und schnappte sich die Tasse. Sie trug sie zu ihrem Tisch, ließ ihren Rucksack und die leichte Jacke zu Boden fallen und setzte sich. »Ach, sind wir wieder bei *DS Rose*?«

Eine wache Lucy Rose hätte den bewussten Versuch, sie zu provozieren, erkannt. »Selten hat jemand einen Kaffee dringender gebraucht«, gab Joel zurück »Harte Nacht?«

»Ich hab schlecht geschlafen.« Wie zur Bestätigung rieb sich DS Rose die Augen. Joel und Lucy arbeiteten erst ein paar Monate zusammen, aber er kannte sie jetzt schon gut genug, um nicht weiter nachzubohren. Trotzdem wusste er bisher nur eines über sie, und das stand nicht in ihrer Personalakte: Sie hasste es, DS Rose genannt zu werden. Das hatte er während ihres ersten Monats durchgängig getan, bis sie schließlich explodiert war und ihm erklärt hatte, wie sehr sie es hasste, immer gehasst hatte und *ob er sie nicht einfach nur Lucy nennen konnte*? Sie war ein verschlossener Typ und neigte dazu, vieles aufzustauen, bis sie explodierte. Das würde noch interessant werden.

»Warum sind Sie heute überhaupt so gut gelaunt?«, fragte DS Rose. »Ich glaube, ich bevorzuge Sie grummelig.«

»Wir haben einen Fall. Wir dürfen endlich etwas tun!«

»Einen Fall? Jemand hat uns einen Fall anvertraut?«

»Unser neuer DCI«, erklärte Joel.

»Wir haben einen neuen DCI?« DS Rose zog die Stirn kraus.

»Ja. Und wir haben Kollegen von der Streife, die uns auf einem Feld in Maidstone erwarten. Das Opfer ist eine junge Frau, zwei Arten von Verletzungen: möglicherweise Schuss- und Stichwunden. Klingt nach einem üblen Abgang. Eine Frau war mit ihrem Hund spazieren und fand die Leiche in einer Telefonzelle.«

»Telefonzelle! Die gibt es noch?« DS Rose schaute über den Rand ihrer Kaffeetasse hinweg.

»Von allem, was ich gerade erzählt habe, bleibt das hängen?«

Lucy stand auf. Laut schluckend kippte sie ihren Kaffee hinunter. »Na dann los, gucken wir uns diese Telefonzelle an.«

Joel stand in der drückenden Hitze, die zu dieser Tageszeit nur ein schlechter Witz sein konnte. Die Stelle, die sie am Ende ihrer Wegbeschreibung gefunden hatten, war typisch für Kent: Das grelle Licht der Sonne schien auf eine Landschaft, die vor Leben vibrierte und summte, aber sehr, sehr durstig war. Das hohe Gras, das die Straßen begrenzte, war braun und lückenhaft, während die Nebenstraße, die an dem *Willkommen in Lenham*-Schild vorbeiführte, von einer Schicht aus festgetrocknetem Schlamm bedeckt war, der inzwischen wie Straßenbelag wirkte – Überbleibsel eines Winters, der so lange her zu sein schien, dass man meinen könnte, es wäre in einem anderen Leben gewesen. Die Telefonzelle stand mitten auf einer Böschung, die von einem gepflasterten

Weg durchschnitten wurde. Das Gras zu beiden Seiten war anders und leuchtete in sattem Grün. Den unteren Teil der Böschung, dicht über der Straße, zierte ein tränenförmiges Blumenbeet. Die Erde darunter war dunkelbraun, offenbar war der gesamte Bereich vor Kurzem gewässert worden. Zweifellos pflegte einer der Einheimischen den Bereich. Auf keinen Fall würde die Bezirksverwaltung Wasser für Blumenbeete verschwenden, nachdem sie wegen der herrschenden Dürre Einschränkungen beim Wasserverbrauch angeordnet hatte. Welcher Einheimische, war eine andere Frage. Die paar Häuser, die Joel gesehen hatte, standen weit von der Straße entfernt und ragten zwischen hohen Bäumen oder dichten Hecken hervor. Meist sah man nicht mehr als ein reetgedecktes Dach oder das helle Weiß eines Fensterrahmens. Joel kam in den Sinn, dass wenn die Telefonzelle, die inmitten des mit Flatterband abgesperrten Bereichs stand, noch funktionierte, dann vermutlich nur, weil jemand vergessen hatte, dass sie überhaupt existierte.

»Kaum zu glauben, dass am Wochenende ein Sturm aufziehen könnte«, sagte Joel. Er bezog sich auf den Sturm »Andrea«, den die Nachrichten über ganz Europa hinweg verfolgten. Es hieß, er war auf dem Weg, den Ärmelkanal zu überqueren, und in den Nachrichten wurde bereits davor gewarnt.

»Ich hab gehört, dass er komplett an uns vorbeizieht«, gab Lucy zurück und streckte sich, als hätte die Fahrt viel länger gedauert als die fünfzehn Minuten aus dem Zentrum von Maidstone.

»Morgen.« Ein Streifenpolizist kam ihnen entgegen. Sein Polizeiwagen stand quer auf der Straße, und an seiner geschlossenen Beifahrertür war ein Ende des langen Absperrbandes befestigt, auf dem stand: POLIZEI – BETRETEN VERBOTEN. Der Lack blendete so stark in der Morgensonne, dass es in den Augen schmerzte, wenn man zu direkt hinschaute. Der Beamte beäugte sie zuerst misstrauisch, entspannte sich jedoch deutlich, als Joel seinen Dienstausweis zückte und ihn und seine Kollegin vorstellte. Ein Stück weiter stand noch ein Streifenpolizist und sprach mit einer älteren Frau, die sich alle erdenkliche Mühe gab, einen aufgebrachten Spaniel zu beruhigen.

»Ist das unsere Zeugin?«, erkundigte sich Joel.

»Nein, die ist auf der Wache, um ihre Aussage zu machen. Wir sprechen mit jedem, der hier vorbeikommt, nur für den Fall.« Er zuckte mit den Achseln, als wüsste er selbst, dass die Chancen bei null standen, dass hier draußen irgendjemand etwas Nützliches gesehen haben könnte.

»Und Sie beide sind allein hier?«, fragte Joel weiter.

»Ja, nur wir beide.«

»Ist noch jemand unterwegs?« Trotz des abgelegenen Tatorts würde Joel ein sehr viel größeres Gebiet sichern müssen.

»Die Frühschicht weiß Bescheid. Unsere Kollegen von der Nachtschicht waren die ganze Zeit beschäftigt. Eigentlich sollte der Boss mit zwei anderen Streifen hier hochkommen, aber sie wurden abgezogen. Ein Verkehrsunfall und ein 136er kamen gleichzeitig rein, und da die Kollegen vom Verkehr den Hintern nicht hochbekommen haben und sämtliche sicheren Zellen in der Psychiatrischen belegt waren ...« Er beendete den Satz nicht, sondern überließ den beiden den gleichen Gedanken: Die Frühschicht würde noch gemütlich um den Konferenztisch hocken und Tee schlürfen, während sie auf einen Notfall warteten, der ihnen eine Entschuldigung gab, nicht herkommen zu müssen. Niemand sicherte gern einen Tatort ab.

»Wir müssen den abgesperrten Bereich ausweiten«, erklärte Joel. »Und die Straße von der anderen Seite absperren.«

»Wir haben am anderen Ende ein Schild aufgestellt. Seit wir hier sind, ist niemand durchgekommen.«

»Es ist noch früh. Sobald die Leute rausfinden, was hier los ist, dürfen wir den üblichen Strom an Mordtouristen erwarten. Und denen möchte ich es gerne so schwer wie möglich machen. Können Sie sich ans Funkgerät klemmen und der Frühschicht etwas Feuer unterm Hintern machen? Ist schon alles für die Spurensicherung vorbereitet?«

»Wird bei erstbester Gelegenheit erledigt, Sir. Da ist noch niemand im Büro, es gibt keine Nachtschicht mehr.«

»Natürlich nicht!« Joel konnte sich ein Lächeln nicht verkneifen. Manchmal blieb einem angesichts der Einsparungen bei der Polizei nichts anderes übrig, als zu lächeln und den Kopf zu schütteln. Er ging wieder weg und rief den Polizisten zu, dass er selbst ein paar Anrufe an den Leiter der Nachtschicht tätigen würde, vielleicht konnte er ihn und seinen Kollegen ja dazu bewegen, außerhalb der Dienstzeit einzuspringen. Der Mangel an Einsatzkräften war auch für Joel ein Problem, wenn auch aus anderen Gründen. Tatsächlich hatte er ausreichend Budget, um noch mehr Personal in sein Team zu holen, aber dafür brauchte er Detective Constables, die bereit waren, aus einer anderen Abteilung zu ihm zu wechseln, und dafür mussten sie in ihrem aktuellen Team entbehrlich sein und trotzdem gut genug, um Joels Team zu verbessern. Diese Quadratur des Kreises sich widersprechender Bedürfnisse machte das Einstellen neuer Leute nahezu unmöglich – für alle Beteiligten.

Superintendent Debbie Marsden hatte ihm seinen neuen Posten mit den Worten schmackhaft gemacht, *die Polizei verändert sich*. Das Dezernat für Schwerverbrechen gehörte zur alten Garde und hatte ein Team in jedem der drei Bezirke, und sie legten ein äußerst territoriales Verhalten an den Tag: Wenn im nördlichen Teil des Countys ein Mordfall gemeldet wurde, dann rührten zwei von drei Teams keinen Finger und räumten ihre Schreibtische auf, während sie darauf warteten, dass in ihrem »Zuständigkeitsbereich« etwas geschah. Joels Truppe war ein zentralisiertes Ermittlungsteam aus dem Präsidium. Sie gingen dorthin, wo sie gebraucht wurden, und übernahmen die Leitung, dann nutzten sie die örtlichen Ressourcen nach eigenem Gutdünken. Zumindest in der Theorie. Der

Widerstand gegen Veränderungen war stärker, als er erwartet hatte, doch jetzt, wo er an der frischen Luft war und sich in einen neuen Fall vergraben konnte, gestärkt von seinem Gespräch in der Sporthalle einige Stunden zuvor, wagte Joel den Gedanken, dass das Schlimmste überstanden sein mochte.

»Ab wann ist die Spurensicherung besetzt?« Joel kannte die Antwort schon, er dachte nur laut nach. DS Rose antwortete ihm trotzdem.

»Acht Uhr. Zur selben Zeit, zu der unser restliches Team eintrifft.« In ihrer Stimme war nicht länger die sonst übliche Ironie zu hören, wenn sie das Wort *Team* benutzte. Das bedeutete, dass mindestens die nächste Stunde nichts geschehen würde. Immerhin gab ihnen das genug Zeit, den Tatort in Augenschein zu nehmen, bevor die Spurensicherung übernahm.

Die Telefonzelle war in schlechtem Zustand. Joel war begeisterter Radfahrer, ein Hobby, bei dem er Dörfer und Landstraßen im ganzen County kennenlernte. Er wusste also, wo sich noch ein paar der roten Telefonzellen in den kleineren Ortschaften versteckten. Für gewöhnlich waren sie allerdings extravagante Gartenverzierungen für reiche Leute oder Büchertauschstationen im Gemeinschaftsgarten einiger gut situierter Dörfer. Diese hier wirkte anders: Sie schien noch zu funktionieren. Sie hatte sogar einen Hörer, auch wenn dieser herunterhing, wie er durch den Spalt in der Tür sehen konnte, die von einem herausragenden Bein offen gehalten wurde.

Er richtete seine Aufmerksamkeit auf das Opfer, eine junge Frau. Sie lag auf der Seite, das linke Bein angewinkelt unter dem ausgestreckten rechten.

Joel trat näher und zog sich ein Paar Einweghandschuhe über, um die Tür so weit wie möglich aufzuziehen und besser gucken zu können. DS Rose stand direkt hinter ihm.

»Himmel«, murmelte sie dicht an seinem Ohr. »Da hat es jemand ernst gemeint.«

Joel konnte ihr nicht widersprechen. Jetzt konnte er die junge Frau besser sehen. Sie hatte nicht die geringste Chance gehabt. Sie sah aus wie Mitte zwanzig. Hübsch. Sportlich, mit langen blonden Haaren, die teilweise ihr Gesicht bedeckten. Das angezogene Bein war schwer verwundet, wie von einer Explosion. An einer Stelle waren die Haut und Knochen schwarz und schartig und entblößten das Schienbein. Der Knochen selbst war dicht über dem Knöchel gebrochen, und es fehlte ein beträchtliches Stück. Ihr nackter Fuß war nur noch durch einen Hautlappen mit dem Bein verbunden und nach hinten bis unters Knie gezogen. Joel schaute an ihr hinauf und entdeckte weitere Verletzungen. Sie trug ein locker sitzendes weißes Kleid, das weit genug hochgerutscht war, um eine Reihe hässlicher Stichwunden in ihrem Bauch zu zeigen. Joel beugte sich dichter ran.

»Sehen die für Sie aus, als ob sie eine gerade Reihe bilden?«

»Ja. Würde ich sagen«, stimmte DS Rose ihm zu.

»Wie eine Wurst auf dem Grill«, sagte Joel.

»Falls Sie meinen, wie von einer Gabel aufgespießt, dann ja, das klingt sinnvoll.«

»Nur in unserer Welt kann eine Frau in einer Telefonzelle, die mit einer riesigen Gabel erstochen wurde, sinnvoll klingen.«

»Also eine Mistgabel? Meinen Sie das?«, fragte DS Rose.

Joel trat einen Schritt zurück, um ein Stück Boden zu untersuchen, das frisch aufgeworfen wirkte. Die Tür der Telefonzelle öffnete sich nach außen, in Richtung der Straße. Der gepflasterte Weg davor war schmal, während die Böschung sehr viel sanfter wirkte als von unten. Das Gras war hoch genug, um eine Spur anzuzeigen, auf der es platt getreten worden war. Sie führte dicht genug an dem Blumenbeet vorbei, dass ein paar Nachtviolen umgeknickt waren, was das Bild verstärkte, dass die junge Frau dort längs geschleift worden war. Die Blumenstängel wiesen alle einen einheitlichen Knick auf, der eine Richtung andeutete: von der Straße, die Böschung hinauf bis zur Telefonzelle. Die dünne Schlammschicht, die auf der Straße festgetrocknet war, war nicht alles, was man hier fand. Es gab auch Blut. Eine Menge. Zuerst sah man es mitten auf der Straße, wo der Belag auch anders aussah. Der eingetrocknete Schlamm war verschwunden. Entfernt durch irgendeine Methode, die eine frisch aussehende weiße Narbe hinterlassen hatte, wie von einer Explosion. Noch mehr Blut verteilte sich über die Straße in Richtung der Telefonzelle. Es klebte Grasbüschel zusammen, während es eine Spur die Böschung hinaufzog. Joel und DS Rose sahen sich an.

»Also, einer jungen, barfüßigen Frau in einem weißen Kleid wird der linke Unterschenkel weggesprengt, von ... ja wovon? Einer Schrotflinte? Dann schleift man sie über die Straße und erledigt sie in der Telefonzelle mit einer Mistgabel. Läuft es darauf hinaus?«

»Ich glaube nicht«, sagte DS Rose. »Jedenfalls nicht so ganz. Sehen Sie sich das Blut an.« Sie zeigte zur Straße runter. »Es gibt ein Muster, Stellen, an denen das Blut sich gesammelt hat, und dann, wo es einen verschmierten Streifen bildet.«

»Und das heißt?«

»Ich glaube, sie hat sich selbst hier hochgeschleppt.«

»Während ihr Fuß an einem Hautfetzen hing?«, fragte Joel.

»Eine Mischung aus Adrenalin und Verzweiflung. Es wäre möglich. Wir wissen alle, wozu Menschen in der Lage sind. Sie muss die Telefonzelle gesehen und versucht haben, Hilfe zu holen.«

Joel seufzte lang und schwer. »Sie wäre langsam gewesen. Äußerst langsam. Sie hätte es nur bis zur Telefonzelle geschafft, wenn der Schütze es zugelassen hätte. Das bedeutet ein Risiko. Es ist eine öffentliche Straße. Was, wenn ein Auto vorbeikommt?«

»Schauen Sie sich doch um. Ich glaube nicht, dass das ein Problem ist.«

Es gab drei gleichmäßig voneinander entfernte Straßenlaternen, die aus der grasbedeckten Böschung herausragten.

Offenbar war nur dieser Abschnitt der Straße beleuchtet. Aber das war nur hilfreich, wenn hier irgendjemand irgendetwas gesehen hätte. Er zog die Tür der Telefonzelle wieder auf. »Könnten Sie das wohl mal kurz halten?«, bat er. DS Rose hielt die Tür auf. Sie trug ebenfalls Einweghandschuhe. Keiner von ihnen hatte den Griff berührt. DS Rose hockte sich etwas hin, um die Tür unten anzufassen, während Joel nach dem Kinn der Frau griff und seine Finger an ihren Hals drückte, um nach einem Puls zu fühlen.

»Das haben die Kollegen schon gemacht«, bemerkte DS Rose.

»Alte Gewohnheiten«, gab Joel zurück. Er versuchte, ihren Kopf am Kinn etwas nach oben zu drücken. Der menschliche Schädel ist ziemlich schwer, aber diesen hier konnte er überhaupt nicht bewegen. Joel wollte nicht zu viel Druck aufwenden und ließ es bleiben. »Was wissen Sie über Leichenstarre?«, fragte er.

DS Rose zuckte mit den Achseln. »Braucht ein paar Stunden, bevor sie einsetzt, ist bei jedem anders und kann extreme Unterschiede aufweisen, je nach Temperatur, Position der Leiche …«

»Temperaturextreme haben wir hier nicht. Und so, wie sie hier sitzt, müsste sie im Kiefer und Hals beginnen. Für gewöhnlich setzt die Leichenstarre nach zwei bis vier Stunden ein. Ihr Hals fühlt sich ziemlich steif an, aber ihre Arme und Beine sind noch ziemlich flexibel. Die Extremitäten werden als Letztes betroffen.«

»Da hat jemand seine Fachliteratur gelesen!«, unkte DS Rose.

»Ich dachte, ich müsste mich mal etwas fortbilden«. Joel betrachtete immer noch die Leiche. Er versuchte verzweifelt, irgendwelche weiteren Verletzungen zu entdecken. Sie war schmutzig, vor allem ihre Hände, und vermutlich steckte irgendein entscheidender Beweis unter diesen Fingernägeln. Die Spurensicherung würde bald hier sein, aber Geduld war nicht seine größte Tugend. »Der Hörer«, sagte er, während er sich wieder aufrichtete. Seine Schenkel brannten allmählich. »Ich wüsste nicht, wie sie den von der Gabel bekommen haben sollte, egal wie viel Adrenalin sie im Blut hatte.«

»Dann war es vielleicht jemand anderes? Meinen Sie das? Der Mörder vielleicht?«

»Vielleicht ... oder vielleicht war sie schon am Telefon gewesen, bevor man sie wieder rausgezerrt hat. Aber ich glaube ...« Joel hielt inne, als vor seinem inneren Auge plötzlich grausige Bilder erschienen, die so gar nicht in diese pittoreske Landschaft passen wollten. »Ich glaube, am Ende hat man nur noch mit ihr gespielt.«

KAPITEL 3

Einige Stunden zuvor

Margaret Marshall beobachtete durch ihr Küchenfenster, wie ein neuer Tag anbrach. Es war nicht direkt ein Sonnenaufgang – eher ein gleichmäßiges Hellwerden, das von einem Lichtstreifen ausging, der über der Spitze des Hügels auf der anderen Talseite lag. Sie hatte es immer als großes Glück empfunden, hier zu leben, wo sie diese weite Aussicht hatte, die um diese Jahreszeit wie ein Muster aus grünen, braunen und maisgelben Flecken erschien. Es gelang ihr fast, sich einzureden, dass das Tal, das sie sah, und all die Natur darin die ganze Welt waren. Dass sie ganz allein und vollkommen sicher war.

Aber sie hatte sich noch niemals so gefürchtet wie jetzt.

Ihr Telefon klingelte. Wie erstarrt stand sie da und glotzte das Telefon nur an. Auf dem Display stand eine Nummer mit der örtlichen Vorwahl. Man hatte ihr erzählt, dass, falls ein Anruf käme, er aus dieser Gegend wäre. Er käme bei Tagesanbruch. Und sie müsse rangehen. Deswegen hatte sie die ganze Nacht lang hier gesessen und zugesehen, wie der große, helle Mond langsam über das Tal wanderte, während sie darum betete, dass er stehen bliebe, damit der Tagesanbruch niemals käme.

Sie nahm ihr Telefon mit so stark zitternden Händen auf, dass es ihr fast zu Boden gefallen wäre. Sie schloss fest die Augen.

»Hallo!« Ihre Stimme war ebenfalls zittrig. Es dauerte, bis eine Antwort kam. Erst, als Margaret sich erneut meldete, drang die fremde Stimme – sie klang außer Atem – zu ihr durch.

»Ich musste gewinnen!«

Margaret wurde auf der Stelle eiskalt. Das Gefühl breitete sich von ihrer Brust im ganzen Körper aus. Ihre eigene Stimme drang an ihre Ohren wie durch einen Dämmstoff, als würde jemand anderes sprechen, nicht sie.

»O Gott, nein! Bitte! Bitte tun Sie ihr nicht weh!«

Vom anderen Ende der Leitung kam ein dumpfes Geräusch. Margaret war so angespannt, dass sie erschrak, und sie zog so schnell die Luft ein, dass sie ein Pfeifgeräusch ausstieß. »Bitte!«, versuchte sie es noch einmal, doch ihre Kehle war wie zugeschnürt, und nur ein Wimmern kam heraus. Jetzt hörte sie eine Stimme, weit weg, tief und rufend. Eine Männerstimme. Dann erklang ein knarrendes Geräusch, wie von einer Tür im Horrorfilm. Ein anderes Geräusch erfüllte die Leitung, so allgegenwärtig, dass sie nichts anderes vernahm. Es war ein Kreischen, lang und kraftvoll, bevor es zu einem Weinen wurde. Es folgte ein Rufen, diesmal von einer Frau. Und diese Stimme kannte sie. Es war Kelly. Und sie bettelte um ihr Leben.

Margaret stieß die Worte aus: »Kelly! KELLY!« Es nutzte nichts, Kelly klang, als wäre sie weit entfernt vom Telefon, zu weit, um sie zu hören. Dann wurde alles andere übertönt von einem lauten BUMM! Margaret hielt den Atem an. Es folgten weitere Schreie, dann wieder Kellys Stimme, doch diesmal sagte sie nichts, flehte sie nicht, diesmal war es purer Schmerz. Schrille Schmerzensschreie, die näherkamen, langsam, aber stetig, als würde Margaret ein verwundetes Tier an einem Seil näher zu sich heranziehen. Sie presste sich das Telefon so fest ans Ohr, dass sie durch den ganzen Schrecken hindurch den Schmerz spürte. Wieder ein knarrendes Geräusch. Jetzt waren Kellys Schreie sehr viel dichter, dicht genug, dass sie Margaret vielleicht hören konnte.

»Kelly! KELLY! KELLY, sprich mit mir, Kelly … KELLY!« Die Stimme gab keine Antwort, sondern wieder war ein Flehen zu hören, diesmal nur ein Wort, das sie immer wieder wiederholte: »Nein.« Lauter, schneller, jedes Mal panischer. »Nein. Nein, NEIN! NEEEIIIINNN!«

Die Stimme erstarb. Margaret hielt das Telefon vom Ohr weg, um aufs Display zu schauen, ob die Leitung noch stand. Als sie es wieder an ihr Ohr hielt, war da etwas. Eine Art Husten, das sie immer noch als Kellys erkannte, als versuche sie vergeblich, den Hals freizubekommen. Dann veränderte sich das Geräusch erneut.

Diesmal hörte sie, wie Kelly ertrank.

Margaret hielt sich das Handy ans Ohr, die andere Hand fest auf den Mund gepresst, so fest, dass sie nicht atmen konnte. Ein Klicken ließ sie zusammenzucken – alle Geräusche waren verstummt.

Die Leitung war tot.

KAPITEL 4

Zusammen mit DS Rose marschierte Joel an den zwei Reihen leerer Schreibtische vorbei, die der Tür am nächsten standen, bis er das vorderste Büro erreichte, in dem zumindest ein bisschen Leben herrschte. Ihm waren ein neues Team und ein neues Büro versprochen worden. Bisher hatte er einen gekaperten Büroraum, zwei Detectives und eine Datenanalystin, die noch ganz neu im Polizeigeschäft war. Mit eben dieser Datenanalystin wollte er sprechen, und wie üblich war sie die einzige Person im Büro.

»Eileen … ich hoffe, Sie haben etwas für mich. Ich glaube, wir haben den einzigen Flecken öffentlichen Boden im ganzen Land gefunden, an dem jemand in aller Seelenruhe den denkbar lautesten Mord begehen kann, bevor er in der Nacht verschwindet.«

»Lautesten?« Eileen Holmans lehnte sich zurück, schüttelte den Kopf und blinzelte. Sie trug eine Brille mit schmalen Gläsern, und Joel war überzeugt davon, dass sie sie gar nicht brauchte. Sie benutzte sie nur, um ihn über ihre Gläser hinweg anzuschauen, damit er ihre Ablehnung deutlicher sah. Jetzt gerade tat sie es wieder. »Soll ich das so in den Bericht schreiben? Soll das der erste Tatort-Eindruck von DI Norris sein? *›Muss laut gewesen sein?‹*«

»Sie können das gerne etwas hübscher formulieren. So was wie: ›Der gut aussehende und charismatische Detective bemerkte Spuren auf dem Asphalt, die zu einem Schuss aus einer Schrotflinte passen …‹«

Eileen musterte ihn weiterhin über ihre Brille hinweg, bevor sie ohne jede Regung erwiderte: »Ich denke, ich sollte lieber selbst die Formulierungen für den Bericht wählen.« Joel lachte. Er konnte nicht abstreiten, dass die Brille zu ihr passte. Sie trug üblicherweise einen langen Rock und eine dicke Strickjacke. Ohne ihre Bewerbungsunterlagen gesehen zu haben, hätte er ihr Alter nicht schätzen können. Sie war erst sechsundfünfzig und hatte fast dreißig Jahre als Lehrerin gearbeitet, bevor ihr Mann plötzlich erkrankte und alle Pläne für einen gemeinsamen Ruhestand ruiniert waren. Daraufhin hatte sie viele Veränderungen in ihrem Leben vorgenommen, eine war ihre Arbeit. Nachdem sie alles Notwendige erledigt hatte, um ihre volle Pension aus den Jahren als Lehrerin zu erhalten, hatte sie angefangen, für die Bezirksverwaltung in Kent zu arbeiten, wo sie sich auf eine Stelle beworben hatte, in der sie Fällen von illegaler Abfallentsorgung nachspürte. Offensichtlich war das Vergnügen, den Abschaum von Kent dazu zu bewegen, seinen Müll gefälligst selbst wegzuwerfen, nicht ausreichend gewesen, um sie zu halten, und in ihrem Bewerbungsgespräch hatte sie erklärt, dass sie verzweifelt etwas suchte, das mehr Aufregung versprach. Da lag es nahe, sich bei der Polizei zu bewerben, aber die Hausschuhe, die sie an ihrem ersten Tag aus der Handtasche geholt und angezogen hatte, deuteten – zumindest für Joel – darauf hin, dass sie weiterhin dafür sorgen würde, dass es nicht *zu* aufregend wurde. Niemand sonst aus dem Bewerbungsgespräch wollte sie nehmen, doch Joel war auf der Stelle von ihr begeistert gewesen. Er sah in ihr eine Frau, die unglaublichen Wert auf Details legte, mit Fähigkeiten am Computer und bei der Analyse, die ihren Lebenslauf Lügen straften – und sie besaß ein echtes Talent dafür, das zu kriegen, was sie wollte. Ihm war völlig egal, ob sie dabei Hausschuhe trug. Und es kam Joel gelegen, jemanden im Team zu haben, die er ohne Bedenken an einen Computer setzen konnte, von dem aus sie bei Bedarf Zugriff auf sämtliche Polizeisysteme hatte. Sie hatte den Job als Datenanalystin in der Sekunde gehabt, als sie ihm zum ersten Mal diesen düsteren Blick über ihre Brille hinweg zugeworfen hatte.

»Soll mir recht sein«, antwortete er.

»Und es war unzweifelhaft eine Schrotflinte?«, fragte Eileen.

»So sah es für mich aus. Kurze Entfernung, möglicherweise bearbeitet oder abgesägt, wenn man sich die Streuung anschaut. Wurde nach unten auf ihren Knöchel abgefeuert.«

»Dann schreibe ich, dass erste Anzeichen darauf *hindeuten*, dass eine Schrotflinte benutzt wurde. Und das Opfer lag am Boden, als ihr die Wunde zugefügt wurde?«, wollte Eileen weiter wissen.

»Erste Anzeichen deuten darauf hin.« Joel konnte sich ein Grinsen nicht verkneifen, doch als er weitersprach, verlor es sich. »Sie hatte jede Menge Blutergüsse und Spuren an den Armen, im Gesicht und dem Oberkörper. Die Spurensicherung wird uns ein genaueres Bild geben, wenn sie sie untersuchen, aber ich würde sagen, dass sie zu Boden geschlagen wurde.«

»Zu Boden geschlagen, den Fuß quasi abgeschossen, und anschließend hat sie sich in die Telefonzelle geschleppt, wo sie mit einer Mistgabel erstochen wurde.« Es war das Erste, was DS Rose sagte, und der Schrecken in ihrer Stimme wurde bei jedem Wort deutlicher.

»Okay, natürlich sind das im Augenblick alles Vermutungen«, erwiderte Eileen, ohne zu zögern.

Joel wandte ein: »Was auch immer passiert ist, es war ein grausiges Ende. Deshalb müssen Sie uns alles über den Durchbruch bei der Durchsicht der Telefonlisten erzählen, damit wir diesen Bastard aufscheuchen und festnageln können.«

Eileen hörte auf zu tippen und schaute wieder über ihre Brille zu ihm hoch. »Ich weiß nicht, ob Sie irgendwen aufscheuchen, um ihn dann festzunageln, und ich bin mir auch nicht sicher, ob diese Wortwahl hier angemessen ist. Immerhin wissen wir noch nicht sicher, dass es sich hier um einen gewalttätigen Partner handelt. Oder möchten Sie, dass ich diese Beschreibung im Bericht erwähne – natürlich auch nur als Vermutung?«

»Was ist denn mit den Telefonlisten?«, fragte Joel und ignorierte ihre Zurechtweisung.

»Ich fürchte, im Augenblick habe ich nicht viel anzubieten. Ich habe mit der Telefongesellschaft gesprochen. Sie haben bestätigt, dass die Telefonzelle angeschlossen ist, auch wenn sie für einen Abbau vorgemerkt ist, sobald der nahe gelegene Mobilfunkmast eingerichtet ist, der das Netz erweitert. Sie haben nur zu gerne eine Liste bereitgestellt, welche Nummern von der Zelle aus angerufen wurden – das waren zehn Anrufe in den letzten drei Monaten. Ich bin noch dabei, die Einzelheiten zusammenzustellen, mein Hauptaugenmerk liegt jedoch auf dem Anruf, der heute Morgen um zehn nach fünf gemacht wurde.«

»Ja?«

»Ich möchte nicht, dass Sie sich falsche Hoffnungen machen, Inspector. Jemand hat eine Handynummer angerufen, dabei handelt es sich jedoch um ein sogenanntes *Wegwerfhandy*. Durch pures Glück hat die Telefongesellschaft jedoch auch die SIM-Nummer des benutzten Handys angegeben – eine andere Abteilung, aber sie konnten mich recht schnell zu der Person durchstellen, die mir dabei am meisten helfen konnte. Sie haben die Nummer mit der Datenbank der International Mobile Equipment Identity verglichen, eine Seriennummer, die jedes Gerät hat, und …«

»Haben Sie da auch irgendwo eine kurze Antwort versteckt?«, unterbrach sie Joel, dem nur allzu bewusst war, dass Eileen überaus gründlich bei allem war, was die Arbeit betraf – vielleicht gründlicher als nötig, wenn es darum ging, ihn auf den neuesten Stand zu bringen. Sie schnaubte.

»Wie ich schon sagte, es ist ein Wegwerfhandy. Wurde nicht im Laden gekauft. Vermutlich eBay oder an einem Marktstand – und alt genug, um schon eine Weile unter den Leuten gewesen zu sein.«

»Also nicht zurückzuverfolgen.«

»Richtig.«

»Funkmast-Triangulation?«

»Da gibt es gute Nachrichten, zumindest laut dem Experten bei der Telefongesellschaft, mit dem ich gesprochen habe. Es war nur ein Mast betroffen.«

»Und das heißt?«

»Das heißt, es war ein Ortsgespräch. Zumindest aus Sicht des Funksignals. Funkmasten funktionieren so, dass sie die Gespräche untereinander hin und her reichen. Wenn man so will. Zumindest leiten sie das Gespräch weiter. Das hat dieser nicht getan.«

»Also haben wir einen Zielradius? Eine Möglichkeit, es einzugrenzen?«

»Den haben wir. Das war es dann aber auch wieder mit den guten Nachrichten. Ein Funkmast in ländlichem Gebiet deckt zehn Quadratkilometer ab, was von diesem Mast aus ganz Maidstone beinhaltet, inklusive diesem Büro hier. Dicht besiedelt und ohne Möglichkeit, es weiter einzugrenzen.«

»Was wäre mit einer aktiven Rückverfolgung? Wenn das Handy noch immer den Turm anpingt, können wir es orten.«

»Tut es nicht.«

»Sie haben es abgeschaltet.«

»Abgeschaltet, zerstört, in den Gully geworfen.« Eileen zuckte mit den Achseln. »Alles, was wir wissen, ist, dass es nicht mehr im Netz ist.«

Joel hatte auf einem der zahlreichen leeren Schreibtische gesessen, jetzt begann er jedoch, auf und ab zu laufen. »Okay, Vorschläge. Etwa um die Zeit, als unser Opfer ermordet wurde, hat jemand aus dieser Zelle telefoniert. Warum, und wer?«

»Der Anruf muss mit dem Opfer in Verbindung stehen«, sagte DS Rose. Joel sah sie an, um sie zu ermuntern weiterzusprechen. »Mir fallen nur zwei Gründe für so einen Anruf ein:

Entweder rufst du jemanden an, der auf deiner Seite ist, jemanden, der dir beim Aufräumen hilft ... oder du rufst jemanden an, der mit dem Opfer in Verbindung steht.«

»Um ihm zu sagen, was du getan hast?«, fragte Joel.

»Vielleicht?«

»Oder die arme Frau hat angerufen? Vielleicht hat sie um Hilfe gerufen?« Eileen schaute wieder über ihre Brille, diesmal in Erwartung einer Antwort.

»Warum ruft sie dann eine Handynummer an? In ihrer Situation würde sie doch eher den Notruf wählen, oder nicht?« Joel dachte laut nach. Im Augenblick konnten sie diese Frage nicht beantworten. »Und Sie behalten den Notruf im Auge und finden heraus, welche Anrufe an uns reingekommen sind?« Damit bezog sich Joel auf eine andere Aufgabe, die er Eileen telefonisch übertragen hatte.

»Ja. Niemand hat den Notruf gewählt, um uns zu informieren, dass er von einer jungen Frau in Not angerufen wurde, und auch sonst nichts, was zu diesem Fall passen würde. Ich bin auch schon die Vermisstenmeldungen aus der Umgebung durchgegangen, und niemand passt auf die Beschreibung unserer jungen Frau. Ich kann noch die Berichte über Drohungen und Stalking durchgehen, die gemeldet wurden, und natürlich häusliche Gewalt, aber wir reden hier von einer Menge zeitaufwendiger Arbeit, die vielleicht nichts bringt. Ich vermute, man arbeitet noch daran, das arme Ding zu identifizieren? Sobald ich einen Namen habe, kann ich meine Zeit sehr viel effizienter nutzen.«

»Den besorge ich Ihnen. Wir haben sie durch die Laterne gejagt, als wir dort waren, aber vergeblich.« Die Laterne war im Grunde ein Handy mit einem auf der Rückseite befestigten Fingerabdruckleser. Das Bild der toten, kalten Finger auf dem Glas stand Joel noch frisch vor Augen.

»Also ist sie nicht polizeibekannt«, sagte Eileen.

Joel zuckte mit den Achseln. »Ihre Fingerabdrücke sind es nicht. Allerdings verlieren wir jeden Tag mehr aus unserer

Datenbank. Ein Hoch auf die Datenschutzpolitik, die dabei hilft, uns den Job so schwer wie möglich zu machen.«

»Falls unser Mörder das Telefon benutzt hat, finden wir vielleicht etwas auf dem Hörer. DNA mag harte Plastikoberflächen«, warf DS Rose ein.

»Das stimmt.« Joel seufzte und lief wieder auf und ab.

»Aber …?«, fragte DS Rose.

»Nichts davon ergibt den geringsten Sinn. Eine sportliche junge Frau, nicht polizeibekannt, am Arsch der Welt und in einem Kleid, das aussieht wie … keine Ahnung, ich verstehe die heutige Mode nicht, aber es sah falsch aus, und eindeutig passte es nicht. Und sie war barfuß. Ihr Mörder war auch nicht besonders schnell. Jemand wusste, dass er Zeit hat. Und dieser Anruf … Ich stimme Lucy zu, dass der Anruf etwas mit unserem Opfer zu tun haben muss. Falls es der Täter war, der jemanden gerufen hat, um ihm beim Aufräumen zu helfen, warum hat er das dann nicht getan? Also, warum …« Joel rieb sich das Gesicht und ließ den Satz unvollendet, während DS Rose seinen Gedanken aufgriff.

»Warum hat sich dann niemand bei uns gemeldet, um uns zu sagen, dass er gerade den schrecklichsten Anruf seines Lebens bekommen hatte?«, fragte sie.

»Ganz genau.«

»Da fällt mir nur eine Erklärung ein.« DS Rose schüttelte den Kopf und ihr Blick wurde glasig, als wäre sie ganz in Gedanken versunken. »Dieser Mord – der Tatort, den wir dort draußen an der Landstraße haben –, ist nur ein Teil der Geschichte.«

KAPITEL 5

»Es gibt wirklich keinen Grund für dich, hier zu warten, Billy. Wer weiß, wie lange so was dauert?« Margaret sprach mit ihrem Freund Billy Easton, dem man mehr und mehr ansah, wie unangenehm ihm die Sache war. Sie saßen beide auf stabilen Plastikstühlen im Wartezimmer der Notaufnahme des Maidstone General Hospital, und an jedem anderen Tag hätte sie sich genauso gequält wie ihr Begleiter. Aber heute nicht. Heute spürte sie kaum, wie hart der Stuhl war, oder dass die Lehne so geformt war, dass sie sich in die weiche Haut unter ihren Achseln bohrte. Heute konnte sie fast gar nichts spüren.

Auch wenn sie sehr froh darüber gewesen war, einen Freund an ihrer Seite zu wissen, wünschte sie sich allmählich, dass er nach Hause fuhr. Billy wohnte im Haus neben Margaret. Sie waren etwa zur selben Zeit eingezogen und hatten sich von Anfang an gut verstanden. Margaret war wegen ihres gebrochenen Fußes nicht allzu mobil gewesen. Die Heilung hatte ewig gedauert, und Billy war ihr sofort eine große Hilfe gewesen. Selbst mit einem Umzugsunternehmen ist der Einzug in ein neues Haus anstrengend, und er hatte die erste Woche über Regale angebracht, Möbel zusammengebaut und sich sogar ums Einkaufen gekümmert, und das alles, bevor er seine eigenen Kartons ausgepackt hatte. Zunächst hatte Margaret sich deswegen schlecht gefühlt. Sie wollte niemanden ausnutzen. Aber es schien ihn nie zu stören, und er hatte sogar darauf bestanden, ihr zu helfen, und erklärt, dass es ihm das Gefühl gab, nützlich zu sein. Sie hatten einiges gemeinsam.

Beide waren plötzlich allein gewesen, nachdem ihre Partner die Scheidung eingereicht hatten. Ihre eigene hatte sie lange genug vorhersehen können, um sich zu wappnen, aber sie hatte den Eindruck, dass es Billy eiskalt erwischt hatte. Beiden war ein bitterer Nachgeschmack aus ihrer Beziehung geblieben und zu viel Bitterkeit und Resignation, um nach einem weiteren Happy End zu suchen. Margaret war allein und entschlossen, das Beste daraus zu machen, und der Umzug in ein abgelegenes Landhäuschen war ein wichtiger Schritt dazu gewesen. Sie hatte sich danach gesehnt, an einem ruhigen Ort zu leben, an dem sie sich sicher fühlte.

Die Ruhe hatte etwa vier Jahre angehalten, dann hatte das Chaos der Welt sie wiedergefunden. Und deshalb war sie heute hier. Ihr Atem ging immer noch sehr flach, ihr Puls raste, und zuerst hatten die Ärzte einen Herzanfall befürchtet. Die ersten Testergebnisse waren jedoch von einer erleichterten Schwester verkündet worden: »Nichts weiter als eine Panikattacke.« Margaret war nicht erleichtert gewesen. Sie fühlte sich nicht besser. Sie hatte getan, als wäre es nichts, und den Ärzten gesagt, dass es völlig unvermittelt begonnen hätte und es ihr gut gehe. Das Krankenhauspersonal und Billy, der seine faltige Hand um ihre gelegt hatte, hatten gelächelt und erklärt, dass eine solche Panik manchmal einfach komme, auch ohne bestimmten Grund.

Aber es hatte einen Grund gegeben. Ein grässlicher Telefonanruf war durch einen unbekümmerten Sonnenaufgang in den einzigen Ort eingedrungen, an dem sie sich sicher gefühlt hatte. Das war vorbei. Selbst dorthin hatte das Böse einen Weg gefunden. Es war direkt an ihre Tür marschiert, hatte ihren schlimmsten Albtraum erraten und mit einem einzigen Satz klargemacht, dass er grausame Wirklichkeit geworden war:

Ich musste gewinnen.

KAPITEL 6

Joel begann zu laufen, um die dreispurige Straße zu überqueren, auf der sich das Leben im Zentrum von Maidstone staute. Er war unterwegs zu einem grauen, mehrgeschossigen Parkhaus, dessen untere zwei Etagen mit großen Buchstaben als »Chequers Busbahnhof« kenntlich gemacht waren. DS Rose wartete unter dem Schild auf dem Gehweg.

»Ich sagte doch, wir hätten am Revier parken und zu Fuß herkommen können«, murrte sie.

»Haben Sie schon mal versucht, an der Polizeistation von Maidstone zu parken? Dafür brauchen Sie eine schriftliche Genehmigung vom Chief Constable und einen Schuhlöffel.«

»Jemand wollte uns hier treffen«, sagte DS Rose. Joel nahm die Umgebung in Augenschein. Die Gegend brummte vor Geschäftigkeit. Die einzigen anderen Anwesenden bildeten die Warteschlangen vor den Bussen, die eine rumpelnde, ratternde und zischende Polonaise veranstalteten, bei der immer ein Bus vor- und ein anderer abfuhr. Alle anderen marschierten mit gesenktem Kopf voran. Der Busbahnhof war nicht mehr als eine zweispurige Straße mitten im Chequers-Einkaufszentrum. Links war der Wartebereich für Passagiere mit einem extrabreiten Gehweg, in dem leicht gekippte Plastikflächen aus der Wand ragten, die als Sitze dienten. Dazu Fliesen am Boden, deren Fugen mit Schmutz verputzt waren, und eine Wand, in der ganze Abschnitte aus irgendeinem Grund aus dickem Glas bestanden. Vermutlich war es so entworfen worden, um den Mangel an natürlichem Licht zu bekämpfen, es diente aber nur als weiterer Ort, an dem sich eine Schmutzschicht ablagern konnte. Die Decke schwebte dicht über den Doppeldeckerbussen und verstärkte das hydraulische Zischen, wenn die Fahrzeuge anhielten und die Türen öffneten. Es war laut genug, dass Joel das Gesicht verzog, während er sich tiefer ins Gedränge schob.

»Haben wir eine Nummer, die wir noch mal anrufen können?« Joels Geduld neigte sich dem Ende zu. Seit dem Moment, als Eileen Holmans bemerkt hatte, dass jemand in der Notrufzentrale einen relevanten Anruf ins System eingegeben hatte, brannte Joel darauf, Antworten zu kriegen. Es war die erste echte Spur, die weitere Hinweise liefern könnte, was zur Hölle letzte Nacht in Lenham vorgefallen war. Ein Busfahrer hatte sich direkt bei der Polizei gemeldet – nicht über den Notruf –, nur, weil sein Kollege, ein ehemaliger Polizist, ihm dazu geraten hatte. Er hatte sich am Ende seiner Schicht gemeldet und berichtet, dass er auf seiner ersten Tour am Morgen eine junge Frau aufgenommen hatte, die verschmutzt und aufgebracht gewesen sei und ihn angefleht hätte, sie mitzunehmen, obwohl sie kein Geld und kein Handy habe. Natürlich hatte er sie mit zum Busbahnhof genommen. Sie schien wegen irgendetwas furchtbar verängstigt gewesen zu sein, doch das Seltsamste an ihr war das formlose, schmutzige Kleid gewesen, das er nur als roten Sack hatte bezeichnen können. Joel war zur Tür hinaus gewesen, bevor Eileen gelesen hatte, dass sie auch barfuß gewesen war.

»Officers?« Ein Angestellter der Busgesellschaft kam aus der Menge auf sie zu und begrüßte sie herzlich. Er trug eine Ansteckkrawatte und ein Hemd mit kurzen Ärmeln, an denen fast schon gefährlich aussehende Bügelfalten prangten. Er stemmte die Hände ins Kreuz und wippte auf den Hacken vor und zurück. Er war Mitte oder Ende fünfzig, trug einen Schnurrbart, einen Bierbauch und glänzend polierte Dr. Martens. Sein Namensschild wies ihn als Norman Kepple aus, doch er stellte sich dennoch vor. Am unteren Ende seiner Krawatte war der Name der Busgesellschaft eingestickt.

Als Joel ihn sah, gab er eine Vermutung ab: »Sie sind im Ruhestand und bessern Ihre Rente auf! Ich tippe auf Kent?«

»Erst London, später Kent. Vornehmlich Verkehrspolizei, und mir ist klar, dass das nicht immer die beliebteste Wahl ist! Hab aber die vollen dreißig Jahre durchgezogen. Offenbar sieht man mir den Dienst noch immer an!« Er schien hocherfreut.

Das musste dann der »Kollege und ehemalige Polizist« sein, der im Anruf erwähnt worden war. Er strömte den typischen Duft aus: *Eau d' ex-polizist*. Sie alle strömten diesen Geruch aus. »Man sieht es Ihnen eindeutig an. Sind Sie der Mann, der uns heute bei unseren Ermittlungen hilft?«

Norman wippte erneut auf seinen Hacken zurück, die Miene noch immer voller Verzückung. »Wann immer es mir möglich ist, kommen alle Polizeianfragen direkt zu mir. Es wurde recht schnell klar, dass ich beide Seiten gut kenne. Ich bin schon ein paar Jahre hier. Habe als Fahrer angefangen, dann aber mehr und mehr Sicherheitsaufgaben übernommen, und inzwischen mach ich fast nichts anderes mehr.«

»Dann sprechen wir eindeutig mit dem Richtigen.«

»Hoffen wir's! Also, wir haben eine junge Frau, die draußen in Lenham in den Bus steigt. Sie sieht etwas blutig und zerschunden aus. Das war nicht Henrys normale Route, aber ich vermute, das hätte für jeden ungewöhnlich ausgesehen. Henry ist ein feiner Kerl. Er wusste nicht genau, was er tun sollte, der Arme, also kam er zu mir. Ich sagte ihm, dass er das sofort melden soll, aber da war schon einiges an Zeit vergangen. Trotzdem vermute ich, dass Sie gerne einen Blick auf sie werfen möchten?«

»Ja, falls das möglich ist.«

»Einfach hier entlang!« Norman marschierte los, direkt auf eine Doppeltür zu, auf der *Einkaufszentrum/Toiletten* stand. Der Videoüberwachungsraum war einer der ersten im Einkaufszentrum, und man konnte die Tür zwischen zwei blinkenden Geldautomaten und einem Snackautomaten leicht übersehen. Joel war einfach nur froh, aus dem Getöse rauszukommen.

Der Raum war mit einem Tastenfeld und zwei Schlüsseln gesichert, die an einem Band in Normans Tasche hingen, das automatisch in den Schlüsselhalter zurückgezogen wurde. Im Raum standen zwei Bildschirme nebeneinander auf einem Schreibtisch, davor ein Bürostuhl auf Rollen. Neben einem der Monitore ragte ein ordentlicher Stapel Akten in die Höhe, auf der anderen ein Stapel noch eingeschweißter, beschreibbarer DVDs. Es sah genau so aus, wie man sich den Arbeitsplatz eines ehemaligen Verkehrspolizisten vorstellte.

»Alle Busse sind im Innenraum mit Kameras ausgestattet, müssen Sie wissen. Henry war vorhin hier, also habe ich sein ganzes Material da draufkopiert …« Er deutete auf einen USB-Stick, der vorne im Computer steckte. »Sobald ich wusste, wo sie eingestiegen ist, konnte ich das Bildmaterial zu genau der Minute spulen, und …« Norman drückte eine Taste, und beide Bildschirme sprangen gleichzeitig an. Auf einem war ein blauer Desktop mit ordentlich sortierten Icons zu sehen, auf dem anderen das pausierte Videobild einer Bustür von innen. »Da ist es: 6:34 Uhr morgens. Henry ist einer unserer zuverlässigeren Fahrer. Er machte das schon eine Weile und weiß, wie man den Fahrplan einhält. Das war der erste Bus an diesem Ort.« Normans Begeisterung erreichte ihren Höhepunkt. Er startete das Video und man sah, wie die Bustüren aufgingen. Zuerst stieg eine ältere Frau ein. Sie zog einen Trolley hinter sich her, der an der Kante hängen blieb, und hinter ihr sah man eine Bewegung, als ihr jemand zu Hilfe kam. Eine junge Frau in einem einfachen roten Kleid mit breiten Schulterträgern hob ihn die Stufe hinauf. Die alte Dame schien es gar nicht zu bemerken und drehte sich kaum um. Die Frau in Rot stieg als Nächste ein. Ihre Haare hatten ebenfalls einen rötlichen Schimmer, wenn auch viel schwächer als ihr Kleid. Sie stand da und redete einige Minuten mit dem

Fahrer. Joel konnte die Leute sehen, die hinter ihr warteten. Sie schienen Abstand zu halten.

»Sie fällt auf«, war Joels erste Reaktion. Das Video war von guter Qualität, gut genug, dass man den Schmutz sah, der ihren Hals, die Oberarme und die Brust bedeckte. Es sah aus, als hätte sie ihn auf ihrem Gesicht verschmiert, vielleicht als sie versucht hatte, sich ein bisschen zu säubern. Schon an der Art, wie sie dastand, erkannte man ihre Erschöpfung. Ihre Gesten wurden immer aufgeregter.

»Gibt es keinen Ton?«, fragte Joel.

»Ich fürchte nein. Aber …« Norman nahm ein Blatt Papier auf und reichte es Joel. Die ersten Sätze kamen ihm auf der Stelle bekannt vor – *Tag, Datum, Uhrzeit* – die Standardeinleitung einer polizeilichen Befragung. Es folgte eine detaillierte und chronologische Schilderung von Henry über den Beginn seiner Schicht. Joel überflog den Text und sah, dass das Kennzeichen des Busses mit angegeben war, dazu Beschreibungen der anderen Passagiere, und der Detailgrad stieg weiter an, als es um Henrys Gespräch mit der Frau in Rot ging. Am Ende des handschriftlichen Berichts standen sogar Normans Initialen, und er hatte darauf geachtet, dass Henry unterschrieb, seine Aussage »nach bestem Wissen und Gewissen« gemacht zu haben.

»Das ist fantastisch. Sie hätten nicht Lust zurückzukommen, oder, Norman? Zufälligerweise hab ich noch ein paar freie Plätze in meinem Team.«

»Oh, nein, vielen Dank. Dreißig Jahre waren mehr als genug. Ich dachte, ich kann Ihnen ein bisschen Arbeit abnehmen.« Joel hatte das Dokument überflogen und reichte es DS Rose. Aber Norman fasste den Inhalt ohnehin noch mal zusammen: »Sie hatte kein Geld bei sich. Ich kenne einige Fahrer, die sie einfach stehen gelassen hätten, aber Henry ist einer von den Guten. Er sagte, ein Blick auf die Frau und ihm war klar, dass sie vermutlich in Schwierigkeiten war. Er bot an, jemanden für sie anzurufen, aber sie meinte nur, alles wäre in Ordnung, sie müsse nur hier zurück in die Stadt.«

»Und sie hat definitiv gesagt, *zurück* in die Stadt?«, fragte Joel, und Norman deutete auf die Stelle in dem Protokoll.

»Dasselbe habe ich auch gefragt, und es steht genau hier. Sie sagte *zurück*.«

»Und sie ist hier am Busbahnhof ausgestiegen?« Diesmal antwortete Norman und bewegte die Computermaus. Das Bild wechselte zu einer Überwachungskamera außerhalb vom Bus. Die Qualität wurde sofort schlechter. Es sah aus, als käme das Bild von einer Kamera über dem Gehweg, auf dem sie Norman vorhin getroffen hatten. Man sah, wie ein einziger Doppeldeckerbus hielt. Die Türen öffneten sich und entließen einen ganzen Schwall von Fahrgästen. Die Frau in Rot stieg als Vorletzte aus, trug aber jetzt ein anderes Oberteil. Es war hellgrau, mit einer Kapuze und zu langen Ärmeln. Der Kamerawinkel bot einen Blick auf ihre Füße, als sie ausstieg – sie war immer noch barfuß. Sie blieb einen Augenblick stehen und drehte sich zu dem letzten Fahrgast um – ein großer, schlanker Mann, weiße Haut, Bürokleidung und eine Reisetasche, die schwer genug war, um das Sakko an der Schulter kräftig einzudellen. Die beiden wechselten ein paar Worte und gingen dann in verschiedene Richtungen.

»Gibt es noch anderes Material? Etwas, das uns verraten könnte, wohin sie gegangen ist?«

Norman schüttelte den Kopf, bevor Joel den Satz beendet hatte. »Nichts in unserem System. Ich kann Ihnen sagen, dass sie den Ausgang am Romney Place genommen hat, also weg vom Zentrum, aber von da aus kann sie überallhin gegangen sein. Die Stadt hat eigene Kameras. Falls sie in der Stadt geblieben ist, kann sie auf einer davon sein. Sie werden in Henrys Aussage lesen, dass er ihr einen Fünfer mitgegeben hat, mehr hatte er nicht im Portemonnaie. Er meinte, sie solle sich wenigstens ein Frühstück holen.«

»Und hat sie erwähnt, dass sie das tun würde?« Joel schaute zu Lucy, die immer noch Henrys Aussage las.

»Nein, aber ich vermute, wenn Sie um diese Tageszeit jemanden halb bekleidet, barfuß und schmutzig treffen, dann geht man davon aus, dass die Person hungrig ist. Henry meinte, wenn sie sich davon kein Essen holt, wüsste er wenigstens, dass sie telefonieren kann.«

»Er ist wirklich einer von den Guten.«

»Stimmt. Als Busfahrer erlebt man viel. Laut Firmenpolitik sollen die Fahrer sich raushalten und es einfach nur melden. ›Ein guter Zeuge sein‹, nennen sie das. Aber etwas wie dieses kann man nicht ignorieren. Ist sie okay?«

»Okay?«

»Die Frau? Bei allem Respekt, aber zu meiner Zeit hätte man keinen Teamleiter und seine Assistentin losgeschickt, wenn es nicht um Leben und Tod gegangen wäre. Ich weiß, dass sich die Welt verändert, aber manche Dinge ändern sich wohl nie.«

»Sie haben recht. Wir ermitteln in Kapitalverbrechen. Ich kann Ihnen keine Details nennen, Norman, aber vertrauen Sie mir, Kumpel, Sie würden sie ohnehin nicht wissen wollen.«

»Da liegen Sie richtig. Dreißig Jahre mit solchen Bildern und Geschichten reichen mir. Ich gucke nicht mal mehr die Nachrichten. Aber zumindest scheint es ihr gut gegangen zu sein, als sie hier wegging … Henry meinte, sie hatte Kratzer und blaue Flecken, aber wenn er davon ausgegangen wäre, dass sie ernsthaft verletzt wäre, dann hätte er …«

»Er hat das Richtige getan, und mehr, als viele andere getan hätten«, unterbrach ihn Joel, bevor die unvermeidliche Folgefrage kam. »Ich glaube nicht, dass sie ernsthaft verletzt ist. Offenbar hatte sie Glück.«

Norman verengte die Augen und sah Joel an. »Jemand anderes hatte nicht so viel Glück, oder?«

»Das ist genau das, was ich diese Frau fragen möchte. Sind Sie *sicher*, dass Sie nicht zurückkommen wollen, Norman? Wir sind immer auf der Suche nach guten Detectives.«

KAPITEL 7

Als Margaret Marshall sich nach dem Krankenhaus wieder ihrem Haus näherte, fühlte sich alles vollkommen fremd an. Dieser Ort war mal warm und hell gewesen. Durch seine Lage hoch oben an der Seite des Tals schien die Sonne ungehindert auf die alten Dachziegel aus gebranntem Lehm und hob die verschiedenen Braun- und Orangetöne hervor. Nicht einmal Regentage minderten den Effekt: Die Nässe dunkelte das Braun ab, wodurch das Orange umso heller strahlte und damit den Eindruck eines gemütlichen Kaminfeuers verstärkte, in dem die letzte Glut vor dem Schlafengehen brannte.

Heute schien die Sonne hell, doch kaum war sie im Haus und hatte die Tür hinter sich geschlossen, spürte sie nur Kälte und Leere. Der Flur kam ihr dunkel und unheilverkündend vor, obwohl Licht in ihre herrliche Country-Küche am anderen Ende schien. Sie hatte sie mit dem übrigen Geld nach ihrem Umzug bei einem örtlichen Küchenbauer in Auftrag gegeben. Nie zuvor hatte sie eine nagelneue Küche gehabt. Es war eine kleine Belohnung, um ihr bei der Umgewöhnung zu helfen. Doch das war lange her.

Und heute war heute.

Es war fünfzehn Uhr an dem Tag, an dem sich ihr Leben für immer verändert hatte. Dies war die tödliche Stille der Einsamkeit, eine Stille, die bekräftigte, dass Kelly nicht wie erhofft auf sie wartete, um ihr zu erklären, dass alles nur ein Missverständnis war, es ihr leidtue und sie beide nie wieder das Haus verlassen müssten.

Margaret lehnte sich an die Haustür und sank zu Boden. Ihr Handy war in ihrer Tasche. Sie holte es raus und biss die Zähne zusammen, als sie den Bildschirmschoner zur Seite wischte – zwei junge Frauen, die strahlend in die Kamera grinsten –, bis die Tastatur aufploppte. Drei Töne erklangen, für drei Berührungen auf dem Bildschirm. Sie hob das Handy ans Ohr.

»Polizei …«, sagte sie, ihre raue Stimme hallte durch den Flur. »Ich möchte eine vermisste Person melden … Ich mache mir ernsthaft Sorgen.« Die Stimme am anderen Ende der Leitung gehörte einem Mann. Er sprach mit ihr, und sie hörte, dass er ihr eine Frage stellte, vernahm aber keines der Wörter, sondern brach zusammen. »Bitte … schicken Sie einfach jemanden … Es ist meine Tochter … Sie hat es nicht nach Hause geschafft.«

KAPITEL 8

Die dicht stehenden Bäume im Tal wichen sanft hügeligen Feldern. Es war ein wunderschöner Anblick, ein Ort, an dem man verstand, warum manche glaubten, dass die Welt nur aus sich wiegenden Bäumen und angenehmem Sonnenlicht bestand. Joel hasste diesen Teil des Jobs – den Teil, wenn er jemandes Welt verdunkeln musste.

»Es ist sicher, oder?« Es war eine rhetorische Frage, ein Zeichen seiner Nervosität.

»Ja.« Lucys Antwort bestätigte, dass sie am richtigen Ort waren. Sie mussten mit Margaret Marshall sprechen. Sie war die Person, die bald die Schattenseiten des Lebens erfahren sollte.

Eileen hatte den Namen gefunden. Sie hatte die Datenbanken nach aktuellen Vermisstenfällen abgegrast, als eine neue Meldung reingekommen war. Margaret Marshall hatte angerufen, um ihre Tochter als vermisst zu melden. Ihre Beschreibung passte lose auf das Opfer, also hatte Eileen dort angesetzt. Nach ein paar Minuten auf einigen Social-Media-Profilen mit Fotos einer lächelnden jungen Frau hatte sie die Bestätigung. Die ermordete Frau hatte einen Namen: *Kelly Marshall.* Eileen hatte ihn ganz oben auf das Whiteboard in der Einsatzzentrale geschrieben, und darunter: *Opfer*. Sie waren alle ganz still geworden und hatten sich etwas Zeit genommen, das zu verarbeiten. Sie wussten nur zu gut, was es bedeutete.

Nachdem das Opfer bekannt war, wussten sie, was sie zu tun hatten. Kelly Marshall war im System gewesen, aber nur als Opfer eines Verbrechens: Sie hatte einige Monate zuvor einen Einbruch gemeldet. Ob etwas gestohlen worden war, wusste sie nicht, aber in ihrer Wohnung war etwas verändert worden und die Hintertür war nicht verschlossen gewesen, obwohl sie sicher war, sie abgeschlossen zu haben. Sie konnte nichts beweisen, und laut Abschlussbericht konnten die Beamten vor Ort nicht einmal bestätigen, dass überhaupt etwas vorgefallen war. Kelly hingegen schien davon überzeugt. In jener Nacht hatte sie auswärts geschlafen. Die Beamten hatten alles aufgenommen und als Adresse die ihrer Mutter notiert: das alte Cottage, das jetzt in Sonnenlicht getaucht vor ihnen stand.

Joel atmete tief durch. Das Haus lag zwischen zwei anderen, offensichtlich war es früher mal ein einziges großes Farmhaus gewesen. Es war relativ massiv und offenbar erst vor Kurzem aufgeteilt worden. Einige Fenster und Türen waren zugemauert worden. Die neuen Steine waren deutlich erkennbar. Beim linken Nachbarhaus bewegte sich ein Vorhang. Das Gesicht eines Mannes erschien hinter der Scheibe. Es war voller Falten und wirkte sorgenvoll. Joel ignorierte ihn, als er an Margaret Marshalls Tür klopfte.

Sie sah müde aus, als fiele es ihr schwer, stehen zu bleiben. Joel trug ein Schlüsselband um den Hals, das, zusammen mit seinem Hemd und der Krawatte, deutlich verriet, wen er repräsentierte. Trotzdem zeigte die Frau keine Regung, wie er es von einer Mutter erwartet hätte, die ihre Tochter als vermisst gemeldet hatte. Stattdessen schien ihre erste Reaktion in Resignation zu bestehen.

»Mrs. Marshall?« Die Frau nickte und trat einen Schritt zurück in einen langen, halbdunklen Flur. Am anderen Ende war schwaches Sonnenlicht zu sehen, und die Frau führte ihn und DS Rose hinein. Sie kamen in eine Küche im Country-Style, mit Oberlichtern im Schrägdach, durch die Sonnenstrahlen fielen.

»Haben Sie Neuigkeiten?« Margarets Stimme wirkte rau. Sie beobachtete ihn aufmerksam und verbarg ihr Leid hinter einer starren Miene und einer Schicht aus Schminke, die etwas zu hell wirkte und ihre Erschöpfung noch offensichtlicher machte. Sie trug einen weißen Seidenschal, der ihre Blässe eher betonte.

»Vielleicht könnten wir ins Wohnzimmer gehen? Irgendwo, wo wir uns hinsetzen können?«

»Also schlechte Neuigkeiten.« Irgendwie gelang es Margaret, noch etwas mehr in sich zusammenzusinken. Ihr Blick wurde trübe und auch nicht wieder scharf, als an der Haustür der Türklopfer ertönte. Sie zeigte keinerlei Reaktion, als hätte sie es nicht einmal gehört.

»Erwarten Sie Besuch?«, fragte Joel.

»Das ist Billys Klopfen. Er wohnt nebenan und hat mich vorhin ins Krankenhaus begleitet. Er macht sich bestimmt Sorgen um mich.«

»Sollen wir ihn reinlassen? Es könnte helfen, wenn Sie jemanden hier haben.«

»Sagen Sie es mir einfach. Sagen Sie mir, wo meine Kelly ist. Sie haben sie gefunden, oder nicht?«

Joel warf DS Rose einen Blick zu, die verstand und losging, um die Haustür zu öffnen. »Es tut mir wirklich leid, Mrs. Marshall. Wir haben sie gefunden. Ich fürchte, zu dem Zeitpunkt war sie bereits tot.«

Das war es. Die übliche Polizeifloskel, mit der man schlechte Nachrichten überbrachte: Geradeheraus, und dann kümmerte man sich um die Reaktion. Joel war oft genug der Beamte gewesen, der die schlechte Nachricht überbrachte, aber es kam selten vor, dass er den ganzen Satz aussprechen musste. Die Leute wussten es einfach. Vor allem Eltern. Heute lag es vielleicht am Mangel an Requisiten: keine Mütze, die er abnehmen und sich unter den Arm klemmen musste, kein Funkgerät an seiner Brust, das er leiser drehen musste, damit die Person seine ungeteilte Aufmerksamkeit hatte. Einfach nur ein Schlüsselband um den Hals, an dem er unsicher herumfummelte, und eine Krawatte, die er gerade ziehen konnte.

Seine Worte schienen sie nicht zu erreichen. Zuerst jedenfalls nicht. Auch wenn Margaret Marshall auf schlechte Nachrichten eingestellt gewesen war, schien sie jetzt dagegen anzukämpfen, sie auch zu akzeptieren. Sie richtete sich sogar auf, zog die Schultern nach hinten, streckte die Brust raus und ballte die Hände zu Fäusten. Aber sie schaute immer noch an ihm vorbei, auf einen Punkt im Nirgendwo. Was auch immer sie gerade sah, befand sich nur vor ihrem inneren Auge. Sie murmelte etwas Unverständliches. Joel trat einen Schritt näher, um sie besser zu verstehen, aber ein plötzliches Geräusch übertönte sie: eine Männerstimme vom Ende des langen Flurs, eine Frage an DS Rose mit einer Stimme, die tief genug war, um an ihr vorbeizudonnern und die Küche zu füllen: »Wo ist sie?«

»Was ist passiert?«, fragte Margaret, deren Aufmerksamkeit plötzlich in die Gegenwart zurückschnellte und sich auf Joel richtete. Sie löste die Fäuste und die Kraft, mit der sie sich aufgerichtet hatte, verließ sie schlagartig. Sie legte die Handflächen auf die Küchenanrichte, um sich abzustützen.

»Sie wurde auf der anderen Seite von Maidstone gefunden, zehn Kilometer von ihrer Wohnung entfernt, in einem Dorf namens Lenham. Die Umstände ihres Todes sind besorgniserregend, Mrs. Marshall.«

»Ermordet?«, fragte sie leise und ihre Konzentration verflog wieder, als würde sie sich erneut die Bilder vor ihrem inneren Auge betrachten.

»Ich glaube schon«, sagte Joel. »Warum gehen wir nicht nach nebenan, wo wir uns setzen können?«

»Ermordet! Wer wurde ermordet?« Joel drehte sich um und schaute in dasselbe Gesicht, das er von draußen durch das Fenster gesehen hatte, jetzt aber formierten sich die Falten darin um einen schockierten Ausdruck. »Was zur Hölle ist hier los, Margaret?«, fragte der Mann. Er nahm sie am Handgelenk. Sie entriss ihm ihren Arm und ging ins Wohnzimmer.

»Ich glaube, wir könnten etwas zu trinken gebrauchen. Eine Tasse Tee vielleicht«, wandte sich Joel an den Mann und baute sich so auf, dass er Margaret nicht folgen konnte. »Sie heißen Billy, richtig?«

»Ja. Sie hat Kaffee.« Der Schock war ihm immer noch deutlich anzusehen.

»Dann Kaffee. Perfekt. Sie wird Sie brauchen, Billy, mehr als je zuvor. Es wäre schön, wenn Sie bei ihr bleiben könnten. Aber vorher müssen wir mit ihr sprechen. Wir müssen versuchen herauszufinden, was hier los ist. Ich bin mir sicher, dass Sie dafür Verständnis haben?«

»Ja … Natürlich … Ich mache etwas Kaffee.«

»Großartig«, sagte Joel und Billy drehte sich um, wobei er ein wenig schwankte. Etwas ungeschickt knallte er eine Tür vom Geschirrschrank zu. Joel war sich sicher, dass er sich fangen würde. Um Billy musste er sich keine Gedanken machen.

Margaret saß in einem Ledersessel, in dem sie irgendwie kleiner aussah. Er hatte eine hohe Rückenlehne und Armlehnen aus dunklem Holz, die sich in elegante Muster öffneten. Joel nahm auf dem passenden Dreisitzer rechts von ihr Platz. Er wartete. Das einzige Geräusch war das laute Ticken einer Uhr, die die Länge des Schweigens zählte.

»Ermordet. Mein kleines Mädchen.« Margaret hob den Blick und begegnete Joels. »Sie hätte niemals etwas getan, was andere wütend macht, hätte niemals jemandem wehgetan, das ist sicher. Wenn man zwei solche Mädchen großzieht … wunderhübsch, klug … einfach erstaunliche Mädchen, dann weiß man, dass man Probleme bekommt. Schräge und gruselige Typen!« Ein Lächeln flackerte in ihrem Gesicht auf. »So hat Nicola sie immer genannt.«

»Nicola. Ist das Ihre andere Tochter?«

»Kellys große Schwester, auch wenn man das kaum glauben würde. Mit zwei Töchtern hat man ständig Sorgen – die schrägen und gruseligen Typen –, aber um Kelly habe ich mir nie Sorgen gemacht. Keine echten. Ich habe nie das Gefühl gehabt, dass das nötig war. Sie hatte wirklich Kampfgeist. Mit ihr hat man sich nicht angelegt.« In ihrem Blick lag eine neue Energie. »Wer in aller Welt hat das getan? Und wie?«

Joel stammelte bei seinen ersten Worten. Trotz der Situation waren seine Gedanken abgeschweift, zurück in das Dorf Elham, zum Heim seiner eigenen Familie und seinen eigenen beiden Töchtern. »Wir ... wir wissen es nicht mit Gewissheit, es ist immer noch sehr früh. Wir brauchen ...«

»Sie haben sie gesehen«, unterbrach ihn Margaret. »Sie sagten, Sie sind Inspector und Ihre Freundin hier ist Sergeant. Sie ermitteln, das heißt, Sie haben sie gesehen. Das stimmt doch, oder?«

»Ja, das stimmt«, gab Joel zu.

»Also – was haben Sie gesehen?«

»Mrs. Marshall, ich glaube ...«

»Ich habe ein Recht darauf, es zu erfahren. Ich will es wissen. Sie sagen mir, was Sie gesehen haben, Sie sagen mir, was mit meinem kleinen Mädchen passiert ist, und Sie sagen es mir jetzt auf der Stelle!« Sie zeigte mit einem krummen Finger auf ihn.

»Es ist wirklich nicht sehr angenehm. Sind Sie sicher ...«

»Glauben Sie, dass es irgendetwas gibt, was diesen Tag angenehmer macht? Sie sind doch ohnehin dabei, mich zu fragen, ob ich zu Ihnen komme und sie identifiziere. Das wollen Sie doch, oder?«

»Möglicherweise.«

»Mein Mann musste das bei seinem Bruder tun. Ich weiß, wie das läuft, aber ich muss vorbereitet sein. Also, was zur Hölle ist passiert?«

Joel rückte ein Stück zurück. Er spürte, wie DS Rose ihn anstarrte. »Kelly wurde heute früh von einer Frau gefunden, die mit ihrem Hund spazieren war. Es war schon zu spät, ihr noch irgendwie zu helfen. Kelly hatte eine schwere Verletzung an ihrem Fuß – so schwer, dass sie nicht mehr laufen konnte. Wir glauben, dass es vermutlich ihr Kampfgeist war, mit dem sie sich bis zu der Telefonzelle geschleppt hat, um Hilfe zu rufen. Wir glauben nicht, dass sie irgendwo angerufen hat. Außerdem erlitt sie mehrere Stichwunden im Oberkörper. Wir werden eine Autopsie durchführen, dann wissen wir mehr darüber, wie …«

»Erstochen? Was zum Himmel hat sie getan, um das zu verdienen?«

»Es tut mir so leid, Mrs. Marshall. Ich weiß, das ist ein großer Schock.«

»Hast du deine Pillen genommen?« Billy kam plötzlich und unerwartet zu ihnen, drängte sich an Joel vorbei, stellte kleckernd einen Kaffee auf den Tisch und beugte sich schützend vor sie.

»Ja. Billy, bitte. Es geht mir gut.«

Billy richtete sich wieder auf und funkelte Joel finster und vorwurfsvoll an. »Es geht ihr nicht gut, nicht gut genug für das hier. Heute Morgen waren wir im Krankenhaus, mit Verdacht auf eine Angina Pectoris.«

»Aber es war keine Angina, oder? Schlimmstenfalls eine Panikattacke, sonst nichts«, gab Margaret zurück.

»Du musst auf dich aufpassen, mehr sage ich ja gar nicht. Du bist nicht in der richtigen Verfassung für all diese Fragen und diese Belastung. Muss das jetzt sein?« Wieder erntete Joel einen Blick von ihm, doch Margaret antwortete auf die Frage ihres Nachbarn.

»Es geht mir gut. Und falls nicht, dann werde *ich* dir Bescheid geben. Das muss erledigt werden, Billy. Wenn nicht jetzt, wann dann?« Mrs. Marshalls brüske Art wurde schnell weicher. Ihr Widerstand schien seine Grenzen zu haben. Sie atmete ein paarmal tief durch und konnte dann ihren Kaffee nehmen. Die Untertasse klapperte in ihrer zittrigen Hand. Sie schaute über den Rand der Tasse hinweg, als sie trank, und blickte zuerst zu den Polizisten und dann zu Billy. »Hast du meinen Gästen keinen Tee gemacht?«, fragte sie.

»Ich wollte nur sichergehen, dass es dir gut geht.«

»Wärst du so freundlich?«, bat sie ihn. Billy zögerte, ging dann aber zurück in die Küche. Margaret stellte die Tasse auf ihren Schoß, vielleicht, weil sie so ihr Zittern besser verbergen konnte. »Wir sind wie ein altes Ehepaar. Ich gehe einmal in der Woche zu einem Kaffeetreff unten im Dorf, da sagen das immer alle. Sie nennen uns das alte Ehepaar, aber es ist nur eine sehr liebevolle Freundschaft, und ich muss mich mehr anstrengen, ihn nicht so anzufahren. Er ist wirklich gut zu mir.«

»Ich bin überzeugt davon, dass Sie beide einander sehr guttun. Noch bevor wir aus dem Auto gestiegen sind, stand Billy schon am Fenster und hat uns in Augenschein genommen.« Joel riskierte ein kurzes Lachen. »Wäre ich ein Einbrecher gewesen, wäre ich sofort umgekehrt.«

»Er kann nützlich sein. Auch wenn er einen wirklich schlechten Kaffee macht.« Sie schaute mit einer Grimasse auf die Tasse in ihrem Schoß.

»Mrs. Marshall, sind Sie in Ordnung? Wir müssen Sie nicht plötzlich ins Krankenhaus zurückbringen, oder?«

»Nein, reden Sie keinen Unsinn. Ich habe Panikattacken, seit … nun, seit mein Ehemann mich sitzen gelassen hat. Dann und wann kommen sie einfach. Kelly wollte eigentlich heute Morgen vorbeischauen. Als sie nicht kam und ich sie nicht erreichen konnte, wusste ich einfach … Ich wusste, dass etwas nicht stimmte. So etwas würde sie niemals tun!«

»Erzählen Sie mir von Nicola. Wie sieht sie aus?«, fragte er.

»Aussehen? Was spielt das für eine Rolle?«, fragte Margaret barsch.

»Ich möchte sie bloß ausschließen. Wir haben vielleicht eine Zeugin, jemanden, der in der Gegend war. Eine junge Frau, vielleicht eine Freundin Ihrer Tochter. Ich möchte nur sichergehen, dass es nicht ihre Schwester war.«

»Nicola …« Zum ersten Mal erstrahlte Margarets Gesicht mit einer Spur von Wärme. »Wunderschön. Alle beide. Ein sanfteres Gesicht, Sommersprossen, blonde Haare, viel heller als ihre Schwester. Kleiner ist sie auch.«

»Und die Körperstatur?«

»Ich weiß nicht. Ich denke normal. Etwas rundlicher, aber das steht ihr, sonst sähe sie nicht richtig aus. Kelly hatte immer ihr Laufen, Radfahren ... suchen Sie sich was aus. Neuerdings schwimmt sie ...«

»Das klingt nicht nach unserer Zeugin. Wann haben Sie das letzte Mal mit Nicola gesprochen?«

»Vor einigen Tagen, am Telefon, aber sie schreibt mir jeden Tag Nachrichten. Sie hat vorhin etwas geschrieben ... nicht viel, ein Rezept für Zimtbrötchen. Ich will ihr noch antworten.«

»Wollen Sie sie anrufen? Sie könnten sie fragen, ob sie herkommen möchte, wenn sie in der Nähe lebt, und ich könnte mit ihr sprechen. Das erspart Ihnen vielleicht, dass Sie ...«

»Nein!«, antwortete Margaret schnell, wurde aber sofort ruhiger. »Nein, vielen Dank. Ich werde es ihr erzählen. Nicht heute, nicht jetzt. Sie wird gerade auf dem Heimweg von der Arbeit sein. Ich spreche morgen mit ihr. Billy kann mich vielleicht zu ihr fahren. Bitte, lassen Sie mich zuerst mit ihr sprechen.«

Joel reagierte mit einem Lächeln auf ihren ernsten Blick. »Ich verstehe.«

»Mrs. Marshall«, schaltete DS Rose sich ein, »hat Ihre Tochter Ihnen jemals etwas davon erzählt, ob jemand sie stalkt?« Joel antwortete, bevor Margaret es konnte.

»Bitte entschuldigen Sie meine Kollegin, sie hat es eilig, die Person zu finden, die Ihrer Tochter das angetan hat. Wir haben eine Reihe von Theorien, denen wir nachgehen.«

Diesmal schien Margaret das Lächeln ein bisschen leichter zu fallen. »Nun, eine Frau nach meinem Geschmack. Das ist also der Grund, warum Sie überhaupt hier sind. Ein Stalker?«

»Kelly hat vor ein paar Monaten bei Ihnen übernachtet, nachdem jemand bei ihr eingebrochen ist«, fuhr DS Rose fort.

»Dreiundzwanzigster April. St. George's Day.«

»Sie haben ein gutes Gedächtnis.«

»Es war Billys Geburtstag, der fiel dieses Jahr auf einen Freitag. Freitags mache ich immer Fisch, und ich hatte Fish and Chips für Billy und seinen Sohn zubereitet. Alles selbst gemacht. Kelly war rechtzeitig hier, damit ich ihr die Reste aufwärmen und Billy grummelnd nach Hause schicken konnte. Er hatte einen Film mitgebracht, den wir alle zusammen gucken sollten, aber dazu sind wir nicht mehr gekommen.«

»Und haben Sie über den Einbruch gesprochen?«, wollte DS Rose wissen.

»Ehrlich gesagt, nein. Sie sagte, dass irgendwelche Sachen in ihrer Wohnung bewegt worden seien. Das hat sie ein bisschen verängstigt. Sie blieb nur eine Nacht. Ich bot ihr an, so lange zu bleiben, wie sie möchte, aber sie ließ die Schlösser auswechseln und ging zurück.«

»Also dachte sie, dass jemand mit einem Schlüssel reingekommen ist?«

»Die Polizei hat keinerlei Spuren für ein gewaltsames Eindringen gefunden. Sie meinte, dass es ohnehin längst Zeit für bessere Schlösser sei. Die Wohnung war schon etwas renovierungsbedürftig, aber sie kümmert sich darum. Ich weiß nicht, wann genau sie eine neue Haustür geplant hatte, aber nach der Sache wurde es ihr wichtiger.«

»Sie sagten ›Sachen bewegt‹. Es wurde also nichts mitgenommen?« Sergeant Rose beugte sich vor und konzentrierte sich ganz auf Margaret.

»Wie ich schon sagte, hat sie nicht viel erzählt. Ich glaube, sie wollte mir keine Angst machen.«

»Sie hat Ihnen nicht erzählt, ob etwas Konkretes gestohlen wurde?«

Margaret lehnte sich zurück und wedelte gereizt mit der Hand in seine Richtung. »Wenn sie jemandem das erzählt hat, dann *Ihnen*. Sie hat die Polizei gerufen. Zwei vierschrötige Kerle tauchten bei ihr auf und haben ihr im Grunde nur gesagt, dass sie ihre Zeit verschwendet.«

»Das hat sie Ihnen erzählt? Über die Beamten?«

»Ja. Vielleicht hatten sie einen schlechten Tag. Glauben Sie, das hat irgendetwas zu tun mit … dem, was passiert ist?«

»Und sie hat eindeutig nichts erwähnt, was vielleicht gestohlen wurde? Oder etwas Konkretes genannt, das bewegt wurde?«, beharrte DS Rose.

»Nein! Das sagte ich doch schon.«

»Wir müssen nur sichergehen«, warf Joel beschwichtigend ein – er war ganz das Gegenteil seiner strengen Partnerin.

»Ich kenne einen der Beamten, der bei ihr war«, erklärte DS Rose. »Ich weiß, wie er auf eine junge Frau wirken muss und wie sein Benehmen gewirkt haben muss, und er war mit einem anderen männlichen Beamten dort … zwei Männer, die sie misstrauisch anstarren … vielleicht hat sie ihnen nicht alles erzählt, was sie wusste.«

Margaret zuckte mit den Achseln. »Ich wüsste nicht, warum. Man ruft die Polizei und erzählt ihnen, was passiert ist. Warum sollte man sie sonst anrufen?«

»Im Bericht steht, dass Sachen in ihrem Schlafzimmer bewegt wurden. Vielleicht ihre Unterwäsche, vielleicht ein Sexspielzeug? Vielleicht war es jemand, der mehr an Ihrer Tochter als an ihrem Eigentum interessiert war? Vielleicht war Kelly unwohl dabei, mit zwei männlichen Beamten darüber zu sprechen, und sie fühlte sich bei Ihnen wohler?« DS Rose sprach ganz sachlich – wenn man lange genug Sexverbrechen verfolgte, konnte einen das gleichgültig machen.

»Sexspielzeuge! Und Sie glauben, darüber würde sie mit ihrer *Mutter* reden?« Margaret war weit entfernt von gleichgültig. Ihr Schock war echt und drohte in Ekel umzuschlagen.

»Sie hat es vielleicht mit anderen Worten gesagt. Vielleicht hat sie Ihnen erzählt, dass persönliche Sachen verlegt wurden oder eine Schublade durchwühlt. Bitte, Mrs. Marshall, das könnte wirklich wichtig sein.« Noch immer sprach DS Rose eher sachlich, doch ihr Flehen ließ sie etwas freundlicher wirken.

»Sie hat nicht darüber gesprochen. Sie sagte, dass vielleicht jemand in ihrer Wohnung war, die Polizei das aber bezweifelte. Sie haben ihre Aussage aufgenommen, ihr gesagt, dass es nichts gibt, was sie tun könnten, und sind wieder gegangen. Mehr kann ich Ihnen dazu nicht sagen.«

»Hat sie jemals etwas anderes erwähnt? Dass ihr jemand gefolgt ist, dass sie unerwünschte Nachrichten von Fremden erhalten hat ... Vielleicht ein Ex-Freund, der sie nicht in Ruhe ließ?« DS Rose ließ nicht locker.

»Mir gegenüber nicht«, antwortete Mrs. Marshall knapp.

»Standen Kelly und ihre Schwester Nicola sich nahe?«

»Sie sind Schwestern. Natürlich standen sie sich nahe.«

»Sie könnte also mit ihr über solche Themen gesprochen haben?«

»Könnte sein«, sagte Margaret erneut relativ schroff, und endlich ließ DS Rose ihr einen Augenblick zum Durchatmen. Margarets Brust hob und senkte sich, als sie seufzte und etwas reuig erklärte: »Es ist sehr viel wahrscheinlicher, dass Kelly mit Nicola über solche Dinge gesprochen hat als mit mir. Ich weiß nicht, wann es passiert, aber irgendwann wird man älter und erkennt, dass sich irgendwo unterwegs alles gewandelt hat. Eben noch war man ein Elternteil, das seine Kinder vor den Grauen dieser Welt beschützt hat, und plötzlich ist man selbst diejenige, die beschützt wird. Falls Kelly mit jemandem Probleme hatte, hätte sie mir nie davon erzählt. Ich habe einen Beschützerinstinkt, ich überreagiere. Das tue ich bloß, weil ich weiß, wie gefährlich diese Welt sein kann.« Sie hob den Blick, in ihren Augen standen Tränen. »Und ich hatte recht, oder?«

Joel achtete darauf, alles zu notieren, was er brauchte. Er ließ sich außerdem versichern, dass Billy die Nacht über auf dem Sofa blieb und Margaret überall hinfahren würde, falls sie die Leiche offiziell identifizieren musste. Margaret meinte, sie würde ihr eigenes Auto nehmen. Joel hatte unten an ihrem

Garten einen blauen Nissan Note bemerkt, aber Margaret erwähnte, dass sie nur ungern Auto fuhr, wenn es nicht unbedingt nötig war, und so kam er zu dem Schluss, dass »Chauffeur« ebenfalls auf der Liste von Billys nachbarschaftlichen Nettigkeiten stand.

Joel fuhr, als sie Margaret Marshall verließen. Die Straße führte ins Tal hinunter, das jetzt größtenteils im Schatten lag. Im Wagen herrschte Ruhe.

»Wir haben auf der Hinfahrt über den Einbruch gesprochen ...«, sagte Joel schließlich.

»Das stimmt«, gab DS Rose zurück.

»Und dass es vielleicht gar kein Einbruch war, sondern vielleicht eine Stalking-Angelegenheit.«

»Das stimmt.«

»Ich habe außerdem gesagt, dass wir noch ein bisschen mehr darüber rausfinden wollen, bevor wir mit der Mutter sprechen.«

»Falls irgendjemand davon weiß, dann ihre Mutter. Wir wissen, dass Kelly direkt danach zu ihr gefahren ist.« DS Roses verteidigender Tonfall verriet, dass sie wusste, was als Nächstes kam.

»Sie hat Ihnen gesagt, dass Kelly überhaupt nichts über den Einbruch erzählt hat. Der Stalking-Ansatz ist nur eine Theorie – im Augenblick noch nicht mal das. Alles, was wir da eben geschafft haben, ist, die Beamten, die wegen des Einbruchs zu Kelly gefahren sind, inkompetent aussehen zu lassen und eine Theorie zu befeuern, die vielleicht zu nichts führt.«

»Vielleicht waren die Beamten ja auch inkompetent. Und ich habe eine Theorie verfolgt und versucht, sie zu bestätigen oder zu widerlegen. So macht man das bei Ermittlungen von Schwerverbrechen.« DS Rose verschränkte gereizt die Arme.

»Verstehe. Nun, danke, dass Sie mir erklärt haben, wie das läuft«, gab Joel auf der Stelle zurück und wünschte sich dann, er hätte das nicht getan. Sie hatte versucht, ihn zu reizen, und er hatte angebissen.

»Sie wissen, was ich meine«, erwiderte sie mürrisch.

»Wir sind nicht das Dezernat für Schwerverbrechen.«

»Wir erledigen denselben Job. Nur mit weniger Erfahrung.« Das war gegen Joel gerichtet. DS Rose drehte sich weg und schaute aus dem Fenster.

Joel wurde langsamer und fuhr links ran. Er wartete, bis sie ihn wieder ansah. »Haben Sie immer noch ein Problem damit, dass ich der leitende Beamte bei den Ermittlungen bin?« Joel gab sein Bestes, möglichst gelassen zu klingen.

»Nein.«

»Aber Sie glauben, dass jemand mit mehr Erfahrung den Job besser erledigen könnte?«

»Ich weiß es nicht. Sie arbeiten anders, Sie *denken* sogar anders als ein Sergeant aus der Einsatzgruppe, und vielleicht ist das ein Ansatz, der sogar funktioniert.« Endlich löste DS Rose ihre Arme wieder aus der verschränkten Haltung.

»Aber vielleicht auch nicht?«

DS Rose zuckte mit den Achseln. »Die Zeit wird es zeigen. Aber ich habe schon ermittelt, und man hat mir immer zugetraut, selbst zu denken und einer Idee zu folgen, wenn sich etwas seltsam anfühlt. Ihr Mangel an Ermittlungserfahrung bedeutet, dass Sie bisher noch nie als Detective gearbeitet haben und noch nie andere Detectives angeleitet haben. Und ich will nicht die Person sein, die darunter leiden muss.« Sie wurde etwas weicher – bei DS Rose war das immer eine subtile Veränderung, aber Joel lernte langsam, es zu erkennen.

»Ich leite schon seit über zehn Jahren andere Polizisten an.«

»Bei Hausdurchsuchungen und Haftbefehlen. Vorgeplante Einsätze, um gefährliche Leute festzunehmen. Das heißt, Sie haben buchstäblich Teams angeführt. Wenn Sie einen Haftbefehl durchsetzen, begleiten Sie die Leute an eine Wohnungstür und beaufsichtigen sie dabei, wenn sie sie aufbrechen. Sie halten das Team an der kurzen Leine. Sie haben verschiedene

Aufgaben, aber Sie können jeden Einzelnen dabei im Auge behalten. Und wenn sie durch diese Tür gehen und das Haus absuchen, landet alles, was sie finden, bei Ihnen, jeder Verhaftete kommt zu Ihnen, jede *Entscheidung* treffen Sie. Eine Mordermittlung zu leiten, bedeutet, Ihr Team rauszuschicken, um Spuren zu verfolgen und selbst zu denken ... die Freiheit nutzen zu *ermitteln*. Ich bin nicht hier, damit Sie mir sagen, wann ich in welchen Raum gucken darf.«

»Die Art, wie Sie sie unter Druck gesetzt haben, unsere einzige Zeugin ... sie hat sich unwohl gefühlt«, erwiderte Joel.

»Ja, das war das Ziel.« DS Rose setzte sich gerader hin, und ihre Miene verriet Zorn. Joel trug denselben Ausdruck im Gesicht.

»Warum?«, verlangte er zu erfahren.

»Weil ich den Eindruck hatte, dass sie uns etwas verschweigt. Weil ich nicht glaube, dass eine Tochter so viel Angst in ihrer eigenen Wohnung hat, dass sie zu ihrer Mutter fährt, und dann nicht ausgequetscht wird, was passiert ist – nicht von ihrer Mutter, und nicht von einer Frau wie Margaret. Ich wollte, dass sie sich unwohl fühlt, sogar wütend wird. Wenn Leute wütend werden, halten sie sich nicht mehr an ihr Skript.«

»Sie glauben, sie hat das alles einstudiert? Warum sollte sie uns etwas verheimlichen?«

»Das weiß ich nicht. Aber wenn sie uns etwas verschweigt, dann etwas Wichtiges. Im Augenblick ergibt nichts einen Sinn, weder das Opfer noch ihr Fundort und auch nicht, wie wir sie gefunden haben, genauso wenig dieses formlose Kleid und die nackten Füße ... wie auch die Reaktion der Mutter, als wir aufgetaucht sind.« DS Rose hatte sich beruhigt. Jetzt schien sie laut zu denken.

»Was halten Sie von ihrer Reaktion?«, fragte Joel, der sich ebenfalls beruhigt hatte.

»Die Hoffnung ist für gewöhnlich das Letzte, was die Leute verlieren. Das war bei ihr aber nicht der Fall.«

»Und Sie glauben, dass ihre Tochter ihr von einem Stalker erzählt hat und wusste, dass sie in Gefahr war, aber Margaret uns nichts darüber erzählen will?« Joel versuchte, sich nicht anmerken zu lassen, wie seltsam er das fand.

»Ich dachte, sie verschweigt uns vielleicht etwas. Vielleicht etwas über den Einbruch, oder sie weiß etwas über die junge Frau, die bei ihr war, unsere einzige Verdächtige.«

»Was sollten wir also Ihrer Meinung nach jetzt tun? Sie wissen schon: Wenn Sie nicht für einen naiven Idioten arbeiten müssten, der Sie bei jedem Schritt zurückhält.«

Joel freute sich, das Aufflackern eines Lächelns bei ihr zu entdecken.

»Ich würde die andere Tochter aufsuchen. Nicola. Und zwar sofort. Es ist eine offene Spur, und die Adresse liegt auf dem Rückweg zur Wache.«

»Sie meinen die Tochter, von der ich Margaret gerade versprochen habe, dass wir sie erst aufsuchen, wenn sie mit ihr sprechen konnte?«

»Ja. Und genau aus dem Grund. Ich will ihre erste Reaktion sehen, und das ist unsere einzige Chance.«

»Sie wissen, dass sie sauer auf mich sein wird, oder?«

»Und ich werde das Gefühl haben, dass man auf mich gehört hat, also eine Win-win-Situation für mich.«

Joel dachte einen Augenblick darüber nach. »In Ordnung, DS Rose, sie ist Ihre Zeugin.«

Margaret sah ihnen allen hinterher: Billy den Weg durch den Garten bis zur Pforte, wo er sein eigenes Grundstück betrat, und den beiden Polizisten, die zu ihrem silbernen Auto gingen. Sie sah zu, wie es wegfuhr. Das Grün und Braun der Felder und Böschungen spiegelte sich auf dem Lack und ließ den Wagen wie ein großes Chamäleon aussehen, das den Hügel hinabkroch und in den Schatten tauchte, der das Tal erfüllte und immer höher stieg. Sie sah auch, wie das Auto stehen blieb und schräg in eine Haltebucht am linken Straßenrand fuhr. Ihre Anspannung nahm wieder zu. *Sie würden doch wohl nicht wieder zurückkommen!*

Ihre Sorge war unbegründet. Ein paar Minuten verstrichen, dann fuhr der Wagen weiter. Sobald er außer Sicht war, fand sie wieder einen etwas natürlicheren Atemrhythmus. Er hielt nicht lange an.

Plötzlich war sie allein. Billy würde zurückkommen. Er war nach nebenan gegangen, um ein paar Sachen zu holen, aber nur kurz. Er konnte ihr auf Dauer nicht helfen. Kelly war fort. Sie hatte ihre Tochter verloren. Sie war so damit beschäftigt gewesen, alle Menschen um sie herum in die Irre zu führen, dass sie kaum Zeit gefunden hatte, darüber nachzudenken, was geschehen war und was das alles bedeutete.

Die Erkenntnis war wie ein Dammbruch, und plötzlich brach sie zusammen. Nun überkam sie alles auf einmal: Verzweiflung, Trauer und Schmerz stürzten in die Leere in ihr. Als Letztes kam die Wut. Alles war so ungerecht, so hoffnungslos. Sie hatte ihren Freund belogen, ihren Arzt und auch die beiden Polizisten, denen sie gerade hinterhergesehen hatte, wie sie wieder ins Tal hinabfuhren.

KAPITEL 9

Es zeigte sich, dass DS Roses Behauptung, Nicola Marshalls Haus läge »auf dem Weg«, nicht ganz korrekt gewesen war. Sie waren nördlich von Maidstone – ein großes Stück von der im Stadtzentrum gelegenen Polizeistation entfernt –, vor einer Häuserreihe in einer edel wirkenden Nachbarschaft, obwohl nur eine kleine Gruppe Bäume den Blick hinunter auf den Parkplatz des Hempsted Valley Einkaufszentrums verdeckte. In Wirklichkeit waren sie dichter an Rochester als an Maidstone und mitten in Kent.

Nicolas Haus wurde von einer neu aussehenden weißen Stülpschalung aus UPVC umhüllt. Das Haus daneben hatte noch Ziegelmauern und bestätigte damit, dass die Stülpschalung neu war und einem aktuellen Trend folgte. Der edel aussehende Audi in der Auffahrt strahlte in ähnlich frischem Weiß und vervollständigte das Bild, das er sich von den Bewohnern des Hauses machte.

Selbst die Türklingel schien von der edlen Sorte zu sein und spielte eine Melodie statt des klassischen *Ding-Dong*. Sie lief immer noch, als ein rotgesichtiger Mann öffnete. Er trug Hausschuhe, und aus seiner Hose hing ein Hemd heraus.

»Oh!«, stieß er aus und blickte sie verdutzt an. »Sie kommen nicht von Just Eat, oder?«

»Just was?«, fragte Joel.

»Lieferdienst. Wenn Sie kein Curry mitgebracht haben, Kumpel, dann haben wir kein Interesse.« Er wollte die Tür wieder schließen. Joel konnte gerade noch seinen Namen und Rang durch den schmaler werdenden Schlitz rufen.

»Und wir möchten bitte mit Nicola Marshall sprechen«, fügte er hinzu.

Der Mann zog die Tür wieder auf. »Hier wohnt niemand mit dem Namen, Kumpel«, erklärte er.

»Wann haben Sie geheiratet?«, fragte Joel aus einer Ahnung heraus. Die Reaktion war schwach, aber ausreichend, um Joel zu versichern, dass sie hier richtig waren.

»Es geht um ihre Mutter«, warf DS Rose ein, und der Mann zog die Tür noch weiter auf, um sie zu mustern. »Sie war heute früh im Krankenhaus, Verdacht auf eine Angina Pectoris.« Der Mann drehte sich halb um und bellte ins Haus: »Nic!« Dann sagte er etwas leiser: »Sie heißt jetzt Jones.«

Nicola Jones kam an die Tür. Der Wechsel in ihrem Gesichtsausdruck verriet, dass ihr eine heiße Mahlzeit ebenfalls lieber gewesen wäre als zwei Besucher im Anzug. »Was ist denn?«, fragte sie.

»Die Polizei, irgendwas wegen deiner Mutter?«, antwortete ihr Mann.

»Was ist mit ihr?«

»Ihrer Mutter geht es gut, Nicola. Ich bin Detective Sergeant Rose, das hier ist DI Norris. Wir waren gerade bei Ihrer Mutter drüben in Tonbridge. Wir wollten kurz mit Ihnen sprechen, falls das möglich ist.«

»Über meine Mutter?«

»Haben Sie kürzlich mit ihr gesprochen?«

»Persönlich? Nein. Meine Schwester war letztes Wochenende zum Abendessen bei ihr. Wir beide konnten nicht.«

»Wir brauchen nur einen Augenblick Ihrer Zeit.« Joel trat vor und erhöhte den Druck. Das Paar an der Türschwelle gab nach und machte ihm Platz. Ein hell erleuchtetes Wohnzimmer lag gleich links. Niemand setzte sich.

Die Ähnlichkeit mit ihrer Schwester war frappierend, ja fast schon beängstigend. Joel hatte ein Bild von Kelly im Kopf, das er nicht abschütteln konnte: Sie lag auf dem Boden, ihr Kopf von blutverschmiertem Glas oben gehalten. Ihr Blut war überall, und es ließ das Weiß des Knochens an ihrem rechten Bein umso greller wirken, der wie ein anklagender Finger auf ihn zeigte. Als wäre es seine Schuld, dass er nicht rechtzeitig dort gewesen war. Ihm waren die markanten Wangenknochen aufgefallen, die kleine Stupsnase und die blauen Augen, die unter ihren langen blonden Haaren hervor ins Nichts blickten. Nun hatte er ein sehr ähnliches Gesicht lebendig und atmend vor sich, Augen, die ihn erwartungsvoll ansahen – Nicola wollte wissen, warum sie alle unter der grellweißen Lampe im Wohnzimmer standen.

»Also? Und können Sie bitte leise sprechen? Oben sind zwei Kinder.« Auf dem kurzen Weg von der Haustür schien Nicolas Gereiztheit noch zugenommen zu haben. Ihre ganze Aufmerksamkeit lag auf DS Rose. Joel achtete darauf, im Hintergrund zu bleiben und deutlich zu machen, dass seine Partnerin das Gespräch führte. Das gab ihm die Möglichkeit, Nicola genauer zu beobachten. Er musste sich aufs Hier und Jetzt konzentrieren und das Bild ihres Opfers gegen das der Schwester austauschen. Es gab keine Anzeichen von Kampfwunden, keine Schnitte oder Kratzer. Sie war barfuß in ihrem eigenen Haus, und ihre Füße waren unverletzt. Sie war auch ein bisschen rundlicher, nicht so sportlich wie die geheimnisvolle Frau auf dem Video im Bus. Sie war nicht die Überlebende, aber das hatte er bereits an ihrer Reaktion gemerkt. So wichtig es war, die mysteriöse Frau von dem Video zu finden, Joel war erleichtert. Diese Familie hatte genug durchgemacht.

»Wir sind nicht wegen Ihrer Mutter hier, Nicola«, sagte DS Rose. »Wir haben mit ihr über Kelly gesprochen. Über Ihre Schwester.«

»Was ist mit Kell?«

»Es tut mir leid, Nicola. Sie wurde heute Morgen aufgefunden …« Es dauerte einen Augenblick, Nicola begann zuerst, mit dem Kopf zu schütteln, dann wich alle Farbe aus ihrem Gesicht. Sie hob die Hand vor den Mund, und ihr glasiger

Blick wurde erst wieder scharf, als ihr Mann plötzlich den Arm ausstreckte und sie um die Taille fasste. Das passte schon eher zu dem, was Joel normalerweise erlebte. Das war jemand, der auf schlimme Neuigkeiten reagierte. Lucy hatte recht gehabt. Die Reaktion der Mutter war unpassend gewesen, und das wurde im Vergleich zu ihrer Tochter noch viel deutlicher. »Es war bereits zu spät, wir konnten nichts mehr für sie tun.« DS Rose bestätigte Nicolas Befürchtung und traf die Frau damit wie mit einem Fausthieb. Sie kippte vornüber und stieß die Luft aus. Ihr Mann half ihr zum Sofa. Sie holte tief Luft und stieß sie fast sofort wieder als Schluchzer aus. Ihre Lippen bewegten sich, als wollte sie etwas sagen, aber nichts kam. Die Polizisten konnten nichts anderes tun als warten, bis der erste Schock nachließ.

Es dauerte gute fünfzehn Minuten. Zwischendrin klingelte es an der Tür. Joel und Lucy verließen das Wohnzimmer und nahmen das Essen entgegen, das die Eheleute bestellt hatten. Sie trugen es in die Küche. Es duftete herrlich und erinnerte Joel daran, dass er den ganzen Tag kaum etwas gegessen hatte. Das Paar nahm sich die Zeit, die es brauchte, und kam dann zu ihnen. Am oberen Treppenabsatz erschien ein kleiner Junge und fragte, ob mit seiner Mummy alles in Ordnung sei, und sein Vater rief ihm zu, dass er wieder ins Bett gehen solle. Nicola zog einen Hocker unter der Küchentheke hervor, während ihr Mann das Essen woanders platzierte.

»Was ist passiert?« Nicola sprach nach unten, auf die Tischfläche, und Lucy beeilte sich, ihr zu antworten.

»Ihre Schwester wurde in Lenham gefunden, ein Dorf auf der anderen Seite von Maidstone und zehn Kilometer von ihrer Wohnung entfernt. Ihre Kleidung passte nicht zu der Tageszeit, sie war barfuß, auf einer Landstraße und hat vermutlich versucht, eine Telefonzelle zu erreichen. Ich weiß, dass das ein großer Schock für Sie ist, aber wir brauchen Ihre Hilfe, um das Rätsel zu lösen.« DS Rose machte eine Pause, und das aus gutem Grund. Nicolas Augen waren feucht, und sie schüttelte wieder den Kopf. Sie musste eine Menge verarbeiten. Noch mehr wäre zu viel.

»Hilfe?« Ihre Stimme war tränenerstickt.

»Ihre Mutter meinte, dass Sie und Ihre Schwester sich nahestanden. Ich muss Sie fragen, ob Sie sich an Gespräche erinnern, kürzlich oder schon vor Längerem, bei denen sie vielleicht irgendetwas erwähnt haben könnte, das wichtig ist.«

»Wichtig? Was denn zum Beispiel?« Ihre Augen waren plötzlich größer, der Schock und die Tränen verstärkten den Effekt, sodass es aussah, als wären sie riesengroß. Rastlos huschten sie herum und suchten den Boden nach etwas ab, ohne wirklich etwas zu sehen.

»Gab es irgendwelche ungewöhnliche Ereignisse? Hat Kelly irgendwelche Drohungen erhalten? Solche Sachen.«

»Drohungen?« Es gelang Nicola, sich auf DS Rose zu konzentrieren. »Nein! Warum sollte ihr irgendjemand drohen?«

»Ein Ex-Freund, Freundinnen, abgewiesene Liebesbekundungen, Arbeitskollegen, jemand, der ihr Geld geliehen hat … Manchmal streiten sich die Menschen. Das kommt vor. Hat sie je etwas in der Richtung erwähnt?« DS Rose beugte sich ein wenig vor. Jetzt, wo sie Nicolas Aufmerksamkeit hatte, würde sie sie nicht wieder verlieren.

»Sie sagen doch, dass sie ermordet wurde. Das ist es doch, oder nicht? *Ermordet*. Auf keinen Fall hätte das jemand meiner … Schwester antun wollen.«

»Sie hat also nie einen Streit erwähnt?«

»Nein! Und mit Sicherheit hat sie bei niemandem Schulden.«

»Das muss ja auch nicht sein, aber vielleicht hat sie jemanden sauer gemacht?«

»Sie macht Leute nicht *sauer*, okay?« Jetzt löste Nicola den Blick. Nachdem die Verbindung gerissen war, lehnte auch DS Rose sich wieder zurück.

»Ist schon in Ordnung«, sagte Joel, der wusste, wie wichtig eine andere Stimme sein konnte, wenn man etwas Traumatisches mitteilte. »Wir wollen gar nicht andeuten, dass sie das in irgendeiner Art und Weise provoziert haben könnte, wir müssen nur verstehen, was für ein Mensch sie war. Das ist alles.«

»Sie hat sich vor ein paar Monaten wegen eines Einbruchs bei uns gemeldet. Hat sie Ihnen davon erzählt?« DS Roses Frage kam, als hätte sie nur darauf gewartet. Joel spürte, dass seine Kollegin den Druck aufrechterhalten wollte.

»Einbruch ... Sie ... Ja, sie hat bei Mum geschlafen. Die Sache hat sie völlig aufgewühlt, sie dachte, sie verliert den Verstand. Hat das etwas damit zu tun? Wollen Sie das damit sagen?«

»Was hat sie aufgewühlt?« DS Rose beugte sich wieder vor.

»Dass jemand in ihrem Haus war! Das reicht doch, oder nicht?« Eine dicke Träne ließ Nicola zusammenzucken, und sie wischte sie weg.

»Und sie war sich sicher? Laut Polizeibericht war sie nicht völlig überzeugt.« DS Rose streckte die Hand aus und legte sie sanft auf Nicolas Schulter, um die Wichtigkeit der Frage zu unterstreichen.

»Als die Polizei bei ihr war, hat sie wohl nicht die richtigen Worte gefunden. Sie wusste, dass jemand in ihrem Haus gewesen war, sie wusste es einfach, aber sie konnte nicht so recht erklären, warum. Es fehlte nichts, es gab keine Unordnung, aber Sachen standen anders, eine Schublade war offen. Sie wüssten das doch auch, oder nicht? Wenn jemand Ihre Sachen durchwühlt hat.« Sie sah DS Rose wieder in die Augen.

»Ja, das wüsste ich«, stimmte DS Rose zu. Sie nickte und lächelte bekräftigend.

»Aber das zwei Fremden – Polizeibeamten – zu erklären, ist ihr nicht gelungen. Ihr wollt immer, dass etwas vermisst oder beschädigt wird ... etwas, das ihr nicht übersehen könnt, und ich verstehe das ...«

»Nicht zwangsläufig. Meine Kollegen hätten sich ebenfalls deutlicher ausdrücken sollen. Ein Eindringling muss nichts stehlen, um einen Einbruch zu begehen, es geht um die Absicht. Wenn jemand eingebrochen ist, um kriminellen Schaden anzurichten oder jemanden anzugreifen, wäre es trotzdem im Ber…«

»Anzugreifen! Sie glauben, jemand war in ihrem Haus, um ihr etwas anzutun? Darum war jemand da? Darum wurde nichts gestohlen?« Mit jedem Wort redete sich Nicola mehr in Rage, und es war an DS Rose, sie zu beruhigen. Als sie wieder sprach, klang ihre Stimme sanft.

»Wir wissen es nicht. Es hat vielleicht überhaupt nichts damit zu tun, was Kelly zugestoßen ist, aber wir müssen gründlich sein und alle Möglichkeiten in Betracht ziehen.«

»Jetzt ist es zu spät, damals hätten Sie gründlich sein sollen! Ihre Kollegen haben sie nicht ernst genommen, das hat sie mir erzählt. Sie haben ihr Zweifel eingeredet und konnten nicht schnell genug wieder verschwinden. Wenn ich ehrlich bin, waren Ihre Kollegen der Grund, dass sie sich dumm vorgekommen ist … und jetzt ist sie tot.«

»Hat sie Ihnen abgesehen von dem Zwischenfall in ihrem Haus jemals von irgendetwas erzählt? Ist ihr vielleicht jemand gefolgt, hat online Kontakt aufgenommen, Nachrichten auf dem Telefon hinterlassen … irgendetwas in der Art?« DS Rose versuchte, sie zum nächsten Thema zu bringen.

»Wollen Sie wissen, ob sie einen Stalker hatte?«

»Hat sie denn mal von einem Stalker erzählt?«

»Nein.«

»Glauben Sie, dass sie das tun würde?«, fragte DS Rose.

»Davon erzählen?«

»Mit Ihnen darüber reden oder Ihrer Mum?«

»Natürlich. Wir sind eine Familie! Eine Familie, die sich nahesteht. Es ist noch gar nicht lange her, da hat Mum uns beiden von ihrem gruseligen Nachbarn erzählt. Das war genau hier, in diesem Zimmer …« Ihre Worte verklangen und sie versank in Melancholie.

»Ihr Nachbar?«, hakte DS Rose nach.

»Ja. Sie werden ihn mit Sicherheit kennengelernt haben. Er ist ständig bei ihr, wie ein Schoßhündchen.«

»Was meinen Sie mit ›gruselig‹«?

Nicola seufzte. »Eigentlich gar nichts. Er passt auf sie auf, aber wie immer bei Männern bedeutet das, dass sie ihm etwas schuldig ist, oder nicht?« Sie schaute zu Joel. »Sollte keine Beleidigung sein.«

»Sie meinen Sex?«, fragte DS Rose schnell.

»Sie reden hier von meiner Mutter.« Ein Lächeln flackerte auf und erlosch sofort wieder, als wäre das ein Witz, den sie in einem früheren Leben erzählt hätte. »Das war ungerecht von mir. Er tut eine Menge für sie, aber Männer machen nie etwas umsonst. Wir ärgern sie immer ein bisschen damit, sind aber eigentlich ganz froh, dass sie jemanden gleich nebenan hat. Man kommt nicht in ihre Nähe, ohne dass er davon erfährt.«

»Was ist mit Ihrem Vater? Hat Kelly mit ihm vielleicht über ihre Probleme gesprochen?« DS Roses Themenwechsel kam abrupt genug, um Nicola ein bisschen zu überrumpeln. Bisher hatte sie immer sofort geantwortet, aber jetzt atmete sie erst einmal tief durch, um sich etwas Zeit zum Nachdenken zu verschaffen. »Ich spreche eigentlich nicht mehr mit ihm, seit er meine Mum sitzen gelassen hat. Das hat sie Ihnen vermutlich erzählt. Das hat alles ruiniert.«

»Sie erwähnte es«, antwortete Joel.

»Hat sie auch erwähnt, dass seine Neue selbst schon erwachsene Kinder hat? Eine eigene neue, schon fertige Familie. Vermutlich dachte er, dass er mit der besser dran ist.«

»Sie hat keine Details genannt, ich müsste aber im Laufe meiner Ermittlungen mit ihm sprechen. Hatten sie Streit? Kelly und ihr Vater?«

»Offiziell nicht, aber sie mochte ihn nicht sonderlich. Ich glaube, ich mag ihn auch nicht sehr. Aber das heißt nicht, dass wir ihn nicht lieben. Es ist sogar ziemlich schwer, sich mit ihm zu verkrachen. Es ist nicht so, dass er sich verteidigen würde oder seinen Standpunkt vertreten. Er akzeptiert einfach, dass er etwas Falsches getan hat, und glaubt, dass er warten kann, bis wir darüber hinweggekommen sind. Es ist schwer zu erklären. Also werden Sie ihm erzählen, was passiert ist?«

»Solange Ihre Mutter ihn nicht vorher informiert. Aber als ich fragte, konnte sie mir keine Kontaktinformationen geben. Haben Sie vielleicht welche?«

»Hat sie Ihnen das erzählt? Ich dachte, sie hätte noch eine Möglichkeit, ihn zu kontaktieren. Kelly und ich haben seine Nummer gelöscht, aus Prinzip. Wir wollten mal sehen, wie lange es dauert, bis er sich wieder bei uns meldet. Ich weiß, dass er kürzlich umgezogen ist, aber nicht genau, wohin. Aber er ist noch hier in der Gegend.«

»Also hat Kelly nicht mit ihm gesprochen?«

»Nein, sie hat sich viel öfter über ihn aufgeregt als wir. Ich wollte mich auf keine Seite schlagen, jedenfalls nicht am Anfang, aber je mehr ich herausgefunden habe, desto klarer wurde mir, dass er sie schon sehr lange hat zappeln lassen. Er ist ziemlich konfliktscheu, darum mussten immer Kelly und ich alles wieder geradebiegen und Kontakt aufnehmen. Vermutlich hätten wir das auch irgendwann getan, aber jetzt …« Sie brauchte eine Sekunde, um sich wieder zu fassen. »Jetzt hat er eine von uns endgültig verloren.« Sie brach zusammen, als hätte das Aussprechen dieser Worte ihre Bedeutung verstärkt. Ihr Mann nahm sie in die Arme. »Stuart …«, murmelte sie, das Gesicht an seine Brust gelehnt. »Was machen wir jetzt?«

Es war Zeit zu gehen. DS Rose legte ihre Visitenkarte auf den Tisch. »Wir haben genug Ihrer Zeit in Anspruch genommen. Hier ist meine Karte, Sie können mich jederzeit anrufen, egal warum. Wir arbeiten Tag und Nacht hart, um herauszufinden, was mit Ihrer Schwester geschehen ist. Manchmal wollen die Leute das noch einmal bestätigt wissen. Rufen Sie mich einfach an.« DS Rose wartete, bis Nicola mit einem knappen Nicken antwortete.

»Eine Sache noch«, sagte Joel. »Wir müssten uns im Haus Ihrer Schwester umschauen. Das könnte entscheidend sein. Ich habe bereits uniformierte Kollegen davor positioniert. Haben Sie zufällig einen Schlüssel? Das wäre mir lieber, als irgendeinen Schaden zu verursachen, um reinzukommen.«

Nicola wischte sich die Tränen weg und schniefte. »Ja, wir haben uns gegenseitig die Schlüssel gegeben. Ich hab ihren in meiner Tasche.« Sie ging zurück zur Haustür. Ihr Mann sah aus, als wollte er etwas sagen, entschied sich dann aber für ein Kopfschütteln.

»Er ist nicht hier!«, rief Nicola aus dem Flur. Als sie zurückkam, hielt sie ihre Tasche in der Hand. Sie stellte sie auf den Tisch und begann, mit hektischen Bewegungen darin herumzuwühlen. Der Inhalt flog in alle Richtungen. »Er war hier!«, rief sie und schaute die Polizisten mit weit aufgerissenen Augen an. »Er ist weg!«

KAPITEL 10

Mit einem Mausklick schickte Joel die letzte E-Mail des Abends ab. Es war ein Antrag auf Kostenübernahme des Schlüsseldienstes, den er beauftragt hatte, Kelly Marshalls Wohnung zu öffnen. Joel ging davon aus, dass es einige Zeit dauern würde, bis die Rechnung bezahlt würde: Die Finanzabteilung stellte jede Rechnung infrage, die nicht die günstigste Lösung darstellte. Und Joel hatte sich dazu entschieden, lieber das Schloss auswechseln zu lassen, als die Tür aus den Angeln zu schlagen und anschließend mit einer Spanplatte und einem billigen Vorhängeschloss zu sichern. Die Finanzabteilung mochte ihre Vorlieben haben, aber sie mussten auch nicht einer trauernden Mutter oder Schwester die Schlüssel in die Hand drücken, nachdem er seine Arbeit getan hatte.

Joel hatte die Durchsuchung geleitet. Die Spurensicherung hatte sie durchgeführt, aber nur, bis sie zu dem Schluss gekommen waren, dass es dort nichts für sie zu holen gab. Es fanden sich keinerlei Anzeichen auf eine Störung oder dass Kellys Leidensweg in ihrer Wohnung begonnen hatte. Tatsächlich war es dort ungewöhnlich ordentlich gewesen und wirkte fast wie eine Musterwohnung, und Joel hatte mit Nachdruck darauf bestehen müssen, wenigstens Fingerabdrücke an allen Außentüren und Fenstern und den Türgriffen innerhalb der Wohnung zu nehmen. Sie hatten noch erwähnt, dass sie mehr hätten ausrichten können, wenn man sie informiert hätte, nachdem der Einbruch gemeldet worden war. Das war Joel auch klar, doch daran konnte er jetzt nichts mehr ändern. Er konnte nur hoffen, dass sie Glück hatten.

Die Spurensicherung nahm Abdrücke. Die Beamtin, die ihn darüber informierte, teilte ihm mit deutlicher »Hab ich ja gesagt«-Attitüde auch mit, dass es die vom Opfer waren. Unbeeindruckt rief Joel die Leiterin der Spurensicherung an, eine Frau namens Sandra Allum, um nach neuen Erkenntnissen am Tatort in Lenham zu fragen. Sandra erklärte, dass sie dort gerade fertig geworden waren, aber die einzig relevante Entdeckung die Kleidung betraf. Das weiße Kleid des Opfers schien handgemacht zu sein, und nur sehr grob, aus billigem, weiß gebleichtem Jeansstoff. Außerdem erklärte Sandra, dass die Leiche beim ersten Tageslicht überführt werden würde, wegen der Beweismittelkette aber ein Detective mitfahren müsse. Joel sagte, dass er das wahrscheinlich sein würde. Er wollte am nächsten Morgen ohnehin früh zum Tatort, und sei es nur, um sicherzugehen, dass das Suchteam zeitig losmarschierte, statt über einer Thermoskanne mit Tee zu plaudern. Joel war immer noch ein qualifizierter Fahndungsberater und kannte die Vorgänge gut genug, er kannte aber auch die Mentalität von Suchteams. Der Trick lag darin, das Team neugierig zu halten. Die Einsatzbesprechung für die Suche nach einem Opfer, das in ländlichem Gebiet in freier Natur gefunden worden war, würde umfassend sein und wenig Details mitbringen. Das abzusuchende Gebiet war groß und die Chance, etwas Bedeutendes zu finden, nur gering. Beamte der Spurensicherung würden die Suche um die Leiche und ihre unmittelbare Umgebung herum beginnen. Morgen früh wäre es dann Aufgabe des Suchteams, sich auf die Umgebung zu konzentrieren, um »irgendetwas Signifikantes« zu finden. Joel wollte sichergehen, dass sie wussten, was das bedeutete, und die Leute nicht nur kamen, um ihre Schicht mit einem Waldspaziergang zu verbringen.

Auf einem seiner unbesetzten Schreibtische war noch immer eine Karte der Umgebung ausgebreitet. Joel hatte sie in einzelne Abschnitte unterteilt, um sich den Fahndungsberater am nächsten Morgen zu sparen. Das Gebiet war nicht nur groß, sondern auch unzugänglich. Schon auf dem ersten Quadratkilometer waren Wasserflächen, dichtes Waldgebiet, Gärten von Anwohnern, Teiche und Schuppen. Und dann waren da noch die Hügel voller Rapsfelder. Er lehnte sich zurück und seufzte, während er die große Uhr betrachtete, die als Bildschirmschoner auf seinem Monitor prangte: 23:20 Uhr.

»Einen Penny für Ihre Gedanken.« DS Rose stellte eine Tasse Tee auf seinen Schreibtisch. Er bemerkte, dass sie selbst keinen hatte und jetzt eher auf ihrem Schreibtisch saß als davor. Sie waren beide in einem Strudel aus Geschäftigkeit gefangen gewesen, seit sie von Nicola Jones zurückgekommen waren. Joel hatte sich darauf konzentriert, alles für den kommenden Tag vorzubereiten, während DS Rose das Berichtformular mit ihren bisherigen Maßnahmen und Erkenntnissen gefüttert hatte. Das bedeutete minutiös ausgearbeitete Zusammenfassungen sämtlicher Gespräche des Tages. Morgen früh musste Eileen alles in die HOLMES genannte Polizeidatenbank übertragen, die Joel nie verstanden hatte und mied wic dic Pest.

»Sandra meinte, dass die Telefonzelle abgewischt worden wäre und sie keinen einzigen Abdruck hätten. Sie hat den Hörer abgeschnitten, um ihn im Labor auseinanderzunehmen, nur falls irgendetwas Mikroskopisches in der Sprechmuschel gelandet ist, aber sie klang nicht sehr zuversichtlich. Sie glaubt jetzt, dass das Kleid selbst gemacht war, was bedeutet, dass wir es nicht zu einem Laden oder einer Stadt mit Videoaufzeichnung oder einer Kreditkartenzahlung zurückverfolgen können. Aber das verrät uns etwas, oder nicht?«, fragte Joel.

»Der Mörder ist intelligent und kennt unsere Methoden«, antwortete DS Rose.

»Und die Sache wurde ziemlich detailliert und weit im Voraus geplant, was bedeutet, dass die Telefonzelle immer schon Teil des Plans war.«

»Sie meinen also, es geht hier nicht darum, dass jemand angegriffen wurde und einfach zum nächsten Telefon geflohen ist?«

»Ganz genau. Kelly Marshall passte nicht zu dem Ort, an dem sie gefunden wurde, schon gar nicht in dem Kleid. Sie wurde dorthin gebracht. Genau wie diese andere Frau.«

»Unsere Verdächtige?«, fragte DS Rose.

»Ist sie das?« Joel, der auf die Karte geschaut hatte, erhob sich.

»Bis wir etwas Gegenteiliges beweisen können. Sie hat Ähnlichkeiten mit dem Opfer und stieg etwa um die Zeit, als Kelly Marshall ermordet wurde, in der Nähe in den Bus. Der Busfahrer hat Blut an ihr gesehen. Wir wissen nicht, ob das ihr Blut war. Und die alte Frage bleibt offen: Warum hat sie nicht die Polizei gerufen?«

»Dann müsste also das Team, das morgen ihren Fluchtweg absucht, zwei unterschiedliche Waffen finden, die sie eingesetzt und weggeworfen hat?«, überlegte Joel.

»Das bezweifle ich stark. Ich glaube auch nicht, dass sie die Mörderin ist«, gab DS Rose zu. »Aber im Augenblick ist sie alles, was wir haben.«

»Also, was vermuten Sie?«

»Überlebende.«

»Okay«, forderte Joel sie auf weiterzusprechen.

»Was auch immer Kelly Marshall zugestoßen ist, sollte auch ihr zustoßen, aber irgendwie ist es ihr gelungen zu entkommen.«

»Bleibt die Frage, *warum* sie nicht die Polizei gerufen hat.«

»Das weiß ich nicht«, antwortete DS Rose.

»Es gäbe eine mögliche Erklärung«, sagte Joel. »Eine, die mir nicht aus dem Kopf geht.«

»Und welche?«

»Dass das, was auch immer Kelly zugestoßen ist, sie ebenfalls eingeholt hat. Dass sie keine Überlebende mehr ist.« Schweigen breitete sich aus. Joel rieb sich das Gesicht und zog die Ränder unter seinen Augen hinab, als würde das seine

Haut neu beleben. »Heute Abend kommen wir der Sache eh nicht mehr auf die Spur. Sie sehen erledigt aus.«

»Sicher, dass das in Ordnung ist?«

»Gehen Sie nach Hause. Es ist spät. Morgen erwartet uns ein weiterer langer Tag, daran habe ich keinen Zweifel.«

»Gehen Sie auch nach Hause?«, fragte sie.

»Nein. Ehrlich gesagt, fand ich das Sofa da drüben sehr einladend. Bis ich hier fertig bin, würde es sich eh nicht mehr lohnen.«

»Ihre Frau könnte das anders sehen.«

»Sie hat mir keine Nachrichten mehr geschrieben. Also schläft sie vermutlich schon.«

DS Rose grinste. »Das muss ja nicht der einzige Grund sein, warum sie Ihnen nicht mehr schreibt.«

»Noch ein Grund mehr hierzubleiben.«

»Und was zu tun?«

»Vermutlich nichts Produktives. Ich wollte mir mal die Fälle aus der Gegend hier anschauen, ob ich etwas Ähnliches finde. Vielleicht gibt es etwas, was wir in der Telefonzelle gefunden haben, ja bereits in einem älteren Fall oder einem Einbruch oder Stalking-Fall. Außerdem wollte ich mich bei den behördenübergreifenden Analysten melden, damit sie dieselben Informationen mit anderen Polizeidienststellen abgleichen können. Oh, und ich wollte mir alle registrierten Besitzer einer Schrotflinte im Umkreis von 15 Quadratkilometern anschauen. Wer weiß, vielleicht ist hier einfach nur ein Anwohner ausgeflippt!« Irgendwie gelang es Joel zu lachen. »Wenn es mal so einfach wäre.«

»Das sind alles Aufgaben, die Eileen direkt morgen früh erledigen kann. Es wäre vermutlich produktiver, sich auszuruhen.« DS Rose streckte sich.

»Sie haben recht. Aber Eileen soll sich morgen als Erstes wieder an die Social-Media-Accounts setzen. Sie vergleicht Kellys gesamte Onlinekontakte mit dem Bild von der blutverschmierten Frau in Rot.«

»Sie ist der Schlüssel.«

»Sie ist ... Scheiße!« Joel setzte sich abrupt aufrecht hin.

»Was ist?«

»Ich wollte jemanden dafür einteilen, den Weg noch einmal abzugehen. Das muss gemacht werden.«

»Sie meinen morgen früh?«

»Sie stieg um 6:34 Uhr in Lenham in den Bus, also in knapp sieben Stunden.« Joel fluchte erneut, aber über sich selbst. Das war üblich bei Ermittlungen, und das aus gutem Grund, denn es konnte ziemlich hilfreich sein. Es war ein einfacher Spaziergang denselben Weg entlang und zur selben Uhrzeit, zu der ein Verbrechen oder ein Zwischenfall stattgefunden hatte. In diesem Fall war eine Frau um kurz nach sieben Uhr morgens an einer viel besuchten Bushaltestelle ausgestiegen. Der Bus fuhr eine Pendlerroute. Die Leute, die einen Tag später in der Gegend ein- und ausstiegen, wären vermutlich dieselben wie am Tag zuvor. Sie würden sich an die Frau erinnern, daran gab es keinen Zweifel, und einer von ihnen hatte eventuell etwas Nützliches gesehen.

DS Rose lächelte müde. »Das kann ich erledigen. Ich gehe auf dem Weg nach Hause noch kurz beim Nachtdienstleiter vorbei, ob sie jemanden entbehren können, der mir hilft. Es gibt immer jemanden, der scharf auf Überstunden ist. Es ist ein Rundgang, wir müssen die Namen von allen im Bus aufnehmen. Laut den Videoaufnahmen sind zwölf Personen ausgestiegen. Das kriege ich hin. Bedeutet, Sie können sich um die Fahndungsberatung kümmern.«

Joel lächelte. »Ich mag halt ordentlich erledigte Arbeit.«

»Das weiß ich. Aber das bedeutet nicht, dass sie auch von *Ihnen* erledigt werden muss.«

»Schlafen Sie ein bisschen. Sie werden griesgrämig, wenn Sie müde sind.« Joels Handy neben ihm meldete sich. Er warf einen Blick auf das Display. »Wo wir gerade von griesgrämig sprechen«, murrte er und warf DS Rose ein Augenrollen zu. Sie hatte bereits angefangen, alles einzupacken.

»Ihre Frau?«, fragte sie.

»Fast«, gab er zurück und nahm den Anruf dann freudestrahlend entgegen. »Superintendent Debbie Marsden, was verschafft mir so spät am Abend noch die Ehre?« Er grinste und winkte DS Rose zum Abschied.

»Warum melden Sie sich so, Joel? Ist noch jemand bei Ihnen?«

»Um diese Uhrzeit, Ma'am? Natürlich nicht. Nur ich bin blöd genug, noch hier zu sein.«

»Offensichtlich nicht. Ich bin auch noch im Büro, und nach dem Gespräch, das ich gerade hatte, fand ich es nur angemessen, Sie direkt anzurufen. Ich bin froh, dass Sie noch im Büro sind, dann muss ich kein schlechtes Gewissen wegen der Uhrzeit haben.«

»Klingt ominös. Weswegen *müssen* Sie denn ein schlechtes Gewissen haben?«

»Offen gestanden ist es etwas Gutes. Für Sie und mich. Sie bekommen einen DCI.«

Joel hielt einen Augenblick inne. Er hatte nicht das Gefühl, dass jetzt der richtige Zeitpunkt war, um ihr zu erzählen, dass er schon heute Morgen jemanden kennengelernt hatte, der behauptete, sein neuer DCI zu sein.

»Okay«, antwortete er.

»Das ist alles?«, fragte Marsden. »Okay?«

»Nun, ja, ich meine, wir sprachen davon, und ich kenne die Rangordnung. Ich wusste also, dass irgendwann jemand zwischen uns beiden stehen wird.«

»Sehr gut, Joel. Ich halte ihn für eine gute Wahl. Jemand, der Ihnen wirklich nutzen kann.«

»Jemand, den ich kenne?«

»Ein Mann namens Jim Kemp. Kennen Sie ihn?«

»Nein«, antwortete Joel. Das war nicht einmal gelogen. Ja, sie hatten sich einander vorgestellt, aber er wusste nichts über ihn.

»Er hat den Großteil seiner Karriere in Essex verbracht.

Hat dort die Bewaffnete Einheit geleitet, bevor er zu uns kam, um in der Terrorbekämpfung einzusteigen, als Kent und Essex ihre Anti-Terror-Abteilungen zusammengelegt haben. Und jetzt fügt er das Dezernat für Schwerverbrechen zu seinem Lebenslauf hinzu. Ich meine, auch wenn seine letzten Einsätze als Ermittlungsleiter in der Terrorbekämpfung waren, ist er immer noch ein erfahrener Detective. Ich höre nur Gutes über ihn.«

»Das heißt, er leitet unsere Abteilung und gleichzeitig die Terrorbekämpfung?«

»Vorerst. Wir werden expandieren, Joel, das müssen wir. Das Dezernat für Schwerverbrechen wird zentralisiert, und Ihr Team sitzt dann an der Spitze. Da können die bestehenden Lokal-Teams zetern und um sich treten, wie sie wollen, es wird passieren.«

»Und ich erzähle denen die ganze Zeit, dass wir keine Bedrohung für ihre Struktur darstellen und nur hier sind, um ihnen ein bisschen Arbeit abzunehmen. Die haben mir vom ersten Tag an nicht geglaubt, aber ich habe es geglaubt, weil man mir das erzählt hat!«

»Haben Sie es wirklich geglaubt?«, fragte Marsden.

»Keine Sekunde.« Joel konnte sein Lachen nicht länger unterdrücken.

»Und geben Sie etwas darum, was die sagen, Joel?« Nun konnte auch sie sich nicht länger beherrschen und lachte.

»Keinen Furz, Ma'am. Scheiß auf die!«

»Ja …« Ihr Gelächter erstarb abrupt. »Diese Reaktion war der Grund, warum ich Sie sofort anrufen und ein bisschen vorwarnen wollte. Die letzten Monate … Ich weiß, dass es hart war, ich weiß, dass Sie sich vermutlich die ein oder andere Meinung gebildet haben und vielleicht sogar ein bisschen von einer Wir-gegen-die-Einstellung kultiviert haben. Aber ich möchte verhindern, dass das der erste Eindruck von DCI Kemp ist. Jedenfalls nicht direkt am Anfang. Mich dürfen Sie so oft verfluchen, wie Sie möchten, aber mir ist wichtig, dass Sie beide gut miteinander auskommen. Ich will nicht, dass er Sie für irgendeine Art unkontrollierbaren Pitbull hält, den die Dienstaufsicht in eine Ecke gedrängt hat.«

»Ich verstehe«, sagte Joel.

»Was heißt das?«

»Das heißt, ich verstehe. Ich hab mich in letzter Zeit bedeckt gehalten, genau wie Sie gesagt haben.«

»Ich habe Ihnen auch gesagt, dass ich Ihnen einen Fall übertrage, oder nicht? Wie war es, heute wieder im Einsatz zu sein? Der Mord draußen in Lenham – Ihr Name steht hier als Ermittlungsleiter.«

»Sie waren das also?«, fragte Joel und versuchte, sich seine Belustigung nicht anhören zu lassen. »Wie haben Sie uns den zugeschanzt?«

»Ich sagte Ihnen doch, dass wir nur die besten Fälle mit der höchsten Aufmerksamkeit bekommen, dafür habe ich mein ETS-Team.«

»Wir müssen wirklich den Namen ändern, Ma'am. Die Teams für Gewaltverbrechen haben es viel zu einfach, uns als ›Ätz-Team‹ zu bezeichnen.«

Es folgte eine Pause. »Sehr gut, Joel. Ich kläre mit DCI Kemp, wann er vorbeikommt, um Sie und das Team kennenzulernen.«

»Sie sind der Boss.«

»Das stimmt. Und jetzt, wo Sie noch einen anderen haben, werde ich ein bisschen Jahresurlaub nehmen. Ab morgen bin ich ein paar Tage weg. Ich weiß, das ist etwas plötzlich, aber mir ist etwas dazwischengekommen. Ich bin vielleicht nicht da, wenn Sie Jim Kemp treffen. Also, wie ich schon sagte, keine schmutzigen Wörter. Keine … Reden Sie einfach keinen Bullshit, Joel.«

TAG 2

KAPITEL 11

»Es tut mir wirklich leid … das wissen Sie, oder?«

Lucy Rose verdrehte übertrieben die Augen. Sie stand unter dem gedämpften Licht des Hausflurs vor Apartment 18. »Das sagten Sie schon.«

»Ich wusste nicht, wen ich sonst anrufen sollte.« Lisa Hopkiss schüttelte mit traurigem Gesicht den Kopf so heftig, dass ihre Wangen schlackerten. Sie trug einen eng anliegenden fliederfarbenen Schlafrock. Den Gürtel hatte sie in einer ordentlichen kleinen Schleife zusammengebunden, die unter ihren ineinander verschränkten Händen hervorschaute. Sie standen im Flur eines Wohnhauses, das Lucy nur allzu gut kannte – genau wie jeder andere Polizist, der lange genug in dieser Gegend arbeitete. Der sogenannte Phoenix Court war früher das Phoenix Hotel gewesen, ein großer, kostengünstig gebauter Kasten, der billige Hotelzimmer an Touristen vermietete, die wegen der berühmten Margate-Küste herkamen. Doch als die Touristenströme nachließen, hatte die Gemeinde das Hotel gekauft und darin Wohnraum für Sozialhilfeempfänger bereitgestellt. Von seinen hellen, sonnigen Anfängen war nicht mehr viel übrig. Jetzt war es ein Ort für diejenigen, die am Rande der Gesellschaft lebten. Das Letzte, was ihnen blieb. In dem völlig überfüllten Gebäude lebten Diebe, Junkies, frisch aus dem Gefängnis Entlassene und Menschen mit psychischen Problemen, die im Grunde ein sehr viel ruhigeres und stabileres Umfeld gebraucht hätten, aber irgendwie durchs Raster gefallen waren. Hier war Endstation. Der Ort, an dem die Sorgen ertränkt wurden.

»Es gibt niemand anderen«, sagte Lucy. Sie hatte ihren Schlüssel mitgebracht. Als sie ihn anfertigen ließ, hatte sie sich noch gefragt, warum sie sich überhaupt die Mühe machte. Zum ersten Mal fand sie die Tür verschlossen vor – normalerweise stand sie einfach offen. Drinnen gab es ohnehin nichts, was sich zu stehlen lohnte. Selbst der Bewohner des Apartments hatte für niemanden einen Wert. Und trotzdem: Als um zwei Uhr morgens der Anruf gekommen war, hatte sie nicht die Kraft gefunden, Nein zu sagen.

»DAD?«, rief sie in die Wohnung. Sie hatte die Tür geöffnet, war aber auf der Schwelle stehen geblieben. In der Wohnung war es dunkel. Sie konnte weit genug in den Flur schauen, um geschlossene Türen zu erkennen. Am Ende lag das Wohnzimmer in völliger Dunkelheit. Es war jedoch nicht der Mangel an Licht, der sie davon abhielt einzutreten, sondern der Geruch, der sie wie ein Hieb in den Magen getroffen hatte, sobald sie die Tür aufgestoßen hatte. Es roch feucht und faulig. Abgestandene Luft, durchmischt mit Körpergeruch, Müll und Zigarettenrauch. Der Geruch war immer derselbe, wenn sie diese Tür öffnete. Und jedes Mal wappnete sie sich dafür, dass er anders wäre. Dass es der unverkennbare Gestank verwesenden Fleischs wäre, nachdem die Leber ihres Vaters endgültig aufgegeben hatte und er allein gestorben war, um zu verwesen, bis der Gestank in den Hausflur drang und eine Kette von Ereignissen in Gang setzte, an deren Ende Lucy über seine Leiche gebeugt dastehen würde.

»Dad!«, rief sie erneut, lauter diesmal. Es war nach drei Uhr morgens, aber sie machte sich keine Sorgen darum, die Nachbarn zu stören – den Kampf verlor sie ohnehin gegen wer auch immer im Stockwerk über ihr gerade Duran Duran auf voller Lautstärke spielte. Sie trat ein und fand den Lichtschalter. Sie griff danach, zuckte aber sofort zurück, als das stumpfe gelbe Licht dreckige Wände enthüllte.

Sie hörte ein Stöhnen. Es kam vom anderen Ende des Flurs, aus dem Wohnzimmer. Das war wenig überraschend. Irgendwie hatte man es geschafft, in dieser winzigen Wohnung zwei Zimmer unterzubringen, aber beide waren zugemüllt. Früher hatte es in einem Raum einen freien Platz mit einer Matratze gegeben, auf der ihr Vater schlafen konnte, doch irgendwann war auch diese von alter Kleidung, Tüten und Schachteln bedeckt worden – von denen keine Einzige ihm gehörte. Jetzt schlief er im Wohnzimmer. Das Sofa war sein Lebensraum: Man konnte darauf sitzen, schlafen, spritzen, trinken und rauchen. Und zweifelsohne auch sterben.

»Dad, Himmel!« Er lag mit dem Bauch nach unten auf dem Boden. Diesmal betätigte Lisa den Lichtschalter, und wieder enthüllte das Licht einen Anblick, bei dem Lucy ruckartig ihre Hand zurückzog: eine getrocknete Lache aus Erbrochenem, die sich vom Mund ihres Vaters ausbreitete wie die Sprechblase in einem Comicheft. Jetzt traf sie der Geruch mit aller Wucht, als hätte er nur auf das Licht gewartet, um all ihre Sinne gleichzeitig anzugreifen. Sie erhob sich aus der Hocke. Wieder stöhnte ihr Vater und zog die Arme unter seinem Körper hervor. Ziellos tastete er herum, warf klirrend Flaschen um und hob das Gesicht zum Licht hinauf.

»Was *verfickt* noch mal!«, stieß er aus.

»Dad, ich bin's«, sagte Lucy.

»Was zur Hölle willst du hier? Ich hab dich nicht gerufen, ich WILL dich hier nicht.« Die Wut kam als Erstes. Das war schon immer so gewesen. Vor jedem Gespräch musste sie immer erst die Wut abwarten. Deshalb hatte er keine Freunde mehr, deshalb verabscheute ihn die Polizei. Er war ein wütender kleiner Mann. Niemand sonst hatte genug Geduld, um das zu sehen, was hinter seiner Wut lag. Und warum sollten sie auch?

Sie suchte Lisas Blick und ging dann an ihr vorbei. Sie öffnete die Tür zum Badezimmer. Die Badewanne lag an der rechten Wand. Hier stapelten sich noch mehr Kleidung, mehr Tüten, ein neu aussehender Rucksack, wie Wanderer ihn benutzten, in dem irgendwas drin war. Ihr Vater war kein Wanderer – aber er war ein Dieb. Ein Opportunist – und je schlechter sein Gesundheitszustand wurde, desto weniger Möglichkeiten boten sich ihm. Taschen stehlen war nur eine seiner Maschen, vor allem in Parks und öffentlichen Verkehrsmitteln. Überall, wo er sitzen und abwarten konnte. Seine Beute füllte seine Zimmer, hoch genug gestapelt, um das Tageslicht draußen zu halten. Vieles war ungeöffnet, weil er regelmäßig so weggetreten war, dass er zur Tür reinkam und die Beute einfach auf die Seite warf. Das war alles, was er noch an Kontakt zu den Menschen hatte, die neben ihm auf diesem Planeten wandelten: Er stahl, was er konnte, bei jeder Gelegenheit, um es dann in einem vergessenen Zimmer zu entsorgen.

Die Berge an Taschen zeigten, wie oft er nicht erwischt worden war, doch er war schon Hunderte Male verhaftet worden, und Diebstahl war nur einer der Gründe.

»Ich bekam einen Anruf. Lisa macht sich Sorgen um dich. Sie hat ein lautes Poltern gehört, und dann hast du nicht mehr geantwortet«, rief Lucy.

»Lisa is' 'ne fette Schlampe, die ihre Nase in Dinge steckt, die sie nichts angehen!« Er hatte sich auf den Rücken gerollt und starrte an die Decke, durch die ein Gitarrensolo dröhnte. »Der verfickte Hund!«, brüllte er und stemmte sich auf die Füße, zunächst noch leicht schwankend, sodass Lucy erkennen konnte, in welcher Verfassung er war. Irgendwie hatte er noch mehr Gewicht verloren, und seine Kleidung hing an ihm herab wie an einer Vogelscheuche aus Holzlatten. Sein Hemd stand offen und entblößte eine üble Prellung, die seine gesamte rechte Seite hinauflief. Lucy war seit zehn Jahren immer wieder erstaunt darüber, dass er noch lebte und aufrecht stand, aber mittlerweile hatte ihn der Tod ordentlich im Visier.

»Lisa ist um dich besorgt. Du achtest nicht auf dich.«

Dass Lisa direkt neben ihnen stand, schien er nicht zu bemerken. Schwankend marschierte er los, prallte gegen den Türrahmen und stampfte wütend durch die Wohnungstür hinaus. Lucy fehlte die Kraft, ihm zu folgen. Es hatte ohnehin keinen Zweck – er würde zurückkommen. Stattdessen begann sie, das Bad von dem Gerümpel zu befreien. Lisa stand mit vor Trauer geschwollenen Augen immer noch in der Tür.

»Er meint es nicht so. Sie wissen doch, wie er ist. Es ist ihm peinlich, und dann tritt er um sich, und wenn nicht gegen Sie, dann gegen mich«, erklärte ihr Lucy.

»Ich weiß gar nicht, warum ich das überhaupt mache. Es ist nur ... ich ertrage es nicht, jemanden so zu sehen. Niemanden.«

»Das weiß ich. Sie sind ein guter Mensch, Lisa. Er hat es immer auf die Guten abgesehen. Es tut mir leid, und ihm wird es auch leidtun, wenn er erkannt hat, was Sie für ihn tun.« Lisa nickte. Sie hatte die Lippen zusammengepresst und trat zur Seite, als Lucy eine Handvoll Taschen und Winterjacken aus dem Badezimmer trug, um sie ins Schlafzimmer auf der anderen Seite vom Flur zu werfen. Sie schloss schnell die Tür, bevor einer der Stapel über ihr zusammenstürzte. »Sie haben nicht zufällig etwas Seife? Irgendetwas, das er benutzen kann?« Lucy schaute sich um, aber da war nichts. Nicht einmal eine Zahnbürste. Früher hatte sie ihm Toilettenartikel gekauft, regelmäßig sogar, hatte aber bald erkannt, dass das sinnlos war.

Plötzlich erstrahlte Lisas Gesicht. Sie schnippte mit den Fingern und eilte davon. Ihre Wohnung lag der ihres Vaters fast direkt gegenüber, und nach weniger als einer Minute war sie wieder zurück.

»›Entspannende Weiden‹«, las Lucy den Namen des Schaumbads vor, das Lisa ihr überreichte. Sie hob den Blick und beide brachen in schallendes Gelächter aus. Der Heißwasserhahn gurgelte, spritzte und zögerte dann. Das Wasser war rostrot.

»Wann hat er das letzte Mal das Wasser laufen lassen?« Lucy fragte eher sich selbst, aber Lisa antwortete.

»Ich glaube, er ist nicht allzu gern im Bad.«

»Nun, hier gibt es keinen Alkohol, richtig?«, erwiderte Lucy.

»Alkohol? Was jetzt wieder?« Ihr Vater war zurück. Er strauchelte in ihr Sichtfeld, das Hemd immer noch offen, die Haare auf seinem Bauch immer noch mit getrockneter Kotze überzogen. Er nahm einen Schluck aus einer Dose Starkbier, und Lucy bemerkte, dass die Musik über ihnen verstummt war.

»Ich lass dir ein Bad ein«, sagte Lucy. »Wo hast du das her?«

»Vom schwarzen Hund. Er gibt offenbar eine Party und hat vergessen, mich einzuladen. Und wenn ich nicht eingeladen bin, will ich die verfickte Musik nicht hören, oder? Ich hab mir ein Bier für unterwegs mitgenommen. Hatte er kein Problem mit.«

Schwarzer Hund. Noch ein Name, den die Polizei kannte. Lucy arbeitete nicht in diesem Bezirk, hatte aber Kollegen, die sie auf dem Laufenden hielten, was ihr Vater so trieb. Und selbst sie wusste, dass Black Dog ein Mann namens Malcolm Arnold war. Früher war Arnold mal ein talentierter Mann gewesen, in jeder Hinsicht, doch schwere Anfälle von Depressionen und andere psychische Probleme hatten ihn jede Kontrolle über das Leben gekostet. Am Anfang seiner Depressionen hatte er die Episoden als Besuche vom »Schwarzen Hund« bezeichnet, ein Ausdruck dafür, den Winston Churchill geprägt hatte. Bedauerlicherweise hatte sich der Spitzname als bleibend erwiesen – im Gegensatz zu der Hoffnung, dass sein Leben je wieder so werden würde wie zuvor.

»Lisa hat dir etwas Seife besorgt, Dad. Hast du saubere Klamotten?«

»Wovon redest du?« Ihr Vater hob die Arme wie ein Kleinkind, das gerade Saft über seine Brust verschüttet hat. »Die sind doch sauber, oder nicht?«

»Du bist voll mit deiner Kotze. Du musst baden.«

Er murmelte einen Fluch und stellte dann das Bier vorsichtig auf den Rand der Wanne. Er fingerte an den Knöpfen seiner Jeans herum und zog sie sich bis zu den Füßen runter. Er trug keine Unterwäsche.

»Himmel, Dad!«, sagte Lucy und drehte sich weg. Lisa wurde feuerrot.

»Ich lass euch ... Ich lass euch allein ... Ich bin froh, dass es dir gut geht!«, stammelte Lisa. Sie überquerte bereits den Flur zu ihrer eigenen Wohnung. Lucy wünschte ihr noch eine gute Nacht und atmete dann tief durch, bevor sie sich zu ihrem Vater umdrehte.

Er saß in der Wanne und seine Scham war unter einem Berg von hellem weißem, duftendem Schaum verborgen, der so gar nicht in diese schmutzige Umgebung passen wollte. Seine nassen Haare hatte er glatt nach hinten gestrichen und zwei Streifen schmutzigen Wassers liefen seine Schläfen hinab, an seinem Kinn zusammen und tropften in die Wanne.

»Wann hast du das letzte Mal gebadet, Dad?«, fragte Lucy.

Er strich sich mit der Hand durch die Haare. »Ich habe keine Ahnung, Liebes, wenn du die Wahrheit hören willst. Und ihr Leute wollt immer die Wahrheit hören. Nichts als die Wahrheit, richtig?« Er lächelte verschmitzt. Es war das einzige Lächeln, das er hatte.

»Da hast du verdammt recht.«

»Wie läuft es in der Truppe? In letzter Zeit mal wieder jemanden hochgenommen?«

»Wir haben einen Mörder geschnappt, beim letzten Einsatz.«

»Einen Mörder!« Seine Augen funkelten auf. »Das ist mal ein ordentlicher Krimineller, aber echt mal! Mein Mädchen, da draußen, und nimmt Mörder hops. Ich hoffe, du hast es ihm gezeigt? Ihn für den Rest seines Lebens eingeknastet?«

»Ich glaube nicht, dass er wieder rauskommt. Eines der Opfer war noch ein Kind.«

»Ein Kind!« Ihr Vater wurde sehr ernst. »Das Leben hinter Gittern ist hart, und noch härter für die Pädos. So einen reißen die da in Stücke. Gütiger Gott. Ich bin stolz auf dich, meine Lucy, ich hoffe, das weißt du?«

»Ich weiß«, sagte sie und verzichtete darauf, den Fehler ihres Vaters zu korrigieren.

»Das ist wichtig, weißt du? Ich weiß noch, mein alter Herr, den konnte ich nie stolz machen. Hat sein Leben lang im Bergwerk geschuftet, egal welchen Job ich hatte, er war nie so aufrecht und hart wie seiner. Am Ende hab ich's nicht mal mehr versucht. Guck, wohin's mich gebracht hat.«

»Das sagtest du schon.« Diese Geschichte erzählte er ihr jedes Mal.

»Ich hab's versaut. Ich hätte meinen Scheiß auf die Reihe kriegen sollen, als du kamst. Da warst du, ganz eingepackt und wunderschön. Ich hätte mir sagen sollen: Da ist jemand, den du stolz machen kannst, jemand, der wirklich zählt. Dass du deinen Alten so findest, ihn baden musst, als könnte er's nicht selbst ...« Lucy hörte zu. So wie immer. Es gab nichts mehr, was sie darauf antworten konnte, das sie nicht schon geantwortet hatte, und sie verschwendete nicht gern ihre Zeit. »Ich werde hier verschwinden.« Er schaute sie aufmerksam an, als suche er nach einer Reaktion von ihr.

»Umziehen?«, fragte sie überrascht.

»Umziehen. Ich war beim Amt, und die können das. Mein Arzt hat's arrangiert. Die hören zu, wenn ein Doktor spricht.«

»Du gehst zum Arzt?« Lucy klang noch überraschter. Ihr Vater lächelte.

»Ich muss anfangen, mich um mich zu kümmern. Dieser Ort hier soll nicht mein Grab werden. In diesen Wänden sind genug Drogen und Teufelsschnaps, um eine Million Menschen zu töten. Ich muss weg von hier, und ich muss was anderes machen. Wusstest du, dass ich seit drei Wochen keine Tasche mehr geklaut hab?«

»Ehrlich gesagt, versuche ich, nicht allzu sehr darüber nachzudenken. Und ich versuche eindeutig, nicht hinzuhören, wenn du davon erzählst.«

Er lachte. *Der Mistkerl lachte tatsächlich.* »Ein Albtraum, hm? Ein Vater wie mich. Darum geht's ja, weißt du? Heute, meine ich. Ich hatte 'nen guten Lauf, verstehst du?« Er hatte seine Dose Bier wieder in der Hand und betrachtete sie, während er sie vor seinem Gesicht hin und her schwingen ließ. »Und heute bin ich ausgerutscht.«

»Du hast früher schon aufgehört zu trinken, Dad. Das wissen wir beide.«

»Das stimmt. Und jedes Mal, weil's andere so wollten. Sie meinen, das hält mich aus'm Knast raus, oder dass die Frauen dann bei mir bleiben. Also hab ich's versucht. Ein paarmal hab ich's wirklich versucht. Aber es konnte nie klappen, weil's immer aus den falschen Gründen war.«

»Und dieses Mal ist das anders?«

Ihr Vater zuckte mit den Achseln. »Dieses Mal fühle ich mich dabei echt scheiße. Vielleicht war das immer so, aber an manchen Tagen komme ich kaum hoch. Ich bin ein alter Mann. Ein alter Mann, der von diesem Scheiß noch älter wurde, der nichts im Leben vorzuweisen hat, außer einem Zimmer voll fremder Taschen und zittrigen Händen. Ich bin vielleicht zu alt, um mich noch grundlegend zu ändern, aber wenn ich den Suff loswerde, wer weiß. Das bedeutet auch …« Er verstummte. Er schüttelte leicht den Kopf und zerquetschte die Bierdose. Der Inhalt spritzte in einer hohen Fontäne nach oben, die verriet, dass er noch nicht viel getrunken hatte. Angeekelt warf er sie weg.

»Bedeutet auch was?«, hakte Lucy nach. Ihr Vater starrte die zerdrückte Dose an.

»Dass ich ein Vater sein kann. Ich weiß, dass du keinen brauchst und dass du vielleicht nicht mal einen willst, aber du bist zu mir gekommen, um mit mir zu sprechen, als du dein Mädchen verloren hast, also ist es vielleicht noch nicht zu spät, dass ich irgendwas für dich werde.« Er richtete seinen Blick wieder auf Lucy. »Wenn du hier bist, bin ich nicht nur ein alter Säufer mit einem Zimmer voll fremder Taschen. Ich bin ein Vater. Ein Vater, der mit seiner Tochter über ihr Leben sprechen kann. Ein Kerl, der zuhören kann und versuchen kann zu helfen. Du bist das einzig Gute, das ich in meinem Leben zustande gebracht hab, und ich platze fast vor Stolz. Irgendwie bist du ganz okay geraten.«

»Nur ganz okay!«, sagte Lucy und schluckte die plötzlichen Gefühlswallungen hinunter. Ihr Vater konnte sie immer wieder aus dem Nichts erwischen. Vielleicht, weil sie ein Leben lang seine Bestätigung und seine Liebe gesucht hatte. Vielleicht hatten deshalb schon winzige Spuren so eine Wirkung.

»Wie ist es dir ergangen, seit ... na ja, seit wir gesprochen haben? Ich weiß, dass es dich schwer mitgenommen hat. Ich weiß, dass sie das richtige Mädchen für dich war. Deine Augen haben immer so gefunkelt, wenn du von ihr erzählt hast. So ist das eben: Wenn das Leben einem etwas nimmt, dann wie bei einem Pflaster: Es reißt es dir einfach weg.«

»Mir geht's gut, Dad, es wird langsam besser.« Sie hatten das jetzt schon ein paarmal besprochen, die Male, in denen er annähernd nüchtern gewesen war. Und es hatte ihr geholfen. Zu der Zeit hatte Lucy es gehasst, das zuzugeben, aber in Wahrheit hatte sie niemand anderen, mit dem sie sprechen konnte. Sie hatte es ihr Leben lang vermieden, enge Freunde und persönliche Beziehungen aufzubauen – eine weitere Folge ihrer Kindheit, in der sie gelernt hatte, wie viel mehr es schmerzte, von jemandem enttäuscht zu werden, der einem nahestand.

Sie wollte nicht schon wieder reden, nicht hier und heute. Das Schweigen war unangenehm genug, auch ihr Vater erkannte das.

»Und was ist das!« Plötzlich streckte er die Hand aus und griff mit seinen schmutzigen Fingern die pinke Flasche. »Entspannende *scheiß* Weiden!«, las er und brüllte vor Lachen. Lucy stimmte ein.

Der unterbrochene Schlaf, der weite Weg raus nach Margate um zwei Uhr morgens, der Übelkeit erregende Gestank, ihr Ekel vor dem Zustand ihres eigenen Vaters, die Wut und Beleidigungen, die sie zunächst aushalten musste – jedes Mal sagte sie sich selbst, dass sie verrückt sein musste und das nicht wieder auf sich nehmen würde.

Aber sie brauchte Momente wie diesen, und nicht nur für das Lachen. Ihr Vater war jemand, dem sie alles erzählen konnte. Jemand, der sie nicht verurteilen würde – das auch gar nicht konnte. Sie brauchte ihn. Sie brauchten einander. Das war eine unbequeme Erkenntnis, und noch unbequemer war es, dass plötzlich die Hoffnung in ihr aufkeimte, dass er dieses Mal wirklich trocken werden würde. Vielleicht hatte er den richtigen Grund dafür gefunden, sich zu bessern.

Vielleicht konnten sie sich beide gemeinsam bessern.

KAPITEL 12

»ICH WEISS, DASS SIE MICH HÖREN KÖNNEN!« Alan Lewis' Stimme hallte so wuchtig von den Wänden seines soliden weißen Gefängnisses wider, dass er den Eindruck hatte, seine Rufe würden komplett abprallen, ohne dass etwas davon nach draußen drang. Die Tür am Ende des Raums stand leicht offen, und eine dicke Kette hing an der Außenseite. Jetzt konnte er sie nicht sehen, aber als der Wind kräftiger geweht hatte, war die Tür weit genug aufgegangen, dass er sie sehen konnte und hören, wie sie gegen die Wand schlug. Die Tür musste festgebunden worden sein, damit sie sich nicht bewegte. Letzte Nacht war der Wind so stark gewesen, dass die Äste der Bäume gegeneinanderschlugen. Heute wehte er wieder schwächer, und es war ruhiger. Der Mond war aufgegangen und kurz zuvor für eine Weile sichtbar gewesen, aber jetzt sah er nur noch seinen silbrigen Schimmer.

Er saß an der Rückwand eines Lastwagen-Anhängers, am weitesten von der Ladetür entfernt, mit dem Rücken an der kalten weißen Wand. Eine dicke Kette lief durch ein grob in die Wand geschlagenes Loch herein und durch ein zweites wieder hinaus und dabei einmal um ihn herum; sie war so festgezogen, dass sie ihn hier festhielt. Der Boden war schmutzig und mit einer gleichmäßigen Schicht aus Staub und Dreck bedeckt. An den Wänden sah er schwarze Streifen, wo die Ladungen beim Transport gegengestoßen oder entlanggezogen worden waren. Über ihm war eine Kühleinheit. Sie war aus rostfreiem Stahl, die Ventilatorblätter zeigten nach unten und standen still hinter einem Drahtgitter. Die herabhängenden Spinnweben waren voller Staub. Früher mussten hier drin verderbliche Waren transportiert worden sein. Das verriet die Kühleinheit, aber auch der Gestank nach verfaultem Essen, der schwer in der Luft hing.

Jetzt gab es nichts mehr in dem Laderaum außer etwas, das an eine Sandkiste auf einem Spielplatz erinnerte. Sie war groß, die Plastikwände hoch genug, um fast alles im Inneren zu verbergen. Als die Sonne richtig gestanden hatte, hatte er jedoch einen dichten Schatten gesehen, der verriet, dass die Kiste fast bis obenhin gefüllt war.

»WENN SIE MICH HÖREN KÖNNEN, ANTWORTEN SIE MIR!«, brüllte er weiter, und seine Kehle und Lungen schmerzten vor Anstrengung. »WIR MÜSSEN HIER NICHT STERBEN! ER HAT GESAGT, DASS WIR GEGENEINANDER ANTRETEN MÜSSEN. DAS STIMMT NUR, WENN WIR ES AUCH TUN.« Immer noch nichts. Alan ließ den Kopf nach vorne sinken, doch seine Schultern blieben an der Stelle, wo die Kette sie festhielten. Am Anfang hatte es wehgetan, in der Brust, den Schultern und den Seiten, dann in seinem Hintern, auf dem er stundenlang regungslos saß. Jetzt war alles nur noch taub. Die Taubheit war in seine Beine und Füße gewandert.

Anfangs war er überzeugt gewesen, allein zu sein. Man hatte ihm das so erzählt, aber es hatte sich auch so angefühlt. Als wäre er mitten im Nirgendwo. Aber letzte Nacht, als der Wind kräftig geweht hatte, hatte er etwas gehört – jemand hatte geschluchzt und dann vor Kummer oder Schmerz geschrien. Bei den klappernden Ästen und beständig rauschenden Blättern war er sich nicht ganz sicher gewesen, und als er gerufen hatte, hatte niemand geantwortet. Er hatte begonnen, an seinem Verstand zu zweifeln. Aber dann hatte er es wieder gehört: eine Stimme, jemanden, der zurückrief. Er wusste *sicher*, dass er das gehört hatte.

»WENN ER UNS GEHEN LÄSST, WILL ER, DASS WIR UNS BEKÄMPFEN. ABER DAS MÜSSEN WIR

NICHT. WIR KÖNNEN ZUSAMMENARBEITEN.«
Alans Lungen brannten stärker als je zuvor. Er war erschöpft. Der Schlafmangel, der Hunger und seine Versuche, sich trotz der Kette zu bewegen, hatten ihn zermürbt. Der Gedanke, dass da noch jemand war, hatte ihm neuen Schwung gegeben und in den vier Wänden seines Gefängnisses fast neue Hoffnung geschenkt – Hoffnung, dass es einen Weg hier heraus gab, ohne den Horror, den man ihm beschrieben hatte.

Er schaute zu dem Diagramm, das in die weiße Wand geritzt worden war. Man hatte ihm gesagt, dass das die Strecke war, die er laufen musste – eine Karte –, doch für ihn sah es aus wie der obere Teil der Hilfe auf der Gangschaltung seines Autos. Darüber waren elf Ziffern eingeritzt, offenbar eine Telefonnummer. Er hatte seine Anweisungen. Folge der Karte, rufe die Nummer an – sei der Erste.

Und wenn ich nicht der Erste bin?, hatte er zu fragen gewagt.

Die Antwort hatte ihm den Atem verschlagen. Und jetzt bekam er sie nicht mehr aus dem Kopf. Er bewegte seine Beine und versuchte, die Taubheit abzuschütteln. Wenn die Zeit kam, wenn diese Glocke läutete, musste er bereit sein.

KAPITEL 13

Lucy Rose war fast froh, als sie aus ihrem warmen Auto in die kühle Luft trat, die nur um diese Tageszeit noch so angenehm war. Es war kurz nach fünf Uhr morgens. Die Heizung war eine dumme Idee gewesen, denn im Wagen war es warm und gemütlich geworden, eine gefährliche Umgebung für jemanden, der in der Nacht kaum eine Stunde Schlaf gefunden hatte. Sie war gerade rechtzeitig wieder zu Hause gewesen, um kurz zu duschen, sich umzuziehen und zur Arbeit zu fahren. Das Angebot ihres Vaters, sich bei ihm frisch zu machen,, hatte sie abgelehnt.

Auf der morgendlichen Fahrt hatte sie sich vorgestellt, wie sie am Steuer einschlief und wenigstens fünfzehn Minuten Schlaf fand, bevor jemand kam, um ihr Auto aus einem der bequem aussehenden Straßengräben zu ziehen. Doch sie hatte keinen Unfall verursacht, und so setzte sie ihre Sonnenbrille auf, damit niemand die Müdigkeit sah, die sich um ihre Augen herum abzeichnete.

Lucy zog ihre Fleecejacke etwas enger um sich. Wenn sie müde war, fror sie noch schneller. Die Telefonzelle stand fünfzig Meter entfernt. Nur die innere Absperrung war noch zu sehen und bestand aus einem windschiefen Viereck aus Flatterband. Der Streifenwagen, der direkt daneben stand, war mit einer Schicht Morgentau überzogen, während die Scheiben von innen beschlagen waren. Als sie näher kam, wurde die Tür geöffnet.

»Morgen!« Die Begrüßung klang gezwungen heiter, mit einer Spur Besorgnis. Der Beamte, der ausstieg, hielt eine Flasche in der Hand, die er auf dem Wagendach abstellen musste, um sich umzudrehen. Dabei verhedderte er sich mit seinem Ausrüstungsgürtel irgendwie im Anschnallgurt und hätte fast wieder einsteigen müssen, um sich zu befreien. DS Rose hob beruhigend die Hände und wartete, bis er fertig war.

»Hey, Sie können ruhig im Auto bleiben. Ich bin DS Lucy Rose und nur hier, um noch einmal die Strecke zur Bushaltestelle zu absolvieren.«

»Ah!« Der Beamte entspannte sich sichtlich. Seine Uniform schien ihm zu groß zu sein, und er zog immer noch den hinteren Jackenzipfel aus dem Auto. »Uns wurde aufgetragen, mit jedem zu sprechen, den wir treffen, nur um zu fragen, ob sie vielleicht etwas gesehen haben.«

»Und? Gab es jemanden?«

»Sie sind die erste Person, die ich hier treffe, Sarge …« Plötzlich wirkte er beschämt, als wäre es seine Schuld, dass hier zu dieser frühen Stunde keine Kronzeugen spazieren gingen.

»Wundert mich nicht. Das Suchteam kommt bald, dann können Sie bestimmt nach Hause.«

Der Weg zur Bushaltestelle war über drei Kilometer lang und verlief an der Straße. Das Suchteam würde dieselbe Strecke absuchen, aber das hielt sie nicht davon ab, den Blick über den Boden gleiten zu lassen. Sie hatte immer noch die vage Hoffnung, irgendetwas Nützliches zu finden. Aber sie sah nichts. Auch keine anderen Menschen. Erst, als sie etwas erreichte, was in einem kleinen Dorf auf dem Land wohl als Hauptstraße bezeichnet würde, entdeckte sie Menschen, die etwas entfernt im Wartehäuschen einer Bushaltestelle standen. Lucy hatte grobkörnige Ausdrucke der Fahrgäste von der Videoaufnahme dabei und holte sie aus ihrer Tasche, um noch einmal einen Blick darauf zu werfen.

Es waren zwei Personen, die warteten. Die ältere Dame stand vorne, fast direkt an der Gehsteigkante, als wolle sie sich um jeden Preis ihren Sitzplatz sichern, obwohl der Bus mit Sicherheit nahezu leer hier ankommen würde, da es erst die zweite Haltestelle auf seiner Route war. Die Frau war entzückt, jemanden zu haben, mit dem sie sprechen konnte, als Zeugin aber völlig nutzlos. Lucy erkannte sie als dieselbe Frau, die einen Tag vorher ebenfalls im Bus gesessen hatte, aber sie erklärte schnell, dass sie »lieber für sich blieb« und den anderen Fahrgästen nur wenig Aufmerksamkeit schenkte. Eine junge Frau sei da gewesen, die »ganz schrecklich aussah«, aber an mehr erinnerte sie sich nicht, und sie hatte sicher nicht mit ihr gesprochen. Die alte Frau hatte einen kleinen Einkaufstrolley dabei. Lucy betrachtete ihn aufmerksam und rief dann auf dem Handy von Sandra Allum an. Die Mailbox ging ran – es war noch viel zu früh, aber trotzdem rief sie keine Minute später zurück.

»Lucy Rose, Sie haben mich angerufen?«, meldete sich Sandra in der ihr üblichen Art, Fakten nüchtern darzulegen.

»Das stimmt. Ich hätte gedacht, Sie rufen mich zu einer etwas passenderen Zeit an, um mich wegen einer dummen Frage zurechtzuweisen.«

»Dumme Fragen zu beantworten, gehört zu meinem Job. Mittlerweile bin ich ziemlich gut darin. Außerdem gehört es zu meinem Job, jemanden vom Schwerverbrechen zurückzurufen, wenn sie sich frühmorgens hier melden. Normalerweise bedeutet das, dass es Ärger gibt – die Art von Ärger, die eine Sechzehn-Stunden-Schicht nach sich zieht, wenn man sich nicht sofort darum kümmert.«

»Wir sind nicht vom Schwerverbrechen, das wissen Sie.«

»Ach ja. Sie und Inspector Norris tun ja nur so. Es wird der Tag kommen, an dem wir alle akzeptieren müssen, dass Sie in Mordfällen ermitteln, also das Dezernat für Schwerverbrechen sind. Vielleicht bin ich Ihnen da nur etwas voraus.«

»Vielleicht.«

»Was kann ich für Sie tun?«

»Mir eine dumme Frage beantworten«, sagte Lucy.

»Natürlich. Worum geht es denn?«

»Ich warte auf einen Bus. Den Bus, in den gestern um diese Uhrzeit eine Frau eingestiegen ist. Sie ist ein bisschen älter und hat einen dieser karierten Hackenporsche dabei, die offenbar so beliebt sind.«

»Ja, die kenne ich.«

»Gestern hat ihr jemand geholfen, ihn in den Bus zu hieven. Diesen Jemand müsste ich wirklich dringend identifizieren.«

»Sie wollen also, dass ich Sie für die Idee auslache, dass jetzt noch Fingerabdrücke auf dem Wägelchen sein könnten, die wir abnehmen können?«

»Ich weiß nicht, ob Sie mich dafür auslachen sollen. Ich hätte auch gar nicht erst angerufen, aber …«

»Immer auf Nummer sicher gehen. Eine Einstellung, die sehr gut ins Dezernat für Schwerverbrechen passt. In welche Richtung sind Sie unterwegs?«

»Richtung?«

»Wohin soll ich jemanden schicken, der Sie mit einer Dose Fingerabdruckpulver erwartet?«

»Endstation ist der Busbahnhof in Maidstone. Also war das gar keine so dumme Frage?« Plötzlich musste Lucy aufpassen, nicht allzu aufgeregt zu klingen, denn für gewöhnlich machte die Spurensicherung den Ermittlern keine großen Hoffnungen, egal worum es ging.

»Ich kann nichts garantieren. Auch das gehört zu meinem Job. Aber ich vermute, dass wir von einer Oberfläche aus Plastik oder Metall sprechen. Die nehmen Fingerabdrücke sehr gut auf, aber die Abdrücke sind darauf auch leicht zu verschmieren. Die Wahrscheinlichkeit ist nicht hoch, aber …«

»Genauer gesagt hat unsere Jane Doe den Trolley unten angefasst. Ich schaue ihn mir gerade an. Dort, wo sie ihn vermutlich gepackt hat, ist zur Stabilität schwarzes Plastik angebracht.«

»Jane Doe? Ich dachte, wir hätten das Opfer in der Telefonzelle bereits identifiziert?«

»Haben wir auch. Es geht um die Überlebende.«

»Verstehe. Sie wissen, dass wir den Namen ›Jane Doe‹ nur an weibliche *Leichen* vergeben, deren Namen wir nicht kennen, oder? Für eine Überlebende passt das nicht. Es sei denn, Sie gehen davon aus, dass sie den ersten Tag entkommen ist, um später doch noch getötet worden zu sein?«

»Das ist eine unserer Theorien. Sie hat sich noch nicht bei uns gemeldet. Welche Gründe könnte das haben?« Lucy dachte laut nach.

»Mir fällt tatsächlich keine andere Erklärung dafür ein«, gab Sandra zu. »Hoffen wir einfach, dass es eine gibt und sie nicht am Ende wirklich eine Jane Doe ist.«

Lucy bedankte sich und beendete das Gespräch, als der Bus anhielt. Sie sah die ältere Dame einsteigen. Heute brauchte sie keine Hilfe. Auf dem Namensschild des Fahrers stand »Henry«, und DS Rose bedankte sich bei ihm für die Aussage am Vortag. Die nächsten sieben Haltestellen zeigte ihr Henry, welche Fahrgäste am Tag zuvor bereits eingestiegen waren, und DS Rose sprach mit jedem und nutzte jedes Mal wieder dieselbe Erklärung von einem »ernsten Zwischenfall« und einer »verletzten jungen Frau«, ohne weitere Einzelheiten zu nennen, damit sie erkennen konnte, wer wirklich etwas gesehen hatte. Ein Mann fiel ihr besonders auf. Heute trug er eine lederne Tasche statt der übergroßen Sporttasche vom Tag zuvor, doch DS Rose erkannte ihn trotzdem als den Mann, der mit ihrer gesuchten Frau gesprochen hatte, als er ausgestiegen war.

Er sprach nur zu gerne mit ihr. Er erzählte, dass er sich Sorgen um die Frau gemacht hatte und dass in seiner großen Tasche ein Squashschläger und seine Ausrüstung gewesen waren, mit der er nach der Arbeit Sport machte. Den Hoodie trug er normalerweise auf dem Nachhauseweg, doch er hatte ihn ihr angeboten, und sie hatte ihn genommen. Er hatte ihr außerdem angeboten, jemanden für sie anzurufen oder sie sein Handy benutzen zu lassen, doch sie hatte erwidert, dass sie die Polizei bereits informiert hätte, dass alles nicht so schlimm sei und es ihr gut ginge. Sie hatte außerdem sein Angebot ausgeschlagen, sie nach Hause zu begleiten, und gesagt, es wäre »nicht weit«. DS Rose notierte das alles zusammen mit seinen Kontaktdaten, falls sie noch Fragen hätten. Sie würde ihn später durch die Datenbank laufen lassen, um herauszufinden, ob er etwas zu verbergen hatte, aber für gewöhnlich hatte sie eine Nase für Kriminelle und Lügner, und bei ihm schlug ihr Gespür nicht an. Er schien wirklich nur ein Kerl zu sein, der versucht hatte, jemandem in Not zu helfen.

Als sie den Chequers Busbahnhof erreichten, hatte sie mit allen gesprochen. Zwei uniformierte Kollegen von der Frühschicht erwarteten sie. Sie plauderten mit einer jungen schlanken Frau, die einen straff gezogenen Pferdeschwanz trug und die Buchstaben *CSI* vorne in ihr Polohemd gestickt hatte – die Spurensicherung. Immer mehr Pendler trafen mit zahlreichen Bussen ein, bis die Gehwege auf der linken Seite komplett voll waren. DS Rose schickte die Detectives los, mit so vielen zu sprechen wie möglich. Sie blieb bei der Beamtin der Spurensicherung, die Lucy und die ältere Dame mit dem Trolley zu einer ruhigeren Stelle auf der anderen Straßenseite führte. DS Rose hatte die ältere Dame überzeugt, sie zu begleiten, doch jetzt stand ihr der blanke Schrecken ins Gesicht geschrieben.

»Und ich bin nicht in irgendwelchen Schwierigkeiten?«, fragte sie.

»Nein! Um Gottes willen. Ich sagte es Ihnen doch, wir versuchen, eine junge Frau zu finden, die vielleicht unsere Hilfe braucht, und ich glaube, sie hat Ihren Einkaufswagen angefasst.«

»Und wann, meinten Sie, war das, Liebes?« Die ältere Dame musterte DS Rose misstrauisch mit zusammengekniffenen Augen.

»Gestern früh.«

»Gestern … O nein, nein, dann werden Sie nichts darauf finden. Ich bin gestern durch die ganze Stadt gelaufen, habe einen Kaffee getrunken, habe bei Markses meine Lebensmittel eingekauft, und es hat die ganze Zeit ein ordentlicher Wind geweht. Er hätte mich ein paarmal fast umgeworfen. Da wird nichts mehr sein.«

Die Beamtin der Spurensicherung antwortete, während Lucy sich Mühe gab, ihr wissendes Lächeln zu unterdrücken.

»Wind ist für gewöhnlich nicht so schlimm, aber Wasser ist ein Problem. Hätte es den ganzen Tag geregnet, dann hätten wir uns vermutlich die Mühe sparen können, aber so, wie die Dinge stehen ...« Auf dieser Seite des Busbahnhofs war es deutlich dunkler. Das meiste Licht gab es drüben im Wartebereich auf der anderen Seite, wodurch das blaue Licht aus der Speziallampe, mit dem sie das Wägelchen ableuchtete, umso stärker hervortrat. »Wir könnten Glück haben.«

»Glück?«, fragte Lucy, und ihre Kollegin richtete sich ein bisschen auf, damit Lucy sehen konnte, was sie meinte. Die Abdrücke waren auf dem schwarzen Plastik deutlich zu sehen.

»Glück. Auf der Unterseite haben wir fast nur Teilabdrücke, aber der hier an der Seite.« Sie deutete auf einen konkreten Abdruck. Sogar Lucy sah die Wirbel und Bögen im Licht. »Das wird ein vollständiger Daumenabdruck.«

»Wird?«

»Japp. Ich schicke das Bild ins Labor, und die Software säubert es und bestätigt alles. Ich habe schon schlimmere Exemplare gesehen, die bei einer Identifikation geholfen haben.«

»Großartig. Wie lange etwa?«

Die junge Frau lächelte. »Die Frage kommt immer als Erstes. Sandra meinte schon, dass es dringend sei, also schicke ich es ihr direkt, und sie klemmt sich dahinter. Sie sollten das Ergebnis noch heute kriegen.«

»Sollte?« Lucy versuchte, auf die Dringlichkeit aufmerksam zu machen.

»Sollte. Im besten Fall melden wir uns in ein paar Stunden mit einem Namen. Im schlimmsten Fall dauert es ein paar Tage und passt zu keinem Abdruck, den wir im System haben.

Ein sauberer Abdruck ist ein guter Anfang, mehr aber auch nicht.«

Lucy hatte den Eindruck, dass das eine gut einstudierte Ansprache war. Sehr wahrscheinlich war es nicht das erste Mal, dass ihre Kollegin von der Spurensicherung darauf achtete, nicht allzu große Hoffnungen bei einem Ermittler zu wecken.

Die ältere Dame wirkte weiterhin erschüttert, als Fotos von ihrem Einkaufswägelchen gemacht wurden und Lucy ihr dann eine Bestätigung zum Unterschreiben hinhielt, auf der sie ihre Anwesenheit im Bus und die Route des Trolleys am Tag zuvor bestätigen sollte. Sie musste auf Nummer sicher gehen. Lucy würde noch einmal die Aufnahmen der Überwachungskamera anschauen. Sie wusste, dass sie gesehen hatte, wie die junge Frau das Wägelchen in den Bus gehoben hatte, aber mit den Fotos der Abdrücke und der Stelle, an der sie sie gefunden hatten, konnte sie jetzt beide zusammenbringen.

Doch zuerst marschierte Lucy das kurze Stück zu McDonald's hinüber. Sie würde sich einen Kaffee bestellen, bevor sie nach dem Manager fragte. Es war ihr lieber, den unvermeidlich angebotenen Gratis-Kaffee nicht ablehnen zu müssen und stattdessen dafür zu bezahlen und sich dann als Polizistin bei einer Ermittlung vorzustellen. Der Busfahrer hatte der jungen Frau etwas Geld fürs Frühstück gegeben, und das hier war im Grunde der einzige Laden, der um diese Zeit schon geöffnet hatte. Der Manager erzählte ihr, dass er am Tag zuvor nicht vor Ort gewesen sei, doch er könne sich die Videoaufnahmen anschauen. Eine Gruppe Männer in Sicherheitswesten und Arbeitsstiefeln und ein Polizist in Uniform waren um die Zeit so ziemlich die einzigen Kunden. Lucy notierte sich, dass sie herausfinden musste, wer der uniformierte Kollege war, der sich einen Frühstücksmuffin gekauft hatte. Nur zur Sicherheit. Bestimmt hätte sie schon davon erfahren, wenn ein Beamter ihre vermisste Frau gesehen hätte.

Als sie McDonald's verließ, nahm sie sich etwas Zeit, um die Gegend nach Sicherheitskameras abzusuchen. Sie glaubte, eine in einiger Entfernung zu sehen, und ein paar Geschäfte erweckten den Eindruck, als würden sie ihren Eingang im Blick behalten. Aber die würden ihr nur nützen, wenn die Frau durch die Haupteinkaufsstraßen der King Street oder Gabriel's Hill gegangen war oder durch eine der Straßen, die davon abzweigten. Und das war sie nicht. Davon war Lucy inzwischen überzeugt. In diesen Straßen waren Menschen, selbst um diese frühe Tageszeit. Jemand hätte eine Frau in offensichtlicher Not bemerkt. Und sie hätten eine Gelegenheit gehabt, sie in Sicherheit zu bringen.

Doch das war nicht geschehen. Diese junge Frau war zu irgendeinem Ort in Maidstone gegangen, und niemand hatte die Polizei gerufen. Und jetzt musste DS Rose sich mit der Möglichkeit anfreunden, dass die Chance, sie in Sicherheit zu bringen, vielleicht schon verstrichen war.

KAPITEL 14

Nicola Jones liefen bereits die Tränen hinab, als sie den Weg zum Haus ihrer Mutter hinaufging. Jeden Moment würde ihre Mutter ihr die Tür öffnen, um sie mit ausgestreckten Armen zu empfangen. Dann würde die Welt wieder in Ordnung und ihr Kummer vorbei sein, wenigstens für einen Moment.

Doch die Tür blieb geschlossen, und niemand antwortete, als sie klopfte. Ihre Tränen wichen schon bald ihrer Wut.

»Mum!«, rief sie durch die Tür und trat dann etwas zurück, um durch die Fenster zu schauen. Sowohl im Erdgeschoss als auch im ersten Stock waren die Vorhänge zugezogen. Ihre Mutter war gestern Abend nicht ans Telefon gegangen – Nicola hatte sie sofort angerufen, als die Polizisten verschwunden waren – und heute Morgen auch nicht. Nicola drehte sich zu ihrem Mann um, der verwirrt die Stirn krauszog und mit den Achseln zuckte. Sie hätte sich gestern Abend nicht von ihm davon abbringen lassen sollen, sofort hierherzukommen, als ihre Mutter nicht ans Telefon gegangen war. Ihre Mutter ging immer ans Telefon. Aber Stuart hatte nicht gewollt, dass sie in ihrem Zustand Auto fuhr, während er zu Hause bei ihren Kindern bleiben musste.

Nicola hatte schließlich nachgeben müssen. Sie hatte immer wieder versucht, ihre Mutter anzurufen, war aber erst heute Morgen ins Auto gestiegen, nachdem ihre Nachbarn sich bereit erklärt hatten, auf die Kinder aufzupassen. Auf keinen Fall war ihre Mutter unterwegs. Nicht so lange. Sie ging nicht mal aus, wenn es ihr gut ging.

»MUM!« Dieses Mal brüllte sie aus voller Lunge und hämmerte mit den Fäusten so fest sie konnte gegen die Tür, bis ihre

Hände schmerzten. Wieder warf sie einen Blick zurück zur Pforte am Eingang des Grundstücks, und ihr Blick ruhte auf dem Wagendach ihrer Mutter, das über die Hecke hinausschaute.

»Kann ich Ihnen helfen?« Ein Mann war an der niedrigen Mauer zum Nachbargrundstück erschienen.

»Billy, haben Sie meine Mum gesehen?«, fragte sie.

»Gesehen? Ich war gestern Abend bei ihr. Als ... als sie schlechte Nachrichten erhielt.«

»Ja, ich weiß. Die Polizei war auch bei mir. Sie ist da drin. Sie muss da drin sein.«

»Sie ist schon weg. Ich weiß nicht genau, wohin.«

»Weg? Es ist noch nicht mal acht Uhr. Wohin soll sie so früh am Morgen gegangen sein?«

Billy zuckte mit den Achseln. »Ich weiß es nicht. Sie hat ein Taxi gerufen. Vielleicht wollte sie noch mal mit der Polizei sprechen. Sie waren gestern eine Weile hier – wegen Ihrer Schwester. Es tut mir so leid.«

»Sie geht nicht ans Telefon«, sagte Nicola und spürte wieder, wie ihr die Tränen kamen. Aber sie war immer noch wütend. »Sie hat doch noch mich, wir müssen jetzt zusammen sein.«

»Natürlich. Vielleicht wollte sie zu Ihnen? Zu Ihrem Haus?«, schlug Billy vor. »Haben Sie daran schon gedacht?«

Jetzt dachte Nicola daran. Sie konnte sich keinen anderen Ort vorstellen, an den ihre Mutter um diese Uhrzeit fahren sollte. Ihre einzigen Wege führten sie zum Supermarkt, wenn sie keine Lieferung für Lebensmittel und Haushaltsgüter organisiert hatte, oder zu sozialen Veranstaltungen – und das wäre das Letzte, wo sie jetzt gerade wäre. Sie wusste, wie ungern ihre Mutter Auto fuhr, darum war das Taxi keine Überraschung. Nicola eilte den Weg entlang zur Gartenpforte. »Ich hätte dich zu Hause lassen sollen«, sagte sie zu ihrem Mann. »Vermutlich sitzt sie jetzt im Augenblick vor unserer Tür!« Plötzlich kam ihr ein Gedanke, der sie abrupt anhalten und herumwirbeln ließ. »Billy, kann ich Ihnen meine Nummer geben, und Sie melden sich, falls meine Mutter zurückkommt? Oder sagen Sie ihr, dass sie mich auf der Stelle anrufen soll? Wäre das in Ordnung?«

»Natürlich.« Billy holte sein Handy aus der Tasche, um ihre Nummer einzuspeichern. »Gar kein Problem.« Sein Gesicht war voller Falten, die noch tiefer wurden, wenn er lächelte. Doch es war ein freundliches Gesicht, als wäre es ein Leben voller Lächeln gewesen, das ihm diese Falten überhaupt erst eingebracht hatte. Er versicherte noch einmal, wie leid es ihm tat. Nicola war schon auf dem Weg zurück zum Auto. Sie musste los. Sie konnte die Vorstellung nicht ertragen, wie ihre Mutter ganz allein vor ihrem Haus saß und verzweifelt versuchte, ihre Tochter zu besuchen.

Die Reifen des Wagens drehten auf dem lockeren Kies der Landstraße durch, als ihr Mann Gas gab und davonfuhr.

Billy sah ihnen hinterher und wartete. Es dauerte einen Augenblick, bis die beiden außer Sicht waren – die Freuden, in einem Tal zu wohnen. Dann hämmerte er an die Tür seiner Nachbarin.

»Sie sind weg, Margaret, UM HIMMELS WILLEN, WIR SIND ALLEIN!« Wieder musste er warten, dieses Mal vor ihrer Tür, das linke Ohr und die linke Hand flach dagegen gedrückt. Als keine Antwort kam, stieß er sich ab, um frustriert zu brüllen: »Ich LÜGE nicht gern!«

»Es tut mir leid.« Billy war schon wieder auf dem Rückweg, als ihn Margarets Stimme stehen bleiben ließ. Sie war gedämpft und schwach, und er hörte ein schleifendes Geräusch, das ihm verriet, dass sie direkt hinter der Tür stand. Er stellte sich vor, wie sie sich daran festhielt. »Ich kann einfach nicht mit ihr sprechen, nicht im Augenblick, okay? Nicht mit ihr, mit niemandem. Nicht jetzt im Augenblick.«

Billy starrte noch kurz auf die Tür, unzählige Antworten gingen ihm durch den Kopf, voller Vorschläge und Sorgen, doch jetzt gerade schien nichts davon wirklich wichtig. Noch deutlicher hätte sie es ihm nicht sagen können.

Sie wollte allein sein.

KAPITEL 15

»Shannon Hendry.« Sandra Allum sang den Namen fast durch die Freisprechanlage von Lucy Roses Auto.

»Sollte ich den Namen kennen?«, fragte DS Rose ein wenig abgelenkt, während sie versuchte, einen vielbefahrenen Kreisverkehr in Maidstones Einbahnstraßensystem zu durchqueren.

»Das ist der Name, den Sie haben wollten. Wir haben einen vollständigen Abdruck auf dem Einkaufstrolley der alten Frau gefunden. Shannon Hendry wurde einmal wegen Diebstahl am Arbeitsplatz verhaftet. Man hat ihre Fingerabdrücke abgenommen, bevor sich der Vorwurf als Bockmist herausstellte. Soweit ich das sehen kann, hätte sie nicht einmal verhaftet werden dürfen. Wir hatten Glück.«

»Die Abdrücke von dem Wägelchen? Ich dachte, das würde Tage dauern. Das ist eine Stunde her!«

»Zwei, um genau zu sein. Als das Bild hier eintraf, sah ich, dass die Qualität gut genug für eine schnelle Suche ist, also habe ich selbst bei der Fingerabdruckdatenbank angerufen. Ich sagte ihnen, dass es um Leben und Tod ginge und sie die Suche auf Maidstone und Medway beschränken sollten … *Et voilà*!« Sandra sang immer noch. Lucy konnte sich nicht erinnern, sie jemals so gut gelaunt erlebt zu haben.

»Das ist fantastisch.« Gute Laune war offensichtlich ansteckend. Das könnte ein großer Durchbruch sein.

»Ja, fantastisch, so bin ich, oder? Wo sind Sie?«

»Ich verlasse gerade das Zentrum von Maidstone. Ich muss mich beim Boss melden. Er wird entzückt sein.«

»Sie *verlassen* das Zentrum von Maidstone? Sie sind also ganz in der Nähe ihrer Wohnung?«

»Sie haben eine Adresse?« Lucy nahm den Blick von der Straße, um aufs Handydisplay zu schauen.

»Ich kann sprechen, und am Ende des Gangs befindet sich ein Büro voller Kriminalermittler, die alle Angst vor mir haben, also ja, ich habe eine Adresse! Oh, und eine ganze Polizeiakte und das Verhaftungsfoto. Offenbar ist sie seit ihrer Festnahme umgezogen. Jemand hat sie für mich bei der Wählerregistrierungsstelle gesucht und gefunden. Wohnt mit jemandem namens Jacob Barnes zusammen. Ich würde auf Lebenspartner tippen, aber heutzutage kann man das ja nie so genau sagen. Viel mehr weiß ich nicht über ihn.«

»Das ist wirklich fantastisch.«

»Ich weiß. Ich hab's grad an Ihre E-Mail-Adresse geschickt. Wird alles fertig sein, wenn Sie Ihren Boss einsammeln. Von mir aus können Sie die Lorbeeren gerne einheimsen, aber ich sehe ihn ohnehin später, um das zu korrigieren.«

Lucy lachte. »Lorbeeren brauche ich keine. Ich brauche vielleicht nicht einmal Joel. Ich vermute, dass sich diese Shannon Hendry immer noch nicht bei der Polizei gemeldet hat? Warum auch immer?«

»Hat sie nicht. Die Kollegen haben die Datenbank gecheckt. Keine Anrufe von ihr, auch keine aus ihrer Wohnung, nichts von Jacob Barnes und auch von keiner Nummer, die wir mit ihr in Verbindung bringen können.«

»Die Kollegen waren wirklich gründlich.«

»Ja. Wenn ich sage, dass sie Angst vor mir haben, meine ich Todesangst. Ich habe festgestellt, dass das sehr viel praktischer ist, als jemandem einen Gefallen zu schulden. Und weniger Arbeit.«

Inzwischen hörte Lucy nur noch mit halbem Ohr hin. Zu ihrer Linken kam eine Kreuzung, die dem Straßenschild nach in eine Sackgasse führte, und sie traf einen Entschluss. Sie bog ab. Sie würde die E-Mail jetzt öffnen und schauen, wo die

Frau lebte. Sie kannte Maidstone ziemlich gut. Zumindest kannte sie die Gegenden, in denen sie nicht alleine an eine Tür klopfen sollte. Sie konnte sich die Adresse ja einmal ansehen und den Boss vielleicht anrufen, wenn sie dort war.

»Nun, ich für meinen Teil bin froh, dass sie so viel Angst vor Ihnen haben. Vielen Dank. Ich habe gerade angehalten, um mir die Mail mal anzuschauen.«

»Gern geschehen. Und passen Sie auf sich auf, überstürzen Sie nichts. Wenn ich eines über Polizisten gelernt habe, dann, dass sie besser immer zu zweit arbeiten.«

»Ich werde es mir merken.«

Lucy beendete das Gespräch und öffnete ihre E-Mails. Der Anhang war schnell runtergeladen, und die Adresse stand gleich ganz oben.

»James Street?«, sagte sie. Sie gab das in Google Maps ein und zoomte raus, um sich die Nachbarschaft anzuschauen. Es lag direkt hinter dem Gefängnis von Maidstone, weniger als einen Kilometer vom Busbahnhof entfernt – also eine Strecke, die man sogar gut laufen konnte. Es war auch nicht die schlimmste Gegend der Stadt.

Sie würde sich das nur mal kurz anschauen.

»Hier, für Sie, Detective Inspector.«

Gierig nahm Joel die winzige Tasse vom staubigen Boden des Polizeitransporters auf. Er dankte dem uniformierten Beamten, der ihm den Tee gemacht hatte, drehte sich zur Seite und trank. Der Tee war kochend heiß und pladderte über den Rand, als er ihn von seinen Lippen wegriss.

»Aber verschwenden Sie nichts!«, rief ihm der Mann noch hinterher.

»Heißer als erwartet. Worauf haben Sie den Kessel erhitzt? In der Sonne?« Joel versuchte, seine Verlegenheit hinter einem Witz zu verstecken.

Der Mann klopfte auf einen Wasserkocher. »Der alte Gauner hier. Hat uns noch nie im Stich gelassen.«

Joel ging weiter. Noch mehr Beamte kehrten für ihre Teepause zurück, und plötzlich fühlte er sich nostalgisch und verspürte eine Sehnsucht, wieder bei seinem alten Sondereinsatzkommando zu sein, um eine den ganzen Tag – oder die ganze Nacht – andauernde Suchaktion durchzuführen, bei der das wichtigste Teammitglied immer die Person war, die für die Heißgetränke zuständig war. Ohne die Hilfe von Wasserkochern und billigen Teebeuteln war Polizeiarbeit gar nicht vorstellbar.

In seinem früheren Leben wäre er derjenige gewesen, der die Suchpaare eingewiesen hätte und dabei das Gefühl gehabt hätte, dass die ganze Aktion ohnehin sinnlos wäre. Eine Notwendigkeit, die von einem Ermittlungsleiter abgehakt werden musste, um bei einer späteren Überprüfung des Falls nicht kritisiert zu werden. Erst jetzt erfuhr er am eigenen Leib, dass es ganz anders war. Er wusste, dass die Chancen, etwas zu finden, gering waren, aber er hatte trotzdem mit etwas mehr Hoffnung angefangen. Jetzt suchten sie schon ein paar Stunden, und allmählich begann diese Hoffnung zu schwinden.

Er war müde. Das Suchteam, das man ihm geschickt hatte, bestand aus sieben Beamten und einem Sergeant: nicht annähernd genug. Für später am Tag war ihm ein zweites Team versprochen worden, aber selbst, nachdem sie ihm versichert hatten, früher zu kommen, wären sie nicht vor Mittag da, und dann blieben nur noch acht Stunden Tageslicht, um dem Team zu helfen, das bereits vor Ort war. Joel war dageblieben, um beim ersten Quadratkilometer mitzuhelfen, war jedoch am Ende nur all die Punkte auf der Karte abgelaufen, die seiner Ansicht nach die wahrscheinlichsten Orte waren, von denen die beiden Frauen gekommen sein konnten. Ihr Telefonzellen-Opfer war schmutzig gewesen, aber nicht nur von Dreck. Er brauchte keinen Bericht der Spurensicherung, um zu wissen, dass sie auch mit Tierextrementen befleckt gewesen war, und zwar in den Haaren, auf ihren Beinen und Händen und unter ihren Fingernägeln. Nach Joels Ansicht war sie einige Zeit in der Nähe von Tieren gewesen und niemand, der über Felder und Zäune spaziert war. Und es musste eine Wasserquelle gegeben haben. Damit der Schmutz so an ihr klebte, musste er feucht gewesen sein – und es hatte seit Tagen nicht geregnet.

Das alles deutete auf ein Landwirtschaftsgebäude hin. Vielleicht ein Schuppen, eine Scheune oder ein Stall, etwas, das vornehmlich dazu diente, Tiere unterzubringen. Alles andere ergab keinen Sinn. Er war davon so überzeugt, dass er sämtliche Gebäude in ihrem Suchradius abgeklappert hatte, ob er irgendetwas Offensichtliches fand.

Aber eine Suche nach Beweisen musste methodisch verlaufen. So wird sie auch geplant: Man betritt ein Areal, durchsucht es gründlich und hakt es dann ab. Niemand wusste das besser als er. Erst als die Fahndungsberaterin ihn zum Einsatzleitfahrzeug zurückgeschickt hatte, war ihm klar geworden, wie sehr er den anderen auf die Nerven ging.

Die Fahndungsberaterin kam gerade zurück: PS Maxine Jones. Joel hielt sich etwas entfernt, während sie ihre mit Werkzeug beladene Arbeitsweste und den Ausrüstungsgürtel abstreifte und ins Gras fallen ließ. Ihr schwarzes T-Shirt war nass vom Schweiß und klebte an ihrem sportlichen Körper. Sie öffnete ihren Reißverschluss und zog an der Kleidung, als ihr Blick den von Joel traf.

»Sie haben sich also einen Tee geholt. Irgendwo da drinnen gibt es auch Biscuits, aber dafür müssten Sie Scotty höflich fragen. Die bekommen nur Leute, die er mag.« Ihre Wangen waren vor Anstrengung und Hitze gerötet, und der Pony klebte an ihrer schweißnassen Stirn. Sie lächelte immer noch, aber es wirkte ein bisschen bemüht.

»Ich glaube nicht, dass ich Ihre Biscuits verdient habe. Ich habe gerade darüber nachgedacht, wie angepisst ich wäre, einen Detective Inspector wie mich bei dieser Suchaktion dabei zu haben.«

Sie antwortete nicht, sondern zeigte nur weiter ihr Lächeln, bis es hinter ihrem Becher verschwand.

Joel sprach weiter: »Es tut mir leid. Ich will wirklich niemandem auf die Nerven gehen. Es ist nur ... Das hier ist alles, was wir haben. Ich werd den Gedanken nicht los, dass es irgendwo hier draußen etwas gibt, das wir brauchen. Und wenn es dunkel wird, haben wir das Gebiet nicht mehr unter Kontrolle. Vielleicht kommt jemand zurück, und die Gelegenheit ist für immer verloren.«

»Sie waren auch bei der Taktischen Unterstützungsgruppe, oder? Ein paar der Jungs erzählen, dass sie früher in Ihrem alten Team gearbeitet hätten«, sagte Maxine.

»Das stimmt.«

»Die halten Sie alle für eine Legende. Mehr als zehn Jahre haben Sie so ein Team hier geleitet. Ich mache das erst seit ein paar Monaten und sehe schon jetzt, dass das keine einfache Aufgabe ist.«

»Legende!« Joel lachte. »Bei dem Team war jeder eine *Legende*, der keine Wachsmalstifte mehr benutzt hat. Aber wir haben den Job erledigt. Ich hatte gute Leute.«

»Die habe ich auch. Und, ja, Sie sind eine Nervensäge, aber machen Sie sich deswegen keinen Kopf. Ich meine, wir machen hier den einfachen Job und tauchen nur auf, um ein bisschen rumzusuchen. Sie kennen ja das Prozedere: Wir nehmen eine Karte, fangen am Tatort an, teilen alles in Sektoren auf und schicken dann die Truppen los, die jeden Einzelnen unter die Lupe nehmen. Dazu ab und an eine Tasse Tee, damit sie bei Laune bleiben. Ich hab da auch schon drüber nachgedacht.« Sie deutete auf Joel. »Detective zu werden, meine ich. Wie heute zum Beispiel: Wenn wir etwas finden, drücken wir es Ihnen in die Hand, und das war es für uns. Ich hab mir oft gedacht, dass ich mehr will als das. Ich mag Dinge zu Ende bringen. Aber die andere Seite der Medaille ist der Druck. Wenn wir hier draußen nichts finden, dann können *wir* trotzdem einfach zum nächsten Einsatz fahren, ohne einen weiteren Gedanken daran zu verschwenden. Ich schätze, das ist der Unterschied. Das ist der Druck, den Ihre Arbeit mit sich bringt.«

»Volltreffer.«

»Falls dort draußen irgendetwas ist, dann finden wir es. Aber wenn ich bei der Einsatzbesprechung richtig aufgepasst habe, dann wurde das Opfer bei Sonnenaufgang von einer Spaziergängerin mit Hund gefunden. Als wir vorhin am Tatort waren, dachte ich mir, dass diese Straße mit der Telefonzelle die einzige hier in der Nähe ist, auf der garantiert jemand mit seinem Hund spazieren geht. Es war unvermeidlich, dass jemand die Leiche findet – und zwar sehr früh. Sie sagen, dass Sie fürchten, unser Täter könnte zurückkommen, wenn wir hier fertig sind, um noch irgendwelche Spuren zu beseitigen, die er zurückgelassen hat, aber das glaube ich nicht. Vermutlich hat er das alles längst erledigt, bevor er verschwunden ist. An seiner Stelle würde ich den Teufel tun, mich je wieder hier in der Nähe blicken zu lassen.«

Joel sah zu, wie dieses Mal ihr ganzes Gesicht von dem Becher verdeckt wurde, als sie ihn mit einem Schluck austrank. »Sie haben recht«, sagte er.

Sie schüttete die Reste aus dem Becher und ging zurück zum Einsatztransporter. »Also, machen Sie sich nicht zu viele Vorwürfe, das wollte ich sagen. Falls wir hier draußen nichts finden, dann deshalb, weil dieser Mistkerl sorgfältig darauf geachtet hat, alles mitzunehmen.«

***

»Sind Sie sicher, dass ich nicht noch mal versuchen soll, Inspector Norris zu erreichen?«, gurrte Eileen am anderen Ende der Leitung. DS Rose wusste, dass sie sich nicht wohlfühlte, wenn sie vom Protokoll abweichen musste.

»Ist schon in Ordnung, ich rufe ihn selbst an, falls es etwas zu berichten gibt. Vielleicht ist das auch alles nur eine

Sackgasse.« Lucy hoffte, dass sie überzeugend klang, und schimpfte, als ihr Stift durch das Papier stach. Sie lehnte an einer Wand und notierte die wichtigsten Punkte ihres Gesprächs mit Eileen. Sie hatte sie nur nach einigem Zögern angerufen, weil sie wusste, dass sie Joel sofort über die Fingerabdrücke würde informieren wollen – die Spur barg eine Menge Potenzial. Aber irgendetwas an der ganzen Sache stimmte nicht. Eine mögliche Überlebende, die vom Tatort floh und sich nicht bei der Polizei meldete. Lucy fielen nur zwei Gründe dafür ein: Sie wurde immer noch kontrolliert und hatte Angst davor, dass der Mörder es erfahren würde, wenn sie die Polizei informierte, oder sie war selbst die Mörderin. Und Letzteres konnte Lucy immer noch nicht glauben.

»Ich sag Ihnen was«, antwortete Lucy, »ich rufe Sie in zwanzig Minuten zurück. Falls nicht, dürfen Sie Joel informieren und ihm erzählen, wo ich gerade bin.«

»Zwanzig Minuten«, versicherte Eileen in einem Tonfall, der Lucy deutlich machte, dass sie höchstens fünfzehn hatte.

Lucy beendete das Gespräch und betrachtete das Gebäude vor sich. Und sie nahm sich einen Augenblick zur Vorbereitung. Joel war ein bisschen forsch – um nicht zu sagen ungestüm –, und seine Muskeln und sein Übereifer waren nicht das, was sie hier brauchte. Die Frau, die sie auf den Aufnahmen gesehen hatte, wirkte zerbrechlich. Schmutzig, verschrammt und ängstlich, und vermutlich hatte sie guten Grund, die Polizei zu meiden. Lucys Chancen standen sehr viel besser, wenn sie allein mit ihr sprach.

Die Haustür war schwer, der Gang dahinter fast leer, und so hallten ihre Schritte von den übermalten Ziegelwänden wider. Sie stieg in den dritten Stock hinauf.

»Tür Nummer zweiundzwanzig«, murmelte sie vor sich hin, als sie näher kam. Doch kaum war sie vor der Tür angekommen, blieb sie wie angewurzelt stehen. Die Tür stand offen. Aus der Wohnung drang ein Geräusch, als wäre etwas Schweres umgefallen. Es folgten ein Kratzen und Fluchen.

Lucy holte ihr Pfefferspray heraus und hielt es in einer Hand. Mit der anderen drückte sie die Tür auf. In derselben Sekunde dachte sie, dass es ein Fehler gewesen sein könnte, Joel nicht anzurufen.

KAPITEL 16

Lucy hörte zwei Stimmen, beide männlich, beide außerhalb ihres Sichtfelds am anderen Ende der Wohnung. Ein langer Flur lag zwischen ihnen.

»Hallo! Polizei!«, rief sie und blieb an der Wohnungstür stehen. Sie wollte an keiner der vom Flur abgehenden Türen vorbeigehen, falls jemand herauskam und ihr den Fluchtweg versperrte. Schweigen war die einzige Antwort. Dann hörte sie Murmeln und schließlich sich nähernde Schritte. Lucy holte ihren Teleskopschlagstock raus, machte damit eine ruckartige Bewegung zur Decke und ließ den Stahl auf volle Länge ausfahren. Sie ließ das Ende auf ihrer Schulter ruhen und stellte sich so hin, dass sie bereit war zuzuschlagen.

»Ist alles in Ordnung?« Ein Mann erschien im Flur, Mitte dreißig, breit gebaut, seit zwei Tagen nicht rasiert und die Haare modisch geschnitten. Seine Wangen waren gerötet, als hätte er gerade etwas Schweres bewegt, und an einem Finger trug er ein zu kleines Pflaster, das auf beiden Seiten durchgeblutet war. Die linke Seite seines Halses wurde von einem Strahl Sonnenlicht erhellt, das durch ein Fenster kommen musste. Es beleuchtete die Tätowierung, die aus seinem Kragen bis hinters Ohr verlief.

»Wer sind Sie?«, wollte Lucy wissen.

Er wirkte nervös. Sein Blick huschte nach links, und eine leichte Bewegung seiner Schultern verriet ihr, dass er mit jemand anderem sprach, den sie nicht sehen konnte. »Ich bin Andy … die Wohnung gehört mir, auch wenn ich hier nicht wohne. Was ist los? Was will die Polizei hier?«

»Ich suche jemanden. Shannon. Ist sie hier?«

»Shannon!« Plötzlich grinste er erleichtert. »Da können wir uns zusammentun, Liebes! Nein, sie ist nicht hier. Gestern wirft sie dem Verwalter den Schlüssel rein und verschwindet. Einen Tag Frist. Sie schuldet mir eine Monatsmiete. Sie kann nicht einfach so verschwinden.«

»Verwalter?«

»Bei der Immobilienagentur.«

»Was war das Geräusch eben? Haben Sie irgendwas rumgeschoben?« Lucy hatte ihren Schlagstock immer noch auf der Schulter, aber sie packte ihn nicht mehr ganz so fest.

»Rumgeschoben? Ja, ein Sofa. Shannon hat mit den Schlüsseln eine Nachricht hinterlassen und meinte, sie hätte alles eingepackt, was sie braucht, und ich könne mit dem Rest machen, was ich will. Und ich will es loswerden. Es ist ein großes altes Ding mit scharfen Kanten, wo man keine scharfen Kanten erwarten würde.« Er wedelte mit seinem blutigen Finger in ihre Richtung, um seine Aussage zu unterstreichen. »Ich will es hier nicht haben. Ich vermiete meine Wohnungen unmöbliert, das macht mehr Ärger, als es wert ist. Sie ist mit einer Monatsmiete Rückstand verschwunden, ich habe keine Zeit, neue Mieter zu finden und das Sofa zu entsorgen. Falls Sie sie also finden, wären Sie so gütig, mich zu informieren?«

Lucy ließ den Schlagstock an ihre Seite sinken. Plötzlich schämte sie sich fast, ihn überhaupt rausgeholt zu haben. »Keine Nachsendeadresse?«

»Nö. Ich habe den Eindruck, dass die Immobilienagentur ein bisschen mehr weiß, aber sie können mir nichts sagen. Ich bin nur der Kerl, der sie bezahlt. Ich sag's Ihnen, der Immobilienmarkt ist ein echter Betrug. Alles ist auf das Wohl der Mieter ausgerichtet, um mich kümmert sich da niemand.«

»Welche Agentur denn?«

»Freedom Property Services. Kleines Büro an der High Street. Sagen Sie denen, Andy Watson schickt Sie. Ich helfe der Polizei nur allzu gern.«

»Sie meinen, weil Ihnen noch eine Monatsmiete fehlt?«, bemerkte Lucy.

»Ganz genau.«

»Hat sie irgendetwas zurückgelassen, das einen Hinweis auf ihr Ziel gibt?«

»Nein. Sie hat nur ein Badezimmer voller Kalkflecken und einen Saustall zurückgelassen. Die Kaution behalte ich auf jeden Fall, das kann ich Ihnen sagen. Ich hab Coops hier schon gesagt, dass sie überstürzt abgehauen ist. Offenbar hatte ich recht. Also ist sie vor euch auf der Flucht, ja?«

»Coops« schaute bei der Erwähnung seines Namens um die Ecke. Er war ein wenig jünger und sehr viel mickriger als Andy. Er trug ebenfalls Jeans und ein T-Shirt, aber mit einem Gürtel, den er zweimal um sich geschlungen haben musste. Er wirkte insgesamt ein bisschen ungepflegt, und sein Blick huschte unruhig an Lucy auf und ab, nur nicht in ihre Augen.

»Ganz und gar nicht. Ich möchte nur mit ihr sprechen. Kann ich mich mal umschauen? Ich will nur wissen, ob hier irgendetwas Nützliches ist.«

»Sie sind mein Gast!« Andy grinste. »Aber stecken Sie bitte den Stock weg, ja? Da kommen unangenehme Erinnerungen hoch!«

KAPITEL 17

Joel stieß sich so kräftig vom Schreibtisch ab, dass der Bildschirm wackelte. Außerdem löste er die Sensoren in der Decke aus, und die weißen Deckenlampen flammten auf wie ein Fotoblitz. Joel schloss schnell die Augen. Er musste endlich aufhören. Er hatte sich selbst für zweiundzwanzig Uhr eine Pause und eine Tasse Kaffee versprochen, und jetzt war es fast zwei Stunden später. Ein Grund für das Versprechen war gewesen, dass er wach genug gewesen war, um nach Hause zu fahren. Jetzt war er schon den zweiten Abend in Folge so spät dran, dass seine Frau ihm nicht mal mehr schrieb. Er wusste, dass er sein Glück ausreizte.

Ab sechzehn Uhr waren die ersten Nachrichten eingetroffen, in denen sie sich erkundigt hatte, wann er etwa zu Hause wäre, damit sie es den Mädchen sagen konnte. Dann fragte sie, zu wann sie ungefähr das Abendessen fertig haben sollte. Danach hatte sein Telefon geklingelt, aber es war nicht seine Frau gewesen, sondern seine beiden Kinder, die sich an einem Videoanruf versuchten, während sie darum stritten, wer im Bild sein durfte. *Wann kommst du nach Hause, Daddy? Kommst du jemals nach Hause, Daddy?* Joel hatte gelacht – *natürlich komme ich nach Hause!* Aber die Art seiner Kinder, direkte Fragen zu stellen, hatte ihn gezwungen zuzugeben, dass er nicht genau wusste, wann. Joel vermutete, dass ihre Mutter ihnen die Fragen vorgegeben hatte, als sie ihm das Versprechen abnahmen, da zu sein, wenn sie am nächsten Morgen aufwachten. Nicht, dass ihn das störte. Jeder Beamte der Polizei mit Familie würde bestätigen, dass der Familienalltag das Erste ist, was man vermisst.

Und jetzt war Mitternacht vorbei, und er hatte sich bereits einen Schlafplatz auf dem Sofa hinten im Büro eingerichtet. Er würde den Kaffee trinken und dann schon mal einen kurzen Plan für den nächsten Tag erstellen, bevor er sich ein paar Stunden hinlegte. Er konnte sich immer noch früh genug nach Hause schleichen, um das Frühstück vorzubereiten, bevor jemand aufwachte. Dann würde er duschen, sich umziehen und direkt wieder losfahren.

Sein Handy vibrierte und dröhnte und schob sich über seinen Schreibtisch, bis es mit einem *Pling* gegen seine leere Kaffeetasse stieß. Das Ganze war eine einzige Verspottung der *Lautlos*-Einstellung. Er hob es ans Ohr, ohne aufs Display zu schauen. Das konnte nur seine Frau sein.

»Hey, ich hab die Zeit ein bisschen aus den Augen verloren …«

»Joel?«, unterbrach ihn jemand. Er brauchte eine Sekunde, um sie einzuordnen: DCI Jim Kemp. Und die Stimme klang amüsiert, schon in diesem einen Wort.

»Boss«, antwortete Joel seufzend.

»Sie wirken begeistert, von mir zu hören. Ich glaube, ich mochte die Angst in Ihrer Stimme lieber, als Sie dachten, dass es Ihre Frau ist.«

»Sechs Uhr morgens und jetzt Mitternacht. Sie halten nicht so viel von normalen Arbeitszeiten, oder, Boss?«

»Offenbar teilen wir diese Einstellung. Sind Sie noch im Büro?«

»Ja, aber …«

»Ich bin gleich oben«, sagte Kemp und beendete das Gespräch. Joel fluchte in das leere Büro. Er streckte sich, stand auf und ging zur Tee-Ecke auf der anderen Seite der Etage. Er drehte eine Tasse um und verzog das Gesicht, als er sah, dass sie schmutzig war. Die würde er dem Chief Inspector geben. Der Wasserkocher begann gerade zu brummen und vor Begeisterung zu sprudeln, als DCI Kemp eintrat.

»Lässig«, sagte Joel und meinte damit den Kapuzenpulli, den der DCI über seiner Jogginghose trug. »Sind Sie extra zurückgekommen, um mit mir zu sprechen?«

»Nun, stimmt, ich führe diese Art von Gesprächen nicht gern am Telefon, aber nein, fangen Sie bloß nicht an, sich für etwas Besonderes zu halten. Ich hab noch keine richtige Wohnung und bin für den Moment im Wohnheim der Polizeischule untergekommen. Ich dachte, ich bleibe da eine oder zwei Wochen, bis ich was gefunden habe, aber ich weiß nicht, woher ich die Zeit nehmen soll, mir etwas zu suchen.«

»Tut mir leid, das zu hören«, sagte Joel. »Ich frage besser nicht, wie gut Sie schlafen.«

»Länger als Sie, scheint mir. Ich bin überrascht, Sie immer noch hier zu finden.«

»Sie hätten mich mit Ihrem Anruf zu Hause in meinem Bett wecken können«, erwiderte Joel.

»Na gut. Ich hab beim Sicherheitsdienst angerufen, die meinten, Sie hätten noch nicht ausgestempelt. Es hat mich nicht überrascht. Offenbar haben Sie den Ruf weg, das hier zu Ihrem Zuhause zu machen.«

»Wollen Sie darüber mit mir sprechen? Ich vermute, das meinten Sie mit *diese Art von Gesprächen*?« Joel nutzte die Gelegenheit, sich um die Getränke zu kümmern, um sich wegzudrehen.

»Nun, zuerst einmal hatte ich gehofft, dass Sie mich über Ihren Fall auf den aktuellen Stand bringen.«

»Haben Sie meinen Bericht nicht bekommen?«

»Ich habe Ihre E-Mail gelesen.«

»Da steht alles drin, Boss, ich weiß nicht, was Sie sonst noch wissen wollen.« Joel hielt in der Bewegung inne und wartete auf die Antwort.

»Ich bin einfach davon ausgegangen, dass es noch etwas

geben muss, von dem ich nichts weiß, wenn Sie immer noch arbeiten.«

»Wie meinen Sie das?« Plötzlich wurde Joel vorsichtig. Kemps Ton hatte sich verändert.

»Superintendent Marsden ist Ihretwegen besorgt. Und das heißt, dass ich ebenfalls besorgt bin.«

»Tja, das brauchen Sie nicht. Am Beginn einer Mordermittlung gibt es immer viel zu tun.«

Es folgte eine kurze Pause, als würde Kemp darüber nachdenken, was er gesagt hatte. Den eigentlichen Grund seines Besuchs offenbarte er erst jetzt. »Dieser Job bringt eine Besonderheit mit sich: Er sammelt sich an. Es ist diese schwarze Wolke, die einem überallhin folgt und ganz unauffällig größer wird, bis einem irgendwann klar wird, dass man nicht mehr sehen kann, was dahinter ist. Debbie macht sich Sorgen, welche Auswirkungen Ihr letzter Fall haben mag. Auf alles. Sie glaubt, dass Sie dazu neigen, streng zu sich selbst zu sein. Addieren Sie das zu der Tatsache, dass einige unserer geschätzten Kollegen den Druck ein bisschen erhöht haben, und schon sind wir beide besorgt, dass Ihre schwarze Wolke größer geworden sein könnte.«

Joel drehte sich wieder um, um Kemp anzuschauen. Er reichte ihm die schmutzige Tasse mit Tee. »Was ist das hier? So eine Art Intervention? Vor einem Monat hätte ich das verstanden.«

»Vor einem Monat war ich nicht hier.«

»Aber Debbie Marsden schon.«

»Das stimmt. Ich habe unsere Vorgesetzte bisher nur ein paarmal gesehen, aber ich schätze sie als jemanden ein, der nicht allzu gut beim Thema *Gefühle* ist. Ich glaube, sie würde sich in dieser Situation hier äußerst unwohl fühlen.«

»Auf jeden Fall kann ich sie mir nicht in Trainingsklamotten vorstellen«, sagte Joel beim Versuch, die Stimmung aufzulockern, die gerade sehr ernst zu werden drohte.

»Sie wissen, was ich meine. Ich glaube, es ist ihre Art, dafür zu sorgen, dass es Ihnen gut geht. Sie waren die erste Aufgabe, die sie mir übertragen hat.«

»Ich fühle mich geschmeichelt. Und mir geht es gut.«

»Manchmal weiß man nicht, dass es einem schlecht geht, bis es einen fest im Griff hat.«

»Ich würde es wissen, ich habe ein bisschen über mich selbst gelernt. Es geht mir nicht schlecht. Das hier ist was anderes. Dieses Mal bin ich einfach nur wütend.«

»Ich verstehe. Aber Sie müssen diese Wut loslassen. Vielleicht am Sandsack. Auf die Dienstaufsicht wütend zu sein, kann nur ein schlimmes Ende nehmen.«

»Ich meine nicht die Dienstaufsicht. Ich bin wütend auf mich, weil ich so verzweifelt versuche, etwas zu sein, was ich nicht bin. Das mache ich nicht noch mal.« Joel sprach in einem Ton, der deutlich machte, dass dieses Gespräch für ihn beendet war.

»Na gut. In Ordnung.« Der DCI antwortete mit einem verschmitzten Halblächeln. »Fahren Sie nach Hause zu Ihrer Frau, Joel. Tote bleiben tot, und erschöpfte Polizisten fangen ihre Mörder nicht. Sie müssen nicht im Büro bleiben, bis der Fall gelöst ist.«

»Das weiß ich.«

»Und Sie müssen auch nicht alles alleine machen.«

»Das weiß ich auch«, blaffte Joel und unterbrach sich selbst, bevor ihm etwas entfuhr, das seine Karriere gefährdete.

»Lucy Rose könnte da anderer Ansicht sein.« Kemp stellte seine Teetasse zurück und stand auf, als wolle er gehen.

»Sie haben mit Lucy gesprochen?« Joel konnte nicht verbergen, wie sehr ihn das störte.

»Ich versuche, mit jedem in Kontakt zu bleiben. Sie ist ein wirklich gutes Teammitglied, wenn man sie richtig behandelt.«

»Und ich … behandle sie nicht richtig?« Joel betrachtete seinen Boss jetzt sehr aufmerksam, um seine Reaktion einzuschätzen.

»Sie hat mit ihren eigenen Problemen zu kämpfen, außerhalb der Arbeit. Unterhalten Sie sich gelegentlich mit ihr. Sich um die eigenen Leute zu kümmern, bedeutet nicht nur, dafür zu sorgen, dass sie ihre Arbeit erledigen. Es bedeutet, dafür zu sorgen, dass es ihnen gut genug geht, um sie zu erledigen. Als Teamleiter bei der Taktischen Unterstützungsgruppe waren Sie ziemlich gut darin. Die himmeln Sie immer noch an.«

»Sie haben mit ... Natürlich haben Sie das, Sie sprechen mit jedem.« Joel stöhnte und zog einen Stuhl hervor, auf den er sich plumpsen ließ. Das Grinsen des DCI war noch breiter geworden.

»Ich weiß gerne so viel wie möglich über die Leute, die für mich arbeiten. Das haben Sie auch mal getan. Oh, und diese Tassen müssten mal gespült werden.«

Joel sah zu, wie sein Boss ging, wobei er direkt an dem Sofa vorbeilief, das bereits schlafbereit war. Kemp hatte recht, zumindest in einigen Punkten. Er sollte nach Hause fahren, um neben seiner Frau zu schlafen und aufzuwachen, nachdem seine Kinder sich auf ihn gestürzt hatten.

»Der lauteste Wecker der Welt«, sagte er in das leere Büro hinein.

TAG 3

KAPITEL 18

Dieses Mal war sich Alan sicher. Er wich zurück und setzte sich aufrechter hin, nachdem er so weit zusammengesunken war, wie die Kette es zuließ. *Da war eine Stimme!* Er war gerade am Eindösen gewesen und hatte zunächst geglaubt, nur zu träumen, doch als die Stimme wieder erklungen war, war er schlagartig aufgewacht. Er war sich sicher.

Draußen schien die Sonne. Sie stand tief genug, dass er sie sehen konnte. Ihre Strahlen drangen durch die offene Tür in den Anhänger und ließen die Seite der Sandkiste aufleuchten. Er starrte sie schon die ganze Zeit an, seit er wieder alleine war. Der Mann, der diesen Albtraum kontrollierte, war bei ihm gewesen, immer noch gekleidet wie irgendein wahnsinniger Mechaniker in Overall, Gummistiefeln und einer gelben ledernen Schweißermaske, die seinen Kopf komplett bedeckte. Er hatte Alan etwas zu trinken gegeben, das erste Mal, seit er hier angekettet worden war, und ihm dann eine weitere aufgezeichnete Nachricht vorgespielt. Es war dieselbe verzerrte Stimme aus demselben kleinen Lautsprecher, die nichts Neues erzählte, sondern nur, dass diese Sache hier bald vorbei wäre. Alan hatte Fragen und angefangen zu sprechen, doch sobald er den Mund geöffnet hatte, hatte man ihm ein Brötchen hineingestopft. Es war auseinandergebrochen und der größte Teil war seine Brust hinab und auf den schmutzigen Boden gerollt. Alan sah zu, wie der Mann einen Schritt zur Seite tat und mit den dicken Sohlen seiner Gummistiefel auf den Rest seiner Mahlzeit trat.

Die Sandkiste!, hatte die Stimme aus dem Lautsprecher gesagt und war dann verstummt, während der Mann sich überflüssigerweise die Zeit nahm, darauf zu zeigen. Er schien Vergnügen daran zu haben, die Sache hinauszuzögern. Sein Overall saß locker genug, um seine Größe und Körperform zu verbergen. Er schien groß zu sein, obwohl das schwer einzuschätzen war, wenn man auf dem Boden saß. Selbst die Größe seiner Hände wurde verschleiert, weil er Gummihandschuhe trug, die ihm zu groß waren. Mit einer weiteren dramatischen Geste spielte er die Aufnahme weiter ab: *In der Sandkiste befinden sich Werkzeuge, Waffen, Dinge, die du brauchst. Du wirst sie suchen müssen, aber dir wird nicht viel Zeit bleiben. Es wird fünf Glockentöne geben. Jeder davon wird dir einen weiteren Meter Spielraum geben. Nach dem fünften Ton wirst du loslaufen. Und er auch.*

Das war alles. Alan wusste bereits, dass ihn ein Wettrennen erwartete, gegen jemanden, der ihm ebenbürtig war – was auch immer das hieß. Das Ziel war ein Telefon, und die Wegbeschreibung zu diesem Telefon war in die Seite seines Lkw-Gefängnisses geritzt, genau wie die Nummer, die er sich einprägen und anrufen sollte. Wenn jemand ranging, sollte er nur einen Satz sagen: *Ich musste gewinnen.*

Das war alles.

Dann dürfte er gehen, seine Familie wäre in Sicherheit und dieser ganze Albtraum endlich vorbei.

Trotzdem hatte er noch Fragen. *Warum er? Woher wusste er so viel über seine Familie? Gegen wen trat er an? Warum ein Wettrennen? Woher wusste er, dass wirklich alles vorbei sein würde?* Alan hatte versucht, die Fragen erneut zu stellen, aber die Reaktion war dieselbe: Der Mann hatte sich runtergebeugt, um das platt getretene Stück Brötchen aufzuheben, und hatte es Alan in den Mund gestopft. Es steckte zu tief drin, um es auszuspucken, und er war ohnehin kurz vorm Verhungern, was ihn entsprechend Kraft gekostet hatte. Also hatte er es gekaut und runtergeschluckt. Steinchen und Schmutz schmerzten zwischen seinen Zähnen und knirschten in seinen

Ohren. Als er das Brötchen endlich runtergewürgt hatte, war der Mann verschwunden, und er war wieder allein.

Oder auch nicht. Denn jemand in der Nähe rief.

»HALLO!«, rief Alan zurück.

»Ich glaube, Sie hatten recht!« Alan hielt die Luft an, um auch sicher alles zu verstehen. Die Worte waren immer noch schwach, fast zu weit entfernt für ein Gespräch. *»Wir müssen zusammenarbeiten«*, sprach die Stimme weiter. Danach folgte längeres Schweigen, als erwarte sie eine Antwort von Alan.

»Okay!«, rief Alan etwas schwach, als die Gefühle in ihm hochkamen und ihn fast überwältigten. »OKAY!«, rief er noch einmal, diesmal lauter.

»Wir können beide heil aus der Sache rauskommen. Finden Sie, was Sie können, und dann schnappen wir uns den Scheißkerl! Wissen Sie, wo wir sind?«

»Nein!«, rief Alan zurück.

»Wir müssen rausfinden, wo wir sind, das ist das Wichtigste. Ich heiße Bradley. Wir kommen hier raus.«

»Bradley ...«, wiederholte Alan, diesmal nur zu sich selbst. Diesmal versagte ihm die Stimme komplett. »Ich bin nicht allein ...« Er schniefte und schaute durch die offene Tür, um sich auf das einzige Stück der Welt dort draußen zu konzentrieren, das er sehen konnte: Ein Quadrat aus grünem Gras und in der Entfernung die Umrisse eines Baums. Er hatte sich die letzten Tage danach gesehnt, dort draußen zu sein, durch das Gras zu gehen, unter diesen Bäumen zu wandeln. Das wäre möglich. Der Mann mit der Schweißermaske und dem Overall hatte ihm ein Wettrennen des Grauens beschrieben, angetrieben von Angst und Gewalt. Aber wenn sie zusammenarbeiteten, wenn sie sein Spiel nicht mitspielten, dann konnten sie beide gewinnen, sie konnten beide hier rauskommen. »ALAN!«, brüllte er zurück, jetzt wieder mit kräftigerer Stimme. »ICH HEISSE ALAN!« Das letzte Wort schluchzte er, als ihn die Erleichterung überkam.

»Alan ... Sind Sie angekettet?«

»JA!«

»Mit einer Sandkiste, wie beim Weitsprung?«

»JA!« Er hatte recht, genau das war es. Sie hatten so eine in der Mittelschule gehabt.

»Gut. Hier auch. Halten Sie durch. Und nicht mehr reden jetzt. Er sagte mir, wir werden freigelassen. Dann sollen wir seinen Anweisungen folgen. Aber das müssen wir nicht. Stimmen Sie zu?«

»JA!«, rief Alan zurück und brach dann zusammen. Er spürte, wie sich die dicke Kette in seine tauben Schultern grub, während er schluchzte. Als er nach Luft schnappte, spannte sie sich noch enger um ihn. Aber das war ihm egal. Er war nicht länger allein, und er musste auch nicht um sein Leben kämpfen.

Er hatte noch nie gerne gekämpft.

KAPITEL 19

»Ich werde nicht verschwinden! BITTE! Ich werde nicht verschwinden!« Und Nicola meinte es ernst, auch wenn ihre Hände schmerzten. Es war Mittwoch, und sie hatte ihre Mutter nicht zu Gesicht bekommen, seit sie von der Tragödie in ihrer Familie erfahren hatte. Das war vor zwei Tagen gewesen. Sie hatte sogar die Polizei angerufen, um ihnen zu sagen, dass ihre Mutter möglicherweise verschwunden war, doch sie zeigten sich nicht interessiert. Immerhin hatten sie sie zurückgerufen, aber nur, um ihr zu sagen, dass sie mit einem Nachbarn gesprochen hatten, der ihnen bestätigt hatte, dass ihre Mutter immer noch ein und aus ging. Sie teilten ihr außerdem mit, dass sie laut ihren Unterlagen schlechte Neuigkeiten bekommen hatte, etwa um die Zeit, als Nicola zuletzt mit ihr gesprochen hatte.

Ach was!

Nachdem Nicola aufgelegt hatte, war ihr Frust so hochgekocht, dass sie das Telefon quer durch die Küche geschleudert hatte. Der Abend, an dem man ihr die Neuigkeiten über ihre Schwester erzählt hatte, war ihr im besten Falle vage in Erinnerung geblieben, dafür war sie in Gedanken viel zu abgelenkt gewesen, von daher wunderte es sie nicht, dass sie die Telefonnummer der beiden Beamten, die bei ihr gewesen waren, verloren hatte. Aber sie hätten ihr ohnehin nur dasselbe erzählt: dass ihre Mutter ein bisschen Zeit und Abstand brauchte.

Aber Nicola brauchte ihre Mutter.

»Okay!« Die Stimme ihrer Mutter. Nicola klammerte sich

daran. Die Erleichterung, die in ihr aufkam, wurde schnell von auflodernder Wut verdrängt.

»Du bist da? WIRKLICH?« Wieder schlug sie gegen die Tür und hämmerte dieses Mal mit der Faust gegen das dicke Holz.

»Okay, okay!«, sagte die Stimme wieder. Nicola hörte, wie die Tür entriegelt wurde, und legte ihre Hand darauf. Ihre Knöchel bluteten. Die Tür wurde aufgezogen, und Nicolas Wut verflog so schnell, wie sie gekommen war.

»Himmel, Mum! Du siehst schrecklich aus …«

»Danke.« Ihre Stimme klang trocken, und das Sprechen allein schien mühsam zu sein. Hinter ihr lagen nur Schatten. Nicola hatte gesehen, dass die vorderen Fenster durch Vorhänge verdeckt waren, aber offenbar waren sämtliche Fenster im Haus verhängt. »Besser, du kommst rein.«

Nicola bewegte sich schnell und konnte ihre Mutter, die immer noch die Tür aufhielt, in eine feste Umarmung ziehen. »Himmel, Mum … du musst das nicht allein durchstehen. Niemand von uns muss das.«

»Sie ist nicht allein«, erklang eine männliche Stimme. Nicola hatte die Augen fest geschlossen, um den vertrauten Duft der Haare ihrer Mutter einzuatmen. Jetzt öffnete sie sie und sah einen Umriss in der Dunkelheit.

»Schön, Sie wiederzusehen.«

»Ich hab Ihnen meine Nummer gegeben.« Nicola ließ ihre Mutter los, um Billy die Worte ins Gesicht zu speien. Ihre Wut loderte immer noch dicht unter der Oberfläche. »Sie hätten mich in der Sekunde anrufen können, als Sie meine Mutter gesehen haben.«

»Ja, ich weiß«, antwortete Billy.

»Ich habe ihn darum gebeten, es nicht zu tun, Nic. Er hat mir nur meinen Wunsch erfüllt.«

»Dazu hatte er kein Recht. Du hattest dazu kein Recht. Was zur Hölle ist hier los?«

Ihre Mutter seufzte. Nicola folgte ihr in die Küche, die immer noch so war, wie sie sie kannte: fast schon peinlich sauber, vielleicht noch mehr als sonst. Nicola öffnete den Kühlschrank. In der Dunkelheit des Hauses war das Licht grell und erleuchtete zwei Teller mit Essen unter Klarsichtfolie.

»Isst du?«, fragte Nicola.

»Ich habe ihr das gemacht und vorbeigebracht. Ich sagte ihr, dass sie ihre Kraft braucht …« Auch Billy schien müde zu sein und wirkte erschöpft. Nicola wusste, wie starrköpfig ihre Mutter sein konnte.

»Danke«, sagte sie und hielt ihre Wut wieder im Zaum. »Also, was ist hier los? Kein Essen, kein Sonnenlicht … Das ist doch keine Art zu leben, Mum.«

»Leben!«, stöhnte ihre Mutter und richtete sich neben der Arbeitsplatte auf. »Was bringt dich auf die Idee, dass ich leben will?«

»Du hast noch mich, das weißt du, oder? Mich und deine Enkelkinder. Ich weiß, dass du eine schwere Zeit durchmachst, aber du bist nicht allein damit. Außer, du willst es sein.«

Ihre Mutter schnaubte. Sie schob sich an Nicola vorbei ins Wohnzimmer. Nicola warf Billy einen fragenden Blick zu, doch er zuckte nur mit den Achseln und sagte: »Ich setze mal Wasser auf.«

Die Dunkelheit im Wohnzimmer schien sogar noch undurchdringlicher zu sein. Die Vorhänge waren nicht einfach nur zugezogen, sondern fest hinter die Heizung gestopft, damit sie sich auf keinen Fall lösten. Nicola kannte die Aussicht, die die Fenster dahinter boten, über das Tal im Osten, wo gerade die Sonne aufging. Ein wundervoller Anblick und der Grund, warum ihre Mutter sich so in dieses Haus verliebt hatte. Und doch war er jetzt hinter den Vorhängen verborgen.

»Was ist los, Mum? Das sieht dir nicht ähnlich, du gibst nicht einfach auf. Ich weiß, es ist … es ist schrecklich, ein Albtraum. Ich weiß, dass dich die Nachricht umgehauen hat, weil es mir genauso geht, aber wir brauchen einander. Jetzt mehr als je zuvor.«

»Du verstehst das nicht«, sagte ihre Mutter mit einem Seufzen. Sie hatte das Gesicht verzogen, als würde jede einzelne Bewegung sie schmerzen. Sie hob eine zitternde Hand, um ihre Augen zu bedecken.

»Dann erklär es mir«, flehte Nicola.

»Du kannst es nicht verstehen.« Ihre Mutter wischte die Bitte mit einer Handbewegung weg, ging zu ihrem Stuhl und blieb unsicher davor stehen.

»Ich bin nicht blöd, Mutter, also behandele mich nicht so. Ich weiß, dass Kelly dein Liebling war, ich habe immer gesagt, dass du ohne sie verloren wärst, aber das meinte ich als Scherz! Mir war nicht bewusst, dass es die Wahrheit ist. Dass ich dir so *verfickt* wenig bedeute.«

»Wag es ja nicht, mit so einem Mundwerk hier aufzukreuzen!« Ihre Mutter wurde laut, das Zittern in ihrer Stimme war wie weggefegt, und sie packte die Armlehnen ihres Stuhls, als wolle sie sich hochstemmen, bereit für einen Kampf.

»Vielleicht hätte ich gar nicht herkommen sollen. Ist es das, was du willst?«

»Nein!«

»Was willst du dann? Was zur Hölle ist dein Problem? Meine Schwester wurde ermordet, erstochen, auf irgendeiner Landstraße da draußen, und du sitzt hier nur hinter verschlossenen Gardinen rum. Wo ist die Frau, die ich kenne? Die keine Ruhe geben würde, bevor sie Antworten hat? Willst du denn keine Antworten?«

»Du kannst es nicht verstehen!« Ihre Mutter kreischte jetzt fast. Aber nicht aus Wut, eher aus Verzweiflung, und vielleicht, damit keine Fragen mehr kamen. Nicola machte das nur noch wütender. Die nächsten Worte stieß sie durch zusammengebissene Zähne hindurch aus.

»Das sagtest du schon. Und du hast recht, denn ich habe die Nase voll, es zu versuchen. Ich werde jetzt zu meiner Familie zurückkehren, zu *meinen* Kindern, *meinem* Mann, und ich werde versuchen, mein Leben wieder aufzubauen. Du kannst hierbleiben und in deinem Selbstmitleid versauern, es ist mir egal.« Nicola schaffte es bis in den Flur, wo sie an Billy vorbeiging, der gerade aus der Küche kam, um zu sehen, was das Schreien zu bedeuten hatte.

»Ich brauche keine Antworten!« Ihre Mutter war wieder lauter geworden, noch schriller, und ihre Stimme verfolgte Nicola durch den Gang und erreichte sie gerade, als sie die Hand auf den Knauf der Haustür gelegt hatte. Sie hielt inne.

»Was?«, rief sie zurück. Das folgende Schweigen wurde durch eine Bewegung unterstrichen. Nicola hatte Mühe, etwas zu erkennen, jetzt, wo das Licht wieder anders war. Am Ende des Flurs sah sie den Umriss ihrer Mutter.

»Ich wusste, dass sie weg war, okay? Verschwunden. Ich wusste, dass jemand sie hat …«

»Wovon redest du?«

»Kelly ist stark … fit, eine Kämpferin. Ich dachte, sie kommt da raus.« Ihre Atmung wurde schwerer und schneller. Billy erschien hinter ihr und schaltete sich ein.

»Jetzt komm, Margaret, setzen wir uns wieder hin«, sagte er.

Sie schüttelte ihn ab, beugte sich aber plötzlich nach vorn und stöhnte, als hätte sie große Schmerzen. Sie streckte den Arm nach ihm aus, und er half ihr, sich auf den Boden zu setzen.

»MUM!« Nicola stieß sich von der Tür ab und rannte zu ihrer Mutter. Sie konnte kaum atmen und schüttelte immer wieder den Kopf. Billy hielt ihr einen Inhalator hin, und sie nahm drei tiefe Atemzüge, jeder von einem pfeifenden Atemzug begleitet. Schließlich schien ihre Atmung sich zu normalisieren und wieder etwas mehr unter Kontrolle zu sein. Sie schaute auf, und ihr Blick traf im schwachen Licht aus der Küche den von Nicola.

»Ich wusste, dass jemand Kelly hat, und habe niemandem davon erzählt. Jetzt ist sie tot … Das ist alles meine Schuld!«

KAPITEL 20

Das Geräusch klang wie eine Kuhglocke und reichte aus, Alan aus einer Art Schlaf zu reißen. Im Laufe der letzten Tage war das ein vertrauter Zustand geworden: Seine Anspannung hatte ihn wachgehalten, aber immer wieder war er so erschöpft gewesen, dass er für ein paar Minuten die Augen schließen musste. Normalerweise wurde er dann davon geweckt, dass die Tür sich in einem Windstoß bewegte oder ein Vogel etwas fallen ließ, was aufs Dach plumpste. Die Kuhglocke war eindeutig neu.

Das nächste Gefühl kam mit dem kalten Windzug durch die Tür und verursachte Gänsehaut auf seinen nackten Beinen. Die Shorts und das T-Shirt, die anzuziehen man ihn gezwungen hatte, schützten nicht im Geringsten vor der Kälte. Seine nackten Füße waren vor Kälte fast taub. Er verschränkte die Hände vor der Brust, um wenigstens etwas Wärme zu finden. Mit den Fingerspitzen strich er über die Kette, und plötzlich war er hellwach.

Die Glocke hatte geläutet!

Die Anweisungen stürzten wieder auf ihn ein. Die Glocke war das Signal, auf das er gewartet hatte. Das hieß, es ging los. Die Glocke würde fünfmal ertönen, immer mit zehn Sekunden Abstand, und beim letzten Läuten startete das Rennen.

Sein Blick huschte zu der Karte, die in den Anhänger geritzt war, und zur Nummer darunter.

Der zweite Glockenton traf ihn wie ein Schlag in die Magengrube.

Plötzlich hatte die Kette etwas Spielraum. Sie klirrte und

schabte, als ihn Panik ergriff und er nach vorne sprang. Die dicken Glieder ruckten und klapperten in den Löchern in der Wand hinter ihm. Seine Beine waren taub, vom Hintern bis zu den Füßen. Er musste sich beeilen. Es gelang ihm, sich auf die Seite zu rollen und sich auf dem staubigen Boden auf Hände und Knie zu stemmen. Er begann zu krabbeln, so schnell seine tauben Glieder es erlaubten, strauchelte und kippte vornüber aufs Gesicht. Die Kette hielt ihn, grub sich in seine Achseln, aber mit einem Mal konnte er sie abstreifen. Der Ton, mit dem sie auf den dünnen Boden fiel, hallte im Anhänger wider. Er wusste, dass »Bradley« in derselben Situation steckte, dass er auf ihn warten würde und sie jetzt gemeinsam in Sicherheit fliehen konnten. Daran klammerte er sich und zog seine ganze Kraft daraus, mit der er sich nach vorne warf.

Noch etwas hielt ihn zurück. Er hatte es bisher nicht bemerkt. Es war viel kleiner und dünner, ein Stück Draht um seinen Oberkörper, der sich anspannte, wenn er sich zu weit vorwagte. Noch war er nicht frei.

»Meine Mum in Sicherheit … Ein heißes Bad.« Er lehnte sich so weit vor, dass sein Atem den Staub aufwirbelte. »Eine heiße Mahlzeit …« Er benutzte die Vorstellungen an die Belohnungen, die ihn am Ende dieser Tortur erwarteten dafür, diese Sache durchzustehen, dazu, sich anzutreiben, als er sich vom Boden hochstemmte und seinen Knien sein ganzes Gewicht zumutete. Dann schaffte er es, einen Fuß auf den Boden zu stellen, um sich schwankend hinzustellen. »Ich muss das nur erledigen …«

Die dritte Glocke. Mit ihr lockerte sich plötzlich der Draht um seine Taille, der ihn bisher mit auf den Beinen gehalten hatte. Er strauchelte vorwärts. Er erreichte den Rand der Sandkiste, und er musste springen, um nicht darüber zu stolpern. Die nackten Zehen verfingen sich am Rand, und er fiel auf die Knie. Der Draht war wieder gestrafft und hielt ihn fest. Mit jedem Glockenton kam er der Tür näher, dem Sonnenlicht und dem zitternden Baum auf der anderen Seite. Durch den Nebel aus Panik und Verzweiflung erinnerte er sich an die Tonbandaufnahme mit den Anweisungen und dass er nach Waffen und Werkzeugen suchen musste.

Er senkte den Blick auf den Sand. Die Oberfläche hatte ein Muster, als wäre sie geharkt worden. Die ganze Sandkiste war größer, als er es aus seiner sitzenden Position an der Wand erkennen konnte. Er vergrub seine Hände darin. Der Sand war grob – Bausand, nicht die weichen Körner, mit denen Kinder spielten. Feucht war der Sand auch, genug, dass er zusammenklumpte und sich kalt und schwer anfühlte.

Er schob seine Hände mit aller Kraft hinein, spürte den Schmerz in den Zehen und Knien nicht, auch nicht, als der Sand über offene Wunden an seinen Händen und unter den Nägeln rieb. Er musste suchen. Er musste etwas finden, das ihm half. Bradley und er arbeiteten jetzt zusammen, aber er hatte keine Ahnung, was er von dem Mann zu erwarten hatte, der sie beide gefangen gehalten hatte – mit wem sie es aufnehmen mussten.

Mit dem vierten Glockenton lockerte der Draht sich weiter. Er hatte sich vorgebeugt, sodass er ihm die Atmung abgeschnürt hatte, doch das war ihm kaum aufgefallen, bevor der Druck nachließ. Er bewegte sich weiter vorwärts, krallte seine Hände in den Sand und warf ihn in Klumpen und mit zunehmender Kraft aus der Grube. Er hielt inne, als seine Finger gegen etwas Hartes stießen. Er musste darum herumgraben, bis er es weit genug freigelegt hatte, um es zu packen und herauszuziehen. Ein *Baseballschläger!* Er wischte den Sand von dem polierten Holz – er sah nagelneu aus. Er warf ihn in Richtung der Tür, wo er polternd landete und in Richtung Tageslicht rollte.

Die fünfte Glocke.

Er erstarrte. Er sollte frei sein. Er zog an dem Draht um seinen Körper, dem Letzten, was ihn noch festhielt. Er war locker. Er zog weiter, bewegte die Hände schneller und schneller, während er den Draht durch ein kleines Loch zog, das zwischen den großen Kettenlöchern an der Rückwand des Anhängers lag. Es war eine Schlaufe, die jetzt nicht mehr festgezogen war, und je mehr er zog, desto loser wurde sie, bis sie schlaff auf den Sand unter seinen Knien fiel. Er rappelte sich auf die Füße und trat aus der Schlaufe heraus.

Er war frei!

Er ging zur Tür. Der Baseballschläger würde erst mal reichen. Sie konnten wieder reinkommen und noch weitersuchen, falls sie noch etwas brauchten. Alan sehnte sich danach, ins Tageslicht hinauszutreten. Er wollte das Gras unter seinen nackten Füßen spüren und sein Gesicht im Sonnenlicht baden.

Er hob den Schläger auf und blieb kurz an der Tür stehen. Bradley war bereits draußen – er musste es sein. Er sah einen Mann, etwa im selben Alter, aber stämmiger, mit einer blauen Shorts und blauen Weste. Alan trug dieselbe Kleidung, aber in leuchtendem Grün. Bradley stand etwas unsicher auf den Füßen, er schwankte und blinzelte. Auch seine Glieder mussten taub sein. Sein Gesicht und seine Arme waren ebenso schmutzig wie Alans. Bradley stand mitten in einer großen, rechteckigen Fläche aus vertrocknetem Gras, als wäre dort kürzlich ein Lkw-Anhänger entfernt worden. Sechs weitere waren noch an Ort und Stelle und standen in einem Halbkreis an der Ecke eines Felds. Jetzt sah er auch eine Zugmaschine, allerdings mit der Front nach unten. Hydraulikkabel hingen heraus, als hätte man ihr die Kehle herausgerissen. In der Ferne wechselte das Grün des Feldes zu dem Grau von Asphalt. Ein deutlich erkennbarer Weg führte von den Containern dorthin. Dank der Anweisungen an der Wand wusste Alan, dass er diesem Weg folgen sollte und dass das Telefon irgendwo an dessen Ende war. Die Nummer, die er wählen sollte, war ihm noch ins Gedächtnis gebrannt. Sonst konnte Alan niemanden sehen. Keine Spur von ihrem Entführer, und seine Erleichterung vermischte sich mit dem Sonnenlicht und schenkte ihm Hoffnung.

Auch Bradley hielt etwas in der Hand. Als er die Arme hob, um sich zu strecken, funkelte die Sonne darauf. Sein Blinzeln wurde langsamer. Alan trat vor. Seine Muskeln waren steif und die löchrigen, dank hervorstehender Kanten rutschfesten Stufen aus Stahl, auf denen er aus dem Anhänger trat, schmerzten unter seinen Füßen. Doch das Gras war weich und einladend.

»Geht es Ihnen gut?«, rief Bradley ihm zu. Alans Arme und Beine fühlten sich an, als steckten Tausende Nadeln darin. Er bewegte sich, als lerne er gerade wieder das Laufen, und nahm seine ersten Schritte sehr vorsichtig. Sie führten in Bradleys Richtung.

»Ja. Ich hab meine Beine eine Weile nicht mehr benutzt.« Alan kannte den Mann nicht. Er hatte ihn nie zuvor gesehen, aber das hatte man ihm auch gesagt. Jetzt, wo er etwas dichter war, erkannte er, was der andere in der Hand hielt: ein Brecheisen. Es sah schwer aus. Er nutzte es wie eine Krücke, um sich aufrecht zu halten. Er sah müde aus, hielt das Gesicht in die Sonne und hatte ein leichtes Lächeln auf den Lippen.

»Am Ende des Wegs ist ein Telefon. Die Richtungsanweisungen da drin an der Wand, ich glaube, ich weiß sie noch«, sagte Bradley.

»Die hatte ich auch.«

»Wir sollten aber davon ausgehen, dass er hier oben ist. Wir müssen vorbereitet sein. Ich hab da drin alles ziemlich gut durchsucht. Sind Sie sicher, dass Sie nichts übersehen haben?« Bradley deutete auf den Container, aus dem Alan gerade herausgekommen war.

»Um ehrlich zu sein, bin ich rausgekommen, sobald ich den hier gefunden hatte«, antwortete Alan.

»Also könnte noch etwas Nützliches da drin sein? Wäre nicht verkehrt, wenn wir noch mal nachsehen, solange wir können.« Doch trotz seiner Worte blieb Bradley stehen. Alan schaute zurück zu der Stufe, von der er gerade heruntergetreten war. Er wollte da nicht wieder reinklettern. Das war der letzte Ort auf der Welt, an dem er sein wollte.

»Ich gehe da nicht wieder rein, nie wieder! Ich kann hiermit genug Schaden anrichten, versprochen. Ganz egal, was dieser Scheißkerl für uns geplant hat. Er rechnet nicht mit zweien von uns.«

Bradley rieb sich einen Klumpen Sand vom Arm. Er wirkte nicht sehr überzeugt. »Ich werde mal schnell nachschauen«, sagte er. Er bewegte sich ebenfalls steif, als er losging. Alan folgte ihm und nutzte die Gelegenheit, sich weiter die Beine zu vertreten. Er blieb an der Tür stehen und schaute hoch, als Bradley in das Gefängnis kroch, in dem Alan für mindestens vierundzwanzig Stunden festgehalten worden war. Er fragte sich, ob ihr Entführer wirklich auf sie wartete und sie die Gelegenheit hätten, die Werkzeuge einzusetzen, die sie gefunden hatten. Er drehte sich wieder zur Sonne um, schloss, die Wärme genießend, die Augen und machte ein paar Schritte auf sie zu.

Ein Fehler.

Der erste Schlag traf Alan hinten an den Beinen. Schmerz raste über seine Kniescheiben und die Schienbeine hinab. Als Nächstes spürte er das Gras an seinen Handflächen. Er brüllte vor Schmerz auf und drehte sich zu der Bedrohung um. Bradley stand über ihm, das stählerne Brecheisen über den Kopf gehoben, und starrte Alan aus weit aufgerissenen Augen an. Ihm blieb kaum Zeit zu reagieren. Alan warf schützend eine Hand hoch, und das Brecheisen krachte auf sie nieder. Er konnte den Schlag nicht komplett abwehren, doch das gebogene Ende wurde weit genug abgelenkt, um sich neben Alans Kopf in den Boden zu bohren. Die Schmerzen wurden schlimmer, dann spürte er eine Kälte, die seinen Unterarm entlangwanderte. Er hatte den Arm immer noch ausgestreckt. Bradley starrte ihn an, wankte aber ein paar Schritte zurück. Der Schock war ihm deutlich anzusehen.

Eine warme Flüssigkeit tropfte auf Alans Wange. Der größte Schmerz in seinem Arm war verschwunden. Aber etwas daran sah falsch aus. Er konnte seine Hand sehen – *sie hing senkrecht zu ihm herab!*

»Du hast mir den Arm gebrochen! Himmel! Was soll das?« Es war schlimmer als ein Bruch. Ein erschreckend weißer Stock ragte aus seinem Handgelenk, und die herabtropfende Flüssigkeit war Blut, das nun immer heftiger floss. Sein ganzer rechter Arm war zerstört und weggeklappt, sodass er auf seinem Bauch zum Liegen kam. »Was HAST DU GETAN?«, kreischte Alan. Er versuchte, sich mit den Füßen wegzuschieben, nach hinten und in Sicherheit zu rutschen, aber Schmerz flammte in seinem rechten Knie auf und er konnte sich nicht bewegen. Bradley schien seinen Schock schließlich abzuschütteln. Er stand immer noch über ihm und warf das Brecheisen mit einem dumpfen Geräusch zu Boden. »Bradley! Du sagtest, wir können zusammenarbeiten. Wir *können* zusammenarbeiten! Wir müssen nicht kämpfen. Das hast du selbst gesagt! Du hast es selbst *gesagt!*« Bradley wirkte immer noch erschrocken über das, was er getan hatte, genug, dass ein bisschen Hoffnung aufflackerte, dass er sich schließlich doch noch an sein Wort halten würde und erkannt hatte, dass sie sich nicht gegenseitig verletzen mussten.

Doch Bradley hielt jetzt etwas anderes in der Hand. Die Sonne schien hell genug, dass Alan es nur schwer erkennen konnte. Bradley kam näher, so dicht, dass Alan es schließlich erkannte. Es war eine riesige Schere.

»Nein … NEIN! Wir machen das zusammen! Das hast du gesagt!«

»Es tut mir leid«, erwiderte Bradley. Nun war er es, dessen Stimme zitterte. »Bitte … Es tut mir leid … Ich habe eine Familie … Kinder. Es kann nur einer von uns schaffen.« Er klappte die Schere auf und packte sie so, dass sie mit einer abstehenden Klinge feststand. »Bitte wehr dich nicht … Mach es nicht noch schlimmer.« Dieses Mal warf Alan beide Arme nach oben. Seine rechte Hand schwang herum wie ein Stück Stoff und verteilte noch mehr Blut über sein Gesicht, als der Mann über ihm sich herabbeugte und die Sonne verdeckte.

Es nutzte nichts. Alan war vollkommen wehrlos.

KAPITEL 21

Die Aussicht war wunderschön. Überall, wo die Sonne von ihrem höchsten Punkt aus das Tal unter sich in Licht badete, glühte die Landschaft. Es schien keinen Schatten zu geben, keinen Kontrast aus Hell und Dunkel, nur eine Flut aus Licht überall, die Joel zwang, schmerzhaft die Augen zusammenzukneifen. Das Haus von Margaret Marshall leuchtete ebenso lebendig, und im selben Augenblick, als Joel aus dem Dienstwagen stieg, schienen die uralten Ziegel die Hitze auszustrahlen. Die Haustür stand bereits offen, und im Türrahmen wartete jemand. Joel war sich nicht sicher, ob das gut oder schlecht war.

»Nicola, schön, Sie wiederzusehen«, grüßte Joel, als er den Weg hinaufging. »Wie geht es Ihrer Mutter?«

»Sie müsste ins Krankenhaus, weigert sich aber. Sie hatte noch eine Panikattacke. Inzwischen ist sie wieder ruhiger. Ein Krankenwagen kommt auch nicht, man sagte uns, dass sie wegen so etwas niemanden losschicken.«

»Okay, nun, warum schauen wir sie uns nicht mal an? Sie schicken immer jemanden, wenn die Polizei sie anfordert.« Joel ging zum Wohnzimmer durch wie beim letzten Mal. Ihr Nachbar Billy war da, auch wenn er sich alle Mühe zu geben schien, mit der Tapete zu verschmelzen, während Margaret auf demselben hochlehnigen Sofa mit seinen kunstvollen Armlehnen saß, auf dem sie schon den Großteil seines letzten Besuches gesessen hatte. Sie ließ den Kopf hängen und schaute auf den Boden. Nicola lehnte am Türrahmen und blockierte den Weg in die Küche. Die Stimmung im Raum war zum Schneiden.

»Was ist hier passiert? Sie haben uns doch nicht hier rausgerufen, damit wir etwas Druck auf einen Krankenwagen ausüben, hoffe ich? Meine Kollegin meinte, dass Sie mit uns sprechen wollen.« Den letzten Teil richtete Joel an Margaret. Zuerst reagierte sie nicht, dann hob sie leicht den Kopf. Sie warf ihm einen flüchtigen Blick zu, bevor sie sich an ihre Tochter wandte, die die Arme verschränkt hielt.

»Erzähl es ihnen, Mum«, sagte Nicola.

»Mrs. Marshall?«, stimmte Joel ein.

»Sie setzen sich besser, Inspector. Wissen Sie, ich war nicht ganz ehrlich zu Ihnen, als Sie das letzte Mal hier waren. Ich habe Ihnen nicht alles erzählt.«

Billy scharrte mit den Füßen – vielleicht versuchte er, sich noch tiefer in die Wand zu verkriechen. Nicola schnaubte und verlagerte das Gewicht aufs andere Bein. Joel widerstand der Versuchung, *Raus damit!* zu sagen, und ließ ihr die Zeit, alles in ihrem eigenen Tempo zu erzählen. »Sie müssen wissen, Sie müssen verstehen, dass ich Angst habe. Ich habe so große Angst …« Statt den Satz zu beenden, begann sie zu schluchzen. Das war nicht die starke, trotzende, etwas angesäuerte Frau, die Joel beim letzten Mal kennengelernt hatte.

»Dann haben Sie vermutlich die richtigen Leute eingeladen, Mrs. Marshall. Verängstigten Menschen zu helfen, ist mein Job.« Das sollte sie ermuntern weiterzusprechen, aber möglichst sanft, subtil, der Zerbrechlichkeit angemessen, die er vor sich sah.

»Er sagte … Er sagte, falls ich die Polizei rufe, falls ich mit *irgendwem* spreche, dann kommt er zurück! Er kommt zurück und holt die anderen. Aber vielleicht ist es in Ordnung, wenn Sie es sind, Sie sind vielleicht nur hier, um zu ermitteln … Ich habe keine Angst um mich, müssen Sie wissen, mein Leben ist mir egal, aber es geht um alle anderen. Dieser Mann … Er sagte, er könnte meine ganze Familie auslöschen!«

Joel setzte sich auf die Kante des längeren Sofas und beugte sich zu Margaret vor, die völlig in ihren Gedanken versunken schien. Er wartete, bis sie weitersprach.

»Er weiß alles«, sagte sie leise. »Und ehe Sie fragen: Ich weiß nicht, wer *er* ist! Oder wie er aussieht. Er trug einen Overall und auch etwas über dem Kopf, aber ich konnte ihn auch höchstens flüchtig sehen. Ich weiß auch nicht, wie er mich hier gefunden hat oder woher er so viel weiß. Ich war draußen im Garten und habe vor dem Schlafengehen ein paar Blumen gegossen. In letzter Zeit hat es nicht viel geregnet, und die Sonne hat an dem Tag heiß geschienen. Man hat noch die Hitze gespürt, die vom Boden aufstieg, obwohl es schon dunkel war. Ich wusste, dass da jemand ist. Ganz plötzlich wusste ich es. Ich dachte ...« Sie drehte sich zu Billy um. Er hatte sich einen Schritt vorgewagt, zumindest etwas weg von der Wand. »Ich dachte, dass du es bist, Billy!« Sie rang sich ein Lachen ab. Billy nahm das als Aufforderung, näher zu kommen. Er hockte sich neben ihrem Knie hin und nahm ihre Hand in seine.

»Sobald ich mich umdrehte, packte er mich. Fest! Um meinen Hals, mit beiden Händen. Ich konnte nicht atmen und erinnere mich nur daran, wie ich dachte, dass es das war! Dass ich sterben würde. Ich wurde auf den Boden gedrückt, aber mit dem Gesicht nach unten. Auf meinem Rücken lastete ein Gewicht, und mein Gesicht wurde auf die Steine meiner Veranda gedrückt. Er war zu stark für mich. Ich erinnere mich, dass ich sehr lange nicht atmen konnte. Ich dachte, dass er irgendetwas bei mir angerichtet hat, einen bleibenden Schaden.« Ihre Gedanken schweiften wieder ab, dann drehte sie sich zu ihrer Tochter um, die immer noch in der Tür stand. »Es tut mir so leid.«

»Erzähl ihnen einfach, was er gesagt hat, wozu er dich gezwungen hat«, antwortete Nicola, und Margaret konzentrierte sich wieder auf Joel, der ihren Nacken betrachtete, an dem er einen verblassenden Bluterguss bemerkte. Als sie das erste Mal hier gewesen waren, hatte sie ein Halstuch getragen.

»Er hat nicht viel gesagt.« Margaret schüttelte den Kopf, während sie fortfuhr. »Er hat auch nicht wirklich gesprochen, es war eine Tonaufzeichnung, die er von einem Handy abgespielt hat. Aber auch die war ganz verzerrt, als würde jemand knurren. Es war furchtbar …«

»Was hat die Stimme gesagt?« Joel hielt sie weiterhin mit sanften Ermutigungen am Reden.

»Er ließ mich wissen, dass er meine Tochter hat, meine Kelly, Inspector. Er sagte, dass er sie zwingen würde, um ihr Leben zu kämpfen, gegen jemand anderen. Er sagte, dass sie ein Rennen laufen müsse und dass sie Erste werden müsse. Und falls ihr das gelang, würde sie die Nacht überleben. Und falls nicht …« Sie verzog das Gesicht zu einer Miene aus Furcht und Traurigkeit.

»Alles in Ordnung, lassen Sie sich Zeit«, sagte Joel.

»Er drohte mir, machte mir klar, wenn ich mit der Polizei spreche, wenn ich mit irgendjemandem spreche, dann wäre es nicht nur Kelly, er sagte, dann wäre es meine ganze Familie. Er kannte Nicolas Namen, den Namen ihres Ehemanns, meiner *Enkelkinder!*« Sie erzitterte und schüttelte den Kopf. Eine Träne rann ihr über die Unterlippe und fiel hinab. »Ich habe ihn angefleht, mich in Ruhe zu lassen, meine Familie in Ruhe zu lassen, aber er erzählte mir nur weiter, dass sie laufen müsse, dass sie gewinnen müsse und dass ich dafür sorgen müsse, dass die Polizei nicht nach ihr sucht. Ich habe zugestimmt. Es gab nichts, was ich hätte tun können!«

»Was geschah dann, Margaret?«, fragte Joel weiter.

»Er nahm mein Handy. Er zwang mich, es zu entsperren, und dann nahm er es und lud etwas darauf, das ihm verriet, falls ich irgendjemanden anrief, falls ich es irgendwem erzählte. Er wusste so viel: Wann ich ausgehe, mit wem, von Billy … Woher konnte er so viel wissen?«

»Und dann gab er Ihnen das Handy zurück?«, fragte Joel.

»Er ließ es liegen, mit einem anderen. Irgendein billiges Ding. Er sagte, ich soll es behalten. Er sagte, jemand würde gleich Montagmorgen anrufen. Entweder Kelly, falls sie gewonnen hatte, oder …« Sie brach zusammen. Es hatte die ganze Zeit dicht unter der Oberfläche geschlummert, aber jetzt konnte sie nicht mehr. Joel sagte ihr, dass es in Ordnung sei, und DS Rose kam näher und nahm ihre Hand. Billy nutzte die Gelegenheit, aufzustehen und etwas zurückzutreten. Die Falten in seinem Gesicht wichen einem erschrockenen Ausdruck.

DS Rose streichelte sanft Margarets Hand. Sie warteten beide, bis sie aufhörte zu weinen.

»Oder es würde klingeln und jemand Fremdes wäre dran. Und die Person würde mir sagen, dass es ihr leidtäte, sie aber gewinnen musste. Das würde die Person sagen, und dann wüsste ich, dass meine Kelly … dass sie tot wäre.«

»Und das ist passiert?«, fragte Joel.

Es kamen keine Worte mehr. Nur noch Tränen. Doch während Margaret Marshall vor ihnen jede Beherrschung verlor und zusammenbrach, schaffte sie ein kurzes, deutliches Nicken. Die Bestätigung, dass sie am Montagmorgen diesen furchtbaren Anruf erhalten hatte, der ihr verriet, dass ihre Tochter das Rennen verloren hatte.

Joel zog sich zurück. Nicola und Billy waren voller Mitgefühl, und plötzlich verspürte Joel das Bedürfnis, raus an die frische Luft zu gehen. Er ging zur Hintertür und trat nach draußen zwischen die Topfpflanzen auf der Veranda, die Margaret bei der Schilderung des Überfalls auf sie erwähnt hatte. Sein Kopf schien sich zu drehen, als würden sich alle Farben vermischen. Der Garten war ein kleines Stück flaches Gras an der sanft aufsteigenden Talseite dahinter. Die drei Gärten der Häuser waren durch hüfthohe Zäune voneinander getrennt, und dahinter eroberte dichtes Buschwerk die gepflegte Perfektion von Margarets Garten. Es wäre ein Leichtes, unbemerkt und zu Fuß eines dieser Grundstücke zu betreten. Er betrat den Rasen und blieb erst stehen, als er aus dem Schatten trat, den das Hausdach warf.

»Alles in Ordnung?« DS Rose erschien. Sie hatte ein paar Minuten gewartet, bevor sie ihm gefolgt war. Die Sonne, die vor Kurzem noch fast drückend geglüht hatte, löste jetzt ein wohliges Gefühl auf seinen Schultern aus.

»Eigentlich nicht«, antwortete Joel. »Ich versuche gerade, mir das vorzustellen.«

»Vermutlich wäre es besser, wenn Sie das nicht tun.«

»Was diese Frauen getragen haben – als Kleidungsstücke ergibt es keinen Sinn. Aber wenn man es als Trikots betrachtet: zwei unterschiedliche Frauen, zwei unterschiedliche Mannschaften vielleicht? Ging es darum? Zwei junge Frauen, die gegeneinander antreten mussten? Und wofür? Unterhaltung?«

»Nach dem, was wir gerade gehört haben, würde das Sinn ergeben. Jedenfalls so viel Sinn, wie irgendetwas von all dem ergeben kann.«

»Sie haben Eileen alles gegeben, was wir von der Überlebenden wissen, oder?«, fragte Joel, obwohl er es wusste.

»Habe ich. Sie versucht, alles rauszufinden, was sie kann. Ich habe sie ganz konkret damit beauftragt, nach irgendeiner Verbindung zwischen Shannon Hendry und Kelly Marshall zu suchen.«

»Darum hat sich diese Shannon nicht bei uns gemeldet. Sie hat zu viel Angst. Sie muss dieselben Anweisungen erhalten haben – oder jemand anderes in ihrer Familie hat sie erhalten, und jetzt sind sie alle untergetaucht.«

»Das heißt nicht, dass sie in Sicherheit sind«, sagte DS Rose.

»Das stimmt, aber zuerst müssen wir dafür sorgen, dass Margaret und Nicola in Sicherheit sind. Ich muss telefonieren. Wir sollten davon ausgehen, dass dieser Mann die Familie hier weiterhin beobachtet, also müssen wir davon ausgehen, dass das Folgen für diese andere Frau haben kann.« Mit neuem Elan hob Joel den Blick zu dem im Wind schwankenden Gras, das sich vor ihm das Tal hinauf erstreckte. Er sah Bäume und Streifen verdorrter Hecken, die mehr als dicht genug waren, um sich dahinter zu verstecken. Jemand könnte sie in diesem Moment von dort beobachten. Bei der Vorstellung, egal wie unwahrscheinlich sie auch war, stellten sich ihm die Nackenhaare auf.

»Er scheint darauf bedacht zu sein, die Kontrolle zu behalten. Margaret hat drinnen noch ein bisschen mehr erzählt. Sie meinte, dass man ihr eine genaue Zeit genannt hätte, wann sie ihre Tochter als vermisst melden sollte, deshalb gab es eine Verzögerung mit ihrer Vermutung an dem Morgen und der Meldung später am Tag. Sie hatte ein paar Stunden, in denen sie wusste, dass Kelly tot war und einfach damit leben musste.« DS Rose rieb sich das Gesicht, Entsetzen stand darin, das sie nicht wegreiben konnte.

»Sie ist durch die Hölle gegangen. Das wirft allerdings die Frage auf: Wenn man so viel Kontrolle über jemanden hat, warum lässt man ihn dann überhaupt die Polizei kontaktieren?« Joels Blick war zu jeder Bewegung der Gräser oder Äste gehuscht, jetzt ließ er ihn auf DS Rose ruhen.

Sie dachte einen Augenblick nach. »Irgendwann würde sie ohnehin als vermisst gemeldet werden. Vielleicht war es unserem Mörder lieber, bestimmen zu können, wann – und er wollte, dass sich jemand bei der Polizei meldet, der ohnehin Angst vor ihm hat.«

»Glauben Sie, dass es noch etwas gibt, das sie uns nicht erzählt?«

»Den Eindruck hatte ich nicht, aber es kann nicht schaden, noch mal zu fragen«, antwortete DS Rose erschöpft und zuckte mit den Schultern.

Joel teilte diesen Eindruck. Die Anspannung, die ihn auf den Beinen gehalten hatte, ließ auf einen Schlag nach, und er wandte sich um, beugte sich vor und stützte sich mit beiden Händen auf dem hölzernen Zaun zum Nachbargrundstück ab. »Wir haben also einen Mörder, der intelligent genug ist, zwei Personen zu entführen, ohne dass wir Wind davon kriegen, der ein enormes Ausmaß an Kontrolle über nahe Familienangehörige ausübt und offenbar immer einen Schritt voraus ist. Und wir müssen außerdem davon ausgehen, dass er unsere Überlebende weiterhin beobachtet und weiß, wo sie ist, auch wenn wir das nicht wissen.« Joels Kopf fühlte sich plötzlich schwerer an, alles darin schien sich zu drehen und er ließ ihn hängen.

»Er könnte auch uns beobachten«, sagte DS Rose. »Vielleicht kontrolliert er, wo wir sind und wann sich eine Gelegenheit bietet.«

»Ich frage Eileen, ob es eine Gelegenheit für einen Konvoi-Bericht gibt, aber ich bezweifle es. Doch es gibt nicht viel, was wir tun können, und es wäre einen Versuch wert.« Ein Konvoi-Bericht war ein einfaches Mittel der Polizeiarbeit. Es gab eine Reihe von Kameras im Land, die eine automatische Identifizierung von Autokennzeichen durchführten. Eileen konnte alle Kameras überprüfen, die Joel und andere Kollegen im Zuge dieser Ermittlung registriert hatten – dann konnten sie die nachfolgenden fünfzig Wagen überprüfen, ob einer oder mehrere ihnen an irgendwelchen der Stellen gefolgt waren. Die Erfolgsaussichten waren gering. Joel war sich nicht einmal sicher, dass er an irgendeiner der Kameras vorbeigekommen war, seit dieser Fall begonnen hatte, und es war noch unwahrscheinlicher, dass er an zwei Kameras vorbeigekommen war – sie standen für gewöhnlich nicht in ländlichen Gebieten.

»Und unsere Überlebende ist umgezogen. Vielleicht ist sie schlau genug, sich zu verstecken.« DS Rose wirkte nicht ganz überzeugt, ebenso wenig wie Joel. Als er den Kopf wieder hob, schaute er in Billys Garten hinüber. Er war fast ebenso gründlich gepflegt, spiegelte aber einen anderen Stil wider – einen einfacheren. Die größte Fläche war Rasen, nur ein kleiner Fleck aus grauem Kies, aus dem eine Stahlkonstruktion aufragte, als wäre sie halb in der Erde begraben. Ein Wort war darin eingraviert, groß genug, dass er es von seiner Position aus lesen konnte: *KISMET*. Joels Großeltern hatten das als ihren Hausnamen gewählt, darum wusste er, dass es das türkische Wort für »Schicksal« war. Sein Großvater hatte fest an das Schicksal geglaubt, daran, dass das gesamte Leben vorherbestimmt war und alles aus einem besonderen Grund geschah. Joel hatte Mühe, diese Überzeugung zu teilen, und die Vorstellung, dass das, was Kelly Marshall und ihrer Familie zugestoßen war, irgendeinem Zweck dienen konnte.

»Menschen können sich nicht verstecken«, sagte er und wandte sich wieder DS Rose zu. »Ich habe schon mit dem Zeugenschutz zusammengearbeitet. Die wissen, wie sie Leute verschwinden lassen – und sie werden trotzdem gefunden. Smartphones, Social Media … Die ganze Welt ist um die Prämisse herum aufgebaut, dass wir allen anderen erzählen, wer wir sind. Wir müssen sie finden.«

»Bisher haben wir das immer geschafft«, sagte DS Rose.

»Wir müssen sie *jetzt* finden!«, erwiderte Joel knapp. »Bis dahin muss ich hier irgendetwas tun, die ganze Familie muss unter Schutz gestellt werden …« Er verstummte. Das Klingeln eines Handys hatte ihn unterbrochen. Es gehörte DS Rose, die es aus ihrer Tasche nahm und Eileen begrüßte. Ihre Miene spiegelte Frust wider, als ob Eileen am anderen Ende sich Zeit ließ, um zum Punkt zu kommen. Doch er konnte genau erkennen, als es so weit war: DS Roses Ausdruck veränderte sich, ihr Blick huschte zu Joel und sie sah erleichtert aus.

»Wir wissen vielleicht, wo unsere Überlebende ist!«, sagte sie.

KAPITEL 22

»Wir müssen das gründlich durchdenken«, sagte DS Rose. Sie waren zurück in Maidstone, aber nicht in der Nähe der mit Glasfronten geschmückten modernen Einkaufszentren im Stadtzentrum, sondern etwas weiter draußen in einem Gebiet, das mehr wie eine der »traditionellen« Hauptstraßen aussah: eine Reihe von Ziegelhäusern, flache Fassaden, die Haustüren neben grauen Gehwegplatten. Die Markise eines Schlachters, eine rot-weiße, sich drehende Säule an einem Friseurladen und die großspurigen, leeren Versprechungen eines Wettbüros boten die einzigen Fleckchen Farbe.

Joel hatte den Wagen auf der doppelten gelben Linie am Straßenrand, also im absoluten Halteverbot, abgestellt, wo auf beiden Seiten des Autos reger Verkehr herrschte. Auf dem Gehweg kamen zahlreiche Fußgänger vorbei, von denen ihnen niemand Beachtung schenkte. Das könnte sich jedoch bald ändern, denn im Rückspiegel bemerkte Joel einen großen Mann mit steifem Gang und einer Mütze mit grüner Krempe, der auf sie zukam.

»Da ist ein verdammter Hilfspolizist auf dem Weg zu uns. Ich muss das Ding irgendwo anders abstellen – lange können wir hier nicht bleiben«, sagte er. Eileen hatte DS Rose eine Adresse gegeben. Die Hausnummer war 124 A, aber die Türen der Häuser hatten keine sichtbaren Nummern mehr, sobald die Geschäftszeilen anfingen. Joel hatte abrupt angehalten, als er eine Hausnummer über dem Schaufenster des Wettbüros entdeckt hatte, nur um festzustellen, dass sie quasi direkt vor dem gesuchten Haus standen. Ein weiterer Grund, nicht allzu lange hierzubleiben.

»Ich steige aus und halte die Augen offen, während Sie uns einen Parkplatz suchen.« DS Rose deutete auf ihre Seite des Wagens. »Da ist ein Café etwas weiter hinten. Von dort sollte ich den Eingang gut genug beobachten können, dass ich sehe, wer kommt und geht. Treffen wir uns da und überlegen uns unsere nächsten Schritte.«

»Gute Idee«, sagte Joel. Gar nicht weit entfernt waren sie an einem Parkplatz vorbeigekommen, und auf dem Fußmarsch hierher zurück könnte er Eileen anrufen und sichergehen, dass es auf seine zahlreichen Telefonate auf dem Weg eine Antwort gegeben hatte. Das längste Telefonat war mit DCI Jim Kemp gewesen – ihrem ersten, seit sie zusammenarbeiteten – und Kemp hatte Joel weiter ermutigt. Kemp hatte zugehört, dann erklärt, was die Dienstvorschriften als Nächstes verlangten, und schließlich gefragt, was Joel tun wollte. Die Marshall-Familie stand an erster Stelle der Tagesordnung und Joel war ziemlich froh darüber gewesen, den Vorschriften zu folgen. Sie alle waren ernsthaft bedroht worden, und der Zeugenschutz war das Einzige, das ihm den inneren Frieden schenkte, den er brauchte, um weiterzumachen. Er wusste, dass das eine große Sache war – teuer, umständlich, ressourcenintensiv und oft wurde es dadurch noch schwieriger, die Unterstützung der Zeugen bei einem Gerichtsprozess zu sichern –, doch Joel bestand dennoch darauf. Kemp war zufrieden und stimmte zu, als Joel ihm sagte, dies sei seine Art, aus seinen Fehlern zu lernen, und dass die Dienstaufsicht mehrmals darauf hingewiesen hatte, dass der Zeugenschutz bei seinem letzten Fall hätte in Anspruch genommen werden sollen. Joel waren die Dienstaufsicht und ihre Kritik immer noch herzlich egal, aber Margaret Marshall und ihre Familie waren ihm nicht egal, und er war froh, dass die Dienstvorschriften seine Wünsche unterstützten.

Natürlich hatte Margaret jede Form von Schutz abgelehnt,

aber Joel hatte noch einmal die Gefahr beschrieben, in der sie sich befand, und ihr dann gesagt, dass er ihre Sicherheit und die ihrer Enkelkinder nicht garantieren könne, bevor sie den Mann, der ihnen drohte, nicht gefunden und verhaftet hatten. Ihre Tochter hatte – zu Joels Verblüffung – ebenfalls Druck ausgeübt, als sie dem Zeugenschutz zugestimmt hatte, nachdem sie darüber informiert worden war, dass sie ihr Haus verlassen konnten und woanders unterkamen. Allerdings bedeutete das auch, dass sie nicht arbeiten durften und ihre Kinder nicht zur Schule gehen konnten. Keine Besuche in Klubs, beim Sport oder auch nur bei engen Freunden. Den Zeugenschutz konnte man niemandem schönreden: *Es wird schwieriger, als Sie glauben, schlimmer, als Sie glauben, aber immer noch besser, als tot zu sein.* Nicola hatte entgegnet, dass es ja nur vorübergehend sei und sie wieder nach Hause könnten, sobald die Polizei den Mörder ihrer Schwester gefasst hatte. Da hatte sie natürlich recht, und von dem Augenblick an war der Druck ums Zehnfache gestiegen.

Doch jetzt mussten sie erst einmal jemand anderes in Sicherheit bringen. DS Rose stieg aus dem Auto und verschwand zwischen den Passanten. Joel warf noch einen letzten Blick zu der Wohnung über dem Wettbüro, dann auf den näher kommenden Hilfspolizisten und fuhr los.

Das Café war perfekt. Lucy fand keinen Tisch mehr direkt am Fenster, aber nah genug, dass sie über die Straße die Fenster der Wohnung von 124A sehen konnte. Jetzt, wo sie die Zeit hatte, sich die Einzelheiten genauer anzuschauen, kam die Angst in ihr auf, dass die Wohnung möglicherweise leer stand. An den Fenstern waren keine Vorhänge, Gardinen oder Jalousien, und obwohl der Tag brütend heiß war, waren sie verschlossen. Eileen hatte den Auftrag, sämtliche Makler abzutelefonieren, um herauszufinden, ob jemand darunter war, der einem Paar geholfen hatte, das schnell, quasi sofort, eine Unterkunft brauchte, und ob eine der unterzeichnenden Personen Shannon Hendry hieß. Außerdem sollte Eileen eine Liste von Hotels und Pensionen durchgehen, doch eine der Maklerinnen hatte sie mit guten Neuigkeiten zurückgerufen. Wie Joel es prophezeit hatte: Menschen verschwanden nicht spurlos. Die Maklerin erzählte von einem Paar, das mit seinen Ersparnissen aufgetaucht sei, genug Geld, um die Kaution zu bezahlen, und dazu Referenzen, die achtzehn Monate alt waren, aber die Maklerin hatte Mitleid mit ihnen gehabt. Sie wirkten nett – und verzweifelt. Ihr ganzes Hab und Gut hatten sie in Tüten. Sie hatte ein gutes Wort beim Eigentümer eingelegt und ihnen die einzige Wohnung besorgt, die sie so kurzfristig auftreiben konnte.

Doch jetzt war sich DS Rose unsicher, ob die beiden es sich anders überlegt hatten.

Unter den geschlossenen Fenstern wurde die Tür geöffnet. Sie lag direkt neben dem Wettbüro und war in derselben Farbe gestrichen wie die Wand, um nicht aufzufallen. Die Sicht wurde von vorbeiziehenden Autos und Fußgängern unterbrochen, aber der Umriss der Frau und die Art, wie sie sich bewegte, überzeugten DS Rose, dass sie es war. Sie konnte immer wieder kurz schlanke Beine in eng anliegenden Jeans und ein dickes Oberteil mit einer Kapuze erkennen, das in der Hitze fehl am Platz wirkte. Als die Frau sich vorbeugte, um nach rechts und links zu gucken, sah Lucy auch einen Pferdeschwanz mit leicht rötlichen Haaren. Sie stand von ihrem Tisch auf und wartete, bis die Frau auf der anderen Straßenseite sich in Bewegung setzte. Die Frau hob etwas auf, drehte sich dabei in die andere Richtung und ging los. Sie hielt eine Einkaufstüte in der Hand, deren grelles Gelb in der Sonne leuchtete. Sie wirkte voll und schwer. Die Frau schwankte beim Gehen, wandte sich nach rechts und ging mit gesenktem Kopf so schnell wie sie nur konnte an dem Wettbüro vorbei. Lucy verließ das Café und überquerte die Straße. Sie konnte sich problemlos zwischen den anderen Fußgängern verstecken. Die Frau war jetzt vor ihr und presste die Tasche etwas ungeschickt an die Brust, damit sie nicht ständig gegen andere Passanten prallte. Dadurch wurde sie langsamer, und Lucy musste ihr Tempo entsprechend anpassen. Das Ziel der Frau lag in der Nähe. Sie scherte nach links aus, vollführte ein kurzes Tänzchen mit jemandem, der ihr entgegenkam, und trat dann in einen Waschsalon. Lucy ging daran vorbei. Die Front bestand aus großen Fenstern. Ideal, um zu erkennen, wie die Frau ihre Tasche auf einen Plastikstuhl fallen ließ und dass noch eine weitere Person im Salon war. Die Frau schob ihre Kapuze zurück, sodass Lucy ihr Profil sehen konnte. Das lieferte ihr die endgültige Bestätigung, dass es dieselbe Frau wie auf den Videoaufnahmen im Bus war. Sie hatte Shannon Hendry gefunden.

Lucy ging weiter. Aus dem Auto hatte sie einen Secondhandladen in der Nähe gesehen. Er lag sechs Häuser weiter. Direkt links hinterm Eingang waren einige Pullover zusammengelegt aufeinandergestapelt. Sie nahm sie und trug sie zum Kassentresen. Die ältere Frau kassierte zügig ab, und weniger als eine Minute später war Lucy wieder draußen und schwang eine Tüte mit vier Pullovern in der Hand.

Shannon Hendry war noch im Waschsalon und saß nun neben einer leeren Tüte. Die Trommel in der Maschine vor ihr drehte sich. Sie hielt eine Zeitschrift ein bisschen zu hoch, um natürlich zu wirken, und ihr Kopf ruckte herum, als Lucy die Tür aufstieß. Lucy achtete darauf, keinen Blickkontakt herzustellen. Es gab immer noch eine andere Person im Raum, ein älterer Mann hinten im Raum, doch seine Wäsche schien gleich durch zu sein.

Lucy setzte sich direkt neben Shannon, obwohl mehr als genug andere Sitze frei waren. Sie steckte ihren Stapel sauber gefalteter Pullover in die nächste Maschine und schloss die Tür. Dann tat sie so, als würde sie auf ihrem Handy herumscrollen. Der Mann hinten im Raum streckte sich, hustete so stark, dass er sich festhalten musste, und leerte dann seine Maschine. Ein paar Minuten später ging er. Sie waren allein.

Shannon sprach als Erste: »Sie müssen Geld reinstecken. Damit sie funktioniert, meine ich.«

»Ich hab kein Kleingeld dabei«, antwortete Lucy.

»Falls Sie fragen wollen: Ich bin zurzeit selbst etwas abgebrannt.«

»Offen gestanden hatte ich gehofft, dass Sie es gar nicht bemerken, Shannon.«

Shannon hielt immer noch ihre Zeitschrift hoch und war auf ihrem Sitz ein bisschen nach unten gerutscht. Doch beim Klang ihres Namens setzte sie sich kerzengerade hin und riss die Augen auf. Sie rutschte an den Rand ihres Sitzes und überlegte vermutlich, ob sie fliehen sollte.

»Ich bin Detective Sergeant Lucy Rose … Lucy. Nennen Sie mich einfach Lucy. Bleiben Sie ruhig, dann können wir reden. Das ist alles, was ich will.«

»Polizei!«, zischte Shannon und löste den Blick jetzt von Lucy, um durch die Scheibe die Straße zu beobachten.

»Ich war vorsichtig. Ich habe nicht bei Ihnen an die Tür geklopft. Ich habe nicht Ihre Nummer angerufen, ich weiß, dass er die Telefone überwacht. Ich weiß sogar noch sehr viel mehr. Ich weiß, wie ich Sie und Jacob in Sicherheit bringen kann. Aber Sie müssen mit mir reden.«

»Polizei?«, wiederholte sie, diesmal jedoch mit Zweifel in der Stimme.

»Ich bin Detective Sergeant bei einer Sondereinheit für Schwerverbrechen …« Lucy hielt inne. Shannon begann, schneller und tiefer zu atmen, und ihr Blick wurde glasig. Sie begann, am ganzen Körper zu zittern. Das war alles zu viel für sie. Sie brauchte etwas Zeit. Lucy wartete, bis sie ihre Atmung wieder unter Kontrolle hatte, und sagte: »Es geht nicht nur um Sie. Auch andere Menschen leiden unter dem, was passiert ist.«

»Sie wollen mich verhaften!«, sagte sie. »Sie verstehen das nicht. Können Sie nicht … Sie verstehen nicht, was er tun wird! Können Sie nicht, KÖNNEN SIE NICHT!« Sie kreischte und hob dabei die Füße. Ihr ganzer Körper war angespannt. Lucy hatte es bemerkt und war bereit. Sie warf sich nach vorne und traf Shannon mit genug Wucht, um sie zu Boden zu reißen. Sie versuchte, den Sturz irgendwie zu steuern, hörte aber, wie Shannons Schädel auf die Fliesen knallte. Sie stöhnte und der Griff, mit dem sie Lucys Arm festgehalten hatte, wurde auf der Stelle schlaff. Als sie ausatmete, war es mehr ein langes Seufzen, dann verdrehte sie die Augen.

»Scheiße«, fluchte Lucy. Sie nahm ihr Handy. Sie hatte einen verpassten Anruf von *Insp. Norris*. Sie drückte auf das Icon, um ihn zurückzurufen.

KAPITEL 23

»Haben Sie ihn? Ist Jacob auch hier?«, war Shannon Hendrys erste Antwort, nachdem man ihr in Befragungsraum drei der Polizeistation von Medway die Rechtsbelehrung vorgelesen hatte.

»Er war nicht in der Wohnung«, antwortete DS Rose. Joel stand an der hinteren Wand des Raums und überließ seiner Kollegin den Stuhl gegenüber von ihrer Zeugin, sobald der Polizeiarzt, der sie für vernehmungsfähig erklärt hatte, aufgestanden war.

»Doch! Er war da, als ich gegangen bin!«, klagte Shannon und ließ ihre Arme mit einem lauten Klatschen auf den Tisch fallen und direkt danach auch ihren Kopf. Ihre Schultern begannen zu beben, und ein paar Sekunden später hob sie den Kopf und präsentierte frische Tränen, die ihre Mascara verschmierten. »Er hat Sie kommen sehen, Sie Vollidiotin! Es gibt Treppen auf der Rückseite. Sie kriegen kein Wort aus mir raus, kein Wort, bevor Sie ihn nicht gefunden haben!«

»Wir suchen nach ihm, das garantiere ich Ihnen«, erwiderte DS Rose. Sie stützte sich ebenfalls auf den Tisch. Es war einer der wenigen Gegenstände im Raum, die die Bezeichnung Möbelstück verdienten: die stabilen Stühle, auf denen sie saßen, eine kurze Bank an der gegenüberliegenden Wand, die noch unbequemer war als die Stühle – und das hieß, sie war für die Anwälte reserviert – und ein kleines Wägelchen mit Aluminiumrahmen, das voller Beulen und Kratzer war. Darauf befand sich die Ausrüstung zur Aufnahme der Befragungen. Das Gerät surrte und zischte in Joels Ohren, während das

Gespräch auf eine DVD gebrannt wurde. Im digitalen Zeitalter mit seinen Cloud-Speichern wirkte das ausgesprochen altmodisch, aber Veränderungen in Institutionen gingen nur sehr langsam voran, wenn sie mit öffentlichen Geldern finanziert wurden.

»Sie suchen nicht gründlich genug!«

»Und wenn Sie mit uns reden und uns erzählen, was Sie wissen, warum Sie so viel Angst haben, warum Sie sich so viele Sorgen darum machen, was mit Jacob geschehen könnte … Glauben Sie, dass uns das hilft, ihn zu finden? Oder halten Sie es dann für sehr viel unwahrscheinlicher?«

»Ich weiß es nicht, es ist mir egal.« Sie hob wieder den Kopf, und ihr Blick huschte von Lucy, die saß, zu Joel, der an der Wand stand. »*Finden* Sie ihn einfach!«

Shannon ließ den Kopf wieder auf ihre Arme sinken. Sie trug ein langärmeliges T-Shirt, aber bei der Bewegung rutschte der Ärmel ein wenig hoch. Joel sah eine Rötung, die umso tiefer wurde, je höher sie reichte. DS Rose musste es ebenfalls bemerkt haben.

»Wie haben Sie sich den Arm verletzt, Shannon?«, fragte sie mit warmer, aufmunternder Stimme, ohne jeden Vorwurf darin.

»Warum bin ich verhaftet?«, schoss Shannon zurück und setzte sich wieder auf. Ihre roten Haare standen an den Seiten ab, und sie musste sich den Pony aus den Augen streichen. Gleichzeitig rieb sie ihr Gesicht, wischte die Tränen ab, wobei sie ihre Mascara noch mehr verschmierte.

»Weil eine junge Frau gestorben ist. Weil ich glaube, dass Sie die letzte Person waren, die sie lebend gesehen hat. Weil Sie mir keine Wahl gelassen haben.«

»Keine Wahl?«

»Sie haben versucht zu fliehen. Versetzen Sie sich in meine Lage, Shannon. Wie würde das auf Sie wirken? Und dann haben Sie in der Zelle Abstriche verweigert.«

»Und Sie haben mir gedroht, mich zu zwingen!«

»Aber ich habe es nicht getan.« Plötzlich klang DS Rose strenger. »Ich hätte Sie von zwei Beamten festhalten lassen können. Ich hätte Sie bis auf die Unterwäsche ausziehen lassen können, hätte Abstriche von Ihrer Haut nehmen können, Fotos machen lassen, Ihnen die Haare kämmen und die Nägel schneiden lassen können. Und es wäre furchtbar für Sie gewesen. Aber das habe ich nicht, und man wird es mir vorwerfen, dass ich es *nicht* getan habe, doch ich weiß, dass Sie uns sehr viel mehr helfen können als irgendein Abstrich fürs Labor. Aber Sie müssen mit uns reden. Wer auch immer das mit Ihrem Arm angerichtet hat, ich will ihn finden.« DS Rose beugte sich vor und nötigte Shannon, ihr in die Augen zu schauen. »Aber diese andere junge Frau, bei der *haben* wir Abstriche an den Händen gemacht, wir haben sie ausgezogen, ihre Nägel geschnitten und ihre Haare gekämmt, und wir haben uns keine Gedanken darum gemacht, ob es unangenehm oder beschämend für sie ist. Denn *toten* Frauen ist das egal, Shannon. Und jetzt gerade ist die einzige Theorie, mit der wir arbeiten können, die, dass *Sie* sie umgebracht haben.«

Die letzten Wörter wirkten auf Shannon wie Schläge ins Gesicht. »Ich habe niemanden umgebracht!«

»Was ist passiert, Shannon?« Das folgende Schweigen hing schwer im Raum. DS Rose beugte sich vor, reglos wie eine Statue. Auch Joel regte sich nicht, hielt aber Shannons Blick stand, als sie ihn Hilfe suchend ansah. Kurz darauf brach sie ein.

»Ich habe niemanden umgebracht … ich bin nur gerannt, okay. Und ich wäre an ihrer Stelle gewesen, hätte ich nicht …«

DS Rose bewegte sich immer noch nicht, reagierte nicht einmal. Shannon hob den Blick und sah sie an, als warte sie darauf, dass sie etwas sagte. Dann erzählte sie weiter. »Ich weiß nichts über ihn, okay. Ich weiß, was Sie gerne wissen wollen, aber er hat sehr sorgfältig darauf geachtet, dass ich, sollte ich jemals hier sitzen, nicht das Geringste erzählen kann. Er trug große Overalls, große Handschuhe, große

Stiefel – eine Art gelbe Haube oder Maske über dem Kopf, die auch zu groß war. Wie bei einer Vogelscheuche, einfach nur Stoff um Stöcke gewickelt, ohne jede Form. Und eine seltsame Stimme. Mit mehr kann ich Ihnen nicht dienen, mit gar nichts.«

»Sie sagten, ›er‹«, erwiderte Rose.

»Ja, er. Es war ein Mann, da bin ich sicher. Die Art, wie er klang, und seine Größe. Er war groß und breit.«

»Was meinten Sie mit ›seltsame Stimme‹?«

»Seltsam. Irgendwie verzerrt. Vielleicht war es nicht einmal seine Stimme – er hat sie von einem Handy abgespielt. Es war eine aufgezeichnete Nachricht, und er hat nie irgendwelche Fragen beantwortet. Ich denke gerade darüber nach, und ich habe ihn nie auch nur ein Wort sprechen hören. Aber es war ein Kerl, das weiß ich einfach.«

»Er war also ein großer, breit gebauter Mann, der eine aufgezeichnete Nachricht von einem Handy benutzte. Also haben Sie doch ein paar Informationen, die uns helfen können. Was wissen Sie sonst noch?«

»Ich *weiß* gar nichts, das sagte ich Ihnen doch. Ich hatte Todesangst!«

»Von Anfang an, Shannon. Erzählen Sie uns, was passiert ist.«

»Ich muss mir keine …« Plötzlich begannen ihre Lippen zu zittern. »Ich muss mir keine Sorgen machen. Ich habe getan, was ich tun musste. Es ist wegen Jacob. Er sagte, dass er ihm wehtun wird. Er wusste alles über ihn und über seine Familie … Und jetzt … ich habe gesehen, wozu er fähig ist. Er hat mir erzählt, was passieren würde, und genau so kam es auch. Sie müssen ihn finden, Sie müssen Jacob finden! Sie dürfen hier nicht bloß rumsitzen!«

»Erzählen Sie mir von dem Tag, Shannon. Dem Tag, als Sie in einem schmutzigen roten Kleid in den Bus stiegen, als ein Mann Ihnen seinen Hoodie gab, weil Sie *ramponiert* aussahen – das war sein Ausdruck dafür. Als Sie barfuß waren und als Sie von einer toten Frau weglaufen mussten, die genauso gekleidet war wie Sie. Erzählen Sie mir von dem Tag, von der Sekunde an, als Sie aufgewacht sind.«

Es folgte eine Pause.

»Ich bin nicht aufgewacht. Ich habe gar nicht richtig geschlafen. Ich … ich war festgebunden. Ich war in einem Stall, glaube ich, oder einem Schweinepferch. So sah es für mich zumindest aus. Da lag Stroh, und es roch schrecklich. Die Wände waren aus Beton, und der Raum war schmal, lang und schmal. Vor mir war eine Tür, aber ich war an der Wand festgebunden, mit einem Draht, der aus der Wand kam. Er war sehr dünn, aber unglaublich stark. Als ich aus dem Stall kam, war ich in einer sehr viel größeren Scheune. Das Dach war viel höher als die Wände. Ergibt das Sinn?«

»Ja.«

»Ich war die ganze Nacht dort. Es war kalt. Ich wurde gezwungen, dieses Kleid anzuziehen. Es war wirklich unbequem, echt steif, und er nannte es mein *Trikot*. Er schob es unter der Tür durch, und ich musste ihm meine Kleidung zurück durchschieben. Und dann hat er mir die Regeln erklärt.« Sie verstummte, und das Zittern ihrer Lippen wurde stärker.

»Könnte ich bitte etwas Wasser haben?«, brachte sie heraus.

DS Rose lehnte sich zurück. Joel war schon auf dem Weg zur Tür. Er hörte, wie DS Rose den zahlreichen Mikrofonen, die in den Wänden versteckt waren, erklärte, dass er ging, um ihr Wasser zu holen. Danach nannte sie die Uhrzeit. Die Küche lag nicht weit weg, und er war nur ein paar Sekunden aus dem Raum. Shannons Hand zitterte, als sie ihm den Pappbecher abnahm. Er stellte einen zweiten vor DS Rose ab, und dieses Mal setzte er sich auf den Stuhl neben ihr.

»Wie lauteten die Regeln?«

»Es war ein Rennen«, platzte es aus Shannon heraus. »Aber es ging um alles. Er sagte mir, dass noch jemand in der Nähe wäre, der dieselben Anweisungen erhalten würde. Da dachte ich noch, er meinte eine andere Scheune, aber die Frau war im

Stall direkt gegenüber von meinem. Er sagte mir, dass sie mir ebenbürtig sei, und schien sogar stolz darauf zu sein, wie er sich das alles überlegt hatte. Es gab eine Telefonzelle in der Nähe, und die Erste, die dort ankam, musste eine Nummer anrufen, dann dürfe sie nach Hause gehen. Man sagte mir, es würde alles mit einer Glocke anfangen. Dann wüsste ich, dass die Zeit gekommen war. Er sagte, die Glocke würde insgesamt fünfmal läuten, im Abstand von jeweils zehn Sekunden, und nach dem letzten Laut würde das Rennen beginnen. Bei jedem Glockenschlag konnte ich mich ein bisschen weiter von der Wand entfernen. Er sagte, ich müsste den Boden untersuchen, unter dem Stroh und der Schweinescheiße, da wären Werkzeuge, die ich benutzen könne.« Sie hielt inne und hob ihre zitternde Hand an den Mund. »Er versprach, dass es danach vorbei sein würde und dass ich mein Leben weiterleben könnte. Mit Jacob. Aber nur, wenn ich als Erste dort ankomme.«

»Aber Sie haben ihm nicht geglaubt?«

»Doch.«

»Warum sind Sie dann weggezogen? Ich war in Ihrer alten Wohnung. Sie sind sehr überstürzt aufgebrochen.«

»Wir haben uns dort nicht mehr sicher gefühlt. Er wusste so viel über mich. Er wusste, dass ich dort wohne, er wusste alles über Jacob und erzählte mir sogar von Jacobs Mutter und seinem kleinen Bruder. Ich konnte dort einfach nicht länger bleiben. Aber ich glaubte ihm, dass er mit mir fertig ist. Ich habe getan, was er wollte. Warum sonst hätte er mich gehen lassen, nachdem er … Nachdem er dieser anderen Frau das angetan hat? Ich war dabei!«

»Was hat er getan, Shannon?«

Schon vor der Frage schüttelte sie den Kopf. Es sah aus, als wolle sie damit die Tränen zurückhalten. Ihr Blick wanderte irgendwo in die Ferne, während die Erinnerung in ihrem Kopf ablief. »Sie hat einen Fehler gemacht. Sie ist falsch abgebogen. Sie war schneller als ich – schneller draußen, schneller auf der Strecke ... Meine Beine waren am Anfang sehr steif und wollten nicht so, wie ich wollte. Aber sie ist geradeaus gelaufen, und so bekam ich eine Chance. Aber sie hat es geschafft, wieder aufzuholen, und als ich an der Telefonzelle ankam, war sie direkt hinter mir. Ich konnte etwas um die Tür binden, einen Ledergürtel, den ich gefunden hatte. Das verschaffte mir die paar Sekunden, um das Telefonat zu führen. Sie wusste, was das bedeutete, genau wie ich. Ich hab es in ihren Augen gesehen. In der Sekunde, als ich in den Hörer sprach, hörte sie auf, hörte alles auf ... Dann kam er. Ich weiß nicht, woher er kam, vielleicht ist er die ganze Zeit da gewesen. Ich war so darauf konzentriert gewesen anzurufen, sie nicht in die Zelle zu lassen. Sie hat ihn angefleht, und er hat nicht mal ein einziges Wort gesagt, hat sie einfach nur mit irgendwas geschlagen. Dann war da ein lauter Knall, und sie hat *geschrien!* Sie war wirklich schwer verletzt. Er hatte auf sie *geschossen!* Jesus Christus ... er hat direkt vor meinen Augen auf sie geschossen!«

DS Rose gab ihr eine Minute, bevor sie sagte: »Was geschah dann?«

»Er kam direkt zu mir. Er hatte eine Waffe in der Hand. Sie sah aus wie eine von denen, mit denen man auf Vögel schießt, aber kürzer. Ich dachte, das war's, ich dachte, jetzt sterbe ich. Aber er sprach mit mir – er hat mit mir gesprochen! Jetzt erinnere ich mich. Er sprach leise, fast nur ein Flüstern, und er sagte mir, dass ich gehen soll, dass ich niemals mit jemandem darüber sprechen soll. Dann ... Wissen Sie, was er sagte?« Eine große Träne lief einen vorgezeichneten Pfad hinab und blieb auf ihrer Lippe hängen. Sie pustete sie weg. »Er sagte mir: *Gut gemacht!* Gut gemacht ... als wäre ich gerne dort, als sollte ich stolz darauf sein, dass irgendeine arme Frau tot war wegen dem, was ich getan hatte. Jetzt erinnere ich mich, dass ich versucht habe, den Gürtel von der Tür zu lösen. Ich glaubte nicht, dass ich es schaffen würde, ich dachte, ich wäre wieder gefangen, aber schließlich löste er sich. Er war wieder unten auf der Straße, und ich rannte einfach los. Ich konnte ihre Schreie hören – sie war noch am Leben, sie hat *gebettelt.* Ich wusste, dass sie sterben würde, und bin trotzdem weggerannt. Zu was für einem Menschen macht mich das?«

»Sie hätten nichts tun können.« DS Rose klang, als hätte sie einen Kloß im Hals.

»Ich hätte Hilfe holen können. Ich stand in einer Telefonzelle. Ich hätte den Notruf wählen können, er hätte es nicht einmal bemerkt. Ich hätte nicht einmal sprechen müssen, ich hätte das Telefon einfach runterhängen lassen können, und ihr wärt dorthin gefahren. Darüber denke ich seitdem immer wieder nach, aber … in dem Moment … Ich habe an überhaupt nichts gedacht.«

»Es hätte nichts geändert, Shannon. Und Sie können *jetzt* helfen.«

»Sie ist tot!«

»Ja. Daran können wir nichts ändern, aber wir haben noch eine zweite Chance. Sie haben noch eine zweite Chance. Die Chance, uns zu helfen, den Mann zu finden, der sie umgebracht und Sie dieser Tortur ausgesetzt hat. Sie sagten, dass er gesprochen hat. Wie hörte er sich an?«

»Es war wie ein Knurren, eine ganz tiefe Stimme, obwohl er nur geflüstert hat. An mehr erinnere ich mich nicht.«

»Irgendein Akzent? Oder etwas anderes Ungewöhnliches?«

Shannon schüttelte heftig den Kopf. »Nein! Ich weiß nicht, ich war nicht sehr konzentriert. Er hatte gerade auf diese Frau geschossen, und sie weinte. Ich wollte nur weglaufen. Das will ich immer noch …« Shannon richtete den Blick ihrer feuchten Augen auf Joel. »Bitte zwingen Sie mich nicht, über ihn zu sprechen, er hat mir gesagt, was passiert, wenn ich über ihn rede.«

DS Rose schaltete sich wieder ein. »Das tun Sie bereits. Und ich glaube, der Grund dafür ist, dass Sie wissen, dass es das Richtige ist. Denn was Sie mir hier beschreiben, ist das pure Böse, nicht wahr? Und die eine Sache, die ich über das

Böse weiß, ist, dass es niemals aufhört. Das Böse macht weiter. Er hat sich vielleicht schon eine andere junge Frau ausgesucht, die er an so einem Ort festbindet. Sie wird genauso verängstigt sein, wie Sie es waren. Aber Sie können ihr helfen.« Weiteres Schweigen. Dieses Mal schaute DS Rose zu Joel, als hätte er die Macht, es zu brechen.

»Wo ist das Kleid, Shannon? Wir müssen es uns anschauen.«

»Ich hab es in der Mülltonne vor meiner alten Wohnung gelassen. Ich wollte es nicht behalten, ich wollte es nicht in meiner Nähe haben.«

Joel verbarg seine Enttäuschung. Er würde jemanden losschicken, um danach zu suchen, aber er war ohnehin nicht überzeugt, dass ihnen das Kleid wirklich etwas verraten konnte. Ihr Täter kannte sich mit forensischer Beweismittelsuche aus und hatte ihr das Kleid gelassen. »Kannten Sie die Gegend? Wir müssen herausfinden, wo Sie gefangen gehalten wurden.« Das war eine deutlich vielversprechendere Spur. Plötzlich wirkte Shannon wieder panisch.

»Ich habe keine Ahnung, wo ich war. In der Wand über der Tür waren drei Richtungsangaben eingeritzt. Die Telefonnummer auch … 07652995559. Ich bin mir sicher, so lautete sie. Ich habe sie die ganze Zeit angestarrt, aber ich habe trotzdem immer wieder Fehler gemacht …«

Joel wechselte einen Blick mit DS Rose. Sie schrieb die Nummer auf, aber sie wussten vermutlich beide, dass es die Nummer für das Wegwerfhandy war, das man Margaret Marshall dagelassen hatte.

»Wie sind Sie dort hingekommen? Wie sind Sie überhaupt in dem Stall gelandet?«, wollte Joel wissen.

»Man hat mich entführt. Ich wusste nicht, was los war. Ich fühle mich so dumm. Ich dachte, dass ich mit meiner Mum verabredet bin. Ich habe eine Textnachricht von ihr bekommen, dass sie mit mir shoppen wollte, und ob wir uns am Parkhaus am Fremlin Walk in Maidstone treffen.«

»Das Parkhaus?«, fragte Joel nach.

»Ja. Als ich dort ankam, versuchte ich, sie anzurufen, und sie schrieb mir und meinte, sie wäre im Parkhaus und dass sie etwas für mich hätte. Ich war dumm. Ich ging die Treppen hinauf. Irgendein Kerl kam mir entgegen, aber ich habe überhaupt nicht auf ihn geachtet. Das Nächste, was ich weiß, ist, dass ich auf dem Boden liege und die Stufen sich in meinen Rücken bohren … Sonst nichts.«

»Erinnern Sie sich an irgendetwas von ihm? Diesem Kerl?«

»Er hatte seine Kapuze hochgezogen, glaube ich, aber ich habe ihn nie richtig angesehen.«

»Wann war das?«

»Sonntag. Ziemlich spät fürs Shoppen, dachte ich, etwa sechzehn Uhr. Dann sitze ich plötzlich in einer schmutzigen Stallbox und soll mich umziehen Ich war noch nie so außer mir. Und ängstlich. So ängstlich …«

»Haben Sie seitdem mit Ihrer Mutter gesprochen?«

»Ich hatte einen verpassten Anruf von einer mir unbekannten Nummer. Er war von meiner Mum, sie wollte mir ihre neue Nummer geben, weil sie ihr Handy verloren hat. Sie war am Sonntag shoppen gewesen, aber mit einer Freundin. Ich rief sie zurück. Sie hatte von allem nichts gewusst.«

»Haben Sie ihr erzählt, was passiert ist?«

»Natürlich nicht! Sie hätte mich auf der Stelle an den Ohren hierher geschleift, um mit Ihnen zu sprechen. Ich habe ein bisschen Small Talk gemacht, und als sie fragte, wie es mir geht, tat ich so, als wäre alles in Ordnung. Es war so schwer, ihr nichts erzählen zu können.«

Joel dachte nach. Das war anders. Kelly Marshalls Mutter war in die Sache einbezogen worden, um sie davon abzuhalten, die Polizei zu rufen, aber Shannons Mutter hatte nicht einmal etwas gewusst. »Jacob hat Sie nicht als vermisst gemeldet?«

»Er ist auch bedroht worden. Er wurde ein bisschen aufgemischt, dann zeigte man ihm Fotos von seiner Mum und seinem kleinen Bruder. Sie hat wieder geheiratet, sein Bruder ist neun, und dieser Scheißkerl hat detailliert erklärt, was er tun würde, falls Jacob irgendetwas anderes tun würde, als zu warten.«

»Warten?«, hakte Joel nach.

»Auf mich. Oder einen Anruf. Am Ende bekam er mich.«

»Hat man ihm irgendwelche Einzelheiten zu dem Anruf genannt?«, fragte Joel.

»Ich vermute, er wäre genauso gewesen wie der, den ich getätigt habe. Ich vermute, diese andere Frau hatte eine andere Nummer, und dass sie mit Jacob gesprochen hätte. Als man Jacob in die Mangel nahm, gab man ihm ein Handy, irgendein billiges Ding. Falls das geklingelt hätte, hätte das bedeutet …« Sie hielt einen Augenblick inne. Wenn man in Betracht zog, was sie durchgemacht hatte, hielt sie sich wirklich tapfer. Ihre Aussage bestätigte auf jeden Fall, dass sie eine Überlebende war, so wie sie es von Anfang an vermutet hatten, doch inzwischen fand Joel, dass der Ausdruck sie noch viel besser beschrieb, als sie ahnen konnten. »Sie müssen ihn finden … Jacob. Er bedeutet mir alles, und er ist so wütend. Falls dieser Kerl … Man kann nicht gegen ihn kämpfen, das habe ich gesehen. Man muss genau das tun, was ich getan habe: weglaufen.«

»Sie sagten, dass Sie eine Wegbeschreibung zu der Telefonzelle hatten.« DS Rose stellte die Frage, um Shannon wieder ins Gespräch zu holen.

»Das wäre übertrieben. Eher so etwas wie eine gezackte Linie auf Beton. Er nannte es eine Karte, aber es war keine.«

DS Rose beugte sich wieder vor, und dieses Mal streckte sie eine Hand aus und legte sie sanft auf Shannons. »Erinnern Sie sich noch daran? Wissen Sie die Richtungsanweisungen noch?«

»Ich möchte sie vergessen, doch ich schaffe es nicht.«

»Falls wir Sie dort hinbringen, zu dieser Telefonzelle, könnten Sie uns an den Ort führen, an dem Sie festgehalten wurden? Den Weg rückwärts laufen?«

Plötzlich riss Shannon die Augen so weit auf, wie sie nur konnte. Sie sah aus, als ringe sie nach Luft. »Das kann ich nicht! Ich kann da nicht wieder hin zurück! Sie können mich nicht dazu zwingen, oder?«

Ein leises Klopfen erklang an der Tür, und Shannon schaute nervös hin. Joel öffnete die Tür und begrüßte einen schuldbewusst dreinblickenden Beamten, der ihm etwas ins Ohr flüsterte. Joel nickte und nahm wieder Platz.

»Shannon, wir haben Jacob. Er ist losgegangen, um nach Ihnen zu suchen, und landete schließlich in einer örtlichen Polizeistation, offensichtlich ziemlich aufgelöst. Er wird jetzt gerade hierhergebracht. Er hat offenbar beschlossen, dass es das Beste ist, zu uns zu kommen, dass, ganz egal, was der Mann gesagt hat, wir Ihre beste Chance sind.«

DS Rose übernahm: »Sie müssen uns helfen. So können wir Sie in Sicherheit bringen, so können Sie wieder die paar Schritte zum Waschsalon gehen, ohne sich in Ihrer Kapuze zu verkriechen.« DS Rose sah Shannon direkt in die Augen. »Bringen Sie uns dorthin«, sprach sie weiter. »Ich werde bei jedem Schritt an Ihrer Seite sein. Und dann bringen wir Sie und Jacob an einen Ort, an dem Sie beide in Sicherheit sind.«

Shannons Lippen zitterten, als wollte sie etwas sagen. Schließlich nickte sie, während eine einsame Träne ihre Wange hinablief.

KAPITEL 24

In der Sekunde, als der Asphalt unter dem Konvoi aus Polizeifahrzeugen verschwand und kleine Gesteinsbröckchen und Kies gegen den Unterboden flogen und unter den Reifen knirschten, veränderte sich Shannon Hendrys Haltung. Sie hatte Wort gehalten und sie direkt zu dem Ort geführt, der sie für immer in ihren Albträumen heimsuchen würde. Bisher hatte sie Joel überrascht. Er hatte nicht gewusst, wie sie auf die Telefonzelle reagieren würde, an der ihre Tour begann, aber sie hatte darauf bestanden auszusteigen und die Zelle dann mit einem Blick bedacht, der Joel an einen Revolverhelden in einem Western erinnerte, als warte sie darauf, dass die Turmuhr schlug und das Duell begann. Es war eine deutlich sichtbare Weigerung, sich ängstigen zu lassen, doch all das änderte sich in der Sekunde, als der tiefschwarze Schlund der Scheune in der Ferne erschien. Das war das Ziel ihrer Wegbeschreibung. Sie waren kein einziges Mal falsch abgebogen, sie hatte die Route perfekt beschrieben, was ziemlich beeindruckend war, wenn man bedachte, dass sie sie einen Weg rückwärts führte, den sie selbst nur einmal in völliger Panik gelaufen war.

An der Scheune führte der Weg eine Steigung hinab. Wie in der Einsatzbesprechung erklärt, fuhr Joel rechts ran und bedeutete dem bewaffneten Einsatzteam durch die Fensterscheibe, dass sie in ihrem Land Rover vorbeifahren und die Führung übernehmen sollten. Hinter Joel hielt das dritte Fahrzeug, ein Streifenwagen, der Shannon hier wegbringen würde, sobald sie ihre Hilfe nicht mehr brauchten. Und der Augenblick war jetzt gekommen.

»Wie geht es Ihnen?« Joel schaute in den Rückspiegel. Shannon saß auf der linken Seite der hinteren Sitzbank, DS Rose auf der rechten und warf einen Blick auf ihre Mitfahrerin. Mit einer Bewegung, die ihr Unwohlsein verriet, hob Shannon den Blick und sah ihn an. Ihre Augen waren geschwollen, feucht und röteten sich, was in ihrem plötzlich sehr bleichen Gesicht stark hervortrat. Sie wirkte sogar noch blasser als in dem wenig schmeichelhaften Licht des Befragungsraums.

»Ich möchte nach Hause.« Die Worte kamen aus ihr heraus, ohne etwas an ihrem Ausdruck des nackten Schreckens zu verändern. Joel nickte seiner Kollegin zu. Die Übergabe verlief problemlos. Shannon ließ sich von einem Polizeifahrzeug ins andere führen, als wäre sie in Trance. Dann fuhr der Streifenwagen an ihnen vorbei, während er wendete, sodass Joel noch einmal rüberschauen konnte. Shannon saß wieder auf der Rückbank, dieses Mal jedoch allein, mit zwei Beamten auf den Vordersitzen. Sie starrte immer noch geradeaus, wirkte jedoch abwesend, und obwohl sie die Scheune anschaute, war Joel sich ziemlich sicher, dass sie sie nicht sah, nicht im Hier und Jetzt zumindest. Die Bilder, die sie vermutlich sah, waren von jenem Tag, als man sie gezwungen hatte, von hier loszulaufen.

Als ihr Leben davon abhing.

Joels frühere Taktische Unterstützungsgruppe war ebenfalls hier, hielt sich im Augenblick aber noch zurück. Sie saßen in einem Sprinter und würden die Durchsuchung durchführen. Joel freute sich, sie zu sehen, nicht nur, weil sie alte Freunde waren, sondern weil er wusste, dass der Job gründlich erledigt wurde, sobald das bewaffnete Team den Ort für sicher erklärt hatte. Die Scheune stand hundert Meter entfernt, und die vier bewaffneten Beamten hatten bereits ihr Fahrzeug verlassen, das quer auf der Straße stand, damit es notfalls als Deckung dienen konnte, falls jemand aus der Scheune das Feuer eröffnete. Doch es gab nur Stille. Die Anspannung im Auto nahm mit jeder Sekunde zu, in der es keine Rückmeldung aus den Schatten gab, die hinter dem großen, geöffneten Tor der Scheune lagen. Joel drehte die Lautstärke seines Funkgeräts hoch, was aber nur das Zischen verstärkte.

»*Sicher!*« Aufgrund der erhöhten Lautstärke zuckten sie beide zusammen. Joel lachte nervös auf, startete dann den Motor und fuhr weiter. Er parkte schief und war als Erstes ausgestiegen. Das Suchteam mit seinen schweren Stiefeln näherte sich mit knirschenden Schritten, und gemeinsam betraten sie die Dunkelheit, wobei ihnen die vier bewaffneten Beamten entgegenkamen.

»Sie gehört ganz Ihnen, Boss«, sagte einer von ihnen. Joel konnte ihm nur mit einem Nicken antworten. Plötzlich war ihm die Kehle wie zugeschnürt, als ihm mit ganzer Wucht bewusst wurde, was das hier für ein Ort war. Die Schrecken, die sie während der letzten Tage gesehen und gehört hatten: *Hier hatten sie alle ihren Ursprung.*

Schlagartig sank die Temperatur. Die Zugluft in der Scheune war beinahe zu kalt für Joel in seinem kurzen Hemd und den Shorts. Mit Sicherheit würde er hier keine Nacht mit nur einer Stoffschicht bekleidet verbringen wollen. Der Luftzug trug außerdem den typischen Geruch eines Bauernhofs heran.

»Boss!« Die Stimme kam von links, jemand, der auf der Schwelle zu einer der Stallboxen stand. Davon gab es insgesamt acht auf der Seite, alle identisch, getrennt durch zerkratzte Wände, und ein exaktes Spiegelbild von den acht Boxen auf der anderen Seite der Scheune. Der Kollege hatte ihm von der vierten Box aus zugerufen. Joel und DS Rose gingen zu ihm, und alle drei blieben in der Tür stehen. Der Boden war aus Beton, bedeckt mit einer dicken Schicht Stroh. Es sah alt aus und als hätte jemand es zerwühlt, überall lagen kleine zusammengeschobene Häufchen. Hier roch es noch strenger. Joel trat hinein, wie üblich froh darüber, dass die Leute der Spurensicherung verspätet waren und nicht hier waren, um seine Bewegungsfreiheit einzuschränken. Er hob den Blick zum Betonbalken über der Tür. Zuerst sah er die Ziffern, etwas dicker, tiefer eingeritzt, und passend zu der Telefonnummer, die sie bereits kannten. Die Linien daneben stellten die »Karte« dar und waren weniger tief. Hier war Shannon gefangen gehalten worden.

»Himmel«, sagte DS Rose. Sie schaute zur Rückwand, wo eine Drahtschlinge oben auf dem Stroh lag. Und da war noch etwas. Joel kniff die Augen zusammen, konnte es aber nicht erkennen. Es befand sich direkt in der Mitte der Drahtschlaufe und stand aufrecht. Er ging dichter ran, hockte sich daneben hin und achtete sorgfältig darauf, es nicht zu berühren.

»Was zur Hölle ist das?«

»Sieht wie irgendeine Miniaturfigur aus.« Joel widerstand dem Drang, sie in die Hand zu nehmen, damit er sie genauer untersuchen konnte. Sie schien aus Plastik zu sein und war etwa so groß wie ein Daumen. Behutsam zog er einen kleinen Strohklumpen weg, der die untere Hälfte verdeckte.

»Das ist *sie*!«, stieß DS Rose keuchend aus. Jetzt sah Joel es auch. Die Figur war eine junge Frau in Laufpose. Sie war zum größten Teil hellgrau, aber einige Stellen waren grob bemalt worden. Die Figur trug ein zerlumptes, rot-weiß bemaltes Kleid, dessen Saum hinter ihr herflog, während ihre Haare in einem hellen Orange bemalt waren. Die Bemalung war ungeschickt, die Farben ungleichmäßig verteilt und ineinander verlaufen. Doch die Absicht war deutlich zu erkennen. Das sollte Shannon darstellen.

Joel erhob sich. »Sie meinte, die andere Frau kam auf der anderen Seite raus, richtig?« Er ging bereits zur Tür, um die Scheune zu durchqueren. Er fand die Stallbox, nicht ganz gegenüber, sondern etwas weiter in Richtung des offenen Scheunentors. Dort befand sich dieselbe eingeritzte Karte und eine etwas andere Nummer im Türbalken. Und dieselbe Drahtschlinge. Auch in dieser stand eine Figur, die aber ein bisschen anders aussah: Das Kleid war weiß bemalt und die Haare blond, sodass sie besser zu Kelly Marshall passten. Aber es gab noch weitere Details. Das Gesicht, das in der anderen Stallbox nur die Grundfarbe Grau getragen hatte, war schwarz übermalt worden, um zwei Ringe um die Augen zu malen, die die Wangen hinabtropften. Joel sah zu DS Rose hinauf.

»Diese hier weint«, sagte er.

KAPITEL 25

»Eileen, was haben Sie für mich?« Joel war zurück im Präsidium und auf dem Weg in sein Büro, das bei all seinen Makeln immer noch besser war, als mit einem Laptop an einem Tisch in der Kantine zu hocken wie in der Station in Medway, wenn er nicht gerade Shannon Hendry befragte. DS Rose war bei ihm und ging zu ihrem Schreibtisch.

Shannon war jetzt in Sicherheit – oder zumindest sicherer. Bei ihrer Entlassung hatte sie jede weitere polizeiliche Einmischung untersagt; sie und Jacob würden bei einem ihrer Onkel bleiben. Sie schien zu glauben, der Umstand, dass das Monster dessen Namen nie erwähnt hatte, bedeutete, dass sie dort sicher war. Joel war nicht so überzeugt. Falls ihr Entführer sie wiederfinden wollte, dann, da war Joel ziemlich sicher, würde er das auch schaffen. Aber er hatte auch die starke Vermutung, dass der Mann mit Shannon Hendry fertig war. Immerhin hatte er sie gehen lassen.

Trotzdem hatten sie sowohl Shannon als auch Jacob mit einem Fernalarm ausgestattet, der direkt mit der Notrufzentrale verbunden war, und Joel hatte persönlich den Reiter mit »Einsatzinformationen« in der Dienstsoftware mit der Adresse bestückt, an der sie sich aufhalten würden. Das hieß, jeder Anruf – oder auch ein stummer Alarm – von dieser Adresse oder einer Nummer, die mit den beiden in Verbindung stand, würde sofort ein Einsatzfahrzeug dorthin schicken. Neben dem Ratschlag, soziale Medien und alle früheren Gewohnheiten zu meiden, war das das Beste gewesen, was er hatte tun können.

Eileen räusperte sich, bevor sie antwortete: »Einen Anruf von einer wütenden Ehefrau – Ihrer, fürchte ich. Sie sagte, sie hätte es zuerst bei Ihnen versucht. Sie erinnern sich, dass ich Ihnen gesagt habe, dass sie meine Nummer hat, falls Sie sie ignorieren?«

»Ich habe sie nicht ignoriert …«

»Sparen Sie sich das. Mir müssen Sie als Allerletzte etwas erklären. Offensichtlich sollten Sie Ihren Bruder zurückrufen … Clive, richtig? Es scheint, dass meine Umschulung von einer Datenanalystin zur Privatsekretärin damit abgeschlossen ist, Sir.« Und wieder sah Eileen ihn über ihre Brille hinweg an, während sie ihn schalt. Außerdem wirkte sie ein bisschen unangenehm berührt, was gar nicht einfach für eine Frau war, die in Hausschuhen mit aufgesetzten Wollbommeln an einem Büroschreibtisch saß.

»Vielen Dank, Eileen. Denken Sie einfach daran, mich beim Mitarbeitergespräch an all die Gelegenheiten zu erinnern, bei denen Sie mehr getan haben, als Sie mussten.«

»Da machen Sie sich mal keine Sorgen, Mr. Norris, ich habe alles aufgeschrieben.«

»Das glaube ich Ihnen sofort … und Eileen, warum nennen Sie mich nicht Joel?« Den letzten Teil seufzte er, quasi, während er sich auf seinen Stuhl fallen ließ.

»Ich bin einer durchorganisierten Organisation mit Rangstruktur beigetreten. In der Sekunde, in der man nicht mehr ordentlich damit umgeht, fällt alles in sich zusammen.«

Joel fehlte die Kraft zu widersprechen, und selbst im anderen Fall wäre gerade nicht der richtige Augenblick dafür gewesen. »Also, jetzt haben wir einen Mörder, der uns ans Bein pisst und mit diesen kleinen Figuren verspottet. Niemand kann anzweifeln, dass die dort zurückgelassen wurden, damit wir sie finden. Also, irgendwelche Ideen?«

Eileen betrachtete ihn noch immer über ihre Brille hinweg. »Ich will Ihnen die unangemessene Wortwahl noch mal durchgehen lassen. Ich sehe, dass Sie wütend sind. Und außerdem könnten Sie da etwas Wichtiges gefunden haben, nur, dass der Mörder uns nicht verspottet, sondern womöglich wirklich ein Spiel spielt.«

»Wie meinen Sie das?« Joel setzte sich etwas aufrechter hin und stieß sich mit den Füßen vom Boden ab, damit sein Stuhl zu seiner Analystin hinüberrollte. Nachdem die Spurensicherung in der Scheune eingetroffen war, hatte sie als eine ihrer ersten Handlungen Fotos von den Figuren an Eileen geschickt. Sie würde die Herausforderung annehmen, alles darüber in Erfahrung zu bringen, was es zu finden gab. Und offenbar hatte sie sie nicht enttäuscht.

»Auf der Unterseite haben die Figuren die Buchstaben ›AR‹ eingestanzt, was auf Arch Rival Games hindeutet, eine Firma, die Strategie-Brettspiele herstellt. Die Figur stammt aus einem Spiel namens *Entkommen!*«

»*Entkommen!*?«, unterbrach sie Joel, woraufhin die Frau auf dem Stuhl frustriert stöhnte. Sie drehte ihren Monitor zu ihm um. Das Bild in der Mitte zeigte genau die ihm schon bekannte Figur der laufenden Frau, doch diese war komplett grau und unbemalt.

»Ein Strategiespiel für Erwachsene. Ich muss gestehen, ich wusste nicht, dass so etwas existiert. Soweit ich das sehe, scheinen die Spielregeln Parallelen zu unseren Tatorten aufzuweisen.«

»Ja?«, sagte Joel, als Eileen eine dramatische Pause einlegte.

»Es gibt vier Zonen, in jeder sind zwei Spieler, die gegeneinander antreten. Das Ziel des Spiels ist es, als Erster aus seiner Zone zu entkommen und einen bestimmten Punkt auf dem Brett zu erreichen. Ein simples Wettrennen. Aber das war natürlich noch nicht alles. Ich habe die kompletten Regeln ausgedruckt, falls Sie heute noch eine Bettlektüre brauchen.«

Joel drehte sich zum Drucker um, wo ein Papierstapel stetig anwuchs. »Können Sie es zusammenfassen?«

»Woher wusste ich, dass Sie das sagen würden …? Jeder

Spieler hat eine dieser Figuren auf dem Spielbrett. Man würfelt, und der Wert bestimmt, welche Aktion man ausführen kann. Das bedeutet zum Beispiel, nach Werkzeugen oder Waffen suchen oder sich bewegen. Die Werkzeuge und Waffen befinden sich in zwei Kartenstapeln und sind zufällig verteilt, das heißt, einige sind besser als andere.« Eileen machte eine weitere dramatische Pause. »Möchte jemand eine Vermutung anstellen, was man dabei unter anderem finden kann?«

»Eine Mistgabel.« DS Rose war nun ebenfalls herübergekommen. Eileen schnippte mit den Fingern.

»Das ist eine der Waffen. Und die Bemalung ist ebenfalls ein Schlüsselelement des Ganzen. In den sozialen Medien scheint eine richtige Fangemeinde um *Entkommen!* zu leben. Es gibt eine ganze Anzahl verschiedener Figuren zu kaufen, und die sind alle schlicht grau, aber mit der Möglichkeit, Sets mit Malfarben zu kaufen. Die Leute teilen gerne ihre Bemalungen. Man kann auch kleine Waffen aus Plastik kaufen, und auch diese werden von den Leuten bemalt, in manchen Fällen mit wirklich außergewöhnlicher Detailversessenheit. Und dieses Spiel ist im Grunde nur der Anfang.«

»Wo rennt man hin?«, fragte Joel. »Was ist das Ziel auf dem Brett?«

Eileens lächelte stolz. »Sehr gut, Mr. Norris. Es ist eine Telefonzelle, obwohl sie es einen Fernsprechautomaten nennen.«

»Gibt es eine Liste mit allen Waffen?«, wollte Joel wissen.

»Alle möglichen Waffen, alle möglichen Werkzeuge, aber manchmal unterscheiden sie sich, je nachdem, in welcher Zone man ist.«

»Zone?«, fragte Joel.

»Das Spielbrett besteht aus vier Zonen. Wie der Zufall es will, heißt eine davon ›Verlassene Farm‹. Wenn Sie diese Zone wählen, dann gehören eine Mistgabel und eine Schrotflinte zu den Waffen.« Wieder betrachtete Eileen ihn über ihre Brille hinweg und wartete auf seine nächste Frage.

»Gibt es auch einen Gürtel?«, fragte er.

»Der lederne Gürtel der Vogelscheuche. Ist bei den Werkzeugen.«

»Natürlich.« Joel stand auf, so konnte er besser denken. »Können Sie den Suchleiter draußen in Lenham anrufen und ihm die vollständige Liste aller Waffen und Werkzeuge aus dem Spiel geben? Nicht nur die aus der Bauernhofzone, oder wie auch immer die heißt. Alles, was die Kollegen vor Ort finden, das auf dieser Liste steht, muss direkt fotografiert und labortechnisch untersucht werden.«

»Wird erledigt«, sagte Eileen.

»Heißt das, unser Mörder spielt dieses Spiel im echten Leben?«, meldete sich jetzt DS Rose und versuchte gar nicht erst, ihre Ungläubigkeit zu verbergen.

»Zumindest müssen wir diese Theorie in Betracht ziehen, oder nicht? Wir brauchen ein Exemplar von diesem Spiel«, erklärte Joel.

Eileen antwortete: »Da bin ich Ihnen voraus. Facebook hat einen Marktplatz, auf dem man in einem gewissen Umkreis suchen kann. Es gibt zahlreiche Einzelteile des Spiels, die den Besitzer gewechselt haben, aber es steht mindestens ein komplettes Exemplar zum Verkauf, weniger als sechzehn Kilometer entfernt. Ich habe gebeten, dass man es uns reserviert. Ich dachte, Sie könnten es morgen früh abholen.«

Joel schüttelte den Kopf. »Ich fahre jetzt gleich los. Wir müssen das Spiel verstehen. Und das schaffen wir nur, wenn wir das verdammte Ding spielen.«

»Heute Abend?« Eileens Stimme stieg eine Oktave nach oben, entweder vor Überraschung oder Freude.

»Jetzt. Das ändert doch alles, oder nicht?«

»Was ändert es?«, wollte DS Rose wissen.

»Alles. Bis eben haben wir einen Mord untersucht – einen Mord, eine Überlebende. Aber wenn das Spiel vier Zonen hat, und, wie war das … zwei Spieler in jeder?«

»Bis zu acht Spieler …«, keuchte Eileen, die mit einem Mal verstand, worauf Joel hinauswollte.

»Also was ist das hier? Runde eins? Davon müssen wir mit Sicherheit ausgehen.«

»Himmel.« DS Rose keuchte.

»Also heute Abend. Ich hole das Spiel, vielleicht hole ich uns auf dem Rückweg noch eine Pizza. Ich könnte es alleine spielen, aber ich glaube, dass wir alle verstehen müssen, womit wir es hier zu tun haben.«

»Nun, offen gestanden …«, begann Eileen, und beide Polizisten schauten sie an. »Ich habe heute Abend Pläne, Sir. Da wartet ein Kreuzworträtsel, das sich nicht einfach von alleine löst … ich müsste meinen Nachbarn anrufen, damit er meine Katze füttert, und meine Seifenopern kann ich später gucken …« Sie wurde immer aufgeregter. Joel vermutete, dass ihr langsam dämmerte, dass man ihr angeboten hatte, länger zu bleiben, um an einer echten Mordermittlung teilzunehmen und zu verhindern, dass noch mehr Menschen starben, doch dann sagte sie: »Und ich *liebe* Brettspiele!«

Joel schüttelte den Kopf und schaute dann DS Rose fragend an. »Natürlich«, antwortete sie sofort. »Ich nehme eine Hawaii.«

Eileen war wieder an ihrem Computer und schien die Tasten ihrer Maus fester und schneller zu drücken, als sie wieder die Marktplatz-Seite auf Facebook aufrief. Joel schaute ihr über die Schulter. Sie öffnete das Profil des Verkäufers. Eine Reihe von Artikeln zu *Entkommen!* wurde dort angeboten. Einer davon stach hervor. Eine weitere Figur, diese aber etwas anders. Sie sah größer aus als die rennenden Frauen – auf jeden Fall war sie breiter und in diesem Falle professionell bemalt, bis hin zu den winzigen Druckknöpfen auf dem marineblauen Overall und dem etwas helleren Blau der umgeschlagenen Hosenbeine über schwarzen Gummistiefeln. Das Gesicht wurde von einer gelben Schweißermaske verdeckt, die bis auf die Schultern ragte und an der Vorderseite eine schwarze Glasplatte eingenäht hatte, durch die man nach draußen schauen konnte. In der rechten Hand hielt die Figur einen entzündeten Schneidbrenner, in der anderen eine bronzefarbene Kuhglocke.

»Was zur Hölle ist das?«, fragte Joel.

»Das ist *Der Fänger*«, antwortete Eileen wie aus der Pistole geschossen.

»Was macht der?«

»Er ist der Hauptcharakter, der, den man besiegen muss.«

»Wie besiegt man ihn?«

Eileen beendete ihr Mausklicken, um ihn über den Rand ihrer verdammten Brille hinweg anzuschauen. »Man bleibt am Leben.«

KAPITEL 26

Bradley hörte die Stimmen, schrill, fast ein wenig panisch – vertraut. Seine beiden Kinder saßen auf dem Rücksitz. Sie sprachen mit ihm.

»Was?«, bellte er und fühlte sich auf der Stelle mies. Es war nicht ihre Schuld, dass er abgelenkt war und so angespannt, dass er sich konzentrieren musste, um überhaupt zu atmen. Er hielt das Lenkrad so fest gepackt, dass seine Hände weiß waren, während er mit zusammengekniffenen Augen zur schnell untergehenden Sonne schaute und verzweifelt versuchte, ans Ziel zu kommen, bevor die Nacht hereinbrach.

Es war auch nicht ihre Schuld, dass ihm ein altmodischer Land Rover Defender direkt auf der Stoßstange hing. Das musste ein Einheimischer sein, jemand, der diese Straßen viel besser kannte und zum Abendessen zu Hause sein wollte. Es gab keine Gelegenheit, kurz ranzufahren, und er wollte auch nicht schneller fahren, aus Angst, einen Wegweiser zu verpassen. Er hatte sich hoffnungslos verfahren.

»Wo fahren wir hin, Daddy?« Bradley wusste es nicht. Jedenfalls nicht so richtig. Er hatte eilig einfach irgendwas gebucht, eine Ferienhütte, die erste, die er fand und die aussah, als ob sie ausreichend abgelegen war. Aber nicht, um seiner Familie einen kleinen Urlaub zu gönnen. Sondern als Reaktion darauf, was er getan hatte, wozu man ihn gezwungen hatte. Er hatte jemanden umgebracht. Es war danach nicht einfacher geworden, nicht wie die Filme es einem vorgaukelten. Sein Opfer war kaum erwachsen gewesen, ein Babyface mit weicher Haut, aber er hatte sich mit aller Kraft gewehrt, selbst als sein Arm unter der Wucht eines Brecheisens umgeknickt war. Selbst als Bradley ihm in den Hals gestochen hatte, hatte er noch nach ihm geschlagen und sich unter der Klinge gewunden, als wolle er weglaufen. Nichts war so passiert, wie er es erwartet hatte. Es war nicht sanft gewesen. Nicht nur ein Paar plötzlich weit aufgerissener Augen und einige Sekunden fest um die Kehle packen, bevor sein Opfer erschlaffte – nichts davon. Da waren Knorpel gewesen, spritzendes Blut, Hände, die ihm im Weg waren, während er versuchte, die Scherenspitze noch tiefer zu stoßen. Das Blut war dick und glitschig. Schließlich hatte er sogar Sägebewegungen ausgeführt. Am Ende hatte er die Klinge rausgezogen und angefangen, damit auf ihn einzustechen, zuerst auf die Hände und Finger, die ihm im Weg waren, und dann in den Hals. Doch sein Opfer schien die Schmerzen gar nicht zu spüren, denn er nahm die Hände nicht weg. Er hatte sich so sehr gewehrt. Bradley hatte sogar angefangen, sich zu fragen, ob es überhaupt *möglich* war, einen Mann mit einer Schere zu töten.

Doch es war möglich.

Auf einen Schlag schien sein ganzer Widerstand gebrochen zu sein. Endlich hatte der Mann seine Hände sinken lassen, und Bradley hatte weiter auf die blutige Schweinerei dahinter eingestochen. Bald bestand sein Hals nur noch aus Fetzen von Fleisch, offenen Wunden, die kurz weiß schimmerten, bevor sie sich tiefrot färbten. Je öfter er zustach, desto weniger Blut lief. Die ersten richtigen Treffer hatten an einen geplatzten Ballon erinnert. Beim letzten war im Grunde gar nichts mehr geschehen. Der Mann war in seinen Armen gestorben.

Alan.

Jetzt wünschte er, dass er ihn nicht nach seinem Namen gefragt hätte. Vielleicht wäre es ihm leichter gefallen, ein namenloses Opfer zu vergessen – wenigstens lange genug, um der Wegbeschreibung zu folgen.

Er schaute in den Spiegel zu seinen Kindern, dem einzigen Grund dafür, dass er das alles getan hatte. Er durfte sie nicht verlieren. Und sie durften ihn nicht verlieren. Sie hatten ja kaum angefangen, eine Familie zu sein.

»Das hab ich euch doch gesagt: an einen tollen Ort im Wald. Mehr nicht.«

»Aber ich muss zur Schule, Daddy. Gehe ich auch in die Schule?«

»Nein, Tommy, du gehst nicht in die Schule, in Ordnung, Kumpel? Ich habe mit der Schule gesprochen, du brauchst nicht hin. Dein Lehrer weiß Bescheid. Der Kindergarten von deinem Bruder auch.«

»Wo ist Mommy?«

»Die kommt auch, okay? Sie musste noch ein paar Dinge auf der Arbeit erledigen. Oh, HIMMELHERRGOTT NOCH MAL!«, brüllte er. Der Defender bedachte ihn mit einer wütenden Lichthupe und fuhr mitten auf der Straße, bis er jeden Rückspiegel füllte. Etwas weiter vor ihnen unter ein paar Bäumen war eine Bucht zum Anhalten. Er wurde langsamer und fuhr ran, um den Einheimischen vorbeifahren zu lassen. Er schaute in den Außenspiegel, die Faust bereits gehoben, um ihm den Mittelfinger zu zeigen. Plötzlich riss Bradley die Hand wieder zurück.

Der andere Wagen war rübergezogen, um ihn zu passieren, aber offenbar nicht weit genug. Und so traf ihn der Defender, stieß mit der Beifahrerfront hinten an Bradleys Seite. Er bewegte sich nicht schnell, und Bradleys Wagen wurde zur Seite geschoben. Als das schabende Geräusch sich näherte, hörte Bradley den anderen Motor aufheulen. Der Wagen schien sich noch stärker in seine Seite zu bohren, genau als er auf der Höhe der Fahrertür war. Bradley wich zurück. Die Plastikverschalung unter dem Fenster ploppte raus, der Außenspiegel wurde abgerissen, fiel an den Kabeln herunter und schlug gegen die Seite, während der Defender weiterfuhr. Dann stellte er sich quer, um Bradley den Weg abzuschneiden. Die

Bremslichter leuchteten schwach durch eine Schlammschicht hindurch.

Bradley stieß einen Fluch aus. Er drückte seine Tür auf, konnte seine Wut aber weit genug beherrschen, sich zu den Kindern auf dem Rücksitz umzudrehen. »Seid ihr in Ordnung?«, fragte er und bekam eifriges Nicken als Antwort.

Er drehte sich um, ging um seine Tür herum, um sich die Kratzer und Dellen anzuschauen. Der Außenspiegel schlug erneut leicht baumelnd gegen seine Tür, als er sie zuschlug. Der Anblick seines Wagens, die erschrockenen Gesichter auf der Rückbank, all das ließ seine Wut auflodern, als er auf den Defender zustapfte. Die Rückfahrscheinwerfer flackerten auf, als hätte der Fahrer in den Leerlauf geschaltet, während der Motor noch lief.

»ICH HAB DIR JA WOHL MEHR ALS GENUG PLATZ GELASSEN!«, brüllte Bradley dem Defender entgegen und näherte sich dem Wagen von der Seite. Er sah, dass die Scheiben fast schwarz getönt waren, die Scheibe auf der Fahrerseite war jedoch heruntergelassen. Es gab keine Reaktion, was ihn nur noch wütender machte. Er marschierte direkt zum Fenster des Fahrers.

»WAS VERFICKT NOCH MAL STIMMT NICHT MIT …«

Er erstarrte.

Die gelbe Schweißermaske war das Erste, was er sah, dann den blauen Overall. Dann fiel sein Blick auf die Waffe, die er mit losem Griff im Schoß liegen hatte. Er erkannte sie sofort, denn er hatte sie bereits dicht vor dem Gesicht gehabt, als sein Albtraum erst vor wenigen Tagen begonnen hatte.

»Du hast geschummelt.« Dieselbe tiefe, knurrende Stimme – er hatte nur wenige Worte damit gesprochen, meistens hatte er mit seinen blechernen Tonaufnahmen kommuniziert. »Weißt du noch, was ich dir gesagt habe? Zuerst erledige ich deine Kinder.« Er öffnete die Tür. Gummistiefel berührten den Boden und Bradley wich zurück.

»Nein!« Bradley streckte abwehrend die Arme aus und trat zur Seite, um dem Mann den Weg zu seinem Wagen und den Kindern darin zu versperren. »Hören Sie mir zu, *hören* Sie! Ich habe nicht geschummelt, ich wusste nicht, dass das gegen die Regeln war. Sie sagten, der Erste, der dort ist, und ich … ich war Erster!«

Der Mann kam näher, dicht genug, dass Bradley der Geruch seiner ledernen Maske in die Nase stieg. Die Mündung der abgesägten Schrotflinte wurde ihm gegen die Brust gedrückt. »Du nimmst das Leben nicht. Ich nehme das Leben. Jeder hat seine Aufgabe. Deine war es zu rennen.«

»Ich wusste es nicht! Sie sagten, wer als Erstes am Telefon ist. Ein Rennen, das wusste ich. Sie haben nicht gesagt, dass ich sonst niemandem wehtun darf. Glauben Sie, ich *wollte* das? Ich musste es tun, ich musste gewinnen, ich hab zwei Kinder … Kommen Sie, Sie wissen das. Ich habe nur getan, was ich konnte! Bitte!«

»Du wirst das Spiel wiederholen.«

»Was …? Nein! Nein, kommen Sie, ich habe alles getan, was Sie wollten, das war alles …«

»Du wirst das Spiel wiederholen, oder ihr werdet alle hier sterben. Jetzt. Die Kinder zuerst.« Der Mann machte einen Schritt zur Seite, als wollte er um ihn herumgehen.

»Okay! Okay, ich mach's. Ich halte mich an die Regeln, an Ihre Regeln, okay? Das mache ich. Nur, tun Sie ihnen nichts.« Der Mann blieb stehen. Er schien zu zögern. Aber immerhin blieb er stehen. Als er sich wieder bewegte, ging er in Richtung seines eigenen Wagens. Die Tür zum Kofferraum war riesig und hatte die Angeln an einer Seite. Bradley musste zurückweichen, damit der Mann sie öffnen konnte.

»Einsteigen.«

»Ich kann nicht. Meine Jungs sind im …«

»Einsteigen!«

»Ich lasse meine Kinder nicht zurück!« Bradley blieb stehen. Der Mann mit der ledernen Schweißermaske ging zur

Seite des Defenders. Diesmal öffnete er die hintere Seitentür und beugte sich einen Augenblick ins Fahrzeug. Eine andere Stimme ertönte, ein gedämpftes Schreien, dann ein Winseln. »Himmel, Julie!« Seine Frau taumelte aus dem Wagen, als der Mann sie herauszerrte. Ihre Hände waren gefesselt, ihr Mund fest mit einem Stück Stoff verbunden, das nach einem zerrissenen Handtuch aussah. Der Mann warf ihr eine Schere vor die Füße. Bradley erkannte sie auf der Stelle. Er konnte noch die roten Flecken auf der Klinge sehen. Er hatte sie das erste Mal gesehen, als er sie aus der Sandkiste geholt hatte.

»EINsteigen!« Das Knurren wurde höher, wenn der Mann lauter sprach. Seine Frau schaute sich um und entdeckte ihr Familienauto. Der ältere der beiden Brüder war ausgestiegen und stand daneben, seine Augen waren voller Angst und Verwirrung. Julie schüttelte heftig den Kopf, wobei sich ihr Knebel lockerte. Der Mann hob wieder die Schrotflinte, diesmal jedoch mit der Mündung an Julies Schläfe, damit sie aufhörte, sich zu bewegen. Sie starrte Bradley mit flehendem Blick und schwer atmend an.

Bradley stieg in den Kofferraum, wobei er mit ihr sprach: »Mach dir keine Sorgen! Ich werde das schon reg…« Die Kofferraumtür schlug ihm gegen die Hüfte. Er spürte einen weiteren Stoß, da sie nicht ganz verschlossen war, und diesmal verlor er das Gleichgewicht und rollte auf die Seite. Er hörte, wie die Fahrertür geöffnet und wieder geschlossen wurde – und er spürte es. Dann bewegte sich jemand im Wagen.

»Tu einfach, was auch immer er will!«, rief seine Frau. Sie musste sich ganz von dem Knebel befreit haben, vielleicht mit der Schere auf dem Boden, noch immer mit dem Blut des Mannes besudelt, den er umgebracht hatte. Sie rief noch etwas, doch das konnte er über das Geräusch des aufheulenden Motors nicht mehr verstehen. Er konnte sich wieder auf die Knie setzen, bis ein plötzlicher Ruck nach vorne ihn erneut hin-

warf und er mit dem Kopf gegen irgendetwas Hartes schlug. Er rollte sich in einer Fötusstellung zusammen und versuchte, sich so gut zu schützen, wie er konnte, während man ihn von seiner Familie wegbrachte und er bereits leise Versprechungen vor sich hinmurmelte, dass er alles Nötige tun würde, um zu ihnen zurückzukehren.

KAPITEL 27

Die Pizzen waren kaum angerührt. Als Joel sie abgeholt hatte, hatten sie herrlich und verführerisch geduftet und das Auto auf der kurzen Fahrt zurück zur Station mit diesem Geruch erfüllt, doch mit jedem neuen Stück Spielmaterial, das sie aus der Schachtel mit dem Namen *Entkommen!* auspackten, verging ihnen der Appetit immer mehr.

Der Nebentitel vorne auf der Schachtel war das Erste, was Joel ins Auge stach. Unter dem Namen des Spiels stand noch: *Du musst gewinnen.* Der Text prangte über dem Torso der Figur, die entscheidend für das ganze Ding zu sein schien: Der Fänger. Das Bild war ziemlich cartoonartig gezeichnet und zeigte einen Schweißer in blauem Overall, das Gesicht hinter einer gelben ledernen Schweißermaske verborgen. »Cartoonartig« war eine gute Art, den ganzen Stil zu beschreiben. Das Spiel, das Eileen ihnen besorgt hatte, war teilweise bemalt, was bedeutete, dass die Plastik-Mistgabel mit Blutstropfen verziert war, ebenso wie der Notfallhammer. Alles schien irgendwie in Blut getränkt zu sein – alles Teil des Spaßes.

Aber jetzt wirkte es nicht mehr so spaßig.

Sie spielten eine vereinfachte Form des Spiels, nur mit der Verlassenen Farm als Zone. Man konnte alle vier Zonen zusammenlegen, vier Quadrate, die zusammen eine Spielfläche bildeten, die groß genug war, um die meisten Esstische zu bedecken, aber sie hatten nicht genug Zeit, das gesamte Ding zu spielen. Joel wollte nur eine Vorstellung bekommen, womit sie es vielleicht zu tun hatten, und die Zonen *Verfallene Festung*, *Verlassener Lastwagenparkplatz* und *Verlassenes Schiff* blieben in der Schachtel.

Im Grunde war das Spiel ein Würfelspiel, in dem man nacheinander dran war, fünf Würfel gleichzeitig zu werfen, wobei man mindestens eine Sechs brauchte, um sich aus seinen Fesseln zu befreien, dann konnte man versuchen zu *Entkommen!* Sobald man draußen war, bestimmte die Augenzahl, welche Aktionsmöglichkeiten man hatte. Man konnte nach Werkzeugen oder Waffen suchen oder sich auf das Ziel zubewegen, die Telefonzelle. Manchmal kreuzte sich der eigene Pfad mit dem des Gegenspielers, oder falls die Umstände richtig waren, konnte *Der Fänger* einen einholen – deshalb brauchte man Waffen, um eine Bedrohung abzuwehren, und Werkzeuge, um am Ende Zugang zur Telefonzelle zu kriegen. Die Werkzeuge und Waffen fanden sich in zwei Stapeln von Spielkarten, und man wusste nie, was man als Nächstes bekam. Auf den Rückseiten der Karten war der cartoonhafte Schweißer abgebildet, zusammen mit seinem Schweißbrenner, der die Spieler anschaute, darüber der Schriftzug *Entkommen!*

Falls Joel für eine Sekunde die Tatsache hätte vergessen können, dass zwei junge Frauen gezwungen worden waren, dieses Spiel in einer grausigen Realität zu spielen, hätte er den Reiz dieses Spiels vielleicht erkannt und eingesehen, dass man einen vergnüglichen Abend damit verbringen konnte. Doch davon war er weit entfernt. Man drehte Karten um und enthüllte immer grausiger aussehende Waffen, und die ganze Zeit über war einem *Der Fänger* dicht auf den Fersen.

Für Joel endete das Spiel, als Eileen die *Todeskarte* aufdeckte. Das Bild eines einfachen Totenkopfs mit zwei darunter gekreuzten Knochen ließ sie die ganze Anleitung absuchen, bis sie herausfanden, dass diese Karte bedeutete, dass jeder von ihnen ein Leben verlor. Joel hatte kein weiteres Leben mehr, da er bereits einmal vom Fänger angegriffen und dabei verwundet worden war.

Er konnte nicht gerade behaupten, dass er die Ironie dahinter zu schätzen wusste.

TAG 4

KAPITEL 28

Die cartoonartigen Waffen, von denen das Blut tropfte, waren ohne Zweifel ein Grund dafür, dass Joel so schlecht geschlafen hatte. Er erwachte vor dem Wecker, der auf seinem Nachttisch stand und verkündete, dass es kurz nach fünf Uhr morgens war. Doch sein Gehirn schaltete auf Vollgas, offenbar nicht im Geringsten an seinem Mangel an Schlaf interessiert, und so gab er jeden Versuch auf, noch eine Mütze davon zu bekommen.

Er ging nach unten, um seine Laufschuhe zu suchen. Wenn er schon wach war, konnte er auch versuchen, das Beste daraus zu machen.

Er lief, solange er konnte, in den Sonnenaufgang, die Augen halb geschlossen, und genoss das Gefühl der Wärme auf seinem Gesicht. Viel zu früh trennten ihn hohe Bäume vom Licht, die den Großteil der Schleife säumten, die den Außenbezirk der mittelalterlichen Stadt Canterbury streifte, bevor sie ihn wieder zurück ins ländliche Elham und zu seinem Haus in der Dorfmitte brachte.

Seine Frau empfing ihn, als er wieder durch die Haustür trat. Sie saß auf halber Höhe auf der Treppe und trug einen fest zusammengebundenen Morgenmantel.

»Ich hatte gehofft, dich nicht zu wecken.«

»Hast du nicht«, sagte sie.

»Gehst du wieder ins Bett? Es ist noch früh.«

»Es ist nach sechs. Bald wachen die Kinder auf und wollen irgendwas«, erwiderte sie achselzuckend.

»Wirklich? Heute war meine Runde etwas länger. Ich kann

mich gerne um die Kinder kümmern, falls du dich noch mal eine halbe Stunde hinlegen möchtest. Ich bringe dir einen Tee hoch.«

»Ist schon in Ordnung. Aber den Tee nehme ich gerne.« Sie lächelte, stand auf und zog ihren Mantel gerade. Er ging in die Küche, füllte den Wasserkessel, und Michelle lehnte sich ihm gegenüber an den Küchentresen. »Es tut mir leid, ich weiß, ich hätte den Kindern gestern das Abendessen machen sollen, und dir auch …«

»Das Abendessen ist uns herzlich egal; du bist ein miserabler Koch, Joel. Wir wollen nur, dass du hier bist und Zeit mit uns verbringst. Sonst nichts.«

»Ich weiß. Tut mir leid.«

»Ich hab da auch Schuld dran. Vermutlich habe ich mich an deine regelmäßigen Arbeitszeiten gewöhnt. Ich freue mich für dich und weiß, dass du einen guten Job wolltest, dass du wieder arbeiten möchtest, und ich weiß, wenn du spät nach Hause kommst, dann nur, weil du etwas Wichtiges zu erledigen hattest.« Sie lächelte, doch ihre Augen verrieten, dass sie damit eine Frage stellte.

»Wir haben ein Brettspiel gespielt«, antwortete er und führte das bewusst nicht weiter aus.

»Du hast lieber mit deinen Arbeitskollegen ein Brettspiel gespielt, als Zeit mit deiner Familie zu verbringen?«

Das würde er wohl näher erklären müssen.

»Es gibt so ein Strategiespiel für Erwachsene. Es heißt *Entkommen!* Man würfelt, bewegt seine Figur, findet Werkzeuge und Waffen, und das Ziel des Spiels ist es, sich nicht von einer Figur namens *Der Fänger* umbringen zu lassen. Dieser Mörder, den wir suchen, hat das Spiel vielleicht in die Wirklichkeit übertragen. Ich weiß, wie sich das anhört, aber er lässt zwei Menschen gegeneinander antreten, zwingt sie, Gegenstände zu suchen, die sie benützen können, und lässt sie dann um ihr Leben laufen. Buchstäblich. Die Person, die als Erste das Ziel erreicht, darf nach Hause gehen – barfuß, orientierungslos und halb verhungert. Die Person, die das Rennen verliert …«

»Was?«, fragte Michelle, deren Unglauben deutlich zu hören war.

»Game Over«, antwortete Joel. »Und wir glauben inzwischen, dass das alles wieder passieren wird, wenn wir es nicht stoppen können.«

»Himmel, Joel, was stimmt nicht mit den Menschen?«

»Früher, bei der Taktischen Unterstützungsgruppe, habe ich eine Menge Gewalt gesehen und hatte es oft mit viel Gewalt zu tun. Kneipenschlägereien, Gangkriege, Messerstechereien wegen Drogen … Es gab immer einen Grund, warum jemand zum Opfer wurde.« Er schüttelte den Kopf. »Wenn dich ein Drogendealer absticht, dann vermutlich, weil du ein rivalisierender Drogendealer bist oder ein Leibwächter oder einfach nur *Teil* dieser Welt. Ich kann es beinahe akzeptieren, dass jemand verletzt wird, weil er schlechte Entscheidungen im Leben getroffen hat und weil sie das schnelle Geld wollten. Aber diese junge Frau, das war vielleicht nur jemand, an dem dieser Geisteskranke einfach auf der Straße vorbeigelaufen ist – falsche Zeit, falscher Ort. Absoluter Zufall. Darüber komme ich nicht hinweg. Ich denke an unsere Mädchen, denke darüber nach, wie wir sie schützen können, wie wir sie so großziehen, dass sie sich von Drogendealern fernhalten oder jeder anderen Welt, in der Gewalt einfach nur Alltag ist. Aber wie soll ich sie vor *so* jemandem schützen?«

Michelle kam zu ihm und umarmte ihn. »Du findest ihn und sperrst ihn weg. Das wirst du tun, das ist jetzt dein Job. Denk daran, wie wichtig das ist. Diese Drogendealer, von denen du sprichst – du hast mir immer erzählt, dass du einen wegsperrst und zwei andere irgendwo auftauchen. Eine *Hydra*, richtig? Dieser Kerl, er muss ernsthaft krank sein, der muss einzigartig sein. Halte ihn auf, und niemand wird seinen Platz einnehmen. Unsere Mädchen sind sicher, die ganze Welt ist sicherer.«

»Und das bringt mich nachts um den Schlaf – ich habe nicht das Gefühl, dass wir ihm irgendwie näher kommen. Was ist, wenn das alles nur der Anfang ist? Was, wenn wir ihn nicht rechtzeitig kriegen, um zu verhindern, dass er es noch einmal tut?«

»So kaputt bist du für niemanden eine Hilfe – und du siehst wirklich kaputt aus! Warum schläfst du jetzt nicht noch ein paar Stunden? Fährst später zur Arbeit? Schon zwei Stunden Schlaf, und du würdest dich viel besser fühlen.« Sie seufzte und senkte den Blick zum Handy, das in diesem Augenblick zwischen ihnen zu vibrieren begann. Es steckte in Joels Tasche, und die Nummer rief ihn oft genug an, dass er sie eingespeichert hatte: *Notrufzentrale.*

»Ja?«, meldete sich Joel und schaute seiner Frau in die Augen.

»Inspector Norris?« Eine weibliche Stimme, nasal, direkt zum Punkt. Sie war eine der Diensthabenden in der Notrufzentrale und bedauerte es, ihn so früh zu stören, aber eindeutig meinte sie es nicht so. Dann kam sie zum Grund ihres Anrufs. Joels Ausdruck musste sich verändert haben, während er lauschte. Seine Frau reagierte, indem sie das Gewicht von einem Bein aufs andere verlagerte, und ihre Miene verriet Neugier, als er der Frau am anderen Ende der Leitung dankte und das Gespräch beendete. Auch er hatte es nicht so gemeint.

»Was ist?«, fragte Michelle auf der Stelle.

Joel zog sich mit den Händen die Wangen nach unten und drohte von einer Welle der Erschöpfung übermannt zu werden.

»Wir haben ihn nicht rechtzeitig gefunden. Offenbar hat er noch eine Runde gespielt.«

KAPITEL 29

»Also, das wäre wohl der *Verlassene Lastwagenparkplatz*«, sagte Joel auf dem Beifahrersitz, als sie auf das Gewerbegebiet bei Sandwich fuhren. Im Grunde lag es am Rande der Stadt und dichter an der Grenze von Ramsgate als bei der mittelalterlichen Stadt von Sandwich und fünfzig Minuten von der Maidstone Polizeistation entfernt, wo Joel DS Rose eingesammelt hatte – und das, obwohl sie das Blaulicht eingeschaltet hatten und bei Bedarf sogar die Sirene. Insgesamt waren zwei Stunden vergangen, seit Joel den Anruf erhalten hatte.

Die Streifenwagen der örtlichen Polizisten, die als Erste am Tatort gewesen waren, standen noch herum. Das Gewerbegebiet reichte bis zum Fluss Stour. Die Zusammenfassung, die Joel erhalten hatte, besagte, dass der Mann, der die Polizei gerufen hatte, auf dem Gelände eine Bootswerkstatt betrieb. Offensichtlich war er verwundert gewesen, als er sah, dass der unvermietete Laden neben seinem mit roher Gewalt aufgebrochen worden war. Er hatte nachgesehen und neben den Einbruchspuren ein Telefon gefunden, das am Kabel herabhing. Ein Hundeführer der Polizei war eingetroffen und hatte die Spur des vermeintlichen Einbrechers aufgenommen, doch stattdessen hatte sein Spaniel eine Leiche gefunden, deren Hals, so hieß es in der Beschreibung, »in Fetzen gehackt« worden war. Der grausige Fund lag ein gutes Stück von dem Telefon entfernt, über eine Brücke, die zu einem Hof für zeitweise abgestellte Lkw-Anhänger führte, den man auch über die A256 erreichte. Und dorthin hatte DS Rose sie gefahren.

Die Liste der Anrufe aus dem leer stehenden Laden war eilig von der Notrufzentrale eingeholt worden und bestätigte ein Gespräch, das sieben Minuten angedauert hatte. Falls Shannon Hendrys Erzählung korrekt war, dann konnte Joel davon ausgehen, dass es kein siebenminütiges Gespräch gewesen war, sondern nur ein einzelner Satz und ein Telefonhörer, der ungenutzt am Kabel herabhing. Wieder führte die gewählte Nummer zu einem nicht registrierten Handy. Wegen dieser Parallelen wurde die Situation so schnell mit dem Mord an Kelly Marshall in Verbindung gebracht – und deshalb war Joel jetzt hier, um die Ermittlungen zu übernehmen.

Doch es gab auch einige Unterschiede: Zum einen das Timing. Der Anruf war am Morgen des Vortags getätigt worden, also waren vierundzwanzig Stunden vergangen. Kelly Marshall war in einer öffentlichen Telefonzelle liegen gelassen worden, was einen schnellen Fund der Leiche unvermeidlich gemacht hatte. Doch das hier war die ruhigste Ecke eines halb verlassenen Gewerbegebiets. Joel war schon gespannt darauf, welche Unterschiede er noch finden würde.

Er wurde nicht enttäuscht.

Sie stiegen aus dem Auto. Die Sonne stand noch tief über einer chaotischen Reihe von Ladecontainern, verströmte jedoch schon jetzt eine enorme Hitze. Joel stand vor den geöffneten Ladeflächen der Anhänger, hinter ihm dröhnte der Verkehr auf der A256 durch eine dichte Baumreihe. Bei sämtlichen Anhängern war mindestens eine Seite komplett aufgeklappt und festgezurrt. Joel wusste, dass die Fernfahrer das machten, um zu zeigen, dass sich nichts darin befand, auch wenn das hier unnötig erschien, da die Möchtegerndiebe die Anhänger von der Straße aus gar nicht sehen konnten, und das Feld, auf dem sie standen, war sogar für die Polizei nur schwer und mithilfe einer Wegbeschreibung zu finden gewesen. Joel vermutete, dass man jeden Tag in dem Gewerbegebiet hier arbeiten konnte und trotzdem nichts von den geparkten Anhängern auf dem Feld am hintersten Ende wusste. Er machte sich im Kopf eine Notiz, dass er herausfinden musste, *wer* davon wusste.

»Sir …« Eine Beamtin in Uniform näherte sich. Sie trug Sergeant-Streifen auf der Schulter, die aber dem mit einem Klettverschluss befestigten Namensschild auf ihrer Stichschutzweste widersprachen, auf dem stand nämlich: *Police Constable Angela DAWES, Nachbarschaft.*

»Angela, schön, Sie kennenzulernen. Was haben wir hier?«

»Das sehen Sie ja. Wir haben nichts bewegt oder durchsucht. Der Hundeführer ist das Gebiet abgelaufen, aber ohne Erfolg …« Sie hielt inne und atmete tief durch. »Tut mir leid! Ich bin nur für ein paar Schichten in Vertretung. Mein Sergeant ist auf Fortbildung, und ich springe hier zum ersten Mal ein.«

»Und sehen Sie, was passiert.« Joel lachte und Vertretungs-Sergeant Angela Dawes' Körpersprache verriet, dass sie ein bisschen lockerer wurde.

»Wir haben einen Anruf bekommen. Einer der Typen, die hier ihren Laden haben, sah, dass das Vorhängeschloss nebenan aufgebrochen und das Schutzgitter hochgerollt war. Die Inhaber hier passen aufeinander auf. Er ging rein und sah, dass der Telefonhörer runterhing. Wir haben ein bisschen nachgeforscht; von dem Apparat aus wurde eine Handynummer angerufen, gestern Morgen um Viertel vor sechs. Es gab auch Blut – nicht viel, ein paar Spritzer auf dem Beton und innen im Laden. Wir dachten erst, dass sich jemand beim Einbrechen verletzt hat, doch dann …« Sie deutete auf den letzten Anhänger auf der linken Seite. Es brauchte ein paar Sekunden, bis Joel sah, was sie meinte. Dort lag irgendeine Art von Haufen im Schatten eines Anhängers, fast direkt unter den Metallstufen. Die Tür zum Anhänger war ebenfalls festgebunden. Es dauerte noch einen Augenblick, bis sein Gehirn die Einzelheiten verarbeitet hatte – die Hand mit gespreizten Fingern auf der nach oben gereckten Hüfte und ein nackter Fuß, der mit der Sohle in seine Richtung auf dem anderen lag.

»Der Hundeführer, der die Leiche gefunden hat – ist er noch hier?«, wollte Joel wissen.

»Ja, aber er war auf dem Weg zurück, um seinen Bericht abzuliefern.«

»In Ordnung, dann hinterlasse ich meine Kontaktdaten, damit er weiß, wer ich bin.«

Der Sergeant nickte. »Kein Problem.«

»Gut. Na dann, ich schaue mir das besser mal an.«

»Wäre es in Ordnung für Sie, wenn ich …« Sergeant Dawes blieb stehen, wo sie war. »Es ist nur … Sie liegt schon einen Tag oder so hier, und es sieht aus, als hätten die ersten Tiere bereits …«

Joel lächelte sie an. »Ich verspreche, Sie nur dann zu rufen, wenn ich Sie wirklich brauche. Falls Sie Ihre Freunde von der Spurensicherung zu mir schicken könnten, sobald sie eintreffen, wäre das großartig.«

Ihre Erleichterung war deutlich zu spüren.

Sie waren auf dem Herweg bereits am Van der Spurensicherung vorbeigekommen, aber Joel wusste, dass sie zunächst den leeren Laden untersuchten. Die erwähnten Blutspritzer waren schon dabei, sich zu zersetzen, und Joel würde die Gelegenheit nutzen, das Opfer so gut wie möglich zu untersuchen, bevor jemand eintraf und ihm erklärte, was er nicht berühren dürfe. Die Leiche würde von einem anderen Spurensicherungsteam bearbeitet werden. Sie mussten beide Tatorte als unabhängig voneinander betrachten, bis sie Beweise dafür hatten, dass sie zusammengehörten. Denn wer konnte schon sagen, ob der Laden am anderen Ende des Gewerbegebiets nicht doch bloß das Ziel eines ungeschickten Einbrechers geworden war und das Ganze nicht das Geringste mit der Leiche hier oben zu tun hatte? So unwahrscheinlich das auch war, konnte Joel sich nur zu gut den herablassend lächelnden Anwalt vorstellen, der zufrieden auf seinen Hacken vor und zurück wippte und eine große Rede darüber schwang, dass *wahrscheinlich oder unwahrscheinlich keine Fragen sind, die es im Gerichtssaal zu klären gilt – genauso wenig wie Zufälle. Eine Verurteilung darf nur anhand harter Fakten erfolgen, Fakten, die entweder von der Polizei über jeden berechtigten Zweifel hinaus bewiesen werden oder nicht im Geringsten bewiesen sind!* Sollten beide Tatorte von demselben Spurensicherungsteam untersucht werden, wäre das eine willkommene Entschuldigung dafür, dass forensische Beweise, die beide Tatorte miteinander verknüpften, schlicht von den Ermittlern dorthin geschleppt worden waren. Und Joel verspürte nicht das Bedürfnis nach einem Streit, den er nicht gewinnen konnte.

Zumindest gab es keinen Zweifel daran, dass ihr Opfer ermordet worden war.

Als Erstes fielen Joel die zahlreichen brutalen Wunden an der Kehle auf. Das Opfer war männlich, Anfang oder Mitte zwanzig. Da er auf der Seite lag, ragte eine knochige Hüfte unter einem grünen T-Shirt hervor, das zu den grünen Shorts passte. Die Hand, die er aus der Entfernung gesehen hatte, die an der Seite seines Körpers, lag in einem unnatürlichen Winkel an ihren Arm geklappt, der eindeutig gebrochen war. Die Leichenblässe des Unterarms wurde von einer Beule unterbrochen, die rot, schwarz und gelb um den Bruch herum aufragte. Das Blut, das noch im Körper war, hatte sich an der Unterseite abgesetzt, wodurch es aussah, als läge die Leiche auf einem Bett aus Purpur. Die Bissspuren, die Nachbarschafts-Sergeant Dawes erwähnt hatte, lagen um die offene Wunde an seinem Arm und einem seiner freiliegenden Oberschenkelmuskeln. Das Fleisch darunter war rot. Es hätte schlimmer sein können, dachte Joel – meist waren die Augen das Erste, was die Tiere sich holten.

»Scheint, als hätten wir unseren grünen Läufer gefunden«, sagte Joel zu DS Rose. Sie nickte leicht. Der Schock stand ihr ins Gesicht geschrieben. Joel löste den Blick von der Leiche und betrachtete den Lkw-Anhänger, der über ihr aufragte. Der Boden lag dicht unter seiner Augenhöhe und in den Schatten im Inneren bemerkte er etwas. Es sah aus wie eine breite Kiste mit niedrigen Wänden, die in der Mitte der Ladefläche stand. »Haben Sie eine Taschenlampe?«, rief er Sergeant Dawes zu. Er traf sie auf halber Strecke und nahm die Lampe entgegen. Der Sergeant beeilte sich, wieder wegzukommen. Das Gummi von Joels Handschuhen verfing sich an der Tür, als er sich die Stufen nach oben und in den Anhänger zog, und schnappte zurück. Zuerst spürte er die Kälte. Ein Windzug wehte durch den Laderaum, was darauf hinwies, dass er an beiden Enden offen war. Und tatsächlich fiel Sonnenlicht durch drei kleine Löcher am anderen Ende hinein. »Es ist eine Sandkiste!« Joels Stimme hallte von den Wänden wider und vermischte sich mit dem Klang seiner Schritte, als er weiterging.

»Eine Sandkiste?« DS Rose klang ebenfalls überrascht. Von all den Dingen, die hinten in einem Anhänger transportiert wurden, war das eines der weniger wahrscheinlichen. »Noch eingepackt?«

»Nein. Aufgebaut. Und voller Sand.« Joel ließ den Strahl der Taschenlampe darüber schweifen. Sie war lang, mindestens vier Meter, und über einen Meter breit. Der Sand an seinem Ende war glattgestrichen, und das Muster verriet, dass er geharkt worden war. Das andere Ende war völlig aufgewühlt, als hätte jemand hektisch darin herumgebuddelt. Es lag auch Sand daneben, der feucht genug gewesen war, um etwa handtellergroße Klumpen zu bilden. Er achtete sorgfältig darauf, mit den Füßen nirgendwo gegenzustoßen, als er herumlief. Er untersuchte die Löcher in der Wand und fand einen Draht, der durch eines von ihnen führte. Er folgte ihm mit seinem Lampenstrahl, weg von der Wand, über den Boden und zurück zur Sandkiste. Genau wie in Shannon Hendrys Stallbox bildete das Ende eine große Schlaufe, und in der Mitte war etwas im Sand vergraben, von dem nur die

Spitze herausschaute und im Licht zu sehen war. Joel war vorsichtig, als er den Sand zur Seite schob, um etwas mehr zu enthüllen.

»Noch eine Spielfigur«, rief Joel und spürte dann, wie der Boden des Anhängers sich bewegte, als DS Rose die Stufen heraufstieg. »Grüne Shorts und grünes T-Shirt und aufgemalte schwarze Tränen. Genau dasselbe.« Joel hockte vor der Sandkiste. Er folgte dem Draht zurück zu dem hellen Loch in der Wand. »Die Grube war für den Toten, damit er nach etwas suchen konnte. Darin können alle möglichen Werkzeuge oder Waffen versteckt sein. Es war die einzige Möglichkeit dafür. Nur aus dem Grund steht sie hier.«

»Unter dem Anhänger liegt ein Brecheisen mit Blut und Sand darauf. Ich habe es liegen lassen«, erklärte DS Rose.

Joel seufzte. »Na gut. Das könnte die Armverletzung erklären.«

»Ja, möglich. Aber der Hals ... das ist wirklich übel. Ich glaube nicht, dass das ein Messer war, zumindest kein sehr scharfes.«

»Was gab es sonst noch?«, fragte Joel.

»Im Spiel, meinen Sie? Ich würde auf die Schere tippen.«

»Eine Schere! Das kann nicht einfach gewesen sein.«

»Sieht auch nicht aus, als wäre es einfach gegangen. Oder schnell.«

»Das hier ist anders. Falls das, was Shannon Hendry uns erzählt hat, stimmt, dann hat sie sich genau an die Regeln gehalten, und jemand anderes hat das mit dem Mord erledigt. Das hier sieht aus, als hätte es direkt nach dem Start einen Kampf gegeben. Die Wunde am Arm unseres Opfers ist eine Abwehrverletzung. Die Schere wäre keine wirklich ideale Wahl, und die Wunden stammen von jemandem, der nicht sehr geschickt war. Und wir sind hier noch ziemlich weit vom Telefon entfernt.«

»Glauben Sie, dass die beiden hier nach anderen Regeln gespielt haben?«

»Nicht unbedingt. Wir haben das Spiel gespielt – manchmal kreuzt sich der Weg mit dem der Gegner.«

»Oder vielleicht gefielen jemandem seine Chancen bei einem einfachen Rennen nicht«, schlug DS Rose vor. Sie stand aufrechter und schaute zur Rückwand, wo der Draht durch das Loch in den Anhänger führte. »Können Sie sich vorstellen, was hier drin vorgefallen ist? Was jemand durchmachen muss, um einem Fremden in der Sekunde, in der man sie von diesem Ort freilässt, die Kehle zu zerstückeln? Sie müssen *so* verängstigt gewesen sein …«

»Wir wissen nicht, ob die beiden Fremde waren.«

»Selbst wenn sie sich gekannt oder sogar gehasst haben … ich könnte so etwas meinem ärgsten Feind nicht antun. Sie?« DS Rose schaute zu dem Sonnenstrahl, der am Ende des Trailers hereinfiel. Joel hatte den Ort wie ein Ermittler betrachtet und versuchte, die Teile zusammenzusetzen. Jetzt dachte er über ihre Worte nach: Was wohl nötig gewesen sein musste, um an einen Punkt zu kommen, an dem die einzige Möglichkeit darin bestand, einem anderen Menschen so lange in den Hals zu stechen, bis er tot war. Ihm wurde ganz heiß vor Zorn, als ihm klar wurde, dass das hier die perfekte Show für ihren Mörder gewesen sein könnte.

»So oder so, wir haben einen weiteren Überlebenden«, erwiderte Joel schließlich. »Also noch eine Person, die etwas wissen könnte, das uns hilft, diesen Wahnsinn zu beenden.« Er schaute zur Wand und zu der Kartenzeichnung und der Handynummer, die dort eingeritzt war. »Es gibt aber noch etwas, was wir durch Shannon gelernt haben: Die Person ist vielleicht gar nicht so leicht zu finden.«

KAPITEL 30

Die Tür zu seiner Zelle wurde aufgerissen und gleißendes Sonnenlicht strömte hinein. Bradley regte sich nicht und kniff die Augen zusammen. Er wartete. Als der Mann sich näherte, trug er immer noch die Schweißermaske und den Overall. Gegen die Sonne war er nur ein dunkler, großer und breiter Schemen, und der Saum der Schweißermaske erstreckte sich bis über die Schultern.

»Dieses Mal wird es anders ablaufen.« Die knurrende Stimme war noch unangenehmer, weil er nicht sehen konnte, woher sie kam. Sie war einfach nur da, in diesem schwarzen Schatten – wie ein Dämon, der Befehle gab.

»Ich sagte doch, dass es mir leidtut, okay? Ich wusste es nicht, ich wollte doch n…«

»Dein Gegner wird besser vorbereitet sein. Du wirst gefesselt bleiben wie zuvor, aber dieses Mal wird dein Gegner frei sein und dich jagen. Das Rennen endet hier.«

»Bitte, bi…« Mit einem Satz kam der Schatten auf ihn zu. Bradley sah nicht, womit er ihn schlug, aber er schlug ihn. Hart. Er spürte ein Knacken in seiner Nase und knallte mit dem Hinterkopf gegen die feste Wand hinter ihm. Seine Orientierungslosigkeit wurde von Schwindel ertränkt. Die Welt verschwamm vor seinen Augen und er konnte seinen Angreifer noch schwerer erkennen.

Die Stimme sagte: »Je dichter dein Gegner kommt, desto mehr Freiheit erhältst du. Dieses Mal gibt es nichts zu suchen. Das ist alles, was dir zur Verfügung steht.« Er zeigte zur Wand. Dort hing ein Gewehr. Es sah seltsam aus, mit einem lang gezogenen Griff und einem länglichen Stück Metall, das hinten rausschaute. Er hatte so eins schon mal bei einem Airsoft-Treffen gesehen, darum wusste er, dass es ein Automatik-Gewehr war. Damals hatte es kleine Plastikkügelchen verschossen, doch dieses hier sah sehr viel tödlicher aus. Es steckte auf Kopfhöhe auf zwei Metallstangen, die aus der Steinwand ragten, und war auf die dicke Tür gerichtet. Das ganze Gebäude war fest und solide. Er hatte einen kurzen Blick darauf werfen können, als sie darauf zugelaufen waren, und erkannt, dass es ein alter Bunker war. Dieser spezielle Bunker war ihm unbekannt, aber er hatte während seiner Kindheit in einem ganz ähnlichen gespielt. Damals hatten sie an der Küste von Sussex gelebt, wo zahlreiche Martello-Türme und Pillbox-Bunker in den South Downs verteilt herumstanden. Diese Anlage hier war jedoch größer und hatte eine andere Form – lang und schmal. Der Haupteingang war über eine steile Senke zugänglich, und der gesamte Bau war erst zu sehen, wenn man dicht davorstand. Zu seiner Linken verengte sich der Raum, in den man ihn gesperrt hatte, schnell zu einem im Schatten liegenden Gang.

Um seine Taille hing der bereits vertraute, unnachgiebige Draht, der in der Wand hinter ihm verschwand und ihn an die Mauer gezogen festhielt. Bradley hatte Fragen. Er wollte wissen, was es mit der Waffe an der Wand auf sich hatte, wer kommen würde, doch sein Gesicht brannte noch vom letzten Mal, als er unaufgefordert das Wort ergriffen hatte. Der Mann unter der Schweißermaske sprach weiter.

»Dein Gegner hat genau die gleiche Waffe. Weil du geschummelt hast, erhält er den Vorteil, nicht gefesselt zu sein. Aber falls er direkt zu dir kommt, falls er überhastet agiert, verliert er seinen Vorteil. Und dann bekommst du deine Chance.«

»Wie meinen Sie das?« Die Gestalt war zurückgetreten, sprang jetzt aber wieder vor und Bradley schloss schnell die Augen, als er auf den nächsten Schlag wartete. Er kam nicht.

Als er die Augen wieder öffnete, war die Maske wieder dicht genug vor ihm, dass er das Leder riechen konnte und den Umriss einer Augenhöhle hinter der dunklen Sichtscheibe erkennen konnte.

»Es gibt Auslösepunkte. Falls er zu schnell ist, nicht mit Bedacht vorgeht, wird er sie alle auslösen. Jeder wird dich näher an deine Waffe bringen.«

»Und falls nicht? Falls diese Punkte nicht ausgelöst werden?«

»Dann wird er durch diese Tür kommen, mit genauso einer Waffe dort in der Hand, und du wirst hier sitzen, so wie du es jetzt tust. Und dein Ende wird schnell und schmerzlos sein.«

Der Mann mit der Schweißermaske erhob sich wieder und trat mit seinen schweren Stiefeln gegen Bradleys nackte Füße, als er sich umdrehte. Er ging bis zur Tür, wo er stehen blieb, seine Gestalt wieder nur ein dunkler Schemen. Er schien zu zögern und hob plötzlich die Hände, legte sie seitlich an die Maske und schob sie nach oben. Er schüttelte den Kopf und fuhr sich mit den Fingern durch seine Haare, die bis zu den Schultern reichten. Dann drehte er sich um. Bradley kniff die Augen zusammen. Das Gesicht kam ihm bekannt vor, doch dann sprach er ohne das Knurren, und auf einen Schlag stürzten der Name und die Erinnerungen wieder auf ihn ein.

»Noch ein Extraanreiz für dich, Brad. Wenn du die Sache überstehst, kannst du allen erzählen, wer der große böse Mann ist. Schön, dich nach all den Jahren wiederzusehen.« Die Tür flog zu, und es wurde wieder dunkel. Bradley brüllte ihm vergeblich hinterher.

Keine Wörter, nur das Tosen von Wut, Verzweiflung und Hilflosigkeit.

KAPITEL 31

Die Spurensicherung kam früh genug, um Joels Untersuchung des Tatorts zu unterbrechen, und schon bald wurde ihm klar, dass es reine Zeitverschwendung war, anderen beim Arbeiten zuzuschauen. In seiner neuen Position musste er mehr als je zuvor mit den Kollegen aus dem Labor zusammenarbeiten, und er wusste bereits, wie allergisch sie auf jede Frage reagierten, die mit dem Wort »theoretisch« begann. Als auch sein dritter Versuch mit der Antwort: »Das finden Sie alles im Bericht« abgeschmettert worden war, gab er es auf und ließ sie in Frieden. Sie waren noch nicht lange wieder im Auto, als Eileen anrief und ihnen eine gute Möglichkeit bot, ihre Zeit sinnvoller zu nutzen: Ein Mann namens Peter Marshall hatte sich bei der Polizei gemeldet. Er wollte mit dem Beamten sprechen, der dafür zuständig war, den Mann zu finden, der seine Tochter ermordet hatte.

Eine weitere fünfzigminütige Fahrt in den Westen des Countys später hielten sie vor einem Doppelhaus, das so aussah wie zahlreiche andere, die in den 1990er-Jahren erbaut worden waren. Die Fenster, Haus- und Garagentüren waren alle braun gestrichen, damit sie zu den Dachschindeln passten, die sich an einer Seite fast bis zum Boden erstreckten und auch einen Dachvorsprung bedeckten, der fast über die gesamte Breite des Hauses verlief. Das alles sah aus, als hätte der Architekt das Haus möglichst interessant aussehen lassen wollen, was vermutlich auch geklappt hätte, wenn nicht sämtliche Häuser in der Straße komplett identisch gewesen wären.

Sie traten unter den Vorsprung, um an die Haustür zu klopfen. Fast auf der Stelle öffnete ihnen eine Frau in Jeans und Pullover und langen braunen Haaren, die sie zu einem Pferdeschwanz gebunden hatte, als ob sie sie einfach aus dem Weg hatte haben wollen. Zuerst schaute sie ihre beiden Besucher erwartungsvoll an, doch schnell wechselte ihre Miene zu bestürzt und schockiert. Joel hatte diesen Wandel schon auf zahlreichen Gesichtern beobachtet – man bekam immer ein ganz neues Gespür für die Wirklichkeit, wenn die Polizei auftauchte.

Joel stellte sich und DS Rose vor. Die Frau schien sich nicht an ihren Namen erinnern zu können und brachte schließlich nur ihren Vornamen heraus – *Jessica* –, bevor sie einen Schritt zurück machte und auf die Küche zu ihrer Rechten zeigte. Der Raum war weder übermäßig groß noch klein und hatte eine Tür, die zu einem kleinen Garten führte. Der Mann, der mit dem Rücken zu ihnen in der Küche saß, rührte sich nicht, setzte sich jedoch aufrecht hin und zog die Arme dabei über das knorrige Holz eines sehr ungewöhnlichen Küchentischs an seine Seite. Seine Haltung verriet seinen Schock, noch bevor Joel sein Gesicht sehen konnte.

»Sie müssen Mr. Marshall sein«, grüßte Joel und zog die Bank ihm gegenüber heraus, um sich hinzusetzen. DS Rose stellte sich hinter ihm auf. »Ich bedauere die Umstände sehr, unter denen wir uns kennenlernen. Ich bin Inspector Joel Norris und das ist Detective Sergeant Lucy Rose. Wir untersuchen den Mord an Kelly Marshall und ich bin der Leiter der Ermittlungen, also Ihr Ansprechpartner.« Joel nahm eine Karte mit seinen Kontaktinformationen aus der Tasche und legte sie auf den Tisch. Peter Marshall betrachtete sie, die Unterlippe fest zwischen die Zähne geklemmt, und nickte. »Sie haben heute Morgen sehr früh unsere Zentrale angerufen. Sie meinten, dass Sie gerade erst das von Ihrer Tochter erfahren hätten. Stört es Sie, wenn ich frage, wie Sie davon erfahren haben?« Joel versuchte, möglichst neutral und ausdruckslos zu klingen. Peter antwortete leise, rang dabei die Hände und schien Schwierigkeiten zu haben, das erste Wort zu finden.

»Ich … Ich arbeite nachts … Sie bauen ein ganz neues Fernsehstudio. Oder Studios. Ein großer Teil ist bereits fertig, eine Menge Spezialgeräte sind da drin, darum haben wir rund um die Uhr Sicherheitsüberwachung. Diese Woche habe ich die Nachtschichten.« Sein Blick huschte hin und her, als hätte er Mühe, sich zu konzentrieren. Joel antwortete absichtlich nichts. Jessica – Joel vermutete, dass sie seine Lebensgefährtin war – sprang ihm zur Seite.

»Aber wie hast du davon gehört, Pete?« Sie stand links von ihm. »Ich glaube nicht, dass sie wissen wollten, warum du um die Uhrzeit schon wach warst!« Sie beendete den Satz mit einem nervösen Lachen, und Peter sah mit feuchten Augen zu ihr hoch. »Du musst ihre Fragen beantworten. Du musst ihnen erzählen, was passiert ist, und dann kann dir die Polizei ein bisschen mehr von dem erzählen, was sie wissen.« Sie schaute zu Joel. »Er ist nicht er selbst. Das alles war ein ziemlicher Schock, wie Sie sich vorstellen können. Ich hatte keine Vorstellung – er kam ein bisschen früher nach Hause, aber das ist nichts Ungewöhnliches. Dann habe ich ihn damit vollgequasselt, wie mein Tag war, und es ist einfach aus ihm rausgeplatzt. Wir wussten nicht, was wir tun sollen, also sagte ich, dass er Sie anrufen muss, um mit dem Beamten zu sprechen, der das alles untersucht.« Sie schaute wieder zu Peter. »Wer hat dir von deiner Tochter erzählt? Das wollte er wissen.«

Peter krauste die Stirn und Joel wartete. Er hatte schon jede Form von Schock gesehen, und auch diese. Peter Marshall wirkte fast wie betrunken. Er hatte Mühe, klar zu denken, seine Gedanken irgendwie zu sortieren, und normalerweise wurde dieses Chaos im Kopf nur noch schlimmer, sobald die Polizei eintraf. Schließlich sagte er etwas.

»Margaret.« Mit einem Mal war er wieder da, kaum, dass er das Wort ausgesprochen hatte, und schüttelte den Kopf, als wollte er die letzte Verwirrung auflösen. »Margaret Marshall.

Sie ist meine Ex-Frau. Sie erschien am frühen Morgen bei mir auf der Arbeit und meinte, dass sie mir etwas erzählen will. Sie sagte, dass ich es wissen sollte. Sie sagte, sie wolle nicht darüber sprechen, aber ich sollte es wissen. Dann hat sie mir erzählt, dass unsere Kelly tot ist. Sie sagte, man hätte sie ermordet. *Ermordet!*« Er schien über das Wort nachzudenken. »Sie gab mir einen Namen, jemanden, nach dem ich fragen sollte: Joel Norris. Dann ist sie einfach wieder gegangen. Ich konnte sie nicht aufhalten. Also rief ich die Polizei an. Ich brauche Antworten, ich muss wissen, was los ist. Ich habe nach Ihnen gefragt ...« Zum ersten Mal gelang es ihm, Joel in die Augen zu schauen.

»Und hier bin ich«, antwortete Joel und beugte sich dann vor, wobei seine Ellenbogen auf der polierten Tischplatte ein quietschendes Geräusch erzeugten. »Es tut mir leid, dass ich mich nicht direkt bei Ihnen gemeldet habe, aber wir hatten Ihre Adresse nicht. Margaret und Nicola erwähnten, dass Sie kürzlich umgezogen sind ...«

»Vor über einem Jahr!« Die Antwort kam von Jessica. Sie schnaubte, bevor sie sich wieder fing. »Tut mir leid.«

»Ich habe sie seit dem Umzug nicht mehr gesehen. Ich dachte, die Mädchen hätten den Kontakt zu mir abgebrochen, aber ich hatte immer geglaubt ... Ich hatte immer geglaubt, dass wir das wieder hinkriegen. Dass *ich* es mit ihnen wieder hinkriege.« Peters Augen wurden wieder glasig, und seine Aufmerksamkeit rutschte zurück zu dem Chaos in seinem Kopf. Joel musste dafür sorgen, dass er aufmerksam blieb.

»Warum würde Margaret so spät bei Ihnen auftauchen, und warum auf der Arbeit?«

»Sie war aufgebracht. Sie sagte, dass sie nicht schlafen konnte und dass es auf ihrer To-do-Liste stand. Ich war schon im Sicherheitsdienst, als wir noch zusammen waren, schon damals für dieselbe Firma, darum wusste sie, wen sie fragen kann, wann und wo ich arbeite. Ich war überrascht, sie zu sehen, aber nicht, dass sie mich gefunden hat.« Peters Aufmerksamkeit war zurück, und konzentrierter denn je. Er sah Joel direkt an. »Was ist passiert? Sagen Sie's mir einfach.«

Joel zögerte nicht. »Kelly wurde am Montag bei Sonnenaufgang an einer Landstraße knapp zehn Kilometer von ihrer Wohnung entfernt aufgefunden. Sie hatte eine Schusswunde am Bein und Stichwunden in der Brust und im Bauch.« Er ließ Peter etwas Zeit, darauf zu reagieren, doch es kam nichts. Peter hatte wieder den Kopf gesenkt und atmete bedacht und gleichmäßig. Jessica setzte sich neben ihn, nahm seine Hand und hielt sie sehr fest. »Wir stehen noch am Anfang unserer Ermittlungen, darum kann ich Ihnen noch nicht viel mehr erzählen als das, aber natürlich halte ich Sie über alle weiteren Entwicklungen auf dem Laufenden, sobald es welche gibt ...«

»Wer?«, fragte Peter. Es klang fast wie ein Husten, als hätte er es nur mit Mühe von tief in seiner Brust herausschleudern können.

»Wer?«, wiederholte Joel. »Wie meinen Sie das, Mr. Marshall?«

»Wer hat das getan?«

Joel warf einen Blick zu DS Rose. »Wie ich schon sagte, wir stehen noch am Anfang. Wir ermitteln in zahlreiche Richtungen und haben noch einiges an Arbeit vor uns. Das ist eine große Operation, die wir sehr ernst nehmen, und ich kann Ihnen versichern, dass wir alles tun, was in unserer ...«

»Sie haben also keine Ahnung, wer das war.« Da war eine plötzliche Kraft – und Lautstärke – in Peter Marshalls Stimme.

»Nein«, antwortete Joel. Es folgte ein Schweigen, das er nur zu gerne andauern ließ. »Aber dass ich mit Ihnen spreche, hilft uns herauszufinden ...«

»Sie glauben, ich würde meiner eigenen *Tochter* etwas antun?« Jetzt klang Wut mit, vor allem bei der Erwähnung seines Kindes.

»Das habe ich nicht gesagt, Mr. Marshall.« Joel sprach immer noch neutral und unaufgeregt, obwohl Peter ihn mit wütend verzogenen Lippen anstarrte. Jessica versuchte, seine Hand mit ihrem Daumen zu massieren, vielleicht, um ihn zu beruhigen. Er schüttelte sie ab. »Warum glauben Sie, dass wir hier sind, um Sie als Verdächtigen zu befragen?«, erkundigte sich Joel.

»Sie fragten mich, woher ich es weiß. Das war das Erste, was Sie zu mir sagten. Ich hab die Krimiserien geguckt. Der Vater wird immer in die Mangel genommen, er ist immer einer der Verdächtigen. Ich würde meinem kleinen Mädchen nie etwas antun, kein Haar würde ich ihr krümmen. Verstehen Sie mich?«

»Ja. Mr. Marshall, Sie haben uns angerufen. Heute Morgen um drei Uhr. Und Sie haben mich darum gebeten, Ihnen ein paar Antworten zu geben. Verstehen *Sie*, dass das der Grund dafür ist, warum ich hier bin?«

»Aber Sie haben keine Antworten.«

»Dies bleibt sicher nicht unser einziges Gespräch. Mordermittlungen beginnen immer mit sehr viel mehr Fragen als Antworten. Wer auch immer Ihrer Tochter etwas angetan *hat*, will nicht, dass wir herausfinden, wer er ist …« Joel hielt inne und beugte sich noch weiter vor – wieder machten seine Ellenbogen ein quietschendes Geräusch – und erhöhte damit die Spannung zwischen sich und Peter Marshall. »Also können Beweise versteckt werden, oder jemand versucht, sie zu zerstören, und jemand könnte lügen. Aber wir werden die Person finden. Sie wird einen Fehler machen. Vielleicht hat er meine Kollegen von der Spurensicherung unterschätzt – oder er hat mich unterschätzt.«

»*Er*?«, stieß Peter aus.

»Rein statistisch betrachtet«, antwortete Joel und lehnte sich etwas zurück. »Die Natur des Verbrechens und die Tatsache, dass das Opfer eine junge Frau ist, verrät mir, dass wir vermutlich nach einem Mann suchen. Auch wenn ich keine voreiligen Schlüsse ziehen will.«

»Die Natur …? Hat er etwa …« Peters Stimme veränderte sich wieder, und die Kraft und Wut darin waren auf einen Schlag wie weggewischt.

»Im Augenblick gibt es keinerlei Hinweise auf irgendeine sexuelle Komponente bei dem Verbrechen, falls Sie das fragen wollen.« Joel wusste ganz genau, was Peter gemeint hatte, und die Schultern des anderen entspannten sich. Sein ganzer Körper wirkte plötzlich in sich zusammengesunken.

»Wann haben Sie sie zuletzt gesehen, Mr. Marshall?« Joel gab sich bewusst Mühe, seine Stimme ein bisschen freundlicher klingen zu lassen. Fürs Erste hatte er ihn genug auf die Probe gestellt. Peter schob seinen Stuhl zurück und rieb sich das Gesicht und die Augen so kräftig, als wollte er sich aus einer Betäubung zurückholen.

»Wie ich bereits sagte, ich habe meine Mädchen seit über einem Jahr nicht mehr gesehen. Wir haben telefoniert – aber nur mit hinterlassenen Nachrichten –, kurz vor Weihnachten. Darüber, dass wir uns mal wieder auf einen Kaffee oder so sehen. Ich wollte beide zusammen treffen. Nicky war einverstanden, aber Kelly … Sie hat den Kontakt zu mir gemieden, seit … Ich weiß, wie sie ist, stur, genau wie ihre Mutter!« Ein Lächeln blitzte auf, war jedoch schneller verschwunden, als es gekommen war. »Sie sagte Nein. Ich dachte, inzwischen würde sie mit mir sprechen oder wenigstens meine Telefonnummer einspeichern. Ich wollte mich wieder mehr um sie bemühen, ich weiß, dass das von mir kommen muss. Meinetwegen mussten die beiden eine Menge durchmachen.«

»Weil Sie sich von ihrer Mutter getrennt haben?«

»Ja … Das hat sie schwer getroffen. Es hat sie alle schwer getroffen.«

»Paare trennen sich, das passiert«, sagte Joel, und Peters erste Reaktion war, wieder Jessicas Hand zu nehmen.

»Das stimmt. Aber ich hatte eine Familie, ein Heim und Kinder und … Nun, ich vermute, dass die eigene Familie nie gut darauf reagiert, wenn man ihr sagt, dass man nicht glücklich ist, und zwar schon seit langer Zeit. Natürlich haben sie Partei für ihre Mutter ergriffen. Das war nur verständlich, das weiß ich. Ich hatte lediglich gehofft, dass wir mit der Zeit einen Ausweg aus diesem ganzen Schlamassel finden.«

Joel bemerkte, dass Jessica seine Hand bei dem Wort *Schlamassel* fester drückte.

»Und Kelly hat Ihnen niemals irgendetwas erzählt, das wichtig sein könnte? Irgendjemand, der ihr in der Vergangenheit Sorgen bereitet hat? Ein Stalker, jemand, mit dem sie Streit hatte, Ex-Freunde …«

»Wir haben nicht miteinander gesprochen«, unterbrach ihn Peter. Dann erzählte er weiter, die Stimme diesmal in Melancholie getränkt. »Wir haben nicht miteinander gesprochen, schon bevor ich mich von ihrer Mutter getrennt habe. Ich meine, wir haben schon geredet, aber nicht über solche Dinge. Und jetzt wird Kelly nie wieder auf eine Nachricht antworten. Ich habe ihr durch Nic Nachrichten schicken lassen, aber sie macht es auch nur, wenn ich darum bettele, und ich habe niemals eine Antwort bekommen. Also nein, ich fürchte, ich kann Ihnen nicht helfen …« Er machte eine Pause. »Ich dachte immer, sie würden mir vergeben, wenigstens die Kinder. Irgendwann habe ich ihre Mutter nicht mehr geliebt, das kann passieren … Und ich habe mich in jemand anderes verliebt, auch das kann passieren, und ich bin so froh darüber.« Er hob Jessicas Hand und schloss die Augen, als er ihr einen festen Kuss darauf gab. »Aber jetzt ist Kelly …«

Joel warf DS Rose wieder einen Blick zu. Es wurde Zeit zu gehen. Er machte seinen Aufbruch deutlich, indem er auf seine Karte klopfte, die immer noch auf dem Tisch lag. »Ich weiß, das ist alles sehr schwierig. Ich halte Sie auf dem Laufenden, das verspreche ich. Sollte Ihnen in der Zwischenzeit irgendetwas einfallen, was wir wissen sollten, dann rufen Sie mich bitte an.« Peter reagierte nicht, auch nicht, als Joel aufstand.

»Ich bringe Sie hinaus.« Jessica entzog Peter ihre Hand und stand ebenfalls auf. Joel blieb an der Haustür stehen und sprach bewusst leise, als er ihren vollständigen Namen und

Kontaktinformationen aufschrieb und erklärte, dass er sich vermutlich eher bei ihr melden würde als bei Peter, falls er noch irgendetwas bräuchte.

»Das wäre vernünftig«, sagte sie und drehte sich um, um in die Küche zu schauen, wo man Peter immer noch mit dem Rücken zu ihnen am Tisch sitzen sah. »Er ist nicht ... Ich weiß nicht, wie er es verkraften wird.« Joel folgte ihrem Blick. Die Sonne warf ein scharf umrissenes Lichtquadrat auf den polierten Fliesenboden. Peters Stuhl war auf der Seite der Küche, die vom Licht nicht erreicht wurde.

»Mit jemandem wie Ihnen wird er es schaffen. Alles, was Sie tun können, ist, für ihn da zu sein«, erklärte Joel.

»Ich muss heute Nachmittag vielleicht zur Arbeit ...« Sie schalt sich selbst. Joels Überraschung musste ihm ins Gesicht geschrieben stehen. »Pete will mich nicht hier haben, nicht ständig. Ich weiß, wie er mit Problemen umgeht, nämlich am liebsten alleine. Ich habe ohnehin ein paar Termine, die ich nicht absagen konnte. Heute scheint niemand mehr ans Telefon zu gehen.«

»Was arbeiten Sie?«, fragte Joel.

»Ich bin Paartherapeutin.« Mit der Bezeichnung schien sie sich nicht ganz wohlzufühlen. »Und ja, mir ist die Ironie meiner Situation mit Pete bewusst ...«

Joel winkte ab. »Ich bin nicht hier, um zu urteilen. Peter hat es selbst gesagt: Solche Dinge passieren. Ich bin nur daran interessiert, die Person zu finden, die in der Lage war, einer jungen Frau das Leben zu nehmen. Das will mir nicht so einfach in den Kopf.« Joels Absicht lag darin, Jessica auf denselben Gedanken zu bringen: Könnte Peter Marshall so ein Mensch sein? Er beobachtete sie aufmerksam, konnte jedoch keine Reaktion feststellen.

»Ich weiß ... Ich kann das alles gar nicht glauben. Das mit Kelly, meine ich. Ich weiß, man sieht so etwas in den Nachrichten, aber man glaubt nie, dass es jemanden trifft, den man kennt. Es ist so schrecklich.«

»Haben Sie sich je kennengelernt?« Joel fragte so beiläufig, wie er konnte.

»Sie meinen Kelly und ich? Nein. Ich glaube nicht, dass das funktioniert hätte.«

»Kelly mochte Sie nicht«, mutmaßte Joel.

»Wie ich gerade sagte, sie kannte mich nicht, aber sie würde niemals jemanden mögen, der mit ihrem Dad zusammen ist. Nicht unter diesen Umständen. Das habe ich respektiert.« Plötzlich weiteten sich ihre Augen. »Ich mochte sie! Jedenfalls wollte ich nie, dass ihr irgendetwas zustößt ... Ich kannte das Mädchen nicht einmal ...«

Joel winkte ab. »Darauf wollte ich nicht hinaus«, log er. Er blieb noch einen Augenblick stehen und schaute ein letztes Mal zu dem Mann zurück, der auf seinem Stuhl im Schatten saß, der um ihn herum immer dichter zu werden schien.

KAPITEL 32

Joel eilte ins Büro zurück. Schon jetzt hatte er das Gefühl, die verlorene Zeit irgendwie wieder aufholen zu müssen. Es gab eine Menge zu tun, und er wollte in der Einsatzzentrale anfangen. Die Bezeichnung war recht optimistisch. Nachdem sie einen festen Bürobereich erhalten hatten, hatte er die Gebäudeverwaltung gebeten, ihnen einen separaten Bereich darin einzurichten, den sie als Einsatzzentrale nutzen konnten – so wie jedes professionelle Mordermittlungsteam. Was sie bekommen hatten, war ein schallgedämpfter Bereich, abgetrennt durch gepolsterte Raumtrenner auf knarzenden Metallfüßen. Es war eine »Behelfslösung« – ein Ausdruck, der ihn seine gesamte Karriere als Ermittler zu verfolgen schien.

Eileen Holmans war bereits im Einsatz*bereich*, als er dort eintraf, DS Rose nur ein paar Schritte hinter ihm. Eileen wusste, wie viel Wert Joel darauf legte, dass alles vorbereitet und für jeden gut sichtbar war, und hatte das schallschluckende Material sinnvoll genutzt, das wenigstens gut für Reißzwecken geeignet war. Es gab auch ein Whiteboard, das auf seinen gespreizten Beinen klapperte, als Eileen mit dem Stift darauf herumschrieb. Die Reißzwecken hielten Fotos und Info-Blätter fest, wobei das Material jedes Tatorts an einer jeweils anderen Ecke gesammelt wurde.

»Was machen wir, wenn uns die Ecken ausgehen?«, fragte Joel. Eileen beendete noch die Zeile, die sie gerade schrieb, und drehte sich locker auf einem Absatz herum, als wäre sie noch immer im Klassenraum und würde sich an eine

Gruppe Schüler wenden, die verspätet in den Unterricht platzte.

»Sie werden diesen Wahnsinn wohl einfach stoppen müssen, bevor das passiert, oder?«, antwortete sie, und alles, was fehlte, war ein *Mein Lieber!* am Satzende, um das Gefühl eines Klassenzimmers perfekt einzufangen. »Die Fotos vom Tatort heute Morgen sind schon alle da. Ich vermute, Sie können mir erzählen, was da passiert ist?«

»Nun, Sie sind hier zuständig, Eileen!« Joel erhielt seinen üblichen Blick über die Brille hinweg als Antwort. »Wir haben noch ein Opfer. Die Ähnlichkeiten sind ziemlich deutlich, wie Sie vermutlich gesehen haben. Die Kleidung, die Spielfigur, die Karte und Telefonnummer an der Wand …«

Eileen kaute nachdenklich auf dem Ende ihres Stifts herum. »Also sprechen wir hier von einem Serienmörder?«

»Nein.« Damit hatte sie Joel kalt erwischt, und die Überraschung war ihm deutlich anzuhören. »Das würde nicht dazu passen, und wir möchten diesen Ausdruck auch gerne vermeiden. Das hier ist keine Netflix-Serie. Wenn möglich, müssen wir die Sache so undramatisch wie möglich halten.«

»Zumindest für den Augenblick«, wandte DS Rose ein, um Joel zu bremsen.

»Okay, also ›noch nicht‹ bedeutet immer noch ›nein, wir verwenden diesen Ausdruck nicht‹«, erwiderte Joel.

»Wir müssen uns darauf einstellen, dass die Presse ihn so nennen wird. Wir erhalten schon jetzt Anfragen. Die wittern, dass wir zwei unterschiedliche Morde von demselben Täter haben. Wann wollen wir eine offizielle Pressemitteilung rausgeben?« DS Rose hatte schon vorher davon gesprochen, etwas an die Presse zu geben, doch er hatte abgelehnt. Jetzt verschränkte sie die Arme, wie um zu zeigen, dass sie sich dieses Mal nicht so leicht geschlagen geben würde.

»Ich wollte nicht, noch nicht. Falls wir richtigliegen und er sich wirklich an *Entkommen!* orientiert, dann folgt er einem Muster, und das verschafft uns einen Vorteil. Wir wissen von

Shannon Hendry, dass die Überlebenden nicht mit der Polizei sprechen dürfen. Sobald wir verlautbaren, dass das doch jemand getan hat, könnten Menschen in Gefahr geraten. Möglicherweise heißt das, dass es nächstes Mal keine Überlebenden geben *darf*.«

»Nächstes Mal? Eine Warnung an die Öffentlichkeit könnte verhindern, dass es überhaupt ein nächstes Mal gibt«, gab DS Rose zurück.

»Ja, könnte sie«, gab Joel zu. »Aber so, wie er die Orte auswählt und die Tageszeiten ... wir können nicht mit Zeugen rechnen. Wenn wir unsere Karten offenlegen, bringen wir nur Menschen in Gefahr. Damit gewinnen wir nichts.«

»Es sind bereits Menschen in Gefahr«, antwortete DS Rose. »Heute ist wieder jemand gestorben, vielleicht mehr als nur einer – wir wissen doch nicht, ob es jemand aus einem dieser Anhänger rausgeschafft hat. Kelly Marshall wurde an einem öffentlichen Ort liegen gelassen, ihrer Mutter wurde sogar *aufgetragen*, sich bei der Polizei zu melden, während Shannon freigelassen wurde und mit dem Bus nach Hause fahren konnte und ...«

Joel hob die Hand, als Sergeant Rose begann, voll in Fahrt zu kommen. »Okay. Okay, ich verstehe, worauf Sie hinauswollen.«

»Ach wirklich? Unser Mörder weiß, dass die Polizei an dem Fall dran ist, weil er das so will. Wir gehen ja buchstäblich von einem Spiel aus, also sollten wir auch damit rechnen, dass unser Marionettenspieler nur allzu glücklich darüber ist, dass die Polizei mitspielt.«

Marionettenspieler. Der Ausdruck traf Joel hart, weil er zutraf. Das zwang ihn zu der Erkenntnis, dass sie bis zu diesem Augenblick alle genau das getan hatten, was von ihnen erwartet worden war.

»Na gut«, sagte er, »stellen Sie etwas für die Presse zusammen. Der Boss wird das absegnen müssen, aber wir brauchen ja nicht unbedingt irgendwelche Verbindungen zu einem

Strategiespiel anzudeuten, nur die Orte, Zeiten und ob irgendjemand irgendetwas gesehen hat. Und wir sollten betonen, dass wir jeden schützen können, der sich meldet.«

»Ich füge noch die üblichen Bitten um Aufnahmen privater Sicherheitskameras und Dashcams aus der Gegend hinzu. Falls irgendjemand eine Aufnahme von jemandem hat, der in der Nähe eines der Tatorte zu Fuß unterwegs war, müssen wir uns das anschauen.«

»Was ist mit dem Fänger?«, mischte sich Eileen zwischen die beiden diskutierenden Beamten.

»Was soll mit ihm sein?«, antwortete DS Rose.

»Wir wissen von der armen Shannon, dass er sich der Rolle entsprechend kleidet.« Eileen verließ den Einsatzbereich, und als sie zurückkam, hielt sie die Spieleschachtel mit dem gezeichneten Fänger im Overall hoch. »Glauben Sie, jemand könnte den hier gesehen haben?«

Joel glaubte das nicht. Nicht für eine Sekunde – und er kannte die Mentalität der Menschen gut genug, um zu ahnen, was passieren würde, falls er diese Beschreibung des Mörders rausgab: Am Ende der Pressemitteilung würden die Leute wie verrückt anfangen, sich als *Der Fänger* zu verkleiden. Man würde von überall Sichtungen melden, und die ganze Sache würde ein einziger großer Witz werden, etwas, mit dem man die Polizei verspottete, und ihre Ermittlung gleich mit.

»Ich glaube nicht, dass wir diese Beschreibung rausgeben werden. Das könnte zu Missverständnissen führen. Er veranstaltet keine Kostümparty, er tötet Menschen. Ich will nicht, dass sich die Mitteilung auf etwas so Konkretes bezieht. Wir wollen, dass sich Zeugen melden, die etwas Ungewöhnliches beobachtet haben, etwas, das sich falsch angefühlt hat. Falls wir jemanden identifizieren können, der zur richtigen Zeit am richtigen Ort war, dann erfahren wir vielleicht auch mehr über einen Mann, der in einem Overall und mit gelber Schweißermaske gesehen wurde, und dann wissen wir, dass wir den Hinweis ernst nehmen können.« Joel unterbrach sich, als zwei Detectives hereinkamen, die er für einige Aufgaben losgeschickt hatte. Detective Constable Leonard Trott ging voran. Er hatte Schweiß auf der Stirn, und seine dunklen Augen huschten zwischen ihnen dreien hin und her. Er wirkte unsicher. DC Mary Cumberland folgte dicht hinter ihm. Sie hatte permanent gerötete Wangen und rote lockige Haare, die sie kurz geschnitten trug, aber nie so kurz, dass man den Eindruck bekam, sie hätte sie unter Kontrolle.

»Boss«, grüßte Leonard, nachdem er und Joel sich kurz angesehen hatten.

»Wie lief's?«, fragte Joel. Er hatte die beiden damit beauftragt, den Hersteller von *Entkommen!* aufzusuchen.

»Es ist ihr beliebtestes Spiel«, erklärte Leonard. »Die Frau sagte, dass sie nicht einfach die Namen der Käufer rausgeben könne. Sie wollte, dass wir den Regularien zum Datenschutz folgen. Es gibt ein Formular …«

»Ich weiß, dass es ein Formular gibt …« Joel unterbrach sich und atmete tief durch. Er war nicht wütend auf die beiden, er hatte immer noch ein bisschen mit dem Ausdruck zu kämpfen, den DS Rose verwendet hatte: *Marionettenspieler*. Sie hatten keine Zeit für Formulare. »Ich weiß, dass es einen Dienstweg gibt, aber das hier ist eine Mordermittlung, und es ist sehr gut möglich, dass jemand in deren Käuferliste zu seinem eigenen Vergnügen Menschen umbringt.«

»Das habe ich ihr auch gesagt, aber sie sah das anders. Sie meinte, das wäre nur unsere Meinung und dass wir keine Beweise dafür hätten. Sie sagte außerdem, dass sie quasi Millionen von dem Spiel auf der ganzen Welt verkauft hätten, und was wir denn tun wollten, etwa an die Tür von jedem Einzelnen klopfen, der es gekauft hat?« Leonard stieß ein gereiztes Lachen aus. Das war töricht, und das Geräusch hing in der Luft und ließ das folgende Schweigen nur noch schwerer wirken. Joel wusste, dass man eine Reaktion von ihm erwartete. Er spürte, wie die Wut in ihm anstieg. Schließlich beendete DS Rose die Stille.

»Da hat sie nicht ganz unrecht. Möglicherweise vergeuden wir damit bloß Zeit. Eine Menge Zeit.«

»Aber es ist ein Anfang«, widersprach Joel. »Welchen Ansatz haben wir denn sonst im Augenblick?« Seine Wut war nun deutlich zu erkennen und schwang in jedem seiner Worte mit. DS Rose wich einen Schritt zurück.

»Und das mit dem Datenschutz ist ein guter Punkt«, erklärte DS Rose weiter. »Diese Kunden haben Rechte, und dem Spieleverlag ist nicht daran gelegen, dass wir an Türen klopfen und die Leute beschuldigen. Solche Firmen sind auf ihren Ruf angewiesen.«

»Ihren Ruf?« Joel spürte jetzt, wie ihm heiß wurde. Er richtete einen Finger auf die schallgedämpften Raumteiler. »Sehen Sie sich die Fotos an. Sehen Sie, was er anrichtet. Und wir sorgen uns um einen Ruf?«

»Wir sind dichter an ihm dran als vorher.« DS Rose sprach so ruhig, wie sie es fertigbrachte, zweifellos in dem Bestreben, seine Wut zu besänftigen. Vergeblich.

»Ich fahre da persönlich hin«, erklärte Joel, und DC Trott riss die Augen auf. DC Cumberland stand eh schon etwas weiter hinten, machte jedoch einen Schritt zur Seite und verschwand dadurch hinter ihrem Kollegen. Joel atmete tief durch und versuchte, sich zu beruhigen. »Selbst wenn ich keine Liste kriege, erfahre ich vielleicht ein bisschen mehr über das Spiel grundsätzlich. Es gibt ja diese ganze Fanbewegung dazu, vielleicht bringt uns das weiter.«

»Und vielleicht auch nicht.« DS Rose hatte genug davon, ruhig zu bleiben. »Arch Rival Games stellt *Entkommen!* vielleicht her, aber sie haben auch diese gesamte Szene rund ums Bemalen, Tauschen und Verkaufen auf den sozialen Medien, eBay und wer weiß wo sonst noch in Gang gebracht. Diese Spiele wechseln andauernd die Besitzer, und falls unser Mörder ein bisschen Verstand hat, wird er sich ein Exemplar irgendwo besorgt haben, von wo man es nicht zu ihm zurückverfolgen kann. Und nach dem zu urteilen, was er bisher getan hat, ist er ziemlich schlau.«

Wieder folgte Schweigen, gerade lang genug, dass Joel einsehen konnte, dass sie recht hatte und er sich völlig verzweifelt aufgeführt hatte – denn er *war* verzweifelt. Diese Spielfiguren waren wichtig, wesentlich sogar. Natürlich würde der Mörder darauf achten, woher er sie bekam.

»Ich fahre zum Verlag und rede mit ihnen«, beharrte Joel. »Und nicht, weil Sie beide keinen guten Job gemacht hätten. Aber ich kann einen Antrag zur Aufhebung des Datenschutzes stellen. Wir sollten uns ohnehin an die Vorschriften halten. Ich will dieses Spiel besser verstehen und die Fangemeinde, die sich drum herum gebildet hat, selbst wenn es sich am Ende als Zeitverschwendung erweist.« Fast hätte Joel noch hinzugefügt, dass er auch nur zu gerne hier wegwollte, weg von den Fotos der Toten und dem Kummer in ihren Augen. Eine Autofahrt blies ihm vielleicht wieder den Kopf frei.

»Haben Sie über AR Games grundsätzlich gesprochen?«, erkundigte sich DS Rose, jetzt wieder mit ruhiger Stimme. »Gefragt, ob es einen Grund dafür gibt, warum sie anstelle eines anderen Verlags für Strategiespiele ausgesucht wurden?«

»Nein!« DC Trotts Besorgnis schien ihren Höhepunkt zu erreichen, und Joel beruhigte ihn.

»Das erledige ich auch gleich. Machen Sie sich keine Gedanken deswegen.« Er sparte sich den Hinweis darauf, dass die Frage Standard gewesen wäre. »Falls Sie sich fürs Erste um die Pressemitteilung kümmern könnten … Ich fahre los und versuche, mit etwas besserer Laune zurückzukommen.« Joel sagte das an DS Rose gewandt, doch es war als eine Art Entschuldigung an alle im Raum gedacht. Er hatte nicht wütend werden wollen. Die Leute in seinem Team gaben ihr Bestes – jeder von ihnen. Trotzdem bekam er dieses eine Wort nicht mehr aus dem Kopf.

Marionettenspieler.

Und es würde noch sehr viel zutreffender werden.

KAPITEL 33

Die Art, wie AR Games sich nach außen hin verkaufte, machte deutlich, welch hohe Meinung der Verlag von sich hatte. Laut der Webseite stand an dieser Adresse die Hauptgeschäftsstelle, doch es gab keinerlei Hinweise auf weitere Büros. Die »Hauptgeschäftsstelle« war klein, ein Mietbüro an einer Seite eines Ziegelbaus, der zum größten Teil von einer Firma für Küchengeräte eingenommen wurde. Vielleicht als Überkompensation war das »AR GAMES«-Schild groß genug, um albern auszusehen, und die Wahl, das Ganze aus goldenen Buchstaben zu gestalten, die an einem silbernen Rohrgeflecht von der Mauer abstanden, um eine Art 3D-Effekt zu erzielen, ließ alles nur noch alberner wirken.

Das Gold-auf-Silber-Design setzte sich in dem winzigen Empfangsbereich fort, ebenso wie der Mangel an Raumverständnis. Ein weiteres zu großes Accessoire, das sich seitlich in Joels Sichtfeld schob, ließ ihn abrupt stehen bleiben und umdrehen. Vor ihm ragte eine lebensgroße Figur des Fängers auf. Der blaue Overall mit dem *AR*-Logo hätte vermutlich sogar Joel gepasst. Die Arme waren mit falschem Blut bedeckt, und eine Plastikflamme ragte aus der Öffnung des Schweißbrenners heraus, den die Figur in einer Hand hielt. In der anderen hielt sie eine Kuhglocke in Originalgröße. Auf dem Kopf trug sie die Schweißermaske aus gelbem Leder, und das Sichtfenster war verspiegelt, sodass ihm sein eigener zweifelnder Blick daraus entgegenschaute. Dem Fänger gegenüberzustehen, hob seine Stimmung nicht gerade.

»Das ist unser Türsteher!« Die Stimme zog Joels Aufmerksamkeit auf eine Frau mittleren Alters, deren süffisante Miene verriet, dass die meisten Leute, die hier reinkamen, vor der lebensgroßen Hauptfigur des Spiels stehen blieben. Und vermutlich wurden sie alle mit demselben Scherz begrüßt.

»Ich bin mir sicher, dass er sehr effektiv ist«, antwortete Joel.

»Nur die wenigsten legen sich mit ihm an. Würden Sie auch nicht, oder?«

Es gab nur einen Sockel im Raum, der als Tresen diente, hinter dem sie stehen konnte und auf dem sich eine Hotelklingel befand und ein Schild mit der Aufschrift *Bitte klingeln*, das von schmutzigem, sich an den Rändern aufrollendem Klebeband festgehalten wurde. Die Glasscheibe hinter ihr war auf dieser Seite verspiegelt, aber Joel vermutete, dass man von der anderen Seite hindurchschauen konnte, sodass sie wusste, wann sie rauskommen musste, um ihren Satz »Das ist unser Türsteher!« aufzusagen. Sie schien immer noch erheitert zu sein. Sie war Mitte vierzig, doch ihre Frisur stammte direkt aus den Achtzigern, genau wie die dicken Schulterpolster in ihrer Bluse, wodurch sie Joel an George Michael während seiner Zeit bei *Wham!* erinnerte.

»Nein, vermutlich würde ich genau das tun, was er von mir verlangt. Warum ein Schweißer?«, wollte Joel wissen. Der Ausdruck der Frau veränderte sich. Joel hatte eindeutig die gewohnten Small-Talk-Pfade des Empfangstresens verlassen. Sie wirkte fast ein bisschen besorgt.

»Schweißer sind gruselig, oder nicht? So ein Ding auf jemanden zu richten, ist schon fies, denken Sie nicht?«

»Doch. Aber Schweißen erinnert mich eher daran, Dinge zu reparieren. Wäre eine Waffe nicht angemessener gewesen?«

»Er ist *Der Fänger*. Ich vermute, die Designer dachten sich, dass er damit Käfige zusammenschweißt. Was kann ich für Sie tun?« Joels Fragen hatten dem Raum jeden Humor entzogen, und er zückte seinen Polizeiausweis, um die Stimmung vollends zu kippen. Die Frau, die sich ihm freundlich entgegengebeugt hatte, richtete sich auf.

»Oh. Wir hatten schon Besuch von der Polizei. Ich dachte, Ihre Kollegen hätten bereits alles Nötige?«

»Ganz und gar nicht. Ich bin Detective Inspector Norris, der leitende Ermittler. Haben meine Kollegen Ihnen den Ernst der Angelegenheit erklärt?« Joel ließ die Frage ein wenig wirken und beobachtete, wie die Frau versuchte, die richtigen Worte zu finden.

»Ich … Ich sprach gar nicht … Ich meine, ich habe sie direkt zu Alison geführt … Sie ist hier der Boss und hat mit der Polizei gesprochen.«

»Und ist Alison noch hier?«

»Sie … Ja!«

»Könnte ich mich mal mit ihr unterhalten?«

»Ich … einen Augenblick.« Sie war weg, bevor Joel etwas antworten konnte, und zwar mit einer Geschwindigkeit, als könne sie es gar nicht erwarten, von ihm wegzukommen. Die Tür war noch nicht ganz wieder ins Schloss gefallen, als sie sie schon wieder aufstieß. »Sie isst leider gerade zu Mittag. Könnten Sie etwas später noch mal wiederkommen?«

»Nein, ist schon in Ordnung. Ich finde das nicht schlimm!« Joel bewegte sich vorwärts. Für eine Sekunde blieb sie, wo sie war, und blockierte seinen Weg, doch dann überlegte sie es sich anders und machte Platz, damit er seine kräftige Gestalt an ihr vorbeischieben konnte. Das Büro hinter ihr war klein, gerade ausreichend für einen Schreibtisch, einen elektrischen Heizkörper und ein zerschlissenes Sofa. Eine zweite Tür führte zum restlichen Erdgeschoss, einer großen leeren Fläche, deren gegenüberliegende Wand aus zwei Garagentoren bestand. Der Boden war grau und voller Striemen und verstreut herumstehender Paletten, auf denen sich Spieleschachteln in Folie und Schachteln mit Spielfiguren stapelten. Joel konnte darunter kein *Entkommen!* entdecken. Rechter Hand führten hölzerne Stufen hinauf zu einem Raum mit Fachwerkwänden, der auf freistehenden Stahlträgern ruhte und aus dessen Fenstern Licht drang. Er nahm zwei Stufen auf einmal und nahm durch die Fenster eine hektische Bewegung wahr, als jemand zur Tür stürmte, um ihn zu empfangen.

»Ich sagte, ich bin beschäftigt!« Die Frau, die vor ihm stand, trug einen eleganten Blazer mit Rock und Schuhen, die allesamt hellblau waren. Ihr weißes Hemd war weit genug aufgeknöpft, dass Joel gerötete Haut am Hals und der oberen Brust sah.

»Ehrlich gesagt, meinte Ihre Kollegin, dass Sie gerade Mittag essen. Ich hielt das für etwas anderes als ›beschäftigt‹, und da wir in einem Mordfall ermitteln, dachte ich, das wäre vielleicht wichtig genug, um Ihnen beim Essen Gesellschaft zu leisten. Ich habe wirklich kein Problem damit, wenn Leute mit vollem Mund reden. Vielleicht haben Sie ja ein paar Biscuits da drin, die Sie mir zum Tee anbieten können? Dann können wir einfach beide mit vollem Mund sprechen.« Die Frau starrte ihn an. Sie wirkte insgesamt recht dunkel: dunkle Haare, die fast völlig abgestorben sein mussten, so stark hatte sie sie geglättet. Dunkle Augen unter einem messerscharfen Pony, die wie Portale wirkten, aus denen sie ihre Wut hinausströmen ließ, und die Haut drum herum stark gebräunt.

»Tee?«, spie sie so wütend aus, als wäre es das Einzige, was sie überhaupt noch sagen könne.

»Milch, kein Zucker«, antwortete Joel.

Die Frau wirbelte mit erstaunlicher Körperkontrolle herum, wenn man die Höhe ihrer Absätze bedachte, und ging zurück in ihr Büro. »Ich kann Ihnen nichts weiter sagen«, erklärte sie, aber Joel interpretierte die Tatsache, dass sie die Tür offen gelassen hatte, als Einladung.

Sie setzte sich. An der Wand über ihr hing eine Urkunde mit ihrem Namen, Alison Reynolds, in goldenen Buchstaben und einem glänzenden Siegel in der oberen rechten Ecke, wodurch das Schriftstück noch echter wirkte. Joel bemerkte, dass die Vorliebe für Gold auch hier weiter anhielt. Die Schrift, die erklärte, wofür die Urkunde verliehen wurde, war kleiner, doch Joel konnte erkennen, dass sie irgendeinen Business-Kurs absolviert hatte. Falls es in dem Kurs darum gegangen war, wie man ordentlich nach Vorstandsetage aussah, musste sie ihn mit Auszeichnung abgeschlossen haben. Das Leder ihres Stuhls knarzte ein wenig, als sie sich zurücklehnte und ihn über ihren Schreibtisch hinweg musterte.

»Hübsches Büro«, sagte Joel.

»Ich bin nur äußerst selten hier. Meistens arbeite ich von zu Hause aus.«

»Dann habe ich also Glück, Sie hier zu erwischen, ja?«

»*Sie* hatten Glück, ja.«

»Sie hingegen weniger?«

»Ich bin eine äußerst beschäftigte Frau, Officer, und schon jetzt habe ich einen großen Teil meiner Zeit dafür aufgewendet, der Polizei bei ihrer Arbeit zu helfen. Ich denke, dass ich genug für einen Tag getan habe. Geben Sie untereinander keine Informationen weiter?«

»Inspector«, korrigierte Joel sie. »Ich bin der leit…«

»…ende Ermittler, ja. Helen erzählte es mir«, raunzte Alison.

»Sehr gut. Dann hat sie Ihnen auch erzählt, dass ich den brutalen Mord an zwei Menschen untersuche und dass diese Firma Teil unserer Ermittlungen geworden ist?«

»Ich würde wohl nicht behaupten, dass wir ein Teil Ihrer Ermittlungen sind, Off… Inspector. Formulierungen wie diese nötigen mich, Sie zu bitten zu gehen, bis ich mit meiner Anwältin gesprochen habe. Sie ist ein echter Pitbull – ist übrigens nicht meine Wortwahl. Die Bezeichnung stammt von der letzten Person, die mir krummgekommen ist. Muss ich sie anrufen?«

Joel konnte nicht anders. Der Fänger war wieder hier. Diesmal eine kleinere Version, etwa fünfundzwanzig Zentimeter hoch und aus Bronze, stand er auf einem Marmorsockel wie eine Trophäe. Auf der Plakette darunter stand: *Ent-*

kommen! – Eine Million verkaufte Exemplare. Er nahm das Stück vom Regal.

»Und wer sind Sie, Alison? In all dem hier, meine ich.« Joel deutete mit dem Fänger durch den ganzen Raum.

»Wer ich bin?« Das Rot in ihrem Dekolleté wurde noch dunkler.

»Bezirksleiterin? Bereichsleiterin? Ich habe noch nie richtig im Privatsektor gearbeitet, darum habe ich manchmal Probleme mit den Titeln, die Leute wie Sie sich geben.«

»Dieser Verlag gehört mir, Mr. …?«

»Joel Norris.«

»Inspector Norris …« Sie schrieb sich den Namen demonstrativ auf. Joel beugte sich über sie.

»Zwei R, ein S«, erklärte er.

»Dieser Verlag gehört mir. Das mag Sie vielleicht schockieren, aber auch Frauen können Firmen besitzen.«

»Das schockiert mich ganz und gar nicht. Frauen haben immer das Sagen, selbst wenn sie es nicht haben. Mein Sergeant, Lucy Rose … laut Dienstrang eine Stufe unter mir, aber wir wissen beide, dass sie die Leitung innehat. Und dann ist da Eileen. Zivilkraft mit einem Faible für gemütliche Fußbekleidung, die technisch gesehen die unterste Stufe einnimmt, worüber sie aber nie informiert wurde. Und was meine Frau betrifft …«

»Gibt es etwas, was ich für Sie tun kann?«, fragte Alison und schnitt ihm das Wort ab.

»Einer Ihrer Kunden hat dieses Spiel von Ihnen genommen, das *Eine-Million-verkaufte-Exemplare*-Spiel, und beschlossen, es in der Realität zu spielen. Zwei Menschen sind bisher gestorben. Sie wissen so gut wie ich, dass in diesem Spiel noch sehr viele Menschen sterben können, ich bin mir also sicher, dass Sie Verständnis dafür haben, dass meine Kollegen um Zugang zur Ihrer Kundendatei gebeten haben.«

»Es ist ein Brettspiel. Ein bisschen Spaß, zu Unterhaltungszwecken verkauft. Und inzwischen sind es eher zwei Millionen verkaufte Exemplare.«

»Zwei Millionen!« Joel stieß einen Pfiff aus. »Für diesen Meilenstein gibt es vielleicht eine geschmacklose, übergroße Trophäe aus Gold?«, sagte er und schob den Fänger zurück aufs Regal. »›Ein bisschen Spaß‹, ein Goldesel … nennen Sie es, wie Sie wollen, aber jemand auf einer Liste, zu der Sie Zugang haben, hat zwei Menschen ermordet, und wir können nur davon ausgehen, dass noch mehr Tote folgen. Die Art, wie diese Menschen gestorben sind … Sie kennen Ihr Spiel, ich bin mir sicher, dass ich Ihnen nicht allzu viel über die Einzelheiten erzählen muss. Heute Vormittag haben Sie sich geweigert zu helfen, also wollte ich persönlich vorbeikommen und Sie fragen: warum?«

»Ich habe nichts dergleichen getan, ich habe so gut geholfen, wie ich konnte. Ihre Kollegen konnten mir nicht garantieren, dass jemand von meiner Liste verantwortlich ist, nicht mit Sicherheit. Dass Ihr verrückter Killer nicht einfach eines der vielen Spiele auf dem Sekundärmarkt gekauft hat, die dort tagtäglich die Besitzer wechseln – vorausgesetzt, diese Person besitzt das Spiel überhaupt. Sind Sie hier, um mir zu sagen, dass Sie andere Informationen haben?«

»Das mit Sicherheit herauszufinden, ist genau das, was ich versuche, und genau das, was Sie verhindern. Welchen Grund haben Sie dafür?«

»Die Dinge sind ein bisschen komplizierter. Natürlich bin ich schockiert, dass eines unserer Werke mit etwas so Schrecklichem in Verbindung stehen kann, wie einem Menschen das Leben zu nehmen, aber der Datenschutz besagt …«

»Datenschutz!« Joel stieß das Wort lachend aus. »Sie denken, dass Datenschutz wichtiger ist, als uns zu helfen?«

»Wie ich schon sagte, ich habe geholfen. Ich habe alle Fragen so gut ich es konnte beantwortet und meine Telefonnummer für weitere Fragen mitgeteilt. Ich habe sogar ein Gratisexemplar von *Entkommen!* angeboten, um Ihnen zu helfen, obwohl wir nicht mehr viele haben. Wie ich also schon zu Ihren Kollegen sagte: Ich werde tun, was ich kann, aber ich werde nicht das Gesetz brechen. Ich würde davon ausgehen, dass gerade Polizeibeamte, von allen Dingen, das verstehen.«

Joel ließ sich einen Augenblick Zeit und ließ seinen Blick wieder über die Regale schweifen, während er seine erste impulsive Reaktion darauf hinunterschluckte, ein »Ding« genannt worden zu sein. Es gab noch mehr Auszeichnungen, Urkunden und gerahmte Fotos. Er schaute nur flüchtig drüber, ohne die Einzelheiten wirklich zu beachten.

»Warum ein Schweißer?«, fragte er. Auf der linken Seite standen zwei Stühle am Fenster, von denen aus man auf die Stapel von Spielen im Erdgeschoss hinunterblickte. Er zog einen heran und stellte ihn so dicht an den Schreibtisch, dass seine Knie dagegenstießen, als er sich Alison gegenüber hinsetzte.

»Schweißer?«, fragte Alison und wirkte überrumpelt. »Sie meinen unsere Hauptfigur? Warum nicht?«

»Ich sagte schon zu Helen unten, dass das nicht wie die offensichtlichste Wahl wirkt. Sie wissen schon: für einen Kidnapper und Mörder.«

»Ich verneige mich vor Ihrer Expertise, Inspector. Offen gestanden: Die Person, die den Verlag gegründet hat, war früher ein Schweißer. Er hat davon gelebt, bis seine Stelle wegrationalisiert worden ist. Ich vermute, damit hat er seinen Wurzeln ein Denkmal gesetzt.«

»*Er.* Also waren das nicht Sie?«

»Nein. Wirke ich auf Sie wie eine Schweißerin?«

»Kommen Sie schon, Sie haben mir doch vorhin unverblümten Sexismus vorgeworfen, als ich Ihre Position hier im Verlag infrage gestellt habe. Natürlich könnten Sie Schweißerin sein.«

»Ich erinnere mich nicht, Sie sexistisch genannt zu haben.«

»Ich bin ein guter Detective, müssen Sie wissen. Das bedeutet, ich erkenne manchmal, wenn Menschen sich gerade noch verkneifen, etwas zu sagen, das sie gerne loswerden wollen, oder wenn sie etwas sagen und etwas ganz anderes meinen. So wie Sie, als Sie sagten, dass Sie uns nur allzu gerne helfen.«

»Sie werden diese Liste nicht bekommen. Ich fühle mich allmählich ein bisschen bedrängt. Ich lasse mich nicht nötigen, Inspector Norris. Der Schweißer hat einen hohen Preis dafür bezahlt, das herauszufinden.« Sie klappte den Mund zu, als hätte sie zu viel gesagt. Joel nutzte die Gelegenheit.

»Hat er das? Ist das der Grund, weshalb Sie eine Bulldogge von Anwältin kennen?«

»Die Geschäftswelt ist ein Haifischbecken: Friss oder stirb. Dieser Verlag wäre gestorben, und jetzt ist er vollgefressen.«

»BTE Games«, sagte Joel, stieß sich vom Schreibtisch ab und stand auf. Er betrachtete das gerahmte Foto etwas näher, auf das er vorhin nur einen flüchtigen Blick geworfen hatte. Darauf sah man fünf Leute vor dem Gebäude, in dem sie sich gerade befanden. Vor der Tür hing ein Band, das gerade zerschnitten wurde. »BTE Games« stand auf dem Schild an der Wand, das kleiner und geschmackvoller war. Es funkelte nagelneu, ebenso wie das Lächeln und Strahlen auf den Gesichtern der drei erwachsenen Personen in der Mitte. Die beiden Kinder, die mürrisch die Seiten der Erwachsenen flankierten, waren neun oder zehn. »Derselbe Verlag?«

»Technisch gesehen nein. Aber die Grundlage von AR Games.«

»Sie sehen ein bisschen … anders aus.«

»Sie meinen jünger. Das war vor fünfzehn Jahren. Ich wurde als Leiterin für Produktion und Vertrieb eingestellt. Wir haben expandiert, darum das neue Büro.«

»AR Games, das steht für Arch Rival, richtig? Welches geniale Wortspiel verbarg sich also hinter BTE?«

»Beat the Enemy – *schlage den Feind«*, erklärte sie mit einer Miene, als würden die Wörter schlecht schmecken. »Ist das irgendwie wichtig?«

Joel grinste. Er verschwendete ihre Zeit. Und seine eigene ebenfalls. Zeit, die er woanders sinnvoller nutzen könnte, doch er hoffte, dass ihr dieser Gedanke ebenfalls kam. Falls er genug davon verschwendete, knickte sie vielleicht ein und gab ihm, was er wollte, nur, um ihn loszuwerden. Oder wenigstens mit ihm an einem Strang zu ziehen.

»Ich verstehe, warum Sie ihn geändert haben. Das klingt nicht annähernd so griffig.«

»Nein. Der Vorbesitzer, unser Schweißer, wollte seine Initialen verwenden und fand dann etwas, das grob passte. Die ganze Sache war ein Ego-Projekt für ihn. Der erste Hinweis darauf, dass jemand aus den falschen Gründen im Geschäft war.«

»Was wurde aus ihm?«

»Ich habe von Anfang an das Potenzial in seinem Verlag gesehen. Es gelang mir, Anteilseignerin zu werden, und als uns das Geld ausging, gingen wir an die Börse. Er hat den Verlag in den Sand gesetzt und wollte, dass wir mit dem Geld aus dem Börsengang die Ausrichtung ändern, als das genaue Gegenteil nötig war. Wir mussten uns wieder auf unser Kerngeschäft konzentrieren.«

»Sie meinen *Entkommen!*?«

»Das war immer unser Bestseller. Aber ich hatte die Idee, eine Beziehung zu unseren Kunden aufzubauen, *nachdem* sie das Spiel gekauft haben. Wir entwickelten Erweiterungen: neue Spielbretter, Spezialausgaben und, und das war am effektivsten, wir lieferten die Figuren in ihrer Grundfarbe aus. Ursprünglich haben wir sie farbig ausgeliefert, aber durch diese Veränderung sanken unsere Produktionskosten, und die Käufer konnten sie nach eigenem Belieben bemalen. Natürlich haben wir ihnen auch die Farben verkauft, und mit dem Aufstieg der sozialen Medien konnten wir eine richtige Fangemeinde aufbauen. Und das alles nur zwölf Monate, nachdem wir unseren Aktionären genau diese Vision verkauft hatten. Es war ein sofortiger Erfolg.« Sie strahlte praktisch vor Stolz.

»Sie haben ihn rausgedrängt?« Plötzlich erwachte echtes Interesse in Joel. Langsam klang es nach einer Geschichte um einen Ex-Mitarbeiter, der eine Rechnung offen hatte, jemand, der einen Grund dafür hatte, einen Verlag in Verruf zu bringen, den er gegründet, der ihn aber schließlich rausgeworfen hatte.

»Ich habe nichts Derartiges getan. Er war schlau genug, eine sehr großzügige Abfindung zu nehmen und zurückzutreten. Er hatte seine Chance. Nachdem er uns einen Prototyp für sein neues Spiel präsentiert hat, das im Grunde nur sein altes Spiel war, nur auf Booten und mit einem geschmackloseren Titel, kam er mit der Vision zu uns, dass wir landesweit Escape Rooms mit unserem Titel eröffnen sollten – und mit der Idee, dass sein Sohn dieser Expansion vorstehen sollte. Die Idee war bestenfalls schrullig, und bei den notwendigen Investitionskosten ein irrwitziges Risiko. Und trotzdem wagte er es, noch *mehr* zu verlangen, von den Leuten, die bereits Kapital investiert hatten und jedes Recht dazu hatten, dafür eine Rendite einzufordern. Er hätte uns alle ruiniert, sich selbst eingeschlossen.«

»War das vor Kurzem?«, fragte Joel.

Sie zuckte mit den Achseln. »Vor vier Jahren.«

»Haben Sie je wieder von ihm gehört?«

»Ich habe nichts mehr mit dem Mann zu tun. Es gab die Abfindung, und damit hatte es sich.«

»Ich würde gern mit ihm sprechen. Wissen Sie, wie ich ihn erreichen kann?« Joel zog seinen Notizblock und einen Stift hervor.

»Ich habe nur einen Namen und das Foto dort. Er ist der mit der Schere. Ich habe das Bild schon ein paarmal abgehängt, aber egal, was ich von dem Mann halte: So hat das alles angefangen.«

»Also, B.T.E.«, sagte Joel. »Nur mit seinen Initialen werde ich nicht weit kommen.«

»Werden Sie nicht«, stimmte Alison zu, und ihre Stimme klang fast ein bisschen freundlicher. Dann nannte sie ihm den vollen Namen. Und mit einem Mal war ihr Treffen vorbei.

KAPITEL 34

»Billy Terrance Easton!« Joel machte den Fehler, zu schnell auf eine Bremsschwelle zuzufahren, als er den Parkplatz verließ, und der Stoß presste ihm fast die Luft aus den Lungen. In dem folgenden Schweigen murmelte Eileen am anderen Ende der Leitung vor sich hin. Auf seinen Wunsch hatte sie den Lautsprecher im Büro eingeschaltet, sodass DS Rose mithören konnte.

»Gab es etwas, was Sie von mir wollten?«, fragte Eileen.

»Alles, was Sie über den Namen rausfinden können.«

»Sollte ich wissen, wer das ist?« Eileens monotoner Sprachduktus trieb ihn schon in ruhigen Zeiten in den Wahnsinn.

»Unser erstes Opfer. Wir haben mit ihrer Mutter gesprochen. Billy Easton war anwesend. Er wohnt direkt nebenan. Ihm gehörte der Verlag, der *Entkommen!* produziert, aber er ist ausgestiegen, und soweit ich das sagen kann, nicht im Guten.« Joel schaute auf das gerahmte Foto, das er auf den Beifahrersitz geworfen hatte. Billy Easton war der Linke der drei Erwachsenen, hielt eine überproportional große Schere und hatte das breiteste Grinsen aufgesetzt. Jetzt, wo er das wusste, erkannte er Margarets Nachbar. Inzwischen verbarg Billys Haut sein Antlitz unter tiefen Falten.

»Also gehen wir jetzt davon aus, dass er mit drinsteckt?« Noch immer sprach Eileen vollkommen sachlich.

»Zumindest müssen wir mit ihm sprechen, so viel steht fest. Ich habe eben versucht, die Beamten ans Telefon zu bekommen, die auf Margaret Marshall aufpassen, aber der Zeugenschutz geht nie ans Telefon, sondern ruft immer nur zurück. Ich hoffe, sie melden sich bald.«

»Glauben Sie, dass sie in Gefahr ist?«, erklang jetzt die Stimme von DS Rose in dem Fahrzeug. »Oder zumindest stärker in Gefahr?«

»Ich bezweifle es. Der Zeugenschutz weiß, was er tut. Sie waren es auch, die darauf bestanden haben, dass Billy keine Kontaktdaten von ihr erhält. Sie kann nur gefunden werden, wenn sie einen Fehler macht und sich bei ihm meldet.«

»Und glauben Sie, dass sie das tut?«

»Er wird auf ihr Haus aufpassen, darauf können Sie Gift nehmen. Ich wette, sie hat ihm sogar einen Schlüssel dagelassen. Sie wird wissen wollen, ob alles in Ordnung ist. Ich bin ohnehin auf dem Weg dort raus. Lucy, können Sie mich dort treffen und eine Streife mitbringen? Wen auch immer Sie kriegen können. Sie sind dichter dran als ich. Finden Sie einen passenden Treffpunkt außerhalb des Tals, ich will Easton nicht aufschrecken, falls er dort ist.«

»Ich gehe davon aus, dass wir ihn verhaften wollen?«, fragte Lucy.

Eine Festnahme war auch Joels erster Gedanke gewesen, doch ihre Frage zwang ihn, seine Möglichkeiten noch einmal durchzugehen. Er tat es laut. »Wir haben die Verbindung zum Verlag und wir wissen, dass er über Margaret guten Zugang zum ersten Opfer hatte – genug, um alles herauszufinden, was er brauchte. Und er ist talentiert, ein gelernter Schweißer, der plante, Escape-Räume zu entwickeln, so eine Drahtfessel würde ihm also leichtfallen ...«

»Wir haben mehr als genug, Boss«, unterbrach ihn DS Rose und zerstreute jeden Zweifel. »Wir sind weit jenseits von ›Begründetem Verdacht‹, und diese Fragen sollten wir ihm bei uns auf dem Revier stellen. Außerdem haben wir genug für eine Durchsuchung.«

»Sehe ich auch so. Geben Sie mir Bescheid, wenn Sie am Treffpunkt sind. Und Lucy ... Warten Sie, bis ich da bin.«

Joel beendete das Gespräch und fummelte an dem Handy im Halter am Armaturenbrett herum, während er gleichzeitig über die stark befahrene A282 fuhr, die ihn zurück zur M25 brachte. Es gelang ihm, *WP Jones* zu erreichen, die eingespeicherte Nummer seines Kontaktbeamten bei der »Witness Protection«, dem Zeugenschutz. Er baute die Verbindung auf und erhielt dieselbe nasale Mitteilung, eine Nachricht zu hinterlassen, wie die letzten Male. Joel bewegte sich behutsam auf der langsamsten Spur voran und beendete die Verbindung. Auf allen drei Spuren flackerten Bremslichter auf, als er das Blaulicht hinter dem Kühlergrill einschaltete und die Sirene ertönen ließ.

DS Rose beugte sich vor und rieb sich die Hände, während sie das Tal hinabfuhren. Als sie sich einen knappen Kilometer zurück auf dem Parkplatz einer Organisation zum Schutz des Waldes getroffen hatten und sie zu Joel in den Wagen gestiegen war, hatte sie sich nicht die Mühe gemacht, sich anzuschnallen. Joel schaute in den Rückspiegel. Ein Streifenwagen folgte dicht hinter ihnen, der Lack auf der Motorhaube funkelte hell genug, um unangenehm zu blenden.

»Er hatte ein silbernes Auto, einen Land Rover. Ich kann ihn nicht sehen«, erklärte DS Rose. Joel beugte sich ebenfalls ein bisschen vor, um besser gucken zu können. Er konnte sich auch an das Auto erinnern und dass es neben dem Haus geparkt war, also sahen sie es vielleicht erst, wenn sie näher dran waren. Es war ein altes Modell der Defender-Reihe. Er fluchte leise, als sie vor dem Haus anhielten und es nicht da war.

Die Häuser hatten lange, von niedrigen Steinmauern begrenzte Vorgärten. Da Margarets Haus in der Mitte lag, musste sie ihren Wagen direkt davor parken. Sie hatte einen blauen Nissan Note mit einem Kennzeichen von 2006. Er stand noch immer genau da, wo Joel ihn zuletzt gesehen hatte. Das Auto an der Wohnadresse stehen zu lassen, wo jeder damit rechnete, war ein Teil der Zeugenschutz-Regeln.

Joel fuhr so dicht heran, wie er konnte. DS Rose war als

Erste aus dem Auto. Der Streifenwagen scherte wie besprochen nach links aus, und die Beamten sprangen aus dem Fahrzeug und liefen zu der Stelle, von wo aus sie den Garten auf der Rückseite des Hauses im Blick hatten. Joel und DS Rose marschierten direkt zu Billy Eastons Haustür, aber Joel wusste bereits, dass es sinnlos war. Alles hier machte den Eindruck eines längst verlassenen Ortes.

»Ich habe eine Handynummer von ihm.« DS Rose musste dasselbe Gefühl haben. Sie sprach, während Joel gegen die Tür hämmerte. »Ich könnte anrufen und ihn fragen, wo er ist. Ihm sagen, dass wir uns treffen müssen, weil Margaret etwas braucht.«

»Das könnte er durchschauen.«

»Könnte er, aber es ist plausibel, und bisher war er ziemlich unverfroren.«

»Versuchen Sie es«, sagte Joel. Er musste beim ersten Klingeln rangegangen sein. Das Gespräch war kurz, DS Rose klang angemessen gleichgültig und man vereinbarte etwas.

»Er braucht etwa zwei Stunden. Ich sagte, dass wir ihn hier treffen.«

»Hat er gesagt, wo er ist?«

»Nein, und mir ist auch kein Grund eingefallen, ihn danach zu fragen.«

»Kein Problem, wir fragen ihn, falls er in zwei Stunden hier ist.«

»Warum sagen Sie das? Glauben Sie nicht, dass er kommen wird?«, wollte DS Rose wissen.

»Ich weiß nicht …« Joel überlegte und ging einen Schritt zurück, um zu den Fenstern im Obergeschoss zu schauen. »Vermutlich hat er keinen Grund, nicht zu kommen. Das Einzige, was ich sicher weiß, ist, dass ich Hunger habe und jetzt Mittagspause mache. Lassen Sie uns in die Zivilisation zurückkehren und etwas Fettiges bestellen.«

»Klingt gut.«

Eine Suche im Handy warf Rusthall als nächstgelegenen Ort mit einer anständigen Auswahl an Essen zum Mitnehmen aus. Das »etwas Fettige«, für das sie sich entschieden, war eine einfache Tüte Pommes. Joel schickte den Streifenwagen los, um das Essen für sie abzuholen, denn er wollte hier nicht weg. Aber es war auch egal. Billy Easton kam fast auf die Minute genau nach zwei Stunden, wie er es vorhergesagt hatte. Nachdem sie das Essen abgeliefert hatten, positionierte Joel die Streifenbeamten mit ihrem Wagen außerhalb des Tals, sodass sie ihn informieren konnten, sobald Easton sich näherte. Es gab nur eine Straße rein und eine Straße raus, also folgten sie Billys Land Rover, um ihm jede Möglichkeit zu nehmen, umzudrehen und zu flüchten. Doch er versuchte es gar nicht, und nichts an seiner Körpersprache deutete darauf hin, dass er vorhatte zu fliehen.

Er begrüßte sie mürrisch. Er trug Jeans, Wanderstiefel, ein Polohemd mit dem Wappen des Chelsea FC, und seine dünnen Haare waren noch ungekämmter als üblich. Er werkelte auf dem Rücksitz herum und zog eine große Tragetasche heraus, die er sich über den rechten Arm hängte. Die Tasche stand weit genug offen, dass man ein Automagazin und eine Fleece-Decke sehen konnte. Billy streckte die Arme aus, die Handflächen zusammen und nach oben gerichtet – als wolle er es ihnen möglichst einfach machen, ihm Handschellen anzulegen.

Joel wechselte einen kurzen Blick mit DS Rose. »Kann es sein, dass Sie uns erwartet haben, Billy?«

»Ich dachte mir, dass Sie für einen Plausch zurückkommen«, antwortete Billy.

Joel verschwendete keine weitere Zeit. »Billy Easton, ich verhafte Sie wegen des Mordes an Kelly Marshall. Sie brauchen nichts zu sagen, doch es kann Ihrer Verteidigung schaden, falls Sie nichts erwähnen, auf das Sie sich später vor Gericht berufen wollen. Alles, was Sie sagen, kann als Beweis verwendet werden. Verstehen Sie das?«

»Ich verstehe.«

DS Rose nahm sein Angebot an und legte ihm Handschellen um. Joel nahm ihm die Tasche ab, schob die Fleece-Decke beiseite und enthüllte darunter eine Zahnbürste, einen Deo-Roller, einen Tabakbeutel und gefaltete Unterwäsche. »Was ist das? Ein Übernachtungsbeutel?«, fragte Joel. »Sie rechnen also damit, länger zu bleiben?«

»Ich glaube, wir haben eine Menge zu besprechen.«

»Hat Margaret Ihnen einen Schlüssel dagelassen?«

»Gelber Anhänger, liegt bei allen anderen in der Küche.« Billy sprach immer noch sehr tonlos, und Joel konnte seine Reaktionen nur schwer lesen. Er wusste nicht, was er erwartet hatte, aber eine fertig gepackte Tasche und eine grummelnde Hinnahme waren es nicht gewesen.

Joel rief die Streifenkollegen zu sich. Sie tasteten Billy ab, nahmen ihm das Handy und einen Schlüsselbund ab und setzten ihn auf die niedrige Gartenmauer. Joel sprang hinüber und ging zu Margarets Tür. Der Schlüssel mit dem gelben Anhänger öffnete sie, und er ging einmal durch ihr ganzes Haus. Er war nicht sicher, wonach er eigentlich suchte – nichts Konkretes jedenfalls –, er wollte nur sichergehen, dass hier keine bösen Überraschungen warteten, da die Kollegen vom Zeugenschutz ihn noch nicht zurückgerufen hatten. Joel hatte immer noch Schwierigkeiten zu glauben, dass Billy seiner Nachbarin etwas antun wollte. Er war sich ziemlich sicher, dass Billy schwer in die Frau verknallt war, und das ohne jeden erkennbaren Hintergedanken. Das machte es umso schwieriger, seine Entscheidung zu verstehen, ihrer Tochter etwas anzutun, aber Joel glaubte, dass er schon bald Antworten darauf bekommen würde. Billy schien bereit zu reden, und jetzt gerade gab es nichts, was für ihre Ermittlung wichtiger wäre.

Joel kümmerte sich um die Logistik. Es waren immer zwei Beamte dafür zuständig, einen Verdächtigen zu überführen, und diesmal wollte Joel einer davon sein, falls Billy unterwegs in Plauderlaune kam. Joel ließ sich und Billy von einem uniformierten Kollegen zurückfahren. Rose würde mit den anderen Kollegen eine Hausdurchsuchung bei Billy vornehmen. Sie hatte ihm das Versprechen abgerungen, die Befragung nicht vor ihrer Rückkehr zu beginnen, was aber ohnehin unwahrscheinlich war. Der Erfassungsprozess für Verdächtige in Mordfällen dauerte lange. Es gab einen langwierigen forensischen Ablaufplan. Die Spurensicherung würde seine Kleidung einsammeln, alles, was er unter den Nägeln hatte, seine Haare kämmen und jede Menge weiterer notwendiger Maßnahmen, die eine Verurteilung unterstützten. Dann gab es die üblichen Verzögerungen wegen der juristischen Vertretung. Falls Billy keinen eigenen Anwalt hatte, würde man den nächstbesten verfügbaren Pflichtverteidiger, der an diesem Tag Dienst hatte, kommen lassen, wobei es keine Garantie dafür gab, dass die Person nicht schon an einem anderen Fall arbeitete. Sie würden warten müssen, bis sie an der Reihe waren, und Joel wusste, wie unangenehm jede weitere Verzögerung an diesem Punkt sein würde.

Er wollte einfach nur Antworten.

Die Fahrt zurück in die Untersuchungshaft fand in fast völligem Schweigen statt. Joel hatte Billy allgemeine Fragen zu seinem Wohlbefinden gestellt, etwa ob er Medikamente nahm oder ob er geistig gesund sei – alles Fragen, die er bei der offiziellen Befragung erneut stellen würde, die ihm jedoch, wenn er vorher Bescheid wusste, langfristig ein bisschen Zeit sparen würden. Billy gab einsilbige Antworten, die nichts Nennenswertes preisgaben. Der Beamte in der Untersuchungshaft notierte ihr Eintreffen um 16:07 Uhr.

Unterwegs hatte Joel auch einen Anruf vom Zeugenschutz erhalten. Das war nicht gerade passend – er konnte nicht richtig offen sprechen –, doch er hatte die Informationen erhalten, die er brauchte. Die Familie Marshall war vollzählig. Außerdem hatte man ihm versichert, dass WP Jones als Nächstes

DS Rose anrufen würde, die bereits instruiert war, ihm mehr über den Mann zu erzählen, der neben Joel im Wagen saß. Joel wollte eine Reaktion von Margaret, um zu sehen, ob es noch etwas gab, was sie jetzt, wo sie Billy für einen Verdächtigen halten musste und nicht länger nur für einen harmlosen Nachbarn, für wichtig erachten mochte.

Billy zeigte keine äußerlichen Veränderungen in seinem Gebaren, als sie auf der Medway Polizeistation eintrafen. Da Joel nicht auf seiner eigenen Dienststelle war, würde er wieder irgendwo einen freien Schreibtisch finden müssen. Er loggte sich in einem kleinen Hinterbüro der Haftzellen in sein E-Mail-System ein und würde hierbleiben, bis man ihn rauswarf. Das System fuhr noch hoch, als jemand hustete, um seine Aufmerksamkeit zu erregen.

»Sir?«

Er wandte sich zu einem jungen Haftwärter um, der massig gebaut war, vor allem am Bauch. Seine geröteten Wangen verrieten, wie mühsam es war, ihn den ganzen Tag über herumzuschleppen.

»Lassen Sie mich raten: Er hat es sich anders überlegt und will nun doch einen Anwalt?«, mutmaßte Joel. Billy hatte das Angebot einer Rechtsvertretung bei der Übergabe an die Untersuchungshaft-Beamten abgelehnt. Zunächst hatte Joel das angesichts der Schwere der Vorwürfe nicht hinnehmen wollen.

Doch darum ging es nicht.

»Nein, Sir. Der Häftling … Ich habe bei der forensischen Spurenabnahme geholfen, und er hat wirklich oft danach gefragt, wie spät es ist. Als ich es ihm endlich gesagt habe, meinte er, dass ich Sie holen soll. Er sagte, dass in Kürze ein weiteres Spiel beginnt. Er meinte, diesmal sei es anders. Er meinte, sie werden sich gegenseitig zerfetzen, aber es sei noch genügend Zeit, es aufzuhalten.«

KAPITEL 35

Befragungsraum drei, Medway Polizeistation. Dieselben harten, am Boden festgeschraubten Stühle, derselbe rissige weiße Tisch mit Pappbechern voll Wasser, derselbe Geruch nach abgestandener Luft.

Doch die Stimmung war eine komplett andere.

Dieses Mal saß keine zu Tode verängstigte Shannon Hendry vor Joel, die für etwas verhaftet worden war, was sie bestimmt nicht getan hatte; dessen war er sich sehr sicher. Sie war nur deshalb hier, damit er mit ihr sprechen und sie in Sicherheit bringen konnte. Dieses Mal war es Billy Easton, der Mann, der allem Anschein nach für Shannons Albtraum verantwortlich war. Ein zweifacher Mörder, der ohne jedes Mitgefühl den Tod der Tochter seiner Nachbarin geplant und als irgendein Spiel getarnt ausgeführt hatte. Und jetzt hatte er ihnen einen weiteren Spielort genannt. Ein weiteres »Spiel« würde in Kürze starten. Zwei weitere Menschen waren gefesselt und verängstigt und warteten auf die Befehle, das Spiel zu beginnen.

Joel nahm das Mikrofon seines Polizeifunkgeräts. Das Aufnahmegerät lag stumm da, und beide Männer schwiegen ebenfalls. Joel sollte den Häftling inzwischen längst mit Fragen löchern, und zwar hier, in diesem Raum. Doch in der Sekunde, als der Wärter ihm Billys Nachricht ausgerichtet hatte, war klar, dass die Gelegenheit für Fragen noch ein bisschen auf sich warten lassen würde. Joels Reaktion hatte darin bestanden, Billy zurück in den Eingangsbereich der Untersuchungshaft zu schleifen und dem dort wachhabenden Sergeant zu erklären, dass nicht genug Zeit war, den formellen Ablauf einer Befragung einzuhalten, und dass Billy dringend benötigte Informationen anbot, weshalb die Befragung hier und jetzt stattfinden musste. Der Eingangsbereich war quasi der einzige Ort, der durchgängig von Kameras erfasst wurde, die auch den Ton aufnahmen, also hatte Joel Billy eilig ein weiteres Mal an seine Rechte erinnert, ihm eingeschärft, dass er immer noch ein Recht auf einen Anwalt hatte, der bei der Befragung zugegen war, dabei still gebetet, dass er keinen wollte, und ihn dann gefragt, ob er auf die Aufklärung über seine Rechte etwas erwidern wolle. Das war der Augenblick gewesen, in dem Billy ihm detaillierter von diesem »neuen Spiel« erzählt hatte. Er erzählte von den *Burgoyne Heights* in Dover. Von weiteren Opfern, die auf ihr Startsignal warteten. Darüber, wie er besser wurde, sodass jetzt alles vollautomatisch funktionierte und seine Anwesenheit vor Ort deshalb nicht mehr nötig war. Das Spiel würde stattfinden. Er erklärte auch, dass beide Gefangenen von dem Augenblick an, in dem sie freikamen, bewaffnet sein würden und es sehr wahrscheinlich war, dass einer oder sogar beide von ihnen verletzt wurden.

Joel hatte zahllose Fragen, doch er konnte sie nicht stellen. Nicht hier, in dieser Umgebung, mit all den Kameras. Billy schien sich zu verändern, seine Methoden anzupassen, und Joel wünschte sich verzweifelt, ihn nach dem Warum zu fragen. Doch das ging nicht. Er durfte herausfinden, wo sie hin mussten, musste Billy erneut vor den Kameras erklären, dass er verstanden hatte, dass zwei Menschen gefangen gehalten wurden und kurz davorstanden, für den jeweils anderen eine Gefahr zu werden, und ihm dann alles zu entlocken, was er wissen musste, um die Beamten vor Ort in Sicherheit zu wissen. Alles andere würde als Befragung gewertet werden und war damit unrechtmäßig, wodurch alle Antworten auf der Stelle nicht vor Gericht zulässig, oder noch schlimmer, als Verfahrensfehler gewertet würden.

Doch am liebsten hätte er gefragt, *warum?* Billys Motive waren ihm noch immer ein Rätsel. Seine Miene blieb ausdruckslos, ohne Freude, ohne Befriedigung oder irgendeinen Versuch, damit anzugeben, wie schlau er gewesen war. Keine Erklärung, keine Rechtfertigung für gar nichts. Statt zu erzählen, dass zwei Menschen den Albtraum durchlitten, gefesselt zu sein und darauf zu warten, gegen den anderen ums Überleben zu kämpfen, hätte Billy Easton genauso gut den Seewetterbericht vorlesen können.

Joel hatte alles, was er herausfinden konnte, an DS Rose weitergegeben und verfluchte sein Pech, nicht beim Einsatz dabei sein zu können. Stattdessen hatte er seinen Häftling in einen Befragungsraum verlegt und einen Wärter an der Tür postiert, bis jemand von der Staatsanwaltschaft runterkommen konnte, damit sichergestellt war, dass immer zwei Zeugen anwesend waren. Seitdem saßen sie einfach schweigend da und warteten auf Neuigkeiten aus dem Funkgerät, entweder von DS Rose oder dem Sergeant des bewaffneten Einsatzteams, der jetzt die Leitung der Operation übernommen hatte.

Sie warteten darauf, dass sich etwas tat.

Billy Easton sank auf einem der polierten Holzstühle zusammen, das verwitterte Gesicht nach unten gerichtet. Joel konnte nicht sagen, ob er vor sich jemanden sitzen hatte, der resigniert hatte und hinnahm, was mit ihm geschah, oder der traurig darüber war. Nichts an seiner ganzen Reaktion hatte sich richtig angefühlt. Bevor Billy in ihren Fokus geraten war, hatte sich Joel ihren Mörder als ein schadenfreudiges, prahlendes Monster vorgestellt, das es genoss, die Polizei an der Nase herumzuführen, und Spuren hinterließ, denen sie nachgehen konnten, während es sich in seiner eigenen Cleverness suhlte. So, hatte Joel gedacht, würde er ihn schnappen: Seine Arroganz und sein Bedürfnis zur Angeberei wären sein Untergang. Aber auf Billy Easton traf nichts von all dem zu.

Die Stimme aus dem Funkgerät ließ Joel zusammenzucken. Die Lautstärke war runtergeregelt, doch in dem dichten

Schweigen im Raum klang sie wie ein Knallfrosch, der plötzlich hochging. Es war DS Rose, die sich meldete. Sie waren am Einsatzort eingetroffen. Joel stand auf. Die nächsten Sätze musste er sich aufmerksam anhören, und etwas entfernt vom Verdächtigen. Billy rief ihm etwas hinterher, zum ersten Mal klang seine Stimme dringlich.

»Wenn sie angekommen sind, dann gibt es da etwas, was sie wissen müssen.« Joel drehte sich um und sah, wie Billy etwas vorne aus seiner Hose zog. »Die einzige Stelle, an der sie nicht gesucht haben«, sagte er, als hätte Joel um eine Erklärung gebeten. Dann blitzte etwas Weißes in seiner Hand auf und er schob es über den Tisch. »Ich vermute, Sie wissen inzwischen, was das bedeutet.«

Joel war zu ihm zurückgekehrt, um sich anzuschauen, was auch immer er da versteckt gehalten hatte. Billy war keiner Ganzkörperdurchsuchung unterzogen worden. Eine forensische Beschlagnahmung bedeutete, dass ihm ohnehin seine ganze Straßenkleidung abgenommen wurde. Und es blieb keine Zeit für Joel, sich zu wünschen, dass er auf einer gründlichen Körperdurchsuchung bestanden hätte. Instinktiv packte er Billy an den Handgelenken, während sein Blick zu dem Gegenstand auf dem Tisch wanderte. Es war eine Spielkarte. Sie lag verdeckt auf der Tischoberfläche, aber die Rückseite erkannte er auf der Stelle: der cartoonhafte Oberkörper eines Schweißers, in einer Hand eine Glocke, in der anderen ein entzündeter Schweißbrenner, über der Brust der Schriftzug *Entkommen!* Joel drehte sie um und enthüllte einen Totenkopf mit darunter gekreuzten Knochen, gezeichnet in dicken schwarzen Linien.

Die Todeskarte.

Jeder verliert ein Leben.

KAPITEL 36

Bradley räusperte sich, um den Hals freizubekommen, und spürte wieder das vertraute Gefühl, als der Draht sich um seine Taille spannte. Das Gefühl begleitete jede seiner Bewegungen. Selbst wenn er nur den Kopf drehte, spürte er den Draht an seiner Brust ziehen oder wie er in seine Haut schnitt. Genau wie während seiner Gefangenschaft in dem Lkw-Anhänger. Und das war nicht das einzige vertraute Gefühl. Der anhaltende Druck der Anspannung war ebenfalls wieder da, dieses Mal jedoch viel schlimmer, weil er wusste, was ihn erwartete, und er kannte die Folgen nur zu gut, falls er versagte.

Im Anhänger hatte er sich eingeredet, dass alles nur ein Trick sei, entworfen, um seinem Verstand einen Streich zu spielen. Er hatte sogar geglaubt, dass einer seiner Freunde in einem schlecht sitzenden Kostüm dahintersteckte – Freunde, die um die Bedeutung wussten, sich als die Figur zu verkleiden, die die meisten Menschen auf der Welt als *den Fänger* kannten. Doch jeder Zweifel hatte sich in Luft aufgelöst, sobald die erste aufgezeichnete Nachricht abgespielt worden war und die Verbindung zu dem Spiel noch klarer gemacht hatte. Er kannte *Entkommen!* Er kannte es gut. Und in dem Augenblick hatte er gewusst, dass er Teil des Spiels im echten Leben geworden war.

Schon bevor die Nachricht ihm erklärt hatte, was eine Niederlage bedeutete, war er im Geiste die Waffen durchgegangen, die er als kleine Plastikteilchen in der Spielschachtel gesehen hatte. Eine Karte umzudrehen und einen Baseballschläger und eine Schere für den großen Endkampf zu erhalten, machte Spaß, wenn man es am Küchentisch erlebte, umgeben von Freunden, Zeichentrickfiguren und Zeichentrickgewalt. Doch eine kalte, schwere Brechstange aus rauem Sand zu ziehen, sich eilig eine stumpfe Schere in den Hosenbund zu stopfen und dann mit einem jüngeren, kleineren Kerl auf gut Freund zu machen, während man wusste, dass das die Werkzeuge waren, mit denen man ihn umbrachte, war Lichtjahre von *Spaß* entfernt. Das war Bradleys schlimmster Albtraum gewesen – und er war noch nicht vorbei. Er hatte sich nicht vorstellen können, wer ihm das antun könnte oder warum.

Doch als *Der Fänger* sich die Schweißermaske abgenommen hatte, hatte mit einem Mal alles Sinn ergeben.

Bradley wusste nicht, wie lange er schon hier alleine saß. Die Sonne hatte hell geschienen und ihr Licht direkt durch die Tür geworfen, als sie zugeschlagen worden war, und warf noch immer einen Streifen auf den Boden. Am Abend zuvor hatte er zugesehen, wie das Licht langsam erloschen war und von flüsternden Schatten und schließlich einem leichten Streif von Mondlicht ersetzt worden war, das sich von der undurchdringlichen Dunkelheit um ihn herum abhob. Schon jetzt, dachte er, wurde das Licht wieder schwächer. Er hatte nicht damit gerechnet, noch eine Nacht hier zu verbringen, doch man hatte ihm auch keinerlei Zeitrahmen mitgeteilt.

Seine Gedanken rasten wieder dahin, spielten wieder und wieder die schlimmsten Szenarien durch, immer mit demselben Ergebnis: Er würde seine Kinder nie wiedersehen. Das konnte er nicht zulassen. Das *würde* er nicht zulassen.

Er hatte inzwischen ein paar Dinge über sich gelernt. Er wusste, dass er ein Mörder sein konnte, wenn es nötig war. Kein sehr geschickter Mörder, aber ein entschlossener. Vor seinem inneren Auge blitzten immer wieder Bilder auf, wie er mit einer stumpfen Schere auf einen Hals einstach, bis das Ding sich nicht mehr regte. Und es *war* ein Ding – Bradley war wild entschlossen, es als das zu sehen, nicht als ein menschliches Wesen, nicht als einen Mann, nicht als einen Vater, was er vielleicht gewesen war. Was er jedoch nicht vergessen konnte, war der Name Alan, der ihm unentwegt im Kopf herumschwirrte. Er hätte ihn ebenso gut laut herausbrüllen können, mit jedem Stich in den Hals des Mannes.

Und dieser Name war immer noch hier bei ihm, während der Draht sich um seine Mitte schlang und seine Arme und Beine vor Kälte taub wurden und seine Kehle mit dem Staub aus dem Inneren dieses sturen Steinturms mit seinen dicken Holztüren bedeckt war. Er starrte die Tür an, in dem Wissen, dass *irgendjemand* auf dem Weg zu ihm war. Er würde wieder bereit sein. Er würde wieder gewinnen. Irgendjemand würde sterben müssen.

Das durfte nicht er sein.

Die Hand, mit der Lucy das Handy hielt, zitterte leicht. Der Bildschirm zeigte eine digitale Karte mit Straßen und Feldern um einen großen blauen Pfeil herum, der in der Bildmitte blieb, als sie abbogen. Kurz tauchte ihr Ziel als blinkender Punkt auf und sie hielt den Atem an. Dann verschwand er wieder vom Display, als sie auf der Suche nach einem Eingang zu der großen Fläche aus Bäumen und Gras daran vorbeifuhren.

»Drei Minuten«, sagte sie. Man hörte ihrer Stimme an, wie angestrengt sie war.

Sergeant Tristan Hughes fuhr den Polizeiwagen mit Allradantrieb. Er hatte es mit ein bisschen Small Talk versucht und ihr erzählt, wie er nur eine Stunde zuvor langsam im Bluewater Einkaufszentrum herumspaziert war, sein Sturmgewehr vor der Brust, die Pistole im Beinholster, während er versuchte, die Verunsicherung, die sichtbare Waffen hervorriefen, mit Lächeln und freundlichem Nicken den Besuchern des Einkaufszentrums gegenüber zu überspielen. Das Zentrum wurde immer von bewaffneten Beamten patrouilliert, und er war jedes Mal froh, wenn er dort abgezogen wurde.

Seine Freude steigerte sich, als Lucy ihm erklärte, worum es ging: Ein Häftling hatte ihnen einen Ort genannt, an dem zwei Entführungsopfer warteten, die vermutlich Zugang zu einer Reihe von Waffen hatten und angewiesen worden waren, gegeneinander zu kämpfen, notfalls bis zum Tod. Und ihnen blieb nur ein sehr kurzes Zeitfenster, um die beiden zu erreichen.

Sergeant Hughes hatte darauf bestanden, sie zu fahren. Es gab zwei Fahrzeuge, insgesamt vier bewaffnete Beamte, die die Suche nach den Entführten leiten würden. Während sie mit Blaulicht von der Autobahnraststätte, an der sie sich getroffen hatten, hierhergefahren waren, hatte Lucy den Großteil der Zeit mit Google Earth zugebracht und versucht herauszufinden, welche Schwierigkeiten sie am Einsatzort erwarteten. Sergeant Hughes brauchte sehr viel mehr Informationen, als sie anbieten konnte, und hatte schon bald aufgehört zu fragen. Die wesentlichen Informationen waren simpel genug: Das Gebiet hieß Burgoyne Heights in Dover und es schien nur eine Zufahrtsstraße zu geben. Es gab eine Reihe von Festungen und Pillbox-Bunkern, die zur Verteidigung im Zweiten Weltkrieg erbaut worden waren, und das konkrete Gebäude, das Billy Easton ihnen genannt hatte, stand abseits der anderen in den Hügeln über dem Connaught Park in Dover. Die Luftaufnahme auf Google Earth bot ausreichend Sicht durch die Bäume, um ein verwinkeltes Gebäude zu erkennen, und ein Foto auf der Urban-Adventure-Webseite zeigte, dass eine Tür in der Mitte der einzige Zugang war. Das passte zu dem, was Joel erfahren hatte. Billy hatte ihm außerdem erzählt, dass die gesuchten Personen irgendwo drinnen waren.

Als sie das eigentliche Gebiet um den Bunker herum erreichten, veränderte sich die Landschaft schlagartig. Die ebene Straße wich zerfurchten Wiesen und Grasklumpen, und das Geländefahrzeug bockte und hüpfte über den Boden, bis Lucy es aufgab, noch etwas auf ihrem Handy erkennen zu wollen. Es war ohnehin nicht mehr nötig. Der rote Punkt, der ihr Ziel markierte, lag direkt vor ihnen. Sie konnte einen Erdwall erkennen, mit einem Pfad, der ausgetreten genug war, um etwas Graues darin zu offenbaren, etwas mit dicken, glatten Wänden. Das hier war mit Sicherheit der Ort, an dem die Kinder aus der Gegend ihre Kriegsspiele spielten.

Viel weiter würden die Autos nicht kommen. Die letzten zweihundert Meter mussten sie zu Fuß zurücklegen. Noch bevor er den Motor abgestellt hatte, hatte Sergeant Hughes bereits seine Tür aufgerissen. Er erinnerte sie kurz daran zu bleiben, wo sie war, bis er sie zu sich rief. Sie würden erst das Gelände sichern. Er ließ ihr keine Zeit für Widerworte und lief direkt nach vorne, während er seinen drei bewaffneten Kollegen Befehle zurief. Sie hörten zu, während sie ihre Ausrüstung anlegten und Sturmhauben und schussfeste Helme überzogen. Als Letztes kamen ihre schwarzen Handschuhe. Dann nahm jeder sein Sturmgewehr als Hauptwaffe in Anschlag, und in Formation machten sie sich auf den Weg, direkt auf den ausgetretenen Pfad zu.

KAPITEL 37

Sie verfielen in ein langsames Lauftempo. Lucy war befohlen worden, im Auto zu warten, doch sobald die anderen losrannten, stieg sie aus, lehnte sich an die offene Wagentür und sah zu, wie das Team vor ihr ausschwärmte. Jeder von ihnen richtete sein Gewehr in dieselbe Richtung. Der Boden unter ihr fiel leicht ab, und Lucy stieg mit den Füßen in den Geländewagen, um von weiter oben gucken zu können. Sie stützte sich mit der Hand auf dem Dach ab, während sie in der offenen Tür stand. Von hier aus sah sie die obere Hälfte des Bunkers – und die Tür in der Mitte. Sie hatte keinen Zweifel daran, dass die Gräben sehr viel größer gewesen waren, als man sie angelegt hatte. Das ganze Gebäude war quasi unsichtbar gewesen, bis man fast direkt darauf stand. Ausgewachsene Bäume hatten vermutlich die Tarnung verbessert, doch jetzt war alles von dicken, verwitterten Stümpfen umgeben. Vermutlich das Werk einer Gemeinde, die panische Angst davor hatte, dass Kinder von den Bäumen fielen und die Eltern sie verklagen würden. Der sichtbare Teil der Tür wirkte neuer als der Rest des Bunkers, und ihr erster Gedanke war, dass auch das von der Gemeinde initiiert worden war. Ein Versuch, die Kinder am Betreten des Bunkers zu hindern. Aber vielleicht war die Tür auch erst vor sehr viel kürzerer Zeit angebracht worden. Vielleicht hatte Billy Easton eine stabilere Tür gebraucht? Es gab auch sehr neu aussehende Zaunpfosten. Lucy kletterte wieder auf die weiche Erde zurück und bemerkte, dass die Zaunpfosten sehr einsam dastanden. Immer zwei Stück von ihnen paarweise, zehn Meter getrennt und fünf

Paare zwischen ihr und der Bunkertür am Pfad entlang, wie die Lichter auf einer Landebahn. Sie hatte keine Ahnung, wofür die sein sollten. Sie standen zu weit auseinander, um Zaunlatten dazwischen aufzuhängen. Und außerdem: Warum immer zwei?

Das bewaffnete Einsatzteam lief zwischen den ersten beiden Pfosten hindurch. Fast in derselben Sekunde erklang eine Glocke. Gleichzeitig erwachte Lucys Handy, das auf dem Beifahrersitz lag, zum Leben, was ihre Verwirrung nur noch verstärkte, darum ignorierte sie es und verbannte Joel, der gerade versuchte anzurufen, aus ihren Gedanken, um sich auf das Geräusch zu konzentrieren. Eine Glocke? Das hatte sie schon mal gehört, während dieses Falls, da war sie sicher, aber sie kam nicht sofort drauf, in welchem Zusammenhang. Das bewaffnete Einsatzteam bewegte sich immer noch weg von ihr, auch wenn sie langsamer geworden waren und sich inzwischen nur noch in vorsichtigem Tempo vorwärtsbewegten, die Gewehre weiter im Anschlag. Gleich würden sie zwischen dem zweiten Paar Pfosten hindurchgehen. In der Sekunde erklang die Glocke erneut.

Und auf einen Schlag wusste Lucy genau, was das Geräusch bedeutete.

Beim ersten Glockenklang zog sich in Bradley ein dicker Kloß aus Anspannung zusammen, den er erst mühsam hinunterschlucken musste, damit er ihn nicht erbrach. Er schob sich in der Dunkelheit voran, als der Draht plötzlich lockerer wurde und sich bewegen ließ. Die Tür, so stabil sie auch wirkte, ließ noch immer einen Streifen Sonnenlicht durch, der auf den Boden fiel, und darauf konzentrierte er sich. Seine Beine waren immer noch taub, genau wie seine Hände. Sie prickelten, als wenn tausend Ameisen darüberkrabbelten, deshalb musste er unbeholfen über den schmutzigen Boden kriechen, bis er auf die Seite fiel, und sich dann an der Wand nach oben ziehen. Er hatte gummiweiche Knie, die jeden Augenblick unter ihm nachzugeben drohten. Es gelang ihm, einen Schritt vorwärtszumachen, und die Bewegung löste ein abgehacktes, trockenes Husten aus. Das Prickeln in seinen Gliedern wurde immer schmerzhafter, doch langsam bekam er sein Gefühl zurück und konnte noch einen Schritt gehen, bevor sich der Draht um seine Mitte wieder spannte. Er blieb stehen, atmete flach und schnell, das Adrenalin ließ weiße Punkte vor seinen Augen im Rhythmus seines pochenden Herzens tanzen. Er schüttelte den Kopf und versuchte, sich aufs Atmen zu konzentrieren. Das Automatikgewehr hing noch an derselben Stelle an der Wand. Noch immer außerhalb seiner Reichweite. Aber er war zwei Schritte näher dran.

Das bewaffnete Einsatzteam trug dicke Sturmhauben und Ohrstöpsel, die Lucy zu durchdringen versuchte, als sie ihnen hinterhersprintete und aus voller Lunge brüllte. Doch das Team marschierte zwischen dem dritten Pfostenpaar hindurch, bevor sie auch nur das erste erreicht hatte, und ein roter Blitz stach ihr ins Auge, der von einer silbernen Metallplakette reflektiert wurde, die an einem der Pfosten befestigt war. Sofort erklang ein weiterer Glockenton über den Wiesen.

»Sensoren!«, brüllte sie. »Bewegungssensoren!« Doch das Team rückte bereits wieder zusammen und näherte sich weiter der Tür vor ihnen. Und den beiden Pfosten links und rechts davon.

Die Bewegung war nicht gleichmäßig. Der Draht um Bradleys Taille ließ ganz plötzlich nach, und er war zu aufgeregt, hatte sich zu kraftvoll dagegen gelehnt, sodass er jetzt abrupt vortaumelte. Er riss die Arme nach vorne, obwohl er wusste, dass er noch zu weit entfernt war, um die Waffe greifen zu können.

Das hier war anders als letztes Mal. Die Glockentöne kamen schneller, unregelmäßig, nicht in einem Zehn-Sekunden-Muster wie beim ersten Mal. Falls das bedeutete, dass sich jemand näherte, dann hieß das, die Person kam schnell. In ihrer Eile, Bradley zu töten, um das alles endlich hinter sich zu bringen, verspielte sie ihren Vorteil, genau wie man es Bradley vorhergesagt hatte.

Er war bereit.

Noch ein Glockenton. Mit demselben klackenden Geräusch wie die letzten Male gab der Draht ein weiteres Stück nach. Bradley schlurfte vorwärts, warf mit den Füßen Schmutz auf. Das Licht, das um die Tür herum hereinfiel, flackerte, als würde sich auf der anderen Seite jemand bewegen, und irgendjemand rief laut. Die Rufe klangen weit entfernt, doch in seinen Ohren pochte sein eigener Herzschlag so donnernd, dass er die Worte durch die dicke Tür hindurch nicht verstand.

Er streckte die Arme aus. Die Fingerspitzen seiner rechten Hand streiften bereits über den Griff der Waffe. Wenn er sich mit aller Kraft nach vorne stemmte, konnte er vielleicht genug Druck darauf ausüben, um sie einen Zentimeter hochzuschieben, bevor sie wieder auf den Metallnagel fiel. Noch einen Schritt, dann hatte er sie.

Das Licht um die Tür herum veränderte sich wieder. Nun wurde es vollständig ausgeblendet, als würde jemand direkt auf der anderen Seite stehen. Es war irgend*jemand.* Die Schritte der Person vermischten sich mit dem Glockenton.

Dem fünften.

Der Draht fiel schlaff zu Boden, Bradley taumelte vorwärts, mit der rechten Hand packte er das glatte Holz des Griffs der Waffe und mit der linken den Lauf, um sie von der Wand zu reißen. Sonnenlicht schlug ihm ins Gesicht und zwang ihn, die Augen zu schließen. Er tastete nach dem Abzug, und alles, was er tun konnte, war, die laut knallenden Schüsse des Automatikgewehrs in das grelle Licht zu richten.

KAPITEL 38

Lucy kam schlitternd auf dem sandigen Boden zum Stehen und ihre Knie schlugen aneinander. Dann wurde ihr bewusst, dass sie fiel. Die Schüsse hatten in der Sekunde begonnen, in der die Tür aufgezogen wurde, und die ersten beiden Beamten waren vor ihr zu Boden gefallen, während sich die anderen beiden links und rechts von der Tür an die Wand warfen und eine Lücke frei ließen, durch die sie direkt in den Bunker schauen konnte.

Und in die Mündung eines Automatikgewehrs, dessen Mündungsfeuer immer wieder in der Dunkelheit aufflammte.

Sie wusste nicht, ob sie von einem Treffer zu Boden geworfen worden war. Sie spürte keinen Schmerz. Nicht am Anfang.

Die Schüsse erstarben schnell, auch wenn die Waffe weiterhin eine schnelle Reihe metallischer Klickgeräusche ausstieß. Für einen kurzen Moment war das das einzige Geräusch. Aber nur für einen Moment. Die beiden Beamten, die sich an die Wand gedrückt hatten, drehten sich nun wieder in die Tür, ihre eigenen Waffen voran, und mit ihren Kameraden zu ihren Füßen eröffneten sie das Feuer. Lucy hatte immer noch ideale Sicht auf den Mann, der weit genug nach vorne gekommen war, um vom Sonnenlicht bestrahlt zu werden. Genug, dass sie die Reaktion in seinem Gesicht sehen konnte, als die Waffen in seine Richtung schwenkten, die Augen weit aufgerissen, als er die maskierten Polizisten und ihre Sturmgewehre sah. Er warf die Arme nach oben, seine leere Waffe fiel und berührte den Boden, als die erste Kugel ihn nach hinten warf. Die Kräfte, die wirkten, waren unsichtbar. Es sah aus, als hätte der Schatten hinter ihm ihn gepackt, um ihn sich zurückzuholen. Die Beamten folgten ihm in den Bunker. Ihre Bewegungen wirkten abgehackt, als ihre eigenen Mündungsfeuer die grausige Szene in Stroboskoplicht tauchten.

Dieses Mal folgte keine Stille, nachdem die Schüsse endeten. Die Rufe kamen sofort: *Sani!* Einer der Beamten kehrte aus der Dunkelheit des Bunkers zurück, kniete sich neben seinen am Boden liegenden Kollegen und hob die Hand an sein Funkgerät. Zitternd plapperte er etwas in den Funk, das Lucy nicht hören konnte. In ihren Ohren rauschte und dröhnte es. Die Sonne schien ihr warm in den Rücken – das einzige Gefühl, das durch die Taubheit drang, die ihren ganzen Körper erfasst hatte. Sie wandte sich der Wärmequelle zu.

Die Aussicht von hier war herrlich. Rechts von ihr fiel der Boden steil zu dem grün-braunen Flickenteppich des Connaught Parks unter ihr ab. Das Gelände war zum größten Teil mit hohem Wildgras bewachsen, das in einem warmen Luftzug tanzte. Sie konzentrierte sich auf einen Baum in der Nähe – er hatte einen breiten Stamm, dicke, stabile Äste und die Blätter waren vom sattesten Grün, das sie jemals gesehen hatte. Der Anblick reichte, damit sie wieder aufstehen konnte, konzentriert auf Äste, die sich bewegten, als wollten sie sie zu sich herüberwinken. Zuerst musste sie kämpfen, doch sie schaffte es auf die Füße. Noch immer hörte sie gedämpfte Rufe, doch der warme Luftzug in ihren Ohren schützte sie. Die Sonne und der wunderschöne Baum führten sie fort, hielten sie davon ab, sich wieder umzudrehen, beschützten sie.

Einen Fuß vor den anderen, mehr musste sie nicht tun. Mit jedem Schritt wurden die Blätter lebendiger. Der leichte Wind nahm sie bei der Hand wie ein Freund und die Wärme der Sonne vermischte sich mit der Wärme des hellroten Bluts, das ihre Hand hinablief und von ihren Fingerspitzen tropfte.

KAPITEL 39

Die Streifenwagen waren so abgestellt, dass sie die Zufahrt blockierten. Ihre Blaulichter flackerten noch, einige standen mit laufendem Motor da, und Joel war gezwungen, es mit seinem Wagen ebenso zu machen. Er lief um sein Fahrzeug herum und durch die Blockade, bis er unter den Bäumen durchkam. Das Chaos an der Zufahrt setzte sich rechts von ihm fort, während er direkt vor sich einen erhabenen Blick über den Connaught Park und einen großen Teil von Dover hatte. Es waren die beiden Krankenwagen, die seine Aufmerksamkeit auf sich zogen. Beide standen mit dem Heck zu ihm, und bei beiden standen die hinteren Türen weit offen. Er beschleunigte seinen Schritt.

»Wer sind Sie?« Eine Beamtin in Signalweste schien direkt aus dem hohen Gras zu kommen und versperrte Joel den Weg, als er näher kam. Sie war puterrot und hatte sich ihre Mütze unter einen Arm geklemmt, an dem ein plärrendes Funkgerät hing. Sie drehte es leise.

»Inspector Joel Norris.« Er hielt ihr seinen Dienstausweis hin, und erleichtert fiel die Anspannung von ihr ab. »DS Rose«, sagte er. »Wo ist sie?«

»Ich weiß es nicht.«

»Verluste?«, fragte Joel knapp.

»Ich weiß es nicht! Ich bin gerade erst eingetroffen, ich sollte dort drüben sein!« Sie deutete in die Richtung, aus der er gerade gekommen war. Plötzlich ergab alles einen Sinn. Sie sollte die Zufahrt im Auge behalten, dort die Stellung halten, sicherstellen, dass niemand das Gebiet betrat, der hier nichts zu suchen hatte, aber sie war hineingesaugt worden. Chaos machte das mit Menschen. Joel ließ sie stehen und lief an den leeren Krankenwagen vorbei einen kurzen, steilen Abhang hinab, wo ein kompaktes Gebäude in die Hügelspitze versenkt worden war. Zwei Beamte des bewaffneten Einsatzteams saßen auf einem Baumstumpf rechts neben dem Eingang. Einer von ihnen ließ mit aschfahlem Gesicht den Kopf hängen. Schweiß lief ihm unkontrolliert hinab und sammelte sich an seinem Kinn. Seine Waffen, die Schutzweste, die Sturmhaube, der Helm, die Handschuhe und Ausrüstungsweste, alles lag verstreut vor ihm im Gras, als hätte er sich alles vom Körper gerissen. Am Mittelfinger seiner rechten Hand klemmte ein Oximeter, dessen Bildschirm im Takt mit seinem Puls flackerte.

»DS Rose?«, fragte Joel knapp und der Beamte hob wie in Zeitlupe den Kopf. Es dauerte, bis sein Blick in Joels Richtung wanderte, doch er schien ihn gar nicht richtig zu sehen. Er hob den Finger mit dem Oximeter daran und deutete hinter sich, fast in die Richtung, aus der Joel gerade gekommen war. Er drehte sich um und folgte dem Hinweis. Etwas entfernt stand jemand, weit genug weg, dass Joel sich nicht sicher sein konnte. Er lief direkt auf die Person zu.

»*Verfallene Festung*«, rief er und blieb abrupt einige Meter vor DS Rose stehen, die auf einer dicken Baumwurzel saß, die etwa einen Meter lang hervorschaute, bevor sie wieder in der Erde verschwand. Auf einer anderen Wurzel hatte sie ihre Füße abgestellt. »*Die dritte Zone*«, fügte Joel hinzu. Sie schaute zur Seite, in die Sonne und auf die prachtvolle Aussicht über die Stadt. Ihr rechter Unterarm war mit einer dicken Blutschicht bedeckt. Sie schien es bisher nicht einmal bemerkt zu haben.

»Bleibt also noch eine übrig«, sagte sie mit tonloser Stimme.

»Es heißt, dass alle okay sind«, erklärte Joel und hielt das Funkgerät hoch, das er in der Hand hielt.

»Nicht alle«, sagte sie immer noch völlig emotionslos.

»Nein … nicht alle.«

»Platzpatronen«, sagte DS Rose.

»Platzpatronen?«, wiederholte Joel. Er wusste nicht, was er sonst sagen sollte.

»Er hatte nie eine Chance zu überleben. Dieser Mann. Er wusste, dass jemand kommen würde, um ihn zu töten. Er hat versucht, sich zu verteidigen. Ich hab es gesehen. Ich hab sein Gesicht gesehen … Er hatte Todesangst, Joel.«

»Das kommt dabei heraus, wenn jemand aus der Funkzentrale die Neuigkeiten rausgibt. Dann heißt es: ›Alle sind okay.‹ Aber natürlich stimmt das nicht. Ich habe gerade den Leiter des Einsatzteams da drüben mit seinem starren Blick ins Nichts gesehen. Und sein Kumpel hat nicht einmal aufgeblickt. Irgendeine Polizistin, die eigentlich den Zufahrtsweg bewachen sollte, stand mitten im Feld und hatte keine Ahnung, wo oben und unten ist. Niemand ist okay, und genau das würde ich auch erwarten.«

»Er hatte nie die leiseste Chance.«

»Nein, hatte er nicht. Drüben im Befragungsraum … Easton hat gewartet, bis Sie hier sind, und dann eine Karte aus seiner Hose gezogen. Es war die Todeskarte. Erinnern Sie sich? Wir haben sie gestern Abend gesehen, sie ist aus *Entkommen!*«

»Todeskarte?« Sie schüttelte den Kopf. Joel wusste nicht, ob sie sich nicht erinnerte oder es ihr egal war.

»Ja, davon gibt es nur eine einzige im Spiel, versteckt zwischen den Werkzeugen. Wenn jemand die zieht, verliert jeder in der gespielten Zone ein Leben. Es war zu spät, um Sie zu warnen. Das Ganze war von Anfang an eine Falle, aber ich dachte … ich *sollte* denken, dass Sie alle in Gefahr sind …« Joel verstummte.

»Tot, meinen Sie.« Endlich drehte sich DS Rose von der Sonne weg. Auch ihre Haut entsprach dem deutlich blasseren Ton eines Schocks. Um ihre Augen lagen Ringe, fast so rot wie ihr blutbedeckter Arm. Sie verzog das Gesicht, als hätte sie Schmerzen.

»Wurden Sie schon von jemandem untersucht? Hier sind Sanitäter, die …«

»Mir geht's gut, aber Sie sollten glauben, dass ich tot bin. Dass wir alle hier tot sind. Er verarscht uns, zeigt uns, wie clever er ist. Was hat er sonst noch gesagt?«

»Sie bluten«, antwortete Joel und zeigte auf ihren Arm.

»Ich habe mir den Ellenbogen aufgeschlagen, als ich hingefallen bin. Glauben Sie mir, es hätte schlimmer sein können. Was hat er sonst noch gesagt?«, fragte sie noch einmal.

»Ich habe noch nicht mit ihm gesprochen. Es gab noch keine Gelegenheit. Der Detective Chief Inspector rief mich unterwegs an, und wir haben beschlossen, dass Easton erst mal bei uns bleibt. Ich habe ihn darum gebeten, dass er eine Verlängerung der Untersuchungshaft in die Wege leitet. Das alles …« Joel deutete auf die Schar von Polizisten am Bunker. »Wir können nicht mit ihm sprechen, bevor wir nicht wissen, was hier passiert ist.«

»Wir haben diesen Mann ermordet. Für ihn. Und zwar, nachdem wir alle dachten, wir seien tot – das ist passiert.« Jetzt war Leben in ihrer Stimme. Wut. Joel war hocherfreut, das zu hören. Er wollte irgendwelche Emotionen von ihr, ganz gleich welche. »Er hatte Bewegungssensoren an Pfosten. Lichtschranken, um seine Glocke zu läuten. Wir kamen immer näher, und der Mann, den er in diesem verfluchten Gebäude festgebunden hatte, wusste es. Er wusste um jeden Schritt, den wir gemacht haben. Gott weiß, was er geglaubt hat, wer da kommt, um ihn zu holen. Vermutlich der Todesengel selbst, wenn man bedenkt, wie er reagiert hat, als wir diese Tür geöffnet haben. Und er hatte recht.«

»Ja.«

»Ich konnte sie nicht aufhalten. Ich wusste es, ich wusste es einfach. Als die Glocken anfingen … genau wie Shannon es erzählt hat … ich wusste, dass wir hier waren, um an seinem Spiel teilzunehmen … und wir haben unsere Rollen perfekt für ihn gespielt.«

»Das haben wir alle.«

»Aber Sie haben es nicht mitangesehen. Ich musste es mit eigenen Augen mitansehen, ich war hier.«

»Es tut mir leid, Lucy. Ich kann mir nicht vorstellen, wie das gewesen sein muss. Ich weiß, wie Schießereien bei der Polizei ablaufen, das hier ist jetzt eine Sache für die Dienstaufsicht oder zumindest jemanden sehr viel weiter oben als ich, der das unter die Lupe nehmen wird. Und da wird jeder Stein umgedreht werden. Offen gestanden, wir müssen nicht hier sein. Niemand will uns hier haben. Kommen Sie, ich fahre Sie nach Hause. Wir holen uns etwas zu essen und reden darüber.«

DS Rose schüttelte den Kopf. »Zu Hause klingt gut, aber ich möchte allein sein.« Sie sah ihn aus ihren geschwollenen Augen an. »Ist nicht persönlich gemeint.«

»Habe ich auch nicht so aufgefasst. Dann kommen Sie, ich bringe Sie nach Hause.«

»Meine Aussage ... sie werden meinen Bericht brauchen.«

»Bestimmt, und sie können warten. Sagen Sie denen, das war eine direkte Anweisung von mir.«

»Er muss dafür bezahlen, dafür, was er getan hat. Ich hab es gesehen, Joel ... Ich will diesen Bericht nicht schreiben, ich will nicht aufschreiben, was passiert ist, weil ich dem, was hier passiert ist, nicht gerecht werden kann, niemand kann das.«

»Billy Easton wird bezahlen, darauf haben Sie mein Wort. Das ist noch ein Grund, weshalb ich ihn über Nacht in die Zelle habe bringen lassen, damit ich morgen früh weitermachen kann. Lassen wir ihn schmoren. Soll er sich Gedanken darum machen, was wir gefunden haben und was wir wissen. Jetzt ist er an der Reihe, hinter einer Tür gefangen zu sein und Angst vor dem zu haben, was auf ihn zukommt.«

KAPITEL 40

Der Scheinwerfer schwenkte über Peter Marshalls Grundstück und erleuchtete den Heimweg wie gleißende Schienen. Das Lenkrad war nur dazu da, damit er sich daran festhalten konnte. Die Lichter führten ihn bis zu seiner Auffahrt, wurden kürzer und erhellten dann seine braun glänzende Garagentür. Peter Marshall stieg aus, und ein Windstoß strich an ihm vorbei, zerrte an seinem Hemdsaum und ließ seine Haare tanzen, bevor er weiterzog und so schnell wieder verschwand, wie er gekommen war. Der Wetterbericht hatte von einem Sturm erzählt, der morgen Nacht kommen könnte, sich jedoch noch auf einer unberechenbaren Bahn bewegte. Das letzte Update hatte angekündigt, dass er es nicht so tief ins Landesinnere schaffen würde, doch sie irrten sich. Er kam. All seine Sinne verrieten ihm, dass sich etwas Großes anbahnte.

Er verzog das Gesicht, als die Haustür sich mit einem Knarren öffnete, beruhigte sich dann aber damit, dass er sich keine Sorgen machen musste. Jessica schlief immer sehr tief. Er konnte die Male nicht mehr zählen, die er den Versuch, noch mal einzuschlafen, aufgegeben hatte und stattdessen nach unten gegangen war, um mit Kopfhörern etwas Musik zu hören oder sogar um den Block zu spazieren, und das alles, ohne dass sie sich auch nur leicht geregt hätte. Er hatte noch nie richtig gut geschlafen, weshalb er vielleicht lieber nachts arbeitete.

Als er die Tür ins Schloss zog, wurde die Dunkelheit noch dichter. Er ging in die Küche und öffnete die Jalousien, was ihm ausreichend Licht zum Arbeiten gab. Die Mischung aus dem warmen Orange der Straßenbeleuchtung und dem silbernen Schimmers des Monds warf Schatten mit sanft fließenden Übergängen in sein Haus. Er wählte den gusseisernen Teekessel, den er speziell wegen seiner Schlaflosigkeit gekauft hatte. Darin konnte er das Wasser fast lautlos auf dem Herd erhitzen statt im zischenden, brodelnden elektrischen Wasserkocher. Die blaue Flamme des Gasherds spendete noch mehr Licht, genug, dass er eine schmutzige Kaffeetasse auf der Anrichte fand, direkt über dem in der Einbauküche versteckten Geschirrspüler. Jessica war in zwei Dingen ziemlich zuverlässig: makellose Sauberkeit und als ein absolutes Gewohnheitstier. Der einzige Grund, weshalb sie eine schmutzige Tasse über und nicht im Geschirrspüler stehen lassen würde, war, dass sie als Erinnerung dafür diente, dass der Geschirrspüler ausgeräumt werden musste, nachdem er durchgelaufen war. Er hatte noch nie erlebt, dass sie ins Bett gegangen war, bevor sie das erledigt hatte – nicht einmal, wenn sie ein paar Gläser Wein getrunken hatte.

Er zog die Tür des Geschirrspülers auf. Das weiße Licht darin war grell genug, dass er die Augen verengte. Der Geschirrspüler war voll, das Geschirr sauber, aber kalt, als wäre es schon lange fertig. Er sah Schalen und kleine Teller vom Frühstück und Mittagessen. Das war die andere Sache, die er über Jessica wusste: Sie aß regelmäßig und ordentlich. Er schaute zum Ofen, wo die kleine Digitalanzeige blinkte, weil der Timer abgelaufen war. Als er den Ofen öffnete, flammte ein weiteres grelles Licht auf. Diesmal erhellte es ein fertig gebackenes, aber unangerührtes Nudelgericht. Es war ebenfalls eiskalt.

Peter schloss den Ofen wieder und drehte das Gas unter dem Kessel ab. Als er sich jetzt durchs Haus bewegte, schaltete er überall die Lichter ein, so auch auf der Treppe, bevor er nach oben lief. Und auch im Schlafzimmer – ihrem gemeinsamen Schlafzimmer –, dem Zimmer, in dem sie schlafend liegen sollte, wo sie jetzt gerade vom Licht geweckt sich blinzelnd aufrichten sollte, um zu fragen, was verdammt hier los war. Das Bett war noch gemacht, die lächerliche Menge an Kissen – ein Grund für regelmäßige Witze zwischen ihnen beiden – noch immer angerichtet wie auf dem Foto einer Wohnzeitschrift.

Er griff sofort in seine Tasche, doch auf seinem Handy gab es keine Benachrichtigungen über verpasste Anrufe, keine Textnachrichten – keine Erklärung. Er rief Jessicas Nummer auf und wählte. Ein oder zwei Sekunden hielt er den Atem an, dann ging sie ran. Aber nicht persönlich, sondern nur ihre Sprachnachricht auf der Mailbox, gut gelaunt, aber professionell. Plötzlich kam ihm ihr Auto in den Sinn. Als er sie zuletzt gesehen hatte, war es durch ihre Windschutzscheibe gewesen, als sie losgefahren war, um ein paar Nachmittagsklienten zu treffen.

Er verließ das Schlafzimmer und ging die Treppen hinunter in den Eingangsbereich. Dort stand eine kleine Holzkommode mit einer Schale darauf, in die sie ihre Autoschlüssel warf, sobald sie nach Hause kam. Ihre Autoschlüssel fehlten. Er hatte ihren Wagen vor dem Haus nicht gesehen, aber sie parkte oft in der Garage. Als er in die Küche zurückkehrte, rannte er fast und stieß in seiner Eile mit der Nase gegen die Hintertür, als er vergeblich versuchte, sie aufzuschließen. Er ging den kurzen Weg zur Seitentür der Garage, konnte aber schon sehen, dass sie leer war, bevor die Leuchtstoffröhren mit einem lauten Klicken aufflackerten und dann einen nackten Betonboden erhellten.

»Jessica?« Seine Stimme verlor sich in einem neuerlichen Windstoß, diesmal von der Seite, und er zog an seinem Hosenbein, als würde er ziemlich grob seine Taschen durchsuchen.

Er lief zurück ins Haus und den Eingangsbereich, wo ihm etwas Ungewöhnliches aufgefallen war, über das er sich aber bisher noch keine Gedanken gemacht hatte. Jetzt tat er es. Es war eine kleine Plastikfigur, eine rennende Frau, die neben der Schlüsselschale stand. Er nahm sie hoch und betrachtete sie näher. Sie sah aus, als wäre sie ohne großes Talent bemalt worden. Das Braun der Haare verlief ins Grün des Kleids, während auf der Rückseite ein weißer Reißverschluss gemalt war, der aussah, als wäre die restliche Farbe noch feucht gewesen, als jemand den Strich gezogen hatte.

Ein weißer Reißverschluss?

Peter kannte dieses Kleid.

Er rannte wieder die Treppe hinauf, diesmal zwei Stufen auf einmal nehmend, die Figur fest in der linken Hand. Das Schlafzimmer war noch immer hell erleuchtet. Jessicas Kleiderschränke nahmen die gegenüberliegende Wand ein. Er riss die Türen auf.

Das Kleid war nicht da.

Er hatte gewusst, dass es nicht da sein würde, aber er hatte gehofft, sich zu irren. Es war das Kleid, das sie getragen hatte, als sie zur Arbeit gefahren war. Als er sie das letzte Mal gesehen hatte.

Die Figur stellte Jessica dar.

Irgendetwas war hier ganz und gar nicht in Ordnung.

KAPITEL 41

Lucy Rose hatte gehofft, dass der Wechsel vom Tag zur Nacht ihr etwas Erleichterung bringen würde. Wenn ihr Vater in ihrer Kindheit in einer seiner Launen nach Hause gekommen war, hatte sie sich in einem Schrank versteckt oder unter dem Bett, mit einer Decke über dem Kopf. In der Dunkelheit hatte sie sich sicher gefühlt, als wäre sie ein Schutzschild, als könnte etwas, was sie nicht sehen konnte, ihr auch nichts anhaben. Die meisten Kinder begannen irgendwann, die Dunkelheit und darin verborgenen Schrecken in ihrer Fantasie zu fürchten. Lucy Rose hatte angefangen, das Licht zu fürchten, denn nichts war furchterregender als die Schrecken, von denen man wusste, dass sie real sind.

Und es hatte gut funktioniert. Ihr Vater hatte gebrüllt und geschrien, gegen Fenster und Türen geschlagen, aber nichts außer den Geräuschen war durch ihre Dunkelheit gedrungen.

Heute hatte ihr das erbarmungslose Licht des Tages gezeigt, wie ein hilfloser Mann erschossen wurde, und es war dieses Bild, das immer wieder vor ihr auftauchte, während sie zusah, wie die Dunkelheit langsam die in der Ferne liegenden Gebäude verschlang und dann immer näher kam, bis zu ihrem Haus. Das Fenster reichte vom Boden bis zur Decke. Sie wohnte in einem Townhouse, zumindest vom Grundriss her, wenn schon nicht vom Design. Es war die kleinste Wohnung in einer alten zum Mietshaus umgebauten Kirche direkt hinter der High Street in einem kleinen Dorf namens Tenterden in der Nähe von Ashford. Es war eine gut situierte Gegend, mit Immobilienpreisen, bei denen dieser Ort ziemlich weit unten auf ihrer Liste mit möglichen Wohnungen gelandet war. Aber eine innere Stimme hatte ihr gesagt, dass sie die Besichtigung hier, in diesem Haus, wahrnehmen sollte. Und damit war die Sache geritzt. Der Grund dafür war die Stelle, an der sie nun schon seit einigen Stunden stand. Ein Zwischengeschoss, das bei der Besichtigung mit nichts weiter als einem nackten Teppich möbliert gewesen war, den der Makler in sein Verkaufsgespräch eingebaut hatte, während er Bilder von Filmabenden vor einem riesigen Fernseher, einladenden Sofas vor der herrlichen Aussicht oder einem modernen Büroraum heraufbeschworen hatte. Zwei Jahre später war es immer noch nur ein nackter Teppich. Sie hatte es mit Stühlen und Kissen versucht, am Ende aber immer lieber gestanden. Sie lehnte sich an die tiefe Steineinfassung des Fensters, spürte die kühle Scheibe an ihrer Schulter, den weichen Teppich unter ihren nackten Füßen und genoss den Ausblick, der sich vor ihr erstreckte. Es war perfekt. Ihr Happy-Place.

Aber nicht heute.

Ihr Verstand spielte ihr die Szene wieder und wieder vor – das in Endlosschleife dargestellte Bild eines Mannes, der dem Tod ins Auge sah, der wusste, was geschah, dem die Angst aus jeder Pore kroch, bevor die Kugeln ihn trafen und ihm das Blut tatsächlich aus dem Körper schoss. Das allein wäre mehr als genug gewesen, doch es zwang Lucy, wieder an den Tod von Hannah Ribbons zu denken, ihren letzten Fall. Dort war das Opfer eine junge Frau gewesen, die Lucy gut gekannt hatte. Man hatte sie angekettet und gnadenlos erschossen. Auch Hannah musste es kommen sehen haben. Auch sie musste die Angst ausgeströmt haben. Auch ihr letzter Augenblick im Leben musste von Furcht und Hilflosigkeit bestimmt gewesen sein.

Vielleicht war Lucy sogar Hannahs letzter Gedanke gewesen. Wäre sie an ihrer Stelle gewesen, hätte ihr letzter Gedanke mit Sicherheit Hannah gegolten.

Lucy musste sich bewegen. Sie hatte das Gefühl, mit jemandem sprechen zu müssen, der eine Vorstellung davon hatte, was sie durchmachte, der ihr vielleicht helfen konnte, darüber hinwegzukommen, oder wenigstens dabei, das Gefühl abzuschütteln, dass ein Teil von ihr immer noch in Burgoyne Heights war, mit einem blutenden Ellenbogen und einem trockenen Mund, weit aufgerissen, um die warme Luft einzuatmen. Jemand, der wusste, wie es war, wenn die Welt sich von ihrer schlimmsten Seite zeigte.

Es gab nur einen Ort, der ihr dafür einfiel.

Phoenix Court, Margate, gab alles, um die Dunkelheit in Schach zu halten. Jedes Fenster schien erleuchtet zu sein. In einigen hingen Vorhänge, aber in keinem passende. Durch die Eingangstür zum Gebäude drang das vertraute Aroma von ungewaschenen Leibern, feuchter Erde und altem Zigarettenrauch – vor allem der würzige Geruch von Cannabis.

Die Wohnung ihres Vaters lag im Erdgeschoss, etwa am Ende des langen Flurs, der sich in einer leichten Kurve vor ihr ausstreckte, sodass sie seine Wohnungstür vom Eingang aus nicht sehen konnte. Sie folgte dem Flur. Das dumpfe Wummern von Musik begleitete wieder jeden ihrer Schritte, nur wurde sie diesmal lauter, bis offensichtlich war, dass sie aus der Wohnung ihres Vaters kam.

Die Tür stand sperrangelweit offen, und ein hochgewachsener Mann lag quer darin. Er hatte die Füße gegen die Tür gestellt und hinterließ schmutzige Abdrücke am Holz. Er trug Cargo-Hosen und Arbeitsschuhe, die mit getrocknetem Zement befleckt waren. In der Hand, die ähnlich dreckig war, hielt er eine Dose Starkbier. Seine Fingerspitzen waren komplett grau, was aber zum Handgelenk hin immer weiter nachließ, wodurch er aussah, als würde er sich langsam in Stein verwandeln. Er begrüßte sie mit einem Grinsen, das einen nicht zu übersehenen Blickfang lieferte: seine beiden Schneidezähne, die dunkelorange gefärbt waren, wodurch sie sich deutlich von den lediglich gelblich verfärbten restlichen Zähnen abhoben. Seine langen Haare hatte er zu groben, staubbedeckten Dreads verfilzt. Lucy hatte vor langer Zeit aufgehört, das Alter von Menschen einschätzen zu wollen, die von irgendeiner Droge abhängig waren. Seine langen Arme waren muskulös, drahtig und kräftig, doch die Ringe unter seinen Augen und die faltige Haut an seinem Hals deuteten auf jemanden über vierzig hin.

Auf der anderen Seite des Flurs gab es Bewegung. Die Tür zur Wohnung gegenüber wurde aufgezogen, und Lisa Hopkiss warf einen Blick hinaus.

»Das geht jetzt schon fast eine Stunde so«, klagte sie. Sie trug denselben Schlafrock wie bei ihrem letzten Aufeinandertreffen, und ihr Gesicht drückte auch dieselbe Verzweiflung aus. Lucy hatte keine Zeit dafür. Sie war nicht hier, um die Nachbarn ihres Vaters zu beschwichtigen. Sie erwog kurz, einfach kehrtzumachen und wieder nach Hause zu fahren.

Hätte sie das mal getan.

»Du bist ja 'ne Hübsche, meine Güte!« Der Mann in der Tür grinste zu ihr hoch. Er hatte sich einen seiner Dreads in den Mund gesteckt, um daran zu saugen.

»Geh mir aus dem Weg!«, erwiderte Lucy. Er grinste weiter. Sie blickte an ihm vorbei, und der dichte Zigarettenrauch in der Luft geriet plötzlich in Bewegung, als eine Frau aus der Badezimmertür torkelte und sich eine schlecht sitzende Jeans zu ihrer dürren Taille hochzog. Aus toten Augen musterte sie kurz die Gestalten an der Wohnungstür, dann drehte sie sich weg und ging zurück ins Wohnzimmer. Ein Mann kam ebenfalls aus dem Badezimmer und folgte ihr. Er nahm eine Zigarette, die er zwischen den Lippen hatte, warf sie auf den Boden und zertrat sie auf dem, was vom Teppich noch übrig war.

»Einlasskontrolle! Biste auf der Liste?« Die Stimme drang durch den Rauch zu ihr hoch, und es dauerte ein paar Sekunden, bis Lucy sie zuordnen konnte. Ihre Ohren pfiffen immer noch, weil sie so dicht an den Gewehrschüssen gewesen war, doch statt des leisen Surrens, das sie in ihrer stillen Wohnung vernommen hatte, war es jetzt ein zorniges Pochen, das sich mit der Musik vermischte und ihren Schädel hämmern ließ. Am ganzen Körper spürte sie die Wut auflodern. Ihr Vater hatte gelogen. Er hatte ihr erzählt, wie gerne er rauswollte aus diesem Haus, weg von den Menschen darin, damit er für sie da sein konnte, und jetzt waren sie hier, als geladene Gäste, die ihre Zigaretten austraten, seine Tür blockierten und in seinem Badezimmer trieben, worauf sie gerade Lust hatten.

Und sie hatte ihm geglaubt.

Das war der Grund für ihre Wut. Das war es, was in ihrem Schädel hämmerte. Sie hatte schon vor langer Zeit gelernt, ihm kein Wort zu glauben. Er musste sie in einem schwachen Moment erwischt haben. Natürlich – er lebte von den Schwachen, den Verletzlichen. Sie hatte geglaubt, etwas Neues an ihm bemerkt zu haben, eine neue Lebendigkeit. Aber es hatte sich überhaupt nichts verändert.

»Geh mir aus dem Weg«, sagte sie noch einmal. Der Türsitzer wollte etwas erwidern, doch ihr riss der Geduldsfaden. Sie schwang das Bein. Es war ein Affekt, ein Vorzucken des Beins, ein Tritt mit der Pike gegen die Nase, der seinen Kopf nach hinten gegen den Türrahmen schleuderte. Es hatte den gewünschten Effekt. Der Mann fluchte lautstark und nahm die Beine runter, sodass sie über ihn hinwegsteigen konnte. Mit wütender Stimme rief er ihr etwas nach, und sie hörte, wie er sich aufrappelte, während sie den Flur entlang ins Wohnzimmer ging. Die Stereoanlage stand rechts von ihr. Sie beugte sich runter, zog den Stecker aus der Wand und riss dabei mit dem Kabel den ganzen Apparat vom Stuhl. CD-Hüllen und ungeöffnete Briefe verteilten sich über den Boden. Dort fand sie auch ihren Vater.

Er lag einfach da, die Hosen weit genug runtergerutscht, dass man die durchgetragene Unterhose sah, die zahlreiche Löcher am Bund hatte. Er trug kein Hemd, und sein Kopf bewegte sich, als würde ihn jemand mit einer Fernbedienung steuern, ungeschickt und ruckartig. Das hatte sie schon eine

Million Mal gesehen. Wenn Lucy etwas gut kannte, dann den Anblick ihres Vaters, wenn er betrunken war.

»Warum zur Hölle ist die MUSIK weg!«, brüllte er. Er streckte die Hand aus und suchte damit zwischen den runtergefallenen CD-Hüllen nach der Fernbedienung. Er fand sie, richtete sie auf die Stelle, wo die Anlage eben noch gestanden hatte, und zog die Stirn kraus, als nichts passierte.

»Dad«, sagte Lucy. Ruckartig wandte er den Kopf zu ihr um. Gleichzeitig packte sie jemand von hinten, und die Stimme, die sie eben erst durch diese orangefarbenen Zähne hindurch angezischt hatte, erklang neben ihrem Ohr.

»›Dad‹?«, fragte der Mann. »Ist das deine verschissene Kleine, Walt?«

»Nimm deine verkackten Hände von mir, oder ich brech sie in kleine Teile«, stieß Lucy drohend aus und spannte den Arm in seinem Griff an. Es kostete sie alle Kraft, nicht zuzuschlagen. Er lachte und ließ sie los.

»Dein Mädchen hat Kampfgeist *und* ist hübsch!«

»Sie ist nicht mein Mädchen, wenn sie herkommt und die Musik ausmacht. Was für eine *Fotze* tut so was?« Ihr Vater ließ den Kopf stufenweise wieder zu Boden sinken. Er fing ihn immer wieder ab, bevor er auf den Teppich schlug. Er hatte es aufgegeben, sie anschauen zu wollen, hatte aber immer noch die rechte Hand erhoben und drückte auf der Fernbedienung herum, um die Musik wieder einzuschalten.

Sie hatte nie einen Vater gewollt. Zumindest *ihren* Vater hatte sie nie gewollt. Sie hatte gesehen, was er tat. Welchen Schaden er überall anrichtete, wo er auftauchte, den Schmerz und den Kummer, die ihm überallhin folgten, und die meiste Zeit ihres Lebens hatte sie versucht, all dem auszuweichen. Doch jetzt, in diesem Augenblick, zum ersten Mal in ihrem Leben, nur ein paar Tage, nachdem sie hier in dieser Wohnung zusammen gelacht hatten, hatte sie etwas gebraucht, was nur er ihr geben konnte: einen ihrer Eltern.

Aber sie hatte ihre Zeit vergeudet. Sie hätte zu Hause bleiben und still vor sich hin leiden sollen. Das war das Leben, das sie kannte.

»Steh auf, Dad«, sagte sie, leise und tonlos. »Steh sofort auf.« Sie trat nach ihm, leichter als nach dem Mann an der Tür, mehr ein Anstoßen mit dem Fuß. Es löste eine weitere Salve von Beleidigungen aus. »Steh AUF!«, rief sie so laut, dass ihre Stimme brach und das letzte Wort als schrilles Kreischen erklang, bei dem sie sich vorbeugte und Speichel von ihren Lippen flog.

»Die ist ja irre, Mann, die Party ist vorbei!«, murmelte eine Frau, als sie vorbeiging. Ihre Bekanntschaft aus der Toilette begleitete sie. Der Türsitzer sagte etwas Ähnliches, aber mit mehr Beleidigungen, die meisten an sie gerichtet, aber einige auch an die armselige Entschuldigung von menschlichem Wesen, die vor ihr lag. Dann ging auch er.

»Was verfickt willst du von mir, Kind?«, sagte ihr Vater. Er hatte die Fernbedienung weggeworfen und suchte jetzt tastend nach seiner Bierdose. Er setzte sie an die Lippen. Lucy schlug danach und schleuderte sie schäumend unter ein schäbiges Fernsehschränkchen. Er schaute der Dose kurz hinterher, bevor er seinen Blick auf Lucy richtete und mit der anderen Hand nach einer leeren Schnapsflasche griff. Und da sah sie es: den Blick, den er sonst nur für ihre Mutter übrig gehabt hatte. Er war unverkennbar. Er verwandelte sich in den Mann, vor dem die Dunkelheit sie hatte beschützen müssen, und sie wusste genau, was als Nächstes kam.

Er war schnell, jetzt von Zorn getrieben. Aber sie war schneller. Sie trat wieder zu, kräftiger diesmal, und traf ihn seitlich am Oberkörper, fest genug, dass er um ihren Fuß herum zusammenklappte und sie spüren konnte, wie seine Brust an ihrem Bein zitterte und er rasselnd nach Atem rang. Sie trat einen Schritt vor, drehte ihn wieder auf den Rücken und stand nun über ihm, einen Fuß auf jeder Seite seines ausgemergelten Körpers. Er hatte noch nie armseliger ausgesehen. Er schlug mit der linken Hand nach ihr, die leere Flasche am Hals gepackt, aber sie entriss sie ihm mit Leichtigkeit, und seine Hand fiel zurück auf den Boden. In seinem Hals gurgelte etwas, als er angestrengt atmete, und er stieß weitere Verwünschungen aus, wenn er genug Luft dafür hatte. Er schaute zu ihr hoch, aber nicht länger in böser Absicht. Seine Augen waren Seen völliger Leere. Er war besiegt, und das ohne große Mühe.

Lucy wurde nur noch wütender.

Ihr erster Schlag war mit der flachen Hand und traf ihn auf die Wange. Als Nächstes sank sie auf die Knie, saß auf seiner Brust und hielt seine Arme mit den Beinen an den Boden gedrückt. Er wehrte sich nicht, in keiner Weise, obwohl sie ihm kurz die Gelegenheit dazu gab. Sie hoffte, dass er sich wehren würde. Wenn er sie schlug, würde sie vielleicht irgendetwas spüren. Sie schlug erneut zu, dieses Mal mit der Faust. Die Haut an seiner Nase platzte auf. Noch immer nichts. Sein Kopf rollte von Seite zu Seite, als versuche er, seine Benommenheit abzuschütteln. Sie schlug noch einmal zu, doch dieses Mal ohne Pause, ohne abzuwarten, wie er darauf reagierte. Sie war verloren, verloren in ihrer Wut, verloren in den ersten dreißig Jahren ihres Lebens, verloren in der Ungerechtigkeit der Welt und wie sie mit ihr spielte. Plötzlich hielt sie die Flasche in der Hand. Sie schlug mit aller Kraft zu und traf mit einem Übelkeit erregenden Geräusch. Der zweite Treffer klang noch furchtbarer als der erste. Als sie die Flasche zum dritten Mal hob, drang ein fremder Schrei durch ihren Nebel der Wut.

Sie drehte sich zu Lisa Hopkiss um, die mit vor den Mund geschlagenen Händen dastand und auf die reglose Gestalt hinabstarrte, auf der Lucy saß. Die Flasche glitt Lucy aus der Hand und fiel polternd zu Boden. Dann stieß sie sich von seiner Brust ab und stand auf. Dabei entwich ihm ein Atemstoß und seine Nase und Kehle rasselten, als er die Luft einsog. Sie blieb einen Augenblick stehen und betrachtete den erbärmlichen Menschen unter sich. Seine Augen zuckten unter halb geschlossenen Lidern, sein Atem ging in langen Zügen, Blut lief aus einer Platzwunde unter seinem Auge und aus beiden Nasenlöchern. Die Erkenntnis übermannte sie ebenso plötzlich wie die Wut zuvor: *Sie hatte ihren eigenen Vater bewusstlos geprügelt!* Tränen der Wut ließen die Welt um sie herum verschwimmen, doch jetzt kamen ihr die Tränen aus einem anderen Grund und wurden noch größer. Sie musste sie wegwischen, als sie sich wieder zu ihm hinabbeugte, um seinen Kopf nach hinten zu strecken und seinen Hals zu öffnen, damit er nicht seine eigene Zunge verschluckte. Sofort verschwand das Rasseln beim Atmen.

Sie schaute zu Lisa, ein verschwommener Fleck an der Tür, die Hand immer noch auf den Mund gepresst, während sie die Augen so weit aufriss, dass ihr halbes Gesicht aus nichts anderem mehr zu bestehen schien.

»Rufen Sie einen Krankenwagen …«, flüsterte Lucy. Das Sprechen tat ihr weh. Lisa antwortete nicht und regte sich auch nicht, und Lucy musste sich an ihr vorbeidrängen, um wieder raus auf den Flur zu kommen. Wieder erklang von irgendwo laute Musik, diesmal aus dem Stockwerk über ihr. Dieselben Leute mussten einen anderen Ort zum Feiern gefunden haben.

Nur untermalte die Musik diesmal ihren Abgang.

TAG 5

KAPITEL 42

»Ah, Sie haben uns gefunden!« Während der Befragung von Shannon Hendry hatte ein Kantinentisch in der obersten Etage der Medway Polizeistation als Büro herhalten müssen, was aber nur eine Behelfslösung gewesen war – und keine besonders gute. Billy Eastons Aufenthalt in einer der Haftzellen und die Arbeit, die das mit sich brachte, erforderten einen Umzug seines ganzen Teams. Dafür brauchte es mehr. Ein einziger Raum war im ganzen Gebäude noch frei gewesen, und offenbar hatte man DS Rose den Weg dorthin ausreichend genau beschrieben.

»Hübsch hier«, sagte sie und schaute sich in dem extrem kleinen Büro um.

»Ich weiß! Ich hätte nicht gedacht, dass es hier im Gebäude noch einen freien Schrank gibt, aber für uns haben sie einen ausgeräumt.« Die Raumverwaltung des Reviers schien Joels Anfrage nach einem Ort, an dem er vorübergehend eine Mordermittlung leiten konnte, als Herausforderung betrachtet zu haben, einen Flecken zu finden, der so weit wie möglich von dem mit Tageslicht erhellten und angenehmen Teil des Gebäudes entfernt lag. Sie waren am Ende eines Flures, der umso unheilverkündender wurde, je weiter man ihn entlangschritt. Das Büro selbst hatte ein winziges Fenster, als wäre das Kontingent an Glas schon für alle anderen Räume aufgebraucht worden. Es gab auch keine erkennbare Möglichkeit, um es zu öffnen. Der Raum war muffig und beklemmend, und dennoch hatte sich Joel auf der Stelle heimisch gefühlt. Das hier entsprach schon eher dem, wie eine Dienststelle sich anfühlen sollte. »Ich hatte Sie heute nicht im Dienst erwartet«, erzählte er weiter und beobachtete aufmerksam DS Roses Reaktion. Er hatte nicht mehr mit ihr gesprochen, seit sie sein Angebot, sie nach Hause zu fahren, abgelehnt hatte. Er hatte davon abgesehen, sie nachts anzurufen, und stattdessen nur eine Nachricht geschrieben. Sie hatte ihm auch geantwortet, aber knapp und ohne einen richtigen Hinweis auf ihre Verfassung. Das war in etwa das, was er erwartet hatte, hielt ihn aber nicht davon ab, sich Sorgen zu machen. Sie sah müde aus, ja regelrecht erschöpft, und Joel fragte sich, ob sie überhaupt geschlafen hatte.

Eileen war fleißig gewesen, und die größte Wand im Zimmer war bereits mit Fotos, Namen und sogar Kernsätzen bedeckt. Es gab noch einen freien Fleck, an dem Eileen begonnen hatte, alles aufzuhängen, was sie über die gestrige Schießerei wussten, doch Joel hatte sie aufgehalten. Er wusste nicht, welche Version von DS Rose zur Arbeit kommen würde und welche Wirkung Farbfotos auf sie hätten.

»Wirklich?«, erwiderte DS Rose.

»Nein, eigentlich nicht«, gab Joel zu, und Sergeant Rose ließ kurz ein müdes Lächeln aufblitzen. »Wie war Ihr Schlaf?«, brachte er seine Sorge zum Ausdruck.

»Nicht vorhanden«, antwortete sie. Joel ließ ihr Zeit, das näher auszuführen, also sprach sie weiter: »Es gibt da etwas, das Sie wissen müssen. Es gab heute Nacht einen Zwischenfall in der Wohnung meines Vaters. Die Polizei kam vorbei, um mich zu befragen, weil man ihnen erzählt hat, dass ich ebenfalls dort war. Ich schätze, dass Sie es von mir hören sollten.« Neben Eileen stand ein freier Stuhl, den sie zu sich heranzog.

»Wollen Sie, dass ich …« Eileen zeigte mit einem Gesicht auf die Tür, das verriet, dass sie nur allzu gern bereit war, sie von der anderen Seite zu schließen.

»Meinetwegen bleiben Sie. Da ist nichts, was Sie nicht hören dürfen«, antwortete DS Rose.

»Geht es ihm gut?«, fragte Joel.

»Er hat ein bisschen Prügel abbekommen.« DS Rose legte ihre linke Hand um die Knöchel der rechten, die auf ihrem Schoß ruhte.

»Was ist passiert?«

»Ich hab ihn geschlagen. Seine Nachbarin hat alles mit angesehen und die Polizei informiert«, erklärte DS Rose in einer sachlichen Art und Weise, die Joel nur umso mehr verwirrte. Da musste noch mehr kommen, zum Beispiel, warum es Notwehr gewesen war und sie keine andere Wahl gehabt hatte.

»Was ist passiert?«, hakte er noch einmal nach.

»Ich wurde wütend und schlug ihn.«

»Und doch sind Sie jetzt hier«, antwortete Joel. »Haben Sie den Polizisten, die bei Ihnen waren, dasselbe erzählt?«

»Sie kamen, um mir zu sagen, dass sie dazu verpflichtet waren, weil mein Name gefallen ist, dass sie aber wüssten, dass alles nur ein Missverständnis war.« Sie zuckte mit den Achseln. »Mein Dad hatte ihnen bereits erzählt, dass ich nichts damit zu tun hatte. Er hat ihnen nicht erzählt, wer es war, nur, dass eine Menge Leute in seiner Wohnung gewesen sind, die getrunken hatten, und er sich nicht sicher sei. Wenn Sie meinen Dad kennen würden … nun, Sie würden es ihm auch glauben. Die Nachbarin, die die Polizisten gerufen hat, meinte auch, dass sie sich geirrt hätte … Sie sagte, ich sei dort gewesen, aber wieder gegangen, bevor der Ärger begann.«

»Aber jetzt weiß ich es besser«, stellte Joel fest.

DS Rose zuckte mit den Achseln. »Ja. Aber ich hatte nicht die Absicht, hierherzukommen und Sie anzulügen.«

»Aber die Polizisten, die bei Ihnen waren, haben Sie belogen.«

»Das brauchte ich gar nicht. Die hatten schon eine ziemlich klare Vorstellung davon, was passiert war. Ich glaube, sie waren nur bei mir, um sie mit mir zu teilen. Ich musste nur bestätigen, dass ich etwas früher dort gewesen war und mein

Vater sturzbetrunken war und dass ich deswegen wieder gegangen bin. Das ist alles wahr. Dann haben sie mir gesagt, in welches Krankenhaus man ihn gebracht hat.«

»Sie haben ihn krankenhausreif geprügelt?«

»Jochbeinbruch und eine Gehirnerschütterung. Ein paar Abschürfungen. Nichts Ernstes.«

»Nichts Ernstes?«, gab Joel keuchend zurück. »Himmel, Lucy, wissen Sie, in welche Lage Sie mich bringen? In welche Lage Sie uns beide bringen?«

Eileen hob die Hand. »Ich habe zum Glück kein Wort gehört. Wenn Sie irgendwelche Privatgespräche führen, habe ich damit nichts zu schaffen.«

»Sie sind mein Team. Das hier ist mein Team. Und es ist alles, was ich habe, okay?« Lucy deutete auf ihre zwei Kollegen, die mit ihr im Raum saßen, und keuchte nun ihrerseits. »Ich wollte nicht herkommen und lügen. Solche Sachen mache ich mir nicht zur Gewohnheit, es war nur … Ich brauchte jemanden, letzte Nacht, nach … nach dem, was passiert ist. Ich wollte bloß mit jemandem darüber reden, und dieser nutzlose Haufen von … Er war zu betrunken, um auch nur zu sitzen, geschweige denn, irgendeine Hilfe zu sein und seiner Tochter zuzuhören. Das ist doch das absolut Mindeste, oder nicht? Nur dasitzen und zuhören.«

»Sie hätten mich …«, begann Joel.

»Anrufen können? Sie haben Frau und Kinder, und ich weiß, dass Sie sie in letzter Zeit nicht oft gesehen haben. Dass ich anrufe und Ihnen den Abend mit noch mehr Arbeitszeug vollllade, war das Letzte, was Sie brauchten.«

»Sie sind kein Arbeitszeug.«

»Doch, bin ich …« Sie schien wieder durchzuatmen und setzte sich dann ruckartig auf. »Wo wir gerade davon sprechen, wir haben etwas zu tun, oder nicht? Was habe ich verpasst, nachdem ich nach Hause gefahren bin?«

Joel seufzte. Er antwortete nicht sofort, sondern starrte DS Rose nur an und versuchte, sich darüber klar zu werden, was zum Henker er mit ihr machen sollte. »Wir haben keine Zeit dafür. Für Sie. Für was zur Hölle auch immer Sie letzte Nacht getan haben.«

»Sehe ich auch so.«

»Das bedeutet nicht, dass wir damit fertig sind. Falls mich irgendjemand fragt, was ich darüber weiß, werde ich es erzählen.«

»Das sollten Sie auch«, sagte DS Rose. »Ich sagte es Ihnen doch, ich werde Sie nicht anlügen, und ich erwarte auch nicht, dass Sie für mich lügen.«

Joel brannte darauf, endlich weiterzumachen. »Sie haben eine Menge verpasst. Eileen hat gestern den ganzen Nachmittag an Billy Easton gearbeitet, und wir haben ein paar Informationen gefunden, über die wir ihn befragen müssen. DC Trott und ich waren noch lange hier, um die Befragung vorzubereiten, die wir schnellstmöglich durchführen müssen. Eastons Countdown, bis wir ihn wieder laufen lassen müssen, hat gestern um sechzehn Uhr angefangen zu ticken, und wir haben bisher noch gar nichts mit ihm gemacht, also wird die Zeit jetzt schon knapp.«

»Ich dachte, wir bekommen eine Verlängerung?«, warf DS Rose ein.

Joel schüttelte den Kopf, nicht bloß als Antwort, sondern ungläubig, während er auf die Uhr schaute, die verriet, dass es schon nach sieben Uhr morgens war. Sie hatten bereits fünfzehn Stunden vergeudet. »Darauf können wir uns nicht verlassen. Debbie Marsden ist nicht im Büro, was bedeutet, dass wir einen anderen Superintendent finden müssen, der das autorisiert, und raten Sie mal, wer den Bezirk während der Abwesenheit von Superintendent Marsden leitet.«

»Erzählen Sie's mir.«

»Mark Hall«, antwortete Joel. »Ich glaube, Sie waren dabei, als er ziemlich deutlich gesagt hat, was er von mir hält.« Mark Hall war der Detective Chief Inspector des üblichen Dezernats für Schwerverbrechen und derselbe Mann, den man gerufen hatte, um Joels letzten Fall zu übernehmen, nachdem klar geworden war, dass dieser außer Kontrolle geriet. Joel hatte sich geweigert und sogar zu einigen schmutzigen Tricks gegriffen, um den Fall auch ohne ihn abzuschließen. Mark Hall hatte seine Abneigung gegen Joel bei einer Abschlussbesprechung, die noch lange im Gedächtnis bleiben würde, mehr als deutlich gemacht – und seitdem noch zahlreiche weitere Male. Er wäre mit Sicherheit nicht daran interessiert, ihnen irgendwelche Gefallen zu tun.

»Der kann glauben, was er möchte, er braucht immer noch einen guten Grund, keine Verlängerung zu genehmigen«, sagte DS Rose.

»Den hat er vielleicht. Da reicht bereits die Tatsache, dass wir Easton schon die Hälfte der Zeit hier haben, ohne ihn richtig zu befragen. Soweit wir wissen, könnte er direkt nach Gesprächsbeginn ein volles Geständnis ablegen, in dem Falle bräuchten wir nicht mal eine Verlängerung. Dagegen kann ich nichts sagen.«

»Wir brauchen kein Geständnis für eine Anklage«, wandte DS Rose ein. »Mir ist egal, was er sagt, wir wissen, was er getan hat, und auf die eine oder andere Art wird er dafür bezahlen.«

»Die Beweise sind lückenhaft, Lucy. Uns fehlt noch ein bisschen für eine Anklage.« Joel hob die Hand, als DS Rose plötzlich rot vor Wut wurde. »Ich weiß, ich weiß, aber Sie kennen die Neuigkeiten von gestern noch nicht. Eileen wird Sie auf den neuesten Stand bringen, während ich zur Befragung runtergehe.«

»Sie nehmen mich nicht mit zur Befragung?«, entfuhr es DS Rose.

»Nein. Wie ich schon sagte, haben DC Trott und ich das gestern Abend vorbereitet. Ich wusste nicht einmal mit Sicherheit, ob Sie heute überhaupt auftauchen, und uns fehlt die Zeit, Sie vorzubereiten. Sie müssen nicht hier sein, das ist Ihnen klar, oder? Falls Sie lieber zu Hause wären.«

»Aber ich bin hier. Und ich möchte bei der Befragung von Easton dabei sein.«

Joel schüttelte den Kopf. »Sie sind zu dicht an dem dran, was gestern passiert ist, es wäre falsch, Sie mitzunehmen. Und dass Ihnen die Informationen fehlen, macht die Entscheidung umso leichter.«

»Es wäre falsch? Ich könnte mir keinen besseren Grund vorstellen.«

»Wirklich? Nach dem, was Sie mir gerade erzählt haben, glauben Sie, dass Sie fähig sind, eine Befragung durchzuführen?« Joel spürte, wie er sich innerlich auf einen Streit einstellte.

»Ich habe mich noch niemals für irgendetwas so fähig gehalten.«

»Und was passiert, wenn der *Zwischenfall* von letzter Nacht wieder irgendwo auftaucht und uns ein Bein stellt? Ein gewalttätiger Übergriff in der Nacht, bevor Sie einen Mordverdächtigen befragen? Jeder drittklassige Pflichtverteidiger könnte uns beiden damit die Hölle heißmachen, bevor er Ihre Teilnahme an der Befragung wenige Stunden später infrage stellt.«

»Aus diesem Grund habe ich es Ihnen erzählt. Es gibt nichts zu befürchten. Es wurde eine Fallakte geöffnet, weil das nun mal der vorgeschriebene Ablauf in solchen Fällen ist, aber die wurde direkt an der Quelle wieder geschlossen, weil es nichts zu klären gab. Ich bin nicht mal in irgendeiner Form verdächtig.«

»Aber es gibt einen Notrufmitschnitt? Als die Nachbarin anrief, um zu erzählen, dass ein Kerl von einer Frau verprügelt wurde, die *Lucy Rose* heißt? Sie erinnern mich immer wieder daran, dass Sie hier der richtige Detective sind, also sagen Sie mir: Würden wir diese Information im Zuge der Ermittlungen offenlegen müssen? Müsste man es als ungenutztes Material im Zuge dieser Ermittlung einreichen?«

DS Rose zuckte mit den Achseln. »Technisch gesehen vermutlich schon, aber selbst dann wäre es Bestandteil einer Argumentation vor Gericht, die jeder Richter als irrelevant abschmettern würde.«

»Oder vielleicht auch nicht. Und es ist ein Argument, das wir komplett verhindern können, also sollten wir das auch tun. Es kostet uns jetzt schon Zeit, genau hier und jetzt.«

»Ein Verteidiger könnte viel mehr Schaden anrichten, wenn er sich auf Sie und Leonard als Befragungsteam konzentriert. Damit könnten sie genüsslich all die Löcher in Ihrer Befragung offenlegen.«

»Wir werden keine Löcher hinterlassen.«

»Doch. Es gibt immer irgendwelche Löcher. Der Unterschied ist, dass kein Anwalt allzu viel Mühe darauf verwenden wird, sie zu suchen, wenn er sieht, dass ein Detective Inspector und ein Detective Sergeant ganz oben auf dem Befragungsprotokoll stehen. Wenn Sie Leonard Trott mitnehmen, betteln Sie geradezu um Ärger.«

Joels instinktive Reaktion erstarb noch, bevor sie ihm auf die Lippen kam. Sie hatte recht. Das Befragungsprotokoll gab im Grunde das gesamte Gespräch in getippter Form wieder. Eine arbeitsintensive Zeitverschwendung, aber Anwälte liebten Niedergeschriebenes. Das bedeutete, dass sie unterstreichen konnten, anmarkern und etwas in der Hand halten, mit dem sie den Polizisten im Zeugenstand vor der Nase herumwedeln konnten, um sie aus dem Konzept zu bringen. Ganz oben auf jedem Befragungsprotokoll standen immer die Informationen darüber, wer die Befragung durchgeführt hatte. Es war ein offizielles Dokument, und sie würden Leonard als *Police* Constable aufführen, was verriet, dass er noch kein zugelassener Detective war, also kein Kripo-Beamter. Strafverteidiger übersahen solche Details nicht, und es bot eine günstige Gelegenheit, die Beweiskraft der gesamten Ermittlung infrage zu stellen. Und vermutlich würde Leonard Trott es Joel auch nicht danken, wenn er vor Gericht in den Zeugenstand gezerrt wurde und man ihn bat, die bisherigen Erfolge seiner Laufbahn aufzuzählen. Joel konnte sich die Schadenfreude im Gesicht des Verteidigers sehr bildhaft vorstellen. *Also, weniger als zwei Jahre Erfahrung als Polizist, und tatsächlich erst wenige Wochen als Teil eines Ermittlungsteams, PC Trott. Und, verraten Sie uns doch bitte, welchen Beruf Sie ausgeübt haben, bevor Sie zur Polizei gegangen sind. Nur für den Fall, dass es für wichtig erachtet wird für jemanden, der eine so tragende Rolle in einer Ermittlung gespielt hat, die meinen Klienten vielleicht für den Rest seines Lebens ins Gefängnis bringen könnte.*

Und Leonard Trott würde tun, was man ihm beigebracht hatte: Er würde kurz und knapp antworten, immer mit so wenigen Wörtern wie möglich und immer ganz wahrheitsgemäß: *Handel mit Autotelefonen.*

Joel seufzte, erst einmal, dann noch einmal. DS Rose nutzte die Gelegenheit, um ihren Punkt vollends klarzumachen: »Ich werde mitkommen. Ich kann Notizen für Sie machen. Zweifellos hatten Sie diese Aufgabe ohnehin für Leonard vorgesehen. Es ist egal, was ich gestern verpasst habe, ich kann nützlich bei dieser Befragung sein.«

»Inwiefern?«

»Ich war dort, Joel. Ich war genau dort, als … Ich habe gesehen, was er getan hat, was er vorbereitet hat, in welche Falle wir getappt sind. Wir alle. Das will ich ihm sagen. Ich will ihm sagen, wie das war.«

»Das werden Sie auf keinen Fall tun. Falls wir das ansprechen, wird es ein übles Ende nehmen.«

»Na gut, dann werde ich nur stumm dasitzen und schreiben.«

Sie hatte Joel ausgetrickst. Er konnte sich ein Lächeln nicht verkneifen. »Ich muss ihm vermutlich trotzdem sagen, dass Sie dort gewesen sind. Es ist von Bedeutung und wird ihn aufmerksamer machen. Er wird wissen, dass er etwas länger überlegen muss, bevor er uns anlügt.«

»Wie kann er lügen? Nach dem, was gestern passiert ist, und nach dem, was er uns erzählt hat?«

»Eileen wird alle neuen Entwicklungen für Sie zusammengefasst haben, wenn wir wieder hier oben sind, aber wir sind gestern ein bisschen weitergekommen, und eine Sache, die wir rausgefunden haben, ist, dass er uns alle möglicherweise schon die ganze Zeit über belogen hat.«

KAPITEL 43

»Immer noch keinen Anwalt, Billy?« Das war das Erste, was Joel sagte, nachdem er seine handschriftlich notierten, fürs Protokoll notwendigen Formalitäten durchgegangen war.

»Ich sagte Ihnen doch, ich brauche keinen Anwalt.« Billy klang müde. Er wirkte vollkommen erschöpft. Jedes Wort schien ihn Kraft zu kosten. Der zuständige Beamte der Haftzellen hatte berichtet, dass er keine Sekunde geschlafen hatte und den Großteil der Nacht über in seiner Zelle auf und ab gelaufen war.

»Ich würde denken, dass jemand, der wegen Mordes verhaftet wurde, *immer* einen Anwalt braucht«, erwiderte Joel.

»Ich bin nicht hier, um Ihnen Schwierigkeiten zu machen.« Billy lehnte sich auf dem Stuhl zurück. Gestern war er Joel wie ein Mann erschienen, der ein Programm abspulte. Ein Roboter, der ohne Wut oder Trauer seine Befehle ausführte. Heute umgab ihn eine Aura von Gereiztheit, vielleicht auch Ungeduld. Als hätte er es eilig, das alles hinter sich zu bringen und endlich Antworten zu geben. Das kam Joel natürlich entgegen – er wollte ebenfalls schnelle Antworten. Aber er wollte auch die Wahrheit erfahren, und dafür, vermutete er, würde er Billy ein bisschen ins Schwitzen bringen müssen.

»Wofür sind Sie dann hier, Billy?«, fragte Joel.

»Um Ihre Fragen zu beantworten.«

DS Rose saß reglos neben Joel. Die festgeschraubten Stühle standen ein bisschen versetzt, so konnte er sie nicht richtig aus dem Augenwinkel sehen, wenn sie, wie jetzt gerade, aufrecht saß.

»Haben Sie Kelly Marshall ermordet?«, fragte Joel.

»Nein.« Billy blickte auf und geradewegs in die Kamera, die auf sie alle gerichtet war.

Joel stand auf. Er hatte einen großen Aktenkarton auf den Tisch gestellt, den er jetzt öffnete, um das gerahmte Foto herauszuholen, das er aus der »Hauptgeschäftsstelle« von AR Games mitgenommen hatte. Er legte es verdeckt auf den Tisch. Der Karton diente als visuelle Verkörperung aller Informationen, die sie bereits hatten, und Joel achtete darauf, ein bisschen mit seinem Gewicht zu kämpfen, als er ihn wieder auf den Boden stellte. Billy musste ja nicht erfahren, dass das meiste darin Stapel von leerem Papier waren. Doch sein Blick war ohnehin nur auf das Foto gerichtet. Joel drehte es um.

»Wer sind diese Leute, Billy?«

»Einer davon bin ich. Kann man das glauben?«, antwortete er, und sein Lächeln warf tiefe Falten in sein Gesicht. Wieder hatte er schnell geantwortet. Schnell genug, um Joel zu verraten, dass er das Foto schon kannte.

»Kann ich. Jetzt sehe ich es.« Wenn beide Versionen von Billy im Raum anwesend waren, fiel es leichter, aber er konnte immer noch verstehen, dass er es beim ersten Blick übersehen hatte. Billy musste sehr schwere fünfzehn Jahre gehabt haben.

»Und wer ist das?« Joel zeigte auf einen älteren, elegant gekleideten Mann mit einem Bauch, der es ihm unmöglich machen musste, sein Jackett zuzuknöpfen.

»Colin McGowan. Einer der Gründer. Ein sehr kluger Mann, der wusste, wie man große Mengen von Plastikfiguren zu einem niedrigen Preis produziert. Er ging kurz danach in den Ruhestand, war aber so freundlich, uns seine Methoden zu erklären.«

»Und das?« Joel zeigte auf die Frau, die zwischen den beiden Männern stand. Sie hielt das Band fest, das zwischen den Klingen von Billys Schere hing.

»Das ist Alison Reynolds.«

»Und woher kennen Sie Alison Reynolds?« Joel achtete aufmerksam auf Billys Reaktionen, doch die fielen weiterhin sehr schwach aus. Aber im Augenblick erwartete er auch noch keine. Die Leute fühlten sich immer wohl, solange sie mit der Wahrheit antworten konnten.

»Wir haben zusammen gearbeitet. Sie war zu dieser Zeit für die Produktion und den Vertrieb zuständig«, erklärte Billy.

»Und heute?«

»Sie leitet den Laden, mit allem Drum und Dran, soweit ich weiß.« Jetzt versuchte er zwar, nicht zu reagieren, doch in seiner Stimme klang Verbitterung mit.

»Und wie finden Sie das?«

»Was hat das denn mit irgendwas zu tun? Ich weiß, wie das läuft, ich kann mir aussuchen, welche Fragen ich beantworte. Ich möchte keine Fragen über Alison beantworten. Ich habe Ihnen wirklich eine Menge zu erzählen, Dinge, die wirklich wichtig für Sie sind.«

»Worüber?«, wollte Joel wissen.

»Über diese Frau, dic gestorben ist. Kelly, Margarets Tochter.«

»Die Frau, die Sie umgebracht haben?«

»Ich habe sie nicht umgebracht, das sagte ich Ihnen schon.«

»Wissen Sic, wer es war?«

»Die andere Frau, die, die bei ihr war. Das ist doch die ganze Idee dabei.« Er machte eine Geste, als würde das alles erklären, als hätte er seine Aussage gemacht, und nun sollten alle weitermachen. Für eine Sekunde glaubte Joel, dass Billy es völlig in Ordnung fand, wenn man einen Menschen zwang, einen anderen zu töten, solange man nicht selbst jemanden umbrachte.

»Warum sollte sie das tun?«

»Um ihre eigene Haut zu retten«, schoss Billy zurück.

»Wie hieß sie?«

»Ich weiß es nicht, das war auch nie wichtig.«

»Was wäre mit der Frau passiert, wenn sie Kelly Marshall nicht umgebracht hätte?«

»Dann wäre sie selbst verletzt worden, vielleicht sogar getötet. Ich dachte, das hätten Sie inzwischen selbst rausgefunden. Ich gebe ihr keine Schuld. An ihrer Stelle hätte ich dasselbe getan.«

»Wem geben Sie dann die Schuld? Wer hat diese Frau gezwungen, Kelly umzubringen?«

Billys Falten verzogen sich, als er wieder lächelte, doch irgendwie war es diesmal anders. Er fuhr sich mit den Fingern durch seine dünnen weißen Haare. »Ich weiß, worauf Sie hinauswollen, ich weiß, was Sie von mir hören wollen. Ja, Sie haben recht. Ich habe diese Frauen in eine Situation gebracht, in der sie keine andere Wahl hatten, als sich gegenseitig zu verletzen.«

»Warum?«, fragte Joel. Das war die Kernfrage, die eine Sache, die er seit Beginn des Falls nicht in seinen Schädel bekam.

»Ist das wirklich wichtig? Ich melde mich. Ich bin der Grund dafür, dass Kelly tot ist.«

»Es gab noch einen anderen ähnlichen Zwischenfall.«

»Der Lastwagenparkplatz bei Sandwich? Das war ich auch, okay? Alles meine Schuld. Und gestern, nun, Sie wissen ja schon, dass ich das war, also sollte das wirklich leicht für Sie sein, oder nicht?«

»Was haben Sie getan?« Die Frage kam von DS Rose.

»Wie meinen Sie das?«

»Gestern. Was genau ist passiert?« Ihre Stimme klang äußerst gefühlsbeladen, und Joel warf ihr einen warnenden Blick zu. Er konnte sich keine Emotionen vonseiten der Polizei leisten. Noch nicht.

»Sagen Sie es mir … so läuft das doch, oder nicht? Sie sagen mir, was passiert ist, und ich sage Ihnen, ob ich es getan habe oder nicht.«

»Das ist nicht die Art, wie es läuft«, zischte DS Rose zurück. »Ganz und gar nicht.« Sie beugte sich vor, weit genug, dass Joel sie nun sehr gut aus dem Augenwinkel sah, und ihr Gesichtsausdruck ließ Billy sich wieder zurücklehnen. »Sagen Sie mir, was gestern passiert ist.«

»Kein Kommentar«, sagte Billy.

»Kein Kommentar!« Joel lachte sogar ein bisschen. »Ich wette, das haben Sie aus den Fernsehserien, richtig? Die Krimiserien mit den Verhören?«

»Ich weiß, dass ich das sagen kann. Ich muss Ihre Fragen nicht beantworten.«

»Aber Sie waren so clever, Billy. Wollen Sie uns gar nichts darüber erzählen?«

»Wieso clever?«

»Sagen Sie es uns. Das ist Ihre Chance zu prahlen. Der Aufbau gestern, das war alles automatisch. Und am Ende ein erschossener Mann. Das war clever. Wie haben Sie das angestellt?«

»Kein Kommentar.«

»Rache«, fuhr Joel fort und machte eine kurze dramatische Pause. »Darum geht es dabei, richtig? Also, warum erleuchten Sie uns nicht?« Billy antwortete nicht, und diesmal ließ Joel das Schweigen länger anhalten. »Ein Anwalt hätte Ihnen vermutlich dazu geraten, mit ›kein Kommentar‹ zu antworten. Das machen die oft, vor allem bei ernsten Fällen wie diesem. Aber Sie wollten keinen Anwalt, und ich hab ums Verrecken nicht verstanden, warum nicht. Sie sind noch nie im Leben auffällig geworden, Sie haben keine Ahnung, wie diese ganze Sache hier funktioniert, und Sie sehen sich mit einem äußerst ernsten Vorwurf konfrontiert – warum also sollten Sie niemanden an Ihrer Seite haben wollen?« Joel hielt inne und gab Billy eine weitere Chance zu antworten, aber er sagte nichts. »Doch dann wurde mir klar, was ein Anwalt eigentlich *ist*. Ein Anwalt ist jemand, der Ihnen dieselben Fragen stellen wird wie ich, nur dass Sie ihm nicht mit ›kein Kommentar‹ antworten können, oder? Wenn ein Anwalt Sie hier in ein kleines Zimmer mitnimmt, nur Sie und er, bevor das alles aufgezeichnet wird, dann will er die Wahrheit, und glauben Sie mir eins: Anwälte sind sehr viel besser darin, Lügner zu erkennen, als wir.«

»Ich lüge nicht.«

»Shannon Hendry, die Frau, die überlebt hat – so heißt sie übrigens. Wie haben Sie sie dorthin gebracht? An den Ort?«

»Kein Kommentar.«

»Was für ein Ort *war* es?«

»Eine Farm, außerhalb von Lenham, in der Nähe von Maidstone. In der Nähe von einem riesigen Kreidekreuz, das dort in den Hang gemalt wurde.« Billy beugte sich jetzt vor und strahlte sowohl Wut als auch Selbstgefälligkeit aus. Seine Nasenflügel bebten bei jedem Atemzug, und er hielt dem Blick von Joel stand. Joel starrte ihn weiter an, bis Billy sich als Erster wieder nach hinten bewegte. Die Stuhllehne quietschte dort, wo sein Gefängnisoberteil zu klein und etwas nach oben gerutscht war.

»Ich erinnere mich an meine Ausbildung in Grundlagen der Befragung«, sagte Joel. Er drehte sich zur Seite und wandte sich an DS Rose. »Wir hatten eine Übung, in der uns jemand anlog. Er hat uns diese ganze Geschichte erzählt, allerdings immer vage und ausweichend. Aber immer wieder mal gab er uns hier und da eine ganze Wagenladung von Details, viel mehr, als wir gebraucht hätten.« Er drehte sich wieder zu Billy um. »Wissen Sie, was es bedeutet, wenn jemand so etwas tut?« Billy antwortete nicht. »Es bedeutet, dass die Person lügt. Zu lügen ist schwierig, und wenn man Details nennt, dann bietet uns das die Gelegenheit, diese zu überprüfen und zu *beweisen*, dass es Lügen sind. Und bei einer großen Lüge wird es immer Details geben, die wahr sind, und jemand, der dort auf Ihrem Stuhl sitzt, wird sich auf diese Details konzentrieren, er wird uns jedes Detail nennen, das er kennt, weil er glaubt, wenn er uns so viel Wahrheit wie möglich erzählt, er damit die Tatsache verbergen kann, dass im Grunde alles nur eine Lüge ist.«

»Ich lüge nicht.«
»Also hat Shannon Hendry Kelly Marshall umgebracht?«
»Ja.«
»Und Sie haben sie in eine Situation gezwungen, wo das passieren würde, indem Sie das Szenario eines Brettspiels nachgebaut haben?«
»Ja. *Entkommen!* Das Spiel, das *ich* entwickelt habe. *Von Grund auf.*«
»Sie haben Shannon Hendry entführt, ohne auch nur ihren Namen zu kennen?«
»Ja, es war zufällig. Ich brauchte einfach jemanden, der Kelly möglichst ebenbürtig war. Ich kannte Kelly durch Margaret ...« Er schien den Satz unvollendet zu lassen. Joel wusste, dass Margaret eine Schwäche darstellte, die er gegen ihn benutzen konnte, aber das konnte warten.
»Waren Sie dort? Als Kelly starb?«
»Ich war dort, um sicherzugehen, dass die beiden es zu Ende bringen.«
»Hat es Ihnen etwas gegeben, diesen Frauen dabei zuzugucken, wie sie um ihr Leben kämpfen? Haben Sie dabei masturbiert? Oder vielleicht hinterher? Haben Sie vielleicht letzte Nacht in Ihrer Zelle ein bisschen an sich rumgef...«
»Nein! Ich bin nicht irgendein Perversling.«
»Aber doch, genau das sind Sie. Das muss Ihnen doch klar sein, oder nicht? Was glauben Sie, wie die Leute Sie nennen werden? Was glauben Sie, was Margaret Marshall über Sie sagen wird, wenn ich nachher zu ihr fahre und ihr erzähle, dass der Mann, der dafür verantwortlich ist, dass ihre Tochter *ermordet* wurde, der gute alte Billy Easton war?«
»Ich weiß es nicht! Ich weiß nicht, was sie sagen wird.«
»Ich glaube, Sie wissen es. Ich glaube, wenn sich der ganze Staub gelegt hat, wenn sie das Gefühl überwunden hat, so vollkommen hintergangen worden zu sein, ich glaube, dann wird sie wissen wollen, *warum*. Würden Sie das nicht? Also, soll ich ihr dann meine Masturbationstheorie erzählen, oder ...«

»Alison Reynolds!«, spie Billy aus und stieß das Foto von sich, sodass es über den Tisch zu Joel schlitterte. »Alison Reynolds«, sagte er noch einmal, aber leiser. »Ich habe versucht, sie zu ruinieren. Ich dachte, die Polizei geht mit der Verbindung zu ihrem Spiel an die Öffentlichkeit. Diese Frau hat mich ruiniert. Sie hat alles ruiniert.«

»Welches Spiel?«, fragte Joel schnell.

»*Entkommen!*, wie ich eben schon sagte!«

»Reden Sie weiter«, antwortete Joel.

»Das Spiel ist der Kern des Verlags, das Einzige, mit dem sie überhaupt irgendwelches Geld verdienen, und es war meins, es *ist* immer noch meins. Ich dachte, da ich es entwickelt habe, könnte ich es mit schlechter Presse gleich mit ruinieren.«

»Ein Irrer, der junge Frauen dazu zwingt, ein Strategiespiel in echt zu spielen, mit den Mitteln des Spiels bis zum bitteren Tod zu kämpfen, und dabei noch ein bisschen in Kostümen, damit es originalgetreuer aussieht? Meinen Sie das ernst?«, fragte Joel. »Wenn wir diese Information rausgegeben hätten, was glauben Sie, was dann mit den Verkaufszahlen passiert wäre? Ich bin mir ziemlich sicher, dass ich weiß, was dann passiert wäre.«

»Vermutlich habe ich das nicht ganz zu Ende gedacht …«, murmelte er.

»Doch, haben Sie. Sie hatten jahrelang Zeit, um darüber nachzudenken, und was wir gestern gesehen haben, wurde nicht mal eben spontan zusammengeschustert.«

Billy zuckte mit den Schultern. »Vermutlich habe ich über einige Teile mehr nachgedacht als über andere.«

»Also war Rache an Alison Reynolds Ihre Motivation? Warum haben Sie nicht einfach Alison gegen jemand anderes antreten lassen? Haben sie das Spiel spielen lassen, von dem Sie sagen, dass sie es gestohlen hat? Wäre das nicht passender gewesen?«

»Für sie gibt es nichts Wichtigeres als Geld. Das ist alles, worum es ihr geht.«

»Wichtiger als ihr Leben?«

»Kein Kommentar.«

»Wie hat Shannon Hendry Kelly Marshall umgebracht?« Joel wechselte bewusst plötzlich das Thema.

»Ich ... kein Kommentar.«

»Sie wissen es nicht, richtig?«, sagte Joel.

»Erstochen! Sie hat sie erstochen!«

»Womit?«

»Das ist nicht wichtig. Ich habe recht, oder?«

»Was ist mit der Tatwaffe geschehen? Welche auch immer sie benutzt hat?«

»Sie muss sie mitgenommen haben!« Billy zuckte heftig mit den Achseln.

»In einem öffentlichen Bus am helllichten Tag?«

»Dann hat sie sie weggeworfen!«

»Wir haben sie nicht gefunden, und das hätten wir. Sie hatte sie gar nicht, oder? In keinem Augenblick.«

»Ich habe sie nicht umgebracht!«

»Auf dem Lastwagenparkplatz, wer ist da gestorben?«

»Was?«

»Weiß, männlich, wurde tot in einem Gewerbegebiet in Sandwich aufgefunden. Sie sagten, Sie wären es gewesen, der ihn dorthin gebracht hat. Also, wer ist es?«

»Ich weiß es nicht.«

»Wo haben Sie ihn entführt?«

»Kein Kommentar.«

»Wer ist gestern gestorben?« Noch ein Themenwechsel. Joel gab Billy keine Zeit zum Nachdenken.

»Was?«

»Noch ein armer Kerl, gefesselt wie die anderen, aber so manipuliert, dass er auf bewaffnete Polizisten schießen würde. Noch ein Mann. War das auch jemand, den Sie zufällig auf der Straße aufgegriffen haben, oder kennen Sie seinen Namen?«

»Ich ... Zufällig, okay. Sie waren alle zufällig, mit Ausnahme von Kelly Marshall!«

»Wie haben Sie ihn dorthin gebracht?«

»Kein Kommentar! Ich brauche nicht zu antw…«

»Was haben Sie uns dagelassen, damit wir es finden? Nachdem Sie weg waren?«

»Was?«

»Wo Sie Shannon gefangen hielten und Kelly, diese Lkw-Anhänger, wo wir gestern den armen Kerl fanden … an jedem der Orte wurde für uns etwas zurückgelassen, etwas, das wir finden sollten. Was haben Sie dort gelassen?«

»Kein Kommentar.«

»Sie wissen es nicht, richtig? Sehen Sie, es sind die Details, darum fällt alles in sich zusammen. Aber das ist es nicht allein. Sie sind angewidert, Billy, das kann ich sehen. Und nicht von sich selbst, sondern von dem, was Sie hier hören.«

»Lächerl…«

»Margaret Marshall hat erzählt, dass sie zu Hause überfallen wurde. Gepackt, bedroht, eng und dicht an ihren Angreifer. Warum hat sie nicht erkannt, dass Sie das waren?«

Billy zögerte. Er schien zu straucheln. »Ich habe eine Tonbandaufnahme benutzt. Sie haben doch gehört, wie sie das erzählt hat.«

»Das stimmt, und Sie haben es ebenfalls gehört. Erzählen Sie mir etwas, was Margaret mir nicht erzählt hat, während Sie hinter ihr standen.«

»Worüber?«

»Überzeugen Sie mich, dass Sie es waren. Sagen Sie mir, was Sie getan haben, um sicherzugehen, dass Margaret Sie nicht erkannt hat.«

»Ich war grob zu ihr, hab sie ein bisschen herumgeschubst, mein Gesicht war verdeckt … ich sah sogar größer aus. Sie wäre nie auf den Gedanken gekommen, dass ich das war.«

»Warum?«

»Um an Kelly ranzukommen.«

»Warum Kelly?«

»Sie … Ich wollte … Ich hatte Absichten, Margaret gegenüber. Ich habe ihr meine Absichten gestanden, und sie hat mich zurückgewiesen. Sie muss es ihrer Tochter gegenüber erwähnt haben.«

»Absichten gegenüber Margaret, die zurückgewiesen wurden? Wo sind wir hier, im Viktorianischen England? Sagen Sie uns, was passiert ist.«

»Das habe ich gerade. Sie verstehen doch sicher, was ich damit meine, oder?«

»Sie wollten Sex mit Margaret, und ihre Tochter hat Ihnen gesagt, dass Sie sie in Frieden lassen sollen? Und dafür hatte sie es verdient zu sterben?«

»Nein … Ja … Hören Sie, es gibt Wichtigeres im Leben. Es war eine Kameradschaft, hauptsächlich, aber ja, okay, ich finde sie körperlich anziehend.«

»Abgewiesen. Was hat Margaret gesagt?«

»Sie sagte mir, ich solle mich ins Knie ficken, Inspector.«

»Das war's mit dem Viktorianischen England, hm? Und Kelly? Was hat sie dem hinzugefügt?«

»Sie war wütend. Anscheinend ist ihre Mutter in dieses Haus gezogen, um von *Widerlingen wie mir* wegzukommen. Ich glaube, das war ihre Wortwahl. Es war ein bisschen unfair, aber ich glaube, es war zum Teil eine Reaktion auf Margarets vorhergehende Beziehung. Ich bin ein guter Mann, ich hätte gut für sie sein können.«

»Und weil sie Ihnen keine Chance gab zu zeigen, was für ein guter Mann Sie sind, haben Sie ihre Tochter umgebracht?«

»Ich …« Billy strich sich mit den Fingern durch die Haare. »Ich hatte die Idee für diese *Entkommen!*-Sache, bevor ich wusste, wer da antreten würde. Kelly hat sich dann einfach irgendwie … freiwillig gemeldet.«

»Weil sie Sie einen Widerling nannte?«

»Bis sie diese Worte sagte, war das alles mehr so eine Art Idee, eine Fantasie, die Alison ruinieren könnte, und dann hat sie mich so behandelt wie Dreck, als wüsste sie bereits, wer ich bin. Genau wie Alison.« Billy lehnte sich mit zufriedener Miene zurück, als hätte er ein gutes Argument gebracht.

»Glauben Sie, dass Kelly Marshall selbst schuld an ihrem Tod war?«

»Sie wäre nicht gestorben, wenn sie ihre Gedanken für sich behalten hätte. Ihre Mutter hatte mir ihre Antwort gegeben. Wir waren immer noch Freunde. Die Situation war zwischen zwei Erwachsenen geklärt gewesen.«

Joel ließ sich Zeit, ließ das Schweigen dauern und wartete, bis es unangenehm wurde. »In Mordfällen zu ermitteln, ist für mich noch ziemlich neu. Wenn ich ehrlich bin, finde ich mich da immer noch ein, und die eine Sache, die mir nicht klar wird, die mir vielleicht nie ganz klar werden wird, ist der Antrieb.

Was ist es, das einem Menschen so viel bedeuten kann, dass er dafür einem anderen Menschen das Leben nimmt? Ich glaube keine Sekunde, dass Shannon Hendry Kelly Marshall das Leben genommen hat, aber wenn sie es getan hätte, dann wäre das vielleicht das erste Mal, dass ich den Antrieb verstehen würde: Töte oder werde getötet – ein Kampf ums Überleben. Ich habe früher schon Rache gesehen, einen sehr viel schlimmeren Fall als der, den Sie für sich beanspruchen, und wissen Sie, was ich daraus gelernt habe? Rache ist ein kaltes, leeres Gefühl, das nur immer kälter und leerer wird, je weiter man ihm nachgibt.« Wieder schwieg Joel.

»Steckt da eine Frage drin, die Sie mir stellen wollen?«, entgegnete Billy schließlich.

»Sie hatten nichts mit dem Tod von Kelly Marshall zu tun, Billy, richtig?«

»Was? Doch, hatte ich, das habe ich Ihnen doch gerade gesagt!«

»Wer ist gestern gestorben? Wer war der Mann, der durch zwölf Kugeln aus Polizeigewehren starb, weil er zuerst geschossen hat?« Joel wechselte wieder die Richtung.

»Ich … ich weiß es nicht. Irgendein zufälliger Kerl, das sagte ich Ihnen doch schon!« Auf Billys Stirn hatte sich inzwischen ein Schweißfilm gebildet, der im grellen weißen Licht glänzte. Joel antwortete nicht, sondern ließ Billy die Gelegenheit, das weiter auszuführen. Er nutzte sie nicht.

»Die Waffe, die er gestern hatte, wo hatten Sie die her?«

»Kein Kommentar.«

»Beschreiben Sie sie wenigstens.«

»Kein Kommentar.«

»Kommen Sie schon. Wenn jemand tödliche Waffen auf meinen Straßen verkauft, sollte ich darüber Bescheid wissen.«

»Kein Kommentar. Ich kenne die Regeln, solche Dinge erzählt man nicht.«

»Warum haben Sie mich nicht nach der Polizei gefragt? Ich sagte, dass er zuerst geschossen hat. Gehörten tote Polizisten zu Ihrem Plan?«

»Tot!« Er riss die Augen auf. Der Schreck war echt. »Ich wollte nicht ... das tut mir leid, okay, das müssen Sie mir glauben.«

»Sie sind nicht tot, Billy. Sie sollten es sein. Aber das Gewehr war mit Platzpatronen geladen, was Sie offenbar nicht wussten. Der arme Kerl war überzeugt davon, dass der Teufel selbst gekommen war, um ihn zu holen, und alles, was er hatte, um sein Leben zu schützen, waren Knallpatronen. Was für ein Mensch würde so etwas tun?«

»Ich ... Kein Kommentar.«

»Sind Sie so ein Mensch?«

»Ich ... Ja. Das sagte ich Ihnen schon.«

»Also haben Sie das irgendeinem Fremden angetan? Jemandem, dessen Namen Sie nicht einmal kennen? Sehen Sie, da sind wir wieder beim Antrieb, oder? Warum würden Sie das tun?« Billy hatte keine Antwort. Joel tippte mit dem Finger auf das Foto, das noch immer auf dem Tisch lag. »Wer ist das hier?«, fragte er. Auf dem Bild waren zwei Kinder, eines auf jeder Seite. Joel zeigte auf das linke Kind.

»Das ... Das ist Robert ... mein Sohn«, antwortete Billy.

»Und das?« Joel tippte auf das andere Kind, das auf der

rechten Seite, fast außerhalb des Bildausschnitts. Dem Gesicht nach zu urteilen, hatte er am wenigsten Spaß an dem ganzen Prozedere.

»Das ist Alisons Sohn. Damals haben die beiden Jungs eine Menge Zeit miteinander verbracht. Aber inzwischen nicht mehr, glaube ich.«

»Sehen Sie«, sagte Joel und beugte sich so weit vor, dass er sehen konnte, wo der Schweiß sich sammelte und seitlich an Billy Eastons Gesicht hinablief, »das sind mehr Details, als wir brauchten, also wissen wir, dass das die Wahrheit ist. Und wie heißt der Junge?«

»Brad ... Bradley Reynolds«, antwortete Billy.

»Bradley Reynolds«, wiederholte Joel. »Ja, das stimmt. Und Bradley Reynolds wurde gestern mit zwölf Kugeln von bewaffneten Polizisten erschossen. Er war der Mann, von dem Sie mir gerade gesagt haben, dass Sie ihn nicht kennen, der Mann, von dem *Sie* mir weismachen wollen, dass er zufällig ausgewählt wurde.«

KAPITEL 44

An diesem Punkt beendete Joel die Befragung. Billy war ins Schwimmen geraten, und sein innerer Kampf war ihm deutlich am Gesicht abzulesen, an seiner Körpersprache und an dem Schweiß, der seine dünnen Haare zu dicken Strähnen zusammenkleben ließ. Joel hatte die notwendige Bestätigung erhalten: Billy wusste nicht genug, um es gewesen zu sein. Der letzte Beweis war der stärkste gewesen: sein aufrichtiger Schock, als er erfahren hatte, dass das letzte Opfer Bradley Reynolds gewesen war.

Jetzt wollte Joel ihn noch ein bisschen in diesem Zustand schmoren lassen.

Billy Easton deckte irgendjemand, und wenn er wieder in seiner Zelle war, allein mit seinen Gedanken, würde er schnell herausfinden, dass die Polizei bereits wusste, wen er beschützte. Joels Abschiedsworte hatten Angst in Billys Blick aufflackern lassen: »Wir sind nur ein paar Stunden weg, Billy«, hatte er gesagt, bevor er die Zellentür kräftig zugeschlagen hatte – weil das Geräusch ein sehr realistisches Gefühl von Endgültigkeit vermittelte.

»Ein paar Stunden?« DS Rose wartete mit ihrer Frage, bis sie die Untersuchungshaft komplett verlassen hatten.

»Vermutlich eher zwanzig Minuten, aber mir gefällt die Vorstellung, dass er die nächsten Stunden allein mit sich ist.«

»Das verlief anders, als ich erwartet hatte. Was ist hier los, Joel? Was *habe* ich verpasst?«, wollte DS Rose wissen.

»Eine Menge. Zu Ihrem Glück hat Eileen die Aufgabe, Sie zu informieren, oben sollte also eine PowerPoint auf Sie warten.«

Und tatsächlich, als sie durch die Tür zu ihrem improvisierten Büro traten, erhob sich Eileen und begrüßte sie. Sie rang ihre Hände und trat hinter dem Schreibtisch hervor. Die Strickjacke, die sie selbst gemacht hatte, hing um einen steifen Rock herum, dessen Muster zu ihren Puschen passte, und sie schaute Joel über ihre Brille hinweg an. »Und? Hat er sich brav auf den Rücken gerollt? So sagt man das doch, oder?«

Joel konnte sich ein leises Lachen nicht verkneifen. »Noch nicht, aber wie ich Ihnen schon sagte, hat Polizeiarbeit viel mit dem Lehrerdasein gemeinsam: Wir geben ihm etwas Zeit, darüber nachzudenken, was er getan hat.«

Der Blick über die Brillengläser wurde intensiver. »Ich frage mich, ob es eine Situation gibt, die so ernst ist, dass Ihre erste Reaktion nicht in Heiterkeit besteht, Inspector Norris.«

»Eileen, Polizeiarbeit ist kein Beruf, den man übersteht, indem man ihn ständig ernst nimmt. Also, haben Sie den Bericht für unsere Hinterhofboxerin hier fertig?«

»Also dann …« Eileen zog einen Zeigestab auseinander, eine noch frische Onlineanschaffung, die sie jetzt ständig mit sich herumtrug. Die Spitze machte ein sattes *Tack!*, als sie gegen die Fotos an der Wand schlug – ein Geräusch, das ihr ein bisschen zu sehr zu gefallen schien. Als Erstes landete sie auf einem Foto, das sie aus einem sozialen Netzwerk runtergeladen hatte. Es zeigte einen jungen Kerl, Mitte zwanzig, aber jünger aussehend. »Alan Lewis«, begann Eileen. »Unsere Leiche aus Sandwich. Er wurde gestern identifiziert, als Sie beide draußen in der Sonne saßen und eine Tüte Pommes genascht haben, während ich drinnen unbeirrt die richtige Polizeiarbeit geleistet habe.« Eileen erlaubte sich ein winziges Lächeln, bevor sie weitersprach. »Seine Mutter rief an, um ihn vermisst zu melden, doch ihre Aufgabe schien eine ganz andere zu sein. Zum Beispiel hat sie nie einen Anruf erhalten.«

»Sie hatte kein Wegwerf-Handy?«

»Nein. Eine Streife fuhr zu ihr und stellte fest, dass keine Familienmitglieder über seine Entführung informiert gewesen zu sein schienen. Lewis ist Einzelkind, wohnt bei seiner Mutter zu Hause und ist schon öfter ein paar Tage bei einem Freund geblieben. Sie hat es erst gemeldet, als er ein Treffen mit seinen Freunden verpasste und die sich bei ihr gemeldet haben.«

»Also musste man gar nicht fürchten, dass ihn jemand als vermisst meldet, bevor er seine Rolle spielen konnte«, sagte DS Rose.

»Aber irgendwo wurde ja angerufen«, wandte Joel nachdenklich ein.

»Es gibt noch weitere Unterschiede«, erzählte Eileen weiter. »Ich sollte mich bei der Dienstaufsicht informieren, um herauszufinden, dass an dem Bunker keine weitere Person vor Ort war, um sicherzugehen, dass Bradley Reynolds stirbt. Es ist noch früh, aber bisher scheint es, dass alles völlig ferngesteuert ablief.«

»Was heißt das?«, wollte DS Rose wissen. Eileen schaute zu Joel, als hole sie seine Erlaubnis ein. Er nickte, und sie sprach weiter.

»Mr. Reynolds' Bewegungen wurden durch einen Elektromagneten kontrolliert. ›Plump, aber einfach‹, haben sie es beschrieben. Sie fanden ein umgebautes Türschloss, das an eine Autobatterie angeschlossen war. Wir nutzen diese Schlösser ständig. Jeden Tag, wenn Sie zur Arbeit kommen, halten Sie eine Karte an einen Sensor, und die Tür entriegelt gerade lange genug, damit Sie eintreten können. Doch was, wenn derselbe Mechanismus keine Tür festhält, sondern einen Draht? Als der Schalter aktiviert wurde, ließ er ein Stück Kabel durch, genug für ein paar Schritte, bevor er sich wieder schloss. Er musste nur unter Spannung stehen, ansonsten hätte der Draht sich gar nicht bewegt, solange das Schloss offen war.«

»Unter Spannung …«, murmelte DS Rose. Dafür brauchte sie keine weitere Erklärung, aber Eileen lieferte sie dennoch.

»Mr. Reynolds hätte sich gegen den Draht stemmen müssen. Beweise deuten darauf hin, dass die Waffe außerhalb seiner Reichweite, aber gut sichtbar an der Wand hing. Er muss …«

»Ich glaube, wir haben es verstanden, Eileen«, unterbrach Joel sie.

»Natürlich.« Sie räusperte sich. »Wie dem auch sei, statt durch eine Karte wie bei uns wurde der Schalter durch einen Bewegungssensor aktiviert wie bei einem Sicherheitslicht im Garten. Fünf Bewegungssensoren, um genau zu sein. Jeder gab ihm ein weiteres Stückchen Draht. Aber …« Wieder unterbrach sich Eileen, um zu Joel zu schauen. Dieses Mal reagierte er mit einem leichten Kopfschütteln.

»Aber was?«, wollte DS Rose wissen.

»Das war alles Relevante. Es wurde so aufgebaut, dass es automatisch funktionierte und wir es anschließend finden konnten. Wir suchen nach keiner weiteren Person«, antwortete Joel.

»Und ich bin kein Kind, das Sie beschützen müssen. Was noch?«

Eileen starrte unsicher zu Joel. »Nur zu«, sagte er.

»Die Dienstaufsicht meinte, dass es so aufgebaut war, dass der Draht sich nicht von der Rolle löste«, stammelte Eileen.

»Sich nicht von der Rolle löste? Was bedeutet das?«, fragte DS Rose.

»Auch das ist anders«, übernahm nun Joel die Antwort. »Auf der Farm und bei den Lastwagen haben wir nur den Draht gefunden, der zurückgelassen wurde. Wir wussten noch, woran das andere Ende festgemacht gewesen war. Die Schlaufen waren so konzipiert, dass sie sich unter Zug spannten, sich aber lösen ließen, wenn der Zug fehlte. Bei Bradley war es anders.«

»Inwiefern anders?«

»Bradley wäre niemals von dem Draht befreit worden«, sagte Joel. »Die Länge des Drahts und Art der Schlaufe waren so gewählt, dass er es immer nur bis zu dieser Tür schaffen würde, und keinen Schritt weiter. Das war ein weiterer Schritt, um sicherzugehen.«

»Dass man ihn in Stücke schießen würde …«, erläuterte DS Rose.

»Dass er nicht fliehen konnte«, bestätigte Joel.

»Und die Spielfigur?«

Das wurde wieder von Eileen beantwortet: »Es wurde eine dort gelassen, aber etwas abseits, an einer Seite. Sie kann jederzeit dort platziert worden sein.«

»Weint sie?«, wollte DS Rose wissen.

Eileens Blick huschte wieder kurz zu Joel, doch diesmal antwortete sie auch ohne Erlaubnis. »Ja.«

»Das heißt, sie war bereits dort, als er noch am Leben war? Sogar bevor er in diesem Bunker angekettet wurde?« DS Rose keuchte.

»Er sollte um jeden Preis sterben«, sprach Joel aus, was sie alle wussten.

»Wie extravagant ist das? Die Möglichkeit, so etwas vorzubereiten, meine ich?« DS Rose schien erpicht darauf weiterzumachen.

»Nicht sehr, wenn man ein bisschen Geschick hat«, antwortete Joel.

»Mr. Norris meinte, dass Sie später noch zu Alans Familie fahren, aber der Detective Constable der Nachtschicht wurde rausgeschickt, um die Familie zu befragen, und in seinem Bericht steht alles, was Sie im Augenblick brauchen könnten.«

»Ich glaube nicht, dass wir uns allzu sehr auf Alan Lewis konzentrieren sollten. Ich glaube, er wurde nur ausgewählt, weil er einigermaßen ebenbürtig war, aber für unseren Mörder unbedeutend war, genau wie Shannon«, fügte Joel hinzu, bevor Eileen weitersprach.

»Wir haben noch etwas weiter gegraben, was Billy Easton betrifft, und es gibt immer noch Fragen, die Mr. Norris im zweiten Teil der Befragung stellen wollte. Vorausgesetzt, dass das immer noch der Fall ist, könnte es Sie interessieren, dass …« Eileen hielt kurz inne, um sich Joels Einwilligung abzuholen, dann sprach sie weiter. »Die Überprüfung der Kennzeichenchecks für sein Fahrzeug zeigen unregelmäßige Trips die M20 und A20 runter Richtung Küste. Die letzte Kamera liegt direkt vor Folkestone und zeichnet den Verkehr zum Eurotunnel oder zum Fährhafen in Dover auf. Die Strecke fährt er ein paarmal pro Woche, und es ist die einzige Bewegung mit seinem Land Rover, die von den Kennzeichenkameras registriert wird. Das könnte irrelevant sein, bedarf aber einer Klärung.«

Joel nickte wieder. Eileen schlug mit ihrem Stab auf das Profilfoto eines anderen jungen Mannes, auch dieses aus einem sozialen Netzwerk. Er war ein Jahr jünger als Alan Lewis, sah auf dem Bild aber älter aus. Er hatte Pockennarben auf Stirn und Wangen und ungepflegte Haare und einen ernsten Gesichtsausdruck, kein Lächeln, keine Grimassen, keine gespitzten Lippen, wie man sie sonst auf derartigen Bildern fand. Sein gesamtes Auftreten im Internet wirkte sehr ernst.

»Robert Easton«, stellte Eileen ihn vor und hieb mit dem Stab auf ein Stück Papier unter dem Foto. »Polizeibekannt. Robert ist der Sohn von unserem Freund Billy Easton, aber das ist bloß der Anfang seiner Geschichte. Aufgrund unserer gestrigen Konzentration auf die Eastons konnten wir das Bild einer sehr unglücklichen Familie zeichnen. Billy Easton war verheiratet mit Joy Easton, jetzt Joy Harper, weil sie nach der Scheidung ihren Mädchennamen wieder angenommen hat. Es scheint, dass Robert Easton seinen Anteil daran hatte, dass die Beziehung zerbrochen ist. Es gibt mehr als genug Hinweise darauf, dass er ein … schwieriges Kind war. Die Polizeiakten kennen ihn als gewalttätigen Jugendlichen, vor allem seiner Mutter gegenüber. Laut unseren Akten galt sie als das Opfer von Angriffen in sieben Fällen: Diebstahl, Betrug, Brandstiftung … und ein Zwischenfall wurde als sexueller Übergriff eingestuft, auch wenn es sich wohl eher um einen sehr festen Griff an einer sehr intimen Stelle gehandelt hat.

Und in allen Fällen wurde Robert Easton als Angreifer eingetragen. Vor vier Jahren scheint sie ihre Sachen gepackt zu haben und gegangen zu sein. Wir wissen nicht, wo sie steckt.«

»Wir müssen das rausfinden«, warf Joel ein. »Wir müssen das bei der Sozialbehörde prüfen.«

»Also ist Robert unser Mann?«, fragte DS Rose. »Ich verstehe, dass er besser ins Profil passt, aber …«

Sie unterbrach sich, als Eileen ihren Stab ansetzte und laut wieder auf dasselbe Stück Papier knallen ließ, um weitersprechen zu dürfen.

»Robert Eastons vollständiger Name lautet Robert Tristan Easton, aber niemand nennt ihn Robert – er ist Bobby. B.T.E. Billy hat den Spieleverlag mit dem Ziel gegründet, ihn seinem einzigen Kind zu vermachen, und wenn man sich Roberts Onlineaktivitäten betrachtet, als sein Vater den Verlag noch geführt hat, dann weiß man, dass er sehr, sehr scharf darauf war. Doch dann wollte seine Mutter die Scheidung und forderte die Hälfte des Verlags, was bedeutete, dass Billy einen Investor brauchte. Zu der Zeit sprang Alison Reynolds als Investorin ein. Und damit begann der Prozess, an dessen Ende Billy Easton seinen gesamten Anteil am Verlag verlor. Aus der Asche erhob sich AR Games, und BTE – Beat The Enemy – Games, oder auch Bobby Tristan Easton, wurde mit all seinen Hoffnungen und Träumen von einem eigenen Verlag ausgelöscht.«

»Sie haben vielleicht ein bisschen zu viel Spaß an der Sache«, befand Joel, wurde aber sofort wieder von dem Stab zum Schweigen gebracht, den Eileen diesmal auf ein Blatt Papier auf dem Schreibtisch knallen ließ.

»Und jetzt wird es plötzlich interessant. Denn jetzt kommt die Therapeutin ins Spiel, die Bobby Eastons Mutter und Vater behandelt hat, als die beiden versuchten, ihre Ehe zu retten. Wir wissen von ihr, weil sie der Polizei von ihren Sorgen über diese Familie erzählt hat, die zu ihr in die Therapie kam. DC Trott und DC Cumberland sind heute Morgen zu ihr gefahren, um ihre Version der Geschichte zu hören, aber soweit ich weiß, wollten Sie das heute mit Easton besprechen, Inspector?«

»Das stimmt …«, begann Joel und verstummte abrupt, als der Stab so schnell in die Luft gezogen wurde, dass er wie eine Peitsche klang.

»Wie ich eben sagte, hatte unsere Therapeutin Kontakt mit der Polizei, während die Eastons bei ihr in Therapie waren. Bedauerlicherweise sind diese Akten zurzeit nicht einsichtig, da sie unter Kindesschutzgesetze fallen und in der Datenbank gesperrt sind. Wir haben die Anträge gestellt, die Informationen freizugeben, damit wir wissen, was vorgefallen ist, aber als ich mit der Abteilung telefoniert habe, gab man mir zu verstehen, dass in einer dieser Sitzungen wohl etwas gesagt wurde, was die Therapeutin stark genug beunruhigte, um die Polizei zu informieren. Ebenfalls wichtig: Die Regeln verlangen, dass die besagte Therapeutin das Einverständnis des Paares braucht, um die Polizei hinzuzuziehen. Und in jedem Fall *muss* sie das Paar darüber informieren, dass sie die Polizei verständigt hat.«

»Also ging es dabei vielleicht um Robert?«, fragte DS Rose.

»Um Robert, um Billy, ein letzter Nagel zum Sarg ihrer Beziehung – wer weiß das schon? Was wir wissen, ist, dass der Partner unserer Therapeutin kürzlich eine schreckliche Nachricht erhalten hat.« Der Stab erhob sich von dem Papier auf dem Schreibtisch. Es war nicht leer, nur umgedreht. Eileen beobachtete DS Rose, als diese es umdrehte, um das professionell wirkende Foto einer lächelnden Frau in den Fünfzigern in einem modischen Jackett und Rock zu enthüllen.

»Jessica Harrington?«, las DS Rose den Namen vor, der unter dem Bild der Frau stand, die sie sofort erkannt hatte. »Wir haben sie gestern getroffen.«

»Jessica Harrington ist unsere Therapeutin. Ihr Partner ist Kelly Marshalls Vater, Margaret Marshalls Ex-Mann. Und das Opfer gestern war Bradley Reynolds, Alison Reynolds Sohn.

Der Mann, der jetzt im Vorstand von AR Games sitzt und den Verlag als Hauptanteilseigner übernehmen wird. Oder zumindest hätte er das getan.«

»Also haben wir einen wütenden jungen Mann mit Hang zur Gewalt und zerschmetterten Träumen, der sich an der Person rächt, die ihn ersetzt hat?«, fasste DS Rose alles zusammen, als versuche sie, ihre Gedanken zu ordnen, ohne jedoch vollends überzeugt zu sein. »Das ist bestenfalls indizienhaft und ziemlich zusammengeschraubt. Die Verbindung zu Kelly Marshall ist mir auch noch nicht ganz klar, es sei denn, ich habe etwas verpasst?« Jetzt schaute DS Rose zu Joel.

»Nein, und ja, Sie liegen richtig. Bradley Reynolds ergibt Sinn, aber für Kelly Marshall braucht es ein besseres Motiv, etwas, was wir noch nicht kennen. Darum ist die Befragung so wichtig. Wir haben erwartet, dass Billy Easton die Schuld auf sich nimmt, der erste Teil diente nur dazu zu beweisen, dass er nicht genug von dem weiß, was passiert ist, um verantwortlich zu sein. Er wird wissen, dass er uns nicht überzeugen konnte, also können wir jetzt darüber sprechen, *wer* verantwortlich war.«

»Robert Easton«, sagte DS Rose, nun ein bisschen freudiger.

Joel übernahm die weiteren Informationen. »Diese Berichte, die Eileen erwähnte, in denen sein Sohn beschuldigt wird, seine Mutter angegriffen zu haben – raten Sie mal, wie Billy Easton darauf reagiert hat?«

»Er hat es auf sich genommen«, antwortete DS Rose.

»Alles. Bei einigen wird es im Bericht erwähnt. Er ging nie so weit, dass er anstelle seines Sohnes verhaftet wurde, zeigt aber, dass er ihn früher schon gedeckt hat.«

»Und diesmal ist sein Vater bereit, für ihn bis zum Äußersten zu gehen«, sagte DS Rose.

»Da ist noch etwas anderes, irgendwas, das wichtig sein muss.« Eileen hatte ihren Stab wieder erhoben und beide Detectives wurden davon angezogen wie von einem Zauberstab.

»Als Robert Eastons Träume von einem eigenen Verlag platzten, musste er losziehen und sich einen anständigen Job suchen. Er hatte ein paar, aber der wichtigste war der als Immobilienmakler. Er war an dem Verkauf eines großen Farmhauses beteiligt, das in ein Reihenhaus mit drei Wohneinheiten umgestaltet wurde. Eines behielt der Eigentümer als Ferienwohnung – und ab und an empfängt er Wochenendgäste. Die anderen wurden allerdings verkauft. Eine Einheit hat Robert Easton an seinen Vater verkauft, doch die nebenan hat er ebenfalls vermittelt.«

»An Margaret Marshall«, sagte DS Rose. »Welche hat er zuerst verkauft?«, platzte es plötzlich aus ihr raus, und Eileen begann zu grinsen, bevor sie ihren Zeigestab wieder in seine kürzeste Form zusammenschob.

»Mal wieder gescheit wie der Blitz, Sergeant Rose. Mrs. Marshall hat ihren Kauf zuerst abgeschlossen. Seinen Vater brachte er kurz darauf nebenan unter.«

Joel vermutete, dass er denselben Ausdruck wie der jetzt gerade von DS Rose auf dem Gesicht gehabt hatte, als er das am Abend zuvor erfahren hatte. Das war von Bedeutung. Er hatte es gestern gespürt, und er spürte es jetzt. Seinen Vater neben Margaret Marshall einzuquartieren, gab Robert Zugang. Es gab ihm eine Ausrede, dort oben aufzutauchen, es gab ihm bruchstückhafte Informationen. Vielleicht hatte er selbst eine Beziehung mit Margaret und Kelly Marshall aufgebaut. Er hatte bereits eine Anfrage an den Zeugenschutz gestellt, um Kontakt mit Margaret aufnehmen zu dürfen und ihr genau diese Frage zu stellen. Sie wussten, dass Kelly Marshall das Ziel gewesen war, sie wussten ein bisschen mehr über das *Wie*, jetzt musste Joel nur noch herausfinden, *warum*. Das Telefon auf dem Schreibtisch klingelte, das einzige Geräusch in einem Büro, in dem die Zeit stillzustehen schien. Eileen reagierte als Erste.

»Das werden die DCs Trott und Cumberland sein. Ich habe ihnen diese Nummer gegeben. Sie haben vielleicht neue

Informationen.« Sie drückte einen Knopf und bellte in Richtung des Telefons: »Eileen Holmans.«

»Eileen, ist der Boss noch in der Befragung?« Diesmal war DC Cumberland in der Leitung, und sie klang gestresst.

»Steht hier direkt neben mir«, gab Eileen zurück. »Sie sind auf Lautsprecher.«

»Boss?«, fragte Cumberland, als wollte sie sichergehen.

»Ich bin hier, was haben Sie?«

»Nichts Gutes. Wir sind zu Jessica Harrington rausgefahren. Ihr Freund ist hier, sie aber nicht. Er hat sie letzte Nacht gemeldet.«

»Gemeldet?«, fragte Joel.

»Sie wird vermisst«, erklärte Cumberland, und Joel tauschte Blicke mit den beiden Frauen im Büro. Niemand sagte etwas, also sprach Cumberland weiter. »Peter Marshall arbeitet nachts. Er meinte, Jessica sei gestern Nachmittag zur Arbeit gefahren und war noch nicht wieder zurück, als er gegen halb sieben abends zur Arbeit fuhr, was aber nicht ungewöhnlich gewesen sei. Doch als er auf der Arbeit eintraf, hatten sie bereits eine Vertretung für ihn organisiert, weil sie nicht davon ausgegangen sind, dass er nach den Neuigkeiten über seine Tochter so schnell wiederkommen würde. Er blieb ein paar Stunden, trank Tee mit seinem Kollegen und fuhr dann wieder nach Hause. Da war Jessica Harrington immer noch nicht wieder zurück.«

Eileen huschte zur Seite und aktivierte den Bildschirm hinter dem Screensaver. »Wenn er angerufen hat, gibt es einen Notrufmitschnitt«, sagte sie. Die Antwort kam durchs Telefon.

»In den frühen Morgenstunden war eine Streife hier und nahm eine Vermisstenanzeige auf.« Joel rieb sich das Gesicht. Es war ein Standardformular, das der erste am Ort eintreffende Beamte in allen Fällen ausfüllte. Das bedeutete, dass sie auch bereits einige grundlegende Fragen geklärt hatten.

»Kam bei der Wohnungsdurchsuchung irgendetwas heraus?«, fragte Joel und bezog sich auf eine dieser Handlungen.

»Ja, Boss. Peter Marshall hat es übergeben.«

»Was genau?«, fragte Joel.

»Eine rennende Spielfigur, aus Plastik und angemalt wie mit einem Kleid, das Jessica Harrington auf dem Weg zur Arbeit gestern trug. Und ich habe noch mehr schlechte Nachrichten, Boss. Ich habe die Figur gerade hier vor mir. Sie weint.«

KAPITEL 45

Joel war bereit, wartete und hielt den Untersuchungshaft-Bericht umklammert, als der Pflichtverteidiger eintraf. Er stellte sich als Tom Lovelock vor und hielt Joel eine Karte hin, die dieser sich schnappte. Lovelock war jünger als die meisten anderen Anwälte, die ein Pflichtmandat wahrnahmen, und sein Blick, wie das Kaninchen vor der Schlange, wurde nur noch furchtsamer, als Joel ihn in ein abgelegenes Zimmer brachte, alle Höflichkeiten oder Formalitäten übersprang und direkt zur Sache kam. Joel berichtete alles, spulte das gesamte Programm ab, als hätte er Angst, etwas zu vergessen, wobei sein schnelles und eindringliches Sprechen dazu dienen sollte klarzumachen, wie ernst die Lage für sie alle war, aber insbesondere für Lovelocks Mandanten. Er verschwieg ihm die allerneueste Entwicklung, dass ein weiteres potenzielles Opfer vermisst wurde und er vor Kurzem erst alle verfügbaren Ressourcen in Richtung Alison Reynolds geschickt hatte, um herauszufinden, warum sie nicht ans Telefon ging.

Der Druck von zwei vermissten Frauen zusätzlich zu seiner Mordermittlung hätte erdrückend sein können, falls Joel sich die Zeit genommen hätte, sich hinzusetzen und ernsthaft darüber nachzudenken, doch diese Zeit fehlte ihm. Er hatte den Anwalt angefordert, egal ob Billy Easton nun einen wollte oder nicht. Eastons Situation war sehr deutlich und sehr ernst. Er hatte mehrere Morde gestanden, und auch wenn Joel ihm nicht glaubte, drohte ihm immer noch eine lange Gefängnisstrafe wegen Justizbehinderung oder sogar Beihilfe zum Mord. Billy Easton musste jetzt erzählen, was wirklich los war, oder seine Lage würde nur noch schlimmer werden. Ein Rechtsberater sollte das erkennen und ihn entsprechend beraten, aber es war immer noch ein riskantes Spiel.

Tom Lovelock hörte sich Joels gehetzte Erklärung an und nahm sich dann, verständlicherweise, einen Augenblick Zeit, das alles sacken zu lassen. Er rückte seine Krawatte zurecht, schniefte und begann ein paarmal fast zu sprechen. Er trug einen schlichten Anzug von der Stange, dessen Hosenbeine etwas zu lang waren und sich über billigen Schuhen rafften. Joel schätzte ihn auf Mitte zwanzig, noch am Anfang einer juristischen Karriere, wo es sich gut im Lebenslauf machte, sich im finstersten Verlies die Hörner abzustoßen. Er würde nicht lange bleiben – niemand tat das. Eine Anstellung bei der Staatsanwaltschaft oder einer der Anwaltskanzleien hatte sehr viel mehr Reiz, spätestens dann würde er das Geld in einen besseren Anzug investieren. Niemand kam in edlem Zwirn in die Untersuchungshaft. Sämtliche Wände und Oberflächen hier waren zu irgendeinem Zeitpunkt einmal mit jeder nur erdenklichen Körperflüssigkeit verschmiert gewesen – und das sogar ziemlich regelmäßig. Nicht einmal die ständigen und sehr gründlichen Reinigungen halfen dabei, den einzigartigen Geruch oder die unangenehm saure Luft zu vertreiben, die sich an jeden Besucher dranzuheften schien, als hätte man zu dicht an einem Lagerfeuer gestanden.

Lovelocks letzte Verzögerungstaktik bestand darin, den Untersuchungshaft-Bericht aufzunehmen, den Joel auf den Tisch gelegt hatte. Er überflog ihn kurz, als würde er nach etwas Bestimmtem suchen.

»Hier steht, dass er eine anwaltliche Vertretung abgelehnt hat.« Das stand auf dem Deckblatt. Er blätterte durch die handgeschriebenen Seiten, auf denen niedergeschrieben war, wie der Verdächtige behandelt und wann er in welche Räume gebracht worden war. »Hier steht auch nichts darüber, dass er seine Meinung geändert hätte.«

»Hat er auch nicht.«

»Und trotzdem bin ich hier«, antwortete Lovelock, der durch seine Verwirrung noch unsicherer wirkte.

»Der Verdächtige hat nur allzu gerne mit uns gesprochen, erzählt uns aber nicht die Wahrheit. Davon bin ich überzeugt. Der Mann schaufelt sich hier gerade sein eigenes Grab. Und jetzt sind wir an dem Punkt angelangt, an dem er dort entweder wieder hinauskriecht oder die Erde auf sich hinabzieht.«

»Schöne Analogie.« Jede Unsicherheit fiel von dem Anwalt ab, als Sarkasmus sich einen Weg bahnte. »Und Sie sind um sein Wohlergehen besorgt, ist es nicht so? Sie wollen nicht, dass er sich selbst belastet, also haben Sie mich herkommen lassen.«

»Mir ist völlig egal, ob er wegen Behinderung der Justiz oder Beihilfe zu einer Straftat angeklagt wird. Wichtig ist mir, dass wir die richtige Person wegen Mordes verhaften. *Das* ist die Person, die ich hier haben möchte, damit sie meine Fragen beantwortet, und ich will meine Zeit nicht länger mit der falschen verschwenden.« Joel hoffte, dass Lovelock ihm das abkaufte. Er musste im exakt richtigen Maß verzweifelt wirken, und Easton musste glauben, dass sie bereits genug über seinen Sohn wussten, dass jeder Versuch, die Schuld auf sich zu nehmen, nutzlos wäre. Doch er musste ihn auch dazu bringen, helfen zu wollen. Dass er die Möglichkeit sah, seinen Sohn vor noch mehr Ärger zu bewahren, und dass er selbst gleichzeitig nicht ins Gefängnis musste. Joel hatte gehofft, dass einer der erfahreneren Anwälte hier auftauchte, jemand, der das Spiel ein bisschen besser kannte. Er würde mit dem leben müssen, was er hatte, aber Lovelocks Antwort klang nicht sehr ermutigend.

»Und Sie scheinen der Ansicht zu sein, dass meine Anwesenheit hier Ihrer Ermittlung hilft? Im Augenblick könnte das Beste für meinen Mandanten darin bestehen, den Mund zu halten.«

»Er hat mir heute Morgen genug erzählt, um ihn hier und jetzt anzuklagen. Er hat mir hier drin etwas gegeben, vor den

Kameras, das Teil des Plans war, einen jungen Mann umzubringen …«

»Das ist nicht ganz …« unterbrach Lovelock Joel, der ihm sofort seinerseits das Wort abwürgte.

»Wenn er jetzt anfängt zu schweigen, werde ich ihn anklagen und aufgrund meines Verdachts der Mittäterschaft direkt ins Gefängnis verfrachten lassen. Und ich möchte, dass absolut klar ist, dass der Ratschlag an ihn, nicht weiter mit mir zu sprechen, mir da keine andere Wahl lässt. Aber wenn er redet, falls er sich entschließt, mir von jetzt an die Wahrheit zu sagen, dann könnte er vielleicht stattdessen als Zeuge eingestuft werden. Und Zeugen müssen nicht ins Gefängnis.«

»Schlagen Sie gerade einen Deal vor?«, fragte Lovelock.

»Auf gar keinen Fall«, antwortete Joel blitzartig. »Ich weise darauf hin, dass er die Möglichkeit hat, etwas anderes als der Täter zu sein.«

Der Anwalt trat einen Schritt zurück. Joel war vorwärtsgegangen, wenn auch nicht bewusst, was das Gespräch noch bedrängender gemacht hatte. Lovelock musterte Joel einmal von oben bis unten. »Ich hab Sie hier noch nie gesehen. Sie sehen nicht aus wie die Detectives, mit denen ich es für gewöhnlich zu tun habe.«

»Ich bin auch ganz anders«, sagte Joel. »Dreißig Minuten, Tom. Dann bin ich wieder unten, und wir können entweder zusammenarbeiten, um das Beste für Ihren Mandanten rauszuholen, oder ich ramme ihn ungespitzt in den Boden, bis nichts mehr übrig ist. Ich überlasse Ihnen die Entscheidung, was mir lieber wäre.« Joel trat dichter an den Anwalt heran als je zuvor, doch Lovelock, so viel musste man ihm zugestehen, regte sich keinen Millimeter. Joel war sich jedoch sicher, dass der Anwalt kräftig schluckte. »Dreißig Minuten, in denen Sie zeigen können, was Sie draufhaben.«

Joel kehrte in ein hektisches Büro zurück. Eileen und DS Rose hingen beide am Telefon, Eileen vornübergebeugt am Festnetzapparat auf ihrem Schreibtisch und DS Rose mit ans Ohr gepresstem Handy. Beide Gespräche wirkten angeregt – aber nur eine von beiden trug Hausschlappen. Eileen war als Erste fertig und berichtete ihm.

»Alison Reynolds wird ebenfalls vermisst«, erklärte sie ohne Umschweife. Insgeheim hatte Joel das bereits gewusst. Er hatte gehofft, dass sie verschlafen oder vergessen hatte, ihr Handy aufzuladen. Aber eine Entführung war immer eine sehr viel logischere Erklärung. Er konnte sich keine passendere Gegnerin für Jessica Harrington vorstellen.

Ebenbürtig ausgewählt.

Bei dem Gedanken schüttelte es ihn.

»Woher wissen wir das?«

»Ich hab mit einer Kollegin von ihr gesprochen. Alison hätte heute im Büro sein sollen, kam aber nie. Sie lebt allein, es erwartet sie also niemand zu Hause, aber ich habe eine Streife hingeschickt. Sie haben sich Zutritt verschafft und eine Plastikfigur auf ihrem Küchentisch gefunden.«

»Okay«, gab Joel zurück.

»Sie hat geweint wie die anderen.«

Joel rieb sich übers Gesicht und versuchte, den Gedanken zu verdrängen, dass das bedeutete, dass sie bereits tot war. Das ergab keinen Sinn für ihn. Joel hatte beide Frauen gestern gesehen, wobei Alison am frühen Nachmittag die Letzte gewesen war. Bei den bisherigen Morden waren die Opfer mindestens eine Nacht lang gefangen gehalten worden. Der Mörder hatte es zweifellos sehr genossen, ihnen die Regeln zu erklären, was auf dem Spiel stand, und sie dann sitzen und darüber nachdenken zu lassen. Das war Teil des Rituals, der Folter. Joel wüsste keinen Grund, warum es bei den beiden Frauen anders verlaufen sollte, die so zentral für die ganze Geschichte waren.

»Ich habe den Detective Chief Inspector informiert, dass wir bisher weder Jessica noch Alison ausfindig machen konnten«, erklärte Eileen weiter, »und er hat einer Einstufung der beiden als dringende Vermisstenmeldung zugestimmt. Er meinte, wir sollten uns weiter auf Easton konzentrieren und die Ermittlung in den Vermisstenfällen dem Dezernat für Schwerverbrechen überlassen. Die haben sich zunächst gesträubt.«

»Natürlich!«, schnaubte Joel.

»Und aus gutem Grund. Die haben alle Hände voll zu tun mit ihrer eigenen Mordermittlung. Am Dienstag wurde ein obdachloser Mann in Sittingbourne aufgefunden, offenbar unter ungewöhnlichen Umständen, also können sie nichts versprechen, was ihre Kapazitäten betrifft. Sie haben sich alle Informationen notiert, und als ich ihnen Jessica Harringtons Arbeitsplatz nannte … raten Sie, was passiert ist?«

Joel hatte nicht den Hauch einer Ahnung. »Sie wussten es bereits?« Er zuckte mit den Achseln.

»Sie haben Leute in der Gegend, die die Aufnahmen der Sicherheitskameras durchgehen und Anwohner befragen. Ihr Obdachloser wurde weniger als einen Kilometer entfernt gefunden, also kann man beide Ermittlungen vielleicht verbinden. DCs Trott und Cumberland arbeiten ebenfalls an dem Verschwinden der beiden und haben für beide Frauen die Bank- und Telefondaten angefragt.«

»Gut«, sagte Joel. Das waren Standardvorgehen bei Vermisstenfällen: Man überprüfte die Bankkonten und Anruflisten nach verdächtigen Bewegungen. Bei normalen Vermisstenfällen war das sinnvoll, aber nicht bei diesem. Hier waren sie Zeitverschwendung. Handys orten und Bankkonten überprüfen würden ihnen nicht helfen, die beiden Frauen zu finden. Der einzige Weg war es, den Mann zu finden, der sie entführt hatte. »Was ist mit Robert Easton? Sind wir bei der Suche nach ihm vorangekommen?«

»Nein …« Eileens Miene wirkte fast verlegen. »Die üblichen Methoden haben nichts gebracht, also habe ich nach der Mutter geguckt. Ich dachte, wenn irgendjemand weiß, wo ihr Sohn ist …«

»Und?«

Eileen seufzte. »Der Zeugenschutz hat sie nirgendwo untergebracht, sondern ihr nur Tipps gegeben, wie man am besten untertaucht. Ich fürchte, das ist die schlimmstmögliche Lösung. *Hätte* der Zeugenschutz sie irgendwo untergebracht, wüssten wir, wo. Stattdessen hat man ihr nur geraten, sich von sozialen Medien fernzuhalten, vielleicht ihren Namen zu ändern, zur Miete zu wohnen und so weiter. Ich kann nirgendwo auch nur die geringste Spur von ihr finden, also hat sie sich die Tipps zu Herzen genommen.«

»Fahrzeugregistrierung, Versicherungsfirmen, Wahlregister, Polizeidatenbank, örtliche Meldungen, Einwohnerbehörde, Sozialleistungen, Energieversorger …« Joel spulte alles ab, was er kannte, wusste jedoch, dass Eileen es längst gecheckt hatte. Sie schüttelte eifrig den Kopf.

»Alles überprüft oder angefragt. Die Sache ist … Sie steht in einer oder mehrerer dieser Datenbanken, das muss sie, aber wenn sie eine legale Namensänderung hat durchführen lassen …«

»Dafür braucht es Anträge. Man muss eine Namensänderung beantragen. Es steht irgendwo in irgendeinem Formular!« Joel wusste, dass er seine Verzweiflung offen zeigte, aber er wusste auch, wie gründlich Eileen war. Und wie erwartet, hatte sie bereits eine Antwort parat.

»Wenn man seinen Namen mit einer Namensänderungsurkunde ändert, kann man selbst entscheiden, ob man es eintragen lässt oder nicht. Die meisten Menschen verzichten darauf. Ich habe die entsprechende Datenbank überprüft, und natürlich steht sie nicht drin.«

»Ich hab hier die Leute vom Schwerverbrechen«, rief DS Rose dazwischen und hielt ihre Hand so, dass sie nicht in den Hörer sprach.

»Okay.« Joel drehte sich zu ihr um.

»Sie haben beide Autos gefunden. Eine Streife fand Jessicas Auto am Rand einer Landstraße in der Nähe ihres Hauses. Sie scheint ziemlich eilig links rangefahren zu sein und halb in einer Hecke geparkt zu haben, sagen sie, und mit einigem Schaden am Kotflügel der Fahrerseite. Er steht auf der Strecke, die sie für gewöhnlich zur Arbeit nimmt. Ihr Handy liegt deutlich sichtbar auf dem Beifahrersitz. Alisons Auto steht in dem Gewerbegebiet, wo sie arbeitet. Sie glauben, dass es bewegt wurde, aber nicht sehr weit.«

»Irgendwas Nützliches? Hinweise auf Kämpfe? Schlüssel? Irgendwas, das uns *irgendetwas* verrät?«, fragte Joel.

»Nein.« DS Rose sagte nie mehr als nötig, aber dieses Mal ging ihm ihre Wortknappheit auf die Nerven.

»Also sind beide Frauen spurlos verschwunden und Robert Easton könnte irgendwo im Land sein und sich jeden beliebigen Namen gegeben haben?«

»Wir haben seinen Vater«, sagte DS Rose. »Wir wissen, dass er kürzlich Kontakt zu ihm hatte.«

»Ja«, sagte Joel. »Und es ist alles, was wir haben.«

KAPITEL 46

Auf seinem Weg zurück zu den Haftzellen hatte Joel eine Eingebung, die ihn dazu veranlasste, in sein Handy zu bellen, dass die beiden Detectives noch mal zurück zu Jessicas Arbeitsplatz fahren sollten. Jessicas Verbindung zur Familie Easton und zu Robert war ihre Arbeit. Vielleicht gab es in ihren Unterlagen oder von ihren Arbeitskollegen einen Hinweis, der ihnen half, sie zu finden. Falls Billy Easton sich weigerte.

»Er wird reden«, sagte DS Rose, die bemerkte, wie Joel auf der Schwelle zum Haftbereich stehen blieb und durchatmete.

»Das wird vielleicht nicht ausreichen. Ich mag es nicht, mich allein auf ihn verlassen zu müssen, um weiterzukommen. Diese Frauen ...« Joel ließ den Satz unvollendet, damit DS Rose weitersprechen konnte.

»Diese Frauen sind alles, was im Augenblick zählt.«

»Sie sollen sterben, Lucy. Das ist das Einzige, was wir sicher wissen.«

»Dann sollten wir jetzt lieber gute Arbeit leisten.«

Billy Easton funkelte sie an, als sie eintraten. Joel hatte nicht gewusst, welche Reaktion er erwarten sollte oder ob er überhaupt ein zweites Gespräch bekommen würde. Häftlinge müssen nicht aus ihrer Zelle kommen, wenn sie nicht wollen, und Joel wusste, dass er ein Risiko einging, einen Anwalt hinzuzuziehen, obwohl Billy keinen wollte. Doch er war sich sicher, dass ein Mann, der in einer solchen Situation lange genug schmorte, sich den Rat eines juristischen Vertreters, von jemandem auf seiner Seite, zumindest anhören würde. Problematisch wurde es erst, wenn der Anwalt dazu riet, keine Fragen mehr zu beantworten.

Lovelock schaute ihm nicht in die Augen. Stattdessen fummelte er an seinem Hemd herum und zog es immer wieder in einer flatternden Geste von der Brust weg. Jeder Raum hier unten hatte seine eigene Klimaanlage, und Joel hatte diese hier abschalten lassen, sobald die Tür hinter Anwalt und Mandant für ihr vertrauliches Gespräch verschlossen worden war. Die Schweißflecken auf Lovelocks Nylonhemd bewiesen, wie wirksam es gewesen war, das Gespräch möglichst unangenehm zu gestalten – doch es hatte nicht seine Absicht unterstützt, das Gespräch kurz zu halten, und so war eine weitere kostbare Stunde verstrichen. Nun sahen sie beide aufgewühlt aus. Joel hatte auf Ungeduld gehofft, darauf, dass zwei Leute es gar nicht erwarten konnten, der Polizei alles Notwendige zu erzählen, um diese Sache so schnell wie möglich zu Ende zu bringen.

Billy trug immer noch seinen für die Haftzellen üblichen Trainingsanzug und musste die Hitze deutlicher spüren als sie alle. Keiner von beiden beschwerte sich über die Hitze, aber beide griffen sofort nach dem Wasser, welches man ihnen hinstellte.

Joel setzte sich, mit DS Rose neben sich. Diesmal gab es keinen Aktenkarton, keine Requisiten oder Fotos. Nichts. Er ratterte wieder durch die Formalitäten, stellte alle Anwesenden vor, welche Funktion sie innehatten und erklärte, dass es 12:20 Uhr war und sie die Befragung nun fortsetzten.

»Was möchten Sie mir sagen?« Joel taxierte Billy Easton und wartete. Es war eine riskante Eröffnung, denn es gab eine sehr einfache Antwort auf die Frage. Die beiden Männer auf der anderen Seite des Tisches wechselten einen Blick, dann räusperte sich Billy Easton, beugte sich vor und stützte sich auf die Ellenbogen.

»Vor zwei Tagen sprach ich mit meinem Sohn, Bob… Sorry, *Robert* Easton. Er wirkte völlig aufgelöst. Wir sprechen nicht mehr oft miteinander, darum war ich ziemlich überrascht, ihn zu sehen, aber ich liebe ihn, so wie jeder Vater seinen Sohn liebt. Er erzählte mir, dass die Dinge außer Kontrolle geraten seien, dass er nicht mehr wüsste, was er tun sollte, und er meine Hilfe braucht.«

»Okay«, sagte Joel nur.

»Ich glaube, Sie wissen bereits Bescheid über Robert. Er ist schon mal mit der Polizei in Konflikt geraten, früher, nicht in letzter Zeit – zumindest soweit ich es weiß. Ich habe ihn die letzten Jahre nicht wirklich zu Gesicht bekommen, jedenfalls nicht, seit er mir das Haus verkauft hat. Er ist Immobilienmakler, müssen Sie wissen. Jedenfalls war er das.«

»Worüber wollte er mit Ihnen sprechen?«

Billy beugte sich vor, um den Augenkontakt zu unterbrechen, und schwebte mit dem Gesicht dicht über der Tischplatte. Seine Stimme klang anders, als sie von der Oberfläche widerhallte. »Er wollte mir davon erzählen, dass er etwas eingefädelt hatte, bei dem eine junge Frau verletzt wurde. Ich weiß, dass diese junge Frau Kelly Marshall war. Er erzählte mir, dass er mein Spiel *Entkommen!* als Inspiration genutzt hätte. Er nannte ein paar Details, aber nicht allzu viele. Ich wurde wirklich wütend. Ich weiß einfach nicht, was mit dem Jungen falschläuft.« Er schüttelte den Kopf und hob ihn wieder etwas an, genug, dass Joel erkennen konnte, wie seine Augen ins Nichts blickten. »Das habe ich ihm gesagt, und wir stritten uns. Ich glaube, dass er wütend war. Ich glaube, er hatte tatsächlich gedacht, dass ich mich darüber freuen würde, was er tat. Er sagte sogar, dass er das für uns beide mache!«

»Was mache?«

»Er hat mir auch erzählt, dass er noch etwas anderes geplant hätte, das sehr ähnlich sei«, fuhr Billy fort, als hätte er Joels Frage nicht gehört. Er schluckte ein paarmal. »Ich habe ihn angefleht, nicht weiterzumachen, keinem weiteren Menschen mehr Leid zuzufügen. Ich habe ihn angefleht, mir alle Einzelheiten zu nennen. Ich sagte ihm, dass wir das wieder hinbekommen würden, dass ich ihm helfen könnte, ganz gleich, was er getan hat. Ich riet ihm, zur Polizei zu gehen, versprach, mit ihm zu kommen, und dass wir das alles wieder in Ordnung brächten. An der Stelle sagte er mir, dass die Frau, die verletzt wurde, Kelly war. Er sagte, wenn ich zur Polizei gehe, wird er auch Margaret etwas antun.«

»Und Sie haben ihm geglaubt?«

Schlagartig war Billys Blick wieder scharf und fokussiert und landete direkt auf Joel. »Absolut«, antwortete er voller Überzeugung.

»Weil er früher schon gewalttätig geworden ist?«

Billy schüttelte den Kopf und sein faltiges Gesicht. »Die Gewalt dieses Jungen, seine ganze Wut ... Sie haben mein Leben zerstört, Inspector, sie haben all unsere Leben zerstört. Und gerade, als ich glaubte, davon befreit zu sein ...«

»Was ist passiert, Billy?«, fragte Joel sanft genug, um ihn zu ermutigen.

Billys Gesicht verzog sich zu einem schmerzerfüllten Lächeln. »Sie haben mich wirklich ein paar Stunden da drinnen vor mich hin rotten lassen, oder? Ich dachte, das sei Teil irgendeiner Taktik, ich dachte, Sie holen mich zehn Minuten später zurück. So hatte ich Zeit zum Nachdenken ... Er ist kein schlechter Mensch, verstehen Sie?«

»Kelly Marshall, Shannon Hendry, Alan Lewis, Bradley Reynolds – vier Opfer, drei tot, und eine Überlebende, die nie mehr derselbe Mensch sein wird. Also nein, ich bin mir nicht sicher, dass ich verstehe.«

»Ich weiß, wie das klingt. Ich habe auch an diese jungen Leute gedacht, an ihre Familien, und dass sie auch alle einen Vater haben.«

»Ja, sie haben Familien. Familien, die auf Antworten warten, darauf herauszufinden, warum sie ausgewählt worden sind. Hat Robert Ihnen das erzählt?«

»Er war wütend, er hat sich gar nicht wieder eingekriegt und war schwer zu verstehen. Ich weiß von Kelly Marshall ...

Eigentlich war Margaret diejenige, an der Bobby interessiert war. Bobbys Mutter und ich sind geschieden. Dreiunddreißig Jahre Ehe, wir haben alles Mögliche versucht, um sie zu retten, aber *Scheidung* …« Billy schüttelte den Kopf. »Ich hätte nie geglaubt, dass es uns einmal trifft, nicht für eine Sekunde in all unseren gemeinsamen Jahren. Als sie es mir sagte, war das wie ein Schlag ins Gesicht. Bobby war dabei. Sie kam nach Hause, draußen stand ein Taxi mit laufendem Motor.« Billy schaute Joel wieder an, und eine Mischung aus Wut und Traurigkeit begleitete seine nächsten Worte. »Sie kam nur kurz rein, um mir zu sagen, dass es vorbei ist!« Er ließ ein ungläubiges Lächeln aufblitzen. »Sie sagte, es tue ihr leid, sagte, sie könne das nicht länger und dass sie noch einmal wiederkäme, um ihre Sachen zu holen. Einfach so.« Er schwieg wieder einen Augenblick und knetete die welke Haut um seine Augen. »Nicht mal eine Minute. Sie hatte mir eine Nachricht geschickt, dass sie auf dem Weg nach Hause sei, so wie jeden Tag nach der Arbeit. Ich habe uns beiden eine Tasse Tee gemacht, aber sie musste aufgehalten worden sein, denn ihrer war schon kalt. Als ich sie vor dem Haus halten sah, habe ich ihn wieder aufgewärmt, in der Mikrowelle … seltsam, woran man sich erinnert, oder?«

»Wir neigen dazu, uns an jedes Detail von bedeutsamen Augenblicken zu erinnern«, antwortete Joel und widerstand dem Drang, ihn zum Weitersprechen aufzufordern.

»Sie kam rein, sagte mir, dass sie nicht bleibt, dass alles aus sei und war wieder verschwunden, bevor der Tee fertig war. ›Fünfzig Sekunden.‹ Das war das Erste, was Robert sagte. Er hatte in der Küche der Tasse zugesehen, wie sie sich drehte, und musste jedes Wort gehört haben. Ich glaube, er konnte sich nicht bewegen. ›Fünfzig Sekunden, um alles zu ruinieren‹, sagte er.«

»Das muss für Sie beide schwer gewesen sein.«

»Schwerer, als Sie sich vorstellen können. Roberts Mutter und ich, wir haben uns geliebt, schon immer, aber Bob …

Robert ... Er war schwierig. Er war so furchtbar zu ihr, ich mache ihr keinen Vorwurf, dass sie nach einem Ausweg gesucht hat. Wir haben alles versucht. Wir hatten ein paar Sitzungen in der Paartherapie, aber das war Zeitverschwendung. Durch unsere Gespräche mit der Therapeutin wurde uns klar, dass wir als Paar gut funktioniert haben, hervorragend sogar. All unsere Probleme ergaben sich durch Robert ... Wir waren sehr ehrlich, wir hatten ein langes Gespräch über ihn, vielleicht zum allerersten Mal, und der Schluss, zu dem wir kamen, war vielleicht der schlimmste Augenblick meines Lebens. Wir konnten nicht zusammenbleiben, die Frau, die seit dreißig Jahren meine Frau war, und ich. Da waren wir uns beide einig ... und alles wegen unseres Sohns! Können Sie sich das vorstellen?«

»Nein«, sagte Joel, »ich glaube nicht, dass ich mir vorstellen kann, wie schwer das gewesen sein muss.«

»Wir konnten ihm das nicht sagen. Wir sind dem Thema immer ausgewichen und sprachen davon, ihn in Therapie zu schicken, irgendetwas zur Wutbewältigung. Etwas, das ihm helfen könnte, seine Welt besser zu kontrollieren. Er hatte diese Probleme ja nicht nur zu Hause. Er verlor Jobs, Freundinnen ... überhaupt Freunde. Aber er verweigerte sich allem. Am Ende schlug Joy vor, dass er vielleicht mal zu einer unserer Paarsitzungen mitkommen könne. Ich vermute, sie hat geglaubt, dass wir uns alle hinsetzen und darüber sprechen können, was zu Hause passierte, und dass unser Sohn dann vielleicht zum selben Schluss käme wie wir.«

»Und ist das so passiert?«

»Er war nicht einmal fünf Minuten da drin, setzte sich hin und schmollte die ganze Zeit mit hochgezogener Kapuze herum. Dann wurde er wütend. Ich wusste, dass er wütend werden würde, ich weiß auch nicht, warum ich mich einverstanden erklärt habe. Am Ende wurde er der Therapeutin gegenüber ausfällig, nannte sie eine Schlampe, warf ihr vor, mir schöne Augen zu machen, und ihm gegenüber ... Es war Unsinn, er schlug einfach nur verbal um sich. Dann ist er rausgestürmt. Seine Mutter und ich blieben, und am Ende hatten wir das ehrlichste Gespräch unserer ganzen Beziehung. Ich glaube, die Therapeutin hat die ganze Zeit über kein einziges Wort gesagt! Aber in diesem Moment wurden wir uns einig …« Billys Kopf sank wieder nach unten. Schweigen erfüllte den Raum. Joel ließ es so lange anhalten, wie er konnte.

»Worüber wurden Sie sich einig?«

Als er den Kopf ruckartig hob und den Inspector ansah, war neues Feuer in seinem Blick. »Dass die Gefahr für seine Mutter größer wurde. Dass Bobby sogar …«

»Sogar was?«, drängte ihn Joel.

»Er hat seine Mutter bedroht, ernsthaft bedroht, Drohungen, die wir der Polizei nicht erzählt haben, ihr nicht erzählen *konnten*, aber …«

»Wie schlimm?«

»Joy meinte, dass er sie wirklich verletzen wolle … vielleicht sogar … Sie sagte, es sei nicht nur das, was er sagte, sondern auch die Art, wie er sie dabei anschaute. Zuerst habe ich ihr nicht geglaubt. Vielleicht wollte ich ihr einfach nicht glauben, aber ich konnte es nicht ignorieren. Tief in mir wusste ich, dass sie recht hatte.«

»Sie halten Billy zu einem Mord fähig?«

»Bitte zwingen Sie mich nicht, das zu sagen.«

»Aber das denken Sie, und davor hatte Ihre Frau Angst?«

Billys Kopf schwang von links nach rechts, und seine Lippen bewegten sich, als versuchte er, die richtige Antwort zu finden, obwohl jeder im Raum längst wusste, wie sie lautete. Schließlich sagte er es. »Unser Sohn wollte seiner Mutter wehtun, schlimmer noch, sie vielleicht ermorden … Himmel, das ist ein Wort, oder?« Sein Lächeln war dünn. Die Bedeutung dessen, was er sagte, lag plötzlich offen vor ihm.

»Was haben Sie dann getan?«

»Wir haben uns noch an Ort und Stelle einen Plan überlegt. Und als wir aus dem Büro kamen, saß Robert im Wartezimmer, lächelnd, mit einem Milchshake in der Hand. Aber es war kein normales Lächeln, wissen Sie … es war leer. Es war, als wüsste er es.«

»Was Sie besprochen haben?«

»Worauf wir uns geeinigt hatten. Wir wollten getrennt leben. Das war unsere Idee gewesen. Es sollte keine Scheidung sein, nicht einmal eine Trennung. Ich wollte einen Teil des Verlags verkaufen, und von dem Geld wollten wir Joy eine neue Wohnung besorgen, irgendwo anders. Es sollte alles heimlich stattfinden und nur vorübergehend sein. Wir dachten, irgendwann würde Robert erwachsen werden und sein eigenes Leben leben, in dem seine Mutter nicht mehr im Mittelpunkt stand. Wir konnten es ihm nicht sagen, er hätte es niemals verstanden. Er hätte nur gesehen, was das für den Verlag bedeutete und … Er hätte ihr die Schuld daran gegeben und wir hätten sie niemals in Sicherheit bringen können. Ich glaube heute immer noch, dass er, wenn er wüsste, wo sie ist …«

»Er weiß nicht, wo sie sich aufhält?«

»Es gab damals bereits ein Angebot für gefährdete Personen. Die Therapeutin erzählte uns davon. Sie wissen vermutlich mehr darüber als ich. Sie sagte, dass ihr Beruf es mit sich bringe, bei einer Sitzung von beunruhigenden Tatsachen zu hören – sie meinte vor allem Frauen, die von ihren Männern geschlagen werden –, doch in diesem Fall hätte sie mitangehört, dass unser Sohn eine ernstzunehmende Gefahr für seine Mutter darstellte. Sie sagte, es gäbe ein Angebot von der Behörde, zusammen mit der Polizei, gedacht für Menschen, die aus einer Missbrauchsbeziehung rauskommen wollen. Es bedeutete, dass Joy für eine Weile woanders unterkommt, nur, bis ich genug Geld aus dem Verlag geholt hatte, um sie woanders unterzubringen. Die Notunterkunft konnte überall sein, im Normalfall weit entfernt vom Wohnort der Person, vielleicht sogar außerhalb des Landes, und nicht einmal ich wusste, wo sie war. Hinzu kam noch anderes, etwa ein persönlicher Alarmknopf, der mit der Polizei verbunden ist. Aber sie wäre in Sicherheit, und das war alles, was zählte. Es war eine schwierige Entscheidung, aber wir hatten zu der Zeit keine große Wahl.«

»Ihre Paartherapeutin hat also Roberts Mutter versteckt.«

»Mithilfe der Polizei, zumindest nach Aussage unseres Sohnes. Das Gespräch wurde nur zufällig in ihrem Büro geführt, und sie hatte zufällig von so einem Angebot gewusst. Wie dem auch sei, wir haben den Plan umgesetzt. Es kostete nur ein paar Telefonate. Unser Fall war etwas anders als die üblichen, aber das schien kein Problem zu sein. Doch Robert sieht nie das große Ganze, er hört nicht zu, und er akzeptiert nie die Konsequenzen seiner Taten. Er gab der Paartherapie die Schuld daran, dass seine Mutter uns verlassen hat, und für die Scheidung, die mich den Verlag gekostet hat.«

»Wer war die Therapeutin?«, fragte Joel. Er mochte die Antwort bereits wissen, doch Billy musste es bestätigen.

»Jessica Irgendwas … Ich habe den Nachnamen vergessen. Das ist unangemessen, immerhin war sie für eine kurze Zeit ein so großer Teil unseres Lebens. Sie hat Joy vermutlich das Leben gerettet.« Noch ein dünnes Lächeln, in dem noch etwas mitschwang – Schock vielleicht, dachte Joel.

»Von wem kam dann also die Scheidung?«

Auf die Frage wurde Billy wieder lebendiger, der Schrecken war verschwunden und wurde durch Wut ersetzt. »Joy. Sie wollte einen sauberen Bruch haben. Ihr gefiel die Vorstellung, irgendwo zu sein, wo nicht einmal ich sie finden würde, aber das wäre nur mit einer Scheidung möglich. Ich war total fassungslos, doch dann sagte sie mir, warum, und wissen Sie was? Sie hatte recht.« Er beugte sich vor, sein Blick bohrte sich direkt in Joel hinein. »Wissen Sie, warum sie wollte, dass ich nicht weiß, wo sie ist?«

Joel glaubte, die Antwort zu kennen, und seufzte. »Weil Ihr Sohn in der Lage wäre, Ihnen die Information zu entlocken. Und dazu würde er alles tun, was notwendig ist.«

»Wir haben so schreckliche Angst vor ihm. Vor unserem eigenen Sohn. Als er aufwuchs, sprach ich immer von BTE Games und darüber, dass der Verlag eines Tages ihm gehören würde, und das nahm er als gegeben hin. Als wäre es sein Geburtsrecht.«

»Und jetzt sucht er jemanden, den er dafür verantwortlich machen kann, dass es ihm gestohlen wurde.«

»Er war schon immer so wütend. Ich weiß nicht, warum, so ist er einfach. Als seine Mum uns verließ ... Sie können es sich nicht vorstellen, aber es wurde noch so viel schlimmer. Er beschuldigte sie, mit der Hälfte des Verlags abgehauen zu sein, er hatte gesehen, dass ich Geld von einem Investor brauchte, und dann den Börsengang. Schließlich verlor ich den ganzen Verlag, als Bobby sich bereits aufführte, als gehöre ihm der Laden schon. Er war zwanzig Jahre alt und hatte große Expansions-Ideen mit diesen Escape Rooms, und plötzlich verlor er die einzige Zukunft, die er je in Betracht gezogen hatte.«

»Die Escape Rooms waren seine Idee?«, fragte Joel.

»Ehrlich gesagt, war das sein Hauptziel. Er hatte mich schon seit einigen Jahren gedrängt, in Escape Rooms zu investieren, aber damit kannte ich mich nicht aus, niemand von uns bei BTE kannte sich damit aus. Es bedeutete eine Abkehr von unserem Kerngeschäft, und ich wusste, dass es der Todesstoß für meine Karriere wäre ... und darum habe ich es dem Vorstand vorgeschlagen. Ich wollte, dass sie mich rausdrängen. Dadurch wirkte es nicht, als wäre es meine Schuld gewesen. Ich dachte, sobald wir den Verlag los sind ...« Billy hatte wieder begonnen, seine Augen zu reiben. »Wie kann ich so etwas über meinen eigenen Sohn sagen? Ich dachte, dann gäbe es keine Verbindungen mehr, keinen Grund mehr für Robert, noch länger etwas mit mir zu tun zu haben. Ich gab ihm einen Teil des Geldes, das ich für den Verlag erhalten hatte, und sagte ihm, dass er sein Leben leben solle, dass er tun sollte, worauf er Lust hatte.«

»Und tat er das?«

»Ja. Er verfolgte die Idee mit den Escape Rooms, ging damit zu einem Konkurrenten von BTE. Ich habe mir nicht mal die Mühe gemacht, ihm zu sagen, dass das eine schlechte Idee ist. Mein Sohn hält sich selbst für einen ziemlich guten Strategen. Er hat sein Leben lang Strategiespiele gespielt und sieht die Geschäftswelt als genau das: ein Spiel, das es zu gewinnen gilt. Zu dem Zeitpunkt taufte Alison den Verlag in AR Games um. Sie wird Ihnen erzählen, dass das für ›Arch Rival‹ steht, und vielleicht stimmt das sogar, aber es sind auch ihre Initialen an der Stelle, an der vorher seine standen. Für ihn bedeutete das, dass Alison ihm die Übernahme unter die Nase rieb. Davon wusste sie natürlich nichts. Ich sah es in ihren Augen, als ich dort war, um einen ganz schrecklichen Pitch für die Idee mit den Escape Rooms zu machen … Sie glaubte, ich hätte den Verstand verloren! Ich hatte den Verlag aus dem Nichts aufgebaut, mein Lebenswerk, und ich war einfach nur froh, ihn los zu sein. Roberts Idee starb, genau wie ich es erwartet hatte. Man kann damit Geld verdienen, doch man muss mit einer großen Investition einsteigen, mehr als ich ihm geben konnte. Als ihm das auch klar wurde, machte es ihn nur noch wütender – auf seine Mutter und die Polizei, auf mich, auf Jessica, auf Arch Rival Games und Alison … An allem waren immer die anderen schuld. Im Anschluss hat er in verschiedenen Jobs gearbeitet. Und als er anfing, als Immobilienmakler zu arbeiten, dachte ich, er hätte vielleicht die Kurve gekriegt.«

»Warum?«

»Ich hatte ihm gesagt, dass ich umziehen wollte. Wir hatten unser altes Familienheim verkauft, um etwas Geld für Joy freizumachen, und ich hatte eine Wohnung gemietet, bis der Verlag mir mein Geld gab. Ich wollte mir irgendwo etwas kaufen. An einem ruhigen Ort, möglichst weit weg von allem. Das sagte ich ihm, und er kam mit dem Exposé für mein Haus zu mir. Ich habe mich sofort darin verliebt, schon in das Foto. Er hat Himmel und Hölle in Bewegung gesetzt, um mich dort unterzubringen. Ich weiß, dass er auf Provisionsbasis gearbeitet hat, aber das war dennoch untypisch für ihn.«

»Was glauben Sie heute, warum er das getan hat?«

»Margaret Marshall. Er war besessen von ihr. So wie er von der Paartherapeutin besessen war – geradezu obsessiv. Sie müssen wissen, dass er herausgefunden hat, dass diese Jessica selbst eine ›Familienzerstörerin‹ war. So nannte er sie jedenfalls. Ich glaube, er hatte sie schon eine ganze Weile beobachtet, und dass der Mann, mit dem sie zusammen war, ihretwegen seine Familie verlassen hat, war ihm zuwider. Ich meine, mir ist es egal, mich juckt es nicht, solche Dinge passieren. Aber Robert schien es persönlich zu nehmen. Am Ende erfuhr Margaret Marshall von der Affäre und versuchte, die Ehe für ihre Kinder zu retten.«

»Und er sah Parallelen zu Ihrer Familie?«

»Ich glaube schon. Ich glaube, er sah Margaret Marshall als jemanden, der bereit ist, für das Wohl ihrer Kinder alles in ihrer Macht Stehende zu tun, während seine eigene Mutter ihn ohne jeden Grund sitzen gelassen hatte. Und er sah eine Frau, die seinen Eltern Ratschläge gegeben hatte, während sie selbst eine andere Familie auseinanderriss. Er war völlig außer sich.«

»Und darum *ermordet* er Margarets Tochter?«, fragte Joel. Das ergab für ihn immer noch keinen Sinn.

»Vergessen Sie nicht, dass es auch Jessicas Stieftochter war. Er wollte ihr Leben ruinieren. Er wollte, dass ihre Beziehung zerbricht. Er versteht nicht, warum andere Menschen sie nicht als das erkennen, was sie ist, also gab er ihr die Schuld daran. Es ist ihre Schuld, dass Kelly Marshall ausgewählt wurde. Sie hat Schuld, dass die Familie Marshall auseinandergerissen wurde. Zumindest war das seine Sichtweise, und er dachte, die Welt würde es genauso sehen.«

»Das ist eine ziemlich verquere Logik.« Joel dachte eher laut nach, als eine Frage zu stellen. Billy beantwortete sie dennoch.

»Ich sagte Ihnen doch, dass er nicht so denkt wie wir anderen. Etwas ist … *anders* an ihm. Aber der Grund für das alles ist sehr viel einfacher. Joy ist nicht da. Er kann seine Wut nicht an seiner Mutter auslassen, aber irgendwo muss sie hin.«

»Und Bradley? Das war einfach nur Neid?«

»Alisons armer Junge …«, sagte Billy und nickte. »Als Kinder waren sie eine Weile befreundet, sogar noch als Teenager, aber nie wirklich eng. Mein Bobby ist ziemlich schroff, die wenigsten mögen das, also gingen sie getrennte Wege. Dann übernahm Bradleys Mutter den Verlag, taufte ihn in AR um, um ihre Botschaft zu senden, und ich vermute, dass er Bradley als den Nächsten in der Rangfolge sah, der alles bekommen würde, was eigentlich ihm versprochen wurde.«

»Wussten Sie von seinen Plänen?«

Billy schüttelte den Kopf, bevor Joel die Frage beendet hatte. »Als Sie mir seinen Namen nannten … das traf mich wie ein Schlag. Guter Junge. Ich hab gehört, dass er geheiratet hat, und Kinder … Himmel.«

»Und Shannon? Shannon Hendry?«

Billy schüttelte weiterhin den Kopf, doch jetzt begleitete er es mit einem Schnauben. »Falsche Zeit, falscher Ort. Er hat sie eine Weile beobachtet und meinte, er sei in eine Laufgruppe eingetreten, um jemanden zu finden. Ich glaube, sie stach ihm ins Auge, weil sie schnell war.«

»Er wusste, dass sie gewinnt.« Joel dachte wieder laut nach.

»Vielleicht, aber ich glaube nicht, dass das wichtig war. Selbst wenn Kelly diejenige gewesen wäre, die überlebt hat, hätte sie danach ein schweres Leben gehabt. Sie und ihre ganze Familie. Ich vermute, er hätte dennoch bekommen, was er wollte.«

»Er hatte recht.« Vor Joels innerem Auge liefen die Bilder von seiner letzten Begegnung mit Shannon Hendry ab. Sie war nur noch die verängstigte, angespannte Hülle einer Frau, die innerhalb weniger Tage aus ihrem Heim und ganzen Leben herausgerissen worden war, um vor einer unsichtbaren

Bedrohung zu fliehen. Mit etwas Glück hätte Kelly vielleicht überlebt, aber das Wort *Glück* wäre kaum zutreffend gewesen.

»Und Alan Lewis?«

Billy schüttelte immer noch den Kopf. »Da kann ich Ihnen nicht helfen. Ich schätze, er war ebenfalls zur falschen Zeit am falschen Ort, aber Robert hat ihn nie erwähnt.«

»Gibt es noch andere Überlebende dort draußen? Von dem Spiel, in dem Bradley getötet wurde? Denn das wirkte anders, als hätte Robert seine Vorgehensweise geändert.«

Billy stieß ein Lachen aus, dem jede Wärme und jeder Humor fehlten. Als er Joel wieder ansah, wirkte sein Blick glasig, fast, als wäre er betrunken, und es dauerte einen Augenblick, bis er ihn wieder fokussiert hatte. »Ich glaube nicht, aber sicher bin ich mir nicht.«

»Sie gaben mir eine Karte, die uns vor Bradleys Tod warnen sollte. Wir wissen beide, dass das die Todeskarte aus Ihrem Spiel ist. Sie müssen gewusst haben, was das bedeutet.«

»Nein! Ich meine, natürlich weiß ich, was die Karte im Spiel bedeutet, aber nicht in diesem Kontext.«

»Und trotzdem haben Sie sie in seinem Namen ausgehändigt«, sagte Joel.

»Robert hat es mir befohlen. Er sagte, dass ich vielleicht verhaftet werde, und sagte mir, dass ich die Karte bei mir haben sollte, damit Sie sie finden. Als ich sie sah, fragte ich ihn, ob noch mehr Leute in Gefahr sind, und er sagte, dass das passieren würde, falls die Polizei es wagt, seinen Vater zu verhaften. Dann bat er mich um mein Handy, er hat etwas daran gemacht und meinte, damit könnte er es verfolgen, und falls ich zur Polizei gehe, dann würde er etwas in Burgoyne Heights arrangieren. Irgendetwas davon, dass zwei Menschen sich gegenseitig zerfleischen würden und es die Schuld der Polizei wäre.«

»Und das haben Sie mir nicht erzählt, als Sie mir die Karte gaben?«

»Ich wusste nicht, was er damit gemeint hatte. Woher auch?« Billy schüttelte den Kopf, und sein Gesicht zuckte, als stünde er kurz davor, wieder zusammenzubrechen. »Ich wollte sie Ihnen eigentlich gar nicht zeigen, darum habe ich sie versteckt. Ich dachte, Sie könnten das als Drohung verstehen und meinen Jungen dann, falls Sie ihn finden ... Nun, es könnte die Bedrohung, die von ihm ausgeht, größer erscheinen lassen, als sie ist.«

»Aber Sie haben sie mir gezeigt. Im selben Augenblick, in dem meine Beamten an dem Ort eintrafen, an dem Bradley gefangen gehalten wurde.«

»Genau *darum* hab ich sie Ihnen ja gezeigt! Ich wusste, dass der Ort gefährlich war. Für Sie, für alle, die dort waren, für jeden. Ich wollte nur, dass Sie vorsichtig sind, dass Sie alles wissen, was es zu wissen gab, bevor Sie handeln, und da bin ich in Panik geraten. Jetzt sehe ich auch, dass es zu spät war ...«

»Was hat er sonst noch gesagt? Gibt es noch etwas, das Sie uns verschwiegen haben, irgendetwas, das er gesagt oder worum er Sie gebeten hat?«

»Er meinte, das Spiel hätte sich verändert. Er hat die Strategie geändert, er wollte nicht, dass es langweilig wird, und er grinste dabei, als wäre er voller Stolz. Ich glaube, er hatte diese Reaktion von mir erwartet. *Entkommen!* ist mein Spiel. Es war, als erwartete er, dass ich beeindruckt davon wäre, wie er ihm seinen Stempel aufdrückt.«

»Verändert? Was soll das bedeuten?«

»Am Anfang ging es bei der ganzen Sache um die Personen, die er ausgewählt hat – aber jetzt ...«

Joel konnte nicht anders, als ihn zu unterbrechen: »Mit ›ausgewählt‹ meinen Sie entführt?«

»Ja«, sagte Billy und schüttelte den Kopf heftiger als zuvor.

»Aber jetzt was?«, fragte Joel weiter.

»Jetzt sieht er es als ein Spiel gegen Sie. Gegen die Polizei.«

»Also sind wir jetzt sein Ziel?«

»Ich glaube nicht. Er sagte, dass er der Polizei die ganze Zeit über die Gelegenheit gegeben hätte, ihn aufzuhalten. Ich glaube … Diese Menschen, die zu Schaden kamen – ich weiß, wie er denkt. Sie hatten eine Chance, es zu stoppen, es ist Ihre Schuld, dass sie tot sind, und dass Sie die Karte bei mir finden, war ein Teil des Ganzen.«

»Warum sollte er die Polizei überhaupt mit hineinziehen?«

»Sie sind doch schon immer ein Teil davon, oder nicht? Wenn Menschen verletzt werden, meine ich. Und er hasst die Polizei, das weiß ich. Nicht nur, weil er glaubt, dass Sie dabei geholfen haben, ihm seine Mutter wegzunehmen, sondern schon vorher. Wenn Sie zu uns nach Hause kamen, sagte er immer, dass die Polizei ihm nicht zugehört hätte, weil er ein Kind war. Was er sagte, wurde immer ignoriert. Ich glaube, das ist seine Art sicherzustellen, dass man ihn unmöglich ignorieren kann.«

Joel lehnte sich zurück. Allmählich ergab alles ein bisschen mehr Sinn. Die Verbindung zu einem Spiel hatten sie früh herausgefunden, aber die Änderungen an den Tatorten und der angewandten Methoden hatten seltsam gewirkt. Jetzt war es anders. DS Rose hatte recht damit gehabt, was sie in ihrem Schockzustand kurz nach den tödlichen Schüssen auf Bradley Reynolds gesagt hatte: Die Polizei *war* dort gewesen, um ihre Rolle in einem Spiel zu spielen. Und zumindest aus Roberts Sicht hatten sie das auch perfekt getan.

»Wo ist er, Billy?«, schaltete sich DS Rose ein. »Wo ist Robert?«

»Ich weiß es nicht.« Billy antwortete so schnell, dass er die Antwort bereits parat gehabt haben musste. Aber es war auch die eine Frage, von der er wusste, dass sie kommen würde. »Ich weiß nicht das Geringste über ihn. Ich glaube, das war immer so.«

»Wann haben Sie ihn das letzte Mal gesehen?«, fragte sie weiter.

»Vor zwei Tagen. Er hat sich mein Auto geliehen … Darüber habe ich nachgedacht, als ich in meiner Zelle saß, wofür er es möglicherweise benutzt hat. Ich habe ihn nicht danach gefragt. Man fragt Bobby nicht, was er tut.«

»Hat Robert Sie gebeten, die Schuld auf sich zu nehmen? Vielleicht hat er weitere Drohungen ausgesprochen, falls Sie es nicht tun?«

Billy schüttelte den Kopf. Dieses Mal war sein Kampf gegen den Zusammenbruch noch offensichtlicher. »Ich weiß nicht, warum ich das getan habe, und ich wusste ohnehin, dass es nicht funktionieren würde. Er … er sagte noch etwas anderes zu mir, okay? Er sagte, es gibt noch mehr.«

»Mehr? Mehr was?«, fragte Joel.

»Ich weiß keine Einzelheiten, aber er sagte, es würde heute Nacht stattfinden. Sie haben mich in der Zelle gelassen, und ich hatte Zeit nachzudenken, und mir wurde klar, dass ich meine Zeit verschwende, wenn ich die Schuld auf mich nehme. Selbst wenn ich Sie dazu hätte bringen können, mir zu glauben, wäre ich hiergeblieben, und dann wäre etwas passiert, wüssten Sie, dass ich es nicht war. Es wäre alles umsonst gewesen.«

»Was ist dieses andere, Billy? Sie müssen uns helfen, Sie müssen uns sagen, was Sie wissen. Um Ihretwillen, und auch für Robert. Wir können verhindern, dass die Sache für ihn noch schlimmer wird.«

»Ich weiß nichts, okay, ich weiß, dass Sie alles wissen wollen. Alles, was er sagte, war, dass ein Sturm aufzieht. Er sagte, es käme in den Nachrichten, und das habe ich selbst gesehen, aber ich wusste, dass er etwas anderes meinte – als ob etwas Furchtbares geschehen würde. Ich hatte schreckliche Angst, ich flehte ihn an, mir zu sagen, was er meint, aber ich sah, dass er es genoss, dass er meine Reaktion genoss. Er ist verloren, Inspector, ich habe ihn verloren. Ich erkenne ihn nicht mehr wieder.«

»Was *genau* hat er gesagt?«, drängte Joel.

»Das war alles: Ein Sturm zieht auf und dass es der fünfte Tag ist … ich vermute, dass alles vor fünf Tagen begann, ja?« Joel wandte den Blick ab und schaute zu DS Rose. Billy Easton erzählte weiter. »Er ist immer noch mein Junge, wissen Sie? Er ist immer noch mein kleiner Junge, und ich habe Gutes in ihm gesehen, wirklich. Es ist die Wut … Sie schwelt in ihm und verändert ihn.«

»Er hat gar nicht vor, damit davonzukommen, oder?« Joel hielt den Atem an, während er auf die Antwort wartete, die er bereits kannte. Alle, die hofften, mit ihren Verbrechen davonzukommen, übten sich in irgendeiner Form von Zurückhaltung, und davon hatte Robert Easton bisher nur sehr wenig gezeigt. Billys Antwort begann mit einem Kopfschütteln.

»Das stört mich an all dem am meisten – er weiß, wie es endet, er weiß, dass die Polizei ihn irgendwann schnappen wird, und es ist ihm völlig egal. Ich glaube, so gewinnt er, so beweist er es den Menschen, die ihm etwas angetan haben. Er kann es nicht ruhen lassen, es gibt keine Zukunft für ihn, darum weiß er nicht, dass er etwas zu verlieren hat …« Billy schlug die Hände vors Gesicht, doch er konnte sein Schluchzen nicht unterdrücken.

»Ich glaube, wir könnten alle eine kleine Pause gebrauchen«, warf Lovelock ein. Joel hatte ganz vergessen, dass er da war, als hätte der Anwalt sich plötzlich von der grauen Wand gelöst. In seinen Worten klang große Anspannung mit.

»In Ordnung«, sagte Joel. »Aber wir sind noch nicht fertig. Überlegen Sie, wo er sein könnte, Billy. Wir müssen ihn finden, um unser aller Sicherheit willen, auch seine. Haben Sie irgendeine Möglichkeit, ihn zu kontaktieren?«

Billy sah auf, um zu antworten. »Nein. Er hat schon eine Weile kein Handy mehr, soweit ich weiß.«

»Und seine Mutter? Haben Sie irgendeine Möglichkeit, sie zu finden?«

»Nein. Schon seit Langem nicht mehr. Sie sagte, dass sie verschwinden würde. Ich dachte zuerst, sie meinte nur vorübergehend, wie ich schon sagte, aber sie meinte es todernst. Das ist *Jahre* her, Inspector. Ich habe sie verloren, und jetzt verliere ich meinen Sohn … alles, was mir je etwas bedeutet hat.«

»Glauben Sie, dass er zu Ihnen kommen würde?«

»Ich kann nicht mehr sagen, was er tun würde und was nicht. Mein eigener Sohn, und ich kenne ihn überhaupt nicht.«

»Falls er zu Ihnen kommt, müssen Sie uns das sagen, Billy. Wir müssen ihn festnehmen.«

Billy stand so plötzlich auf, dass Joel zusammenzuckte. Er ging in die Ecke des Raums. DS Rose war ebenfalls erschrocken aufgesprungen, und Joel berührte leicht ihren Arm, um sie zurückzuhalten. Billy blieb mit dem Rücken zu ihnen stehen. »Das werde ich«, sagte er. »Jemand muss ihn aufhalten. Er gehört nicht nach da draußen, das weiß ich, ich glaube, ich weiß das schon lange. Und dann vielleicht … Joy und ich … Vielleicht nur wieder mal mit ihr zu sprechen! Nur zu wissen, wo sie ist und dass es ihr gut geht …«

Joel stellte das Tonband ab. Er legte seine Visitenkarte auf den Tisch und wartete auf ein Nicken von Tom Lovelock. Er würde Billy die Karte geben, damit er ihnen helfen konnte, seinen Sohn zu finden – und dann konnten sie die beiden vermissten Frauen rechtzeitig ausfindig machen.

Jedenfalls in einer perfekten Welt.

KAPITEL 47

Der Bildschirm auf Joels Handy enthielt zwei wichtige Informationen, als er es auf dem Weg von den Zellen zurück ins Büro einschaltete. Die erste war die Zeit: dreizehn Uhr. Die zweite war eine Textnachricht, dass DCI Kemp eingetroffen war. Joel hatte Eileen gebeten, ihn herzuholen. Er hatte eine noch nicht sehr weit ausgearbeitete Idee, die DCI Kemps Genehmigung benötigte, und die Befragung, die sie gerade hinter sich gebracht hatten, bekräftigte ihn in der Überzeugung, dass es ihre einzige Option war.

Joel stolperte durch die Tür zu seinem vorläufigen Büro – wenn er müde war, bewegte er sich immer ein bisschen ungeschickt – und der DCI stand auf, um ihn zu begrüßen.

»Wie lief's?«, fragte Kemp auf der Stelle.

»Hätte schlechter laufen können, aber ich hatte auf besser gehofft.«

»Und das bedeutet?«

»Er bestätigt, dass wir nach dem Sohn suchen. Billy half uns dabei, das Warum zu verstehen, aber nicht bei der Frage, *wo* er ist.«

»Verschweigt er das? Falls er harte Bandagen möchte, ein paar Möglichkeiten haben wir noch. Er hat ein paar Straftaten begangen, wir könnten ihn wegen Beihilfe zum Mord anklagen und ins Gefängnis schicken …«

»Ich glaube nicht, dass wir mit schweren Geschützen weiterkommen«, warf Joel ein.

»Ach?«

»Wir müssen Billy Easton laufen lassen«, erklärte Joel. »So

schnell wie möglich. So schnell wir die nötige Überwachung organisieren können.«

»Überwachung? Sie glauben, dass dieser Robert nach seinem Vater suchen wird?«

»Robert Easton hat seinem Vater erzählt, dass er etwas plant, etwas, das heute Abend stattfindet. Wir müssen davon ausgehen, dass es unsere beiden vermissten Frauen betrifft und nicht gut für sie ausgehen wird. Mein Eindruck ist, dass Robert aus irgendeinem Grund glaubt, dass er das alles ebenso für seinen Vater tut wie für sich selbst. Ich glaube, dass er ihn dabeihaben will.«

»Überwachung verschlingt enorme Ressourcen, Joel, und enorm viel Zeit. Sie und Ihr ganzes Team müssten ein Überwachungsteam unterstützen, vorausgesetzt, dass wir überhaupt eines kriegen. Was Sie hier vorschlagen, bedeutet, dass wir alles auf eine Karte setzen, und das ist nicht die Art, wie ich eine Ermittlung führe.«

»Himmel, Boss, meine auch nicht, aber ich sehe keinen anderen Weg. Wir haben immer noch die Jungs vom Schwerverbrechen, die nach den Frauen suchen, also werden doch noch andere Wege ausgesch…«

»Das Schwerverbrechen hat seinen eigenen Mord zu klären. Sie haben sich beschwert und meinten, dass das nicht mehr länger ein Vermisstenfall sei, sondern ein Teil Ihrer Mordermittlung, und ich bin geneigt, ihnen zuzustimmen.«

»Aber so finden wir sie. Billy Easton hat sich erst vor wenigen Tagen mit seinem Sohn getroffen. Der Sohn hat sich seinen Wagen geliehen und mit ihm darüber gesprochen, was er plant. Wenn heute das Finale stattfindet, dann glaube ich, dass er irgendwann Kontakt zu ihm aufnehmen wird.«

»Wir haben Billys Handy beschlagnahmt, das Auto auch«, erwiderte Kemp.

»Genau. Also bleibt ihm nur eine Möglichkeit, mit seinem Vater zu sprechen: indem er persönlich bei ihm zu Hause auftaucht.«

»Das ist nicht ganz richtig, Joel. Er hat vielleicht einen Festnetzanschluss oder ein Laptop für ein Internettelefonat.«

»Das weiß ich. Ich glaube, es gibt eine Möglichkeit, Robert dazu zu drängen, seinen Vater persönlich aufzusuchen. Wir überwachen das Haus und schnappen ihn uns, wenn er kommt. Robert ist vielleicht der einzige Mensch, der uns sagen kann, wo diese Frauen sind.«

»Einen Mörder *drängen*? Ich glaube nicht, dass mir das gefällt.«

»Pressemitteilung. Dieser Fall hat ohnehin schon eine Menge Medieninteresse auf sich gezogen, und sie wittern, dass da noch mehr ist. Alles, was wir tun müssen, ist eine Pressemitteilung rausgeben, dass wir einen dreiundsechzigjährigen Mann aus Tunbridge Wells in Verbindung mit dem Mord an Kelly Marshall verhaftet haben und dass er bis zum Abschluss weiterer Ermittlungen wieder auf freien Fuß gesetzt wird. Robert wird das sehen und wissen wollen, was sein Vater hier gemacht hat.«

»Er hat Angst vor ihm, Joel«, warf DS Rose ein. »Todesangst, das haben Sie doch gesehen. Billy ist überzeugt davon, dass sein Sohn ihm etwas antun könnte, und wir wissen auch, dass er dazu in der Lage ist.« Kemp sah ihn fragend an.

»Es ist riskant, aber es wird funktionieren. Es wird ihn rauslocken und uns die Gelegenheit geben, ihn zu schnappen.«

»Es gibt nichts, das ihn davon abhält, zuerst diese beiden Frauen zu töten, bevor er sich mit seinem Vater trifft, um anzugeben und ihm zu zeigen, was er getan hat«, erwiderte Kemp.

»Das weiß ich.« Joel stieß frustriert die Luft aus. »Billy hat uns erzählt, dass sein Sohn für heute Abend etwas geplant hat. Das bedeutet, uns bleibt noch Zeit, um Billy hier rauszuschaffen und die Presse zu informieren, um Robert in Zugzwang zu bringen. Dann wird er einen Fehler machen und sich zeigen.«

»Vielleicht auch nicht, Joel.«

»Ja, vielleicht auch nicht, aber wie Sie schon sagten: Wir setzen alles auf eine Karte.«

KAPITEL 48

Die Bewegungen des Ozeans waren gnadenlos. Schon dreimal war er hereingeschwappt, um den kleinen Raum zu fluten und Jessica Harrington dabei in die Höhe treiben zu lassen. Die an einen Anker gebundene Holzpalette, an der sie festgekettet war, hielt sie nicht komplett über Wasser, und ihr Nacken schmerzte von der Anstrengung, den Kopf an der Oberfläche zu halten, um zu atmen. Die Wellen, die immer wieder hereinbrachen, drängten sie an die Rückwand der Höhle, wo die Decke am niedrigsten war und ihr jetzt über das Gesicht schabte und kratzte. Die niemals endende Kraft des Meeres hatte über unzählige Jahre hinweg jeden Schwachpunkt gefunden und die weiche Kreide aus den Wänden und Decken der Höhle gespült, sodass nur das festere Gestein übrig war und nach unten ragte wie scharfe Felsklingen.

Ihre Finger bluteten, und sie hatte bei der ständigen Anstrengung, sich zurück zu der Stelle zu ziehen, wo die Decke hoch genug war, um eine Luftblase zu bilden, zwei Nägel abgebrochen. Das Wasser stand nun schon eine ganze Weile an seinem höchsten Punkt, und die Gezeiten mochten vielleicht schon wieder gewechselt haben, aber es würde noch eine Weile dauern, bis sie wieder auf den Kiesboden hinabgesenkt wurde.

Die Wellen, die hereinbrandeten und an die Rückwand klatschten, bevor sie sich freudig zischend wieder zurückzogen, wurden merklich größer und rauer. Der Wind, der bei der letzten Ebbe über die Felsen pfeifend und rauschend seine Drohungen ausgestoßen hatte, begann, diese nun wahrzumachen, und nahm an Kraft zu. Ein Sturm zog auf, das war ihr bewusst, und das hier war erst der Anfang. Der Wetterdienst hatte ihn in den Nachrichten angekündigt, aber sie hatte nicht genau hingehört und konnte sich an kaum etwas erinnern.

Die Palette stieg über die bislang größte Welle, riss ihre Hand vom Fels los und trieb sie der Rückwand der Höhle entgegen. Das Geräusch von knackendem Holz überraschte sie nicht und erklang nicht zum ersten Mal, war aber dennoch furchterregend. Sie konnte nur hilflos mit ansehen, wie kleine Teile des einzigen Gegenstands, der sie über Wasser hielt, absplitterten und vom zornigen Wasser aus der Höhle herausgesogen wurden.

Sie fasste wieder an die Decke, schlang die Hand um den scharfkantigen Fels und ignorierte die Schmerzen, während sie sich wieder zurück in Richtung Höhleneingang zog und angestrengt durch die Nase ausatmete. Im Mund hatte sie einen durchtränkten, salzigen Lappen, der so fest zugebunden war, dass es schmerzte. Ihre Augen brannten, ihr Mund brannte, ihre Arme brannten.

Doch sie kämpfte weiter.

KAPITEL 49

Als DCI Kemp wieder hereinkam, waren sein Gesicht und Hals knallrot. Er hatte das Büro verlassen, um ein paar Telefonate zu führen, nachdem er erklärt hatte, dass er mit den Leuten verhandeln müsse, die ein Überwachungsteam bereitstellen konnten, und das wollte er nicht vor Publikum tun.

»Wie ist es gelaufen?«, fragte Joel auf der Stelle.

»Offensichtlich kann man nicht einfach so ein Überwachungsteam anfordern. Sie sind wegen einiger Landleitungen in Nord-Kent für die Londoner Kollegen im Einsatz.«

»Können Sie die nicht abziehen?«, fragte Joel. Die »Landleitungen« waren ein Netz von Drogendealern, die sich aus London in die ländlichen Vororte ausbreiteten, und besaßen eine hohe Priorität bei der Polizei – zu Recht –, doch es war eine langfristige Aufgabe, die schon seit Jahren lief, und jetzt gerade stand sein Fall vermutlich deutlich höher auf der Prioritätenliste.

»Nein, und Sie können Gift darauf nehmen, dass ich es versucht habe. Im Präsidium findet ein Überwachungs-Einführungskurs statt, der um vier endet, und man schlug mir vor, dort um Hilfe zu bitten, aber ich hege in der Sache keine allzu großen Hoffnungen.«

»Einführungskurs?«

»Ja. Kollegen, die neu bei der Überwachung sind, aber bereits kurz vor Abschluss der dreimonatigen Fortbildung stehen.«

»Und was? Sie können nicht helfen?« Joel gab sich alle Mühe, nicht zu explodieren. Die Sache war ernst, es ging um Leben und Tod, wieso sah das niemand außer ihm?

»Ich habe mit dem Kursleiter gesprochen. Er hat zwanzig Jahre Erfahrung in Überwachung und war nicht allzu begeistert. Er meinte, mit den Leuten, die er dort hat, könne die Sache nur scheitern, aber er würde mit den Teilnehmern und einem der anderen Dozenten sprechen. Ich habe keinen Einfluss darauf, und ich kann kein Team in den Einsatz schicken, um eine Aufgabe zu übernehmen, für die sie noch nicht freigegeben sind.«

»Wir haben nicht genug Zeit, um die das bei einem netten Pläuschchen besprechen zu lassen. Ich muss los und Billy Easton hier rausbringen. Ich lasse ihn von einem Streifenkollegen nach Hause bringen, damit er sicher dort ankommt. Haben Sie noch die Durchwahl von diesem Kursleiter?«

DCI Kemp zog einen Zettel mit einer Handynummer aus der Tasche. »Glauben Sie, dass Sie mehr Glück haben?«

»Ich habe einen Kurs in Beschattung absolviert. Ich weiß, dass das nicht mit einer vollständigen Überwachung vergleichbar ist, aber ein Teil der Fortbildung war ein Echteinsatz bei einem Fall. Ich weiß, dass das möglich ist, und werde ihnen hier dasselbe vorschlagen.«

»Das wird ihm auch bewusst sein, und er hat es eindeutig nicht angeboten. Was ist, wenn er trotzdem Nein sagt? Sie brauchen einen Plan B.«

»Dann fahre ich rüber ins Präsidium und frage ihn von Angesicht zu Angesicht. Er wird deutlich mehr Mühe haben, mir etwas abzuschlagen, während ich ihn im Schwitzkasten habe.«

»Das ist mal ein Plan B.«

Joel hatte begonnen, die Nummer in sein Handy einzutippen. »Und die Pressemitteilung?«, fragte er.

»Liegt in der Pressestelle und sollte bereits in den sozialen Medien veröffentlicht worden sein. Die haben die Redaktionen eh im Blick, also werden sie es direkt von dort übernehmen. Bis Easton das Gebäude verlässt, wird es überall stehen.«

»Dadurch wird die Überwachung wichtiger als je zuvor«, warf DS Rose ein, der man immer noch anmerkte, wie wenig es ihr gefiel, Billy in Gefahr zu bringen.

»Das wird schon klappen. Muss es einfach«, sagte Joel. Doch er konnte damit weder DS Rose noch seinen Boss oder sich selbst beruhigen.

KAPITEL 50

»Okay, der gesunde Menschenverstand scheint sich durchgesetzt zu haben!« Tom Lovelock befand sich wieder auf vertrautem Terrain, und sein neues Verhalten passte deutlich besser zu Joels begrenzter Erfahrung mit Strafverteidigern: selbstsicher und sich der Tatsache bewusst, dass der juristische Rahmen am Anfang einer Ermittlung deutlich zugunsten ihres Mandanten tendierte. Billy Easton hingegen wirkte erschöpft, zerbrechlich und geschlagen. Kein seltener Anblick bei Leuten, die das erste Mal eine Nacht in Untersuchungshaft verbracht hatten.

»Wir haben das so schnell wir konnten hinter uns gebracht«, antwortete Joel mit einem Achselzucken. »Es gab eine Menge, was wir ausloten und überprüfen mussten, ich hoffe, Sie verstehen das.«

»Wenn Sie in einer dieser Zellen sitzen, kommt Ihnen jede Stunde wie fünf vor, so viel kann ich Ihnen sagen. Ich bin zu alt für diese Matratzen.« Billy klang kurzatmig und selbstmitleidig. Seine Brieftasche und Uhr, sein Gürtel und ein offener Umschlag wurden auf den Tresen vor ihm gekippt. Die Tasche, die er mitgebracht hatte, war mit einem Plastikschild um die Tragehenkel verschlossen, und das Automagazin, das er gestern nicht haben durfte, schaute immer noch oben raus. »Was passiert jetzt, Inspector?«, fragte Billy.

»Fahren Sie nach Hause, holen Sie ein bisschen Schlaf nach, und wie wir vorhin schon besprochen haben, falls Robert sich meldet, rufen Sie mich direkt an. Egal zu welcher Uhrzeit.«

»Und falls er sich nicht meldet, müssen Sie dann wieder mit

mir sprechen?«, fragte Billy weiter, doch Tom Lovelock beeilte sich, die Frage zu beantworten.

»Nicht, ohne zuerst mich zu kontaktieren, Billy, und Sie müssen ihm nicht antworten. Detective Inspector Norris möchte Sie vielleicht später noch einmal als Zeugen befragen, und sollte das passieren«, Lovelock drückte Joel seine Visitenkarte an die Brust, »dann empfehle ich Ihnen, dass Sie darauf bestehen, dass das hier stattfindet, in meiner Anwesenheit. Denken Sie daran, ich handle nur in Ihrem Interesse, dem Inspector hier geht es nur darum, Sie zu verurteilen. Zumindest vermute ich, dass er das meinte, mit *ungespitzt in den Boden rammen.*«

Joel verkniff sich den Hinweis darauf, dass Anwälte pro Beratung bezahlt wurden und inwiefern Lovelock sehr wohl seine eigenen Interessen vertrat. Stattdessen verabschiedete er beide Männer mit einem »Bis zum nächsten Mal« und nickte einem Streifenbeamten zu, der im Hintergrund wartete. »Mein Kollege hier wird Sie nach Hause fahren. Ich denke, ein Taxi wäre von hier aus ziemlich teuer, und ich sehe keinen Grund, warum Sie in einem unserer Jogginganzüge und einem Paar Laufschuhe ewig an der Bushaltestelle warten sollen.«

Billy schaute auf seine Füße hinab. »Das ist wirklich nicht nötig. Rufen Sie mir gerne ein Taxi, ich bin mir sicher, Ihr Kollege hier hat Wichtigeres zu tun.«

»Ich bestehe darauf«, sagte Joel und ignorierte das zunchmend süffisante Lächeln von Tom Lovelock, der die Gelegenheit nutzte, wieder zu antworten.

»Kommen Sie, kein Grund, dass Sie noch draufzahlen. Die Polizei fährt nicht jeden nach Hause. Das ist das Mindeste, was Sie an Entschuldigung für vierundzwanzig Stunden Freiheitsentzug ohne gute Begründung erwarten können.«

»Mein Junge …«, sagte Billy und schien Joel aufmerksam zu beobachten. »Wenn Sie ihn finden, lassen Sie es mich wissen, ja? Und seien Sie nicht zu grob zu ihm, okay, er ist kein schlechter Mensch.«

Joel wiederholte seine frühere Bitte: »Sagen Sie ihm, dass er mich anrufen soll, Billy. Sie tun ihm damit einen Gefallen. Oder Sie rufen mich direkt an. Das hier muss enden.« Billy hatte keine weiteren Antworten mehr. Er drehte sich zum Ausgang um. Joel wartete, bis sich die Tür hinter ihm geschlossen hatte, dann nahm er sein Handy ans Ohr.

»Billy Easton hat das Gebäude verlassen.«

KAPITEL 51

Jessica packte die Palette und spürte, wie die Unterseite über den nassen Sand schabte, während das Wasser langsam zurückging. Ihre Finger schmerzten, im Grunde schmerzte ihr ganzer Körper, und ihr war klar, dass sie nicht mehr lange durchhalten würde, dass sie keine weitere Flut mehr überleben würde. Das Gewicht der Ketten und Schlösser an ihrem Bauch und Oberkörper, die ihr ein Gefühl der Hilflosigkeit vermittelt hatten, waren inzwischen fast tröstlich. Wie eine schwere Decke. Wenn es an der Zeit war, würden sie sie auf den Boden ziehen und dort festhalten. Die schäumende, chaotische Gewalt der Wellen würde weiterhin über ihr toben, doch sie befände sich darunter in der Tiefe, würde auf dem Grund liegen, weit weg von allem. Und für sie wäre das alles endlich vorbei.

Sie war unter Wasser gedrückt und gestoßen worden, emporgehoben und gegen die Zähne der Felsenbestie geschmettert, hatte jedes Mal um ihr Leben gekämpft und war jetzt kurz davor, vom Ozean wieder sanft auf den Boden gesetzt zu werden, wo sie erschöpft in sich zusammensinken konnte.

Doch es war ein Kreislauf, und er würde wieder von vorne beginnen.

Time and Tide wait for no man – die Zeit und Gezeiten warten auf niemanden. Dieser Spruch, abgeleitet aus einem Zitat von Geoffrey Chaucer, das sie vor so langer Zeit im Englischunterricht gehört hatte, war ihr immer wieder im Kopf herumgegangen. Nachdem sie es fast ihr ganzes Leben lang vergessen hatte, war es ihr in der Mitte ihres Lebens wieder eingefallen, als sie zugesehen hatte, wie ihre Kinder erwachsen wurden und selbst Kinder bekamen. Und natürlich stimmte der Spruch. Es gab nur wenig im Leben, was wirklich sicher war, aber von dem Augenblick unserer Geburt an rinnt uns die Zeit davon. Vielleicht war es diese Erkenntnis, die es ihr erlaubte, so ruhig und klar zu denken. Ihr Energiepegel, der stärker werdende Wind und eine erkennbare Veränderung in der Laune des Ozeans hatten sie zu der Einsicht gebracht, dass die Zeit, die ihr noch blieb, inzwischen äußerst knapp geworden war.

So würde sie sterben.

Wenn die Nacht am dunkelsten war, würde die nächste Flut kommen, aufgepeitscht vom zunehmenden Wind, um sie zu verschlingen. Und sie würde es zulassen. Ihr Kämpfen bereitete ihr nur Schmerz, Angst und völlige Verzweiflung. Davon war nichts mehr übrig. Es gab nichts mehr zu fürchten, nichts mehr, wofür es sich zu kämpfen lohnte.

Die Palette stieß und rutschte über den Sand, als das Meer sich aus der Höhle zurückzog, und sie lag still da. Das Salz brannte auf ihrer Haut und verschleierte ihre Sicht, bis die Höhlenöffnung nur noch ein heller weißer Fleck war, den sie sah, wenn sie den Kopf nach hinten streckte. Sie sah zu, wie eine weitere Welle hereinrollte und sie erschauern ließ. Fast ihre ganze Haut war ungeschützt. Sie trug nur ein grob geschneidertes Kleid und Unterwäsche.

Jetzt, wo das Wasser fort war, klang der Wind lauter, umgab sie mit bösartigem Flüstern, das aus den tiefen Schatten an der Decke drang. Die Botschaft war eindeutig.

Hier würde sie sterben.

Sie wischte sich mit der Hand über die Augen, doch es brachte nichts. Wenn überhaupt, dann wurde es durch den Sand, der ihr vom Unterarm fiel, noch schlimmer. Sie hatte es aufgegeben, den Knebel lösen zu wollen. Er saß zu fest, war zu schmerzhaft. Und es war ohnehin egal. Jetzt zumindest.

Auf der anderen Seite der Höhle sah sie eine Bewegung von der anderen Frau, die neben einer ebenso durchgeweicht aussehenden Palette lag. Sie hob das Bein und bog das Knie durch und ihr Kopf kippte schwach in Jessicas Richtung. Ihr Kleid war ebenfalls schwarz. Jessica sah es nur als einen Klecks aus verschwommenen Farben im Kontrast zu dem weißen Strich, der ihren Knebel darstellte.

Auch sie hatte bisher überlebt.

Jessica hatte Mitleid mit ihr. Sie wünschte, sie könnte mit ihr sprechen und ihr sagen, nicht länger zu kämpfen, sich ihrer Erschöpfung hinzugeben, den Schmerz zu beenden und es einfach passieren zu lassen.

Der Tod würde für sie beide eine Gnade sein.

KAPITEL 52

Joel schaute durch die offene Beifahrertür des roten Ford Focus hinein. DS Rose saß auf dem Fahrersitz. Sie waren noch auf dem Parkplatz der Medway Polizeistation, und die stärker werdenden Windböen rüttelten an der Tür.

»Wir haben drei Fahrzeuge, zwei mit Kollegen aus dem Einsteigerkurs und einen, den das Überwachungsteam entbehren konnte. Und uns natürlich. Das ist besser, als ich gehofft hatte.«

»Und Sie mussten niemanden dafür in den Schwitzkasten nehmen«, erwiderte DS Rose.

»Nein, ich habe ihm ein paar weitere Einzelheiten mitgeteilt, daraufhin schien er etwas mehr Bereitschaft zu zeigen, uns zu helfen. Wir hatten Glück. Hoffen wir, dass es anhält.«

DS Rose war bereits zur Schnellschranke auf der Rückseite der Polizeistation gefahren, die von jemandem mit einer ordentlichen Portion Humor so getauft worden sein musste. Während sie zusahen, wie sie quälend langsam in die Höhe kroch, sprach Joel weiter: »Wir treffen das Überwachungsteam in der Nähe. Sie müssen uns eine Funkausrüstung mit verschlüsseltem Kanal übergeben. Und sie haben mehrfach betont, dass wir es nur brauchen, um *zuzuhören.*«

DS Rose lachte trocken. »Darauf wette ich.«

Überwachungsteams nutzten andere Funkapparate als die Standardgeräte der Polizei. Sie hatten eine höhere Verschlüsselungsstufe, was dem Überwachungsteam zufolge dazu diente, noch sicherer zu sein, dass die überwachte Person sie nicht belauschte. Aber der echte Grund war der, dass der Rest der Polizei sie nicht belauschen konnte. Polizisten waren neugierig – das gehörte zum Job, zu ihrer Persönlichkeit –, und nur die wenigsten könnten widerstehen, schnell auszuhelfen, wenn sie etwas »Relevantes« über Funk hörten. Deshalb gaben die Überwachungsleute ihre Geräte nicht leichtfertig raus.

Wenig überraschend war die Begrüßung aufseiten der Überwachungsleute komplett geschäftsmäßig, beinahe teilnahmslos. Ihre Unterstützung hatte einen Haken: Sollte sich bis Einbruch der Dunkelheit nichts getan haben, würden sie die Zelte abbrechen. Eine vernünftige Bedingung für ein Team, das aus Freiwilligen kurz vor Ende ihrer Schicht zusammengewürfelt worden war. Joel hatte nicht vor zu widersprechen. Es war fast fünfzehn Uhr. Easton würde in etwa einer Stunde zu Hause sein. Gegen einundzwanzig Uhr wäre es komplett dunkel.

Das fühlte sich nach einem verdammt knappen Zeitfenster an.

KAPITEL 53

»Zielperson an Wohnadresse abgesetzt. Trägt noch den dunkelblauen Trainingsanzug aus dem Gewahrsam. Keine Fahrzeuge auf dem Gelände. Blauer Nissan Note auf dem Nachbargrundstück, Kennzeichen stimmt mit dem aus der Vorbesprechung überein. Keine weiteren Fahrzeuge in Sicht. Zielperson erklärt, heute früh schlafen zu gehen.«

Die Durchsage kam von dem uniformierten Kollegen, den Joel abberufen hatte, um Billy nach Hause zu fahren. Er hatte die Fahrtzeit auf siebzig Minuten strecken können, genug Zeit für das Überwachungsteam, um auf Position zu gehen. Der Funkspruch war über die Standard-Frequenzen gekommen, und Joel musste auf das verschlüsselte Gerät wechseln, um das davon ausgelöste Geplapper zu hören, bei dem jedes Teammitglied erklärte, auf Position und bereit zu sein.

Joel dankte dem Kollegen und bestätigte ihm, dass er wieder zurückfahren konnte. Er und DS Rose waren ebenfalls auf Position. Sie parkten ein Stück die A228 hinauf bei Paddock Wood, einer Fernstraße, von wo aus sie relativ schnell bei Billy Eastons Haus wären. DS Rose hatte den Motor abgeschaltet. Es dauerte nur zwanzig Minuten, bis sie ihn wieder anlassen musste.

»*Achtung, Achtung, Achtung.*« Die Pause, die folgte, trieb Joel fast in den Wahnsinn. »*Wurde gerade von einem blauen Nissan Note auf der Harold Road passiert, fährt Richtung Rusthall. Eine Person, männlich, Identifikation nicht möglich.*«

»Das Auto von Margaret Marshall!«, sagte Joel. »Billy ist in Bewegung.« Joel hatte die Teams darüber informiert, dass

Billy Zugriff auf Margarets Wagen hatte, das hatte sie ihnen selbst gesagt, und es seine einzige Möglichkeit war, eigenmächtig irgendwo hinzufahren. Er richtete sich auf. DS Rose hatte eben noch in ihr Handy geschaut, das jetzt jedoch bereits in einem der kleinen Fächer unter dem Armaturenbrett herumrutschte, als sie losfuhr. Der Nissan Note kam in ihre Richtung. Die drei Autos mit dem Überwachungsteam gaben ihre Position durch und versuchten so gut es ging, das weitere Vorgehen zu koordinieren. Zwei weitere Kontaktmeldungen folgten kurz hintereinander. Billys Fahrweise kam ihnen entgegen: Er hielt sich strikt an die Geschwindigkeitsbegrenzung. Schon kurze Zeit später meldete eines der Fahrzeuge, dass es sich hinter ihm befand.

Dann wurde es still im Funkverkehr.

Joel hatte die Hand vor den Mund geschlagen und presste die Lippen so fest aufeinander, dass es schmerzte. Er musste unbedingt wissen, was da vor sich ging. Vor seinem inneren Auge spielten sich alle möglichen Szenarien ab. Das hoffnungsvollste war, dass Robert Easton über den Festnetzanschluss Kontakt zu seinem Vater aufgenommen hatte, um ein Treffen zu arrangieren, zu dem Billy jetzt unterwegs war.

Es folgten drei weitere gehetzte Meldungen in kurzer Folge. Die Anspannung war den verschiedenen Stimmen des Teams deutlich anzuhören, vielleicht ein Zeichen ihrer Unerfahrenheit. Bei der vierten Meldung nahm Joel endlich die Hand vom Mund und seufzte erleichtert auf.

»*Zielfahrzeug hat angehalten. Befinden uns Rusthall High Street, Zielfahrzeug parkt in der Hill View Road. Männlicher Fahrer steigt aus. Bestätige, keine weiteren Insassen. Over.*«

Joel rief den genannten Ort auf der Karten-App seines Handys auf. Er kannte ihn vom Vortag, als sie nach einem Lieferdienst für ihr Mittagessen gesucht hatten.

»*Fahrer betritt Cheese Pizza … nähert sich Tresen. Bestätige, männlicher Fahrer ist Zielperson. Trägt jetzt blaue Jeans, schwarzen Hoodie und braune Stiefel …*« Eine weitere Pause, dann eine weitere Meldung. Die Begeisterung, die gerade noch über den Worten gelegen hatte, wich Enttäuschung. Auch Joels Freude ließ schlagartig nach, während er einer äußert detaillierten Schilderung lauschte, wie Billy Easton sich eine Pizza holte, bevor er wieder nach Hause fuhr.

»Scheint, als würde der Mann einen Abend vor dem Fernseher planen«, sprach DS Rose aus, was sie beide dachten. Joel ließ das eine oder zwei Minuten im Raum stehen.

»Was glauben Sie? Weiß er, wo diese Frauen sind? Ich habe ihn das mit Absicht nicht direkt gefragt, weil ich dachte, dass er dann vielleicht dichtmacht, wenn ihm klar wird, wie ernst die Lage für seinen Sohn ist.« Endlich hatte Joel seine größte Sorge ausgesprochen. Er hatte Easton direkt vor sich sitzen gehabt – was, wenn er hätte helfen können?

»Ich habe den Eindruck, dass er seinen Sohn überhaupt nicht kennt und Robert ganz alleine agiert«, antwortete DS Rose. »Auf keinen Fall würde er es riskieren, einen Ort zu nutzen, den sein Vater kennt. Ich glaube, Billy würde ihn ans Messer liefern, wenn er könnte.«

»Meinen Sie? Seinen eigenen Sohn?«

»Ich glaube, dass er am Boden zerstört ist. So kam er mir jedenfalls vor. Er will mit Sicherheit, dass die Sache ein Ende hat, bevor alles noch schlimmer wird.«

»Und glauben Sie, dass Robert ihn aufsuchen wird?«

»Ganz ehrlich, ich weiß es nicht. Ich glaube, er wird wissen wollen, was auf der Polizeistation passiert ist, aber wenn er das tut …«

»Dann was?«

»Ich glaube, dann haben wir Billy in große Gefahr gebracht.«

KAPITEL 54

Das Tor sank unter Joels Gewicht nach unten, als er sich darauf stützte. Sie waren zu einer anderen Warteposition gefahren, und die Torangeln quietschten, als müssten sie mit aller Kraft gegen den Druck ankämpfen. Joel konnte das gut nachempfinden. DS Rose hatte diese Stelle ausgewählt, ein schmaler Asphaltstreifen, der den Broadwater Forest fünf Kilometer von Billy Eastons Haus entfernt durchschnitt. Ein Ort, der ebenso gut fürs Warten geeignet war wie jeder andere. Die Wahl des richtigen Ortes war schwierig, denn man musste schnell beim beobachteten Haus sein können, während man gleichzeitig weit genug außer Sicht blieb, dass Robert Easton nicht direkt an einem vorbeifuhr, wenn er seinen Vater besuchen kam. Auch wenn sie alle Zivilkleidung trugen und in zivilen Fahrzeugen saßen, würde ihr Erscheinen für jeden vernünftig paranoiden Kriminellen deutlich genug »Polizei« ausstrahlen.

Joel blickte hinaus in den dichten Wald, in dem sich allmählich die Dämmerung zeigte. Während die Schatten immer länger wurden, schrumpfte die Wahrscheinlichkeit, dass Robert Easton überhaupt auftauchte, weiter und weiter. Seinen Vater zu besuchen, wäre ein Fehler, und bisher hatte Robert Easton jeden Fehler vermieden.

Es war fast zwanzig Uhr. Noch eine Stunde, dann wäre dieser Einsatz vorbei und mit ihm jede Chance vertan, die Frauen noch lebend zu finden. DCI Kemps Anmerkung darüber, alles *auf eine Karte* zu setzen, war längst der Mittelpunkt von Joels innerem Zwiegespräch, und er war gezwungen, sich der Frage zu stellen, ob es ein Zeichen seines Versagens als Detective war, dass er hier tatenlos auf ein Tor gestützt im Wald herumlungerte. Aber was sonst konnte er tun? Es gab nur einen weiteren Gedanken, der ihn einfach nicht losließ: Dass er vielleicht irgendwo sitzen sollte, vor sich eine Partie *Entkommen!* aufgebaut, während er darüber nachgrübelte, dass nur noch eine von vier Zonen übrig war: *Verlassenes Schiff!* Das war der eine, der einzige Hinweis darauf, wo sie nach den vermissten Frauen suchen sollten. Joel hatte Eileen gebeten, ein paar Nachforschungen über freie Schiffe in Kent und weiter weg anzustellen, aber das Ergebnis war nicht allzu ermutigend gewesen. Zum einen gab es schlicht keine Datenbank für so etwas, keine zentrale Stelle, an der ungenutzte oder außer Dienst gestellte Schiffe erfasst wurden. Es gab jede Menge Firmen, die sich auf das Abwracken, Reparieren oder Einlagern alter Schiffe spezialisiert hatten, aber das war nicht nur die Nadel im Heuhaufen, sondern noch schlimmer: Sie wussten nicht einmal, in welchem Heuhaufen sie anfangen sollten zu suchen. Und am Ende war das alles vielleicht nur reine Verschwendung von Ressourcen.

Joel konnte sich des Eindrucks nicht erwehren, dass das Spiel ohnehin eine falsche Fährte war. Spätestens jetzt. Robert Easton hatte sie dazu gebracht, die Verbindung zum Spiel seines Vaters zu ziehen, und diese Verbindung dann genutzt, um Joels Ermittlung zu kontrollieren. Sie mussten diese Verbindung kappen. Joel war sich sicher, dass Robert wollte, dass er grübelnd über *Entkommen!* hockte und jedes rostige Schiffswrack im Umkreis von zweihundert Kilometern absuchte. Das war die Rolle, die Easton ihm zugedacht hatte. Sie mussten sich davon lösen, was man von ihnen erwartete – so wie Easton selbst es getan hatte. Doch das hatte sie hierhergeführt, an den Rand eines Waldes im Sonnenuntergang, weil das ihr einziger möglicher Zug war.

»Joel!« Er wirbelte zu DS Rose herum, die ihn gerufen hatte. Aus den Lautsprechern im Auto erklang das Klingeln seines Handys, das er zum Aufladen angeschlossen hatte. Es war Eileen.

»Eileen, was haben Sie?« DS Rose hatte den Anruf bereits angenommen, als er sich wieder auf seinen Sitz fallen ließ.

»Ein paar Informationen, die Sie kennen sollten«, antwortete sie geheimnistuerisch.

»Geht das etwas konkreter?«, fragte Joel.

»Die Durchsuchung von Jessica Harringtons Büro wurde abgeschlossen. Sie sind nicht in ihren Computer gekommen, aber dafür in ihren Aktenschrank. Sie haben mir eine Liste der Sachen vorgelesen, die sie da drin gefunden haben, die alle eher unbedeutend sind, zum Beispiel …«

»Eileen!«, unterbrach Joel sie und biss sich auf die Zunge, um nicht noch mehr zu sagen.

»Okay! Eine Telefonnummer. Miss Harrington hat einen Stapel Terminplaner, die bis 2018 zurückreichen. Danach muss sie das digital weitergeführt haben. Joy Harpers Telefonnummer stand neben ihren Termineinträgen, allerdings die alte, die, die wir bereits haben.«

»Sie haben mich nicht angerufen, um mir *das* zu sagen«, erwiderte Joel und versuchte weiterhin, ruhig zu bleiben.

»Nein, habe ich nicht. Auf dem Hinterdeckel steht noch eine Telefonnummer mit dem Namen *Joy*. Das könnte unsere gesuchte Person sein. Vielleicht natürlich auch nicht. Ich habe da noch nicht angerufen oder so. Ich wusste nicht …«

»Das geht in Ordnung. Schicken Sie sie uns, Eileen. Gute Arbeit. Haben Sie sonst noch etwas Wichtiges gefunden?«

»Ja …« Die Pause machte Joel wahnsinnig, und er biss sich tatsächlich auf die Unterlippe, um nicht auszuflippen. »Ich weiß nicht genau, was ich davon halten soll.«

»Wovon?«, fragte Joel durch zusammengepresste Zähne.

»Die Kollegen haben das Material der Sicherheitskameras vor Miss Harringtons Praxis gründlich gesichtet, die ganze letzte Woche. Der Warteraum wird nicht überwacht, nur ein Teil des Eingangs und die beiden Empfangstresen. Am Dienstag, um kurz nach zehn Uhr morgens, sieht man eine männliche Person im Bild. Er scheint aus einem Gebäudeteil ohne Videoüberwachung zu kommen und marschiert direkt auf Jessica Harrington zu, die mit ihrer Empfangsdame spricht, aber er schafft es nicht ganz bis zu ihr. Offenbar bleibt er einfach stehen und geht wieder, bevor Jessica ihn bemerkt.«

»Okay?«, sagte Joel.

»Die Bildqualität ist nicht besonders gut, aber man sieht, was der Mann trägt, seine Hautfarbe und so weiter. Genug, dass die Kollegen vom Schwerverbrechen äußerst interessiert waren. Sie müssen wissen, die Kollegen haben die Beschreibung eines Mannes, der ein paarmal in der Umgebung des Ortes gesehen wurde, wo ihr toter Obdachloser gefunden wurde. Die Beschreibung dieser Person passt zu der des Mannes auf dem Video. Und die Art, wie die Leiche des Obdachlosen gefunden wurde, scheint auch wichtig zu sein. Er lag in einer nicht mehr genutzten Garage, mit Wunden an Brust und Bauch, die aussehen, als wäre er mit einem Draht oder einem dünnen, festen Seil gefangen gehalten worden. Und die Kollegen wissen natürlich von unserem Fall …«

»Draht?« Plötzlich konnte Joel nur noch ein Wort rausbringen. Er setzte sich gerader hin und schaute zu DS Rose. Er hielt den Griff über der Tür so fest gepackt, dass er ihn womöglich verbog, und für einen kurzen Augenblick schien die Zeit stillzustehen.

»Danach sieht es aus. Als Todesursache vermutet man Blutverklumpungen infolge von Dehydration und der Art, wie er bewegungslos gehalten wurde, aber wir erwarten noch den vollen Bericht aus der Gerichtsmed…«

»Und es war Robert Easton, richtig? Diese *Person* auf dem Video, das wollten Sie mir sagen, oder?«

»Nein, Mr. Norris. Aber wir konnten ihn identifizieren. Es war Billy Easton.«

KAPITEL 55

Für einen Moment wusste niemand so recht, wie er darauf reagieren sollte, also schwiegen sie. *Billy* Easton? Was wollte der in Jessica Harringtons Praxis? Und dann ein weiteres Opfer in der Nähe, das an Dehydration gestorben war? Das bedeutete sieben bis zehn Tage, wenn man davon ausging, dass der Plan gewesen war, ihn so lange zu fesseln, bis er tot war. Das passte alles nicht zusammen.

»*Billy* Easton?« Joel sah immer noch DS Rose an. Ihre Miene verriet, dass sie verwirrt und am Rande einer Panik war, und sein eigenes Gesicht verriet vermutlich dasselbe.

»Er hat gelogen. Es war alles gelogen?«, keuchte sie.

»Es war so plausibel, das kann nicht …« Joel wurde schwindelig, und sein Magen zog sich vor Aufregung zusammen, während seine Gedanken rasten.

»Was, wenn alles die Wahrheit war, all die Gründe, die er uns genannt hat, warum die Personen ausgewählt wurden, warum die Polizei ausgewählt wurde, und dass es ihm egal ist, ob er geschnappt wird! Nur dass …« DS Rose hauchte die letzten Wörter.

»… es die ganze Zeit seine eigenen Gründe waren«, beendete Joel den Satz und stieg aus dem Auto. Plötzlich musste er aufstehen. »Und ich hab ihn laufen lassen.« Joel sprach zum Wald, der noch dunkler wirkte.

»Sir …«, rief Eileen aus den Autolautsprechern, während sie versuchte, wieder ins Gespräch einbezogen zu werden. Joel war so geschockt, dass er fast vergessen hatte, dass sie noch in der Leitung war. Er hockte sich hin und hörte zu.

»Die Kollegen vom Schwerverbrechen hatten vor, direkt loszufahren und Billy Easton wegen Mordes festzunehmen …«

Plötzlich war Joels Konzentration zurück. »Er tötet sie heute Nacht, das hat er uns erzählt, es war alles für uns. Wir gegen ihn …«

»Wir gegen ihn?«, wiederholte DS Rose, noch immer sichtlich geschockt.

»Er saß da und hat uns erzählt, dass das Spiel sich verändert hat. Er hat uns gesagt, dass es jetzt gegen die Polizei läuft. Er meinte, die Polizei hätte die ganze Zeit über Gelegenheiten gehabt, alles zu beenden, und dass es unsere Schuld sei, dass sie gestorben sind, weil wir es nicht verhindert haben, und dann … Er saß direkt vor uns.«

»Himmel …« Allmählich schien der erste Schrecken von DS Rose abzufallen. »Wir wissen immer noch, wo er ist. Wir müssen nur hinfahren und anklopfen. Er kann nichts von der Videokamera wissen. Diese Frauen sind vielleicht bei ihm, jetzt in diesem Augenblick.«

Joel schüttelte den Kopf. »Nein, sind sie nicht. Wir haben das Haus von oben bis unten durchsucht, als er in Haft war, dann haben wir ihn dort wieder abgesetzt. Aber das ist sein großes Finale. Diese beiden Frauen sind es, auf die er hingearbeitet hat … er wird mit Sicherheit dabei sein wollen, wenn sie sterben. Er muss heute Abend noch zu ihnen!« Joels Energie kehrte zurück. Mit einem Mal war er sich sicherer als je zuvor, dass sie am richtigen Ort waren. Billy Easton würde sich bewegen und wartete vermutlich nur, bis es dunkel wurde. »Eileen, sagten Sie, dass das Schwerverbrechen auf dem Weg zu ihm ist? Das dürfen sie nicht, wir haben noch eine Chance.«

»Das Letzte, was ich gehört habe, war, dass Mr. Kemp versucht hat, es ihnen auszureden. Aber ich glaube, das wird schwierig. In der Garage, in der die Leiche gefunden wurde, gab es noch andere Sachen …« Sie zögerte einen Augenblick, und Joel hakte nach.

»Sachen?«

»Ich versuche zu lesen, was im Bericht steht. Ein Handseilzug, ein Industrie-Kettenzug, eine Ankerwinde …?« Joel vernahm schnelles Tippen, bevor sie weitersprach. »Ja, tatsächlich, eine Winde, mit der man auf Schiffen Anker fallen lässt und wieder raufzieht. Wie auch immer, sie haben Haut daran gefunden.«

»Haut?«

»Dieses Anker-Dings hat bewegliche Teile. Offenbar hat jemand sich darin die Haut eingeklemmt, das bedeutet DNA. Als sie die Probe untersucht haben, hatten wir Billy Eastons DNA noch nicht …«

»Aber jetzt schon.«

»Durch seine Verhaftung. Sie lassen gerade einen Eil-Test durchführen. Falls der übereinstimmt, wird sie nichts mehr aufhalten. Vielleicht sind sie schon auf dem Weg raus zu ihm.«

»Und wissen sie, warum wir hier sind?«

»Mr. Kemp hat es ihnen lang und breit erklärt, aber ich bin mir nicht sicher, dass Mark Hall das ebenso sieht.«

»Natürlich tut er das nicht … Er hat nur auf eine Gelegenheit gewartet, mir eins auszuwischen. Diese Videoaufnahme, gab es da noch Hinweise auf irgendjemand anderes oder wirklich nur auf Billy Easton alleine?«

»Sonst wurde niemand erwähnt. Es gibt noch eine weitere Sache, die aber im Augenblick vielleicht nicht ganz so relevant ist«, erklärte Eileen.

»Gott, was noch?« Joel hatte immer noch Mühe, das alles zu verarbeiten.

»Ich habe Billys Land Rover noch mal überprüft. Als Sie meinten, dass Robert Easton ihn benutzt, dachte ich mir, dass ich die Parameter etwas erweitere, um zu sehen, ob er in einem Nachbar-County unterwegs war. Man weiß ja nie, ob …«

»Eileen!«

»Tut mir leid! Es gibt zwei Kennzeichenkameras an jedem Ende der Dartford Crossing in Greater London. Am Donnerstag gegen Mittag wurde der Land Rover von der Kamera auf der Kent-Seite der Brücke erfasst, aber nicht am anderen Ende.«

»Und warum sollte das wichtig sein?«

»Nun, weil Sie dreißig Minuten später dasselbe getan haben.«

»Was? Wann?«

»An dem Tag, als Sie Alison Reynolds besucht haben. Alisons Wagen wurde in der Nähe ihres Arbeitsplatzes gefunden …«

»Sie sagen also, dass er sie dort geschnappt hat und dort gewartet hat, als ich aufgetaucht bin?«

»Ich sage gar nichts mit Sicherheit, Inspector Norris. Nur, dass Sie Alison getroffen haben und dann von dort aus zu Billy Eastons Haus gerast sind, während er für ungefähr zwei Stunden anderweitig beschäftigt war.«

»Was genug Zeit ist, um Alison zu entführen und woanders hinzubringen.«

»Ich habe mit einer jungen Frau namens Helen Clarke bei AR Games gesprochen, die Sie ebenfalls kennengelernt haben. Sie sagte, dass Alison nach Ihrem Besuch aufgebracht wirkte und dass sie den Rest des Tages von zu Hause aus arbeiten wollte. Sie ist nur wenige Minuten nach Ihnen gegangen.«

»Und wir wissen, dass sie es nicht bis nach Hause geschafft hat«, fügte Joel hinzu. »Zwei Stunden, mit Dartford als Ausgangspunkt und Eastons Haus als Endpunkt. Sie könnte so gut wieder überall im County sein. Also müssen wir ihm zu den Frauen folgen. Das ist unsere Chance. Wenn die vom Schwerverbrechen dazwischengrätschen, um ihn zu verhaften, dann war es das, dann werden wir sie niemals finden.«

»Ich habe Ihnen diese Telefonnummer von Joy geschickt, Sir. Ich habe mein Bestes gegeben, um sie zu finden, aber ich muss zugeben, im Augenblick ist das alles, was ich habe. Vielleicht ist es die richtige Joy, und sie hat ein paar Antworten für uns.«

Joel rieb sich kräftig über den Kopf. »Ich hoffe es. Sie könnte unsere letzte Hoffnung sein.«

KAPITEL 56

»Achtung, Achtung, Achtung!«

Das Überwachungsteam. Die Stimme im Funk wieder aufgeregt. Joel hatte Eileen Holmans aus der Leitung geworfen, um Joys Nummer anzurufen, doch die Meldung aus dem Funkgerät hielt ihn davon ab, den Kontakt zur bereits eingetippten Nummer auch herzustellen.

»Zielfahrzeug in Bewegung. Hat mich mit hoher Geschwindigkeit passiert. Versuche aufzuholen, bereithalten für Bewegungsrichtung.«

Die Dringlichkeit blieb deutlich hörbar, als das Überwachungsteam plötzlich zum Leben erwachte. Die weiter vorne postierten Wagen bestätigten bereits den Kontakt. Der Nissan Note bewegte sich dieses Mal bedeutend schneller als beim letzten Ereignis. Das Team hatte Mühe dranzubleiben, und nur wenige Minuten später meldeten sie einen *vorübergehenden Kontaktabriss*.

»Scheiße!«, stieß Joel aus. Er setzte sich wieder auf den Beifahrersitz und knallte die Tür zu. DS Rose hatte den Ford Focus bereits im Leerlauf gestartet und wartete auf eine Anweisung, in welche Richtung sie fahren sollte. Jetzt drohte das schlimmstmögliche Szenario einzutreten – Billy Easton zu verlieren. Vor zehn Minuten wäre das schlimm genug gewesen, aber jetzt war er ein Verdächtiger, der erst vor wenigen Stunden aus dem Polizeigewahrsam entlassen worden war und dem das Dezernat für Schwerverbrechen auf den Fersen war.

Das Ganze sah ziemlich übel aus.

»Ziel wieder in Sicht, fährt weiter nach Listen, Geschwindigkeit weiter über der Beschränkung. Bereithalten für Position.«

Joel atmete wieder, doch die Anspannung ließ nicht nach, als weitere Meldungen kamen. Der blaue Nissan Note fuhr über eine rote Ampel, als er auf die A36 Richtung Tonbridge bog. Das Überwachungsteam war jedoch auf Nummer sicher gegangen und hatte immer noch ein Fahrzeug weiter vorne, um die Informationen durchzugeben und den Nissan zu identifizieren, der vor ihnen dahinjagte. Joel bezweifelte, dass Margaret Marshalls Wagen je zuvor so gefahren worden war.

Die nächste Meldung ließ Joel das Blut in den Adern gefrieren.

»Hier Zulu Zwei. Haben einen Anruf vom diensthabenden Superintendent Mark Hall, ich wechsle auf den Hauptkanal, damit ein Streifenwagen das Fahrzeug stoppt und Zielperson wegen Mordes festnimmt. Zielperson hat Überwachung offensichtlich zur Kenntnis genommen und versucht zu fliehen.«

Und das war es. Joel schlug mit der Faust hart aufs Armaturenbrett und schnappte sich mit derselben Bewegung das verschlüsselte Funkgerät, um seine eigenen Befehle hineinzubrüllen und den *Sergeant*, der die Überwachung leitete, an die Befehlskette zu erinnern und zu verlangen, dass sie die Verfolgung fortsetzten. Doch dann hielt er das Funkgerät nur vor die Lippen und ließ den Finger über dem Knopf schweben. Mark Hall hatte vielleicht recht. Die Art, wie er fuhr, deutete eher auf jemanden hin, der vor der Polizei floh, nicht auf jemanden, der zu einem Ort fuhr, an dem er zwei Frauen gefangen hielt. Sie waren aufgeflogen. Sie hätten ebenso gut laut hupend hinter ihm herfahren können, als er seinen Ausflug zum Pizzaladen gemacht hatte. Jetzt, wo Joel mehr Informationen hatte, kam er zu der Erkenntnis, dass die Fahrt zum Pizzaladen Billy nur dazu gedient hatte herauszufinden, ob ihn irgendjemand beobachtete. Billy wusste, dass sein Aufenthalt in der Untersuchungshaft voller Lügen gewesen war, aber er konnte nicht sicher sein, ob die Polizei das ebenfalls wusste. Jetzt war er vielleicht schlauer.

Schließlich brüllte Joel doch noch ins Funkgerät, aber nur, weil er versuchte zu retten, was zu retten war. »Hier spricht DI Norris, wir kommen und stoppen ihn. Wir haben Blaulicht und Sirene und sind in der Nähe.« Es war wichtig, dass Joel der nächste Polizist war, mit dem Billy Easton sprach, im Idealfall, während er ihm den Arm so weit nach oben verdrehte, dass er endlich die Wahrheit aus ihm herauspresste. Sein Handy mit der Kartenapp hing noch in dem Halter am Armaturenbrett.

»*Achtung, Achtung, Achtung, Fahrzeug steht, steht, A26 Richtung Tonbridge vor dem chinesischen Restaurant Good Luck …*« Wieder eine Pause. »*Fahrertür geöffnet, ein Insasse, Kapuze oben, Zielperson ausgestiegen, ausgestiegen. Verhaften wir ihn hier?*« Die Stimme überschlug sich fast vor Aufregung. Überwachungsteams traten nicht gerne aus dem Schatten, um jemanden zu verhaften, und Joel beeilte sich, ihm klarzumachen, dass es dafür keine Notwendigkeit gab.

»Wir sind in dreißig Sekunden da!«, rief er über den Lärm hinweg, mit dem DS Rose dem Ford Focus die Seele aus dem Leib raste. Joel drückte den Knopf, der das Blaulicht einschaltete, um die Wagen vor ihnen aus dem Weg zu scheuchen, und schaltete es sofort wieder aus, als sie vorbei waren.

»Da ist er!«

Der Nissan stand halb auf dem Gehweg unter einer Straßenlaterne, die in diesem Augenblick flackernd in der herabsinkenden Dämmerung anging. Die Warnlichter blinkten, die Tür wurde zugeschlagen, und ein großgewachsener Mann mit hochgezogener Kapuze ging schnell über den Gehweg. DS Rose hielt direkt auf ihn zu und fuhr donnernd über den Kantstein auf den Gehweg, was Joel aus dem Gleichgewicht brachte, während er den Türgriff packte. Die Gestalt vor ihnen reagierte, indem sie sich von den Scheinwerfern wegdrehte und die Arme mit den Handflächen nach vorne ausstreckte, als wolle sie sich vor einem Zusammenprall schützen.

Sie blieben dicht vor dem Mann stehen. Joel war bereits rausgesprungen und brüllte – die effektivste Art, die er kannte, um eine Verfolgungsjagd zu vermeiden … und mit Erfolg.

»POLIZEI! STEHEN BLEIBEN!«

Der Mann regte sich nicht, ging sogar auf ein Knie, die Arme immer noch nach oben gestreckt. Joel warf sich auf ihn und riss ihn zu Boden.

»Okay, okay!« Die Kapuze fiel nach hinten und entblößte ein panisch erschrockenes Gesicht.

»Wer zum Teufel sind Sie?«, fuhr Joel ihn an.

»Jake! Ich bin Jake, okay? Ich weiß, das ist nicht mein Auto, aber ich hab's nicht gestohlen! Der Besitzer wollte, dass ich ihm was vom Chinesen hole, okay? Er gab mir zwanzig Scheine und hat auch unser Essen bezahlt. Das ist alles!«

Der Mann war höchstens dreißig und ungepflegt. Joel hockte auf seiner Brust und verhinderte, dass er sich bewegte oder atmen konnte.

»Wer wollte das?«

»Irgendein Kerl, wohnt zwei Türen weiter. Wir sind heute erst angekommen, okay? Airbnb für ein verlängertes Wochenende! Ich kann Ihnen die Buchung auf meinem Handy zeigen! Ich weiß, dass ich ein bisschen zu schnell war, ja, aber er meinte, wenn ich in spätestens zehn Minuten zurück bin, gibt er mir fünfzig Scheine!«

»Joel!«, rief DS Rose. Er schaute auf und zu ihr rüber. Sie stand in der offenen Beifahrertür des Nissan Note und hielt einen Umschlag hoch.

»Was ist das?«

»Nur eine Telefonnummer, sonst nichts. Aber der Umschlag – er ist an Sie adressiert.«

KAPITEL 57

Joel ging weg. Er musste einfach weg. Anfangs war er an der A26 stehen geblieben, ein schnell dunkler werdendes schwarzes Band neben ihm, dessen Oberfläche von den Lampen über seinem Kopf einen schmutzig orangefarbenen Schimmer erhielt. Der Wind war inzwischen kräftig genug, um an seinem Hemd zu ziehen. Die noch junge Nacht fühlte sich jetzt schon ungemütlich an, als würde der richtige Ärger erst noch kommen, eingehüllt in einen Mantel aus Dunkelheit. Und mit ihm auch die Bestätigung dessen, was er bereits wusste.

Billy Easton hatte sie überlistet. Schon wieder.

Joel ging in eine Seitengasse, die von der Hauptstraße weg in einen Wohnblock führte, und ignorierte die Rufe von DS Rose hinter ihm, die immer noch am Nissan stand und mit dem gefundenen Umschlag wedelte, während der Fahrer des Wagens ihm vom Rücksitz ihres Ford Focus aus hinterherglotzte. Joel hatte sein Handy in der Hand und entsperrte es. Joys Nummer, die er eingetippt hatte, stand noch im Display. Aus der Gasse trat er auf eine dunklere, ruhigere Straße, gesäumt von Häusern, in deren Fenstern nach und nach die Lichter eingeschaltet wurden. Er drückte das Icon, um den Anruf zu starten.

»Hallo?« Nie zuvor hatte ein einzelnes Wort so viel Unsicherheit und gleichzeitig Bekräftigung vermittelt. Es war Joy Harper, ehemals Joy Easton. Sie musste es sein. Und sie hatte diese Nummer einer Person gegeben, und zwar einer, die keine grummelig männliche Stimme besaß.

Wenn sie auflegte, war alles vorbei.

»Jessica Harrington ist in Schwierigkeiten. Ich bin Polizist«, begann Joel und hoffte, dass er die Informationen in der korrekten Reihenfolge ihrer Wichtigkeit vorgebracht hatte. Während des folgenden Schweigens hielt er den Atem an.

»Verzeihung, wer ist da?«

Sie legte nicht auf. Joel schluckte seine Erleichterung hinunter, bevor er antwortete. »Detective Inspector Norris. Ich ermittle im Verschwinden von Jessica Harrington, und ich glaube, dass Sie mir helfen können.«

»Jessica ...«

»Sie sind doch Joy Harper, oder?«

»Woher haben Sie diese Nummer?« Die Reaktion beantwortete seine Frage.

»Aus Jessicas Büro. Gut versteckt, keine Sorge, sie wollte offensichtlich nicht, dass jemand sie findet.«

»Und Sie sind Polizist. Woher weiß ich das?«

»Ich gehe davon aus, dass Billy Easton für das Verschwinden verantwortlich ist«, sagte er. Er hatte keine Zeit, um den heißen Brei herumzureden.

»Billy ... hat er Sie geschickt?«

»Hören Sie, Joy, ich will nicht wissen, wo Sie sind, jedenfalls nicht im Augenblick, es geht hier nicht um Sie. Aber uns rennt die Zeit davon. Ich glaube, Billy hat Jessica und vielleicht noch eine andere Frau entführt. Ich glaube, er will ihnen etwas antun, und Sie sind meine einzige Hoffnung, sie zu finden.«

»Jessica ... aber ich habe seit Jahren nicht mit Billy gesprochen, dafür habe ich verdammt noch mal gesorgt!« Ihre Stimme war kurz davor zu brechen, was Joel als Hinweis darauf nahm, dass sie kurz davorstand, das Gespräch zu beenden und ihr Handy wegzuwerfen.

»Wozu ist er fähig, Joy? Sie kennen ihn besser als irgendwer anderes, aber ich habe Schwierigkeiten, ihn zu durchschauen. Ist er gefährlich?«

»Gefährlich!« Joy Harper schnaubte. »Glauben Sie, ich habe mir dieses Leben gewünscht? Glauben Sie, ich will am anderen Ende des Landes wohnen, ganz von vorn anfangen und uns verstecken, damit wir sicher sind? Glauben Sie, das ist das Leben, das ich wollte?«

»Wir?«, fragte Joel. »Ist Robert bei Ihnen?«

»Natürlich ist Robert bei mir! Sie glauben doch nicht etwa, ich würde ihn da unten lassen, bei diesem … diesem Monster?«

»Wo sind Sie, Joy?«

»Ich dachte, das müssten Sie nicht wissen?« Jetzt klang ihre Stimme wieder fest und triefte vor Misstrauen.

»Okay, dann beantworten Sie mir stattdessen Folgendes: Wo auch immer Sie sind: Wäre es möglich, dass Robert im Laufe der letzten Woche zweimal nach Kent zurückgereist ist, um zwei Morde zu verüben?« Damit hatte Joel vielleicht zu viel verraten, aber er brauchte eine Reaktion.

»Mord …« Das eine Wort reichte. Die Ungläubigkeit, die Skepsis, die absolute *Lächerlichkeit* dieser Vorstellung … falls Joel jemals einen Zweifel gehegt hatte, dann war er jetzt verflogen. Robert Easton hatte überhaupt niemanden umgebracht. »Fragen Sie das im Ernst?«, sprach Joy weiter und meinte ihre Frage auch so. »Er war die ganze Woche hier bei mir. Er war jeden Tag auf der Arbeit. Er arbeitet im Büro und hat einen Abteilungsleiter, der Ihnen das bestätigen wird!«

»Heute früh bei einer Befragung durch die Polizei hat Billy Easton erklärt, dass Robert verantwortlich sei. Warum würde er das behaupten?«

Gelächter. Damit hatte Joel nicht gerechnet. Doch es klang nicht belustigt, sondern zerbrechlich wie Glas. Er ließ ihr Zeit. Sie schniefte und schnaufte. Aber sie antwortete ihm.

»Na ja, natürlich sagt er das. Von dem Augenblick, als der Junge auf die Welt kam, hat Billy ihn für alles verantwortlich gemacht. Aber es kann nicht Robert gewesen sein. Außerdem wäre er dazu gar nicht in der Lage.«

»Seine Polizeiakte behauptet etwas anderes«, wandte Joel ein.

»Und was behauptet die? Dass er mir gegenüber aggressiv geworden ist? Dass er mich geschlagen hat? Und wissen Sie, warum das da drinsteht? Billy …« Jetzt war sie wütend – eine bemerkenswerte Veränderung.

»Billy was?«

»Billy hat seinen eigenen Sohn gezwungen, die Schuld auf sich zu nehmen!« Ihre Stimme klang wieder kurz davor zu brechen, und die Wut übermannte sie. Sie nahm sich einen Augenblick Zeit, und Joel hörte sie durch die Leitung schlucken, als würde sie ihre Gefühle hinunterwürgen. »Und nicht, weil er Angst vor euch hatte oder davor, verhaftet zu werden, oder weil er feige war, nein, es war viel schlimmer.« Sie schluckte erneut, und dieses Mal konnte sie nicht verhindern, dass sich ein leichtes Schluchzen in ihre Stimme mischte. »Es war alles nur ein Spiel für ihn. Für ihn ist alles ein Spiel. Und mein Junge, mein Robert hat das ausbaden müssen, ich weiß es. Er wurde wegen einiger anderer Sachen verhaftet, dumme Geschichten. Das war sein Frust. Sein Vater hat ihn völlig durcheinandergebracht, mit ihm gespielt. Das konnte er nicht verarbeiten. Und ich auch nicht!«

»Also sind Sie gegangen«, sagte Joel und wartete ab, bis er durch ihr Schluchzen hindurch zu hören war.

»Kann man es mir verübeln?«, erwiderte sie wütend und vorwurfsvoll. »Billy ist ein Mann, der jedes Gespräch wie einen Wettkampf führt, den es zu gewinnen gilt. Er ist so ermüdend. Alles an ihm ist Berechnung, alles, was er sagt, dient irgendeinem Zweck, und ich hatte keine Lust mehr herauszufinden, welcher es sein könnte. Ich war offensichtlich in einer Missbrauchsbeziehung gefangen, und ich habe es nicht einmal gewusst! Nicht, bevor wir zur Paartherapie gegangen sind. Und was glauben Sie, wessen Idee das gewesen ist?«

»Billys?« Joel, der den Atem angehalten hatte – er wusste nicht, seit wann –, keuchte beinahe. Er fühlte sich, als wäre sein Magen in einer mittelalterlichen Foltervorrichtung gefangen und würde langsam immer fester zusammengepresst, mit einem klackernden Ratschen, das im Rhythmus von Joys Stimme erklang.

»Natürlich. Dadurch konnte er behaupten, dass er alles in seiner Macht Stehende tat, wenn er mit Robert sprach, dass *er* derjenige war, der versuchte, die Familie zusammenzuhalten, doch er hasste die Sitzungen, jede Minute, das kann ich Ihnen sagen.«

»Und die Vermittlung an die Polizei kam aus diesen Sitzungen …« Joel sprach leise, jeder Kraft beraubt, und Joy konnte ihm mit Leichtigkeit das Wort abschneiden.

»Ich wollte das. Jessica sprach mich alleine an, sagte mir, dass ich mir ein anderes Handy besorgen solle, eine andere Nummer, und dass sie mich an die Polizei verweisen würde. Sie sagte, dort gäbe es Leute, die mir dabei helfen könnten zu verschwinden. Sie gaben mir Tipps, damit er mich nicht finden konnte. Der einzige Nachteil war, dass wir der Polizei erzählen mussten, dass ich an irgendeiner Aktion teilnahm. Mehr Einzelheiten haben sie nie erhalten, und ich habe nie mit jemandem gesprochen. Doch es war das Beste, was ich je getan habe. Ich habe versucht, Robert mitzunehmen, doch all seine Freunde, alles, was er gewohnt war, war da unten, darum kam er nicht sofort mit. Aber ihm wurde schnell klar, dass er ebenfalls einen sauberen Schnitt brauchte, dass er kein Leben haben würde, solange sein Vater in der Nähe war.« Ihr Schluchzen hatte aufgehört, jetzt war da nur noch Wut.

»Joy … was ist passiert?« Joel wusste es bereits, aber sein Magen hatte sich bereits eine weitere Stufe zusammengezogen und vier Wörter waren alles, was er rausbrachte.

»Robert fand einen Job, eine Wohnung. Er arbeitete als Makler, das hatte er sich immer gewünscht. Ich unterstützte seine Pläne.«

»Also wollte er BTE Games gar nicht übernehmen?«

»Ha! Machen Sie Witze? Er wollte nie irgendwas damit zu tun haben, keiner von uns beiden. Aber selbst, nachdem er ausgezogen war, als er etwas gefunden hatte, in dem er sich so etwas wie eine Karriere aufbauen konnte, drängte sein Vater sich dazwischen.«

»Wie das?«, stieß Joel pfeifend zwei weitere Wörter aus.

»Ich wusste, dass er wütend auf Jessica war. Ich dachte, dass es nur daran lag, dass er sie dafür bezahlt hatte, unsere Beziehung zu kitten, und sie das nicht getan hatte. Bei ihm gibt es nur Schwarz und Weiß. Aber wenn ich zurückdenke, muss da noch mehr gewesen sein. Er war besessen. Ich glaube, er hat sie sogar eine Weile verfolgt. Er erzählte mir, dass sie selbst eine Familie zerstört hätte, dass sie eine Affäre hätte. Ich sagte ihm, dass mir das egal sei. Aber er hat diese andere Frau gefunden, diese andere Familie, die Jessica angeblich zerstört hatte, und dann verlagerte sich seine Obsession.«

»Auf die andere Frau?«

»Ich glaube, er war verknallt. Zumindest sagte mir Robert das. Er sagte mir auch, dass er sie ebenfalls verfolgt hätte, *gestalkt*, meinte er. Irgendwie fand Billy heraus, dass sie umzieht, und plötzlich war er vollkommen davon besessen, das Haus neben ihrem zu kaufen. Mein Robert hat als Makler in der Gegend gearbeitet, aber nicht für dieses Gebäude. Sein Dad zwang ihn, irgendeinen anderen Makler dazu zu nötigen, den Verkauf zu regeln. Robert meinte, dass sein Dad irgendwann schließlich versucht hätte, mit der Frau anzubandeln, und es ein bisschen peinlich wurde. Sie wies ihn zurück, aber er wollte nicht hören – Billy akzeptiert kein Nein – und schließlich musste die Tochter dieser armen Frau einschreiten und ein ernstes Wörtchen mit ihm reden. Ich glaube, sie hat ihm gesagt, dass er sich zurückhalten solle.«

»Ihre Tochter hat mit ihm gesprochen?« Der Knoten in Joels Magen zog sich noch enger zusammen. Endlich etwas, das er noch nicht gewusst hatte. Sie hatten nie eine richtige Erklärung gehabt, warum Kelly ausgewählt worden war, zumindest keine zufriedenstellende, aber das könnte passen. Langsam passte alles zusammen – aber zu spät.

»Das meinte Robert. Ich kann es ihr nicht verübeln. Ich glaube, sie hat ihm ein bisschen die Augen geöffnet. Scheint mir eine kluge Frau zu sein. Ich war dumm genug, mich auf ihn einzulassen, aber damals war er anders, noch nicht so extrem. Je mehr er verloren hat, desto schlimmer wurde es.«

»Verloren?« Das Wort kam jetzt nur noch als Quieken, ein Hundespielzeug in seinen letzten Zügen, zerkaut und zwischen mächtigen Kiefern zermalmt.

»Mich, unser Haus, seinen Sohn, seinen Verlag. Es geschah allmählich, aber wir konnten sehen, wie ihm alles entglitt. Natürlich war es immer die Schuld von jemand anderem.«

Joel brauchte eine Minute. Er hielt das Handy vom Mund weg, um tief durchzuatmen. Mit neuer Kraft sprach er weiter. »Was ist mit seinem Verlag passiert?«

»Alison Reynolds ist passiert. Billy hat zur Abwechslung mal jemanden getroffen, der *ihn* ausgetrickst hat. Alison hat eine Gelegenheit gesehen. Gut für sie. Eigentlich sollte ich eine Hälfte des Verlags bekommen, und das habe ich genutzt. Alison kam dazu, leistete eine Finanzspritze, indem sie die andere Hälfte kaufte, und damit hatte sie genug, um ihn fertigzumachen.« Die Befriedigung war ihr auch durchs Telefon deutlich anzuhören.

»Also mag er Alison Reynolds nicht?«

»Er hasst sie. Und alles, wofür sie steht. Sie hat ihn enteignet, seine Visionen für den Verlag ignoriert, ihm erzählt, er wisse nicht, was er tut. Die Geschäftswelt war auch etwas, das er zu erobern versuchte, und er ließ sich von niemandem sagen, dass er etwas falsch macht. Als er also mit einem neuen Spiel zu ihnen kam und Alison es rundheraus ablehnte … Ich habe noch nie jemanden so wütend erlebt.«

»Neues Spiel?« Noch eine gequiekte Frage, während neue Aufregung ihm die Kehle zuschnürte.

»*Kismet: Der Fünfte Tag.*« Joy schnaubte und klang plötzlich, als würde sie einen Filmtrailer einsprechen. »So war sein Name dafür. Wie beschissen klingt das? Ich erinnere mich noch, als er mir davon erzählte und sich anhörte, als wären es die wichtigsten Worte, die je ein Mensch gesprochen hat. Ich glaube, er erwartete, dass ich vor ihm auf die Knie ging. Tat ich schließlich auch, aber erst, nachdem er mir mit dem Handrücken eine verpasst hatte, weil ich zu wenig begeistert war.«

»Der fünfte Tag … das hat er in der Befragung gesagt.« Joel kannte den Ausdruck, dass einem das Blut in den Adern gefror, aber er hatte es nie selbst erlebt. Bis zu diesem Augenblick, unter diesen Straßenlaternen, während der zunehmende Wind immer noch an seinem Hemd zerrte, das ihm hinten aus der Hose gerutscht war, und seine Hosenbeine schlackern ließ. Das Gefühl kam, als ihm bewusst wurde, dass Billy ihm alles erzählt hatte, alles, was er wissen musste. Die ganze Befragung war nur Teil des Spiels gewesen, und Joel hatte seine Rolle gespielt wie ein braver Detective.

»Er hat Ihnen auch von dem Spiel erzählt, oder nicht? Ich hoffe, dass Sie wenigstens so getan haben, als wären Sie beeindruckt, sonst haben Sie ihn dort in der Sekunde verloren.«

»Nicht vom Spiel, nein. Er sagte es in einem anderen Zusammenhang … und Kismet …« Joel musste wieder innehalten. Er hob den Blick zu einer grellen Straßenlampe, die von einer Wolke aus Insekten umschwirrt wurde. »Das hab ich auch schon gesehen. In seinem Garten, auf irgendeiner Stahlskulptur …«

»Sie meinen den Anker? Den hat er jetzt im Garten?«

»Anker?«

»Kismet hieß ein Schiff, das vor Jahren unten an der Samphire Hoe abgewrackt wurde. Er war schon immer von Booten fasziniert. Ich glaube, er konnte denen irgendwie die beiden Buganker abschwatzen. Keine Ahnung, wofür er sie wollte. Das Schiff hatte während eines Sturms einen Motorschaden und landete schwer beschädigt auf den Felsen. Blieb da ein paar Monate lang liegen. Am Ende hat man es an der

Hoe auseinandergenommen. Eine örtliche Bootswerft bekam den Auftrag und ließ sich dafür auf der Hoe nieder. Soweit ich weiß, gibt es die da immer noch. Der Typ, der sie leitet, John Irgendwas, muss Billys einziger Freund sein. Heute heißt das wohl nicht mehr viel. Zwei traurige kleine Männer und ein Teekessel.« Joy lachte gehässig, und nie war ihr Hass deutlicher gewesen.

»Samphire Hoe?«

»Dover. Eine riesige Betonplattform am Fuß der Klippen, hat irgendwas mit dem Eurotunnel zu tun. Billy hatte da etwas Arbeit, vor BTE. Damals war er Schweißer. Hat eine Weile am Tunnel mitgearbeitet und lebte auf der Hoe, so lernte er John in dieser Werft kennen, der Billy ein bisschen Arbeit nebenbei verschaffte.«

»Bootsreparaturen ...« Joel flüsterte beinahe. »Was war das für ein Spiel, Joy? Hat er Ihnen davon erzählt?«

»Das war quasi das Letzte, was er mir erzählt hat, kurz bevor ich zu dem Schluss kam, dass es endlich genug war. So schlimm war es geworden: Als ich ihn verließ, fuhr ich mit dem Taxi nach Hause statt meinem eigenen Auto und sagte dem Fahrer, dass er die Polizei rufen solle, falls ich in fünf Minuten nicht zurück wäre. Ich ließ ihn direkt vor dem Haus parken, damit Billy wusste, dass jemand auf mich wartete. Das ist nicht normal, oder? Dass man ein Gespräch mit dem eigenen Ehemann im Voraus plant, damit er einen nicht an Ort und Stelle umbringt. Er sagte mir, falls ich ihn jemals verlassen sollte ...«

»Das Spiel, Joy. Es könnte wichtig sein, und mir rennt hier die Zeit davon. Was war das für ein Spiel, was musste man tun?«

»Dasselbe Prinzip wie in seinem *Entkommen!*, wenn Sie mich fragen. Irgendwas mit Booten, die man bauen muss. Die Spieler liegen draußen auf See vor Anker und müssen würfeln, um ihr Boot zu bauen. Man beginnt nur auf einer Holzpalette und bekommt Werkzeuge und Upgrades, während man spielt.

Es gibt irgendeine Strategie dabei, aber ich habe nicht richtig zugehört. Ist das jetzt gerade wirklich wichtig?«

»Wie endet das Spiel, Joy?«, fragte Joel und ignorierte ihre Frage.

Sie stieß die Luft aus. »Man muss etwas bauen, das stark genug ist, um den Sturm am fünften Tag zu überleben. Darum der Titel. Alison gefiel es nicht, niemand im Verlag mochte es. Das war der Tropfen, der das Fass zum Überlaufen brachte, danach haben sie ihn rausgeworfen.«

Joel hatte wieder angefangen, sich zu bewegen, und ging den Weg zurück, den er gekommen war, doch nun waren seine Beine schwer. In der ruhigeren Straße konnte er den stärker werdenden Wind hören, das Surren eines Stromkabels über ihm. Irgendwo schlug eine Tür.

»Ich muss später noch mal mit Ihnen sprechen, okay? Aber jetzt muss ich los.«

Joel wartete die Antwort nicht ab.

KAPITEL 58

Joel rannte zum Nissan zurück. Die Warnlichter blinkten immer noch, der Motor lief ebenfalls noch, ein gleichmäßiges Tuckern, das über die Windböen hinweg zu vernehmen war, und die Scheinwerfer schnitten grelle Lichtstreifen über die Eingangstür eines Fastfood-Restaurants, in der sich Gaffer in Küchenkleidung drängten. Joel ignorierte sie und bellte Befehle in Richtung eines Streifenwagens. Das blau blinkende Licht erweiterte das Showspektakel. Sie würden sich um den Fahrer des Nissan Note kümmern, den Joel jetzt vom Rücksitz des Ford Focus zerrte, und er machte klar, dass ihm völlig egal war, was sie mit ihm machten. Er steckte sein Handy an die Freisprechanlage, lehnte dabei einen eingehenden Anruf ab und gab die Nummer auf der Nachricht ein, die DS Rose in der Hand gehalten hatte. Er ließ die Nummer auf dem Bildschirm stehen und aktivierte noch nicht den Wählversuch, bevor er nicht von Sergeant Rose auf den neuesten Stand gebracht worden war. Er atmete tief durch. Sie erzählte ihm, dass man eine Streife zu Billy Eastons Haus geschickt und sich bereits Zugang verschafft hatte. Es war niemand dort. Das hatte Joel auch nicht erwartet. Billy musste zu Fuß verschwunden sein, keine Sekunde, nachdem Margarets Wagen losgefahren war, und sich bis zu einer nahe gelegenen Straße durchgeschlagen haben, wo ihn entweder ein Taxi mitgenommen hatte oder, was wahrscheinlicher war, er einen zweiten Wagen geparkt hatte. Jetzt schien das alles so offensichtlich.

Anschließend gab Joel knapp seine neuen Informationen weiter, die aber nur eine gestammelte Geschichte über die

Samphire Hoe in Dover, einen Anker in einem Garten, Eileens Informationen über die Kennzeichenkameras und das *Verlassene Schiff* waren. Er wusste, dass seine Worte nicht viel Sinn ergaben, aber man musste DS Rose zugutehalten, dass sie nicht nachhakte. Sie musste seinen Finger bemerkt haben, der über dem Icon schwebte, mit dem er die eingetippte Nummer endlich anrufen wollte, die auf dem Beifahrersitz des Nissan für ihn zurückgelassen worden war. DS Rose konzentrierte sich aufs Fahren. In Joels Gedanken kreiste nur ein einziger Satz: *Seit vier Jahren geplant.* Er konnte an nichts anderes denken. Diese ganze Sache, bis ins letzte Detail. Und er musste davon ausgehen, dass dieses Telefongespräch ein Teil davon war.

Joel drückte auf das Icon.

»Wissen Sie, woran man ein gutes Spiel erkennt?« Die Stimme, die aus den Lautsprechern drang und das Wageninnere füllte, war ihm auf der Stelle vertraut, aber trotzdem ganz anders. Es war Billy Easton, nur dass er jetzt keine Rolle mehr spielte. Jetzt strahlte er Selbstbewusstsein aus und stolperte fast über seine Schadenfreude.

»Wo sind Sie, Billy?«

»Ein gutes Spiel ist eines, bei dem man enttäuscht ist, wenn einem klar wird, dass es bald zu Ende ist, obwohl man schon die ganze Nacht spielt. Haben Sie je so ein Spiel gespielt?«

»Also sind sie noch am Leben?«

Billy kicherte. »Ich glaube, die Frage habe ich bereits beantwortet, oder nicht? Sie haben ihn mir abgenommen, wissen Sie? In dieser Bruchbude, die Sie eine Untersuchungshaft nennen. Genau den gleichen Umschlag, wie Sie ihn gerade in der Hand halten. Mein Plan B. Nur für den Fall, dass Sie schlau genug sind, mich nicht wieder gehen zu lassen. Ein kleines Druckmittel. Ich hatte eine wundervolle kleine Nachricht aufgenommen, aber sehen Sie mich an, jetzt kann ich persönlich mit Ihnen telefonieren, während ich die Freiheit genieße, die Sie mir geschenkt haben!«

»Sie hätten von mir überhaupt nichts erhalten.«

»Wer sagt denn, dass ich *Sie* um etwas gebeten hätte?«, blaffte er, und aus der Schadenfreude wurde innerhalb eines Wimpernschlags kochender Zorn. Die wütende Art, die Joy erwähnt hatte, zeigte sich zum ersten Mal ganz offen. Zumindest Joel gegenüber. Billy nahm sich etwas Zeit, bevor er weitersprach, jetzt wieder etwas kontrollierter. »Das ist jetzt nicht wichtig. Ich muss schon sagen, ich genieße es sehr viel mehr, hier draußen mit Ihnen zu sprechen, als in diesem dunklen kleinen Raum. Widerlicher Ort, absolut nicht angemessen für jemanden wie mich.«

»Wo sind sie?« Joel hatte keinen Bedarf an einer Plauderei.

»Sie spielen ihre Rolle, genau wie Sie. Zumindest hoffe ich das. Ich wäre sehr enttäuscht, wenn sie bereits aufgegeben hätten und tot wären! Inzwischen werden sie allerdings ganz schön zu kämpfen haben. Es ist keine sehr angenehme Umgebung.«

»Wo sind sie?«, fragte Joel erneut.

»Nur die wichtigen Fragen, wie es sich für einen braven kleinen Polizisten gehört! Zu schade, dass Sie mich das nicht vorher gefragt haben.«

»Warum sollte ich Sie anrufen? Sie wollen irgendwas, spucken Sie's aus.«

»Lassen Sie mich Ihnen zuerst etwas sagen, DI Norris. Ich spiele schon mein Leben lang Strategiespiele, darum rate ich Ihnen, dass Sie sehr gründlich über Ihren nächsten Zug nachdenken. Das hier ist das Ende. Und Sie entscheiden, wie es ausgeht. Aufregend, oder nicht?«

Joel antwortete nicht. Das war nicht die Zeit, um zu brüllen, zu schreien oder zu streiten. Billy Easton wollte eine Reaktion, und er hatte eine Menge Arbeit investiert, um sie zu bekommen.

»Nun, ich finde es jedenfalls sehr aufregend. Also, hier ist es: Sie kriegen meine Position oder die Position von Jessica Harrington und Alison Reynolds, aber Sie können nicht beide haben. Es ist Ihre Wahl. Also, was soll es sein?« Die gehässige Freude war zurück und so dick, dass sie durch die Lautsprecher triefte.

»Warum sollten Sie mit einer herausrücken?«, knurrte Joel.

»Fair ist fair, und ein Spiel ist kein Spiel mehr, wenn man nicht die Chance hat zu triumphieren. Selbst wenn es nur ein kleiner Triumph ist, den man der unvermeidlichen Niederlage noch abtrotzt.« Jetzt lachte er, das Geräusch hallte im Wagen wider, als säße Billy Easton auf dem Rücksitz, um sie persönlich zu verspotten.

»Fick dich.« Joel drückte das Icon, mit dem er das Gespräch beendete. DS Rose bremste den Wagen scharf ab, starrte ihn an und er erwiderte den Blick.

»Was zur Hölle war das?«, fragte sie.

»Das Ende des Spiels. Ich spiele nicht mehr mit.«

»War es nicht wichtig, was er als Nächstes sagt?«

»Er wird uns überhaupt nichts geben. Er hat es bisher nicht getan, warum sollte er es jetzt tun?«

»Vielleicht ja doch? Vielleicht geht es die ganze Zeit nur darum. Sie sollten sich für den Standort der Frauen entscheiden, weil es die richtige Wahl war, und Sie dann für immer damit leben müssen, ihn laufen gelassen zu haben. Zweimal.«

»Genau das habe ich getan, oder?«, sagte Joel und spürte, wie die Wut ihn zu übermannen drohte.

»Das habe ich nicht gesagt. Er wird es so sehen, und er will genau das erreichen. Rufen Sie ihn zurück.«

»Nein.«

»Was tun Sie dann, Joel?«

»Ich weigere mich, nach seinen Regeln zu spielen. Das tun wir die ganze Zeit, und sehen Sie, wohin es uns gebracht hat. Wenn ich ihn zurückrufe, nennt er uns irgendeinen Ort, an den wir fahren, und dadurch kontrolliert er immer noch jede unserer Bewegungen. Ich weiß, wo wir hinmüssen. Ich werde ein paar Anrufe tätigen. Wir werden Unterstützung brauchen, wenn wir dort sind.«

»Und wenn Sie sich irren und er gar nicht dort ist? Wenn überhaupt niemand dort ist?«

»Dann haben wir keine weiteren Optionen mehr. Und ich habe ihn laufen lassen. *Zweimal.*«

KAPITEL 59

Joels schnelle Google-Recherche auf seinem Handy nannte die Samphire Hoe in der Nähe von Dover ein »einzigartiges und außergewöhnliches, von Menschenhand erschaffenes Naturreservat«. Oder einfacher ausgedrückt: Als man vor etwa dreißig Jahren begonnen hatte, den fünfzig Kilometer langen Eurotunnel zwischen England und Frankreich zu graben, war so viel Geröll angefallen, das man irgendwo hatte abladen müssen, und dafür hatte man den Fuß der Shakespeare Cliff zwischen Dover und Capel auserkoren. Das Ergebnis war ein Landgewinn von fünfundvierzig Hektar im Ärmelkanal, auf dem man eine Plattform baute – auch Hoe genannt –, die von einer über anderthalb Kilometer langen Spundwand zusammengehalten wurde. Ursprünglich wurde die Plattform als Basis für die Bauarbeiten genutzt, doch seit der Tunnel fertiggestellt war, hatte man Dreiviertel der Hoe zu einem hügeligen Naturreservat umgestaltet, in dem die Anwohner spazieren gehen konnten, ihre Hunde ausführen oder Vögel beobachten, während sie bis zum Horizont nur den Ärmelkanal vor sich hatten. An einem ruhigen, sonnigen Tag war das ohne Zweifel eine Entspannungsoase, ein sonniger Ort, an dem im Gras verborgene Insekten träge zirpten und summten.

Heute Abend jedoch ließ der Wind die Ampel hin und her schwingen, die die Zufahrt in den einspurigen Tunnel regelte, der auf die Hoe führte. Ihr grellrotes Licht stach aus der Dunkelheit hervor wie das Auge eines Dämons. Sie standen oben auf der Shakespeare Cliff, auf halber Strecke zwischen Dover und Capel und gute sechzig Meter über dem Meer. Auch wenn man das nicht sehen konnte. Die Klippen stiegen noch mal dreißig Meter an, und die A20 war als ebener Streifen in die Klippe hineingegraben, sodass man den Ärmelkanal kaum sehen konnte, geschweige denn die Plattform unter ihnen. Das kam Joel nur gelegen. Wenn er unten niemanden sehen konnte, bedeutete das, dass ihn von unten auch niemand sah.

Die Kolonne aus Polizeiwagen folgte ihnen. Joel hatte insgesamt zwölf Fahrzeuge zusammengezogen, und ein dreizehntes kam ihnen auf der entgegengesetzten Straße entgegen und würde bald in dem Kreisverkehr am Rande von Dover wenden und sich ihnen anschließen, wobei es die Aufgabe hatte, den Tunnel zu blockieren, sobald alle anderen Autos eingefahren waren. Der Tunnel war der einzige Zugang für Fahrzeuge. Im Internet hatte er erfahren, dass es noch einen steilen Zugang für Fußgänger gab, und hatte zwei Beamte losgeschickt, um dessen oberes Ende an der Klippe zu finden, nur für den Fall. Außerdem hatte er mit der Küstenwache gesprochen, die ein Schiff der Seenotrettung und eines ihrer Schiffe der Severn-Klasse aussendete, um mit ihren Suchscheinwerfern den Küstenstreifen anzustrahlen, damit niemand unbemerkt mit dem Boot entkam. Dass Billy Easton vier Jahre Zeit für seinen Plan gehabt hatte und Joel schon zweimal durch die Finger geschlüpft war, bedeutete, dass man nichts dem Zufall überlassen durfte. Am liebsten hätte Joel noch Luftüberwachung von einem Hubschrauber aus angefordert, doch aufgrund des anschwellenden Sturms durften diese nicht starten.

Sie waren so gut vorbereitet wie möglich.

Jetzt mussten sie nur noch am richtigen Ort sein.

Joel betrachtete die grell orangefarbene Leuchtpistole in seiner Hand, eine von vier, die ein örtlicher Kollege in aller Eile zusammengesucht und ihm mit der Warnung übergeben hatte, dass sie geladen sei. Anschließend hatte er damit geprahlt, dass niemand die Samphire Hoe so gut kannte wie er, und seine Beschreibung beruhigte Joel nicht: *Sie ist größer, hügeliger und sehr viel dunkler, als Sie glauben. Wir können uns dort sehr leicht aus den Augen verlieren.* Derselbe ernst aussehende Beamte hatte ihnen dann eine schnelle Einweisung gegeben, *wie* und *warum* sie die Leuchtpistole verwenden sollten, und Joel hatte das um ein *Wann* erweitert. Er wollte Chaos und Verwirrung stiften, er wollte, dass jeder, der dort unten in einem Gebäude hockte, Panik bekam und rauskam. Aber unter den Polizisten konnte er sich solch ein Chaos nicht leisten. Die Leuchtpistole diente nur als Signal, falls jemand Easton oder die Frauen fand. Sie hatten keine Zeit mehr gehabt, um alle zu fragen, ob sie das verstanden hatten, also hatte er die Beamten zurück in ihre Autos geschickt. Die nächste Ampelphase war ihre. Er versicherte sich noch einmal, dass die Hundeführerin im Wagen direkt hinter ihnen saß. Sie hatte einen Malinois bei sich, oder einen »Landhai«, wie er scherzhaft auch genannt wurde. Was auch immer »Malinois« hieß, die Unterart des Belgischen Schäferhunds war ihre größte Hoffnung, jemanden schnell zu finden.

Die Ampel sprang auf Grün um und erhellte DS Roses entschlossenes Gesicht. Joel wurde in den Sitz gepresst, als sie rasant anfuhr, mit der Hand auf die Hupe schlug und die Sirene einschaltete, während Joel das Blaulicht hinterm Kühler einschaltete. Die Autos hinter ihnen strahlten heller. Die meisten Autos, die er so kurzfristig hatte zusammentrommeln können, waren örtliche Streifenwagen mit einem richtigen Lichtbalken auf dem Dach und lauteren Sirenen. Ihre Scheinwerfer neigten sich und blinkten ebenfalls, und der Tunnel, der eben noch dunkel und Unheil verkündend gewesen war, wurde jetzt bis in den letzten Winkel von eisblauem Stroboskoplicht erhellt, während die Sirenen unter dem gewölbten Dach aus zwölf Quellen ohne jeden Rhythmus jaulten und kreischten. Es war ein ordentliches Getöse, eine knurrende, flackernde Kakophonie aus Lärm und Licht, die sich wie eine Welle durch den Tunnel schob und sich an dessen Ende wie ein wütendes Tier auf die Hoe stürzen würde. Es war genau das, was Joel sich gewünscht hatte.

Joels Wagen kam als Erster aus dem Tunnel. Das Gefälle die Klippe hinab war steil und ihre Autos zu schnell, und sie schlugen mit dem Unterboden auf, als die Straße wieder eben wurde. Rechts von ihnen lagen zwei weitere Tunnel, die beide Eisenbahnschienen aus ihrem dunklen Schlund ausspien wie stählerne Zungen. Direkt zu ihrer Linken befand sich ein Hof, ein Viertel der Hoe, von einem Zaun umgeben, der noch zum Betrieb des Eurotunnels diente. Dort standen die Kühltürme, die frische Luft von der Oberfläche hinabpumpten, sowie Lagerhäuser für Waren und ein Strang Schienen, auf denen Waren zwischen hier und dem Hafen in Folkestone hin und her transportiert werden konnten. Joel hatte bei seiner kurzen Internetsuche einige Luftaufnahmen der Hoe gefunden, einige waren direkt über diesem Betriebsgelände aufgenommen worden, was ausreichte, um zu wissen, wie es dort aussah. Außerdem war er sich ziemlich sicher, auch die Werft und den Abwrackservice gefunden zu haben, die Joy Harper erwähnt hatte. Die Betonwand, die das Meer zurückhielt, hatte auf der Ostseite des Geländes eine abfallende Rampe, die bei Flut unter dem Meer lag, sodass kleinere Boote hier an Land gezogen oder wieder zu Wasser gelassen werden konnten. Und größere Schiffe konnten dort andocken.

Dieses Gelände wollte Joel als Erstes unter Kontrolle kriegen.

»Da ist ein Tor«, sagte DS Rose und fluchte.

»Ich will Chaos, Lucy, ich will, dass die Welt über ihm zusammenbricht. Stürmen Sie durch.«

»›Stürmen Sie durch‹? Was soll das denn heißen?«

»Das heißt, Sie fahren zu langsam, Sie brauchen richtig Anlauf.«

Jetzt verstand sie. Der Wagen machte einen Satz. Die Sirene plärrte immer noch in die Nacht hinaus. Sie fuhr scharf nach links, an den drei Meter hohen Wänden vorbei und dann wieder geradeaus auf das Maschendrahttor direkt vor ihnen zu. Es war geschlossen und hing auf der linken Seite in den Angeln. Das Echo der Sirenen wurde plötzlich schneller und hallte wie ein Sonar von dem auf sie zurasenden Tor wider. Eine Sekunde vor dem Aufprall drehte Lucy den Kopf weg und ihr Schrei vermengte sich mit dem Röhren des Motors.

»FUUUUUUUUUUUCKK!«

Der Wagen bockte. Auch Joel schloss fest die Augen. Sie bewegten sich immer noch vorwärts. Etwas Hartes prallte von der Windschutzscheibe ab. Joel öffnete ein Auge – seine Seite der Windschutzscheibe war von einem dichten Netz aus Rissen bedeckt. Das Tor ächzte und ruckte, als es nachgab, und schlug Funken, als es nach links zur Seite geschleudert wurde. Direkt vor ihnen ragten plötzlich die Kühltürme auf, genau wie die anderthalb Meter hohe Betonmauer, die sie umschloss. DS Rose hatte es ebenfalls gesehen. Sie drehte wild das Lenkrad nach links und die Reifen quietschten auf dem glatten Asphalt, als der Wagen versuchte, die Richtung zu ändern – doch sie waren zu schnell. Sie hatten sich weit genug gedreht, dass sie mit der Fahrerseite gegen die Wand krachten. Joel wurde nach rechts geworfen und stieß sich das Knie. Er hörte, wie es knallte, als die Airbags auslösten, die auf der Fahrerseite im Lenkrad wirbelten und die Räder blockierten. Mit einem schleifenden Geräusch kamen sie zum Stehen. Nur die Sirene war noch zu hören, der Motor war abgewürgt.

Weitere Autos kamen mit blinkenden Lichtern und jaulenden Sirenen auf das Gelände gebraust. Manche Kollegen waren bereits rausgesprungen und der Polizeihund hetzte an ihrem Motorblock vorbei, während die Trainerin mit zugehaltenen Ohren hinterherrannte. Joel hatte darauf bestanden, dass die Sirenen weiterliefen, und jetzt war es zu spät, um sich zu fragen, ob das ein Fehler gewesen war. Er drückte seine Tür so weit auf, wie es ging. Das schrille Jaulen war allgegenwärtig, wurde von den flachen Wänden der Gebäude zurückgeworfen und füllte jeden Kubikmeter Luft, sodass er das Gleichgewicht verlor, während er stolpernd losrannte.

Die Rufe der Polizistin unterstrichen das laute Bellen des Hundes am östlichen Rand des Geländes, und er hielt direkt darauf zu, vorbei an einem Gebäude, das bereits von seinen Kollegen gestürmt wurde. Die Rufe erklangen von dahinter, aus dem Freien, dichter am Wasser. Als er zwischen den Gebäuden heraustrat, flammte rechts von ihm ein gigantischer Lichtstrahl auf und schwenkte über die buckelnde Wasseroberfläche. Das Severn-Rettungsschiff, das er angefordert hatte, war wie aufs Stichwort erschienen, und der auf Deck montierte Suchscheinwerfer durchschnitt die Luft wie ein dicker weißer Laserstrahl und erhellte alles vor ihm. Dann blieb der Lichtstrahl auf einem Mann ruhen, der am äußersten Rand der Hoe in einer Öffnung im Zaun stand, die Hände erhoben und zu einem Hund hinabschauend, der sich kaum im Zaum halten konnte und knurrend und bellend langsam vorwärtspirschte. Auch hier ragte die Klippe über ihnen auf, eine riesige schwarze Wand, die die Nacht teilte.

Die Hundeführerin legte ihrem Tier die Leine an, blieb aber auf Position. Die ersten Polizisten erreichten den Mann, packten ihn an den Unterarmen, drehten sie ihm auf den Rücken und legten ihm Handschellen an. Der Lichtstrahl rührte sich nicht. Joel rannte bis zum Rand der Mauer und schaute direkt in ein faltiges Gesicht und dünne, im Wind wirbelnde Haare, die vom Lichtstrahl erhellt wurden: Billy Easton.

»DI Norris!« Billy lächelte. Heilige *Scheiße*, er lächelte. DS Rose war ebenfalls mitgekommen, und Joel merkte erst, wie dicht sie ihm auf den Fersen gewesen war, als sie jetzt an ihm vorbeipreschte. Er hatte keine Zeit zu reagieren. Sie hatte sich bereits auf Easton gestürzt, den rechten Arm weit nach hinten geschwungen, und traf ihn mit der geschlossenen Faust, um ihn von den Füßen zu werfen. Die beiden Beamten links und rechts von ihm wurden völlig überrumpelt und mussten sich anstrengen, ihn wieder zu greifen. Als sie ihn aufsetzten, hatte er die Augen geschlossen, und ein Blutstreifen lief ihm aus der Nase. Er verzog die Lippen zu einem noch breiteren Lächeln.

»Wo sind sie?«, brüllte DS Rose über den Wind hinweg, der jetzt seinen Höhepunkt zu erreichen schien und hier völlig ungebremst vom Meer heranwehte. Weitere Polizisten sammelten sich auf dem schmalen Mauerrand. Die See unter ihnen war aufgewühlt, tobte und schlug gegen die Mauer, bevor sie sich rauschend und wirbelnd wieder zurückzog. Die Sirenen jaulten in der Ferne, aber immer noch ohne jeden Rhythmus, was die Situation weiterhin unübersichtlich machte. Irgendwo hörte Joel einen Streifenbeamten rufen. Er drehte sich um und sah, dass ein weiterer Mann festgenommen worden war und zu ihnen gebracht wurde, wobei er sich mit einem Beamten an jeder Seite etwas schwer bewegte.

»Sie müssen ein paar Manieren lernen, junge Dame.« Billy Easton spuckte auf den Boden. »Glauben Sie, ich lasse mich von so einem Verhalten überzeugen?« Joel trat zu DS Rose hinüber, nahm sie am Arm und hielt sie zurück, als sie sich Easton wieder nähern wollte.

»Er wird uns nicht helfen«, sagte er.

»Den hier haben wir im ersten Gebäude gefunden.« Joel drehte sich um. Die beiden Beamten führten den Fremden immer noch zu ihm und hatten es jetzt hoch auf die Mauer geschafft, und bei jedem weiteren Schritt sah man mehr von dem Mann. Er war etwa in Billy Eastons Alter. An den Beinen trug er eine Anglerhose, als Oberteil eine dicke Jacke, die wie ein Hemd aussah, und auf dem Kopf eine löchrige Wollmütze.

»Ich hab ihn bloß abgeholt! Das war alles! Worum geht es denn?« Der Mann war erschrocken, doch darunter erkannte Joel auch Angst. Bevor er ihm antworten konnte, schlug das Meer mit dem bisher stärksten *Wummp!* gegen die Wand, streckte einige eiskalte Finger bis zu ihnen hinauf, und ergoss sich über sie alle. Joel erschauerte. Plötzlich schmeckte die ganze Luft nach Salz.

»Kennen Sie diesen Mann?«, fragte Joel und deutete auf den blutenden Billy Easton.

»Bill? Natürlich. Er rief mich an, meinte, dass ich ihn abholen soll. Worum geht's denn hier?«

»Sagen Sie es mir, *John*.« Joel wartete, wie er reagierte. Billy Eastons Ex-Frau hatte Billys einzigen Freund erwähnt, und das hier musste er sein.

»Woher wissen Sie, wie ich heiße?« Er wischte sich einen weiteren Schwall Wasser aus dem Gesicht, der über die Mauer spritzte.

»Ich muss ihn kennen, wenn ich Sie zusammen mit Billy hier wegen Entführung und Mord festnehme. Wo sind sie?«

»Mord …! Wovon reden Sie?«

»Ihr Kumpel Bill hat zwei Frauen entführt. Er will, dass sie heute Nacht sterben. Falls Sie wissen, wo sie sind, ist jetzt der richtige Augenblick, es uns zu erzählen.«

Der Mann schien das verarbeiten zu müssen und wirkte aufrichtig überrascht. Er suchte mit dem Blick den Boden ab, bevor er zu Billy schaute.

»Wovon zur Hölle redet er?«, fragte er. Billy Easton lächelte noch immer, schaute seinem Freund aber nicht in die Augen. Und er antwortete auch nicht. Wieder wandte der Mann sich an Billy: »Hat das etwas mit dem Tribut zu tun?«

»Tribut?«, fragte Joel schnell.

»Wir hatten ein Wrack hier, ein Boot, das auf Grund gelaufen ist. Es war schwer beschädigt. Wir halfen dabei, es abzuwracken, und haben die Anker behalten. Vor Kurzem wollte Billy, dass wir den noch übrigen Anker hinten nahe der Stelle ablegen, als eine Art von Tribut. Ich fand das seltsam. Es war ja nicht so, dass irgendjemand auf dem Ding gestorben wäre. Es war ein Routine-Auftrag!«

»Wo?«, hakte Joel auf der Stelle nach und Joel zeigte mit dem Finger über das Wasser, zurück in Richtung Klippe. Joel versuchte, in die Richtung zu schauen, sah jedoch nichts als Dunkelheit. Er trat einen Schritt näher an die Kante, schaute zum Rettungsboot und hob die Hände, um ihnen zu bedeuten, dass sie das Licht über das Wasser schwenken sollten.

Die Besatzung schien ihn zu verstehen. Das Licht schwenkte über die Landschaft und wurde weißglühend vom Kreidestein der Klippe zurückgeworfen. Joel sah zu, wie es über die Klippe wanderte. Es blieb kurz an einem halb unter Wasser liegenden Höhleneingang stehen. Auf jeder Seite des Höhleneingangs erhob sich ein Felsenhaufen, der teilweise aus dem Wasser ragte. Am ersten Haufen funkelte etwas. Die Besatzung des Schiffs schien es ebenfalls gesehen zu haben, denn das Licht wanderte zurück und blieb darauf ruhen. Joel ging ein paar Schritte näher heran und versuchte zu erkennen, was das sein mochte.

»Ist das die Stelle?«, rief Joel über den Wind hinweg.

»Ja«, rief John zurück.

»Kommt man von hieraus dorthin?«, wollte Joel wissen. Das Licht hatte ein paar Felsen und einen winzigen Streifen Strand am Fuß der Klippe offenbart.

»Bei Ebbe gibt es einen Steg ans Ufer. Aber nicht bei diesem Wetter«, antwortete John. »Sie glauben doch nicht, dass dort draußen Menschen sind?«

Doch, das glaubte Joel. Er war sogar sicher. Er wusste nicht genau wie, aber Billys abgelehntes Spiel, der Anker, der zu dem vergrabenen in seinem Garten passte, die letzte Zone aus *Entkommen!* und vor allem das Aufblitzen von Unsicherheit in Billy Eastons Blick – alles, was Joel wusste, deutete auf diese Höhle hin.

Joel hielt noch immer die Leuchtpistole in der Hand. Er steckte sie in seinen Hosenbund, damit er beide Hände benutzen konnte, als er zu dem Loch im Zaun ging, aus dem man Easton gezogen hatte. Dahinter führten Stufen ins Wasser, und daneben zeigte ein Wasserstandsanzeiger an der Wand vier Meter an. Es war der einzige Anzeiger, den er sehen konnte, doch vermutlich gab es noch andere darunter, was bedeutete, dass die Flut ihren Höchststand erreicht hatte.

Über dem Anzeiger ragte die Wand noch mindestens drei weitere Meter hinauf, von deren höchster Stelle ein breiter Steg abging und in einer leichten Schräge zum Ufer hinabführte, aber schon nach wenigen Metern im Wasser verschwand. Das musste der Steg ans Ufer sein, den John erwähnt hatte. Er ragte über einen Felsenstapel hinaus, der vermutlich absichtlich dort aufgeschichtet worden war, um weiteren Schutz vor dem Meer zu bieten. Auch der Strand fiel von links nach rechts ab, und zwar steil, sodass er hier, wo er auf die Wand der Hoe traf, höher über das Wasser ragte, als hätte man einen Teil des noch übrigen Gerölls dafür genutzt, ihn aufzuschütten. Die Wellen spülten darüber hinweg, doch an der höchsten Stelle floss das Wasser immer wieder zurück und offenbarte einen schmalen Steg an der Klippenwand.

Er musste dichter ran.

DS Rose rief Joel etwas zu, als er auf die Stufen trat, doch die Worte wurden vom Wind und der tosenden See davongerissen. Immerhin waren die Sirenen inzwischen verstummt. Die Schräge war steiler, als er erwartet hatte, und das Wasser eiskalt, als es erst die Mauer entlang brandete und dann gegen seine Waden klatschte und seine Füße und Schienbeine durchnässte. Der Vorsprung war breit und rutschig von im schwachen Licht pechschwarz wirkenden Algenbüscheln unter seinen Füßen. Schnell endete der Vorsprung und ließ ihm nur noch den Weg über die Felsen. Er suchte sich einen aus, der groß genug war, um darauf zu landen, mit einer flachen Oberseite. Joel schaute nach rechts, wo das Wasser weiter gegen die Hoe krachte und die Welle in seine Richtung rollte, um den gesamten Vorsprung zu überfluten. Ihn würde sie ebenfalls wegspülen.

Joel sprang.

Der Felsen war rutschig und hatte eine scharfe Kante, gegen die er mit dem Schienbein stieß. Die Welle rollte heran, und er musste sich hinhocken und sich mit der Seite gegen sie stemmen, um nicht weggespült zu werden. Mit den Händen packte er die Kante des Felsens, um sich möglichst gut festzuhalten. Seine Finger brannten. Mit den Nägeln schabte er über den Stein und drohte den Halt zu verlieren. Überall um ihn herum war rauschende, wirbelnde Dunkelheit, und der Ozean spielte mit den scharfen Felskanten Verstecken. Für eine Sekunde fürchtete er, hier festzustecken, in der Hocke gegen die heranrauschenden Wellen gewappnet, aber unfähig, sich weiter zu bewegen, weil die Strömung wiederholt drohte ihn mit sich zu reißen. Es gab eine winzige Pause, in der er nicht attackiert wurde, und Joel gelang es, auf einen anderen Felsen zu springen und von dort aus direkt weiter zum nächsten. Er schaffte drei Sprünge in Folge, bevor er auf einem ruhigeren Platz landete.

Der Strand war eine willkommene Abwechslung. Nasser Sand und flache Steine. Der Steg bog sich unter ihm, und die Klippenwand fühlte sich glitschig an. Er stützte sich daran ab, während er auf den nächsten Felsenhaufen sprang. Dieser brachte ihn wieder weg von der Wasseroberfläche.

Näher kam er nicht heran.

Die Höhle lag vor ihm. Er konnte nur den oberen Teil des Eingangs sehen, aber der Strand fiel steil genug ab, um den Eindruck zu vermitteln, dass die Höhle selbst so hoch sein musste wie ein Hausstockwerk. Über dem Wasser war höchstens noch ein Meter vom Eingang zu sehen, und wenn eine größere Welle heranrauschte, wurde der Eingang völlig verschluckt.

Das weiße Licht vom Rettungsboot fiel auf ihn, als er die Spitze des Haufens erreichte. Eine große Welle schlug gegen den Felsenhaufen, die Gischt durchnässte Joel und brannte ihm in den Augen, und das Wasser war so kalt, dass er kurz nicht atmen konnte. Er machte wieder eine Geste in Richtung des Schiffs und deutete auf die Stelle, an der er zuvor das Funkeln im Licht gesehen hatte. Als der weiße Strahl wieder auf die Stelle schwenkte, musste er schwer ausatmen.

Jetzt gab der Anker seine Geheimnisse preis.

KAPITEL 60

Er war teilweise unter Felsen begraben, doch aus dem Haufen ragten zwei spitze Enden heraus, jedes in Form einer Maurerkelle, nur sehr viel größer. Eine dicke Kette war daran festgebunden, ihre zwei Enden waren straff gespannt und führten in zwei verschiedene Richtungen, bevor sie in der Höhle verschwanden. Beide Ketten hoben und senkten sich und schwangen, als wäre etwas daran befestigt, doch was es auch war, das dort auf dem Wasser trieb, es lag im undurchdringlichen Schatten der Höhle verborgen.

Joel musste es auch nicht sehen. Er wusste es bereits.

Es war keine Zeit gewesen, eine Kommunikationsmöglichkeit einzurichten. Hätten sie die Operation im Voraus geplant, hätte jemand dem Rettungsboot ein Polizeifunkgerät besorgt, damit sie ohne Probleme miteinander sprechen konnten, aber dieser Einsatz war per Telefon während ihrer Fahrt nach Dover geplant worden. Jetzt brauchte er Verstärkung. Er rief den Notruf mit seinem Handy an. Die Küstenwache war die vierte Möglichkeit, die die gelangweilte Stimme am anderen Ende anbot. Joel brüllte gegen den Wind an, um sich kurz und knapp vorzustellen, und gab dann eine ebenso knappe Nachricht durch, mit der Bitte, sie an die Besatzung des Seenotrettungsschiffs aus Dover weiterzuleiten. Die Telefonistin unterbrach ihn, um ihm zu sagen, dass sie eine Direktverbindung hatte und ihn durchstellen konnte, falls das half.

Es half enorm.

Jetzt war Joel derjenige, der nur schwer etwas verstehen konnte. Er verstand, dass das Seenotrettungsschiff Coxswain hieß, aber nicht den Namen seines Gesprächspartners. Doch der war ohnehin nicht wichtig.

»Sind Sie der Irre da draußen auf den Felsen?« Es war ein Mann, die Stimme kräftig und selbstbewusst und ruhiger, als man es auf einem Schiff erwartete, das sich in pechschwarzer Nacht bei Sturm so dicht an einem felsigen Ufer befand.

»Ja, ich …«

»Sie sind ein verdammter Idiot und wollen jetzt, dass wir Sie retten.«

Joel musste das erst mal hinnehmen. »Ich bin ein Idiot, aber nicht derjenige, der gerettet werden muss. Hier sind zwei Ketten in den Felsen verankert. Sie sind mit zwei Schwimmkörpern verbunden, auf denen sich zwei Frauen befinden.« Er musste über den Wind hinweg brüllen. Es folgte ein kurzes Schweigen, was ihn nicht überraschte.

»Am Leben?« Die Stimme von der Coxswain hatte nichts an Ruhe eingebüßt.

»Ich dachte, ich könnte sie erreichen, aber ich komme nicht näher ran«, rief Joel zurück und ignorierte die Frage.

»Wir können von hier aus niemanden sehen«, antwortete die Coxswain. »Sind Sie sicher, dass jemand dort drin ist? Es wäre ein höllisches Risiko, jemanden da rauszuschicken. Wir würden es nicht mal versuchen – außer Sie sagen uns, dass es eine Lebensrettung ist?«

Joel wusste es nicht mit Sicherheit, brachte es aber nicht über sich, das auch zu sagen. Jetzt war nicht der Augenblick, seine Überzeugung infrage zu stellen. Sie hatte ihn bis hierher gebracht, er konnte sie jetzt nicht einfach aufgeben.

»Ich bin sicher, dass sie dort drin sind.« Joel wusste, was er damit von der Besatzung verlangte.

Aus der Leitung kam Schweigen, und Joel dachte schon, dass man ihn nicht gehört hätte. Er versuchte immer noch, das Handy mit der Hand vor dem Wind abzuschirmen. Doch man hatte ihn gehört, und die Coxswain überlegte, was sie tun sollte.

»Können Sie von Ihrer Position aus in die Höhle schauen?« Die Fragen machten Joel fast wahnsinnig. Dafür war jetzt einfach nicht genug Zeit.

»Nein«, antwortete er.

»Aber Sie sehen die Öffnung, Sie haben einen besseren Winkel und Sie sind dichter dran …« Noch eine Pause, weiteres Überlegen.

Joel biss sich buchstäblich in die Knöchel der geballten Faust.

»Wir können das kleinere Festrumpfschlauchboot rausschicken, zwei Besatzungsmitglieder«, kam schließlich die Antwort. »Ich frage nach Freiwilligen. Aber falls sich niemand meldet …«

»Ich verstehe!«, rief Joel zurück.

»Aber Sie sind meine Augen da draußen. Unser Funk ist Mist bei diesen Bedingungen, und Sie sind sehr viel dichter dran. Falls das Boot auf die Felsen kracht oder die Besatzung die Kontrolle verliert, müssen Sie Bescheid geben, und wir rufen sie zurück. Ich mache Sie persönlich für die Sicherheit meiner Leute verantwortlich.« Noch immer war die Stimme ruhig, doch jetzt schwang Autorität darin mit. Joel zweifelte keine Sekunde daran, dass er das genau so meinte, wie er es sagte.

»Verstanden«, sagte er wieder.

»Wir beobachten Sie. Falls unser Boot in Schwierigkeiten gerät, winken Sie …«

»Pistole!«, stieß Joel aus und legte die Hand auf seinen Hosenbund. »Ich habe eine Leuchtpistole …«

»Noch besser. Falls das Boot Probleme bekommt, lege ich großen Wert darauf, dass Sie sie benutzen.« Wieder klang die Drohung durch, und das Gespräch wurde beendet. Jetzt konnte Joel nichts weiter tun, als das Rettungsschiff zu beobachten und zu hoffen, dass sie Freiwillige fanden. Der Lichtstrahl schwenkte direkt auf den Höhleneingang. Joel hatte keine Ahnung, was das bedeutete.

Offenbar kam man zu einem Entschluss, denn plötzlich erwachte das Deck des Schiffs zum Leben. Weitere Lichter wurden eingeschaltet, dieses Mal am Heck, wo ein Schlauchboot erschien. Joel hatte diese früher schon bei Sucheinsätzen gesehen – sie waren sehr viel kleiner, hatten einen flachen Boden und eine aufblasbare Hülle, um im flachen Wasser zu agieren. Zwei Personen mit gelben Kapuzen waren an Bord. Beide schienen sich auf etwas unter ihnen zu konzentrieren – vielleicht bereuten sie es schon, sich gemeldet zu haben, jetzt wo ihre Stirnlampen die dunkle, tosende See unter ihnen beleuchtete. Das viel kleinere Schlauchboot wurde vom Wasser ganz anders begrüßt als das große Mutterschiff. Eine Welle rollte unter dem flachen Boot hindurch, hob das Heck an und warf die beiden Leute an Bord nach vorne, wobei sich der Rumpf ein wenig drehte, und Joel konnte sehen, wie die beiden darum kämpften, das Boot wieder gerade auszurichten – mit der Seite zu so hohen Wellen zu stehen, bedeutete richtigen Ärger.

Inzwischen konnte er den Motor hören, dessen Tuckern sich mit dem Wind vermischte, der in kräftigen Böen an ihm zerrte. Die Felsen erhoben sich zu beiden Seiten des Höhleneingangs. Vielleicht hatte sich die Höhle überhaupt erst geformt, indem sie die Kraft des Ozeans an diesen einen Punkt in der Klippenwand gelenkt hatten. Das bedeutete jedoch nicht, dass unter dem Wasser vor der Höhle nicht noch weitere Felsen den Weg versperrten.

Das Schlauchboot richtete sich aus und fuhr bis auf fünfzehn Meter an den Höhleneingang heran. Joel hätte den Hut gezogen, wenn er einen tragen würde. Er hatte immer den höchsten Respekt für die Männer und Frauen, die sich an der Seenotrettung beteiligten, doch als das Boot von einer erneuten Welle nach oben und in Richtung der schroffen Felsen geworfen wurde, wuchs sein Respekt noch weiter an. Diese Leute waren absolut furchtlos.

Er sah zu, wie das Boot immer wieder bockte und in die

Luft stieg. Die Besatzungsmitglieder standen nun beide und fielen gleichzeitig nach vorn, als sie gegen etwas Hartes stießen. Sie rappelten sich wieder auf, und plötzlich sah Joel ein Paddel, mit dem sie sich an der Seite von etwas abstießen, das unter der Wasseroberfläche lag, während die zweite Person am Heck des Bootes angestrengt versuchte, den Motor aus dem Wasser zu ziehen. Das Meer blieb erbarmungslos, die Wellen rollten unter dem kleinen Boot dahin und warfen es wild herum, bevor sie gegen die Klippen schlugen und für ein paar Sekunden den Höhleneingang verschluckten.

Das ließ Joel innehalten und nachdenken. Er hatte sich darauf fixiert, diese Frauen zu finden, darauf, recht zu haben, auf seinen persönlichen Wettkampf mit Billy Easton – und darauf zu gewinnen. Das hier war Irrsinn. Er drehte sich um und schaute zur Samphire Hoe zurück. Er konnte DS Rose erkennen, die immer noch neben ihrem Verdächtigen stand. Sie konnten alle von ihrer erhöhten Position aus zuschauen. Zum ersten Mal befielen ihn leise Zweifel. Zweifel daran, dass irgendjemand diese Bedingungen überleben konnte. Zweifel, dass diese Frauen überhaupt hier waren und es sich nicht um eine weitere Ablenkung von Billy Easton handelte.

Wieder wurden die beiden Seenotretter auf ihrem Schlauchboot zu Boden geworfen und konnten nicht verhindern, dass es in eine ganz neue Richtung getragen wurde, jetzt zu den Felsen rechts von der Höhle. Zwei weitere Menschen in Gefahr, für deren Sicherheit er verantwortlich war: *Falls das Boot auf die Felsen kracht oder die Besatzung die Kontrolle verliert, müssen Sie Bescheid geben, und wir rufen sie zurück. Ich mache Sie persönlich für die Sicherheit meiner Leute verantwortlich.*

Das Schlauchboot hatte sich wieder ausgerichtet und war nur noch fünf Meter vom Höhleneingang entfernt. Die Leute an Bord versuchten verzweifelt, es an irgendetwas festzumachen. Joel sah jetzt, dass sie beide eine Rettungsleine an der Taille befestigt hatten, die zum Rettungsschiff führte. Doch die nächste Welle war die bisher größte. Das Boot wurde am Heck angehoben, die beiden Leute darauf wurden wieder nach vorne geworfen, die Person ganz vorne stolperte und hielt sich verzweifelt am Bug fest, um stehen zu bleiben. Die Spitze des Boots prallte gegen die flache Felswand über dem wieder untergetauchten Höhleneingang. Selbst wenn sie es in die Höhle schafften, würden sie nicht wieder rauskommen, nicht lebend. Niemand würde das schaffen.

Joel hielt immer noch die grell orangefarbene Leuchtpistole in der Hand, richtete sie gen Himmel und drückte den Abzug. Sofort flammte es auf, und diesmal zog sich sein Magen so heftig zusammen, dass er auf die Knie sank. Er hielt den Kopf oben, um die brennende Kugel zu beobachten, die über ihnen in die Luft stieg und in der Luft zu schweben schien – eine deutliche Botschaft an alle, die sie sehen konnten.

Der Rettungsversuch war beendet. Die Frauen waren tot.

KAPITEL 61

Es war ein grelles, weißes Licht. Genau wie die Bücher und Filme es immer darstellten. Nur, dass Jessica Harrington sich nicht darauf zubewegte, um langsam von seiner Wärme eingehüllt zu werden. Sie trieb auf dem Rücken, ihr ganzer Körper taub, sanft getragen, eingehüllt in etwas Dickes und Hegendes. Ein Gefühl, als läge sie ausgebreitet in einer Badewanne.

Doch das Licht war nur kurz erschienen, wie aus dem Nichts hatte es jeden Millimeter des Raums ausgefüllt, über dem Wasser, unter dem Wasser, sogar als Funkeln in der Gischt der Wellen. Dann war es wieder weitergewandert, und Jessica war in Panik geraten, als sie glaubte, ihre Chance verpasst zu haben.

Sie wollte so gerne in dieses Licht gleiten.

Sie war so müde. Sie hatte versucht aufzugeben, es einfach geschehen zu lassen, aber irgendein tief in ihr verborgener Instinkt hatte sie kämpfen lassen. Etwas hatte sie die Hände heben lassen, um die Felsen zu packen, an ihnen zu kratzen, ihr noch mehr Nägel von den blutenden Fingern zu brechen. Etwas hatte ihre brennenden Nackenmuskeln mit genügend Kraft versorgt, dass sie die Nase aus dem Wasser strecken und etwas Luft aus den kleinen Räumen zwischen Wasser und Felsendecke holen konnte, wenn sie sie fand. Etwas hatte sie davon abgehalten aufzugeben.

Es war ein Bild. Eine Erinnerung. Sie war mit Peter und ihrem Sohn und ihrer Tochter zusammen. Es war das erste Mal, dass sie ihre Kinder ihrem neuen Mann vorgestellt hatte. Sie hatten alle in ihrem Garten gesessen, und sie war so aufgeregt gewesen, hatte gehofft, dass alles gut lief, dass alle gut miteinander auskamen. Und das waren sie. Sie hatten Wein getrunken, während die Sonne um sie herum untergegangen war. Peter hatte eine neue Feuerschale gekauft und sie hatten ihn freundlich mit seinen zahlreichen vergeblichen Versuchen, sie zu entzünden, aufgezogen. Am Ende hatte Steven das Feuer angemacht. Die Flammen waren schnell größer geworden und hatten ihre albern lächelnden Gesichter angestrahlt. In seinem warmen Licht hatten sie über alles und nichts gesprochen. Ihre Tochter hatte Marshmallows in einem Küchenschrank gefunden und sie zur Freude aller bis zur Unkenntlichkeit verbrannt. Das Lachen, die kleinen Neckereien, dieses Gefühl, das man nur hat, wenn man Teil einer glücklichen Familie ist, nachdem man so lange überzeugt davon war, das nie wieder zu sein. Es war perfekt gewesen.

Sie wollte das. Sie wollte das nur noch ein letztes Mal haben.

Doch das Licht war zurück, und es war gekommen, um sie zu holen. Die Decke über ihr verschwamm vor ihrem Blick. Sie kämpfte nicht länger, rang nicht länger nach Atem. Dieser Albtraum, diese Schmerzen, dieses Leben.

Es war an der Zeit, das alles loszulassen.

KAPITEL 62

Den Weg wieder zurückzufinden, war mühsam, und Joel war spürbar erleichtert, als er die abschüssige Plattform wieder erreichte, die ihn zurück auf die Samphire Hoe und zu seinen Kollegen brachte. Ihm war kalt, wodurch er die Schmerzen in seinem Knie, Schienbeinen und Fingern nicht spürte, mit seinen durchnässten Klamotten im Wind konnte er das Zittern nicht länger unterdrücken.

»Joel, verdammt, was zur Hölle haben Sie sich gedacht?« Mitgefühl war nicht direkt die Stärke von DS Rose. Er rang sich ein schiefes Lächeln ab.

»Dass ich alles schaffen würde, so wie immer.«

»Und was war mit der Leuchtpistole?«, wollte sie wissen.

»Damit habe ich den Rettungsversuch abgeblasen. Es ist zu extrem da unten, zu gefährlich …« Joel lehnte sich mit dem Rücken gegen den Maschendrahtzaun, der die Plattform sicherte. Der Wind schien stärker geworden zu sein, und inzwischen zitterte er so stark, dass es schmerzte.

»Abgeblasen? Ich glaube nicht, dass die das mitbekommen haben«, erwiderte DS Rose, und Joel blickte zurück zur Höhle. Das kleine Schlauchboot war verschwunden, und für ein paar Minuten konnte er nichts sehen. Dann eine Bewegung. Ein gelber Schemen, ein zuckendes Licht – die Stirnlampe eines der Besatzungsmitglieder. Es strahlte nach oben. Sie kamen rückwärts wieder aus der Höhle heraus und hielten etwas, sorgsam darauf bedacht, dass es über Wasser blieb.

»Joel, die haben jemanden!«, rief DS Rose. Joel verschränkte die Hände hinter dem Kopf und stand kurz davor, in Tränen auszubrechen. Er beobachtete schweigend, wie sich das gelbe Bündel jetzt offenbar in Zeitlupe bewegte, während das Meer nach wie vor tobte und bei jedem Zurückfließen drohend zischte. Langsam, aber sicher wurde das Bündel aufs Rettungsschiff gehievt.

Joels Handy klingelte, die Nummer kündigte die *Notrufzentrale* an. Er versuchte, sein Zittern unter Kontrolle zu halten, während er hastig ranging.

»DI Norris, wollen Sie das Gespräch von Neil Pope von der Coxswain annehmen? Es geht um …«

»Ja!«, sagte Joel.

»Okay, ich stelle durch.«

»Hallo, ist das der Idiot von den Felsen?« Die Stimme von der Coxswain.

»Neil … Himmel, ihr Leute seid unglaublich.«

»Ich wäre da nicht reingegangen und bezweifle, dass viele es getan hätten. Aber Sally-Anne hat Ihr Signal ignoriert, mich ignoriert und sich beinahe umgebracht.« Jetzt klang er nicht mehr ruhig, sondern eindeutig wütend, und zwar auf Joel. Der antwortete nicht, weil er das Gefühl hatte, dass Neil keine Antwort erwartete. »Sie gibt nicht auf«, erzählte er schließlich weiter, »und Sie hatten recht, sie hat dort drin zwei gefesselte Personen gefunden. Sie musste Schneidegerät für die Vorhängeschlösser holen. Eine konnten wir lebendig rausholen …« Seine Wut ließ nach. »Es tut mir leid, aber die andere … Ich fürchte, für die andere konnten wir nichts mehr tun. Sie hatte keinen Puls, und Sally-Anne konnte sie nicht von den Fesseln befreien, also wird das wohl eine Leichenbergung, und dafür lasse ich sie nicht wieder rausfahren. Sie ist ziemlich unglücklich darüber, aber ich muss auf meine Besatzung aufpassen. Sie können das in ein paar Stunden zu Fuß erledigen.«

»Eine …« Joel musste schlucken, um seine Gefühle in Schach zu halten. »Das ist unglaublich, ich hätte nie geglaubt, dass irgendjemand da drin überleben kann.«

»Ich auch nicht. Mit der richtigen Behandlung sollte sie durchkommen. Schwerer Schock, die Unterkühlung könnte ein Problem werden, auf jeden Fall dehydriert, und sie hat am ganzen Körper Schnitte. Hat einige Fingernägel verloren und im Grunde an jedem Fleckchen Haut einen Bluterguss. Ich kann mir nicht vorstellen, wie es da drin gewesen sein muss …« Jetzt war es Pope, der nicht weitersprechen konnte und mit seinen Gefühlen zu kämpfen hatte.

»Ist sie ansprechbar?«

»Kaum. Wir haben einen Namen und jede Menge Tränen. Sie ist eine ziemliche Kämpferin, aber erschöpft. Wir bringen sie nach Dover, dort wartet ein Krankenwagen auf uns.«

»Danke, ich danke Ihnen so sehr. Ihrer Besatzung, jedem Einzelnen, aber Sally-Anne …« Joel musste wieder schlucken. »Einfach nur danke.«

»Leider nur ein halber Erfolg. Wir waren einfach zu spät.«

»Wie heißt sie, Neil? Wen haben Sie rausgeholt?«

»Sie sagt, sie heißt Alison. Das war alles, was sie sagte. Ist das jemand, mit dem Sie gerechnet haben?«

Joel brauchte wieder einen Augenblick. »Es ist mehr, als ich zu hoffen gewagt habe.«

KAPITEL 63

Joel schaltete bewusst sein Handy aus, als sie endlich die Samphire Hoe verließen. Er hatte Beamte zurückgelassen, um den Zugang zum Tatort zu sichern. Die grausige Bergung der Leiche würde jetzt auf den Sonnenaufgang warten müssen. Alle Beamten, die dem Einsatz ihre Zeit gewidmet hatten, schickte er zu ihren Dienststellen zurück, um ihre Berichte anzufertigen. Und Joel selbst … er klappte auf dem Rücksitz eines Streifenwagens zusammen, der ihn zurück nach Medway brachte. Auch die Bergung ihres Ford Focus konnte bis zum Morgen warten. Sie verbrachten die Fahrt größtenteils schweigend. Er und DS Rose saßen voneinander abgewandt auf der Rückbank und blickten gedankenverloren auf das Blitzen und Flackern der vorbeiziehenden Lichter. Joel versuchte verzweifelt, sich darauf zu konzentrieren, was als Nächstes getan werden musste, aber die Seitenwinde, die den Wagen auf freien Streckenabschnitten immer wieder durchrüttelten, lenkten seine Gedanken in eine Richtung, die er lieber gemieden hätte. In die Höhle. Sie war dunkel, voller scharfer, gnadenloser Kanten, und sie wurde immer wieder und wieder brutal geflutet.

Er konnte sich keine schlimmere Hölle vorstellen.

In der Medway Polizeistation konnte er endlich duschen und in frische Kleidung schlüpfen. Er hatte sich versichert, dass er sich danach besser fühlen würde, doch es war einfach nur bequemer. Er war sich nicht mal sicher, was »besser« bedeutete. Auf jeden Fall war der Knoten aus Anspannung in seinem Magen immer noch da, auch wenn er nicht mehr wusste, warum. Der Fall war vorbei. Sie hatten die vermissten Frauen gefunden, der Mann, der dafür und für vieles mehr verantwortlich war, saß unten in einer Zelle, und die Beweise waren jetzt schon so erdrückend, dass Billy Easton den Rest seines Lebens hinter Gittern verbringen würde. Aber irgendetwas fühlte sich immer noch nicht richtig an.

Joel schaltete sein Handy wieder ein und erhielt sofort Benachrichtigungen über verpasste Anrufe von Mark Hall, dem DCI der Abteilung für Schwerverbrechen und kommissarischen Superintendent, der immer noch Debbie Marsden vertrat. Er hatte auch eine Nachricht auf der Mailbox hinterlassen, in seiner Stimme lag eine wohlüberlegte Mischung aus Herablassung und gespielter Enttäuschung, als er erklärte, dass das Schwerverbrechen von nun an die Befragungen von Easton übernehmen würde. Er benutzte zwar keine Worte wie: *Da Sie ja bewiesen haben, dass man Ihnen nicht trauen kann*, aber der Unterton war mehr als deutlich. Es war ohnehin schon spät, fast Mitternacht, und jede offizielle Befragung eines um diese Zeit eintreffenden Häftlings würde frühestens nach einer achtstündigen Ruhezeit stattfinden können. Und dieser Zeitplan machte jeden Gedanken an Widerworte auf der Stelle überflüssig. Trotzdem konnte sich Joel eine kurze Antwort nicht verkneifen. Er schrieb eine Textnachricht, weil das die beste Methode war, das letzte Wort zu haben, und achtete sorgsam darauf, sie so unverbindlich wie möglich zu formulieren. Sie lautete kurz und knapp: *Nur der Höflichkeit wegen: Habe Ihre Sprachnachricht erhalten.*

Dann holte er die Visitenkarte mit Tom Lovelocks Direktdurchwahl heraus. Er erwartete nicht, dass Lovelock ranging – Anwälte hatten keine Rufbereitschaft und wurden normalerweise von einem Callcenter informiert, wenn sie auf dem Dienstplan standen. Das verschlafene »Hallo?« am anderen Ende verriet ihm, dass Lovelock im Augenblick keinen Dienst hatte, doch Joel konnte schnell sein Interesse wecken: Billy Easton, Lovelocks erster und einziger wegen Mordes angeklagter Mandant, war erneut verhaftet worden – ob er auf die Station kommen könne? Joel war davon ausgegangen, dass er kommen würde, aber die Geschwindigkeit überraschte ihn. Er saß immer noch grummelnd im Aufenthaltsraum und suchte nach Teebeuteln, die er den Diensthabenden der Nachtschicht klauen konnte, als eine Beamtin aus der Untersuchungshaft ihn anrief. Sie klang kurz angebunden.

»DI Norris?«

»Am Apparat«, sagte er und versuchte, an dem geklauten Biscuit vorbeizusprechen, den er sich in den Mund gestopft hatte.

»Hier ist Kirsty Whittacker, unten von den Haftzellen in Medway. Ich habe einen Anwalt vor der Tür, der mit dem Mordverdächtigen sprechen will, der vorhin reingebracht wurde. Uns wurde gesagt, dass seine Zelle bereits unter Nachtruhe steht. Jetzt will der Mann mit Ihnen sprechen.«

»Das stimmt«, säuselte Joel. »Falls ein Wärter die beiden für ein kurzes Gespräch in einen Befragungsraum bringen könnte … ich bin sofort unten.« Er beendete das Gespräch, bevor die Frau die Gelegenheit hatte zu protestieren. Joel nahm seinen Tee mit und stopfte sich noch mal Kekse in den Mund. Als er den Befragungsraum betrat, spülte er sie immer noch runter.

»DI Norris!« Lovelock war gut gelaunt, auch wenn er aussah, als hätte er sich sehr schnell angezogen. Ganz offensichtlich genoss er noch immer den Fall, der ihm die große Karriere bescheren würde. Billy Easton saß neben ihm. Ein Teil des Selbstbewusstseins, das er draußen an der Kante der Hoe verloren hatte, schien zurückgekehrt zu sein. »Falls Sie uns entschuldigen, Mr. Easton, ich muss kurz mit dem Inspector sprechen und herausfinden, was los ist.«

»Offenlegung, meinen Sie? Das können wir gleich hier und jetzt tun, in Ordnung?«, gab Joel zurück, woraufhin ihn Lovelock irritiert ansah.

»Aber Inspector, die Regularien geben vor …«

»Die Regularien geben vor, dass ich Ihnen gegenüber nicht das Geringste offenlegen muss, also betrachten Sie das hier als Bonus. Genauso, wie ich Ihren Mandanten nicht noch einmal befragen muss und das auch nicht tun werde. Ich wollte Ihnen das nur persönlich sagen.«

»Aber Sie müssen ihm die Gelegenheit geben, seine Seite der Geschichte zu erzählen. Das ist das System, in dem wir alle arbeiten …«, begann Lovelock.

»Ich muss ihm verdammt noch mal gar nichts geben!«, zischte Joel. Während des folgenden Schweigens setzte er sich auf den Stuhl, der Billy gegenüberstand, und sah ihm in die Augen. Billys Mundwinkel waren ganz leicht nach oben gebogen und drohten sich zu einem echten Lächeln zu formen. Joel bezweifelte, dass er sich zurückhalten konnte, falls er tatsächlich lächelte. »Ich muss mir kein weiteres Wort aus diesem Mund mehr anhören. Ich hab die Nase voll von den Spielen und den Lügen. Ich bin nur hier runtergekommen, um Ihnen gegenüber *offenzulegen*, dass Ihr Mandant verloren hat, um Ihnen zu sagen, dass er seine Haut-DNA auf all den Werkzeugen hinterlassen hat, mit denen er einen Obdachlosen einem langsamen, schmerzhaften Tod ausgeliefert hat.«

»Obdachloser …«, begann Lovelock, während der Anflug eines Lächelns in Eastons Mundwinkeln komplett verflog. Joel schnitt ihm das Wort ab.

»Ja, genau. Ihr Mandant wurde von einer Sicherheitskamera dabei gefilmt, wie er Jessica Harrington an ihrem Arbeitsplatz gestalkt hat. Es ist erstaunlich, wie selbst eine stumme Aufnahme zeigen kann, wie ein Mann immer wütender und wütender wird. An einer Stelle marschiert unser Billy hier sogar den Flur entlang, als wolle er sie an Ort und Stelle schnappen, aber natürlich hat er das nicht getan. Er hatte vier Jahre investiert, um das zu planen, was er ihr antun wollte, und damit hätte er alles ruiniert. Das stimmt doch Billy, oder?« Es kam keine Antwort. »Oder haben Sie vielleicht die Nerven verloren? Angst bekommen? Es war einfacher, sie aus den Schatten heraus zu beobachten, bis sie verwundbar genug war …« Eine weitere Pause. Billys Halblächeln kehrte zurück, doch mehr gab er nicht von sich, also sprach Joel weiter. »Und das war nicht das erste Mal, dass er dort war. Offenbar war er Stammgast. Aber nicht nur dort. Sehen Sie, Ihr Mandant hatte einen Obdachlosen an der Rückwand einer unbenutzten Garage in der Nähe festgebunden. Dieser Mann war in der Gegend bekannt dafür zu betteln, aber ich schätze mal, Billy hier hat in ihm nur jemanden gesehen, der schwach und wehrlos genug war, um perfekt in seine Pläne zu passen, denn wir wissen ja, dass er sich nur die Wehrlosen schnappt.«

»Pläne?«, schnaubte Lovelock und versuchte, wieder ins Gespräch zu kommen.

»Testläufe«, sagte Joel. »Das stimmt doch, Billy? Sie haben ein paar Varianten für Ihre Drahtfesseln in der Garage zurückgelassen, darunter eine Ankerwinde, womit sich jemand, der sich für Boote begeistert, vermutlich auskennt. Ich musste das erst nachschlagen. So etwas dient dazu, einen Schiffsanker eine vorher festgelegte Länge ins Wasser zu lassen und ihn dann wieder einzuholen. Ein hervorragendes Gerät, wenn man jemanden fest an eine Mauer gezurrt festhalten will, bevor man ihm nach und nach einen oder zwei Meter Bewegungsspielraum gibt, wenn man das möchte. Es gab auch einen mechanischen Zeitschalter. Den hätte man mit der Ankerwinde koppeln können, um so den Spielraum des Opfers zur Rückwand zu kontrollieren, ohne anwesend zu sein. Und Sie mussten wissen, dass Sie das können, richtig? Kannten Sie überhaupt seinen Namen?« Mit seinem plötzlichen Richtungswechsel konnte Joel Easton keine Reaktion entlocken.

»Nun kommen Sie schon, das ist alles …« Lovelocks gute Laune war komplett verflogen, und Joel schnitt ihm erneut das Wort ab.

»Von seinen Verletzungen, den Spuren auf dem Boden, wissen wir, dass er sich vorwärtsbewegt hat, und einmal muss er so dicht an der Tür gewesen sein, dass er sie fast berührt hat, aber Sie haben ihn den ganzen Weg wieder zurückgezerrt. Sie haben mit ihm gespielt, nur um sehen, ob Sie es können.« Joel machte kurz Pause, das musste er einfach. Egal ob Billy lächelte oder nicht, Joel war sich nicht sicher, ob er sich beherrschen konnte. »War der Bewegungssensor am effektivsten? War er deshalb nicht mehr in der Garage, weil Sie ihn raus zum Bunker in Dover gebracht haben?« Eine weitere Pause, eine weitere Gelegenheit für jemand anderen zu sprechen. Niemand tat es. »Ich glaube, Sie wollten von Anfang an, dass er stirbt. Vielleicht wollten Sie ihn von seinem Elend erlösen, aber als es so weit war, waren Sie zu feige.« Joel hielt inne und erlaubte der Stille, sich auszubreiten und zu atmen, als wäre sie ein weiteres Lebewesen im Raum. »Offenbar haben Sie sich in Ihrer *Strategie* geirrt. Nur weil Ihnen irgendein Obdachloser egal ist, sind Sie automatisch davon ausgegangen, dass er allen anderen auch egal wäre. Aber jemand hat ihn vermisst, jemand rief die Polizei und hat uns erzählt, an welchen Stellen er Unterschlupf findet. Sie haben Spuren in dieser Garage zurückgelassen und sich *sogar* dabei beobachten lassen, wie Sie weggehen!« Joel machte eine Pause und wartete auf irgendeine Reaktion in Billy Eastons Gesicht. Sie war subtil, aber sie war da. »All die Planung!« Joel erlaubte sich ein breites Grinsen. »Sie sind nicht so clever, wie Sie denken. Ihre Ex-Frau hatte recht, was Sie betrifft, Sie sind nur ein trauriger kleiner Mann.« Joels Stuhl quietschte, als er wieder aufstand und sich über den Mann beugte. Billy hielt den Kopf gesenkt und verweigerte ihm die Genugtuung eines Augenkontakts, aber Joel beugte sich weit vor und spie ihm seine nächsten Worte so kraftvoll entgegen, dass seine dünnen Haare sich bewegten.

»Sie haben verloren, Billy!«

Joel ging, ließ die Tür weit geöffnet hinter sich zurück, während er den Gang entlanglief, vorbei an dem fragenden Blick der Haftbeamtin, und zurück dorthin, wo die Luft frischer war.

Und der Knoten der Anspannung, das Gefühl in seinem Magen, das so unerträglich gewesen war – es war fort.

TAG 7

KAPITEL 64

»Hey …« Nur das eine Wort, das durch die Telefonleitung gehaucht wurde, reichte, um völlige Erschöpfung zu übermitteln.

»Lucy, wie geht es Ihnen?«, antwortete Joel.

Die Stimme am anderen Ende klang jetzt, als würde Lucy sich beim Reden kräftig strecken. »Großartig. Ich vermute, Sie melden sich, um mir die neuesten Entwicklungen mitzuteilen?«

Joel hatte Lucy am Freitag nach Hause geschickt und sie angefleht, bis mindestens Montag nicht auf die Dienststelle zu kommen. Sie musste sich ausruhen, und außerdem war Billy Easton jetzt ein Häftling des Dezernats für Schwerverbrechen, mit dem sie über einen Obdachlosen sprachen, der hilflos zurückgelassen worden war, während der Schatten des Todes Zentimeter für Zentimeter über den Boden einer Garage auf ihn zugekrochen kam. Um noch deutlicher zu machen, wie ernst er es meinte, hatte Joel die mehr als sechzig Stunden zusammengezählt, die DS Rose in der Woche zuvor gearbeitet hatte, und darauf bestanden, dass zwei freie Tage in diesem Stadium ohnehin nichts mehr ausmachten. Und alle Arbeit, die jetzt noch erledigt werden musste, um ihren Fall fürs Gericht vorzubereiten, wäre auch am Montag noch da.

Lucy hatte ihm seine Befehle direkt wieder in den Schoß geworfen. *Ah, Sie nehmen sich das Wochenende also auch frei, ja?*, hatte sie gesagt.

Natürlich nicht.

Joel wollte ebenso in der Nähe bleiben wie sie. Er wollte sofort alle neuen Infos erhalten, sobald die Kollegen vom

Schwerverbrechen aus dem Befragungsraum kamen. Die Spurensicherung brachte immer noch neue Beweise mit, und es wurden immer neue Zeugenberichte zusammengetragen. Er hatte sich auf seinen höheren Dienstgrad berufen und erklärt, dass einer von ihnen in der Nähe bleiben musste, falls die Kollegen Fragen hatten – aber nur einer von ihnen, und das wäre er. Zähneknirschend war DS Rose zu Hause geblieben. Auch wenn Joel wusste, dass sie keine Ruhe gab.

»Ich bin mir ziemlich sicher, dass ich Ihnen befohlen habe, sich ein bisschen auszuruhen. Zwei Tage, mehr habe ich nicht verlangt. Vergessen Sie die Arbeit, gehen Sie ins Kino, nehmen Sie ein ausgedehntes Bad, und Montagmorgen können Sie so viele Fragen stellen, wie Sie wollen. Hab ich das nicht so gesagt?«

»Etwas in der Richtung«, antwortete DS Rose seufzend.

»Ich erfahre alles, Lucy. Die Spurensicherung informiert mich, wenn Sie dort anrufen. Die Leute vom Schwerverbrechen informieren mich, wenn Sie dort anrufen. Der wachhabende Beamte unten im Haftbereich konnte mir gar nicht schnell genug erzählen, dass Sie ihn angerufen haben!« Joel konnte sich ein kurzes Lachen nicht verkneifen.

»Ich kann nicht glauben, dass die mich verpfiffen haben«, antwortete Lucy.

»Ich kann nicht glauben, dass ich wirklich davon ausgegangen bin, dass Sie meinem Rat folgen.«

»Also, wollen Sie mich jetzt auf den neuesten Stand bringen oder nicht?«

Joel seufzte resigniert. »Ja, will ich. Kann ich hochkommen?«

Es dauerte eine Sekunde, bevor Lucy antwortete. »Hoch?«

»Ja, hoch. Das heißt, falls Sie überhaupt zu Hause sind, sonst bin ich umsonst zu Ihnen gefahren.«

»Sie stehen vor meinem Haus?«

»Wenn die Adresse in Ihrer Personalakte noch aktuell ist, dann ja.«

»Ich komme runter.«

Joel trat einen Schritt von der Eingangstür weg. Er hielt in jeder Hand einen Kaffee. Ihre Adresse lag direkt an der Hauptstraße von Tenterden. Es war sein erster Besuch hier, und er freute sich über die vielen Coffeeshops mit Tischen und Stühlen auf den breiten Gehwegen, die im Schatten der Bäume standen. Die Stadt war hübsch.

Der Preis hatte ihn hingegen weniger entzückt. Oder dass er sein Getränk nur mit einem offenbar verpflichtenden Vortrag überreicht bekommen hatte. So wusste er nun, dass sein Kaffee fair angebaut und in einem Bambusbecher serviert wurde, der »in die Natur zurückkehren« würde, wenn er ihn leer getrunken hatte. Joel war versucht gewesen, dem bärtigen Barista zu erklären, dass er von etwas, das ihn vier Pfund pro Becher kostete, erwarten würde, dass es ein bisschen länger hielt.

Der Kaffee war glühend heiß, verbrannte seine Fingerspitzen, also musste er schließlich einlenken und die Becher an der Wand balancieren, bis seine Kollegin auftauchte. Als sie sich blicken ließ, war es nur mit einem Auge, mit dem sie ihm durch einen schmalen Spalt zwischen den Türen, die sie wenige Zentimeter öffnete, einen misstrauischen Blick zuwarf.

»Sie kriegen also nicht so oft Besuch, ja?« Joel lachte. DS Rose öffnete die Tür ein Stück weiter, und es schien, dass sie genauso schwer war, wie sie aussah. »Was für ein wunderhübsches Haus«, sagte Joel und meinte es auch so. Das Haus war eine umgebaute Kirche, deren Fassade unauffällig genug war, dass er zweimal daran vorbeigelaufen war, während er nach einem Wohnhaus gesucht hatte. Lucys Haustür lag auf der linken Seite des Baus, auf der auch der Kirchturm aus dem Giebeldach ragte.

Er trat ein und fand sich in einer offenen Vorhalle wieder, die groß genug für Kirchenbänke auf beiden Seiten war. In einem hohen steinernen Torbogen lag eine weitere Doppeltür, die offen stand und hinter der man den größten Teil des Erdgeschosses sah. Sein erster Blick fiel auf eine Kochinsel, auch wenn diese am anderen Ende des Raums lag. Die Schlieren in dem schwarzen Granit leuchteten im Licht, das durch ein Buntglasfenster hereinfiel, welches die gesamte Rückwand beherrschte, dabei aber aufreizend nur die untere Hälfte offenbarte. Der Rest war vom Boden eines Zwischengeschosses mit Glaskante verdeckt. Gleich rechts von ihm im doppelt so hohen Bereich war ein Wohnzimmer mit weichen Möbeln und einem schlichteren, aber immer noch großen Fenster, das er von außen gesehen hatte. Dieser Bereich endete abrupt an einer offenen Mauer. Den Architekten war es gelungen, das Gefühl für den Bau zu bewahren, während sie ihn in kleinere Wohneinheiten aufteilten.

»Es ist klein. Aber für mich reicht es. Ich habe mich sofort in die Wohnung verliebt.«

»Das wundert mich nicht«, antwortete Joel.

»Dann brauche ich Ihnen ja nichts zu trinken anzubieten«, sagte Lucy und deutete auf die Bambusbecher, die immer noch drohten Joel die Fingerabdrücke wegzuschmelzen. »Ich hab eine Maschine, wissen Sie. Ich hätte Ihnen einen kochen können.«

»Ich wollte nicht mit leeren Händen auftauchen.«

»Warum wollten Sie überhaupt auftauchen?« Lucy sah ihn an, als wäre das die alles entscheidende Frage. Joel hatte damit gerechnet und immer noch keine richtige Antwort. Er konnte schlecht behaupten, dass er »gerade in der Gegend« gewesen wäre. Nichts lag in der Gegend von Tenterden, außer Tenterden.

Er versuchte es dennoch. »Ich wollte Sie auf den neuesten Stand bringen und war gerade in der Gegend.«

»Ja, von wegen«, erwiderte Lucy. Dann deutete sie auf ihr bequem wirkendes Wohnzimmer und die weichen, gemütlichen Möbel. »Der Bereich ist nur zur Show«, erklärte sie. »Ich benutze ihn nicht.« Sie drehte sich zu der offenen Holztreppe an der linken Wand um, die zum Zwischengeschoss führte. Joel folgte ihr und spürte, wie ihm ein Schweißtropfen die Schläfe hinablief. Er musste wirklich bald die Becher abstellen.

Zu seinem Glück führte ihn Lucy nur ans Ende der Treppe – und hier sah man auch den Rest des Fensters. Das Glas in der oberen Hälfte war durchsichtig, sodass man die Aussicht richtig genießen konnte, und dass es direkt aus dem Boden kam und sich nach oben hin zu einer Spitze verengte, machte den Blick umso dramatischer. Hier standen keine Möbel, nur ein beigefarbener Teppich bedeckte den Boden. Lucy streckte die Hand nach ihrem Becher aus und lehnte sich dann mit dem Rücken an die steinerne Einfassung des Fensters.

»Scheiße! Der ist heiß, hätten Sie mich nicht warnen können?«, stieß sie aus.

»Ist mir nicht aufgefallen.«

Für einen Augenblick sprach niemand von ihnen. Stattdessen genossen sie schweigend die Aussicht. Joel stand auf der anderen Seite des Fensters, die rechte Schulter ans Glas gelehnt, und die Einfassung war tief genug, dass er sich mit dem Rücken anlehnen konnte. Von hier aus sah er das weitläufige Kirchengrundstück. Es gab immer noch ein paar alte Grabsteine, alle völlig zugewuchert, einige in keckem Winkel, wodurch sie wie eine Parodie auf eine Komödie wirkten. Schlürfend nahm er einen zaghaften Schluck aus seinem Becher.

»Also, was haben Sie für mich?«, fragte Lucy.

»Viel ist nicht mehr passiert. Die DNA, die das Schwerverbrechen in der Garage gefunden hat, war von Billy Easton, also wird er das definitiv erklären müssen. Aber das wusste ich bereits. Als ich in der Untersuchungshaft mit ihm gesprochen habe und ihm von den DNA-Spuren erzählt habe, hat sich seine Miene verändert.«

»Gibt er es zu?«

»Er hat seit Freitag kein einziges Wort mehr gesprochen. Es sei denn, man zählt ›Kein Kommentar‹. Die Kollegen vom Schwerverbrechen haben es ein paarmal versucht und dann aufgegeben. Natürlich geben sie mir die Schuld und behaupten, ich hätte ihn gewarnt. Aber es ist auch egal, er wurde ohnehin nach Elmley verlegt, und da wird er erst wieder rauskommen, wenn sie ihn für den Rest seines Lebens in ein schönes Hochsicherheitsgefängnis stecken.«

»Ich vermute, wir haben seinen Sohn inzwischen gefunden?«

»Zwei Detectives vom Schwerverbrechen in Suffolk haben Robert Easton und seine Mutter besucht. Sie leben in Bury St Edmund und haben sehr bereitwillig geholfen. Wir haben brauchbare Aussagen von beiden, eine Menge Details, viele Hintergründe. Im Grunde ist es so, wie Joy es mir am Telefon erzählt hat, aber es gab noch ein paar hübsche Extras darüber, was für ein Arschloch Billy war. Und natürlich wurden auch ihre Alibis überprüft. Robert kann unmöglich beteiligt gewesen sein.«

»Gut, dass das geklärt werden konnte.«

»Ja. Oh, wir haben auch rausgefunden, was mit unserem verschwundenen Überlebenden von dem Lastwagenparkplatz in Sandwich passiert ist.«

»Da habe ich viel drüber nachgedacht. Haben Sie eine Suchmeldung rausgegeben?«

»Das war gar nicht nötig. An dem Draht, der in einem der Anhänger zurückgelassen wurde, fand sich DNA. Und zwar von Bradley Reynolds.«

»Bradley war in dem Anhänger?« Lucy klang überrascht.

»Ja. Seine Frau hat ein paar Lücken gefüllt, aber alle Antworten aus ihr rauszubekommen, wird eine Zeit brauchen. Die Familie ist durch die Hölle gegangen, und Bradley offenbar gleich zweimal. Bradleys Frau und Kinder wurden bedroht und die Frau sogar entführt, um Bradley dazu zu zwingen, ein weiteres Mal mitzumachen. Ihre Entführung wurde der Liste der vorgeworfenen Straftaten hinzugefügt.«

»Himmel …«, stieß Lucy aus.

»Offenbar hat Bradley Alan Lewis angegriffen, kaum dass sie aus dem Trailer raus waren. Er wollte das Risiko nicht eingehen, das Rennen zu verlieren, also ging er ihm buchstäblich direkt an die Kehle. Bradley hatte zwei kleine Kinder, die ihm alles bedeutet haben, und ich vermute, dass er alles getan hat, um zu ihnen zurückzukehren.«

»Das hat nicht so gut geklappt, oder?«, sagte Lucy, die ihre Aufmerksamkeit wieder auf die Aussicht gelenkt hatte.

»Nein. Bradley hat sich nicht an die Regeln gehalten. Ich vermute, die Sache war als Rennen angelegt, und das hat nicht geklappt. Also wurde er gezwungen, noch einmal teilzunehmen, nur …«

»Nur, dass er dieses Mal nie eine Chance hatte.«

»Er sollte nicht überleben, egal wie. Bradleys Familie und Alison haben eine Opferschutzbeamtin zugewiesen bekommen.«

»Gut. Sie werden jede Hilfe brauchen, die sie kriegen können.«

»Bekommen sie. John Coleman hilft uns auch.«

»Der alte Mann, der die Werft leitet?«

»Genau der. Er hat uns ein Wegwerfhandy übergeben, das Billy ihm zur Aufbewahrung auf der Samphire Hoe gegeben hat. Die Nummer ist die, die nach dem Mord an Alan Lewis angerufen wurde. Ich glaube, statt eines Familienmitglieds hatte Billy das Handy selbst und nahm den Anruf an, als er kam.«

»Das war es dann also. Wir schreiben unseren Bericht für die Staatsanwaltschaft, bringen den Fall vor Gericht und fangen mit dem nächsten an.«

»Wie geht es Ihnen dabei?«, fragte Joel.

Lucy drehte sich zu dem Zimmer hinter ihr um, doch ihr Blick wirkte immer noch unfokussiert. »Mir geht es gut. Wir haben gute Arbeit geleistet, oder?«

»Ich habe auch mit Ihrem Vater gesprochen«, antwortete Joel.

»Sie haben was?« Jetzt war ihr Blick messerscharf – und direkt auf ihn gerichtet.

»Walter Jones. Ich habe ihn besucht. Gestern.«

»Warum?«

»Mehrere Gründe. Um nachzuschauen, dass es ihm gut geht und ob er Anzeige erstattet …«

»Wird er nicht, das sagte ich Ihnen doch schon!« Sie war wütend, stieß sich von der Einlassung ab und richtete sich auf.

»Ja. Und sobald ich seinen Namen gesehen habe, wusste ich, dass Sie recht haben. Sie haben mir nie gesagt, dass Ihr Vater Walter Jones ist.«

»Warum haben Sie ihn dann besucht?«, schnaubte sie.

»Weil ich nicht wusste, dass Ihr Vater einer der bekanntesten Kriminellen des ganzen Countys ist. Weil ich offen gestanden überhaupt nichts über Sie weiß und ich dachte, dass er mir vielleicht helfen könnte. Ehrlich gesagt, war es nicht das erste Mal, dass ich Ihren Vater getroffen habe. Ich habe nachgesehen und ihn zweimal wegen Diebstahls und dreimal wegen Drogenmissbrauchs hochgenommen, und das alles, ohne zu wissen, dass er eine Tochter auf unserer Seite hat.«

»Die Personalabteilung weiß es.«

Joel hob beschwichtigend die Hände. »Das ist mir bewusst. Ich wollte Ihnen auch keine Lügen vorwerfen.«

»Was wollen Sie dann? Mein Vater würde nicht mit Ihnen sprechen. Er spricht nicht mit der Polizei.«

»Er hat mit mir gesprochen. Ich durfte ihm ein Bier ausgeben, dafür hat er mich in diesen miefigen kleinen Pub auf der anderen Straßenseite gebracht …«

»Das Old Buoy!« Sie sagten es beide gleichzeitig. DS Rose ließ sogar ein Lächeln aufblitzen.

»Es kostete mich drei Pints Doombar und etwas, das sie ein Fleischbüfett genannt haben, das aber eindeutig kein Fleisch war. Er konnte ohnehin nicht viel essen. Offenbar hat er ein paar Verletzungen im Gesicht.«

»Ich wusste gar nicht, dass er aus dem Krankenhaus raus ist.«

»Sollte er auch nicht sein. Er hat sich selbst entlassen. Sie haben ihm gesagt, dass er nicht operiert werden muss, dass er aber zur Kontrolle dort bleiben müsse und man ihm Schmerzmittel verschreiben müsse, und dann war er weg. Ich sagte ihm, dass ich wenigstens wegen der Schmerzmittel geblieben wäre, aber er sagte, er kenne da jemanden.« Wieder ein kurzes Lächeln. Lucy lehnte sich wieder an die Mauer, während Joel weitersprach. »Es hat ein bisschen Überzeugungsarbeit gekostet, ihm zu erklären, dass ich nur da bin, weil ich mir Sorgen um seine Tochter mache und ein bisschen mehr darüber wissen will, was in ihrem Kopf vorgeht.«

»Als ob er das wüsste«, gab Lucy spöttisch zurück.

»Er erzählte mir von Hannah Ribbons und was sie Ihnen wirklich bedeutet hat.«

Lucy starrte ihn an. Ihre Wangen zuckten, genau wie ihre Nase, aber sie antwortete nicht. Hannah Ribbons: die Polizistin, die während ihrer letzten Ermittlung erschossen worden war – ihrem ersten gemeinsamen Fall. Lucy war mit Wut im Bauch dazugekommen, auf der Suche nach Gerechtigkeit, und Joel war immer davon ausgegangen, dass das die Reaktion einer Polizistin war, die erfahren hatte, dass eine Freundin und Kollegin ermordet worden war. Doch es hatte so viel mehr dahintergesteckt.

»Hannah und Sie waren sehr verliebt gewesen«, fuhr Joel fort. »Ihr Vater schien erfreut darüber zu sein, dass er der Einzige war, dem Sie das anvertraut haben, aber das hat Ihnen Probleme gemacht, oder nicht? Ich kann mir nicht vorstellen, wie schwer das für Sie gewesen sein muss.« Joel wartete lange genug, dass Lucy etwas einwerfen konnte, falls sie es wollte. Sie schwieg. »Ich stand direkt neben Ihnen auf der Beerdigung. Wir waren eine ganze Gruppe von Polizisten, alle zusammen, aber alle am Rand, ein Teil des Hintergrunds, während ihre Familie – die Leute, die sie geliebt hatten – gemeinsam getrauert haben. Und wir haben nicht an der privaten Trauerfeier teilgenommen. Sie haben nicht einmal von Ihnen gewusst, oder?«

Wieder ein Zucken in ihrer Nase. Dann antwortete sie, allerdings in Richtung des Fensters: »Hannah war verheiratet. Mit einem Mann. Es war vorbei, schon eine ganze Weile, und beide hatten das gewusst, aber sie hatte es ihrer Familie noch nicht erzählt, geschweige denn von mir. Sie wollte es tun und hat mir ihre Pläne erzählt. Es war nicht an mir, irgendwen zu irgendwas zu drängen.«

»Ihr Vater hat mir erzählt, was Sie zu ihm gesagt haben. Ich habe eine Seite von Walter Jones kennengelernt, von der ich nicht einmal wusste, dass sie existiert – und ich meine nicht die Seite mit den schweren Blutergüssen. Er ist direkt vor meinen Augen fast zusammengebrochen. Ich glaube, ich ziehe den fluchenden, störrischen alten Bastard vor, der meinen Anblick nicht erträgt. Sie haben ihm erzählt, dass es war, als ob Ihre Liebe zu Hannah nie existiert hätte, wie alle Erinnerungen daran mit ihr gestorben seien, weil es keine anderen Zeugen gab, niemanden, der wusste, was sie Ihnen bedeutet hat. Aber Ihre Liebe *hat* existiert. Und wenn ich zurückdenke, dann war von unserer allerersten Begegnung an klar, was sie Ihnen bedeutet hat. Sie waren ein Wirbelsturm. Ich habe noch nie jemanden erlebt, der so leidenschaftlich war. Ich habe fälschlicherweise angenommen, das wäre ein Ausdruck Ihres Frusts über mich. Und ich stand neben Ihnen an dem Tatort, als Hannah dort lag … Es tut mir leid, Lucy. Ich war so mit mir selbst beschäftigt, ich habe mir nicht die Zeit genommen, an Sie zu denken.«

»Das muss Ihnen nicht leidtun. Sie müssen nicht … Es war schwer, aber ich bin nichts Besonderes. Es ist für jeden schwer, jemanden zu verlieren. Es ging mir gut, aber es kam alles wieder zurück, als … Ist auch nicht wichtig. Es war ein Rückschlag, mehr nicht.«

»Ich glaube schon, dass es wichtig ist. Für Sie. Für uns, in der Zukunft. Wir haben hier etwas, alle Zutaten für ein großartiges Team – sehen Sie doch nur, was wir diese Woche geschafft haben. Und mit Eileen als Anführerin sind wir unschlagbar!«

Dieses Mal geriet Lucys Lächeln noch breiter, fiel aber wieder in sich zusammen, bevor es richtig da war. »Ich habe gesehen, wie Bradley Reynolds erschossen wurde. Ich habe gesehen, wie das ist. Es gab diesen Sekundenbruchteil, in dem er wusste, was kommt, und da war nur … Todesangst. Nackte, pure Todesangst. Hannah … ich kann nicht aufhören, daran zu denken, dass Hannah genau so ausgesehen haben muss, dass sie genau dasselbe durchgemacht haben muss. Sie muss so große Angst gehabt haben. Ich will mir nicht vorstellen, dass das ihr letzter Augenblick auf dieser Erde gewesen ist.«

»Statt an ihren letzten Augenblick sollten Sie vielleicht lieber an all die anderen Augenblicke denken, die Sie beide zusammen gehabt haben. Die glücklichen.«

»Ich hab's versucht. Es ist schwer. Bis vor Kurzem konnte ich nicht an sie denken, ohne wütend zu werden. Sie hat sich selbst in diese Lage gebracht, sie hat sich selbst umgebracht. Ihr waren diese Mädchen und der Fall wichtiger als ihr eigenes Leben, wichtiger als *unser* Leben. Das war alles, woran ich denken konnte.«

»Und jetzt?«

»Jetzt denke ich das nicht mehr, falls Sie das wissen wollen. Sie war leidenschaftlich, ja, aber sie war auch sehr von ihren Fähigkeiten überzeugt. Sie hätte sich nie vorstellen können, in eine Situation zu geraten, aus der sie sich nicht herausreden oder herauskämpfen konnte.« Jetzt sah sie Joel wieder direkt an, und lange genug, dass er sich zu einer Frage genötigt fühlte.

»Was …?«

»Kommt Ihnen das bekannt vor?«

»Wollen Sie andeuten, dass ich so bin?«

»Ja. Und es hat Hannah das Leben gekostet. Ich kann nicht noch jemanden verlieren, der mir etwas bedeutet.«

»Machen Sie sich um mich keine Sorgen.«

»Das ist genau das, was sie immer gesagt hat. Und ich mache mir keine Sorgen, aber es ist wichtig, dass Sie lange genug am Leben bleiben, bis ich meine Inspector-Prüfung bestanden habe. Es könnte bald ein Posten frei werden!«

Lucy versuchte, ernst zu bleiben, doch schließlich lachte sie. Joel stimmte ein. Der leere Raum aus Teppich, Stein und hoher Decke war ein hervorragender Verstärker, und ihr Gelächter füllte jeden Zentimeter aus.

ENDE

DANKSAGUNGEN

Beim Schreiben eines Buches sind so viele Menschen und Prozesse beteiligt, bevor es in einem Regal steht oder als Lesezeichen auf Ihrem E-Reader oder leicht zerfleddert und angestoßen auf einem zusammengezimmerten Tisch zwischen früher geliebten Teddys im Sonnenlicht eines Flohmarkts am Sonntagmorgen auftaucht (je nachdem, wo Sie Ihre Bücher kaufen). So viele Menschen, so viel Arbeit, so viele Stunden und unzählige Tassen Tee, dass ich mich angesichts eines kurz dahingeschriebenen *Riesigen Dank an meinen Verlag* schlecht fühle, jetzt, wo es endlich fertig ist. Die Wahrheit hingegen ist, dass es zu viele Namen sind, also muss es eine kurze Anmerkung bleiben. Hier kommt sie: Vielen Dank an alle im Team Avon. Danke dafür, dass ihr mich diesen Traum weiterleben lasst, mich in allen Situationen unterstützt habt und meine Begeisterung für diese bescheidene Geschichte teilt.

Eine gesonderte Erwähnung möchte ich mir für Rachel Faulkner-Willcocks aufheben, Chefredakteurin bei Avon, dafür, dass sie mir eine Chance gegeben hat (und dafür, dass sie nicht zu streng mit mir war, was das strukturelle Lektorat von *Der Spielmacher* betrifft!), und für Cara Chimirri von Avon, die die Lektoratszügel in die Hand nahm, als es niemand anderes tat (den letzten Teil hab ich mir ausgedacht), und während der letzten fünf Monate die wichtigste Person in meinem Leben wurde, als wir gemeinsam versucht haben, *Der Spielmacher* so perfekt wie möglich zu machen.

Meiner Frau gebührt ebenfalls Dank. Geschichten zu erfinden, war schon meine Leidenschaft, lange bevor wir uns kennenlernten, aber trotzdem muss sie mit all diesen rastlosen Nächten leben, in denen ich das Nachttischlämpchen ein- und wieder ausschalte, um mir schnell eine Idee oder Anmerkung zu notieren, und mit den gelegentlichen nackten Flitzereien von der Dusche ins Schlafzimmer, wenn mich die Inspiration trifft und niedergeschrieben werden will, oder wenn sie auf mich warten muss, weil wir zusammen einen Film schauen und sie meine ständigen Versicherungen hört, dass ich *nur noch schnell diesen Absatz beende*. Niemals kommt ihr ein Wort der Klage über die Lippen.

Sie dreht die Glühbirne raus, wirft mir ein Handtuch zu oder fängt an, den Film ohne mich zu gucken, aber ich verehre sie dafür.

Der letzte Dank ist der wichtigste von allen, und er gilt Ihnen, meinen Leserinnen und Lesern. Nichts von alldem wäre ohne Sie möglich. Ich liebe diesen Job. Der Montag ist inzwischen mein Lieblingstag der Woche, und ich hoffe, dass das noch lange so bleibt. Doch das geht nur mit Ihnen. Danke, dass Sie die Bücher kaufen und lesen, mich mit Ihrem Feedback unterstützen, für das Markieren, Erwähnen und die Direktnachrichten in den sozialen Medien, über E-Mail und bei persönlichen Begegnungen – ich hoffe, dass es mir gelingt, Ihnen auf jedem dieser Wege zu antworten, denn das ist etwas, das ich beinahe so sehr genieße wie das Erfinden von Geschichten.

Beinahe.